有爱的青春陪伴者

蜜糖般心动

Sweet Heart

却吖 著

贵州出版集团
贵州人民出版社

图书在版编目（C I P）数据

蜜糖般心动 / 却呀著. -- 贵阳 ：贵州人民出版社，2022.12
ISBN 978-7-221-17320-1

Ⅰ. ①蜜… Ⅱ. ①却… Ⅲ. ①长篇小说－中国－当代
Ⅳ. ①I247.5

中国版本图书馆CIP数据核字(2022)第182065号

蜜糖般心动
MITAO BAN XINDONG

却呀/著

出版统筹：陈继光
选题策划：大鱼文化
责任编辑：严　娇
特约编辑：娄　薇
装帧设计：Insect　姜　苗
封面绘制：画画的兔巴妹
出版发行：贵州人民出版社（贵阳市观山湖区会展东路SOHO办公区A座　邮编：550081）
印　　刷：长沙鸿发印务实业有限公司
开　　本：880毫米×1230毫米 1/32
字　　数：462千字
印　　张：11.5
版　　次：2022年12月第1版
印　　次：2022年12月第1次印刷
书　　号：ISBN 978-7-221-17320-1
定　　价：45.00元

贵州人民出版社微信

目录

目录

第一章·哥哥

宜市今年更热一些。九月中，秋老虎还没过去。

正午的热浪层层叠叠席卷而来，能把人烤化，到这会儿傍晚了，温度总算降下去一点。

宁栀抱着自己的书包，站在一根光秃秃的电线杆前。

等得有些无聊了，她为了打发时间，把贴在电线杆上的那些小广告，什么开锁，疏通下水道，以及重金寻子的，一字不落地认真看完了。

还发现了好几处很小的语病。

这个时间点，宁栀本来该坐在回家的那趟 211 公交车上。

她之所以出现在这儿，完全是因为陪着同桌姚青青来打耳洞的。然而打耳洞的那家饰品店好小，人又多，她只能在外面等着。

这条街离她的学校一中有几站路，倒是离陈也念的那所职高比较近，也不知道会不会碰见他。

应该……也没那么巧吧？

她肩膀一塌，轻轻叹了一口气。

正乱七八糟想着，眼前落下一道阴影，宁栀抬起头，对上男生笑嘻嘻的表情。

男生头发染了很张扬的蓝色，脖子上戴了条银链子，看着就挺不好惹的。

"哎，小同学。"男生勾唇，露出个自以为很帅很酷的笑，"我看你站这儿好一会儿了，等人啊？"

突如其来的搭讪，宁栀不太想搭理，但教养使然，还是点了点头。

男生笑起来，得寸进尺："那啥，认识一下呗，我叫徐天，你叫什么名字啊？"

这个宁栀就不想回答了，正好这时，她看见姚青青打完耳洞从店里出来。

"我还以为会很疼的，没想到就像被蚊子叮了一下……"

姚青青话还没说完，就被宁栀一把挽住手，拉着快步往前走。

姚青青还处于状况之外，有点蒙地问："怎么啦，栀栀？"

宁栀没来得及回答，叫徐天的男生已经三两步上前，直接把她们的路给堵住了。

“别急着走啊，我带你们去玩玩。”他笑得不怀好意，“这一带我熟啊。”

说着，他想去拽宁栀的手，还没碰到，突然有什么东西砸了过来，他手痛得缩了回去。

“哐当——”

又闷又重的一声响，那听百事可乐落回地上，直溜溜往前滚了滚，最终停在少年黑色运动鞋边。

宁栀望过去。少年留着寸头，身高腿长，穿着黑色T恤，露出劲瘦结实的手臂，眉眼生得冷而野。

徐天骂了一声，更脏的话刚要骂出口，脖子往后一扭，见到“肇事者”之后，又硬生生把话全憋到嗓子眼里。

徐天是附近职高的。那所职高的人，就没有不认识陈也的。

也不是说陈也在学校是多么张扬高调，相反，他话说得都很少。然而惹到他头上，下场都不太好。

打架岂止是狠，简直是不要命的那种。

陈也走过去，头低了几分，看着徐天，薄唇掀了掀，声音沉沉，如千年的寒冰：“还不滚，想死？”

徐天吓得一个哆嗦，同时也非常蒙，不懂自己就是在路边搭讪个长得好看的乖学生，怎么就惹到了陈也？

印象里，这位大佬也不是爱多管闲事的人啊！

但他也不敢问，非常听话地滚了。

陈也这才垂眸，目光落在宁栀脸上，不过几秒，视线便挪开了，然后一个字都没说，抬脚就往前走。

宁栀腮帮子轻轻鼓起，心里好气，又泛起了委屈。

这什么态度嘛，不就是之前吵了吵吗？难道真想把她当陌生人一样吗？！

又有几个男生从网吧出来。

显然是和陈也一块儿的。几个人勾肩搭背，叫了声“也哥”，然后都朝着陈也走去。

经过宁栀时，大家的视线难免在她脸上多停留了会儿。

都是十七八岁的男生，对漂亮小姑娘很难有抵抗力，何况还是漂亮成这样的。

小姑娘穿着蓝白相间的夏季校服，马尾扎得高高的，气质干净又清纯，和周围乱哄哄的环境格格不入。

真的就是小仙女一样。

“这女生我怎么越看越眼熟啊？总感觉在哪儿见过。”叫薛斌的男生嘀咕。

“得了吧你，强行装作眼熟的搭讪套路在2G网络时代就不流行了好吗，哈哈哈。”

“不是！我真感觉见过啊！”

薛斌属于有点轴的性格，抓耳挠腮半天没想起来，跑到宁栀跟前：“我真心觉得你好眼熟，你记得我们见过吗？”

宁栀茫然地摇摇头。

薛斌挠挠脸，头都快想秃了，突然，脑子里灵感一现。

就半年前吧，他们一群人组队去网吧，好好地打着游戏，他们也哥突然挂机了，拿起桌子上的手机就往外走。

那是个深冬的寒夜，风雪交加，陈也撑着把伞就冲进风雪里。

薛斌不放心，也跟了过去。

他们去了几个地方，最后在中午吃过饭的一家餐馆找到陈也的钱包。

服务员递上钱包时，薛斌在旁边瞄了瞄，里面也没几十块钱，连来回打车的钱都不够，却有一张照片让他印象深刻。

照片里的少女年纪小，读初中的样子，穿着绿色的连衣裙，也是扎着个马尾，一双眼弯成月牙的形状，略带着婴儿肥的脸颊陷出浅浅的酒窝，模样清纯又好看。

“啊啊啊！我记起来了，就上次在也哥的钱包里，我看见过一张你……”

他话没说完，腿上就被踹了一脚。

少年声音冷冷的，含着几分威慑：“屁话那么多，还去不去台球厅了？”

薛斌不敢说了。

天色彻底黑了，宁栀和姚青青往公交车站的方向走。

一路上宁栀都有些沉默。

姚青青当她是被刚才那个小混混儿吓到了，也没觉得特别奇怪。

转而又想到刚才见义勇为的男生——那张脸，那大长腿，呜呜呜，可以说是很绝了。

他身上还有种冷酷的气质，可比她们学校那个成天撩女生的校草（类似于校花的说法，指被本校公认的最帅的男学生。下不赘注）帅多了！

“青青。”

姚青青还在回想那个小哥哥帅得惊天动地的一张脸，突然听到宁栀叫自己，转头应了一声：“啊？”

“就是……”宁栀望着她，杏眸里含了困惑，求助道，“要是你和一个人闹了矛盾，一直冷战着不说话，要怎么才能和好呀？”

“嗯？”姚青青一愣，也看向宁栀。

路灯此刻已经亮了，两人正好站在灯下。

少女肌肤如瓷，一双清澈的眼里盛着困惑和苦恼，黛眉轻轻地蹙着。

哪怕在学校做了一年多的同桌，姚青青此刻仍然看呆了。

等回过神，姚青青思索了会儿，建议道："要是女生的话，买个小礼物主动示好，再说几句软话，应该问题不大。"

宁栀若有所思地点点头，又问："那要是男生呢？"

"要是男生嘛……"姚青青这次回答得很干脆，想都没想地回道，"那你就可以直接不理他了！"

宁栀一愣。

看着路灯下的小美人，姚青青眼里露出坚定的神色。

她声音铿锵有力，语气也极其理所当然：

"栀栀，你长得这么好看，还有男生舍得和你冷战，那就说明他眼瞎心盲，是个傻子！

"我妈妈从小就不让我和傻子玩。栀栀，你也是，千万别和傻子玩！"

宁栀更蒙了。

"不过吧……"顿了顿，姚青青脸颊一红，有点害羞，"要是那个男生和刚刚见义勇为的小哥哥一样帅，那咱们可以宽容点。就，毕竟长得那么帅，那人家傻一点，也不是什么大问题嘛。"

宁栀翻了个白眼。

211 路公交车来了。

"再见，我先回去啦。"宁栀冲着姚青青笑了笑，挥挥手，刷卡上车。

已经过了下班的高峰期，车里比较空。宁栀走到后面，坐到最里面靠着窗户的那个座位。

街上亮着五颜六色的招牌，霓虹闪烁耀眼。她把书包抱在怀里，低下头，目光落在拉链上挂着的小柯基挂饰上，手指下意识捏了捏那只小柯基。

这还是读初中那会儿，陈也带她去电玩城给她换的。

记得那天正好是平安夜，班主任大发慈悲，晚自习提前让大家放学了。

那晚下了雪，是那年冬天的第一场雪。宁栀出校门，就看见陈也坐在摩托车上等她。

雪花似白绒绒的羽毛，纷纷扬扬落下。

她戴着有些大的头盔，双手从他腰间搂过，插在他的皮夹克口袋里。

呼呼的寒风夹着雪花迎面吹来，她却一点儿也不觉得冷，眼睛里是满满的开心和兴奋。

陈也带宁栀去电玩城，把里面好玩的玩了个遍，最后他们用积分换了两个小柯基挂饰。

当时宁栀立刻将其中一只挂在了自己书包上。

上职高以后，陈也就没背过书包，她就想把另一个挂在他钥匙上。

然而当然是被果断拒绝的。

还被他捏着脸颊，用凶巴巴又嫌弃的语气教训：“在钥匙上挂这么个玩意儿，你是想我在学校被人笑死？小姑娘家家的，心眼儿这么坏？”

被捏着脸的小少女不恼也不怕，笑得眼弯弯地看着他，声音也甜：“挂一下嘛，你看这个多可爱呀。”

陈也低头，又看了眼那只露着个肥大屁股，笑得傻兮兮的狗。

他皱眉，语气嫌弃极了：“哪里可爱了。”

突然，司机一个急刹车，几个握着扶手的乘客差点摔倒，原本安静的车厢响起骂骂咧咧的声音。

“怎么回事，会不会开车啊？”

“哎，真是不好意思，抱歉抱歉。”司机好脾气地道歉。

宁栀头也磕了一下，有点疼，她抬手揉了揉。

思绪就此被打断，她叹口气，心里堵堵的。

之前两个人关系那么好。

所以三个月前吵架时，她最后说的那句“我再也不理你了”怎么可能是真的不理？

想想也该知道是赌气的话呀！他竟然还当了真！

车窗的玻璃映出少女气呼呼、鼓成了小包子的一张脸。

宁栀转过头，抬起手指头用力在玻璃上面写——

陈也是个大坏蛋！！！

今晚的台球厅人多，显得有几分吵闹。

陈也没上去打，就坐在沙发上看手机，手指时不时划拉几下，漫不经心的。

薛斌、成一鸣和付凯三个菜鸟互啄了半天，也打累了，把杆子往边上一扔，跑陈也这儿坐下。

“也哥，开一局呗？”薛斌邀请。

“没兴趣。”陈也声音寡淡地拒绝。

三个人都感觉到他们也哥今晚上兴致好像不怎么高的样子，但具体是因为什么，又不知道了。

一行人玩起了游戏，一边打，一边东一句西一句地扯着。

说到漂亮小姐姐，成一鸣来了句：

“我觉得刚才在网吧门口看到的那个，就穿着一中校服的女生，真的是好看。

“是吧，斌子？”

闻言，薛斌瞅了眼陈也。

少年脸上表情很淡，像是完全置身于他们话题之外，但要是仔细看，可以看出他眉是皱着的。

付凯也记起那惊艳极了的一瞥。那张脸确实好看，还有种从骨子里透出的清纯乖巧，不过……

“那女生是一中的啊。”他很有自知之明地说，“那种好高中的学生，哪能愿意和咱们玩到一块儿。”

一中是宜市最好的高中。付凯有个表妹，中考没考好，交了十万的择校费才进去的。

从此逢年过节的聚会，那小表妹就傲得不行，仿佛一只脚踏进了重点大学的大门，都不带正眼瞧他的。

成一鸣也说道：“人家天天写作业、上课，咱们逃课打架，完全是两个世界的人。想找她们那种好学生一起玩，还不如做梦呢，毕竟梦里什么都有。”

一番话说得三个人都咧嘴笑起来，其实心里也不是特别在意。

反正那些学霸看不起他们，他们也觉得那些学霸只会死读书，呆板又无聊呢。

唯有陈也，眸色沉下去，眉拧得紧紧的。

几分钟过去，他突然站起来，在三人茫然询问的目光下，开口：“有事，先回去了。”

嗓音里透着说不出的冷。

摩托车一路疾驰，二十分钟后，停在小区门口。

这个小区是当年厂里统一建的，楼层不高，只有六层，外层的水泥墙灰扑扑的，电线杆上旧的广告还没撕下，新的又贴了上去。

停摩托车的那个墙角，还长出了青苔，嫩绿的几簇，彰显着楼房的陈旧和年代感。

上次回来，还是三个月前。

陈也路过麻将室，洗牌声哗啦哗啦的，隐约还能听到几个人东家长西家短地闲扯。

他脚步顿了顿，想起那晚。

那一晚的月亮不够圆，但是很亮，草地里的蟋蟀发出窸窣声响。

他拎着盒小草莓蛋糕，要去接宁栀下课，也是路过这儿，哗啦啦的麻将声夹着难听又刺耳的话，就那么落到他耳朵里。

“宁家那闺女也是傻，还成天跟着陈家那小子混一块儿。”

“唉，她妈妈也是的，怎么能由着女儿和一个杀人犯的儿子走那么近，也不怕被带坏了啊。”

盛夏的夜晚，该是很燥热的，他却冷得指尖冰凉，拳头握得死紧，用尽全部力气克制才没冲进去砸烂里面的一切。

他把摩托车开到了江边，抽了整整两包烟，最后把那盒蛋糕扔进垃圾桶，故意迟到半个小时才过去。

小姑娘还在等他，背着个重重的大提琴，额角的细发被汗水打湿，很乖地站在琴房门口。

也不恼他的迟到，见他过来，她几步跑到他面前。白皙好看的小脸仰起，望着他，杏眼乌黑又明亮："陈也哥哥，你怎么现在才来啊，我等你等了好久了。"

声音软乎乎的，语气带着几分娇嗔。

他没有回应，沉默着，一言不发地骑摩托车带她回去。

到单元楼底下，宁栀熟练地跳下车，取下脑袋上的头盔。

她小鼻子皱起，软声抱怨："陈也哥哥，你不是答应过我了要少抽烟的吗？怎么现在还一身的烟味啊！难闻死啦！"

陈也抬头，看向她，嘴角向上一扯，带着几分轻嘲，然后是从未有过的冷漠语气："你是我的谁啊？我凭什么让你管着？"

宁栀明显一愣，眼睛微微睁圆，有些不敢相信他会说出这样过分的话。

她眼圈渐渐泛红，像是被欺负的小兔子，最后鼓起脸颊，很生气地重重踩了他一脚。

"你讨厌！我再也不要理你了！"

夏夜的小区很静，路灯昏黄，梧桐树枝繁叶茂，在地上落下层层叠叠的阴影。

到了后半晚，连蝉鸣声都听不见了。

陈也站在原地，单手插着兜，望着黑黢黢的楼栋。

早已没了人影，耳边却仍回响着她最后的那句话。

陈也嘴角扯动，觉得这样挺好的。

她要是真不理他了，那些议论他们俩的难听话就可以离她远远的。

快到中秋了，今晚的月亮比那一晚的要圆一些。

陈也踏进单元楼，不知不觉，已经到了五楼。

每层楼的楼道里都装了声控灯。他脚踏上去的那一刻，灯应声而亮。

狭小灰旧的空间被照亮，他的视线一顿。

少女抱着膝盖，安静地坐在门口，怀里抱着一个小小的粉色书包。

她睫毛黑而长，带着自然的卷翘，像是两把毛茸茸的小刷子。

暖黄的光影笼在她脸上，五官小巧又精致，仿佛一幅美人图，每一笔都是画师用工笔细致描摹出的。

听到声音，宁栀抬起头，两人的视线就那么在空中撞上。

她眼弯了起来，光彩熠熠，神情里流露出的惊喜和开心清晰可见。

不过下一秒，意识到两人还处于冷战中，宁栀立刻将笑容收住。

弯起的嘴角压下，软软的脸颊又鼓了起来。

哼哼哼！明明是他先说那么过分的话，他要不主动认错，她才不要先和他说话呢！

一秒，两秒，三秒。

谁也没说话，气氛安静又尴尬地僵持着。

楼上不知道是哪一户，电视声音开得特别大，婆媳争执的台词听得一清二楚。

陈也闻到甜甜的奶香味，熟悉又久违，无端让人有些心猿意马。

他低眸，看见宁栀白皙的小手轻轻攥着，大白兔奶糖的糖纸露了一小截出来。

宁栀从小身体不太好，有低血糖的毛病，要是饿着了或者没休息好，头就发晕。

不管是书包里，还是衣服兜兜里，经常装着几颗糖果。

陈也想起晚上碰见的时间，算了算，她应该在门口坐了一个多小时了。

老小区里蚊子多，他目光低垂，望向宁栀的胳膊，细嫩莹白的皮肤上明晃晃有几个红红的包。

他皱起眉："没带钥匙？"

宁栀脑袋仰着，望向陈也，心想：都主动说话了，那……那应该是冷战结束了吧？

她鼓起的脸颊消了消，抿唇小声解释道："家里的钥匙和班级的钥匙拴在一块儿的，下午借给同学了，她忘了还我。"

宁栀每天到学校早，早上开门的任务就落在她身上。

下午体育课，班上有个女生来了例假，身体不舒服，就找她要了钥匙回教室。

后来女同学忘了还，她也忘了去要。

而爸爸今晚上在厂里值班，要十点才回，妈妈又带着妹妹去了外婆家。

因此她就被困在了家门口。

宁栀想先站起来，一直这么坐在地上和陈也说话也不是事儿呀。

只是或许坐得太久了，加上没吃晚饭的缘故，猛地一下直起身，她腿有点软，踉跄了几步，差点要摔倒。

幸好陈也眼疾手快，及时扶住了她。

两人的距离蓦然拉近，她手腕很细，被握在他的掌心，有微凉的触感。

空气里的那阵奶香味更清晰了，混合着少女身上好闻的气息，争先恐后地钻入陈也的鼻息。

陈也喉咙紧了紧，蓦地松开手，往后退了两步。

宁栀也没觉得他这举动有什么逾矩的。

两人从小一块儿长大，手不知道牵过多少次了；年龄更小一些的时候，同一张床上午觉都睡过。

她没有哥哥，陈也对她而言，就是哥哥一样亲近的存在。

哪怕他们前不久才吵了架，也不影响他们深厚的感情。

陈也低头，小姑娘的眸子澄澈而柔软，对他没有一丁点防备，带着全然的信任，把他当作哥哥一样看待。

"先去我家等吧。"他不再看她，转过身，从裤兜里掏出一串钥匙，去开对面的门。

钥匙插进金属锁眼，扭动时发出细微的响动。

宁栀站在他身后，看见了那个小柯基的挂饰。就挂在他那串钥匙上，和她书包上的那个一模一样。

之前表现得那么嫌弃，现在还不是挂了上去呀。

宁栀轻轻弯起嘴角，有点开心，堵在心里的气消了大半。

房子几个月没住人，骤然开门，一股闷闷的味道扑面而来，家具上也积攒了厚厚一层灰。

陈也按开墙壁上的电灯开关，走到阳台，把窗户全都打开，又去拿了块抹布，把沙发和茶几擦了一遍，然后找到遥控，开了空调。

他做这些时，宁栀就像只小尾巴一样，抱着书包跟在他后面。

陈也回过头，她一愣，然后慢吞吞地伸出一只手。

那手很小，白皙干净，掌心的纹路清晰可见，中间放着一颗大白兔奶糖。

他抬眼，又望向她。

“就是……”宁栀抿了抿唇，声线柔软，慢慢说道，“你那天说的话真的很过分呀，不过我就当你那时心情不好，不和你计较啦。”

“那我说的，再也不理你的话，你也不要当真，更不要放在心上了。给你吃颗糖，我们还像原来一样好，好吗？”

陈也眸子漆黑，看了她好一会儿，垂在身侧的手握了握。

最后在她亮晶晶的目光中，他抬起手，拾起那颗大白兔奶糖。

被攥得久了，硬糖变得软软的，还带了她掌心的温度。

“好。”他听见自己说。

宁栀笑起来，脸颊两边陷出小巧可爱的酒窝。

陈也将那颗糖放进裤兜里，走到厨房的水池那儿洗手。

哗哗水声中，他回头，看着她还站在原地：“作业写完没？”

“没。”宁栀摇头，老实地说，“还有张数学卷子没写。”

“去沙发那儿写吧。”

“哦。”她听话地走过去，坐下，拉开书包拉链。

把数学卷子和草稿纸在茶几上摊开，宁栀从笔袋里找出一支水笔，从选择题开始写。

陈也洗完手，拧上水龙头，走到她身边，也坐了下来。

他捏着手机，手指划拉着屏幕，随意看两眼，又将目光望向宁栀。

小姑娘头低着，葱白的指尖握着笔，在草稿上写写画画，眉眼里满是认真。

那道题目是选择题的最后一道题目，有些难度，宁栀算了半天，还没算出来，歪头思索时，不自觉咬起了笔头。

“咚咚。”

茶几被敲了两下，她抬起头，看见陈也皱起了眉。

“多大了，还咬笔，不知道脏啊？”

那语气，和亲爹教育自家闺女没什么差别。

宁栀被说得脸红了。这是她从小的习惯，做不出来题目，就喜欢咬笔。

尽管一直被他提醒，但就是没改掉这个坏习惯。

她有点难为情，把头埋得低低的，不去看他。

结果又被说了——

“头低得那么下，想把眼睛搞近视？”

宁栀没说话。

捏在手里的手机响了，陈也划下接听键：“好，我马上下来。”

“我出去一会儿。”他说完，站起身。

门开了又关，宁栀目送着他的背影。她手肘撑在茶几上，托着腮，轻轻舒出一口气。

他们两个，这个样子，应该是和好了吧？

等把填空题也写完，门口传来开门的动静，宁栀放下笔，走过去迎他。

陈也手上拎着个很大的塑料袋，上面印着麦当劳的标志。

宁栀本来就有点饿，但也在能忍的范围，现在乍然闻到炸鸡、汉堡还有蛋挞的香气，没忍住咽了咽口水。

咽完立刻又觉得好丢脸。

她去看陈也，他嘴角勾着，眼里浸着笑。

宁栀腹诽：这一晚上面无表情的，我一出丑，就笑得那么欢吗？

陈也把袋子放下，手伸到裤兜里，摸出个绿色的小玻璃瓶，也搁到茶几上：“擦了再吃。”

宁栀低头一看，有些愣，完全没想到他还给自己买了风油精。

“谢谢。”她拧开风油精的小盖子，倒了两滴在食指指腹，轻轻擦在红肿的小包上。

清清凉凉的感觉一下子渗进肌肤，被蚊子咬的地方很快不痒了。

擦完胳膊，宁栀把黑色校服裤子撩起来，又滴了几滴风油精，开始擦腿。

露出的那截小腿特别白，瘦而直，透出一种羸弱的纤细感。

宁栀擦完，仔细地拧上盖子，裤脚也不管，就那么继续卷着。

那一截细白的腿仍暴露在陈也的目光之下。

抬起头时，宁栀望见少年乌沉沉的眸子。

“怎么了？”她眨了眨眼，表情懵懂。

“没事。”陈也将视线移开，站起来，“外面挺热的，我去洗个脸，你先吃。”

用冷水冲了把脸，他走出去。

茶几上的书本卷子都已经整齐地摞到一边。

外卖的袋子打开了，汉堡和炸鸡也已摆在了茶几上，刚才饿得咽口水的人却一口没动。

宁栀双手撑着下巴，明显是等着他过来一起吃的意思。

陈也走过去，在旁边坐下。她这才拿起一个汉堡，一大口咬下去，眼睛变得亮亮的，溢出幸福满足的光。

陈也晚上吃过了，也不太饿，吃了个汉堡就没再动了。

他又拿出手机，戳进一个游戏开始玩。

等待匹配的时候，他目光不自觉又投向宁栀那儿。

她吃得很专注，和以前一样，完全没注意到他在看自己，还仪式感很足地用番茄酱在纸盒子上画出了个笑脸。

然后蘸着番茄酱，一口薯条，一口菠萝派，小腮帮子一直鼓鼓的，就没停过。

陈也嘴角弯了弯，也笑了。

宁栀吃东西慢，等吃完，已经是二十分钟后的事了。

她拿起赠送的纸巾擦擦嘴，简单收拾了下，把茶几上的垃圾装进塑料袋里，系好。

转过头，宁栀看见陈也黑睫低垂，正在玩手机游戏。

室内白炽灯的冷光落下，打在他高挺的鼻骨上，衬得脸部轮廓更加深刻分明。

她挪了挪屁股，往陈也坐着的位置靠近，脑袋也凑过去，想看看他打游戏。

突如其来的一阵柔软甜香让陈也身体一僵。

他清楚地感受到她的呼吸，轻轻的、密密的，缠绕在自己脖子的那块皮肤上。

有一绺细碎的头发从她耳垂滑落，轻擦过他的脖子，仿佛柔顺的羽毛，带来轻而痒的触觉。

痒意从那一寸皮肤，渗透进骨髓里。

陈也心烦意乱，目光落在咫尺外，她的脖颈上。

是那种最好看的天鹅颈，白皙纤长，被灯光淡淡笼着，仿佛嫩白的豆腐，又或者是新产的牛乳。

陈也的眉一瞬间紧紧拧起来。

多大的小姑娘了，还一点防备心都没有？

大晚上的，能随便和男生离这么近？真把他当亲哥了？

宁栀看他手机看得好好的，脑袋突然被一只手推开。

陈也挪了挪，坐到沙发的另一边，离她远远的。

她有点不解，大眼睛眨巴了两下，就听他说道："你太吵了，影响我打游戏。"

"我明明一句话都没说呀。"宁栀不服气地辩解。

陈也默了默，开口："你呼吸声太吵了。"

宁栀疑惑：这是才和好，又想和我吵一架的意思？

宁栀忍了忍，想想他还给自己买了风油精呢，她就大度一些，不和他计较了。

她重新把卷子摊开，继续写刚才的题。

又过了会儿，外面传来铁门开关的声响。

宁栀停下笔，阖上笔盖，开始往书包里收东西："应该是我爸爸回来了。"

说完，她抱着书包站起来，乌溜溜的眼望向他，有点期待地问："你今天怎么回来了呀，是要搬回来住了吗？"

"不是，"陈也说，"就是回来拿个东西。"

宁栀"哦"了一声，语气里透出失望。

不过转念一想，回来住也没什么好的，这小区挺老旧的了。

更关键是，有些人嘴还太碎，逮住他爸爸的事不放，话说得难听死了！

"那……"她仰头看他，又问，"我十一月份会参加一个大提琴比赛，你能来看吗？"

少女的睫毛卷翘，眼睛水灵灵的，特别亮，漾着甜软乖巧的笑意。

也没问具体是哪天，陈也就点头："好。"

宁栀开心地弯起眼，小手冲着他挥了挥，笑着说道："那我先回去啦。"

"等等。"陈也叫住她，弯下腰，拎起另一个袋子，交到她的手里。

宁栀好奇地打开袋子，只见里面五颜六色的满满一袋，装的全是各种各样的糖果和巧克力。

"知道自己低血糖，就按时吃饭。这些每天身上都带几颗，别哪天晕倒在路上了。"

"嗯！"宁栀点头，笑容明媚，嗓音清甜道，"谢谢陈也哥哥。"

陈也伸出手，想像从前那样摸摸她脑袋。

手伸到一半，又缩回来，重新插进裤兜。

他下巴抬了抬："行了，快回去吧。"

晚上十一点多，宁栀还在房间里写卷子。

这间房是用杂物间改出来的，冬天冷夏天热，隔音效果也不是很好。

她埋头算函数题时，隔壁房父母的交谈声隐约能听到。

宁旭升用带着讨好的声音对张瑛道："老婆，这个月你再给我两百吧，今晚上值班，我和那几个摸了把牌，手气实在太背了，身上的钱都输完了。"

张瑛嗓门很高，有些尖锐刺耳："钱都给你了，家里的日子还过不过？和你说了多少次别和那几个打牌，你偏不听，就你那一月三千的工资，够输几次的啊！"

"我保证！这个月我真的不碰牌了，但你总得给我点钱买几包烟抽吧。"

"一百，没多的了。"张瑛语气强硬。

"行行行，"宁旭升笑呵呵的，"一百就一百。"

张瑛又开始抱怨："现在物价飞涨，柴米油盐的贵死了。咱们一家四口，哪样不要花钱？过段时间我还想给茉茉报个钢琴班，买钢琴又是一大笔开支。"

宁旭升犹豫："女儿才上幼儿园，学钢琴太早了吧，而且钢琴多贵啊。"

“别的孩子都学，凭什么咱们家孩子不学？你想让茉茉一开始就输在起跑线上，到最后大学也考不上，和你一样半辈子一事无成？”

宁旭升不吭声了，只剩下张瑛的絮絮叨叨——

“要我说，咱们最不该的就是当初去孤儿院领养，那些年花在她身上的钱，省下来给茉茉多好。”

“哎，你小声点。”宁旭升劝道，“当年咱结婚好几年了你也没个动静，去医院检查了医生都说怀孕的概率不大，这才去孤儿院领养的。”

“再说了，你刚把她领养回来时不是挺喜欢的吗？多一个闺女，以后多一个人孝顺，不挺好的吗？”

张瑛“嗤”了一声：“到底不是从我肚子里掉下的肉，领的能和亲生的比？说不定以后翅膀硬了就飞走了。”

宁栀握笔的手顿了顿，水性笔在卷子上画出一道黑线。

吐出一口气，她从抽屉翻出一个小 MP3，插好耳机。

这个 MP3 是初中时陈也送她的生日礼物，里面的歌也都是他给她下载的。

当年流行的歌曲现在很少听到了，但旋律和歌词依然优美好听。

她又从袋子里拿出一颗糖，撕开放到嘴巴里含着，草莓味的，很甜很甜。

低头，继续写卷子。

周五午休后，铃声丁零零响起，体育委员走到讲台前，卷起一本书在黑板上哐哐敲了几下。

“快起来快起来！下节体育课，大家快去操场上集合！”

不少同学刚睡醒，还趴着，闻言瞬间精神了。

“感天动地，今天的体育老师总算营业了。”

“我超怕老王又拿着张数学卷子走进来，说什么体育老师今天身体不舒服，这节上数学的鬼话。”

“刘超，你少在这儿乌鸦嘴，咱们快走，别刚到楼道口就被老王堵住了。”

男生们一哄而散。

女生们讲究得多，从抽屉里拿出防晒霜，在脸上涂了几层，然后才三个五个结伴，手挽手走出教室。

宁栀负责锁门，等班上同学都走光了才放下笔，转头对姚青青道：“走啦，我们也下去吧。”

姚青青看了眼窗外毒辣的大太阳，重重叹口气：“这热死人的天，我宁愿坐在有空调的教室里被数学题虐哭，也不愿意在操场上笑啊！”

宁栀“扑哧”笑出声。

姚青青又仔仔细细往脸上喷了遍防晒喷雾，唉声叹气道：“今天下去一晒，我这一个月的西红柿都白吃了。”

姚青青长得其实很清秀，只不过皮肤有点黑，这也是她一直耿耿于怀的地方。

暑假她在网上看到吃西红柿能美白，于是开学这一个月，她每天带三个大西红柿来，早中晚各一个，都快吃吐了。

宁栀安慰道：“没事，等老师点完名，我们就去找个树荫待着，这样就晒不到了。”

等上课铃响到第二遍，体育老师才从器材室走过来。

方阵里，有个男生打趣：“老师，你这三天两头地生病，比林妹妹还林妹妹啊。”

体育老师刚毕业，个子高高瘦瘦的，不算特别帅，但气质很阳光，平时经常和学生一起打球，特别平易近人。

闻言，他无奈地笑了笑：“这没办法啊，你们数学老师太强势了，他要我病，我不得不病啊。”

同学们全都哈哈哈笑起来。

闲扯了几句，体育老师开始点名，然后组织大家做几节拉伸动作后，就让他们自己去器材室借想玩的器材。

宁栀和姚青青去登记，借了一副羽毛球球拍，走到一个最大的树荫底下开始打羽毛球。

她们打球的地方靠着单杠，没一会儿，几个十班的男生走过来，一人手里拿着一根冰棍。

十班和其他班不同，班上的学生都是交了择校费进来的，成绩差，老师很多时候睁一只眼闭一只眼。

这几个男生就是翘了英语课下来打篮球的。

只是天太热，篮球场又没一点树荫遮挡，打了没几分钟就都受不了了。

几个男生走到单杠那儿坐下，目光全被挥着羽毛球拍的宁栀吸引住。

少女脸很小，眼睛大得像是能说话，模样精致得和洋娃娃一样。打球时，马尾在阳光下一甩一甩的，模样清纯活泼，简直不能更招人了。

几个男生中，张辉看得一颗少男心怦怦乱跳，恨不得哐哐哐为宁栀撞大墙！

“我决定了，待会儿下课我就去找那女生要微信号码。”他认真道，“你们说，我以后学区房买在哪儿比较好？”

几个男生中有个冷静的，劝他道：“作为好兄弟，劝你一句，别找死。”

张辉一愣。

那男生继续道：“陈也你知道吧？”

在场的几个都不是好好学习天天向上的乖学生，在这一块儿玩，多少听过陈也的名号，闻言齐刷刷点头。

“这女生叫宁栀，陈也就是她哥哥，不是亲的，但比亲的护得还紧，简直是宠妹狂魔。”

众人惊呆了，看着这么乖软的小姑娘，竟然有个那么凶残的哥哥？！

男生继续说道："我初中和宁栀一个班的，当时女生不都开始穿内衣了吗，然后我有个朋友，好奇加手贱，上课时手伸过去从背后把她的扣子解开了。"

几人屏息以待，就听到他表情极其幽怨地说道："结果，头差点被她哥打掉。"

众人腹诽：兄弟，你说的这个手贱的朋友，莫不就是你吧？

张辉咽了口口水，看着不远处小姑娘漂亮得不像话的脸，不死心地问："我只是要个电话号码，又不是像你之前那样手贱耍流氓，调戏人家小姑娘，应该没事吧？"

男生想了想，点头。

张辉松了口气，嘴一咧："你这种情况，按照陈大佬的说法，就是影响他妹妹好好学习，顶多是被揍一顿。"

"也还好，不会像我当时那样，躺床上半个月起不来。"

张辉小同学的初恋种子还没来得及发个芽就蔫了。

手里吃了一半的苦咖啡冰棍被他泄愤似的重重扔进旁边的垃圾桶里！

还吃什么苦咖啡，这破人生可比咖啡苦多了，呜呜！！！

另一边的樟树树荫下，宁栀和姚青青打羽毛球也打累了。

两人在花坛边铺了一张餐巾纸，挨着坐下。

"栀栀，你看单杠旁那几个男生，刚才咱们打球时他们眼珠子都要粘你身上了。"

宁栀听见姚青青的话，朝单杠那儿看了一眼，确实看到好几个男生。

但她也没特别在意，公共场合，别人看她，她又管不着的。

姚青青语气却透出兴奋："我和你打赌，一会儿肯定有人要过来找你要微信电话什么的。"

宁栀这下皱了皱眉。

她一点也不喜欢有人找自己搭讪，每次拒绝时，既要顾及对方的面子，又要表达自己的决心，真的挺伤脑筋的。

见宁栀这副模样，姚青青倒是乐了。

别看她这个好朋友性格好乖好软，见人都是甜甜的笑脸，一点也不高冷，但实际上，超级难追的！

高一刚开学没多久，宁栀就被校草盯上了，第二天就各种往她桌洞里塞礼物。

那校草家里有钱，追起人来也是大手笔，巧克力送的是进口的，项链送的是Tiffany（蒂凡尼）家的，令班上一众女生羡慕不已。

宁栀却一样也不收，每天到学校第一件事，就是把东西都还回去。

这么僵持了大半个月，校草按捺不住了。

在一个放学的晚上，他把人堵走廊里，高调表白："我是真的喜欢你，你想要什么，和我说，我都给你。"

围观的人不少，宁栀思索几秒，问："真的什么都行吗？"

校草一听，以为自己有戏了，特装酷地把手往墙上一撑，勾起嘴角，笑出了三分狂妄："嗯，什么都行。"

话音一落，他就看见小姑娘笑起来，露出个如释重负的表情。

下一秒，宁栀就用软软糯糯的嗓音道："那我想要你以后别来找我，也别再送东西了。我就想好好学习，而且你的教室和我的教室不在一栋楼，我每天给你还东西爬几遍楼梯，真的好累呀。"

校草呆住了。

围观同学憋笑憋得肚子疼死了。

时隔快一年，姚青青想起校草当时装酷不成反被噎住的画面，还是觉得好好玩。

她笑完，更加好奇地问宁栀："栀栀，你喜欢什么样的男生啊？"

虽说那校草爱装酷了点，但长得其实算帅的，还有钱、大方，是学校里好多女生暗恋的对象呢。

打完一场球，宁栀马尾有点松了。

她抬起手，纤细的指尖从发丝间穿过，将发圈重新缠了几圈："我还没想过这些啊。我答应过哥哥，高中不早恋的。"

当时，她可是在陈也面前，举手对着天地和一盒洗干净的草莓发誓——

要是她敢在高中早恋，以后吃到的每一颗草莓都酸掉牙！

"咦？"姚青青有些纳闷，"我记得你只有个妹妹啊，什么时候还多出了个哥哥？"

宁栀笑着和她解释："不是亲的，是小时候一块儿长大的邻居哥哥。"

姚青青又"哇"了一声，还挺费解的："你这邻居哥哥管你管得还真宽啊，居然都不许你早恋。"

她亲哥都不管她谈不谈恋爱呢。

宁栀却不觉得奇怪，语气自然地说道："他特别关心我嘛。"

"那……"姚青青托着下巴想了会儿，又问，"之前和你表白过的男生也不少啊，栀栀你就没动过一次心吗？"

宁栀还没来得及回答，体育老师一声口哨打断了她们的交谈。

"同学们到这边来集合，我们清点一次人数再解散下课。"

每排的第一个同学开始报数，然后是第二个，第三个。

轮到宁栀时，她有点出神，慢了半拍才喊出自己的数字。

高一那会儿，确实有不少人给她塞过情书，有当着面给的，也有悄悄塞到抽屉里的。

可是动心，好像真的一次也没有。

刚拒绝完校草那阵子，班上几个关系好的女生总拿她打趣。

说她一点也不迷恋长相，校草那么帅一张脸都狠得下心拒绝，一看就是能干大事的。

当时宁栀听得就很困惑，那个校草帅吗？

若论长相，还是陈也哥哥比较帅的呀。

中午还是大太阳的天，到晚上，突然下起了暴雨。陈也没和薛斌他们几个一块儿出去玩，自己回了家。

两室一厅的房子，没怎么装修，家具也少，看着没一点生活气息。

陈也把打湿的T恤脱下来，往沙发上一扔，径直走到卫生间。

他冲了个澡出来，用吹风机吹了会儿头发，房间里没有开灯，窗户外冷白的月光投进来，四周很安静。

目光落在钱包里的那张相片上，陈也想起自己第一次见到她时也才七岁，在灰扑扑的小巷子里。

盛夏的黄昏，满天铺着橘红色的晚霞。

油烟和饭菜的香气混杂着，从楼栋里各家各户呼啦啦转着的抽油烟机里飘散出来。

他和同样年纪的小男孩趴地上玩弹珠。

远远的，就看见宁家的那对夫妻领着一个小女孩，从对面的街道走过来。

这时，街灯整齐划一地亮了。

小女孩穿着一条绿色的小裙子，细胳膊细腿的，眼睛大大的、亮亮的，皮肤很白。

和小区里晒得皮肤黑黑，衣服也经常弄得脏兮兮的女孩子不同，她整个人都透出一股乖巧精致，像是摆放在商场橱窗里昂贵好看的洋娃娃。

玩弹珠的男孩都看她了，他也是。

小女孩注意到他，对他露出一个笑，带着几分羞涩，却也好看得紧。

当天晚上，他在小区楼底下玩，大人们摇着扇子闲谈。

“宁旭升不是一直想要儿子的吗？怎么领养了个小女孩回来啊？”

“听说孤儿院里合适年纪的只有她了，而且这小女孩之前被车撞过，记不得从前的事。那两口子觉得这样比较好养熟，就领回来了呗。”

那些话从陈也耳边过了一遍，他也没放在心上，第二天仍是跑出门，和别的小男孩一起玩弹弓。

毕竟洋娃娃虽然好看可爱，但在七八岁的男生心中，还是弹弓更有吸引力一些。

两人真正产生交集是在一个月后。

这一片住的都是厂里的职工，大人每天要上班，孩子自己结伴四处玩，处于放养的状态。

可是没女生愿意和宁栀玩。

大人们很多时候讲话肆无忌惮，却不知道那些话传到孩子的耳朵里，又是另一个意思了。

有天下午，陈也和几个小伙伴玩捉迷藏，玩得累了，飞奔回家喝水。

路上，他看见宁栀，抱着膝蹲在路边，整个人看起来小小的一团，长睫毛垂着，神情安静又落寞。

离她不远处，有几个女孩子在跳橡皮筋，叽叽喳喳的，玩得很开心。

陈也喝完水，又飞奔下楼。

跳橡皮筋的女孩子少了一个，也不知道是去干什么了。

他看到宁栀站起来，迈着小步子走过去，声音细软，有几分怯懦，一双手紧张地抓着裙子："我……我也会跳橡皮筋，我能和你们一起玩吗？"

皮肤晒得最黑的那个女生扬着下巴，趾高气扬道："才不要和你一起玩呢，我妈妈说了，你是从孤儿院里领回来的。"

另一个扎着羊角辫的女生也说："我也不和你玩，只有不乖、很坏的孩子才会被爸爸妈妈丢到孤儿院去。"

宁栀眼里涌起泪花，却没落下，打湿纤细的睫毛，格外惹人怜。

她软乎乎的嗓音里充满了委屈："我不坏，我很乖的。"

那时的陈也看过好多热血的动画片，最看不惯以多欺少的事。

英雄情结上头，他几步跑过去，拽起宁栀的手："走！她们不和你玩，我带你去玩。"

那是陈也第一次牵女生的手，好小的一只，软得不可思议，跟没骨头似的。

他都不敢用力，生怕一不小心捏坏了。

一整个下午，他带着她，和另外几个男生一起玩捉迷藏。

小姑娘特别乖，也特别听话，他让她藏哪儿她就藏哪儿。他对她比一个"嘘"的手势，她就立刻把嘴巴闭得严严实实的，只用一双亮晶晶、带着笑意的眼睛看着他。

玩到天黑了，陈也把宁栀送回家。

在门口分别时，他说："我叫陈也，也许的也。"

宁栀眼睛弯弯的，嗓音软软的："我叫宁栀，栀子花的栀。"

怕他不知道，她还拉起他的手，软软白白的小指头在他掌心认真地一笔一画写下那个字。

第二天一大早，刚开门，陈也就又看见蹲在地上的小女孩。

见他出来，她一下子站起来，笑容明媚，露出一排整齐的小白牙，糯糯的嗓

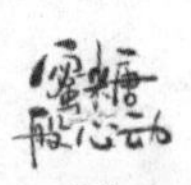

音透出期待："陈也哥哥，你今天带我去哪里玩呀？"

陈也觉得一群男生到处玩，爬树啊踢球啊，带着个女孩子总归是不方便的。

有时还会被别的男生取笑，说他身后怎么总跟着个小尾巴啊。

他几次想对她张口，说今天不方便带着她玩。

但看到小姑娘那双黑白分明、亮着光的杏眼时，那些话又说不出口了。

总想着下次吧，下次再说，一晃好多年过去，最后也没说出口。

厂里的那些女职工刻薄得很，看不得宁栀比自家女儿模样俊，总爱说些酸话。

什么女大十八变，小时候好看没用的，等长大就长丑了。

可小姑娘一天天长大，那张小脸却越发精致好看。

曾经被陈也牵着到处跑的小女孩，会在他父母吵得不可开交时，努力地踮起脚，用那双柔软温暖的小手捂住他的耳朵。

夜色更浓。

陈也站在阳台，暴雨已经停了，只剩下绵绵一点细雨。雨丝被风吹到脸上，凉凉的，带来一丝清醒。

无边的黑夜里，他指尖燃着半截烟，发出微弱的一点猩红。

陈也想起初三的那个暑假，他那个混账爸砍了人被抓进去，不到半个月，他妈妈收拾好东西和别人走了。

他成了没人管的野孩子。

左邻右舍的议论不堪入耳，小姑娘却紧紧抱住他，抱了很久都没有撒手。

夏季的衣裳很薄，她的体温传到他身体上，把他冷透的血重新暖了起来。

她的声音温柔又认真，像哄着小孩子："陈也哥哥，你别难过，我会陪着你的。不管别人怎么说，你永远都是我的哥哥呀。"

她是把他当哥哥的，从小就如此。

陈也将烟头按灭，残余的一点奶白色的烟被风吹散开。

他伸出左手，垂眼盯着看了很长时间。

总感觉上面依稀残留着当年的触感，痒痒的，又好柔软。

她用小手指头，一笔一画地把自己名字写在他掌心。

明明那么轻，却又仿佛刻进了骨子里。

周日下午，宁栀背着大提琴去琴房。两点钟开始上课，她是第一个到的。

教室里很空，宁栀打开琴盒，小心地将那把已经有点旧的大提琴拿出来，拉了一段上周学的曲子。

宁栀七岁开始学的大提琴。

那时，宁旭升和张瑛才把她从孤儿院接回来不久。

说实话，那段时间，张瑛对她是真心疼过的，看着小区别的孩子学大提琴，也给她买了琴报了班。

只是等宁栀上初中，张瑛怀上了亲生女儿，那颗心就完全偏了。

宁茉出生后，张瑛没打算给钱让宁栀继续学。

然而宁栀天生乐感好，一点就通，琴房的老师惜才，又念着从小教大的情分，免了她的学费，只让她每周上课来早点，帮忙指导一下才开始学或者基础功不扎实的学员，就当是交学费了。

今天学的曲子是圣桑的《天鹅》。老师亲自示范了一遍，给学生们讲解要把这首曲子拉好的诀窍。

“你们看我的左手拇指。”老师握着大提琴示范，“揉弦时，不要把琴颈握得太紧。

“还有，《天鹅》这首曲子的基调是安宁，带着忧伤的，你们演奏时要把感情完全投入进去。只有你们自己投入了，才能把听众带到那个氛围里去。

“行了，你们自己练会儿吧，我先去隔壁班看看她们拉得怎么样，等会儿过来检查你们。”

老师走后，教室里的学生开始练习，有的还没掌握到技巧，就会问宁栀，宁栀都耐心地一一教了。

练了二十多分钟，大家脖子和手臂都酸了，有的喝水休息，有的拿出手机玩一会儿。

宁栀在指导另一个女生时，听到旁边人窃窃私语的声音。

“门口那男生好帅哦，他好像一直在往这儿看呀，不知道是看谁。”

“要是等我上完课他还在，我就去找他要个号码。不过他看着好高冷的样子，不知道会不会给啊。”

“你长得这么漂亮，他一定给啊。”

宁栀本来没有在意，不经意转头，视线匆匆一瞥后，她愣了愣。

琴房正对着街道的那一大面墙上安着落地窗，里面外面的情况都看得一清二楚。

已然初秋了，沿街的银杏叶子都黄了，被斜阳照得金灿灿的，很是明亮。

一片小小的树荫下，少年身姿颀长，眼窝深邃，唇很薄，那双漆黑狭长的桃花眼微微敛着。

他就站在那儿，安静的，无声的，耐心的。

是好久之前，很多次他在外面等她时的模样。

微愣之后，宁栀心中被欢喜漾满。

“啊，不好意思，我出去一下，马上回来。”

宁栀对身边的女生说完，放下大提琴，飞快跑了出去。

残阳西斜，从银杏树叶子的缝隙撒落，在沥青的路上投下斑驳的光圈。

陈也单手插兜，个子很高，又是那种肩宽腰窄的好身材，在来往的行人中十分显眼。

他薄唇抿着，看上去没什么表情，若要仔细观察，才能发现那双墨黑的眸子里，实则隐着几分温柔。

特别是在见到小姑娘朝着自己飞奔而来的那一刻。

宁栀一路跑得急匆匆，站到陈也面前了，才有了喘一口气的机会。

陈也看到少女白皙的脸上显出绯红，扎起的丸子头跑松了，几绺碎发滑过脸颊，像个小疯子一样。

她脸上却带着笑吟吟的表情，仿佛见到他是一件多么值得高兴的事一样。

“你来找我呀？”她声音甜甜软软的，尾音的那个“呀”字像是在撒娇。

陈也抬起手，习惯性地替宁栀将散下来的那绺细发撩到耳朵后。

指腹无意触碰到她的耳垂，纤薄又柔软，他手指僵了僵，很快缩回去。

那手垂下，不自然地握紧，又松开。

他出声：“嗯，来找你。”

宁栀并没有发现他的异样，听到他的回答，眼睛瞬间更亮了。

她扬着小脸，专注地看向他：“你什么时候过来的啊？”

陈也早就来了。

隔着一张落地窗，他看着她拉动琴弦，穿着杏色的针织衫，眉眼安静认真。

光笼在她身上，她像是从童话里走出来的小仙女。

“刚来，没一会儿。”他说。

“那你再等我一会儿行吗？我很快上完课，我发现有个地方的炸鸡柳很好吃，我等会儿带你去吃呀。”

陈也对上她眼巴巴的目光，笑了声：“好，我等着，你快回去上课吧。”

“那我先走啦。”宁栀双眼弯了弯。

“慢点跑，别摔着了。”陈也提醒。

“嗯嗯。”她转身，往琴房跑去。

他目送着她的背影，到门口时，小姑娘突然刹住了车。

宁栀转过身面对着他，小手摆了摆，嘴角两边的酒窝又甜又可爱。

陈也这一刻心脏变得好软。

宁栀回到琴房，好多女生都围到她跟前。

刚才她们都看见了她跑出去，又隔着窗户看到她和外面那个好帅的男生说话。

“栀栀，你和那个男生是什么关系啊？”

“他是你男朋友吗？嘤嘤嘤，我本来还打算下课去要他微信的！”

七嘴八舌声中，宁栀连忙摆手，给她们解释：“不是，他不是我男朋友。”

刚才说想要微信的女生叫李心艾，性格活泼开朗，长得也漂亮。

闻言，李心艾又燃起了希望，眼睛闪闪发光地问：“那你们是什么关系呀？

他是你哥吗？”

“他以前住我家对面。”宁栀诚实地说道，“算是邻居哥哥吧。”

“哇哇！”李心艾羡慕，“我怎么没有这么帅的邻居啊！”

下一秒，她又问：“那他交女朋友了吗？”

“没有。”宁栀回答。

李心艾眼睛更亮了，她还想再问些问题，比如小哥哥平时喜欢干什么，打什么游戏，喜欢哪一类型的女生之类的。

这时，老师推门走了进来。

叽叽喳喳的教室立刻安静下来，大家全都装出有在好好练习的样子。

正常的下课时间是五点，但是今天教了首新曲子，老师拖了一刻钟的堂。

“好，今天就到这儿了，你们回去对着琴谱多练习。”

宁栀背着琴盒出来时，日头又往西沉了几分，天色更暗了。

陈也还站在那儿，影子被夕阳拉得长长的，他神色如常，没有一点不耐烦。

宁栀跑过去，有些愧疚：“不好意思，让你等久了。”

“没事。”陈也声音温和，“走，去吃东西吧。”

宁栀开心地点头：“那家鸡柳真的超级好吃，我请你吃啊。”

提到好吃的，她眼睛不自觉一眯，弯弯的、亮亮的，像小月亮。

陈也嘴角也噙上了笑意：“好。”

两人正要走，身后传来一道声音：“哎，栀栀，你等我一下。”

宁栀回头，看见李心艾，心里猜到她要做什么了。

李心艾对宁栀笑了笑，又看向陈也，有些害羞地说道：“你好啊，我刚才在琴房拉琴的时候就看到你了，想认识你一下。

“你平时玩游戏是‘吃鸡’（指《绝地求生》游戏）还是‘王者’（指《王者荣耀》游戏）啊？我两个都会，要不我们加个微信，有时间一起玩？”

陈也拒绝：“不用了。”

李心艾有点被打击到，缓了缓，贼心不死：“哎呀，我李白和小乔玩得很厉害的，吃鸡也经常能吃到，不会拖你后腿的。”

说完，她眼睛眨巴两下，用满含期待的目光望着陈也。

等啊等，就听到这个小哥哥用冷静淡漠的声音回答：“我不‘吃鸡’，也不玩‘王者’。”

李心艾一愣：咦？这两款这么火的游戏竟然还有人不玩的？！

“那你平时玩什么游戏啊？”她好奇地问。

陈也面无表情：“连连看。”

李心艾和宁栀都蒙了。

李心艾拦了辆出租车，捧着碎得稀里哗啦的芳心走了。

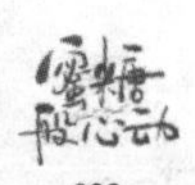

呜呜呜，她真的太惨了！比冒着大雨去找陆振华要钱的依萍还惨。

从今往后，她再也不主动撩现实里的小哥哥了，真的撩不动，还是花钱“磕纸片”好了！！

陈也已经走到摩托车旁。他转头，对还处于愣神里的少女抬了抬下巴：“不是要吃饭吗，还不走？”

宁栀回过神，几步走了过去。

这也不是她第一次看见有女生找陈也表达好感，要微信什么的了。但印象里，他好像真的一次都没给过。

把琴盒背在后面，宁栀抬起腿，跨坐上摩托车。像以前很多次一样，她双手熟练地环上少年劲瘦的腰。

“那地方不远。”她给他指路，“就在前面第二个路口左转，再过个马路就到了。”

陈也身体僵了僵，修长的指节握紧了摩托车把手。

快到吃晚饭的点了，这条新修的美食街人越来越多。

“我要一大份炸鸡柳，多放点儿番茄酱和辣椒粉，谢谢老板。”

“好嘞！”老板拧开煤气灶，把一碗裹着面粉的鸡柳倒进了锅里，“微信和支付宝都行，二维码贴桌上了。”

宁栀没有手机，那两个都用不了，准备从裤子里往外摸钱时，陈也已经用手机扫码付了。

“叮，支付宝到账十五元。”

宁栀拉了拉他的衣摆，嘟着嘴有点不高兴：“说好了今天我请你吃啊。”

陈也笑了声：“和我一起出门，哪有让你付钱的道理。”

等把炸好的鸡柳装到纸袋子里，老板递给宁栀时，还一脸的遗憾：“唉，下回等你们过来，我再和你们讲没讲完的部分啊。”

宁栀指尖攥着细细的竹签子，往纸袋子里戳着鸡柳，一个接一个，小腮帮子一鼓一鼓的，就没停过。

陈也还是和以前一样，每次出去给她买一大堆零食，自己却不怎么吃。

只有小姑娘主动递上去，他才吃几口。

宁栀停下脚步，又戳了一个鸡柳，举起来递到他嘴边：“你也吃嘛，我买的是大份的，我一个人又吃不完。”

陈也头低了低，张嘴，吃下她递来的。

两人吃完晚饭，走到公交车站去坐车。

那车厢一开始挺空的，后来经过一个公园，乌泱泱上来一群刚跳完广场舞的老头老太太，个个精神矍铄，手里拿着一柄木剑或者红艳艳的大扇子。

一片欢声笑语中，车厢也变得更加拥挤。

宁栀被挤得不断挪位置，不得不和陈也越挨越近，最后几乎是贴在了他身上。

陈也登时拧起了眉头。

他想把自己领口掀起来闻一闻，看有没有汗味，还想骂这个公交车司机，这么多人，也不知道把空调温度调低点！

之前体育课打球，男生都会流一身臭汗，等第二节上别的课，教室里也连带着有一股臭烘烘的味道。

可女生又不一样。

哪怕在街上瞎跑了半天，同样流了好多汗，傍晚回家时，牵着他手的小女孩也还是香软的一小团。

就像此刻，在拥挤的车厢里，陈也仍闻到了几丝幽幽的甜香，来自宁栀身上的。

他垂下眸，并没有看到小姑娘脸上露出嫌弃的表情，心总算松了些。

又一站停下，下车的少，上车的多，拥挤更甚。

宁栀的脸被迫紧紧地贴在了陈也的胸膛前。

就隔着层T恤衫，少年身上热腾腾的温度，以及心脏的跳动声，都传到她这儿了。

他心跳很快，强而有力，宁栀恍恍惚惚的，心跳也跟着加速。

她脸颊发热，心底泛起一丝害羞的情绪，但转瞬又觉得有些莫名。

他们是多么熟的关系了啊，从六岁就认识了，到现在已经有十年了。

陈也见证了她换乳牙的全过程，知道她什么时候来的例假，甚至，连第一回用的那包卫生巾，还是他亲自给她买的。

那是读初二的时候，下午她肚子一直疼一直疼，隐隐感觉到自己可能是来了例假。

平时在班上，宁栀不时听到有女生说到这个，但来了之后具体要怎么弄，她又不是很清楚。

那段时间，才出生的妹妹发烧住院了，张瑛几乎是天天住医院里，完全没有空管她，更想不到要告诉她每个女生即将经历的那件事。

放学铃声响了，宁栀却不敢从座位上起来。等同学们都走光了，她才小心翼翼挪一下，再往椅子上看一眼。

蓝色的椅子上一片血迹。

宁栀更加不知所措，肚子也更疼了，裤子脏了，根本没办法走出去。

窗户外的太阳落下，天黑沉沉的，走廊变得分外安静，以前看过的校园怪谈又浮现在脑海里。

各种情绪交织之下，她趴在桌子上，小声地呜呜哭出来。

不知过了多久，肩膀被人轻轻拍了一下。她泪眼婆娑地抬起头，看见陈也。

“谁欺负你了，我去揍他。”

“没人欺负我。”她对着他摇头，眼泪啪嗒啪嗒落下，难为情地结巴着，“陈

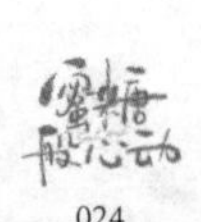

也哥哥，我……我那个来了，裤子脏了，还……还弄到了椅子上。”

陈也皱了一会儿眉才反应过来她说的“那个”是什么意思，惯常冷峻的脸上也浮起一丝红晕。

“这有什么好哭的，椅子脏了擦干净就是了。”他干脆利落地把剩下的半瓶水倒到餐巾纸上，几下擦干净椅子，然后脱下身上的外套，让宁栀穿上。

他的衣服很大，刚好把她脏了的裤子遮住。

学校里这会儿特别安静，已经看不见人影了，只有远处的篮球场上不时传来篮球哐哐砸在水泥地上的沉闷声响。

她被他背在后背上，一步一步，走得特别慢，特别稳。

后来宁栀回到家，屋子里黑灯瞎火的，爸爸妈妈都不在。

她先去洗了个澡，把脏了的裤子换下，找了半天，也没找到家里的卫生巾。

她正想打电话给妈妈问一问时，敲门声响起。她过去开门，陈也站在外面，手里拎着一个袋子。

他直接走进来，把黑色的塑料袋往她手里一塞，不自然地咳了声：“这个，拿去垫着。”

顿了顿，他又问了句：“知道怎么用吗？”

宁栀打开塑料袋，看到里面粉色的七度空间，日用的夜用的都有。

她脸一红，连忙点头：“知……知道的。”

其实并不会，到卫生间研究了一会儿才弄好。

出来时，陈也已经把买的两盒饭放到桌子上了，问她：“吃哪个？”

她指了指鱼香肉丝盖浇饭，他就把那个饭盒往她这边一推。

那顿饭难得两个人吃得都很沉默。

吃完，陈也让宁栀去床上睡着，她摇头：“不行，我作业还没写完。不交作业，明天老师会骂的。”

最后，宁栀还是躺到床上去了，陈也坐在她的书桌前，帮她一遍遍抄单词。

台灯小小的一盏，晕开暖黄色的光。她盖着被子，蜷缩成一团。

少年越写越暴躁：“你们老师有毛病啊？一个单词抄十遍，一口气抄三个单元的单词？整人玩呢这是？”

“还是我来写吧。”宁栀挺不好意思的，想坐起来。

“写什么写，快睡。”陈也把她按下去。

手机振动，他接起，语气凶凶的，特别暴躁：“老子帮妹妹写作业呢，哪有时间和你们玩游戏。”

他果断挂断电话，拿起笔，又开始一遍遍地抄写单词。

那一晚的月亮特别圆，宁栀从窗户那儿看过去，觉得月亮像一枚小小的铜钱。

她睡着时，耳边还响着笔在练习本上划过的沙沙微响。

公交车里，司机放起了歌，是一首很老也很经典的粤语歌——

“来日纵是千千阙歌，飘于远方我路上，来日纵是千千晚星，亮过今晚月亮，都比不起这宵美丽，亦绝不可使我更欣赏……”

宁栀被少年身上充满荷尔蒙的气息包围，带着点汗，却一点也不难闻。

她轻轻抬头，看向陈也。

遥远而模糊的记忆里，那个明明很烦躁却还是坐在小书桌前，一笔一画认真帮她抄单词的少年和眼前的人重合了。

少年长得更高，五官轮廓更加硬朗锋利，可是对她的好，一直没有变，像是真的把她当作自己亲妹妹一样。

姚青青也有一个哥哥，宁栀听她说，她从小就和哥哥为了零食、遥控器吵架，有时候还会打起来。

但是陈也哥哥从来没有和宁栀吵过架，他从小带着她到处玩，给她买好吃的零食，有很坏的男生欺负她，他还会帮她出头。陈也对她，真的特别特别好。

有时候，她甚至觉得，他就是这个世界上对她最好的人了。

又过了两站，乌泱泱下了好多人，车厢立刻变空，后排多出了几个座位。

“陈也哥哥，我们去那边坐呀。”宁栀开口道。

“好。”陈也和她一起过去，在并排的两个座位坐下。

刚一坐下，陈也突然听到身边的人认真地说：“陈也哥哥，我会好好念书的。”

陈也不由得一愣。

虽然不知道宁栀为什么突然这么说，但好好读书总是没错的。

陈也赞同地点点头：“嗯。”

下一秒，小姑娘仿佛受到了什么鼓舞一般，仰起头看着他。

她眼睛亮亮的，一字一顿，声音更加郑重：“等我毕业了，我就找个好工作。我会赚很多钱，都给你花！”

陈也蒙了：什么玩意儿？我看着像是喜欢“吃软饭”的人吗？

第二章·你那么好

陈也手指屈起，往宁栀脑袋上一敲，板着脸道：“谁告诉你好好工作赚了钱是给别人花的？”

宁栀抬手摸摸被敲痛的头，委屈地鼓了鼓脸：“那你一直对我很好很好，我也想回报你呀。”

非常理所当然的语气，让陈也无奈又好笑。

就这么傻一姑娘，还长得不是一般好看，以后放外面，“渣男”不得像飞蛾一样前赴后继地涌上来？！

他简直操起了当爹的心：“对一个人好，是不需要回报的。你以后赚了钱，自己给自己买化妆品，买好看的衣服，不许给哪个男人瞎花钱，听到没？”

宁栀被他训得一愣一愣的，反应过来，乖乖点头：“哦，知道了。”

陈也这才满意地点点头。

正好此时公交车到站，他们从座位上起来，跟着前面的两三个人一起下车。

不远处，有个商贩推着小推车路过，空气里弥漫着糖炒板栗的香气。

宁栀闻到了香气，转头对陈也说：“我请你吃板栗呀。”

她几步跑过去。

小推车上竖着一个纸牌子，明码标价，十块钱一袋。

怕陈也又抢先付钱，宁栀马上从牛仔裤的兜兜里摸出一张二十元的纸币：“老板，我要两袋板栗。”

商贩拿锅铲一铲，动作利索地装好。

陈也走过去时，就见宁栀已经把一袋子板栗用塑料袋系好，正往书包里装。

他眉一挑：“又是带回去给你妹妹的？”

之前也是，在外面吃到什么好吃的，总想着带一些回去，明明自己都没多少零用钱。

父母的心也早已偏到了太平洋那儿。

“对啊。”她点头。

说话间的工夫，宁栀拉好了书包拉链，又把另一袋热腾腾的板栗递过去：“你帮我拿一下。”

陈也自然没意见。

两人继续并排往前走。宁栀手一伸，陈也就顿住脚步，把袋子拿到她面前。

默契得不行。

小姑娘吃东西的样子实在可爱，脸颊鼓鼓的，和小仓鼠一样。

陈也看着她一口气吃了七八个，才想起问她渴不渴，要不要买杯水喝，就听她轻软的嗓音响起：“你低一下头。”

陈也照做，一颗剥得干净完整的板栗送到了唇边。

他下意识张嘴，咬住那颗板栗时，唇也碰到了她的手指。她的指尖很软，沾上了板栗甜糯的香。

宁栀自然地收回手，看到陈也表情中露着一丝古怪，眨了眨眼：“怎么啦？板栗不好吃吗？”

当然好吃，比他以前吃过的任何一次都要甜。

陈也看着宁栀的眼睛，心虚起来。小姑娘的眼睛清澈干净，像是湖水，一眼望得见底。

陈也收回视线，用干巴巴的语气掩饰自己的心虚：“吃了七八颗才想起给我一个，说好是给我买的呢？”

“不是呀。”宁栀仰着小下巴，和他对望，语调软软地解释，“之前我剥开的那几颗都有些炒煳了，吃起来会有点苦的。

“只有刚才给你的那颗没有炒煳，颜色也是最好看的。”

她抿起嘴角，对着他一笑，每个字都像裹着糖霜：“我想把最好的给你嘛。”

在少女甜软的笑意里，陈也的心跳得又快又烈。

自从奶奶过世后，没有人再觉得他好。

他不是学习的料，读没有前途的职高，爸妈死的死，改嫁的改嫁。从前的那些街坊邻居议论起他，多半是摇头。

“我听说他奶奶给他留下的两套商铺可值钱了，一卖有大几百万呢。”

“那有什么用，要是和他爸一样，沾上赌博，几百万败起来也就分分钟的事。”

“这么一说我想起来了，我有个远房表亲就是的，拆迁补贴了两三百万，结果被人哄着去摇骰子，半年不到输了精光，还欠下一百多万，最后落个妻离子散的下场。”

“现在他不是在读职高吗，那里面能有什么好玩意儿。万一再沾染什么毒瘾，都有可能出现在社会新闻上。”

个个说得有模有样的，提前把他的命运给规划好了。

仿佛他就是个不堪的人，也该和这些不堪的事扯上联系。

这个世界上，也只有眼前的小姑娘还想着把最好的留给他。

陈也恍惚间想起初中那会儿，有次语文课上的一篇阅读，作者写“感觉心脏被紧紧攥住”。

他当时玩手机的间隙抬头瞄了眼，只觉得作者真能扯。

可这一秒钟，他却真真实实地有这样的一种感受。

宁栀没有察觉到陈也的异样，又伸手到袋子里拿了颗。

软软的手指头剥开壳子，露出里面黄澄澄的板栗。

她笑起来，递给他：“这颗也应该很甜的。”

陈也这次自己用手接过来，吃下去，也笑了：“特别甜。”

两人沿着街道往前走，一袋板栗很快被分着吃完。

路过一家商场时，陈也就见刚还笑眯眯的小姑娘突然鼓起了脸颊，一副气呼呼的模样。

他不解，又有点好笑：“怎么了？”

宁栀往前一指，陈也顺着看过去，就见一个衣冠楚楚的男人挽着一个年轻的女人走进商场。

那女人挺着大肚子，应该是怀着孕。

完全陌生的两个人，也不知道怎么就把小姑娘给气着了。

正想着，他听见宁栀说道：“那个男人是我们初中英语老师的老公。”

她这么一说，陈也就有点印象了。

陈也和宁栀都是就近上的初中，他们那所学校算是市里倒数一二的，升学率简直没眼看。

初二的那个暑假，这个英语老师叫上班上几个成绩好的去她家里，免费帮着开小灶。

宁栀就是其中一个。

陈也那时打完球或者上完网，就去接她回家，偶尔见过那个英语老师。

好像四十多岁吧，长得不算特别好看，但是很温柔，人也感觉很不错的，不然也不会为了学生的中考，牺牲自己的休息时间。

“我之前在办公室帮忙改卷子的时候，听到别的老师说，英语老师家里条件很好的，她老公一家都是乡下的。当年英语老师的爸爸妈妈都不同意他们结婚。

“后来英语老师怀孕了，但不小心掉了，然后就一直怀不上孕了。”

说到这儿，宁栀叹了口气，气愤中又有些难过：

“就在前几个星期，我和几个同学回初中，听别的老师说，英语老师的老公和她离婚了。

“因为那个男人想要孩子，英语老师又没有办法怀孕，他就出轨和他公司的女秘书在一起了。

“我们英语老师真的是特别好的一个人，她老公怎么能那样呀？！”

明明是别人夫妻俩的事，宁栀还真情实感地把自己气到了，怎么那么傻？

陈也有点想笑。

但看她脸颊气得鼓鼓的，正义感爆棚的样子，他也严肃起来，同仇敌忾地点点头："那男人就是个王八蛋。"

也怕她真把自己气坏了，正好经过一家麦当劳甜品站，陈也过去买了杯草莓圣代。

他把冰激凌给她，温声哄着："吃这个，别气了。"

宁栀用塑料小勺子舀着冰激凌上面的草莓酱，吃了一口，还是很想不通。

结婚二十多年呀，一路走过来多不容易，结果因为生不出孩子就要离婚，和另一个人在一起吗？

还是说男生和女生的想法会有很大差异？

宁栀用勺子戳了戳手里的圣代，问陈也："对男生来说，孩子真的有那么重要吗？是不是男生都有那种……"

她歪着头想了想，接着道："想要传宗接代的想法呀？"

"谁说的？"陈也语气果决地否认。

"那……"宁栀又问，"那你以后要是结婚了，你的妻子因为身体原因不能要孩子，你会因为这个和她离婚吗？"

陈也挑眉反问："我脑子有病？"

宁栀笑起来，咬了一口冰激凌，陈也哥哥果然是世界上最好的！

陈也以往都会把宁栀送到楼栋底下。

但这次没有。

走到小区门口，他就停住了脚步。

他名声不好，可小姑娘干净又美好，那些闲言碎语，少和她沾上比较好。

"行了，时间也不早了，快回家吧。"陈也手插兜里，示意她进去。

宁栀站着没有动。

到现在，她也想不明白前段时间陈也哥哥为什么突然对自己说那种过分的话。

但她真的也不愿意再像之前那样和他几个月冷战不说话了。

"陈也哥哥，"她好声好气道，"你以后要是有什么不开心，或者觉得我有哪里不好的地方，就和我说，不要和之前那样，突然就不和我玩了。"

"你那样对我，我会很难过的。"

说到后面，小姑娘低头，语气低落下来，带着几分委屈。

入了秋，这处很静，知了都不叫了，她的委屈和难过听得分外清晰。

陈也心脏发疼："你没有哪里不好，不好的是我。"

"我以后不会那样了。"他保证道。

宁栀望着他，声音软软的："那我们拉钩。"

“好。”陈也钩住她软软的小指头，听她有模有样地说——

“拉钩上吊不许变，你要是说话不算数，就，就……”

就了半天，宁栀都没想出词来。

陈也替她说完：“我要是说话不算数，就出门被车撞，下雨遭雷劈。”

闻言，宁栀眼睛瞪圆，打了一下他的手臂：“你怎么能这么咒自己啊，快呸呸呸！”

她气得想去踩他的脚。

陈也看着她奓毛又迷信的样子，心里暖暖的，听话地呸了两声。

“要是你说话不算数，”宁栀歪着头思索了几秒，眼一亮，“那你就打游戏局局输，打篮球也输，点的外卖都有香菜！”

陈也嘴角勾起：“好。”

宁栀回到家，用钥匙开了门。

客厅里的小女孩坐在沙发上看电视。

听到动静，小女孩回过头，奶声奶气地叫了声“姐姐”。

宁栀笑笑，看着电视机里正播放的动画片，问：“茉茉，爸爸妈妈去哪儿了呀？”

宁茉手里捧着一个大玻璃碗，里面盛满了色泽鲜红饱满的草莓。

她摇晃着小脑袋，乖乖回答：“爸爸妈妈拎着好多东西出去了，茉茉也不知道他们去哪里了。”

宁栀拉开书包的拉链，把板栗拿出来：“姐姐给你带了板栗，喜不喜欢吃？”

“喜欢。”宁茉开心地伸手去接。

小女孩用软乎乎的小手从碗里抓了一个草莓，朝宁栀递了过去：“姐姐也吃草莓。”

宁栀拿起草莓，对她温柔地笑：“谢谢茉茉。”

宁茉开始剥板栗，小手灵活得很，一下子剥干净了外壳：“姐姐，你为什么不喜欢吃草莓呀？”

宁栀疑惑地“啊”了声。

“妈妈晚上帮我洗草莓，我说要给姐姐留一点，妈妈说不用，姐姐不喜欢吃草莓。”宁茉的小手把板栗往嘴巴里一塞，声音含混，充满困惑，“可是我觉得草莓明明很好吃呀，姐姐为什么不喜欢呀？”

宁栀一时不知道该怎么说。

正沉默着，门外传来脚步声，伴随着一男一女的交谈。

“两千的烟和酒都送出去了，刚才在主任家里你也不晓得多说几句好听的话，非要我捅你一下你才往外迸个字！”

“不是有你在嘛，你和主任他老婆不是聊得挺好的嘛。”

“凡事都指望我，家里还要你这个男人有什么用？”

宁栀从沙发上起来，过去开门：“爸，妈。”

张瑛见到她，一脸怒容收了收，然后突然换上了温和的语气：“栀栀啊，妈有个事儿要跟你说说，你和妈妈到房里来。”

宁栀被张瑛拉着进了卧室。

两人在床边坐下，张瑛抓起宁栀的手，语重心长道：“栀栀，你也大了，有些话我就和你直说吧。你爸现在这个厂里的经济效益不太行，听说是要裁人了。”

她叹了口气：“你爸这个年龄，要是被辞了，去外面找工作那是真的难。现在咱们家里的负担也比较重，茉茉到了要上学的年纪，各种开销加一起是笔不小的数目。”

宁栀看着张瑛，不知其意图：“妈，那我们要怎么办呀？”

张瑛这才说到了正题上：

“我今天和你爸买了些礼物去工厂主任那儿，但这点东西在主任眼里估计是不够看的。主任有个儿子，比你小一岁，在读高一，成绩是年级‘吊尾车’的。

“我当时就和主任说了，你的成绩很好，你要是能每个星期抽出一点时间去帮他儿子补补课，你爸工作的事也就不必担心了。”

“栀栀，你觉得怎么样？”张瑛期待而热切地看着宁栀。

宁栀被那样的目光看得不太自在。

小时候，刚被领养回来那几年，张瑛对她是真真实实的好过。

只是后来，妹妹出生之后，妈妈的态度就……变了很多。

但当初要不是张瑛把自己领养回去，那她可能现在还生活在孤儿院里。

宁栀抿了下唇，轻声答应：“好，我星期六晚上有时间，可以过去。”

张瑛立刻笑逐颜开，从钱夹里拿出一张一百元的钞票，塞到宁栀手里，态度是鲜有的亲热：“那栀栀你好好教，这钱拿着路上买饮料喝。”

一中周六有补课，但不上晚自习。

公交车站边，姚青青眼见着一辆211过来，旁边的宁栀还站着没动。

她推推宁栀的胳膊，出声提醒：“栀栀，你回家的那辆公交车来了呀。”

“我现在不回去。”宁栀回道。

姚青青奇怪：“啊？那你要去哪儿呀？”

“去帮别人补课。”

姚青青有些惊讶：“我们现在作业这么多，学习压力又大，我每天睡觉都觉得时间不够用，栀栀你还要腾出时间给别人补课啊？”

宁栀对她笑了笑：“没事的，也就一个星期一次。”

说完，宁栀指了指正行驶过来的公交车，说：“你等的车到了，快上去吧，拜拜。”

姚青青也挥挥手："那我走啦。"

宁栀回头，又去看公交车指示牌，自己等的那辆还有两站。

约好的时间是六点半，应该是来得及的。

她从书包里拿出中午在学校小卖部里买的一块三明治，撕开外面的塑料包装袋开始吃。

等公交车来时，她刚好吃完，把袋子往边上的垃圾桶一扔，噔噔跑上车。

过了七站，宁栀下车，七弯八绕，再靠着问人，她终于找到了那家人住的小区。

这里属于高档小区，不像她住的地方，随随便便什么人都可以进去。

门禁很严，进去之前，要先在门卫那里登记来访信息。

在本子上登记完自己的信息，宁栀搁下圆珠笔，抬头一看墙上挂钟的时间，她心道不好，连忙背起书包往外走。

她脚步匆忙，边走边四处张望楼栋号，好不容易找到第三十二栋楼。

还好最后没有迟到。

按响门铃，开门的是一位打扮得很漂亮的女人。

女人头发烫了卷，妆容得体精致，一条长裙勾勒出高挑身形，手机夹在耳朵和肩膀之间，边换鞋边打电话，声音娇嗔极了。

"知道三缺一，我马上就来，你可别催啦。什么？吴厂长的老婆晚上也来？哎哟，那我今晚可得好好输一输，我们家老王年底升迁就指望着吴厂长呢。"

七厘米的高跟鞋穿上了脚，她又拿起一瓶香水，往身上喷了起来。

宁栀抱着书包，安静地站在门口等着，五分钟之后，女人挂了电话。

她礼貌打招呼："阿姨好。"

女人对宁栀笑了笑，那笑没有多少真诚，带着几分打量，从头到脚将宁栀看了个遍，然后才拿了一双鞋套给宁栀："我听你爸妈说你成绩很好，次次都是年级前几名。我家儿子脑子也挺聪明，就是玩性大，没肯在学习上下功夫，要是稍微努力一把，成绩绝对厉害。"

她拎起一只 Dior（迪奥）的小包，对着玄关处的穿衣镜撩了撩头发："小晨就在房里，你进去吧，阿姨出去了，不打扰你们学习了。"

宁栀没来得及说一声"阿姨再见"，那门就"哐"的一声关上。

她愣愣站了几秒，深吸一口气，朝着里面的房间走去。

她敲了敲门，没有人开，连一声回应也没有。

又敲了两下，结果还是一样。

她只好鼓起勇气，自作主张，直接推开门。

男生坐在电脑桌前，耳朵上塞着耳机，机械键盘被敲得噼里啪啦的，还发出五颜六色的光。

"我妈烦死了，闲得没事干非给我找个家教，谁星期六还搞学习啊！

"听说那女生成绩挺好的。这年头，成绩好的女生不都是书呆子一个。

“上回我妈找了个重点大学的研究生给我辅导数学，那黑框眼镜和一脸的青春痘，看得我哪还有心情学习。

“不说这个了，打游戏打游戏，我先去偷个塔。”

宁栀更感局促不安。

她再次在心底给自己鼓了鼓劲，走过去，站到那男生身后：“我来给你补习功课了。”

赵晨打游戏打得正嗨，哪里听得见，过了会儿，忽然感觉耳机线被人轻轻扯了下。

他皱眉，摘下耳机，就听到身后传来一个女生的声音：“我来给你补习功课了。”

赵晨心里烦得不行：“你……”

脏话就要脱口而出，他回头抬眼一看抱着书包的宁栀，猛地一顿，差点没被口水呛死。

一万句“天啊”在他心中飘过。

他妈妈从哪儿找了个小仙女来给他补课啊！从今往后，他爱妈妈，他爱学习！！

赵晨迅速改口，嘴快咧到了耳根后：

“你从哪儿过来的啊？怎么还穿着校服？你们学校不会周末还补课吧？

“哦，对了！你渴不渴？我去给你拿瓶冰饮料。你喜欢喝可乐还是雪碧？橙汁我家里也有。”

这突如其来的热情洋溢把宁栀吓到了，她连忙摆手：“不用了，我带了水。”

“冰的饮料才解渴，你先坐着，我去给你拿。”

赵晨也不管游戏了，一溜烟儿跑到外面，又风一样地跑进来。

可乐、雪碧、酸奶、美汁源果粒橙捧了一怀。

盛情难却，宁栀只好要了瓶雪碧。

赵晨替她拧开瓶盖，又给宁栀递过去，比对着亲妈亲爹还殷勤。

宁栀喝了一小口，自我介绍道：“我叫宁栀，在一中念书，读高二，以后每个星期六晚上过来给你补课。”

赵晨闻言，心里又飘过一万句“天啊”，小仙女不仅长得好看，声音还超级好听。

只周六补一晚上哪够？就应该让小仙女天天来给他补习啊！！

宁栀见赵晨坐着不动，咧着嘴又不知道乐什么，她指了指书桌：“要不然，我们现在开始学习吧。”

“行！”赵晨马上搬了把椅子过来，坐到她旁边。

宁栀拿出一个笔记本，上面是她晚上做完作业，抽空整理出来的高一最基础的英语语法知识。

她把本子摊开，放到两人中间，手里拿着一支笔：“我们今天先讲基本的时态语态。”

赵晨悄悄把椅子挪了挪，和宁栀离得更近了。

她身上有种很甜的香，像一颗牛奶糖。赵晨心潮澎湃，荡漾得能划起一只小船了。

这可比他们班女生一天到晚不知道喷的什么香水好闻多了。

“将来时间有几种表达方式，可以是 will 或 shall 加动词原形。除了这两个，be going to do 也可以表示将来的计划……”

她低着头讲，要举例子的时候，抬起头，就发现两个人坐得似乎比之前近了好多。

宁栀不太习惯和陌生人有太近的接触，尤其还是陌生的男生。

她把自己的凳子往旁边挪了挪，让两人保持在一个适当的距离。

赵晨看着她的动作，笑起来：“隔这么远，我哪听得见你讲什么啊。”

本是调戏的一番话，说完，他就听小姑娘语气认真地说道：“那我等会儿声音讲大点。”

话毕，宁栀指着笔记本上的例句开始讲，音量真的比刚才大了好多。

赵晨没忍住，又笑了，也太乖太纯了吧。

宁栀讲完几个例句，正准备讲下一个，赵晨装模作样地举起手：“老师，我有问题。”

她以为他是哪里没听懂：“什么问题啊？”

赵晨凑近她，垂涎了一番她的颜值，笑嘻嘻的，说出的话又不正经：“哦，就是小老师你长得好漂亮，想问一下你有没有男朋友啊？”

宁栀脸红了红，嗓音软，语气却很严肃：“你不要问和学习无关的问题。”

赵晨平时见的、相处的都是那些张扬且玩得开的女生。

他还是第一次见到这么容易羞红脸的女生。

“那我问和英语有关的问题行吗？”

宁栀点了点头。

赵晨笑容有些猥琐：“就亲嘴，这个词用英语怎么说啊？”

宁栀真不想在这里待了。

但碍着爸爸工作的事，她只得硬着头皮不搭理他，自顾自地讲下去，不去理他时不时的一句“老师身上为什么这么香，用的什么牌子的沐浴露啊”或者是“你给我上完课也挺晚的，要不就住我家吧”。

好不容易熬到八点半。

宁栀一秒也没多待，把书和笔往书包里一塞，逃也似的走了。

赵晨这才把冷落了半天的手机拿出来。

群消息已经九十九加了，大家都在骂他打游戏打到一半突然消失了。

赵晨豪气万丈地连发了几个两百元的红包。

赵晨：兄弟们少安毋躁，刚我妈给我找的家教来给我补课了。

这群里的那些个男生也是没正形的，把红包抢了之后，纷纷起哄讽刺说：这次又是什么长相，是“四眼田鸡”啊，还是“钢牙妹”啊？

赵晨把刚刚偷拍宁栀的一张照片发到群里。

他只拍到了个侧脸，但已经足够惊艳了。

近距离拍下的照片中，小姑娘雪肤花貌，皮肤白而透亮，没有一丝瑕疵，微低着头，露出好看的天鹅颈，有种说不出的温柔和干净。

群里寂静了。

三十秒之后，又炸了。

有这么好看的小仙女来给我补课，不说清华北大，重点大学我肯定能上！

还有那么一两个开着没有下限的玩笑。

好巧不巧的，薛斌也在这个群里面。

他和这群人属于认识，但又不是特别熟的关系，偶尔会约着一起打个游戏。

这会儿薛斌刚打完一桌台球，没骨头似的瘫在软沙发里。

闲着没事刷刷手机，他点开了群里的那张照片，看着看着，“哟”了一声。

这女生的这张脸咋还越看越眼熟啊？

对着那张侧脸照又看了几秒，薛斌一拍脑门，想起来了！

哎呀！这不就是也哥钱包里照片上和上次在他们职高门口见到的那女生吗？！

薛斌对陈也和宁栀两人的关系状态还没有更新。

他印象还停留在上次。

职高门口，陈也对着小姑娘一副冷淡的，不怎么搭理的态度。

因此，薛斌这会儿看了眼正在打牌的陈也，不知道要不要把这事儿告诉他。

犹豫了下，薛斌决定暂且按兵不动，先观察观察再说。

群里那些个人还在说个不停。

赵晨：我和你们说，这女生不仅长得好看，声音也好听。

王志文：哈哈哈，我不信，除非你下回录个音，让我也听听。

李帆：你说得这么好，能把她约出来让我们兄弟几个见见吗？

薛斌皱了皱眉，但没说话，继续看下去。

赵晨：这感觉不太好办啊，我稍微和她坐近一点，她就把椅子挪开，约出来她肯定是不愿意的。

赵晨：她和咱平时接触的女生都不一样，特别纯。

赵晨：唉，这一说我就愁起来了，这样的女生我还真不知道该怎么相处。

李帆：你少得了便宜还卖乖，又漂亮又纯的给你碰上了，你是积了八辈子德吧。

李帆：我给你支一招，要听吗？

赵晨很上道地又发了几个大红包。

薛斌把眉毛拧成了个“川”字。

也不管也哥和那女生现在关系好不好，总归是认识的，也不能眼睁睁看着人被一群浑蛋欺负啊！

正义感让他猛地一下站起身。

其他几个人吓了一跳。

付凯手一抖，差点把手里的牌弄掉，调侃道：“这么尿急，肾功能不太好啊。”

薛斌看了看陈也，欲言又止。

陈也手里握着一沓牌，纹丝不乱，抬头看了眼他：“怎么了？”

薛斌张了张嘴，还真不好把群里那些人说的话说出口。

想了想，他干脆直接把手机递过去给陈也看。

“也哥，你看看这个。”

陈也捏着他的手机，起先漫不经心一扫而过，等看到那张偷拍下来的照片时，目光猛地一紧。

接着，那些不堪入目的话映入眼帘。

赵晨：行，我明天试试，成了请你们吃饭，地方随便挑。

陈也指节用力，攥紧了手机，手背青筋凸现，像是恨不得把手机屏捏碎。

这下不止是薛斌，连边上坐着的付凯和成一鸣都感觉到他情绪失控了。

成一鸣小心翼翼斟酌地问了句：“也哥，出什么事了？”

陈也眸光冷冽，看着薛斌，问出的每一个字都像浸着冰：“这王八蛋住哪儿？”

宁栀九点多回到家。

家里一个人没有，很安静。

她换上拖鞋，回自己房间，抓紧时间先把作业拿出来写。

数学卷子写完了，门外有动静，宁栀放下笔，从桌子边起身。

客厅里，宁茉才上完跆拳道课回来。

张瑛对这个小女儿疼得不得了，说是心肝都不为过。

再过大半年，宁茉就要上一年级了，张瑛怕她在学校里被调皮的男生欺负，很有先见之明地给她报了跆拳道班。

见到宁栀出来，小女孩一张小脸写满兴奋，兴冲冲道：“姐姐，我今天学了好多功夫。”

说着，她左一下右一下地挥着自己的小拳头，同时嘴里哼哼哈哈地配音，看着倒是有模有样的。

宁栀忍不住笑，亲昵地摸了摸她的头：“茉茉真厉害。”

宁茉得到了姐姐夸奖，更开心，喜滋滋地跑去把电视打开，等着每晚必看的一部动画片。

张瑛问："你今天给主任家那儿子补习得怎么样？"

宁栀犹豫着，还是说出了口："妈妈，我能不去给他补课了吗？我感觉他一点都不想学，而且……"

抿了抿唇，她接着小声道："他总是对我说一些不太正经的话，还故意和我挨得好近。"

张瑛笑容一收，脸色立马就变了：

"这说好的事儿怎么能突然就不去了？！你爸工作上的事还指望着人家呢。要是你爸失业了，这一家四口靠我一个人养活得了啊？你要不愿意去，干脆我们全家去喝西北风好了。

"这么多年家里供你念书、吃饭，花的钱不少了，你怎么没有一点感恩的心？"

她声音尖锐，疾言厉色，噼里啪啦数落宁栀一堆话，到最后才缓了缓脸色，安慰似的拍了拍宁栀的肩膀：

"你不要想太多，也就半大的孩子，能有什么坏心眼儿？人家说不定就是跟你开个玩笑。

"你再坚持坚持，把这个学期上完。"

宁栀心中酸酸的，可面对张瑛，很多话却又像是堵在嗓子眼里，说不出来。

她回到房间，关上门，继续写刚才没写完的那张卷子。

"啪"一声，卷子上几个铅字渐渐模糊晕开，她用手揉了揉泛红的眼睛，更多的眼泪掉落下来。

她趴在桌子上，心中好难过，手里攥着的笔在草稿纸上乱七八糟地画看。

都变得不一样了，爸爸是，妈妈也是。

从小到大，唯一没有变的，一直对她好的，好像只有陈也哥哥啊。

第二个星期六，宁栀上完课还是过去赵晨家了。

早上出门前，她悄悄在厨房里抓了一把辣椒粉包在餐巾纸里，然后把餐巾纸小心仔细地折叠好，放在书包的最外面一层。

要是那男生今天敢对她动手动脚，或是有什么不好的企图，那她就把这包辣椒粉朝他撒过去！

到了地方，宁栀惴惴不安地按了那家的门铃。

然而进门之后，她开始怀疑自己是不是进错了地方——这人的变化可真是太大了。

她讲数学的两个小时里，男生全程客客气气的，不像上个星期那样嬉皮笑脸，一句和学习不搭边的话都没说。

两人还始终保持着半米远的距离。

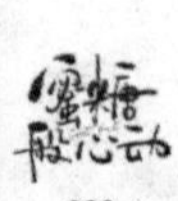

“这里有三道例题，你先做做看。”

宁栀把一张试卷推过去给赵晨，舒了口气，一直抓着书包外侧拉链的手也松开了。

难道真的是自己上次多心，想错了，误会他了？

宁栀歪了下头，想不明白，但也是开心的，牵扯到爸爸的工作，她也是想好好教的。

她拿出自己高一的重难点手册，也没再乱想了，低头翻着书，准备待会儿再给他找几道基础的函数题讲讲。

赵晨拿着笔埋头演算，时不时悄悄地抬起头看宁栀一眼。

好看是真好看，那脸比微博上那些网红晒的自拍美多了，她安安静静坐在那儿，不动也不说话，就足以叫人挪不开眼。

但赵晨不敢多看。

上周六晚上的一幕还历历在目，那少年眼神又凶又冷，动起手来也是狠极了，完全不带含糊的。

那一脚真的踹得他差点当场去世。

摸了摸现在还隐隐作痛的胸口，赵晨惜命地收回视线，可惜地叹了口气。

唉，妈妈也真是个不会办事的，找个这么好看的小姑娘来给他补课，起码要先问问人家有没有一个凶残又宠妹的哥哥啊！

周日下午，宁栀本来是要去琴房练琴的，但老师要去给一个比赛当评委，这节课就不用上了。

下午她还是出了门，坐公交车去市中心的商场。

星期天的商场人很多，一楼正中间还搭了一个大台子，在办什么活动，特别热闹。

宁栀乘电梯上二楼，去了男士用品专区，左逛右逛，最后目光停留在一款黑色钱包上。

店员将钱包从柜台里取了出来：“这是我们店卖得最好的一款，你看看，百分之百真皮的材料。”

宁栀拿着端详了一番，摸着手感还可以，而且样式也不错。

去年陈也的生日，她送了他一份在烘焙店里亲手做的小饼干，今年就送钱包好了。

“这个多少钱呀？”

“不贵，打完折只要 398 元。”

宁栀零花钱很少，但她节俭，之前考试，得前三名老师会发奖金，加上学校给的奖学金，加起来差不多有一千块钱了。

想了想，她点头：“就要这个了，帮我装一下，谢谢。”

宁栀拎着小袋子走出商场的门，迎面与一个拎着几杯奶茶的男生撞上。

“不好意思。”

两人同时开口，等看清对方长相时，又是一愣。

宁栀觉得这男生有点眼熟，一时又想不起在哪儿见过了。

薛斌觉得这真是太巧太有缘了吧。

激动之余，他脱口道：“被也哥教训一顿之后，你给补习那男生今天规矩多了吧？”

提到陈也，宁栀就想起来了。

面前这个男生，就是之前在职高门口碰到的那个啊。

但他的话又让宁栀不太明白了。

他怎么知道她在给别的男生补习？和陈也又有什么关系吗？

宁栀疑惑地看向薛斌，眨眨眼：“你认识赵晨呀？”

薛斌觉得自己和那混账玩意儿扯上关系实在掉价，连忙否认道：“不算认识，就一起打过游戏，加了个微信什么的，我和他不熟。”

“真的，我和他一点不熟。”他加重语气，又强调了一遍。

“那陈也哥哥和他认识呀？”宁栀又问。

薛斌听到她叫“哥哥”，忽然之间恍然大悟，明白了。

怪不得那天晚上，也哥看到群里的微信消息整个人都要爹了，那杀气腾腾的眼神啊！

也怪不得他差点就把那王八蛋揍死。

原来是妹妹啊。

做哥哥的，哪能看到自己妹妹被那么欺负？！

“是这么回事啊，就上周六晚上我看到那浑蛋在微信群里发了你的照片……”

薛斌噼里啪啦，一点没藏着掖着，竹筒倒豆子一样说得干干净净。

宁栀听得愣住。没有想到世界上会有这么巧的事，更没有想到，在她一无所知的情况下，陈也哥哥已经帮她去教训了那个人。

她心里感激，又有些愧疚，感觉自己总在给他添麻烦。

薛斌没察觉到宁栀情绪有一丝低落，乐呵呵道：

“对了，你还不知道我名字吧？我叫薛斌，斌是一个文一个武的斌。

“这寄予了我爸对我以后能文能武的期望，虽然最后我以中考三百分不到的成绩打破了他的期望。”

宁栀听得没忍住笑了出来。

薛斌不好意思地摸了摸后脑勺：“你下午没事吧？要不要上去和我们打打台球？也哥也在。”

宁栀确实想亲口和陈也说声“谢谢”，有些不好意思地问：“那会不会打扰你们呀？”

“不会不会！”薛斌摆手，笑嘻嘻的，“人多更热闹嘛。”

宁栀又和他一起坐直达电梯上六楼。

六楼是商场最顶层，属于娱乐场所区，都是 KTV、游戏城、台球厅这种。

她还是头一次上到这儿。

要到晚上，这里才真正开始热闹，现在两三点钟，台球厅里人还不多。

薛斌是刚才打球输了，所以接受惩罚下去买奶茶。

付凯和成一鸣这两货坐沙发上，嘴里叼着支烟，低头玩手机。

听到声音，他们抬起头，成一鸣还调侃了句：“买个奶茶这么慢，不知道还以为你是现学现做了。”

薛斌把奶茶往桌子上一搁，“哎”了声，非常有素质地说道：“你们把烟都灭了啊，就别让人家小姑娘吸你们的二手烟。”

宁栀刚才站在薛斌身后，小小的身形几乎完全被他挡住。

这时，她从他身后站出来，浅浅地笑了，带着几分害羞和他们打招呼：“你们好啊。”

付凯和成一鸣一愣，愣完之后，也很有素质地把手里的烟往烟灰缸里按。

嗯！小仙女的确不能吸他们的二手烟！

宁栀环顾了一圈，没有瞧见陈也，转头，困惑的目光望向薛斌。

薛斌会意，问付凯和成一鸣两人：“那啥，咱们也哥呢，哪儿去了啊？”

“不知道啊。”付凯回答，“就你刚出去买奶茶，也哥拿了摩托车钥匙出去了。”

薛斌招呼着宁栀坐下，很自来熟地叫道：“栀栀妹妹，你先坐着等一会儿，也哥估计一会儿就回来了。”

宁栀被他叫得脸一红。她的小名，除了陈也，还没有男生这么叫过呢。

付凯和成一鸣屁股往沙发边上挪了挪，给她腾出地方。

薛斌拿起一杯奶茶，递过去给她：“你们女生都爱甜的吧，这杯加了冰激凌，栀栀妹妹你应该会喜欢喝。”

宁栀接过，忙道了谢。

他摆手：“和我还客气什么，你是也哥的妹妹，就相当于是我妹妹。对了，你会玩什么桌游啊？”

宁栀想了想，认真回道：“我会下飞行棋。”

薛斌迷茫了，这飞行棋能算桌游吗？

成一鸣“扑哧”一下乐了：“行行，咱们就玩飞行棋。”

陈也去了一趟琴房。

也不是找宁栀有什么事，就是见见她，结果自然是没有见到的。

等到了台球厅，他最常坐的地方，却突然多出了个和周围一切格格不入的小姑娘。

她扎着好乖的马尾，穿着白色印有卡通图案的卫衣和黑色修身的牛仔裤，气质干净又纯粹。

陈也站着没动，不知道她怎么会出现在这里。

宁栀小手晃了晃，掷完骰子，一抬头，看见他，顿时笑起来，语调轻快：“陈也哥哥你回来啦。”

陈也看着她明亮得过分的笑容和漆黑的眸子，嗓子沙哑：“你怎么在这儿？”

宁栀指了指旁边的薛斌，如实道：“我在商场门口遇到他，他说你在，就带我过来了。”

说完又站起来到陈也身边，小声对他说：“那个，陈也哥哥，你帮我下一会儿棋吧，我刚才喝了好多奶茶，现在想上一趟卫生间。”

“我陪你一起去。”

“啊，不用啦。”她摆摆手，脸有些红，“我自己去就好。”

“这里的卫生间比较难找。”陈也说着，抬脚就走。

宁栀只好跟在他后面，然后发现，顺着头顶的指示标直走，再转个弯就到了，这哪里难找嘛。

她进去，很快解决好，洗手后，甩了甩手上的水珠出来。

相比于台球厅的热闹，这里很静。

大理石地板黑白纹理分明，映着吊灯落下的影影绰绰的光影。

少年站在走廊尽头，短发漆黑利落，面容一半被光笼着，一半隐在暗处，神色莫辨。

宁栀放轻了脚步，悄悄过去，想吓一吓他。

然而她才走近，陈也就倏地抬起头，像是有心灵感应一般。

倒是把她吓了一跳。

宁栀大眼睛望着他，失望地鼓鼓嘴，问：“你刚才去哪儿了呀？我等你快一个小时啦。”

陈也忽然有种恍惚的感觉。

第一次遇见她时，巷子口，穿着绿色小裙子像洋娃娃一样精致可爱的小女孩，就是用这么干净好看的一双杏眼看着他。

十几年过去，小女孩长大，可那双眼睛还是一如当初，干净而透亮，比琉璃还纯粹。

陈也默了默，出声道：“我出去买了点东西。”

宁栀“哦”了一声，丝毫不怀疑。

两人往前走，陈也又开口：“你认识薛斌吗，就敢和他上来，万一被人卖了怎么办？”

明明是关心的话，但语气硬邦邦的。

宁栀没忍住，弯着眼笑出来。

她想起小时候，他们住的那片治安不是很好，出现了人贩子拐卖小孩的事。

茶余饭后大家谈这个，他那时叮嘱她不要乱跑，要不然就被人贩子拐卖到山里去，还凶巴巴恐吓说山里有老虎、狮子、大灰狼和每天不给她饭吃，就往她身上扎针的老巫婆，描述得绘声绘色的。

她那时胆子小呀，半点不经吓，被他一说就“哇”的一声，呜呜哭起来。

陈也又没办法了，只能无奈地哄着她：“以后你天天跟着我，我保护你，不会让人贩子把你抓走的。”

哄了十几分钟，宁栀还在啪嗒啪嗒掉眼泪，娇气得很。

他也是没办法了，把全身上下所有的零花钱都摸出来，牵着哭唧唧的她去街口的小商店买了一堆零食。

他把一支草莓味的阿尔卑斯糖撕开，一下子塞进她嘴里：“一哭起来没完，你们女生真是麻烦死了。”

说着嫌弃的话，却又用手给她擦脸上的眼泪。

现在宁栀想起来，还是好笑，又觉得心里暖暖的。

明明说的话题挺严肃，小姑娘却眼睛弯弯，笑得明目张胆。

陈也板起脸：“还笑？知不知道什么叫防范意识？”

已经快走到台球厅了，宁栀停住脚步，看向他，嗓音软软的：“我知道的呀，可他是你的朋友啊。”

陈也一愣。

她双眸清澈，像蕴着一汪秋水，轻轻弯着：“你那么那么好，所以我相信，你的朋友一定也不会是坏人。”

那样理所当然又毫无保留的信任和偏袒。

陈也感觉这一刻，有一丝曙光照进他心底最深处。

宁栀和陈也回到台球厅，她和薛斌他们继续下没下完的飞行棋。

陈也就坐在她边上看。

下飞行棋完全不需要什么技术，全看运气。但显然，宁栀今天运气不太好。

每次掷骰子，她不是掷到一就是掷到二，棋子的步数远远落在其他三个人后面。

宁栀露出一点沮丧的表情。

陈也看不过去了，等再次轮到她时，开口道：“我替你掷一次。”

宁栀当然没意见，点头：“好呀。”

陈也拿起骰子，手晃了晃，一扔，就是个六。

按照规则，掷到数字六可以继续掷。

陈也又扔，一连掷了三个六，让她原本远远落在后面的那颗棋子一下子追了上去。

宁栀“哇”了一声，转头看他，杏眼亮晶晶的，盛满了钦佩：“陈也哥哥，你好厉害呀。”

说完，她剥了一颗夏威夷果，放在软白的掌心上，朝他伸了过去：“给你吃。”

薛斌、付凯和成一鸣三个仿佛当场被塞了一颗大柠檬，心里好酸哦。

小姑娘声音软软的，笑容甜度满分，三个男生在这一刻，突然体会到了有妹妹的好处。

听妹妹用甜甜又软乎乎的嗓音叫哥哥，夸自己厉害，那作为男生的那点自尊心，还不是一瞬间爆棚啊！

更何况，还是这么好看一个妹妹！光看着就好赏心悦目啊！！

他们瞬间想通了，怪不得也哥那么宠妹妹，那天快揍死赵晨那孙子了，要是他们有个这么好看这么乖的妹妹，绝对也是要死命护着的！

成一鸣心动了，也不怕死地行动了：“栀栀妹妹，要不你也认我当哥哥呗，以后要是有谁欺负你，你一句话，我绝对揍死那玩意儿。”

付凯笑得傻呵呵的，不知死之将至地也说：“没错，要不你也认我当个哥哥。”

薛斌不服气了：“他俩要是都能给你当哥的话，那我也行啊！”

宁栀不解：她要这么多哥哥干什么呀？

只是大家表现得好热情，她不太好意思直接拒绝，只能悄悄在桌子底下拉了拉陈也的袖子，想让他说句话。

陈也早就很不爽了。

外面的女生那么多，怎么一个两个都要抢他的妹妹？

他沉冷的目光在对面三个人脸上掠过，无情无义地开口嘲讽：“就你们，还想给人家当哥哥？人家中考成绩区里前十，你们呢？”

“分数有过三百的吗？成绩烂成那个鬼样，还好意思要人家叫你们哥哥？”

三个男生被说得羞愧地低下了头。

唉，这年头，成绩差的都不配认妹妹了。

太难了，他们实在是太难了！！

然而转念一想，他们又察觉出一点不对劲来——

也哥你凭什么理直气壮地鄙视我们成绩烂哇？你要是成绩好，当初能和我们一样考职高啊？！

更何况哪次学校里期中期末考时，不是我们找答案给你抄的？！

快到吃晚饭的点，陈也要带宁栀去吃饭。

成一鸣挽留道：“也哥别走啊，咱们一起吃火锅啊。”

薛斌也说：“楼下开了一家，网上评分还蛮高的，我都已经提前在网上订了

位置，咱们一起去尝尝呗，人越多吃火锅越开心啊。”

陈也直截了当地拒绝：“嗓子疼，吃不了辣。”

付凯思索出个办法，说道：“那也哥你吃不辣的，咱们点鸳鸯锅。”

陈也淡淡地说：“不辣的吃不惯。”

付凯、薛斌和成一鸣愣住了。

平时吃什么都是随便的一人，怎么今天突然变得要求巨多了？

真是搞不懂。

陈也带宁栀出了台球厅。

宁栀建议道：“陈也哥哥，我们晚上去吃粥吧，比较清淡，你嗓子疼，吃粥比较合适。”

陈也没问题，反正是瞎编的谎话。

宁栀又说：“那你用手机查一查吧，看附近哪里有粥铺。”

陈也从裤兜里摸出手机，才按上解锁键，手就一顿。

他想起自己的手机壁纸设置的还是她的照片，绝对不能让她看见。

宁栀在旁边等着，他却迟迟不动，半晌，他才干巴巴地说了一句：“我想起来了，手机坏了，用不了。”

宁栀有些郁闷，她是霉运体质吗？

上回他来找她，他的摩托车坏了。

这次她找他，他手机就坏啦！

商场旁边有条小吃街。

由于没有手机导航，两个人左转右绕，终于看到了一个鲜粥铺的招牌。

这家店布置得非常素雅，桌椅都是竹子制的，翠绿的颜色，凑近似乎还能闻到淡淡的竹香。

宁栀挺喜欢这样的氛围，她和陈也坐下，点了两碗皮蛋瘦肉粥和两份花卷。

等待的间隙，宁栀望着他，抿了抿唇，语气真诚地说道：“陈也哥哥，那个男生的事，真的很谢谢你。”

陈也执起桌上的热水壶，手指骨节修长，捏着壶柄，倒了些热水在杯子里。

水是才烧好的，冒着滚烫的白汽。

他拿起两双筷子在里面涮了涮：“你叫我一声哥哥，我还能让那些人欺负了你不成？”

说完，他眉又皱起，教训起人来：“说了多少遍，在外面要提高警觉意识，不知道男人十个有九个都不是好东西吗？还敢单独给人补课？”

这话说得，把自己都骂进去了。

宁栀弯眼直笑：“哪有那么夸张呀，陈也哥哥你就很好啊。”

陈也默了默，没吭声。

“我有警觉意识的。”宁栀为自己辩解，拉开书包外侧的拉链，拿出个东西，

“你看这个啊。”

陈也抬眸看过去，只见一个小小的纸包装，也不知道里面装了什么。

“我早上出门前，抓了一把辣椒粉，要是那个男生想做什么，我就把这些辣椒粉往他脸上一撒，然后趁机跑走。”

小姑娘细白的胳膊撑在桌子上，眉眼认真地讲着自己的对策，一副信心十足的模样。

陈也笑了声：“这么蠢的方法，谁教你的？”

“这怎么蠢了呀？”宁栀眼睛乌溜溜地睁着，语气里有那么一点不服气。

“这是我之前在电视上看到的，里面讲女生走夜路最好随身携带一包辣椒粉，遇到坏人就往他脸上一撒。”

陈也扯起嘴角，看着那一小包玩意儿，嗤笑一声：“你知不知道，男人真要色心上头，一瓶辣椒粉泼过去都没用。”

以前他很少和宁栀谈这些，小姑娘太小，又单纯得像纸一样，这些话多少难以开口。

再者，他们当时在一所初中，陈也想着凡事都有他护着，不会出什么问题。

但现在不同了。他很多时候不在她身边，更重要的是，她渐渐退去少女的青涩和稚气，越长越好看，仿佛枝头悄然绽放的栀子花，清纯又楚楚动人，叫人看一眼便再也挪不开视线。

“那破节目还教了什么？”陈也眉一挑，索性借着这个机会好好说一说。

宁栀手撑着下巴，回想了一下，然后，脸慢慢红了。

“就是……”她红着脸，吞吞吐吐，实在有点难以启齿，“节目说，要是遇到危险，还……还可以踢坏人那里。”

陈也皱眉，想骂人。这什么烂节目，教的都是什么玩意儿。

他表情严肃地说道：“就你那点力气，踢了能管用吗？再说了，你踢得准吗？你知不知道踢一下没把人制服，激怒对方之后，后果有多么严重？”

宁栀被他问得哑口无言，红着脸，默默地摇了摇脑袋。

陈也又说道：“遇到危险，你就跑，跑得越快越好。

“要是碰到昨晚那样的，也别准备什么辣椒粉了，直接告诉我，我去揍一顿，比什么都管用。”

宁栀低着头，没吭声。

“知道没？”陈也又问。

“可是如果我每次都找你，会给你添麻烦的，我不想成为你的麻烦呀。”她回答，声音小小的、闷闷的。

“不会。”他语气分外坚定。

宁栀把头抬起，和他目光相撞。

“栀栀永远不会是麻烦。”

宁栀闻言一愣，她的小名被他叫得很温柔。

陈也继续道：“栀栀是……”

话顿了顿，好久没接下去。他瞳仁漆黑深邃，有着宁栀看不懂的东西。

她睫毛颤了颤，带着几分懵懂地问：“是什么呀？”

服务员这时端着托盘过来，两碗粥，两份花卷，还有一盘赠送的咸菜。

陈也看着宁栀干净的眸子，扯起嘴角，淡淡地笑了声，将没有说完的话补完：“栀栀是我的妹妹，是我一直都想要保护的人。”

轻描淡写地揭过，他又把那双烫过了的筷子递过去给她：“行了，快吃吧。”

粥熬得浓稠，配着花卷和咸菜，味道清清淡淡的，倒也不错。

这家店正对面是一家烧烤店，烤肉烤脆骨烤孜然土豆的香气顺着风就飘了过来。

那阵香实在诱人，宁栀舀着碗里的粥，实在没忍住，没骨气地咽了咽口水。

这细微的动作被陈也收进眼底，他站起来，问：“要吃什么？”

宁栀摇头：“你嗓子疼，不能吃烧烤的东西。”

陈也笑了：“我不吃，只给你买。”

他勾着嘴角，逗她：“这么馋，要是不给你买，等会儿该流口水了。”

宁栀脸红起来，瞪他一眼：“我才不会流口水呢。”

软乎乎的语调，一点也不凶，听着和撒娇没两样。

陈也心情更好，笑了声，用像哄小孩子一样的语气问道：“嗯，栀栀不流口水，那栀栀要吃什么？”

宁栀想吃的可多啦，想吃烤肉串、烤玉米、烤土豆片、烤小蘑菇、烤奶香馒头片……

最后，她却把头一摇，小手摆了摆：“算啦，我什么都不吃。”

陈也搞不懂了，不解地“嗯”了声。

“陈也哥哥你现在嗓子疼，就只能吃这些清淡的。要是我坐在你旁边吃烧烤，你看着我吃，闻着烧烤的香气，肯定也会想吃呀。

“所以，我要陪着你一起喝粥！”

小姑娘说这话时眉眼坚定、义薄云天的，像是对待同一个战壕的战友。

陈也有一瞬间的晃神，就想起小时候，不知道是哪一年的夏天。

那个夏天特别热，骄阳如燃烧的火球，把树叶烤成焦黄色，蝉吱吱叫个不停。

他被关在家里不许出门，因为昨天和人打了架。

那个时候手机电脑都没有，他一个十岁不到的小男生被锁在家里，无聊得简直要发疯。

窗外的蝉叫得心更烦，他甚至产生了从阳台顺着栏杆翻下去的念头。

反正住得也不高。

他都开始找绳子了，敲门声在这时响起。

他只能开里面的那道木门，外面的那扇铁门从外面锁住了。

门外，一身白色裙子的小女孩站着，小手抓着一支旺旺的草莓味碎冰冰。

她一用力，把碎冰冰掰成两半，嫩藕似的胳膊朝他举过来，笑得乖乖软软的："陈也哥哥，请你吃冰。"

楼里住的都是厂里的职工，这个点都在车间上班，没什么人路过，楼道里静静的。

两个半大的孩子就那么站着，隔着一扇打不开的铁门，一边说话，一边吃碎冰冰。

空气中多了几分草莓的甜，陈也握着冰凉的碎冰冰，心情总算没有之前那么不爽了。

小女孩声音软和，还带着些许小奶音："陈也哥哥，你以后不要和别人打架啦。"

他脱口就是："不可能！"

十来岁的男孩子胜负心最强了，他当即反对："被人欺负到头上还不还手，那不是尿吗？"

小女孩咬了一口碎冰冰，表情天真无辜地说着大实话："可是你和人打架，现在被关在家里，想出门出不来，也很可怜呀。"

那时的陈也被戳到痛点，气着了，凶巴巴道："你是专门来看我笑话的吧？"

"不是呀，"宁栀摇头，被凶了也不恼，睁着双水灵灵的大眼睛，"我是来陪你玩的。"

他更气闷，抬脚踹了踹铁门："我都出不去，能玩什么？"

小女孩也为难了，好看的小脸皱起来，又过了会儿，忽然眼睛一亮："陈也哥哥，你等我一下。"

话音刚落，陈也见她转身，用挂在脖子上的钥匙开了对面的门。

没过一会儿，她又噔噔跑出来，小手抓着张报纸和一副扑克牌。

她把报纸铺在水泥地上，坐下，扬了扬手里的牌，冲他笑得甜甜的："陈也哥哥，我们来玩这个吧。"

这栋楼朝向不好，此刻铁门正对着正午的日头。

炙热的阳光从楼道的栏杆处照进来，她很快出了汗，几绺碎发被打湿，贴在白皙的脸颊边。

这里蚊子也多，都是那种毒蚊子，但不咬陈也，专门挑着细皮嫩肉的小女孩咬。

一咬一个红红的包，在雪白的胳膊上分外刺目。

陈也看不过去了，把牌一扔："算了算了，你回家去吧，别在这儿受罪了。"

"我不回去。"宁栀把他扔了的牌捡起来，通过铁门的缝塞到他手里，嗓音软乎乎的，却分外坚定，"你不能出去玩，我要陪着你呀。"

隔了许多年的光阴，那样傻气的回答再次在陈也耳边响起。

头顶一束光笼下，眼前的小姑娘娉婷袅娜，姿容明丽姣好。

却和记忆深处那个晒出一脸汗，被叮了不知道多少个蚊子包还不愿离开的小女孩没什么区别。

很多事变了，很多事又没有变。

对门烧烤扑鼻的香气还在不断传来，陈也嘴角轻轻翘起："真不吃？那烤肉挺香的啊，要不我就给你烤几串。"

宁栀禁受住诱惑，坚定决绝地摇头："不吃。"

说完埋着头喝起粥来。

陈也看着那低着的毛茸茸的小脑袋，暖白的灯光在她头上笼着层光晕。

她细碎的发丝别在了耳朵后，露出的耳垂白皙小巧，可爱到不行。

他终于忍不住，嘴角向上扬了扬，觉得小姑娘真傻。

从粥店出来已经黄昏了。

落日把天染成了一片红，街两边的棕榈树挡了部分余晖。

这是宜市最繁华的一处地段，行人车辆川流不息，匆匆而过。

两人并排走着，脚步却都很慢。

快到车站，宁栀没有过去等车，而是走进旁边的一家水果店。

"陈也哥哥，我去买点水果呀，你在门口等等我。"她回过头，对陈也说道。

陈也站在门口，等了没一会儿，她出来，手里拎着一袋梨子。

宁栀把那袋梨子递给他，接着拉开书包拉链，拿出一个练习本，又从笔袋里拿出一支笔。

她看了一圈，周围没有可以坐下来写字的地方，最后道："陈也哥哥，你转过去一下呀。"

陈也不知道她要做什么，但不妨碍他照做。

等他转过身，宁栀就把本子贴在他后背，拿笔在上面写起字来。

笔尖在纸上划过，发出轻微的沙沙声响。

宁栀很快就写完："好啦，你可以转过来了。"

陈也看着她从本子上撕下那张纸，轻轻折叠好，然后放进装着梨子的塑料袋里。

最后她弯起双眸，笑着说："上面我写了冰糖雪梨的做法，很简单的，你回家之后记得弄一下，这个对嗓子发炎很有效。"

陈也一愣，没想到这些梨子是给他买的，还细心地把冰糖雪梨的做法写了下来给他。

只因为他随口扯的那个谎。

"谢谢。"他望着宁栀，低沉的嗓音透出笑意。

"不客气。"宁栀也冲着他甜甜一笑，打开书包，重新把本子放进去。

一抬头，正好看见回家的那辆公交车朝这边驶过来。

“啊，车来了，今天还好早，陈也哥哥你不用送我啦，再见。”

陈也看着小姑娘噔噔噔跑上车，兜里的手机这时响起。

他接起，电话那头传来薛斌咋咋呼呼的声音。

“喂，也哥，你和栀栀妹妹吃完了吗？我和付凯他们现在在商城三楼的游戏城，你把栀栀妹妹也带来玩呗。”

陈也的好心情消失殆尽，下午在台球厅听到他那么叫就很不爽了，只是碍着小姑娘在，也不好发作，但现在不用了。

“什么栀栀妹妹，你和人家熟吗，就这么叫？才见过几次面啊你们？别一见个好看小姑娘就乱认妹妹，你问过人家，人家愿意被你占便宜了吗？”

薛斌被这一通吼得有点蒙又委屈。

他就单单纯纯地叫个名字，怎么还扯上占小姑娘的便宜了呢？

“不是，也哥，”薛斌简直想击鼓鸣冤了，“我就想着咱俩是哥们，她又是你妹妹，我这么喊着显得我热情友好啊。

“那……也哥，你说我不这么叫，叫啥啊？直接叫名字会显得我特别生疏特别冷漠啊！”

叫名字陈也都觉得太亲近了！

薛斌握着手机，还在兀自困惑着，就听陈也一本正经地回答：“叫宁栀同学。”

薛斌一愣，啥玩意儿？？

他手一抖，手机差点摔下去。

这是什么老掉牙的称呼哦？

也哥你其实是从二十世纪八十年代穿越过来的吧？！

凑巧的是，陈也生日那天，宁栀的学校正好组织秋季运动会。

星期一升旗仪式一结束，班主任刘广荣就向同学们宣布了这一激动人心的消息。

“这学期的运动会定在这周五，大家记得积极报名参加哈，最好是每个人都有项目，都参与进来。”

教室里立刻响起一片欢呼，几个平时就活跃的男生“哟”一声，还吹了个口哨。

刘广荣拍了拍讲台，示意自己还有话没说完。

他清了清嗓子，继续道：“运动会的名次和期末班级的评优评先都挂钩，就有的同学吧，平时学习不好好搞，运动会上就多出点力，总不能学习和运动两手都抓瞎吧。”

班上不少同学都哈哈笑起来。

刘广荣指着笑得最欢的那个男生，故意瞪眼：“王健，你还有脸笑，说的就是你。这回运动会的男子一千米，要是不拿个好名次，下个星期的数学课你就站着上。”

王建嬉皮笑脸道：“老刘，要是我这次运动会拿了个第一，下回考试我数学不及格，你就别给我妈打电话了行吗？”

班上又是一阵哄堂大笑。

“想都别想。行了，也不跟你们在这儿胡扯了，年级主任还找我有事呢。”

说完，刘广荣拎起水果罐头瓶子改装的茶杯走了。

走到半路，他突然又杀了个回马枪，强调道：“你们快报名，今天放学前名单什么的都要确定下来。”

于是这一上午的，体育委员陈嘉就拿着报名表开始了挨个动员。

第二节课的大课间，宁栀陪姚青青去楼底下的小卖部买零食去了。

两人哼哧哼哧爬上六楼，才到门口，还没进教室，就被体育委员堵着了。

姚青青当即一脸丧，一口气叹得无比沉重：“我都拉着栀栀逃到了小卖部，怎么还没躲过你的魔爪啊？”

陈嘉嘿嘿一笑，露出“法网恢恢，疏而不漏”的得意表情，将报名表往两人面前一送：“老刘发话了，每个人都要报。你们选吧，报什么？”

姚青青又是一阵长吁短叹。

宁栀低头，和她一起看上面空着什么项目。

比较轻松的只剩下立定跳远了，可惜只剩下一个名额了。

“青青，你报跳远吧，”宁栀在报名表上又看了一圈，指着另一个项目说道，“我就报八百米好了。”

姚青青明白宁栀是想把轻松的留给她，十分有义气地摇头：“不行不行！跑八百米下来要累死人呀。”

“没关系。”宁栀对她笑了笑，嗓音糯糯软软的。

走廊的阳光照进来，她皮肤瓷白，弯起的杏眼里也像盛着光。

陈嘉是个正义的体育委员，但同时，也是个极度看重美貌的人。

他犹豫了下，说：“要不……宁栀你在入场的时候帮忙举班牌吧，也算是参与了。”

姚青青立即道：“这个好，轻松，栀栀你就举班牌好啦。”

宁栀点头，冲着陈嘉感激一笑：“谢谢。”

陈嘉的脸一下红了：“不……不客气。”

本来事情就这么定了。

但下午第二节课课间，宁栀坐在课桌前抄写英语单词，沈欣宜突然跑过来找她。

“宁栀，我和你商量件事。”沈欣宜说。

宁栀放下笔，抬头看向她。

沈欣宜长得不错，家境优渥，平时多少有些傲，和宁栀关系也说不上好。

高二之后，班上男生拉了个小群，讨论班花是谁。

多数人都投的宁栀，只有两三个选了沈欣宜，后来沈欣宜知道了这事儿，心中对宁栀就存着些芥蒂。

这还是她第一次对宁栀露出个笑脸。

“是这样的，我上午有点感冒，请假没来，不知道运动会报名的事，结果现在只剩下八百米了。

“可是我从小心脏不太好，跑不了这个。听说你是负责举班牌的，我就想和你换一换。”

宁栀闻言便答应了：“行，我们去和体育委员说一声吧。”

沈欣宜没料到宁栀居然这么容易就答应了，还以为要多费一番口舌呢。

她不太自在地道谢：“那……谢谢你了。”

“小事而已。”宁栀站起来，和她一起向陈嘉的座位走过去。

姚青青上完厕所回来，得知举班牌的人换了的消息，当即不乐意了。

“哎！栀栀你怎么这么好说话呀，她找你换你就换？”

“她说她心脏不好，跑不了八百米。”宁栀解释道。

“骗人！”姚青青“嘁”了声，“高一她啦啦队的，我亲眼看着她举着手花，又蹦又跳半个小时不带喘的。

“栀栀，你知道她为什么这么想和你换吗？”

宁栀想了想：“因为不想跑八百米？”

“才没那么简单呢！”姚青青贴在她耳朵边讲，“我听说了，六班负责举牌的是陆星阔！到时候入场，咱们班和六班站一块，学校会有合影，沈欣宜肯定是想和陆星阔一起出现在照片里。”

姚青青说得一板一眼的，宁栀听得有一点蒙。

出现在一张照片里能怎么样？这有什么好争的？

姚青青见宁栀这么淡定，摇着宁栀肩膀激动道：“栀栀，你清醒点！那可是陆星阔啊！”

宁栀被姚青青晃得头晕眼花。

陆星阔她知道的，上个月转到他们学校的，一进来就考了个第一。

听说他家里是开公司的，有次下课，她听见班上男生议论他脚上那双鞋是什么限量的牌子。

可是这些和她也没关系啊。

姚青青见宁栀还是不为所动，循循善诱：“今天的升旗仪式上陆星阔发的言，你也看见了，他长得超级帅对不对？”

宁栀回想了一下。

早上的升旗仪式上，这个男生穿着一身规规整整的校服，气质很干净，长得嘛，确实也是帅的。

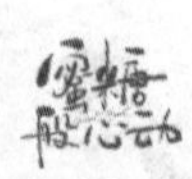

她实事求是地点了点头。

姚青青继续说：

“你看哈，他长得帅，成绩好，家里有钱，这三点加一块儿，那不妥妥的校园偶像剧里的男主角标配吗？！

“看着这么优质的男生，栀栀你就没有那种心跳加速的感觉吗？”

宁栀认真想了想，确实很优质，可她确实也没有什么感觉，于是实事求是地又摇了摇头。

上课铃这时响了，历史老师一秒不耽搁地抱着教案走进来。

“上课了上课了！快把书拿出来。给你们五分钟准备，等会儿我抽人背儒学思想的发展。”

班上一片哀号声，姚青青忙不迭跑回自己座位上。

宁栀从桌洞里拿出历史课本。

她看着书上密密麻麻的字，心里想着刚才姚青青的话，脑海里却浮现出陈也哥哥打台球时的模样。

几分昏暗的光打在少年脸上，衬出他锋利冷硬的下颌和高挺的鼻梁。

星期五开运动会。

早上到教室之后，宁栀和姚青青一起扛着椅子下楼梯。

她背了个书包，里面就一瓶水、几本周末要写的练习作业，还有就是准备送出去的钱包。

宁栀打算下午找班主任请个假，然后就去陈也的学校找他。

反正她的项目上午就结束了。

但没想到的是，打算下午请假出去浪的同学太多了，直接把班主任惹毛了。

“不想开运动会就回班上自习，想借机出去上网打游戏，门儿都没有！你数数，现在离期中考试还有几天了？”

班主任吼完一个男生，又看向才站在这儿，还没来得及开口的宁栀，和蔼地说道：“你找老师什么事啊？”

宁栀后退几步，心虚地摇头：“老师，我没事。”

回到班级那片区域，她把蒋青青拉到一个人少的角落，小声问：“青青，我下午想出去一趟。你以前装病请假，是怎么弄的呀？”

姚青青闻言，从小挎包里拿出一支 BB 霜，挤了点在指尖，熟练地抹在宁栀唇上。

她向宁栀传授自己的独家秘籍：“说谎最关键的是心态稳，你一定不能慌，说话声音也要小，装出虚弱无力，多说一句话就可能晕倒的样子。”

宁栀点了点头，然后一边在心里给自己鼓着劲，一边忐忑地朝教职工休息区走去。

结果却意外顺利。

她才走过去，班主任看见她苍白的唇，就关心地问：“你是不是身体不舒服啊？”

宁栀不好意思地垂着头，小声应了：“是。”又小着声请求：“老师，我能不能回去休息呀？”

她一直学习刻苦，又乖巧安静，刘广荣哪有不同意的道理。

“赶紧回去吧。”他写了张假条给她，叮嘱道，“快回家好好休息啊。”

宁栀内心羞愧极了，都不敢去看他，说了声“谢谢老师”就转头走了。

门卫大叔看了眼她给的假条，二话不多说，利落地开门放行。

宁栀坐上公交车，去了几站路之外的职高。

职高虽然放学早，但现在才下午三点，校门都是关着的，她便找了一家奶茶店先坐下。

这里正对着学校大门，要是放学了，她就能第一时间进去找陈也。

宁栀坐在高脚椅上，把书包里的地理练习册拿出来，又从笔袋里抽出一支笔，低头开始写作业。

写了还没几题，肩膀被人轻轻拍了一下。

她回头，看到是薛斌，有些意外。

薛斌更意外，没想到会在这儿看到她，一句“栀栀妹妹你怎么来了啊”就要脱口而出，但上次电话里陈也的一番吼还在耳边回响。

理智让他刹住了车，最后说出的话变得格外正儿八经、老气横秋：“宁栀同学，你怎么过来了？”

宁栀一愣。

这个称呼，一下让她想到了学校领导或者教导主任通报批评或者表扬时，会喊“某某同学”。

薛斌被小姑娘“你和我是不是同龄人呀”的茫然眼神看着，内心又开始击鼓鸣冤了。

他也不想自己表现得这么老土啊！

都怪也哥该死的宠妹属性！

知道宁栀的来意后，薛斌问：“你是和我进去找也哥，还是要我帮你把他叫出来？”

宁栀微微惊讶：“我还能进你们学校吗？”

“当然，这有什么。我们这破学校门卫室跟摆设似的，想进就进，想出就出。”

宁栀思考了一下，还是想进去看一眼陈也每天待的地方。

她动作迅速地把桌上的东西收拾进书包，冲着薛斌笑了笑，清澈的杏眼弯弯的：“那麻烦你带我进去一下。”

宁栀手里拿着还剩一半的柠檬水，跟在薛斌身边走。

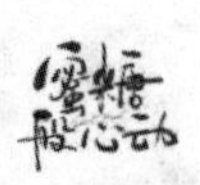

经过门卫室时，里面的保安看都没多看他们一眼，就让他们进去了。

下午的最后两节课是自习，但班上也没有一个搞学习的。

教室门大敞着，大家进出自如，前面几排还有学生拿着课本嬉戏打闹。

陈也腿跷着，懒洋洋地靠在椅子上，手里捏着黑色手机，和付凯、成一鸣打着游戏。

夏筱桐拎着一个精致的礼盒袋子，从教室后门进来，直接走到陈也桌子前。

她冲陈也伸出手，递上手里的礼物，笑着说道："听说今天你生日，我给你准备了一份礼物。"

夏筱桐是这所职高的校花，长得很漂亮，家里又有钱，还是个极度重视长相的人，只喜欢学校里最帅的陈也，尽管他对她从来都是冷淡的态度。

然而，夏筱桐熟读言情小说，最近尤爱"追妻火葬场"那一款。

她因此坚信不疑，前面陈也对她越冷漠，以后一定越会为她痴、为她狂、为她哐哐撞大墙的！

陈也目光往上一抬，看她一眼，没接，直接拒绝："谢谢不用。"

中间连个停顿都没有。

四个字说完又低下头打游戏去了。

夏筱桐腹诽：这是连个逗号都舍不得给我吗？

再次遭到冷漠拒绝的夏筱桐气鼓鼓地和一众小姐妹走了。

哼哼哼，狗男人，就等着你以后的"追妻火葬场"吧！！！

成一鸣快笑死了："也哥你太冷漠了吧，好歹多说两个字啊。"

付凯也说："其实校花挺好的，长得美，性格虽然骄纵了些，但还是蛮可爱的。嘿嘿，我就蛮喜欢这个类型的。"

成一鸣无情嘲笑："你喜欢人家，人家能看得上你？你有咱们也哥这张分分钟可以出道的脸吗？"

付凯语塞。

他们插科打诨得不亦乐乎时，陈也放下手机，拿起矿泉水喝了一口，不经意一抬头，就看见小姑娘出现在窗户外，笑着冲着他招手。

陈也一愣。

他从来没有想到宁栀会过来，潮水般的惊喜席卷之后，又下意识紧张起来。

一中是宜市的示范高中，他远远地站在校门口看过，教学楼很新，窗明几净，操场上铺了红色的橡胶，每个学生规矩地穿着校服，看着就像初升的朝阳，对未来充满希望。

可这里不是。

职高的教学楼有些破了，操场是老旧的水泥地。

这里的学生就更没有学生样了，化妆、打耳洞，将来更像是一片迷雾般看不清。

陈也怕在她眼睛里看到失望和嫌弃。

然而并没有。

小姑娘眼睛弯着，见他看过来，更开心地冲着他笑，露出可爱的小虎牙，小手使劲地摆。

也不管游戏没打完，陈也出去找她。

付凯和成一鸣见陈也起身，也抬起头，这才看见宁栀。他们也不玩游戏，跟着一起出去了。

陈也走到宁栀面前，盯着她看了一会儿，眉头皱起："唇怎么这么白，生病了？"

"啊？没有呀。"宁栀愣了愣，想起自己为了请假撒的谎。

她抬起手，用手背蹭了蹭唇，红着脸解释道："我们学校下午开运动会，为了能请假出来，我就在唇上面抹了一点 BB 霜。"

付凯闻言，笑嘻嘻地调侃："原来好学生也会装病请假啊。"

宁栀被他说得更不好意思，脸颊漫上一层绯红。

薛斌问："原来你们今天搞运动会啊，那你参加什么项目了？"

宁栀回答："我参加的是八百米。"

薛斌又问："拿名次没啊？"

宁栀伸出两根软白的手指头。

成一鸣惊讶地"哟"了声："厉害了，拿了个第二。"

"不是，"宁栀脸更红了，摇了摇头，诚实地小声说："是倒数第二。"

成一鸣蒙了。

陈也早有预料，低笑出声。

小姑娘体育向来就不好，小时候跟在他身后跑，没跑多远就气喘吁吁了，一边喘一边喊："陈也哥哥，你跑慢一点呀，我都追不上啦"。

央求的声调，棉花糖一样，又软又甜的。

陈也勾了下嘴角，没打算让她再在这儿待着了，手一伸，把她的书包拎了过来："走吧。"

宁栀歪了歪头，疑惑地问："你可以直接走吗？不需要和老师请个假吗？"

这所破学校，逃课甚至直接不来都是家常便饭的事了，请假听都没听说过。

但陈也不想在她心中留下个不学无术的印象："嗯，你在这里等我一下，我去办公室请个假。"

办公室里。

班主任于学民看着面前个子比他还高一个头的少年，震惊得下巴都快掉了："你刚说什么？再和老师说一遍！"

陈也用没什么起伏的声音重复了一遍："我身体不舒服，想请个假。"

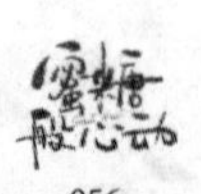

于学民心情激动又澎湃！

平时三四天的课直接翘掉的人，现在竟然还会请假了！这说明什么？

说明为人师者，一定不能抛弃和放弃任何一株有希望的苗子，再浑再坏的学生都有教好的可能！

于学民从办公椅上站起来，重重一拍陈也的肩膀，一脸欣慰："行，回去吧，好好休息。"

说完，还把中午食堂里带来的橘子塞到他手里，一脸慈爱的笑容："拿去吃，这个富含维生素 C，对身体好。"

陈也愣了愣。

宁栀在走廊等了没多久，就见他出来，手里还多了个……橙黄的橘子。

陈也注意到她的目光，解释道："班主任给的。"

宁栀"哇"了一声，眼睛亮亮的："你们班主任人好好呀。"

陈也收起从刚才被塞橘子那一刻就露出的无语表情，笑了声，把橘子给她："吃吧。"

宁栀喜滋滋地开始剥橘子。

两个人下楼梯，她把剥下来的橘子皮扔到垃圾桶，又把橘子分成两半。

她掰了一瓣，放嘴巴里，尝过之后，才把另一半递给他，笑眯眯地说："是甜的，陈也哥哥，给。"

秋日阳光和煦，照在她脸上，像是用滤镜调暖了一个色调，看着特恬静，有种岁月温柔的感觉。

他摸了一把她毛茸茸的小脑袋，嘴角勾着笑，调侃道："现在都学会撒谎了？"

宁栀轻轻"哎"了声，咬着橘子，空气中溢着清甜的果香。

她吃着橘子，语调含混不清的，语气却笃定："我也不想撒谎呀，可是你过生日，我想陪着你一起过。"

两个人来到家附近的沃尔玛。

陈也推着购物车，宁栀走在旁边，时不时往里面放些东西。

走到蔬菜区，宁栀站在一堆胡萝卜和西红柿的架子前，回头问："陈也哥哥，你想吃番茄炒鸡蛋，还是胡萝卜炒鸡丁呀？"

陈也双眸带着笑："番茄炒鸡蛋。"

那个做起来比较简单。

宁栀低下头，认真地挑选起番茄，最后放了两个进小推车。

结账之后，他们又去了蛋糕店，买了一个六寸的草莓小蛋糕。

回到家已经是五点钟了。

陈也从鞋柜里拿出一双粉色的小棉拖鞋，这还是上次她来时，他在楼底下的便利店买的。

宁栀换上鞋，一点不拘束，拎起装着蔬菜食材的袋子就往厨房走。

“先歇一会儿吧，别累着了。”陈也从冰箱里拿了瓶水，拧开，递过去给她。

宁栀接了，喝了两口：“我不累呀，那些重的都是你一路拎回来的。”

想着他拎着两大袋东西，全程一口气都没喘，不由衷心感叹：“陈也哥哥，你体力真好哇。”

陈也在喝水，听到这话差点被呛到。

他当然知道她没什么别的意思，但就是……不由自主地往歪了想。

水龙头打开，厨房里响起哗哗的水流声。

窗子外一抹余晖斜斜射入，大理石的地面上铺了层暖暖的红色。

她一截白皙的脖颈也被笼了层光，碎发毛茸茸的，有种小动物似的可爱。

陈也站在宁栀的身后，看着她的背影，嘴角往上勾了勾。

也不知道为什么，没什么特别的原因，反正就是心情特别好。

宁栀会炒菜，平时周末要是张瑛加班，就是她做饭了。

今天她炒了三盘菜，番茄炒鸡蛋、杭椒炒肉、豆腐虾仁。

虽然都是普通的家常菜，和饭馆里精致的菜肴比不了，但色香味俱全，看着就很温馨。

陈也把菜端到饭桌上。

宁栀在他对面坐下，三个菜，两个人吃得干干净净，一点都不剩。

饭后，宁栀把草莓小蛋糕摆在茶几上，她半蹲着，仔细地将蜡烛插上去，然后手指按着打火机，“咔”一声，蜡烛点燃了，在四周映出一个小小的暖黄光圈。

“陈也哥哥，你许愿吧。”

宁栀还保持着半蹲在茶几前的姿势，仰着小脑袋看他，嘴角漾着温暖的笑意，模样乖得不行。

陈也垂眸，漆黑的瞳仁被烛光映得格外亮。

在她期待的注视下，他闭上眼，那一瞬间，心中滋生的情绪是不舍。

不想让她走，想让这个生日过得再长一点，要是她能一直陪着他就好了。

等他睁开眼，宁栀把早就从书包里拿出来的礼物递给他：“生日快乐，希望你许的愿望成真。”

他们买的是六寸的蛋糕，很小，两个人吃刚刚好。

宁栀最喜欢吃草莓蛋糕了。

陈也看她端着小托盘，小手舀一勺蛋糕到嘴巴里，脸上溢出满满幸福感。

不由自主地，他心里也跟着欢喜起来。

窗外淅淅沥沥地下起雨，刚开始还小，没过一会儿，雨势渐大。

宁栀端着小托盘，跑到阳台去看。

乌云沉沉压下来，天像破了个口子，大雨哗啦哗啦地砸落。

雨线被大风刮着，吹到她脸上，带来一阵凉意。

宁栀看了会儿外面的大雨，感觉一时半会儿是停不了的。

她站在阳台上，发愁地蹙起眉，看看越来越大的雨，担心地问："雨这么大，我怎么回去呀？"

陈也眉心一跳。

他从来不是一个迷信的人，但今天，他信了。

还别说，这老天爷还挺好，及时帮人实现生日愿望。

"说不定雨一会儿就停了，别担心。"

他嘴上安慰着，却从裤兜里摸出手机，搜索起萧敬腾的歌。

嗯，也不能全指望老天爷。

毕竟……三分天注定，七分还得要靠自己。

第三章·你也好

雨一直下，宁栀没有办法，只能先等着再说。

她家门口有一段路正在修，一到雨天就变得泥泞不堪，非常难走。

何况今天还是这么大的一场雨。

就这么一直等啊等，半个小时过去了，雨还没有停。

宁栀坐在沙发上，手托着腮，转过头，又看看阳台外。

外面的夜色黑而沉，浓得像化不开的墨，风声阵阵，拍打着玻璃窗，发出呼呼的声响。

雨滴不断砸落下来，像是永远下不完一样。

宁栀看着看着，就想起了小时候看过的那部叫《情深深雨蒙蒙》的剧。

今天这雨下得就和依萍回家找她爸爸要钱时一样的大。

“陈也哥哥，我今天不会回不去了吧？”她蹙着眉，发愁地问。

陈也闻言，心猛地一跳，他赶紧压住急速腾起的喜悦。

他装模作样，把眉头皱起，做出沉思的表情：“看样子这雨可能一时半会儿停不了了，要不然……”

顿了顿，他又让声音听起来平缓：“要不然，你今晚就在这儿休息吧。”

宁栀听了他的话，想了想：“好。”

小学时的暑假，她天天下午都要去陈也家里找他玩。

他家里有游戏机，各种好玩的游戏都有。

下午家里没大人，就他们两个。她有睡午觉的习惯，每次困得打哈欠了，就躺沙发上，在他旁边小睡一会儿。

从小到大，那样亲密无间的认知仿佛已经渗透到了骨髓里。

宁栀想了想，点头道：“那你借我一下电话，我和妈妈说一声。”

陈也把手机解锁，递给她。

宁栀按下一串号码，拨通，手指轻轻捏着，有点不安，毕竟这是她第一次夜不归宿。

“妈妈，我现在在同学家里，雨下得太大了，我今天就不回去了可以吗？”

张瑛听了之后，什么也没问，就答应了下来：“嗯。”然后又多加一句：“我明天晚上加班做账，茉茉上完跆拳道班你去接一下。”

宁栀说：“好。”

松了一口气的同时，她心中也泛起淡淡的失落。

之前一次上体育课，她和姚青青坐在单杠上晒太阳，姚青青不高兴地向她抱怨：

“栀栀，你不知道我妈对我管得多严。周末我在朋友家玩得忘了时间，十点多了，就想干脆在她家住一晚算了。

“结果我妈愣是开了一个小时车把我接回去，说是二十岁以前都不允许我夜不归宿，我太没有人身自由了！”

客厅的白炽灯投下一层白而亮的光，笼在少女脸上，照出她此刻有几分失落的表情。

陈也看着，心里有种被刺痛的感觉。

但凡负责点的母亲，对女儿晚上不回去，绝对不可能是这个态度。

就算不是亲生的，可到底朝夕相处了十多年，难道真没一丁点感情？

陈也打开电视机，把遥控器给宁栀，试图转移一下小姑娘的注意力：“时间还早，我们看会儿电视？”

“哦，好呀。”

宁栀按着遥控器，选定电视节目这一栏，液晶屏上出现现在热播的电视剧。

“陈也哥哥，你想看什么呀？”

“我都可以，你选你喜欢看的就行。”

上高中以来，宁栀基本就没怎么看过电视了。

她拿着遥控器从上按到下，把所有剧名过了一遍，最后选了一部律师题材的职场剧。

“我们看这个好不好呀？”她转头望陈也。

“可以。”陈也坐在她旁边的沙发上，“哗啦”一声，撕开一包刚才买的妙脆角，“给。”

宁栀吃起妙脆角。

随着剧情的展开，她逐渐被吸引，慢慢忘了刚才的不愉快。

这部剧的女主角是律师，第一集就是她穿着律师袍，在法庭上大杀四方，说得对方律师哑口无言的画面。

赢了官司，女主角去男友公司等他下班，想一起庆功，却撞见男友牵着别的女生。

伤心之下，女主角去酒吧买醉，然后和男主角碰上了。

剧情发展到这里还算正常，宁栀吃的妙脆角很快见底了。

她抽了一张纸巾，擦了擦手。

等再抬头的时候，剧情突然“上了高速”。相谈甚欢之后，男主角送喝醉的女主角回家。

一回到家，女主角双手往男主角的脖子上一揽，开始吻他。

宁栀擦手的动作一僵，耳朵尖开始泛红。

但也没等她红多久，下一秒，身旁的少年起身，直接拉起她的胳膊往厨房走。

他语气不容拒绝：“我想吃水果了，我们去洗个苹果吃。”

说着，他长手一伸，从茶几上捞了两个苹果。

宁栀乖乖跟着他走。

陈也拧开水龙头，冲了几遍，将其中一个苹果递过去给她。

宁栀咬了一口，脆脆的，还很甜。

她咬着苹果，走到客厅，瞥到电视里放的内容时，脚步一顿。

这下子，耳尖不仅是泛红，还开始发烫，一圈一圈从耳朵根漫到了脖子上。

电视屏幕里，男女主角是没有接吻了，但男主角直接把女主角推到了床上。

跟着出来，以为结束了的陈也呆住了。

他眉头拧了起来，这电视剧怎么回事？！一天到晚播的都是些什么玩意儿，也不怕教坏小朋友！

他不由分说，又拉着小朋友的手到厨房，把那个她已经咬了两口的苹果从她手里夺过来。

“没有洗干净，我再洗一遍。”他声音干巴巴的。

宁栀头低着，看他洗着那个被她咬了两口的苹果，有点想笑。

就感觉，他还是把她当小孩子看待的啊。

等再次回到沙发上，陈也一改之前漫不经心看着的状态，这回他直直地盯着电视。

遥控器就在他手里握着，生怕又出现什么少儿不宜的画面。

趁着播广告的间隙，宁栀去洗了个澡。

陈也站在床边，给她换干净的被套。

他手抓着被子一角，把里面的被芯扯出来，正要把新的被套套上去时，卫生间里响起了哗啦啦的水声。

他手倏地一顿，下意识往卫生间的方向看了一眼。

门紧紧关着，自然是什么都看不到的，除了隐约的，白茫茫一片的雾气。

却又很能引人遐想。

陈也觉得喉咙发干，心里有些躁躁的。

他快速套好被子，也没整理，直接走了出去。

卫生间的门没有锁，陈也怕自己再待下去，真会做出什么禽兽不如的事。

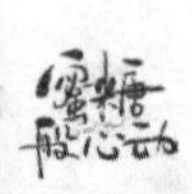

宁栀没有洗头，就冲了个澡，很快就洗好了。

她用毛巾擦干身子，拿起一旁的衣服换上。

白色的T恤，是陈也的，对她来说实在是大，到了大腿那儿了。长裤也是他给的，可实在太宽松了，一穿上去立刻就掉下来。

宁栀看着镜子里的自己，想了想，把裤子脱了。

反正他的这件T恤穿在她身上和睡裙也没什么区别。

陈也站在冰箱前，骨感修长的手握着瓶矿泉水。

咕咚灌下大半，总算将胸膛里腾起的火焰浇灭了，只剩下小小一簇火苗。

然而等他一抬眼，撞见才洗完出来的小姑娘，那簇小火苗一瞬间燎了整个原野。

少女婷婷而立，站在他身前，一张素净的小脸被热气蒸出微微的红。

他的T恤松松垮垮地穿在她身上，她头发散下来，搭在肩头，有种出水芙蓉的清纯，几绺发尾被水打湿了，贴在锁骨处，还有水珠顺着往下滑落。

渐渐落到他看不见，也不敢看的地方。

T恤下摆处，是一双纤细白皙的腿，不是特别长，但生得匀称又好看，玉一样，没有丁点瑕疵。

他目光再往下，映入眼帘的是一双小巧莹白的脚，每个脚指头都可爱，透出淡淡的樱粉。

无处不精致，无处不勾人。

宁栀手里拿着陈也的裤子，还给他："陈也哥哥，你的裤子好大，我穿不了呀。"

那样轻快的语气，带着浅浅笑意，还有对他完全不设防的单纯信任。

见陈也久久不动，宁栀挥着小手在他眼前晃了晃，笑眯眯地问："陈也哥哥，你怎么啦？"

"没什么。"陈也哑着声说完，把手里的那瓶水一口气灌完。

宁栀毫无察觉，趿拉着拖鞋走到电视机前："我刚才有没有错过什么重要剧情呀？"

陈也走过去，"啪"的一声，直接把电视机关掉了："时间不早了，快点去睡觉。"

再这样下去，他实在不能保证自己不做出什么。

"现在才十点半，我之前在家，每天都要学到十二点钟呢。这么早哪里睡得着呀？"

小姑娘不满地抗议，不过连抗议的声音都像是吴侬软语，像四月吹绿了柳叶的那阵春风，软得让人心颤。

陈也压下心底的悸动，严肃着脸，轻轻拍了拍她的脑袋："早睡早起才能长高，你还想不想长高了？"

宁栀疑惑：我都已经十七岁啦，还能长高吗？

这个人真的太不讲道理啦！

宁栀不情不愿地被推到了房间里。

陈也没进去，就站在门口。

卧室里冷白的灯开着，地砖上有一道他的颀长身影。

宁栀还不想睡。

她看着他，小脸微微向上仰着，嗓音软糯清甜：“我现在不困呀，你让我再看一会儿电视嘛。”

说着，她用小手扯了扯他的衣袖，左右晃了两下，就像小时候无数次做过的那样。

陈也感觉胸腔里的一颗心脏也被她那只软软的小手扯住，随着她的动作晃啊晃。

他低下头，看见她鸦羽般的睫毛下，剔透漆黑的瞳仁泛着朦胧的水光。

模样乖得要命，尾音更是软得不像话。

“不行，快睡。”陈也眉头皱起，一副冷硬、不容分说的语气。

接着，他手拉上门把手，“砰”一声，将门关上。

宁栀一愣，好半晌才反应过来。不让看就不让看嘛，干什么搞得这么凶呀？

她鼓了鼓脸，把拖鞋一甩，躺在床上，将被子扯到身上盖着。

唉！感觉还是小时候的陈也哥哥比较好说话的。

变得没那么好说话的陈也去客厅的卫生间冲了个凉水澡。

在已经入了秋的夜晚，这个澡十分透心凉。他抓起毛巾，随意地擦了擦头发，也不管还没有完全擦干，就把毛巾往旁边一扔。

客厅的茶几上，宁栀给的礼物摆在上面。

一个方方正正的小盒子，被维尼熊的包装纸包着，上面还系了一个蝴蝶结，可爱又童趣。

小姑娘非常有仪式感，每年给他的礼物都要亲手包装一番。

他都可以想象，当时她做完作业，坐在桌子前，低头亲手裁纸，认认真真给他包礼物的模样。

陈也嘴角向上翘起，走过去，拿起那个小盒子，小心地撕开外面的包装纸。

里面装着一个黑色的钱包，还有一封自制的小贺卡。

贺卡是淡黄色的，上面粘着一朵风干了的栀子花，浅浅的香气在空气中漫开。

陈也拆开信，小姑娘的字迹清秀好看，一笔一画写得端正整齐。

他还记得当初收到第一封贺卡时，小女孩的字歪歪扭扭的，“恭喜你长大一岁啦”的“恭”字还没学会写，用了拼音代替。

一晃这么多年已经过去。

他把贺卡放下，又打开小盒子，里面是一个黑色的钱包，样子很好看。

这个牌子陈也知道，不算什么奢侈品，但对于从来没多少零花钱的宁栀来说，还是贵了点。

她从前就是这样。

当时一部溜溜球的动画片热播，楼栋里的小男孩人手一个会发光的溜溜球。

她存钱罐里零零散散的硬币加起来，总共也不到二十块，她把钱全拿出来给他买了一个溜溜球。

最后自己喜欢的小洋娃娃却没钱买了。

陈也好笑地扯起嘴角，心中想着小姑娘从小就这么傻，长大了也没有一点儿长进。

走到挂衣架处，陈也从一件灰外套里摸出旧钱包，里面嵌着的那张照片是前年两个人去游乐园玩时照的。

那时夏天，天很高很蓝，蔷薇和牡丹艳艳开着，一派繁花似锦。

少女穿着一件白色及膝的裙子，腰肢纤细不足一握，嘴角抿出甜美的笑。

才十四五岁的年纪，却已好看得紧了。

他那时给她拍照时，周围人来人往，不少目光落在她脸上，眼中是明晃晃的惊艳。

后来他去买冰激凌，让她站在树荫下等，回来时就看见几个一看就不是什么好玩意儿的男生围在她身边，找她要联系方式。

她摇头："不好意思，我不随便加陌生人的。"

一个头发染着色的男生压根儿不当回事，笑嘻嘻地继续勾搭："别啊，聊着聊着不就熟了嘛。"

"就是，加个呗。"另几个也起哄。

陈也直接过去，把宁栀拽到自己身后，眸光冷峻："是耳朵聋了还是听不懂人话？"

少年一身戾气，看起来是不那么好惹的。

那几个全是欺软怕硬的，见着小姑娘敢仗着人多调戏，真遇到厉害的又都认㞞了。

等这几个男生灰溜溜走了，陈也把买好的冰激凌往宁栀手里一塞，教训道："以后遇到这种凶一点知道吗？你越礼貌客气，那些人就越得寸进尺。"

谁拒绝之前还要说个不好意思啊！

少女咬了一口草莓甜筒上面的小尖尖。

盛夏的阳光从树梢绿叶的间隙落下，撒在她脸上，皮肤白得晃眼。

她抬起头，不懂就问："那要怎么凶呀？"

他教她："直接让他们滚。"

她一愣，骂人的话还没说出口，自己脸倒是先羞红了。

从小到大都是好学生的宁栀还真是一次也没有说过脏话。

只是她到底也是听他话的。

手握着甜筒，酝酿了好半天，终于，红着脸，讷讷说出“滚”字。

听完，陈也就沉默地认命了。

有些人的乖，就是刻在骨子里的，哪怕是讲脏话，被少女用轻软糯糯的嗓音念出来，都有种撒娇的感觉。

更何况还长着那样一副清纯动人的脸。

那时他想，算了算了，以后还是他多看着点儿吧。

这十几年来，也就这么一次吧，陈也听她骂过人。

想起这段往事，陈也无声地弯起嘴角。

他把照片取出来，拿在手中又看了一会儿，才放进那个新钱包里。

夜深了，外面的雨还没有停。他躺在沙发上，个子实在太高了，脚都伸出去了。

这么睡当然不舒服。但一想到此刻，宁栀就睡在自己的房间，不过十几步的距离，这点不舒服简直不值一提。

睡到后半夜，陈也被窗外的打雷声吵醒。

轰隆隆的声响，像载着十几吨重物的卡车从陡峭的地上碾过。闪电随之而来，漆黑的天幕骤然被照亮。

陈也睡意没了。他不怕打雷，但宁栀怕。她后背上有一道疤，是小时候出车祸留下的。

出车祸的那个晚上，就是一个雷雨天。

小时候的一个下午，他们玩着游戏，突然打起雷，小姑娘脸色一下白了，手冰凉，整个人都在抖。

陈也掀起盖在身上的毯子，不放心地站起来，朝卧室走去。

他站在门口，手搭在门把手上，犹豫了许久，最后还是担心的情绪胜过其他。

他轻轻一拧，发出很轻微的一声响，门就开了。

这门其实可以从里面反锁的，但显然宁栀没有这么做。

陈也心情有点复杂。

也不知道该高兴小姑娘这么信任他，还是该教育她以后长点心眼儿，多些防狼意识。

卧室里黑漆漆的，没开灯。

陈也放轻脚步走过去，只想看一眼，确保她没什么事。

还没来得及开灯，又一道闪电划过，照亮了房间。

床上的少女尚处于睡梦之中，身子侧着，蜷缩起来，是那种很没有安全感的姿势。

她黑长的睫毛早被眼泪濡湿，紧蹙着眉，嘴嗫嚅了两下，在梦中很轻地喊出

两个字。

陈也的心在这一瞬生疼，像是被手紧紧攥住。

他听到她喊的那两个字，是“妈妈”。

他第一次见到她，是在夕阳下的巷子口。

遥遥地站着，两人还没说一个字，她便对着他笑了笑，露出一口小白牙，比春光还明媚。

后来他认识了她，带着她一起玩，发现这个小女孩真爱笑，吃到糖就笑，玩游戏赢了笑，输了也笑。

她笑起来也好看，杏眼弯弯，脸颊边陷出两个甜甜的酒窝，让人看着心情就好。

这样开朗乐观的性格，很多时候，容易让人忘记她是从孤儿院里领养回来的。

陈也手抚上宁栀的脸，湿湿的，一片冰凉。

“栀栀。”他唤她，哑着的嗓音里是压不住的心疼。

宁栀睁开眼，眼前是黑的。她有几分茫然，一时分不清是在做梦还是现实。

然后，一只宽大温暖的手挡在了眼前，有光从指缝露出来。

陈也开了灯，等她适应了会儿，不感觉灯光刺眼后，才把手从她脸上拿开。

宁栀坐起来，她这时才完全清醒。

她醒了，梦里悲伤的情绪却残留着，像是藤蔓，细细密密缠绕着心。

“陈也哥哥。”她吸了吸鼻子，闷闷地出声。

她也不知道要说什么，但在此时此刻，就是想喊一下他。

“嗯。”他应她，冷硬的眉眼在这一刻温柔极了，“我在，栀栀不怕。”

外面雷雨交加，她坐在床上，抱着膝。他在她旁边，安静无声地陪着，耐心多得像是永远消耗不尽。

不知过了多久，轰鸣的雷声终于停了，宁栀抬眸，用一双湿漉漉的杏眼望向他：“我有点难过，我梦到小时候在孤儿院的事了。”

陈也抬起手，轻轻地，将她脸上一绺被泪水打湿的碎发别开：“能和我说一说吗？”

宁栀轻轻地点了点头，这还是她第一次谈起孤儿院的事。

之前陈也从来没问过，毕竟怎么想那也不会是什么愉快的回忆。

“小时候的一场车祸之后，醒来我就在孤儿院了。每天下午自由活动的时候，孤儿院的阿姨会给我们发小巧克力饼干。

“我每天都拿着小饼干在门栏前站着等，等我的爸爸妈妈来接我回家。可是从天亮等到天黑，一直到我后来被领养，爸爸妈妈也没有来过。”

她叹了口气，声音很轻：“我记得当时有个小女孩，比我大几岁，她和我说，别等了，你爸爸妈妈永远不会来接你的。那个小女孩就是因为她的爸爸妈妈想要儿子，所以才把她扔到孤儿院的。”

说到这儿，宁栀咬了咬唇，有些咬重了，樱粉的唇出现一道白痕。

“很多车祸之前的事我都不记得了，孤儿院里的医生姐姐说我是惊吓过度，选择性失忆了。

“所以我也不知道，我是因为和爸爸妈妈走散了，最后被送到孤儿院，还是爸爸妈妈一开始因为我不是男孩子，就想把我扔掉。”

窗外的夜色漆黑如墨，少女抱膝坐在床上，声音一点点低下去，带着轻微的颤抖。

陈也的心也难受地颤了颤。

他手放在她脑袋上，摸了摸她的头发，像是在安抚一只受了伤的小猫。

他动作轻缓，语气却坚定万分：“栀栀一定只是小时候和爸爸妈妈走散了，不会是其他原因。”

“扔掉”这两个字，他连说都不舍得说出口。

这世界有时候还真是不公平，明明是那么好的女孩子，就该从小被父母宠着，小公主一样娇生惯养地养大。

宁栀抬起头，露出小小的下巴尖，鼓鼓脸，声音里还闷着几分情绪：“你又不知道的呀。”

“我就是知道。”陈也双眸黑沉，一动不动地望着她。

宁栀“啊”了一声，然后鼓着的脸颊就被他揪了揪，像揪着面团一样。

接着，她听见他低哑笃定的嗓音：“你又乖又听话、孝顺、心地善良、成绩优秀、长得还好看，这么好的一个小姑娘，哪个父母舍得不要啊。”

宁栀脸皮薄，被他夸得脸有些红。

她小声嘟囔，带着几分不好意思的羞涩：“我哪有你说得那么好呀？”

“怎么没有？”陈也眉挑了挑，反问。

也不等她说话，他望着她，一字一顿，声音郑重又认真：“我们栀栀最好了，就是天下第一好。”

窗外的雨势渐渐小了，变成零星的几点细雨，月亮从乌云中探出头。

宁栀被陈也安慰之后，心情好了很多。

他笃定无比的语气让她也开始相信，她只是小时候不小心和爸爸妈妈走散了，并不是被爸爸妈妈抛弃的。

一直压在心底的那块大石头终于没了。

一丝天光从缝隙透进来，照亮了她心底隐秘的、不为人所见的那个小小角落。

“陈也哥哥，”她仰起泪痕未干的小脸，嗓音轻轻软软的，“你也是最好的，谁都没有你好。”

看着凶凶的，其实是最温柔的人。

小时候小区里没有女孩子愿意带着她玩，她天天像小尾巴一样黏着他。

现在想来，一个男生总是带着个小女孩，其实是很麻烦的，还会被别的男生笑话。

她腿短，跑不快，翻墙什么的也不在行。他嘴上嫌弃着她跑得慢，却又牵着她的手，放慢速度。

还有以前翻墙的时候也是。别的小男孩早早翻过去玩了，她站在墙面前，不太敢动。

他前一句还是“你胆子怎么这么小，以后不带着你玩了”。

说完却又蹲下，让她踩着他肩膀翻过去。

陈也望向宁栀，在少女比秋水还柔软的目光中，笑出了声。

他算是家里最没出息的那个了，大伯二伯的儿子成绩都好，去了国内顶尖的大学。

可他连高中都没有上，念一所不入流的职高，前途是什么，他自己都不知道。

他学习不好也就算了，性格也糟，从小到大不知道打过多少架，和那两个看着就斯文有学问的堂哥明显不是一类人。

之前逢年过节家庭聚会，被问到成绩，他收获到的全是嘲笑的眼神。

只有她了，还傻气天真地觉得他好。

也只有等小姑娘再长大一些，见过更多的人和事，认识真正优秀的男生，就会知道他是个什么样了。

“走了，去洗把脸。”陈也轻轻拍了拍宁栀的小脑袋，“都哭成小花猫了。”

被叫小花猫的宁栀害羞起来，脸颊泛起了一抹红。

都这么大人了，还大半夜地哭鼻子，真是挺丢脸的。

不过转念一想，她从小到大在他面前哭过不知道多少回了，要丢脸那脸早就丢完啦。

宁栀释然了，低下头，找到床边的拖鞋，一只一只穿上。

往卫生间走了几步，她又回头，充满希望地问：“陈也哥哥，你说我以后有可能找到亲生的爸爸妈妈吗？”

“会的。”他保证道，“等你高考完了，我陪着你一起去找。”

她又开心地笑起来。

再重新躺回到床上，宁栀闭上眼，把被子盖到肩膀处。

心里轻松了，她入睡也快，一下子就陷入梦乡。

一场秋雨一场寒。

第二天的温度明显降了很多，宁栀早上醒来时，连着打了两个喷嚏。

天还很早，窗外只露出个鱼肚白，朦朦胧胧映出一点太阳的光亮。

她换上自己的衣服，去卫生间简单洗漱了一番。

走到客厅，陈也还在沙发上睡着。

昨晚经了那么一遭，陈也一闭上眼，脑海中就出现她的眉眼，怎么都挥之不去，令他恼，也令他躁。

一直到天快要亮时，身体里的那团火烧了个七七八八，他才总算有了点睡意。

宁栀朝沙发走过去，少年睡得很沉，被子大半都掉到了地上。

她蹙了蹙眉，将被子给他盖好，又跑去房间，把床上的被子抱了出来，轻轻盖在他身上，还蹲下小心翼翼给他掖好被角。

掖完被子也没急着站起来，她就这么继续蹲了一会儿。

阳台外，初阳冉冉升起，少年双眼阖着，睫毛黑压压覆下，鼻骨立挺，面部轮廓硬朗深邃。

难得这么近距离又长时间看着，宁栀觉得陈也好像……比以前更帅了一点。

就有那种渐渐退去少年青涩，隐隐多了几分男人的气质的感觉。

这么看着，她的心没理由地又跳快了一拍。

宁栀突然之间意识到，自己一大早地盯着一个睡着的人看，真的是好奇怪的行为啊。

她立刻站起来，蹲得久了，腿都有些酸了，差点一下子扑到陈也身上。

好险，最后晃悠悠站住了。

她揉了揉膝盖，走到阳台把窗帘拉上了，又从自己书包里面摸出十块钱，然后去鞋柜前换鞋，很轻地开门出去。

宁栀走了没一会儿，陈也就醒了。

太阳已经升起来了，但因为窗帘拉着，他睁开眼的那瞬间，并没有被阳光刺到眼。

陈也不是个喜欢赖床的人，但今早，闻着被子上清幽甜软的香，莫名就想懒懒散散地躺着。

直到门铃声响起。

陈也起来，到门口开门。

宁栀站在门前，两只手都拎着塑料袋，特别丰盛，有包子，有油条，还有米酒和豆浆。

空气中飘散着各种食物的香气，他皱了下眉："周末怎么起这么早，不多睡一会儿？"

宁栀笑眯眯地把拎着的几个袋子交给他，再弯下腰换鞋子，手扶着墙，边换边和他说话："我平时都这么早起来的，已经习惯了嘛。"

陈也把几袋食物拿到桌子上放着，自己去了卫生间洗漱。

几分钟后，他出来，宁栀已经坐在桌子前了，塑料袋子都已解开，筷子一边摆了一双。

她手撑着下巴，等着他过来，买的早餐一口没动。

等陈也坐下，她才抬起头，指着两个纸杯子，嗓音甜甜地问："陈也哥哥，你要喝豆浆还是米酒呀？"

陈也回道：“都行。”

宁栀想了想，把觉得更好喝的红枣豆浆往他那儿一推，笑盈盈道：“你喝这个吧。”

她拿起筷子，夹了一个小包子，一口咬下去，豆沙馅溢出来，甜甜糯糯的。

陈也问：“这个周末作业多吗？”

“还好，不多，而且我已经写了一些，就没剩多少了。”她咬着包子，脸颊鼓鼓的。

他又试探地问：“那等下我们出去玩一会儿好不好？”

“好啊。”宁栀双眼一弯，没考虑就答应了。

她咬着包子，一点豆沙粘到唇上，她舔了舔，又笑着问他：“去哪里玩呀？”

“等下，我查查。”陈也哑声回答，低下头去看手机。

他正悄悄摸摸地搜着哪儿适合一男一女出去玩，门铃声再次响起。

“陈也哥哥，谁来找你呀？”宁栀好奇地问。

陈也摇头，他也不知道，心中却隐隐有点不好的预感。

宁栀要去开门，他让她坐着，自己走了过去。

门打开，预想成真。

陈也看到付凯、薛斌和成一鸣三个。

三人脸上挂着喜气洋洋的表情，整齐划一地用蹩脚的英文喊：

“Surprise！”

薛斌嘿嘿笑着问：“也哥，我们来给你过迟到的生日了，有没有很惊喜，很开心？！”

陈也腹诽：可以说是很开心了，开心得我想立刻把这三个从哪儿来塞哪儿去。

两人之约最后变成了五人之约。

不对，更准确地说，应该是五个半。

薛斌说完话，一个小萝卜头就从成一鸣背后钻了出来，眼眶红红的，显然是刚哭过。

小萝卜头抽抽鼻子，奶声奶气的，用那种还带着点儿哭腔的声音喊了陈也一声：“哥哥。”

陈也眉心一跳，直接问成一鸣：“你还把你弟弟带来了？你当我这儿是托儿所呢？”

“我弟他英语考试没及格，被我爸骂哭了，早上在家里哭得贼惨，我看着不忍心，就把他带出来了。

“反正咱们今天也是出去玩，多个人更热闹嘛。嘿嘿，也哥，你……不介意吧？”

陈也翻了个白眼。

确实没什么好介意的。

毕竟多三个电灯泡和多三个半电灯泡没什么区别。

宁栀听到了动静，走过去，见到薛斌他们三个。

薛斌他们也看到了宁栀，脸上露出诧异的表情，没想到她还在这儿没回去。

宁栀解释道："昨晚雨太大了，我没法回去，就在陈也哥哥这儿住了一晚。"

说完，她一低头，就看见成一鸣身边的小男孩。

小男孩七八岁的样子，剪了个西瓜头，身上还背了个小黄人的小书包，看起来萌萌的，特别可爱。

只不过他眼眶红红的，脸上还有没干的眼泪。

她戳了戳陈也的胳膊，小声问："陈也哥哥，这个小男孩是谁呀？"

陈也言简意赅："成一鸣他弟，考试没及格，刚被他爸骂哭了。"

宁栀想了想，手伸进外套的小兜兜，一摸，幸好还有几颗糖。

"我叫宁栀，"她走到小萝卜头面前，蹲下身去，和他处于同一水平高度，又对着他笑了笑，"你叫什么名字呀？"

"我叫成一跃。"小萝卜头语速慢吞吞的，边比画边给她解释，"一是一二三四五的一，跃是跳跃的跃。"

"好，姐姐记住了。"宁栀笑起来，朝他递过去一颗阿尔卑斯糖，"姐姐请跃跃吃糖，跃跃不要难过了。我们这次没考好，就下次努力啦。"

小萝卜头伸出小手，从她掌心拿过糖，撕开包装纸，放到嘴巴里。

"谢谢栀栀姐姐。"成一跃嘴里含着糖，对着宁栀咧嘴一笑，门牙缺了一颗，"姐姐，你长得真好看，比我们班的女生都好看，你是我见过最好看的女生了。"

宁栀被逗笑，摸了摸他的头："你也好可爱，是我见过最可爱的小男孩了。"

一旁围观的陈也不解。

怎么回事？现在二年级的小学生都知道撩妹了？

他眉头皱了皱，胳膊肘一捅旁边的成一鸣："你弟弟怎么回事？有点儿早熟了吧？"

成一鸣摇头叹气，一副见怪不怪的模样："也哥，你不知道，现在小孩子全都早熟得厉害。前两天他还问我有没有女朋友，怎么还不交女朋友，说他班上的男生一半都有女朋友了。"

付凯和薛斌他们七嘴八舌地讨论一会儿去哪儿玩。

成一鸣："去森林公园自助烧烤！"

薛斌："密室逃脱搞一个！"

付凯："就我们这群学渣还玩密室逃脱，一天都逃不出去吧？还是去鬼屋好玩！"

一片乱哄哄的声音中，成一跃举起自己的小爪子，也参与进来，大声道："我要去游乐园玩！"

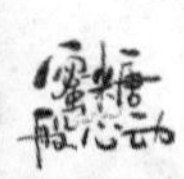

陈也对于两个人以上的活动完全没有兴趣，面无表情地插手站在旁边，听着他们说得热火朝天。

他内心不仅毫无波澜，甚至有点想把他们赶出去。

成一跃大眼睛眨呀眨的，看着宁栀，软乎乎的小手拽着她的手："栀栀姐姐，我们一起去游乐园好不好呀？"

宁栀被萌到了，站到了小萝卜头这边，对陈也说道："陈也哥哥，我也想去游乐园。"

陈也一听，当即很没原则地拍板："我们就去游乐园。"

付凯、薛斌和成一鸣腹诽：那我们刚才讨论个脸红脖子粗是为了啥？

最后一行人拦了两辆出租车，开往城郊的那个游乐园。

成一鸣坐在前面，陈也和宁栀坐在后面，小萝卜头横插在两人中间。

一开始，陈也只把这个小萝卜头看作是半盏电灯泡。

但现在，他意识到自己错了。

这半盏的瓦数可真是太大了，照起来比另外三盏亮太多了。

他拿出手机看了眼时间，现在快十点了。

他们是九点钟上的车，在将近一个小时的时间里，这小萝卜头的嘴叭叭叭地就没有停过。

一会儿是："栀栀姐姐，我上个星期秋游，老师带我们去了植物园，我看到了……"

一会儿又是："栀栀姐姐，我虽然英语没有及格，但是我数学测验考了九十八分，是全班第一哦……"

宁栀揉揉他的头，语气亲昵，带着笑意："跃跃真厉害。"

陈也忍不下去了，面无表情地问："成一跃，你说了这么多话渴不渴，要不要休息一下？"

成一跃小朋友萌萌地摇头："我不渴呀。"

说完，小手往自个儿书包里一阵翻找，最后翻出一瓶娃哈哈，塞到陈也手里："哥哥你要是渴了，喝这个。"

陈也看着手里多出来的娃哈哈呆住了。

成一跃又拿出自己的手机，问宁栀："姐姐你会玩这个手机游戏吗？特别好玩的，我们班好多同学都在玩这个。"

"我不会玩呀。"宁栀笑着摇头。

"没关系的，姐姐我可以教你玩！"成一跃语气超自豪。

于是，在接下来的半个小时里，陈也就见着身旁的小姑娘和这小萝卜头低着脑袋，一起兴致勃勃地玩一款他不知道的手机游戏。

完全忽视了他的存在，仿佛他不存在一般。

平时一口一个“陈也哥哥”喊得勤快的小姑娘，这会儿却连一个多余的眼神都没有分给他，说的全是“跃跃真聪明”“跃跃真棒呀”。

陈也耳边回响起阿杜的一首歌：

“我应该在车底，不应该在车里……”

等到了游乐园，陈也买了一支棒棒冰，旺仔的，草莓味儿。

宁栀从他手里接过，嗓音脆脆的，带着笑：“谢谢陈也哥哥。”

久违地听到这声称呼，陈也的嘴角向上勾了勾。

宁栀用力，双手一掰，那个棒棒冰一分为二。

以往，那其中一半必定是要给他的，陈也嘴角翘了翘，就等着她递过来。

然而几秒钟之后，小姑娘弯下腰，把另外半个给了那盏瓦数超高的小电灯泡：“给，跃跃，我们吃冰。”

陈也蒙了。

之后玩碰碰车，成一跃特兴奋，仰着头看宁栀：“姐姐，我和你坐一辆车好不好呀？”

陈也走过去，站到小萝卜头面前，表情不是太爽：“你亲哥不是在吗？你怎么不和他一起？”

成一跃仰着头，特认真地回答他：“因为栀栀姐姐好看啊，我喜欢姐姐，我就要和她一组。”

说话时还紧紧抓着宁栀的手不放。

宁栀和成一跃两人坐上碰碰车，由工作人员指导系好安全带。

陈也和付凯一组，成一鸣和薛斌一组，也随后上了车。

多少年没玩过碰碰车了，几个男生有种重温童年的感觉，心情一时颇激动。

成一鸣握着方向盘，还没开出去，“砰”一声，车被撞了一下。

他抬头，看见撞他车的是陈也。

玩碰碰车嘛，都是互相撞的，成一鸣也没放心上。

但之后，他接二连三，接三连四，接四连五地被撞，且撞他的还都是陈也开的那辆。

成一鸣和薛斌都蒙了。

成一鸣晕乎乎地开始思考，自己是不是今天得罪也哥了？

想来想去，他都觉得完全不可能啊！

从早上到现在，他和也哥说话都不超过十句，哪有机会得罪？！

更何况他弟弟还和也哥的妹妹聊得很开心，相处得很好啊！

时间过得快，把游乐场里几个好玩的项目玩完，就已经快一点钟了。

几个人出去，在游乐场外面找了家麦当劳吃饭。

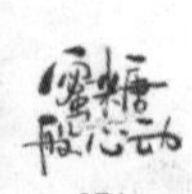

麦当劳里人多，陈也和薛斌他们几个去排队点餐。

宁栀则坐在桌子前，辅导成一跃把考了的那张英语卷子拿出来改错。

陈也最先买好，他端着托盘过来，正好听到这小屁孩的深情告白：“栀栀姐姐，我好喜欢你呀，你做我女朋友好不好？”

陈也呆住了。

宁栀一愣，她眨眨眼，还以为自己听错了：“跃跃，你刚才说什么呀？”

成一跃小朋友脸上是超级认真的小表情，奶声奶气地重复了一遍刚才的话：“栀栀姐姐，我想要你做我的女朋友！”

宁栀还没说话，陈也把托盘往桌子上重重一放，替她回答了：“不行！没可能！你一小屁孩成天想什么，怪不得英语考不及格！”

成一跃小朋友委屈巴巴的。

大人真讨厌，动不动就要提成绩！

跟在他身后过来的成一鸣、付凯和薛斌他们快要笑死了。

“哈哈哈，也哥你和一小孩子置什么气啊，他还小呢，懂什么啊？”

成一跃嘶着小嘴，不服气地替自己申辩：“我不小啦！过完年我就满八岁了，我们班好几个没有我大的男生都有了女朋友。”

付凯乐得不行，逗着他问：“跃跃，你为什么想要女朋友啊？”

成一跃神采飞扬地说道：“有了女朋友，就可以天天和她在一起玩游戏，一起写作业，有了好吃的零食可以分享。”

宁栀搞明白了，这哪是女朋友呀，分明就是小孩子之间的玩伴嘛。

她声音温柔，耐心地和小朋友讲道理：“姐姐不能做你的女朋友。跃跃现在七岁，姐姐现在十七岁，姐姐要比跃跃大十岁，大好多哦。”

成一跃掰着小指头一根根数，一岁，两岁，三岁……十岁，好像是蛮多的。

他歪着头，想了想问：“那栀栀姐姐可以等我长大吗？”

宁栀笑着说：“等跃跃长大，我就快三十岁了呀，到时候跃跃会喜欢和自己一样大的女生玩的。”

成一跃握紧小拳头，表情坚定地说道：“栀栀姐姐三十岁也好看，到八十岁都好看！我会一直喜欢栀栀姐姐的！！”

薛斌用吸管喝着可乐，闻言哈哈哈地笑了出来，那口可乐都差点喷出来了：“哎哟，成一鸣你弟厉害哦，撩妹小能手，这情话一套一套的。”

成一鸣无奈地一摊手：“这群‘零零后’太早熟了，我怀疑以后我弟都比我要先有对象。”

薛斌拍拍他肩膀：“自信点，兄弟，把‘我怀疑’这三字去掉。”

两个人插科打诨时，陈也毫不留情地把成一跃小朋友的幻想碾了个稀巴烂。

他双眸黑漆漆的，盯着这个小萝卜头，表情一点儿都不友善：“想多了你，等你长大了，你的栀栀姐姐早就结婚了，儿……”

他本来是想说儿子都有了的，但结合这一天的情况来看，还是别要儿子了。

太能闹腾了。

顿了顿，他把话补完："到时候女儿都有了。"

宁栀脸立刻红了起来。

他怎么就扯上结婚了呢？还……还说女儿什么的。

成一跃被陈也说得灰心丧气，小脑袋沮丧地耷拉下去。

宁栀看着于心不忍，正想说什么安慰一下，就见成一跃唰一下又抬起头，然后睁着那双黑白分明的大眼睛，满是期待地问："栀栀姐姐，你是我第一个喜欢的女生。电视剧里，喜欢的人都会亲亲，你能让我亲一下你的脸吗？"

陈也暗骂：这小屁孩还真敢想！！

宁栀本身就特别容易心软，而且她又真的很喜欢小孩子。

小萝卜头说话时还带着稚嫩的小奶音，一句一个"栀栀姐姐"叫得不知道有多甜。

被他用黑亮又期望的大眼睛看着，宁栀感觉自己的心都快萌化了。

让个小孩子亲一下脸，好像……也没什么嘛。

"那就亲一下哦。"她答应了。

成一跃兴奋地快跳起来了！

这还是他第一次亲除妈妈之外的女生。电视剧里说了，这就叫他的初吻。

准备把自己初吻送出去的成一跃小朋友凑过去，还没来得及"吧唧"那么一下，他的小脑袋就被一只大手无情地推开。

成一跃扑腾着想要反抗，但奈何少年力气大，他就像在老鹰爪子下负隅顽抗、使劲扑腾的小鸡崽。

完全反抗不了。

"要亲回去亲你妈，小小年纪不学好。"陈也脸色难看，凶巴巴撂下这句话，拽着还茫然的小姑娘的手就往外走。

薛斌茫然地问："哎，也哥你干啥去呀？"

陈也语调冷冷的："带她出去单独谈话。"

薛斌心想：这话，这语气，这腔调，听起来咋就那么像当爹的把闺女单独拎到个没人的地儿去批评教育呢？！

宁栀的小细胳膊被他拽着，一路带到了麦当劳门口。

少年身姿颀长，站在她面前，挡住了前面微薄的太阳光。

她抬起头，望见他薄唇紧抿着，下颌线条绷住，双眸深邃漆黑，表情看着十分严肃。

"我们要谈什么呀？"她仰起小脸，好奇地问。

陈也垂着黑眸。

小姑娘生得白，皮肤又好，水豆腐似的，脸上胶原蛋白充足，一掐仿佛都能

掐出水的那种。

他皱起眉，伸手去戳她的脸颊。

只是他也没舍得用力，就那么轻轻点了一下："你一个小姑娘家家的，怎么能随便让异性亲呢？要矜持，懂不懂？"

宁栀听得好困惑。什么矜持不矜持的，她哪有随便让人亲呀？

而且异性？那不就是一个七岁多一点儿的小男孩吗？

"陈也哥哥，跃跃就七岁呀。"她提醒他。

说着，她伸出手指头，对着他比了一个七的手势。

"七岁小吗？"陈也反问。

宁栀懵懂地眨了眨眼，七岁还不小吗？

陈也顶着一张飞扬不羁的大帅脸，说的话比教导主任还老气横秋：

"现在的孩子都早熟得很。

"你不能惯着，要不然他以后见到好看的小女生就想亲人家怎么办？那不是耍流氓吗？"

宁栀听他这么一说，又有些被说服了。

她点头，亮晶晶的眼里透出些崇拜："嗯！你说得对。"

陈也微微勾起嘴角，墨黑的瞳仁总算染上几分笑意。

就还是和小时候一样好糊弄，他说什么信什么。

在麦当劳吃完快两点了。一行人拦了车回去，和上午一样的座位。

玩了一上午，小萝卜头也玩累了，没像上午那会儿叽叽喳喳说不停，上车没多久，就困倦地打起哈欠。

等车开过两个红绿灯，他就窝在宁栀怀里睡着了。

宁栀也有些困。

这条路比较堵，车开一下停一下，晃晃悠悠的，让人非常想睡觉。

她忍不住，小手捂住嘴，打了个哈欠，然后头靠着后背的软垫，闭着眼休息。

前座，成一鸣在用手机玩游戏。

正大杀四方时，屏幕最上方弹出一条微信消息。

陈也：把耳机戴上。

成一鸣回头看，自己弟弟已经呼呼睡熟了，就靠在宁栀怀里。

而小姑娘闭着眼靠在车椅上，也是睡着的样子。

成一鸣忙从裤兜里摸出副黑色耳机，塞耳朵里。

陈也头低着，在用手机看赛车改装方面的资料。

他对这方面其实一直挺感兴趣的，但也是最近才真正考虑以后往这方面做。

手机发出荧白的光亮，他手指在屏幕上划拉了两下。

突然，出租车一个急拐弯，身边的一个小脑袋磕到了自己肩膀上。

轻轻的，陈也的心却像被狠撞了一下。

一绺细细的碎发从少女脸颊边滑落，又自他的脖颈那儿擦过。

宁栀还没有醒，沉沉睡着，呼出的气息均匀绵长。

陈也捏着手机的指头变得过分用力。

少女的气息甜而暖，带着淡淡栀子花的香，像是春日里的暖风，吹得人头脑发晕。

周一，轮到宁栀值日。

晚自习之后，她留下来，把教室扫了一遍，又去整理讲台，用湿抹布把黑板擦干净，最后关灯，把教室前后门都锁上。

教学楼此刻已经空了，她一个人下楼，感应灯跟着她的脚步声依次亮起。

外面不知何时飘起了雨，她撑开自己粉色的小伞，走进细细密密的雨幕中。

才出校门口，一个女生过来，拦住了她。

女生长得很漂亮，是那种浓烈艳丽的漂亮，长鬈发染了卡其色，海藻一般披在肩上，脸上还化了精致的妆。

宁栀被她一双眼上上下下打量着，有点不自在："你找我有事吗？"

夏筱桐在校门口已经等了快半个小时了。

上星期五，她听说有一个女生来他们学校找陈也，还是一中的。

她知道后心里那个气哦！重点高中的学生不好好学习，跑到职高来和她抢男人了？！

夏筱桐找到薛斌旁敲侧击了半天，终于打探到这个女生的一点消息。

叫宁栀，宜市一中的。

来之前，为了让自己显得更有气势一点，夏筱桐甚至重温了一遍《情深深雨蒙蒙》。

特别是雪姨那段："傅文佩，你别躲在里面不出声，我知道你在家！你有本事抢男人，怎么没本事开门哪！"

这会儿见到本人了，夏筱桐觉得自己攒着的那股气势有点儿使不出去了。

就是吧，这女生还真是挺好看的。

眼睛大，皮肤特白，整个人看着就乖乖巧巧的，说话的声音也好温柔。

不行！对情敌仁慈就是对自己残忍！夏筱桐在心底默念了这句话三遍，重整旗鼓。

她刚想气势汹汹来一句"陈也是我要追的人，你以后别来我们学校瞎晃了"，肚子却不争气地饿得咕咕叫了两声。

还叫得特别响亮！！

没有哪个雪姨去找傅文佩麻烦的时候，肚子会饿得咕咕叫！！

夏筱桐面红耳赤，尴尬万分。

她错了，她就该听妈妈的话，每天不该减肥瞎折腾不按时吃饭！

宁栀把自己书包拉开，翻出两个达利园小面包，递了过去："这个给你。你找我有事的话，可以吃完了再和我说。"

"哦！我还有酸奶的。"她又低着头在书包里翻啊翻，然后拿出一杯酸奶，"光吃面包容易噎着，你喝杯酸奶吧。"

全程，少女脸上都带着温软笑意，脸颊还露出小小的酒窝。

夏筱桐愣住了。

怪不得男生都喜欢找乖乖软软又可爱的女生当女朋友。

就现在，她一女的，发现自己也好喜欢这种类型的哦！

俩小姑娘最后在学校对面的一张椅子上坐下。

夏筱桐几口吃完两个小面包，还真有点噎着了。

宁栀忙把吸管的包装撕开，插到酸奶里，朝她递了过去。

几分钟交谈下来，夏筱桐知道宁栀不是陈也的女朋友，对她的敌意没多少了，好感倒是噌噌噌往上涨。

可可爱爱的小软妹，完全是人间瑰宝啊，谁能不喜欢？

夏筱桐吸溜着酸奶，问宁栀："我听说你上个星期去我们学校找陈也了，那你们俩到底是什么关系啊？"

"我和他小时候住对门，一块儿长大的。"

闻言，夏筱桐眼睛一亮："那你们这么熟了，你一定知道陈也喜欢什么类型的女生吧？"

宁栀摇摇头："这个我不太清楚。"

夏筱桐失望地叹了口气，对宁栀倒起了苦水："唉，你是不知道陈也他有多难追呀。我在篮球场上给他送水，他从来没有接过，和他说话他也总是爱搭不理的。"

抱怨了一通，她又眨巴眨巴眼，问宁栀："你觉得我长得好看吗？"

宁栀看向夏筱桐。

她五官生得明艳，涂了红唇，眼线也往上挑了几分，眼影是酒红色的，漂亮又张扬。

迎上她的目光，宁栀点了点头，声音软，语气却真诚："好看。"

夏筱桐一拍大腿，激动道："是吧，我也觉得自己挺好看的。只是每次被陈也拒绝之后，我对自己的美貌都产生了怀疑，恨不得立刻拿出手机前置摄像头照照！"

她说得夸张又有趣，宁栀没忍住笑了声。

接着，又听她问："那你和他从小一块儿长大，有没有见到他和哪个女生走得特别近啊？"

宁栀回想了一下，还真是一个都没有。

从来都是她像个小尾巴一样跟在他后面，其他的女生他都不怎么说话的。

读初中那会儿，他是班上，甚至全校最帅的男生。

宁栀经常会听到别的女生小声议论他。

也有胆子大的女生直接在班级门口给他塞情书。

但陈也一封都没有收。

夏筱桐等了会儿，没听到她回答，迫不及待地问："有吗？"

宁栀回过神，冲着夏筱桐摇了摇头。

夏筱桐涂得闪闪发光的指甲捏着喝完的空酸奶杯，着实是困惑了："你说他长了那么帅的一张脸，怎么把自己搞得跟和尚似的？该不会……"

最后几个字没说完，她一顿，视线忽然被吸引住，然后眼睛一下变亮。

夏筱桐抓住宁栀的校服袖子，凑到宁栀的耳边问："你快看那儿！那男生谁啊？你认识吗？"

宁栀侧过头，顺着夏筱桐的目光望过去，看到一个男生撑着把黑伞从学校里走出来。

距离有些远，天又黑了，路灯光线昏昏暗暗的，她看了好一会儿，才辨认出来。

是陆星阔，年级第一，也是姚青青总爱挂嘴上的崇拜对象。

"这男生叫陆星阔。"她告诉夏筱桐，"才转到我们学校不久，好像是七班的。"

夏筱桐一边听着宁栀的回答，一边痴迷地目送着陆星阔一路离开。

真的好帅啊！！！

校服干净，气质斯文，和她小时候看过的那什么《恶作剧之吻》里的江直树一样的感觉。

看着就是很聪明的长相。

夏筱桐这时又想起妈妈经常说的话——不要在一棵树上吊死。

陈也那么难追，估计她一辈子都追不上，说不定到时候她头发都熬白了，还连他的小手指都没拉过呢！

经历了刚才肚子饿得直叫的尴尬，夏筱桐觉得，还是要听妈妈的话！

"追妻火葬场"那剧本可以放放了。她周末才重温了《恶作剧之吻》，现在更喜欢"高冷学霸爱上我"的剧情！

等人走远了，夏筱桐一扭头，目光炯炯地看着宁栀。

她的问题噼里啪啦砸下来，激动得语速都快起来："他有女朋友了吗？你们学校是不是有特别多女生喜欢他啊？他长这么帅，平时好不好相处？对于女生塞的情书收不收啊？你知道他平时喜欢干什么吗？"

宁栀愣住了。

不是一分钟前还在和她打探陈也哥哥的事吗？变心变得这么快的吗！

宁栀和陆星阔非常不熟，所以夏筱桐问的这些，她哪里会知道。

她只得把之前姚青青和自己讲过的那些又转述了一遍。

但了解的就那么点儿，三言两语就说完了。

她有些不好意思："我和他不太熟，都没说过话，大概只知道这么多了。"

作为一个极度重视长相的人，夏筱桐非常疑惑。

和这么帅的男生在同一个学校，都不想认识一下的吗？竟然还能做到一句话不讲？

她看着宁栀，眼前的少女容颜清丽，只是眉眼之中又透着几分懵懂天真，看着就是那种对爱情还没开窍的样子。

夏筱桐忍不住嘀咕：

"陈也是不近女色，你是不近男色，还真是从小一起长大的，性格这么像。

"哎，我看你们干脆凑一对算了，正好颜值也登对。"

夏筱桐随口说起的一句玩笑话，却像是穿堂而过的风，在宁栀心中吹起一阵涟漪。

她微微睁大眼，这是她之前想都没有想过的事。她和陈也哥哥……怎么可能呀？

为了报答宁栀的酸奶和达利园面包，夏筱桐在711便利店买了两杯关东煮。

蒙蒙细雨停了，路边亮起一排整齐的路灯，在石砖修的地上投下一圈晕黄的光。

学校的教职工宿舍是红砖砌的墙，每一扇窗户都亮着灯，饭菜的香从里面飘出来。

俩小姑娘顺着街道往前走。

一个穿着宽大的蓝色校服，扎着马尾辫，鞋子是白色的帆布鞋。

另一个穿着马丁靴、小短裙，板栗色微卷的头发像海藻披散下来。

气质天差地别的两人走在一块儿，一人手里拿着一杯冒着热气的关东煮。

夏筱桐右手捏着一只细竹签，瞄准，往杯子里的鱼丸一戳，感叹道："你和陈也是小时候的玩伴，难得这么大了关系还这么好。"

宁栀咬了一小口香肠，咽下后，回道："小时候一起玩，等大了一点之后，他就像哥哥一样，一直对我很好，很照顾。"

夏筱桐想起陈也那副冷硬而淡漠的眉眼、寡言少语的性格，以及浑身散发出的那股生人勿近的气质。

就他们那所职高，没一个女生能和他说上超过三句话。

她还真地很难想象他对一小姑娘很照顾是怎么一副模样。

果然啊，从小一块儿长大的青梅竹马就是有不同待遇。

"有青梅竹马真好。"夏筱桐脸上露出羡慕的表情。

"不过说起来，"她往还冒着热气的鱼丸子吹了吹气，"我之前有个青梅竹马，我俩一小区的，每天上学放学都一块儿，周末窝一起写作业，关系蛮好的。”

“可惜他太早熟了。”夏筱桐叹出一口气，语气显得还有那么几分怅然。

“读六年级后我们就没怎么联系了，现在也就逢年过节发个祝福微信，连朋友圈的点赞都点得少了。”

宁栀侧过头去看她，疑惑地问：“你们就不能联系了吗？”

“也不是不能联系，就是吧，能聊的就少了呗。”夏筱桐把吹凉的鱼豆腐放进嘴里，一口咬住，含混道。

宁栀听得若有所思。

到了马路上，夏筱桐拦了辆出租车。

走之前，她瞧着宁栀，又是一阵端详。

“怎么了？”宁栀问。

夏筱桐大大方方承认：“来找你之前，我去你们学校贴吧看了，你就是你们学校长得最漂亮的。”

说着，她又拿出手机，对着手机屏幕照照自己，接着说道：“但我觉得我长得也不比你差，所以……”

她眉头向上一挑，笑得自信明媚：“要是你不喜欢陆星阔，不和我竞争的话，我追上他的概率还是蛮大的。”

课间的休息时间，宁栀偶尔也会听到班上的女生凑一块儿讨论有好感的男生。

不过那都是私底下，小声又委婉的。

要是被人说一句“你是不是喜欢他呀”，女生绝对立刻红着脸否认。

宁栀还是第一次见到有人把喜欢和心动说得这么坦荡又直白的。

从小的一些经历让她无法成为大胆又热烈的人，但宁栀其实很欣赏这样自信的性格。

她弯起眼，对夏筱桐笑了笑，衷心祝愿：“那你加油哦。”

夏筱桐坐进车里，从车窗里伸出手，朝着她挥了挥：“我走啦，下次见。”

公交车晃晃悠悠地驶过来，车前方的两盏大灯在黑夜里亮得刺眼。

宁栀赶紧用签子戳住最后一个花枝丸，一口塞嘴里，再把纸杯往垃圾桶里一扔，翻出公交车卡刷卡上车。

后面有个空座位，她扶着扶手走过去坐下。

车厢里有点闷，宁栀把窗户扒拉开一小条缝隙。夜晚的风吹了进来，凉凉的，也带来外面的新鲜空气。

不知怎么的，宁栀又想到了陈也，还有夏筱桐刚才的话。

要是陈也哥哥交了女朋友，他们的联系是不是会慢慢减少呀？

她不能去找他玩了，不能和他一起过生日，也不能在想见他的时候去见他。

想到这儿，宁栀心里头闷闷的，有种说不上来的感觉。

一个急刹车，宁栀没防备，脑袋磕在玻璃窗上。

她轻轻“哎呀”了声，用手去揉磕疼了的额头，忽然间冒出一个大胆的想法。

那……要是陈也哥哥一直不交女朋友就好了。

这个念头一冒出来，宁栀被震惊到了！

她，她怎么可以这么想呢？

陈也哥哥对她那么好，她竟然还希望他一直找不到女朋友！

简直没良心透了，可以说是非常狼心狗肺了。

这一瞬间，宁栀觉得自己就是《白雪公主》里的皇后、辛德瑞拉的那个后妈，以及《睡美人》里挥着魔棒诅咒小公主陷入沉睡的老巫婆。

太坏太恶毒了！！！

不行不行！她不能这么想！

第四章·红豆饼

宁栀回到家，从书包里拿出钥匙开门。

走进去，客厅漆黑一片，她按开墙上灯的开关，叫了声：“妈妈。”

没人应。

宁旭升周一到周五都要在厂子里值班，这个点不在家是很正常的，但奇怪的是妈妈和妹妹也不在。

宁栀四处看了看，桌子上有两盘菜，动过了的，还剩一些。

她盛了小半碗饭，夹了些菜到碗里，放到微波炉里加热。

宁栀吃饭慢，吃的时候，她把英语书拿出来，一边记单词一边吃。

吃完，又把桌子收拾了下，去洗了碗。

她刚洗完，正用毛巾擦着手，外面传来钥匙扭动门锁的声音。

张瑛两只手都拎了商场购物的袋子。宁茉今天扎了漂亮的小辫子，辫子上还系着一个粉色的蝴蝶结。

她穿着一身刚买的新衣服，小手抓着一个洋娃娃，兴高采烈地跑向宁栀：“姐姐你看，妈妈给我买的！”

宁栀低头看，这是冰雪奇缘里的公主娃娃。

洋娃娃做工很精致，天蓝色的纱裙，头上还别着一个水晶小皇冠，和动画里的形象一模一样。

她摸摸宁茉的头，笑着说：“这个洋娃娃真好看。”

宁茉咧嘴笑：“妈妈加工资了，今天给我买了好多好多东西。”

张瑛把手里的袋子放沙发上了，坐下来换鞋子。

宁栀看向那些袋子，几个是童装和童鞋的牌子，还有些故事书和玩具。

她什么都没有。

还小一点的时候，宁栀心里会有点难过，但现在已经习惯了。

她拿起水壶，倒了两杯凉白开，一杯给宁茉，一杯端去给张瑛。

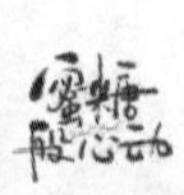

张瑛一口气喝完，把玻璃杯往茶几上一放。

她从包包里拿出自己的手机：“今天商场做活动，我新买了一个，这个旧的你拿去用吧。”

她这款手机两年前买的，摔过好多回了，屏幕上方有几道裂痕，边角黑色的漆磕掉了些。

张瑛不止一次抱怨这手机越来越卡，内存也不够。

不过这些都不影响使用，有手机之后，宁栀就能经常和陈也哥哥打电话发消息啦。

“谢谢妈妈。”宁栀有几分高兴，对张瑛道。

回到自己房间，宁栀拿出作业写。

一张数学卷子写完，就用了快一个小时了。

她又拿出历史书，明天有一堂小测验。

背到“戊戌变法”的意义时，窗户那儿传来几声闷响，像是什么东西砸到了窗框上。

宁栀疑惑，放下课本，起身，拉开窗帘，又推开一扇窗，探头往外看去。

她家住三楼，并不高，沿街几盏路灯，暖橙色的灯光把黑夜照出些光亮。

少年穿着黑色夹克，身形硬朗挺阔，流畅的下颌微扬着，伸手冲她挥了挥，嘴角轻勾，笑意在漆黑深邃的眸子荡漾开。

宁栀感觉自己的心也跟着一荡。

明明星期天才一起去游乐园玩了，可现在见到陈也，还是很开心、很惊喜。

她也用力地冲着他挥了挥手，又朝下指了指，示意自己马上下去。

陈也把刚才用来砸窗框的一个空矿泉水瓶子捡起来，扔进垃圾桶。

很快，背后传来噔噔噔的脚步声，既欢快又急促。

他转过去，小姑娘急匆匆地跑出楼道，站在他面前。

她穿着一件纯白色的毛衣，上面针织出草莓的图案，看着就软软糯糯，超级乖。蓝色的帆布鞋都没来得及穿进去，脚踩着鞋后跟。

陈也皱起眉，刚才眸子里那点笑意散了，语气有几分严肃：“把鞋子穿好，摔跤了怎么办？”

他看向她身上单薄的毛衣，眉头又拧了拧，还有点凶凶的了：“多大人了，也不知道晚上外面冷，穿件外套再出来。”

“我怕你等嘛。”宁栀蹲下，把鞋带子解开，重新把鞋子穿好。

站起身后，她又对着他笑，弯起的眼像月牙一样好看：“陈也哥哥，你找我有什么事呀？”

陈也没说话，直接将自己的黑夹克脱下，穿在她身上，把拉链从最下面一直拉到最上面。

夹克还带着他的体温，很温暖，穿在她身上大大的，少年的气息扑面而来。

宁栀仔细闻了闻，并没有闻到烟味，反而有种冬日雪后初晴，阳光懒洋洋照下来的感觉。

干净而清冽。

陈也把手伸进夹克的口袋，从里面摸出个东西。

宁栀低头看。

只见白色的塑料袋系着个活结，里面两个棕色牛皮的防油纸上面印着“红豆车轮饼”的字样。

这个她可熟悉了。

以前读初中的时候，每天下午放学，都会有个老爷爷推着小推车来他们学校门口卖。

每天五点钟准时放学，校园的广播里回荡着萨克斯的《回家》，旋律悠远绵长。

夕阳西下，每一片云都镶了金边，她一出校门，就能闻到红豆饼又糯又甜的香气。

饼是圆形的，巴掌大小一个，外皮烤得焦黄，里面是红豆馅儿的，甜而不腻，还带着淡淡奶香。也不贵，一个一块钱。

她喜欢吃，经常买，等自己的零花钱用完了，陈也就给她买。

天冷的时候，手里捧着个热乎乎又甜糯糯的红豆饼，一口咬下去，满满都是幸福感。

只是后来学校搞文明建设，不允许门口摆摊的行为，那个卖红豆饼的老爷爷就再也没有在放学的时候推着车过来。

宁栀也没在别的地方看到有卖这个的，也就再没有吃到过。

现在再次看见，宁栀惊喜地问：“你在哪儿买的呀？”

小姑娘一双杏眼亮亮的，像揉碎了满天的星光。

陈也心也变得又柔又软：“回家的路上偶然碰到的，想到你喜欢吃这个，就买了两个。”

事实情况当然不是这样。

他最近都在家里看赛车改装方面的书，这个点是被薛斌他们几个叫出去吃夜宵的。

夜市摊上，刚坐下点菜，他就闻到熟悉的红豆饼香，抬起头，远远看到一辆小推车在卖这个。

久远的记忆忽然之间变得清晰。

每回放学下楼梯时，扎着马尾的小姑娘总转过头问他：“陈也哥哥，你说今天那个卖红豆饼的爷爷会不会过来呀？”

那双眼乌黑澄亮，写满了期待。

也没怎么考虑，陈也就站起身，走到那个小推车那儿买了两个。

等付了钱，两个热腾腾的红豆饼拿到手里，陈也又觉得有些荒唐了。

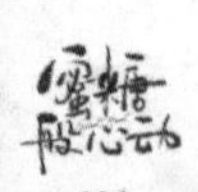

大晚上的过去找人家，只为给这个，似乎太超越邻居家哥哥和妹妹的界限范围了。

但随即，耳边又响起当时小姑娘失落的嘀咕声：“怎么老爷爷今天也没有来呀？”

他于是也没和薛斌他们一起吃夜宵，拦了辆出租车就过来了。

“陈也哥哥，你要不要吃一个呀？”宁栀从塑料袋里拿起一个，举着问他。

陈也垂眸，看着她，嘴角挑起一丝笑：“我吃过了，这两个是专门给你买的。”

宁栀咬了一口，还是热乎的，红豆馅又糯又甜，和以前吃的味道一样。

“好吃吗？”陈也问。

“嗯。”宁栀弯起眼，漾着明媚的笑，“好吃的。”

“还是一块钱一个吗？”她顺口又问。

“两块钱一个。”

宁栀“哦”了一声：“也对，现在什么都涨价了，小区门口的包子都从一块钱一个涨到了一块五一个。”

深秋的夜晚，风在头顶呼呼而过，月色冷如霜。

两人站在一盏路灯边，被橙黄的光笼在一个小圈里，空气中飘着几分红豆的甜。

也没有什么重要的事要说，闲话家常地聊着，却又感觉安宁得不像话。

“对啦。”宁栀咬下最后一口红豆饼，似是突然想起什么，开心地对他说道，“妈妈今天把她之前用的手机给我了。”

“等我之后办了卡，再把号码发给你呀，以后我们联系就方便多啦。”

她语气轻快，陈也听了却皱起眉。

她家的经济条件他也了解，并没有拮据到要给自己女儿用旧手机的地步。

何况手机这东西，用久了都会变得又卡又难用。

最初那几年，他确实看着张瑛好生地对待过宁栀，新衣服新裙子都舍得买，等后来她生了自己的女儿，态度就不是那么回事了。

一次放学回家，他路过麻将室，看到张瑛和厂里的几个婶子搓麻将。

一个婶子说：“你们家栀子真厉害，我听我闺女说，她这次考试又是年级第一啊。”

听到小姑娘的名字，陈也脚步顿了顿，嘴角向上勾起，心中也充满莫名的骄傲和自豪。

他才要离开，就听张瑛用那种轻蔑、满不在乎的声音道：

“考第一有什么用，又不是我亲生的。我还巴不得她学习差点，早点让她出去打工赚钱呢。

“不过她那张脸倒是越长越水灵了。我啊，也就指望着以后把她嫁个有钱的，能多收点聘礼，我存着好给我们家茉茉。听说现在有钱的男人就喜欢年轻好看的女大学生。”

这话和卖女儿没什么区别了。

那时，他心口腾地烧起一团火，恨不得马上进去把麻将桌掀了。

但到底存着一丝理智，他没这么做，毕竟小姑娘以后还要生活在那个家里。

宁栀好半天没等到陈也说话，疑惑地抬起头看他。

只见路灯下，少年眉头锁着，目光沉而冷，黑眸中泛着她未曾见过的阴鸷，戾气横生。

换个人露出这样的模样，宁栀肯定是要害怕的。

但对陈也，她好像从来就没有过惧怕这样的情绪，一丝一毫的害怕都没有。

她只是困惑和担心，用手轻扯了下他的衣袖，声音也是轻轻的："陈也哥哥，你怎么了？"

陈也从未和宁栀提过那事儿，现在也不打算告诉她。

他收敛了情绪，问："学校的作业都写完了吗？"

"啊？"话题跳到这儿，宁栀愣了下，老实巴交地回道，"写完了。"

话毕，她的手被他牵起，人也被他带着往前走。

明明黑色夹克给了她穿，他手的温度依然比她高，温暖地熨烫着她的掌心。

宁栀就这么莫名其妙地跟在他后面，一直走出了小区。

到街边，正好有辆空的出租车开过来，陈也伸手拦下。

两人坐上车。

到这时，宁栀才想起来问："你要带我去哪儿呀？"

陈也回道："带你去买电话卡。"

宁栀"哦"了一声，便乖乖地不再说话。

陈也侧眸，看向身旁又安静下来的小姑娘。

这么乖的，他牵着她的手，她就跟他走了，也不怕他把她给卖了。

"等坐上车了才想起问去哪儿，遇到人贩子，你早被卖八百回了知道吗？"

宁栀杏眼眨了眨，看着他，天真的模样里透出笃定的神色："你又不会卖我呀。"

陈也扯唇，低笑一声。

确实不会，这么好的小姑娘，谁舍得卖？

宜市不是个多么繁华热闹的大都市。

将近晚上十一点，除了市中心那几块商业娱乐区，其他地儿都是安静的。

出租车七弯八绕，最后停在了一家手机维修店门口。

这条街上其他的门面都关了，只能看见个蓝色的铁闸门。

唯一亮着灯的，就是这家手机修理店了。

陈也付钱下车，宁栀跟着他走进店里。

店里就一个男人，二十七八的样子，挺胖的，却不是那种憨憨的长相。

他眉骨之间有一道疤，深秋了还穿着半袖，露出个大花臂，样子看着就很凶。

胖子正坐在柜台上，用笔记本玩欢乐斗地主。

听到有人来，胖子抬起头。

见到是陈也，他略显意外，用熟稔的语气问："这大半夜的，你来我这儿干啥啊？"

目光掠过陈也，瞥见他身后的宁栀，胖子更是惊讶："哟，还带了个小姑娘过来。"

宁栀第一次在生活中见到刺着大花臂，脸上还有疤的男人。

她有点怕，下意识拽住了陈也的袖子。

胖子留意到她的这点小动作，哈哈笑起来："小妹妹你怕我干啥？就你手里牵着的这个，打起架来可比我凶多了。上次被他揍的那两个，你知道人在医院躺了多久吗？"

这胖子和陈也其实算是不打不相识。

打架那次，陈也就十七岁，年纪轻轻，可眉宇间的凶狠阴沉却压不住。

他一脚掀翻了桌子，抡起椅子就往人脑门上砸。

那股子凶狠、不要命的劲儿，活像一头发了怒的狼崽子，要生生从对手身上撕扯下一块肉才罢休。

此刻，胖子看着拽住陈也袖子的那几根如水葱般的指尖，再看看小姑娘那么好看的一张脸，他忽然有所顿悟。

当时就听说陈也揍那两个人是为了个小姑娘，好像那两个不长眼的放学时非要拦着一个好看的小姑娘动手动脚。

现在看来，那小姑娘应该就是眼前的这个了。

胖子来了兴致，上下瞅宁栀一眼，打趣道："小妹妹，你知道他上次为你……"他本想说"把两个人脑袋开了瓢"，但没说完，就被少年斜斜地瞥了一眼。

胖子也是会看眼色的，当即闭了嘴。

只是没想到，陈也身后的小姑娘往前一步，站了出来。

宁栀没听清胖子后面那半句话说了什么，但前面听他说陈也打架凶就不太高兴。

她蹙着眉，嗓音轻软，却字字说得坚定："陈也哥哥才不会无缘无故打人，一定是那些人先惹他的。"

就像小时候，小区里被他揍过的那些男生嘴巴都不干不净。

胖子闻言确实意外。他对着陈也挑了挑眉，话中带着几分调笑："这小姑娘还挺维护你的啊。"

陈也不和胖子瞎扯，说明了来意："我来办电话卡。"

"行。"胖子弯着身，从柜台下的抽屉里拿出一个大纸盒，里面都是电话卡，

“你们自己选号码吧。”

他说完，又坐到电脑前，接着玩斗地主去了。

宁栀低下头，开始挑选电话卡。

几分钟过去，她拿起一张小小的电话卡：“陈也哥哥，我选好了，我要这个号。”

陈也一看：“你这选的一串什么乱七八糟的数字啊，看你以后怎么好记。”

“很好记的呀，你看中间那几个数字嘛。”她提醒他。

陈也再次拿着这张电话卡看，中间四个数字是1106。

还别说，再一看，这四个数字是有点熟悉。

陈也想了想，心跳得快了一拍，这是他的生日。

“办这个要多少钱呀？”宁栀在牛仔裤的裤兜里摸了摸。

她出来得匆忙，也不知道带的钱够不够。

胖子从电脑屏幕后伸出个大脑袋，“唉”了一声：“就一张电话卡还要什么钱啊，拿走就行，权当感谢陈也上次替我挡了一棍子。”

“下次找你喝酒。”陈也没和他客气，牵起宁栀的手要走。

但这次宁栀没让他牵，挣扎了几下，从他掌心挣出来，自己先出了店门往外走，像在闹什么脾气似的。

陈也一时之间摸不着头脑，只好先跟在她后面走。

宁栀走到街边，等着打车。

陈也站在她面前，低头看她。小姑娘脸颊鼓鼓的，也不对着他笑了，看来还真是在闹脾气啊。

说实话，陈也这会儿除了疑惑，心里更多的是新奇。

她性格太好了，软和得不像话，他很少看见她对谁生气或者闹脾气什么的。

这会儿见了，他觉得生气的小姑娘也太可爱了吧。

杏眼微瞪，脸鼓鼓的，像只被踩了尾巴的小奶猫，气势汹汹的。

陈也忍不住想笑，但也知道此刻千万不能笑，不然就是火上浇油。

虽然不知道自己哪儿错了，但他还是摆出诚恳认错的架势：“我错了，你别生气了。”

宁栀抬起小脸，圆溜溜的杏眼看着他：“那你说说你错哪儿了？”

陈也一愣。

宁栀见他这样，就知道他还没明白，她有点生气地说道：“那个人说上次打架，你帮他挡了一棍子。”

陈也这下顿悟了，哦，原来是生气他打架的事。

“那都是半年前的事了，我这半年特别安分。平时在学校上课，周末就和薛斌他们几个上上网、打打球什么的，一次架也没打过。”

陈也知道宁栀不喜欢他打架，现在就差对天发誓证明自己清白了，哪想宁栀还是不满意。

她嘴噘着，气呼呼道："我生气的又不是这个，是你替他挡了一棍子的事。"

"你打架就打架，干什么还要替别人挡嘛。万一打到头了怎么办？"她语气有些急。

陈也压根儿没想到会是这个原因，一瞬的沉默间，他想起了小时候。

自己也经常会和人打架，脸上总有挂彩的时候，那时爸妈都指着他骂不学好。

被关在门口罚站时，邻居上来下去，投向他的都是轻嘲和看笑话的目光。

只有一个小女孩，手里攥着一颗糖跑来，撕开喂给他，又仰着脸，眼里满是心疼地问他："陈也哥哥，你疼不疼呀？"

陈也垂着眼，心里发酸，又很暖。

他勾起嘴角，很没骨气地向她保证道："以后要是打架，我就躲得远远的。

"棍子落下来之前，我第一个跑。行不行？"

宁栀抬起头，鼓着的脸终于消了下去："那你要说话算数呀。"

"嗯，"他笑着，立刻说道，"说话算数。"

陈也拦车，送她回家。

一路走到楼栋门口，宁栀脱下自己身上的那件黑夹克，还给他。

外套被她穿过，沾了她身上的香，气息浅浅钻进陈也的鼻尖。

宁栀低头，用纤细的指尖捏住拉链，像他之前给自己拉拉链一样，一直给他拉到最上面，还不忘操心地叮嘱："现在天气越来越冷了，你也不要为了装酷不拉衣服拉链。"

陈也听得好笑，"嗯"着答应。

"那我回家了，"她对他挥挥小手，"陈也哥哥你也快回去吧。"

"回去就快睡觉，别熬夜看书了。"

宁栀点头，转身往楼道里走。

陈也站着没动，听着脚步声越来越远。

忽然间，那声音停了停，又渐渐清晰，一步一步离他更近。

宁栀去而复返，喘着气，重新站到他面前。

陈也挑眉，略微诧异："还有事？"

宁栀确实有一点事。

就是在上楼的时候，她突然又想到了放学时，夏筱桐和自己说过的话。

要是陈也哥哥有了喜欢的人，她和他就不能像现在这个样子了。

虽然她没有谈过恋爱，但也知道，大晚上的和别人的男朋友出去是不对的。

可是这会儿真站到了他面前，宁栀又不知道该说什么了。

总不可能说，陈也哥哥你现在还小，不要谈恋爱好不好。

这话好霸道，还完全没有道理啊。

陈也见宁栀一脸犹豫不决的表情。

少女长长的睫毛像两把毛茸茸的小刷子，抖啊抖的，像是有话要说的样子。

但她最后却只是摆摆手，逃也似的，急匆匆扔下一句："陈也哥哥，我回去了，晚安。"

身影转瞬又消失在楼道里。

陈也扬了扬眉，有些好笑，只当是小姑娘心血来潮。

他站在那儿等了会儿，直到那扇小窗户亮起灯，才离开。

坐在回去的出租车里，陈也收到一条短信：这是我的号码，陈也哥哥你存一下。

他保存，输入联系人的名字：栀栀。

按着拼音首字母的顺序排，这个号码排在他联系人的最后面一个。

连薛斌和成一鸣他们都排在她的前面。

陈也不满地皱了皱眉。想了想，他在这个备注前面加了个数字"1"。

于是变成：1 栀栀。

这样，她的名字就排在了第一个。

第二天晚上放学，宁栀又见到了夏筱桐。

一开始宁栀还没注意到，是夏筱桐朝着她使劲挥手，她才认出来的。

夏筱桐整个人的风格都变了。

板栗色的大鬈发变成了黑长直，妆淡了好多，烈焰红唇变成了温柔的豆沙色，眼妆也用上了大地色。

不止如此，她衣着风格也变了，昨天还是马丁靴小短皮裙，今天就是赫本风的长连衣裙了，衣领子上还系个很淑女的蝴蝶结。

宁栀露出惊讶的表情："你今天和昨天好不一样呀。"

夏筱桐得意地弯唇："那是，我晚上回家搜了几个小时撩男攻略，发现百分之九十的男生都喜欢这种清纯淑女的打扮。"

宁栀又问："那你今天来，是找陆星阔的吗？"

"当然啦。"夏筱桐信心满满道，"我和你说，追男生就是要主动出击，千万不能尿！你就等着看我一会儿自信大方地过去，把他微信号要到吧！"

正这时，谈话中的男主角拎着书包出现在校门口。

"啊啊啊，陆星阔他出来了。"夏筱桐激动地抓住宁栀的手。

说完，她深吸了几口气，撩了撩头发，抬首挺胸，大步向前。

宁栀在这方面属于害羞又内向的性格，长这么大，她还从来没有主动想认识哪个男生。

她对夏筱桐超级佩服，觉得她真的好勇敢呀。

勇敢的夏筱桐走到陆星阔面前，心突然跳得更快了。

呜呜呜，这么近距离一看，感觉这男生比昨天还要帅哦！！

这学霸精英气质，再戴上个眼镜，妥妥就是小说里的斯文败类啊！

陆星阔看着她，声音淡淡的："有事？"

夏筱桐呆住了。

声音也好好听，啊啊啊，她爱死了！！

半天没等到回应，陆星阔又问了一遍："有事吗？"

夏筱桐望着他，心里头的小鹿到处乱撞。

一激动，又一紧张，她就变得很尿了，准备好的台词一下子也说不出口了。

脑子一时短路，夏筱桐将一张没来得及扔的广告单往他手里一塞，结结巴巴地开口："帅，帅哥，游泳健身你要不要了解一下？"

陆星阔蒙了。

宁栀一头雾水。

咦？说好的主动出击、自信大方呢？

陆星阔还愣着，夏筱桐就跑了，跑的时候还不忘拉上宁栀。

等他反应过来，就只能看见俩小姑娘跑远的背影了。

手里莫名其妙地多出了一张广告单，捏得还有些皱巴巴的了。

陆星阔想到刚才那女生的模样，以及说的那句话，没忍住，他嘴角弯起，轻轻笑了声。

这女生，就……还挺可爱的。

宁栀不知道自己为什么要跑，但被夏筱桐拉着，也只能跟着一起跑了。

一直跑到一家便利店，确定不会再和陆星阔撞上了，夏筱桐才终于气喘吁吁地停下。

稍稍休息了一会儿，她心情也算是平静下来了。

再回想起自己刚才的举动，她唯一的感想就一个字：尿!

她也太尿了吧，呜呜！！

想起一分钟之前，自己还在宁栀面前信誓旦旦地说什么撩男计划，夏筱桐觉得自己这张小脸要被啪啪打肿了。

"那什么，"夏筱桐努力地想在宁栀面前找回一点面子，"我刚刚的表现不是怯场，也不是尿了。"

她装得很镇定，欺骗宁栀这只没有谈过恋爱的小菜鸟："有句话不知道你听过没，妙语连珠是猎物，支支吾吾才是喜欢。我刚才的表现，只能说明我真的喜欢那男生！"

宁栀听夏筱桐一说，想了想，觉得好像也是有一点道理的。

夏筱桐见宁栀点点头，一副信了的表情，立刻松了一口气。

她觉得宁栀和她之前认识的女生都不太一样。

小学和初中，夏筱桐读的是宜市最好的学校，还被她爸找关系塞到了重点班。

她爸妈生意忙，没时间管她的学习。她自己长得漂亮，玩心重，零花钱还多，从来没在学习上多花过心思。

夏筱桐成绩从小差到大。她们班有几个成绩特别好的女生，她一个都看不惯。

就感觉吧，她们都挺假挺没劲的。

明明复习得可好了，考试之前偏说自己没怎么看书，做什么课外的练习题都藏着掖着，生怕被人看见。又假又虚伪，端着一副好学生的架子。

但宁栀给她的感觉很不一样。

就感觉这女生性格是真的好，真的乖，简单又纯粹，没有心机，也不带着偏见看人，还长得特好看，说话软萌软萌的。

夏筱桐主动提议道："要不我们交个朋友吧！"

宁栀其实也挺欣赏夏筱桐的性格，张扬又自信。

"好呀。"她笑着答应。

于是在深秋，冷风飕飕吹的晚上，两个小姑娘站在便利店门口，拿着手机扫微信。

夏筱桐看着宁栀的微信头像，疑惑地"咦"了声："你和陈也还是情侣头像啊？"

她当时找薛斌要到了陈也的微信，想加，没加成。

不过当时看到陈也的头像，夏筱桐整个人都有点愣。

这么冷酷绝情的一个大帅哥，竟然童心未泯，用只卡通狐狸做头像？

宁栀闻言一愣，什么情侣头像啊？

夏筱桐指着她的微信说："你这个头像是《疯狂动物城》里的那只兔子吧？我没记错的话，陈也的头像好像是里面那只狐狸。"

陈也的头像确实是里面的狐狸。去年这部电影上映时，宁栀和他一起去看过。

宁栀很喜欢这部动画片，就把微信的头像换成了动画片里的兔子。

后来没过多久，陈也的也换了。

他之前头像是个纯黑色的，然后换成了这只狐狸。

宁栀当时也没怎么多想，只觉得挺可爱的，至少比之前黑漆漆的一张图好看。

原来，还可以往情侣头像上理解的吗？

加了微信之后，宁栀经常能收到夏筱桐发过来的消息。

夏筱桐很喜欢找宁栀聊天。

她一开始觉得宁栀性子有点内向，但熟了之后发现和宁栀聊天真的超好，觉得宁栀超温柔超耐心。

她有次噼里啪啦发了几大段六十秒长语音，宁栀都一条条点开听，然后一一回复，中途还给她发消息：我正在听，我打字有点慢，你别着急呀。

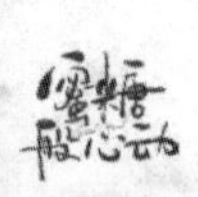

嘤嘤嘤，简直是人间绝世可爱小天使了！！！

晚上，宁栀写着作业，桌子上的手机响了下，她笔一顿，拿起来看。

是夏筱桐发过来的。

“啊啊啊，栀栀，你知道我今天去爷爷六十岁宴席碰到谁了吗？！”

“是陆星阔啊！我的天！他爷爷和我爷爷竟然很多年前就认识了，还是战友那种！！”

“我懂了，这一定是上天的昭示，告诉我我和他是天造地设的一对，已经锁死了！！”

宁栀看到消息也很惊讶，觉得这真的也太巧了。

她打字问：那你和他说什么了吗？

等了会儿，夏筱桐没回。

宁栀想着她在宴会上，应该也不方便玩手机，就暂时放下了手机。

等到作业写完，宁栀收拾好书包，准备要睡了时，夏筱桐的消息回了。

不过这回不是微信，直接是一个电话打过来。

宁栀接起。

没等她问，夏筱桐张嘴就是：“气死我了！气死我了！气死我了！”

“怎么了呀？”她关心地问。

“我今晚没和他说上三句话，他就被我那个讨厌的表妹缠着，讨论什么物理竞赛、英语演讲比赛，还有什么上次期中考试区里的排名。这些我都插不上话。”

夏筱桐哼了一声，语气有那么点委屈巴巴：

“成绩好了不起啊，有本事聊明星啊，就没有哪家八卦是我不知道的！

“最可气的是，我表妹说自己物理不好，想在周末找陆星阔补课，陆星阔爷爷直接替他答应了！！

“那小妮子哪次物理没考到九十分，还需要补？！”

宁栀对感情的事没什么经验，不知道该怎么安慰比较有效。

她思索的时候，夏筱桐重振精神，问：“栀栀，你星期天有空吗？我们一起约着学习吧。”

“我下午要去练大提琴，之后就有时间的。”

“哇，你还会拉琴啊！”夏筱桐惊叹，“那行，我们星期天下午在麦当劳写作业。”

不就是搞学习嘛，谁不会啊！来啊，谁怕谁啊！

宁栀挂电话后，换了睡衣，躺到床上。

戳进微信，点进和陈也的对话框。

他的头像还是那只狐狸，从那时到现在一直没换过。

她的也没换过。

宁栀轻轻呼出一口气，把手机按熄，一点少女心事压在心头，闭眼慢慢入睡。

周日下午，薛斌几个跑陈也家里去找他。他们不学习，平时就闲，一到周末更觉闲得无聊了。

闲得慌的三个人聚一块儿，横七竖八地歪在沙发上看游戏直播，卤爪子一个接一个地啃。

茶几上一边摆着啃干净的鸡爪子和喝完的奶茶杯，另一边则是汽车模型和各种小零件。

陈也低头看着汽车改装方面的书，边看边摆弄着那些零件。

成一鸣问："也哥，你真想以后干这个啊？虽然赛车改装听着挺酷的，但搞这个多累多辛苦啊。"

陈也低着头，没说话。

之前他也是这么想的，反正周围的人都觉得他不会有出息，不会有什么好前途。

这辈子就凑凑合合的，瞎过完也行，反正也就那么几十年。

他手上也有点钱，够用了。

但想到小姑娘那一声乖乖糯糯的"陈也哥哥"，陈也就觉得这样不太行。

至少，不能让她以后长大了再想起他时会皱眉，认为他一事无成，是个没有用的废物。

四五点钟的时候，薛斌和付凯已经在商量晚饭吃什么了。

薛斌提议："吃火锅吧，这天气正合适。没有什么烦恼是一顿火锅解决不了的。"

付凯说："前天就吃了火锅，今天又吃，不怕上火啊？我看还是吃烤肉，油吱吱的，撒上孜然和辣椒粉，多香。"

薛斌"嘁"了一声："吃火锅上火，吃烤肉就不上火？"

付凯反驳："烤肉外面不裹着一层生菜吗，绿色蔬菜，多健康。"

薛斌顶回去："那我火锅里还有娃娃菜、番茄、金针菇和土豆呢，不比你那生菜丰富？"

五分钟过去，两个人东一句西一句，就着晚饭吃什么的话题，还在进行小学生式的争吵。

成一鸣对吃这件事很佛系，懒洋洋地倚在沙发上，拿手机刷着朋友圈。

"哎！"他突然惊呼一声，"太阳是打西边出来了吧，夏筱桐这会儿竟然在麦当劳学习？"

闻声，付凯和薛斌暂时停止了是去吃火锅还是烧烤的讨论，全掏出手机看。

然后不出意料，刷到了夏筱桐刚发不久的朋友圈：来啊，学习啊，反正有大把时间。

配的还有个小视频。

薛斌点进去，先看到一桌子薯条鸡翅可乐，还有英语单词书和卷子，然后夏筱桐出现在镜头里，一张五官精致、化着淡妆的脸。

她笑了笑，戳了戳身边低头写作业的女生："欸，栀栀，你把头抬一下。"

旁边那个一直低着头的女生抬头，应该是没料到夏筱桐在拍，瞬间一愣，随之杏眼弯了弯，露出一个稍显腼腆，又超软超甜的笑。

小视频到此播完。

好半天，薛斌都处在呆呆的状态中。他刚刚是不是看到也哥他妹妹了啊？

以为自己眼花了，他揉了把眼睛，重新看，疑惑地嘀咕："欸？不是我说，和夏筱桐一起出现在视频里的女生，怎么那么像也哥的妹妹啊？"

闻言，陈也眉头一皱。

付凯"啊"了声，也觉得很稀奇："还真是啊，不过她们俩怎么会扯一块儿去的？"

陈也拿起茶几上的手机，也想看，点进去才想起自己没加夏筱桐的微信，于是只好把旁边薛斌的手机扒拉过来，一看，视频里那小姑娘可不就是宁栀吗？

她还笑得特甜特乖，瞳仁黑亮，露出两个小小的酒窝。

不过才十分钟，那条朋友圈底下的留言就不少了。

两个小仙女下凡了，鉴定完毕。

果然漂亮的女生只和漂亮的女生做朋友。

你身边这女生看着好小啊，不过也好漂亮，想要联系方式！

我有个朋友，想知道你旁边那女生的名字。

我也有个朋友，现在身患绝症，临死之前就想见一见你旁边那女生。

最后笑的那一下也太甜太好看了吧，我反复看了好几遍，你们还在麦当劳吗？哪一家啊？报个地址，我马上过来。

陈也站起来，把电视关了："走，去吃晚饭。"

成一鸣问："吃啥啊，也哥？"

两个实际年龄十八但心理年龄不超过一年级小学生的男孩抢着发言。

"火锅火锅火锅！"

"烤肉烤肉烤肉！"

陈也淡淡瞥他俩一眼，淡声道："麦当劳。"

付凯和薛斌蒙了。

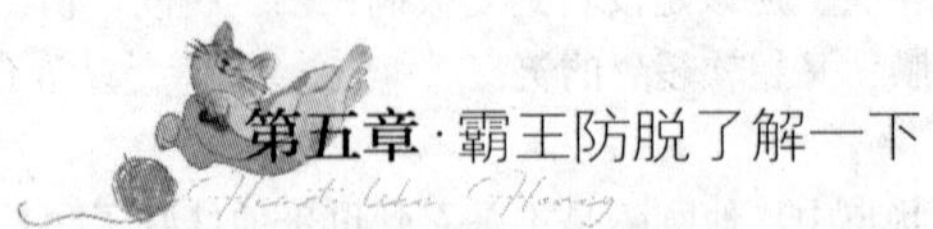

第五章·霸王防脱了解一下

夏筱桐发完那条朋友圈就一直对着手机乐。

“栀栀，你知道我朋友圈里有多少男生想知道你的名字和联系方式吗？”

宁栀抬起头，眨了眨眼。她有点蒙，思维一时没从英语阅读中转换出来。

“但我一个都不会给的！”夏筱桐得意地一哼，完全是护着自家小白菜一样的语气，“那些成天不学无术，就知道撩妹蹦迪的富二代，哪配得上你啊！”

宁栀被她夸得有些不好意思，脸微微泛起了红，忙转移话题，问：“你说今天下午要背五十个单词，现在背几个了呀？”

夏筱桐一听，顿时露出痛苦的表情：“背单词太难了，我背了后面的，前面的又忘了。关键是一个单词还有好几个意思，还要分什么名词动词的，这不成心为难人吗？！”

她长长地叹气，问出了自己多年的困惑：

“你们这些学霸，那脑子是不是天生就是为学习而生的啊？

“要不然手机那么好玩，淘宝那么好逛，八卦那么有趣，你们怎么就能拿着本书背啊背，一动不动坐一下午？”

宁栀“扑哧”一声，被她的话逗笑，心中也生出一点疑惑：难道我真长了一张热爱学习的脸吗？

好像从小到大，不管是同龄人还是长辈，都会认为她是特热爱学习的那类人。

但其实并不是呀，比起写作业算数学题，她小时候更喜欢和陈也一起去外面玩儿。

不管是弹弹珠，捉迷藏，还是别的什么，其实都比待在家做作业有意思。

只不过她是听话的。

小学一年级入校那天，张瑛给她背上小书包，对她说：“栀栀要好好学习，上课认真听讲，给妈妈考个第一名回来。”

宁栀记着这话，一开始，她不想让妈妈失望，会很努力地学习。

再后来，等读了高中，学习好有很多的奖学金。

这样她就不会在伸手找妈妈要学费时，听她说“怎么又要交钱啊，养你真是贵”。

宁栀看着夏筱桐，笑了下：“谁说我热爱学习啊，你知道每次学一篇新的语文课文，我最怕出现什么字吗？”

“什么字呀？”夏筱桐好奇地问。

“我最怕每篇课文后面出现七个字，”宁栀表情认真，一字一顿道，“朗读并背诵全文。”

夏筱桐如遇知己，兴奋道：“我小时候也讨厌背课文，我第一次发现自己和学霸共情了！”

俩小姑娘正说着话，几个男生的声音透过闹哄哄的人群传过来。

“唉，我的火锅、虾滑、鱼丸、猪肚、蟹柳啊！终究都是错付了。”

“别说了，一会儿汉堡要麦辣鸡腿的还是牛肉的？”

“都要。再来份薯条、麦辣鸡翅、朱古力新地和一杯可乐，记住没？要我再说一遍吗？”

这声音乍一听，还有几分耳熟。

宁栀抬起头，一看，果然是薛斌他们几个。

陈也走在最后面，额前的黑发略垂着，瞳仁漆黑，拖着个散漫不经心的步调。

宁栀眼睛一亮，笑意漾在酒窝里，小胳膊伸着，朝他使劲地挥了挥手。

陈也看见了，嘴角噙着一点笑。

薛斌他们几个看见宁栀和夏筱桐时，无不惊讶。

这也太巧了吧，缘分真是挡都挡不住。

走近，成一鸣看到夏筱桐手里的那本单词书，有种世界观被刷新的感觉：“你真在学习啊，我还以为你拿着书拍个视频就完事了。”

夏筱桐翻起个小白眼：“学习使人进步，懂不懂？”

成一鸣不懂，薛斌却是知道内情的。

薛家和夏家在生意上有一些往来，夏筱桐爷爷的七十大寿上，薛斌和他爸也去了。

结果他就看着夏筱桐特没出息的表现，全程目光恨不得粘那个姓陆的身上了。

薛斌呵呵两声，无情拆穿：“什么学习使人进步，不就是你看上了个一中的学霸，馋人家那张脸吗？”

夏筱桐腹诽：不知道看破不说破才能当朋友吗？

她恼羞成怒，把桌子上书和笔什么的往小书包里一塞：“我不和你们浪费时间瞎扯了。”

付凯拦了拦：“别啊，这么巧碰一起，一起吃个晚饭呗。”

夏筱桐抬了抬小下巴，骄傲道：“才不，我和栀栀都约好了，晚上去吃对门新开的火锅，号都提前预订了。”

宁栀也收拾好了书包，站起来，对陈也说道：“那陈也哥哥，我和筱桐先走啦。”

陈也偏了偏头，看向薛斌，似是才想起一般，开口问：“你之前是不是说晚上想吃火锅？”

薛斌愣了愣。

他这一路至少念叨了三百遍，敢情现在才被想起来？！

火锅店新开的，门口还摆着两个系着红绸的大花篮。门口的椅子上坐满了人，生意看着很火。

夏筱桐提前预约了号，几个人没等一会儿，就被服务生领着进去了。

六个人围在一个大圆桌前。

鸳鸯锅，一半的红油，一半番茄底料，白茫茫热气腾起，氤氲出诱人的香气。

服务生端来鲜榨的西瓜汁，一一给几人倒上。

宁栀拿起玻璃杯。

她正要喝，陈也出声道：“别喝，这个冰的。”

他抬眸，对还没走的服务生说：“再要一壶热的豆浆。”

“好，您稍等。”

薛斌闻言关心地问：“怎么了？你是感冒了吗，要不再点一壶生姜可乐？”

宁栀白皙的小脸飞上两抹红，忙摆手：“不用的，我没有感冒。”

她生理期其实很准时的，就在每个月月中那几天。

只是每天上课下课，忙忙碌碌的，日期就搞忘了。

薛斌至今单身，哪里会晓得女生生理期这回事，又问了一遍：“真不用啊？要是着凉了，喝那个也可以驱寒啊。”

宁栀脸更红了。

陈也替她回道：“不用，你吃你的。”

夏筱桐也是女生，一下子就想到是什么情况：“说了不用就不用呀，你这人怎么这么啰唆。”

薛斌腹诽：我也是好心嘛，怎么就啰唆了？

服务生很快端上来一壶温热的红枣豆浆。

宁栀手握着玻璃杯，暖暖的温度传到掌心，又一点点沁到心里。

各种菜下到锅里，等锅底咕噜咕噜烧沸了之后，食物的香气更浓郁了，几个人吃得热火朝天，不亦乐乎。

从看到夏筱桐朋友圈那一秒起，薛斌他们几个就好奇得不行。

夏筱桐和宁栀两人怎么会认识啊，还能约着一起搞学习啊？！

吃着肥牛，成一鸣没憋住，问道：“欸，你们俩到底是咋认识的啊？”

他问题一出，薛斌和付凯也说：“对啊，我们也想知道！”

夏筱桐当然不可能把自己先去找宁栀立下马威，然后自己饿得肚子咕咕叫，最后发现这女生人挺好这一系列事说出来。

那太丢脸太尴尬了，很有损她当代美少女的形象！

夏筱桐瞪成一鸣一眼，用气势掩盖心虚：“我和栀栀碰巧遇上了，觉得合眼缘就认识了啊，你们这些男生怎么八卦兮兮的啊？”

她说完站起来，用大漏勺在锅里舀了舀，舀出两个丸子，一个夹到自己碗里，一个夹给了宁栀。

“谢谢。”宁栀对她一笑，正好在夹菜，也给她夹了一筷子虾滑。

薛斌、成一鸣和付凯眼睁睁看着这一幕，眼珠子瞪大，更加困惑了。

付凯问：“网上不都说，好看的女生就喜欢和没自己好看的女生做朋友吗？你们怎么关系看着还挺好的？”

夏筱桐冷笑：“你是不是还听说，女生们相处都是《宫心计》和《甄嬛传》，表面笑嘻嘻，背后狂互撕？”

付凯猛点头。

夏筱桐给他翻了一个冷艳的白眼：“拜托你们这些男生啊，能别被网上那些毒鸡汤洗脑了好吗？

“就许你们男生喜欢胸大腰细腿长的漂亮妹妹，不许我们女生喜欢？爱美是人类的天性，美的事物不分男女好吗？”

宁栀绷着小脸，严肃地说道：“就是！你们男生能有感情好的兄弟，凭什么女生不能有呀？”

她也很不喜欢所谓“男生都是真兄弟，女生之间友谊都很假”这种惯有的偏见。

薛斌他们被两个小姑娘一通教育，闭嘴安静如鸡了。

陈也夹着牛肉吃，全程没参与到这个话题的讨论。

他真的一点都不好奇这个问题。

他喜欢的小姑娘，哪哪都好，被别人喜欢多正常不过，有什么好奇怪的？

吃完都撑了，几人走出火锅店。

薛斌他们去旁边的卫生间解决膀胱问题，夏筱桐则过去补下妆。

门口就剩下陈也和宁栀。

火锅店门口支了张桌子，上面放着两个彩色的铁盒子，里面是各种味道的小糖果，专给吃完火锅的客人准备。

宁栀走过去，站在桌子前，挑了一颗草莓糖攥在手里，又接着挑。

找了好半天，她终于在一堆五颜六色的小糖果里找到一颗牛奶味的糖。

“我终于找到你喜欢吃的牛奶糖啦。”她双眼弯起，摊开白白的小手，把这颗牛奶糖给他。

陈也指尖碰到她掌心，拾起那颗小小的糖，带着点她小手的温度。

他剥开糖纸，放到嘴里，牛奶糖的甜意在舌尖蔓延，丝丝缕缕的。

他只吃牛奶味的糖，她一直记得，却并不知道是为了什么。

大概是一个夏天，八岁的他和人打了架，之后在楼栋前的门口罚站。

烈日照得人眼前发晕，他口干舌燥、眼前白茫茫时，一个穿着碎花裙子的小女孩朝他跑来，带来一阵清凉又香甜的风，吹散了他一个下午的躁郁。

小女孩细白的小胳膊伸着，将那颗一直攥在掌心里的小奶糖喂进他嘴里。

“陈也哥哥，给你吃糖呀。”她笑起来，露出刚换好的一口小白牙。

说完，又踮起小脚，给他呼呼吹着脸上打架留下的伤口。

呼出的气息柔柔软软的，带着奶糖的甜，能让他一直铭记到现在。

夏筱桐从卫生间出来，挽住宁栀的手，说道：“现在还早，你先别回家，我们再去逛逛吧，这条街晚上特热闹。”

宁栀的作业都做完了，政治、历史、地理要背的内容也背了。

她想了想，便答应了：“好啊。”

现在才七点多，薛斌觉得这个点去找个网吧打几局游戏正好。

“要不我们……”

他也就才开了个口，话就被陈也接了过去：“也跟着逛逛去吧。”

薛斌一愣。

他倒也不是这个意思啊。

“也哥，逛街有什么意思啊？何况还是和女生一起逛。”薛斌不解。

夏筱桐听着就很不满意了，她柳眉一竖，走过去，用脚尖踢了一下他的鞋子：“欸，你什么意思啊？什么叫何况还是和女生一起逛？”

“可不是吗？你们女生逛街磨磨叽叽的，随便买个东西能从第一家店逛到最后一家，最后还是到第一家去买，这不是浪费时间是什么？”

“我们那是精挑细选好吗！”

眼见着两人又有吵起来的架势，宁栀忙过去，拉住了夏筱桐的胳膊。

陈也瞥薛斌一眼：“行了，去逛逛，正好消食了。你晚上吃了那么多，不怕长胖？”

薛斌心想：行吧，我还真是怕的。

好不容易天天锻炼练出的一点腹肌和马甲线，可不能没了！

附近是条商业街，到了晚上热闹又漂亮。

街两边各种店，许多盏小星星灯缀在头顶上方，闪烁耀眼，暖黄的光裹了一地。

夏筱桐挽着宁栀的手，边走边逛，时不时还拿出手机拉着宁栀拍照。

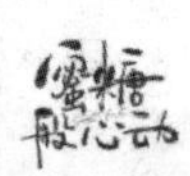

几个男生跟在后面。

成一鸣看着薛斌："我怎么觉得你一和夏筱桐说话就要吵起来啊？"

付凯也说："不是我说你，你也是个男生，让让小姑娘怎么了？何况小姑娘长得还挺漂亮的。"

薛斌"呸"一声："你们没看过《倚天屠龙记》吗，张无忌他妈妈说了，越是漂亮的女人越会骗人！"

"你们有故事啊，快说来听听。"付凯起哄。

这故事说来也简单，就是个撩妹不成反被套路的事儿。

三年前，薛斌还在读初中，被他爸爸带着去一个别墅参加酒会。大人们觥筹交错谈生意，他闲得无聊，就打算跑到外面玩。

出了别墅门，迎面正撞上一个女生。

那女生就是夏筱桐。

那时她也是初二，十三四岁的年纪，眉眼都长开了，穿了条百褶裙，非常青春。

薛斌眼前一亮："你叫什么名字啊？也是和爸妈一起过来的吗？"

夏筱桐看着薛斌，并不答，眼珠子机灵古怪地转了转，然后把手里的一朵玫瑰塞给他："喏，送给你。"

然后就跑走了。

当时薛斌还挺高兴的，觉得自己得到了这个漂亮女生的青眼相加。都送玫瑰了，那还不是对他有意思？

他得意地将那朵玫瑰捏着到处走。

结果这份高兴没维持多久，薛斌就被他爸爸打了，鸡毛掸子直接往身上抽，一点儿不留情，抽得他吱哇乱叫。

他爸一边抽，一边骂："叫你手欠随便摘花，你知道你摘的是什么吗？"

当着那么多人的面，疼倒是其次，主要是跌份儿。

他这才知道，那朵玫瑰是别墅里的女主人悉心培养的，特别名贵。

听完，成一鸣和付凯腰都笑弯了，陈也翘了翘嘴角。

"哈哈哈，这都多少年前的陈芝麻烂谷子的事了。"付凯拍拍薛斌的肩膀，大笑着劝道，"你一男的，就大气点，放下吧。"

"就是，你总跟一小姑娘置气，跌份儿的还是自己啊。"成一鸣附和。

薛斌气哼哼的。

那是小姑娘吗？分明就是披着兔子皮的狡猾狐狸！

而且那次他爸下手是真狠啊，丝毫不顾念父子之情，也不怕把他打死了以后没人养老送终。

宁栀和夏筱桐走在前头，正好也聊到了这个："我怎么感觉你和薛斌好像是有过节的呀？"

"岂止是过节，简直是陈年积怨，深仇大恨，不共戴天！"夏筱桐表情一本正经。

宁栀吓了一跳：“啊？”

夏筱桐说完两人的梁子，嘬了嘬嘴：“我也没想到那花那么名贵。后来看到他爸直接用鸡毛掸子抽他，我就有点后悔了。

“当时我也是想给他解释清楚的，但场面太乱了，我挤都挤不进去。等我有机会凑到薛斌他爸爸面前说清楚时，人已经打完去上药了。”

“那后来呢？”宁栀问，“你们就因为这事结下梁子了吗？”

“当然不止这个，”夏筱桐吸了一口奶茶，愤愤道，“我本来是准备找个机会和他道歉的，谁知道没过多久，我和我们学校校草早恋的事就被捅到班主任那儿去了。”

“我一打听，才知道是他干的。你说他多损啊，和我都不在一个学校，他还给我们班主任塞匿名举报信。我和校草还没来得及拉个小手，就被棒打鸳鸯了！”

“算了算了。”夏筱桐摆摆手，“不想提他了，一提起他我就来气。”

路过一个饰品店，她拉着宁栀的手进去：“我们去看看吧，我正好想买新耳环了。”

她们进了店，后面那几个男生自然也跟着进去。

一整面墙上都挂着各式各样的耳钉和耳环，被明亮的灯光一照，熠熠生辉，更加好看。

夏筱桐兴致勃勃地给自己挑了几副，又拿起一对小珍珠的耳坠，对宁栀道：“我感觉这个很适合你呀，你看你喜不喜欢，我送你吧。”

宁栀笑着摆手：“不用啦，我还没有打耳洞呢。”

一旁的导购员微笑着，适时出声：“只要在本店买了耳饰，我们可以免费帮忙打耳洞。”

夏筱桐看看宁栀，她乌黑的发散着，被别到了耳后，两只耳朵完整地露出来，耳朵小巧白皙，耳垂透出一点淡淡的粉，有种小兔子似的可爱。

“栀栀，要不你打一个耳洞吧，平时在学校可以戴那种透明的，出去玩就可以戴耳坠了。”

说着，夏筱桐拿起那对珍珠耳坠在她耳垂处比了比：“你耳朵又小又白，戴个耳坠，就更好看啦。”

薛斌几个从进店之后就惊讶到了，他们从来没想到就耳钉这么小的玩意儿，还能做出这么多的样式。

也不怪女生逛街花时间，就买个耳环这么个小玩意儿，都能挑上半个小时。

这时，他们看到宁栀耳边的那个小珍珠耳坠。

成一鸣十分捧场地说道：“宁栀妹妹，这耳环太衬你气质了，必须买！”

导购员乘势追击：“是啊，小姑娘你长得这么好看，戴着这对耳坠走出去，回头率绝对高的。我们现在就可以帮你打耳洞，一点儿都不疼的。”

宁栀还没来得及说话，陈也开了口。

他声线冷沉："不许打耳洞，她还念书呢，心思都该放在学习上，要那么高回头率干什么？"

话是这么个道理，但在场几个男生听着，怎么品都觉得不太对劲。

不是，一个之前没少打架，狠起来直接拎啤酒瓶往人脑门上砸的人，到底现在是怎么能脸不红心也不跳用如此自然的语气说人家小姑娘要把心思用在学习上？

比人家爸管得还要宽啊？

真的是在贯彻"长兄如父"这四个字？！

走出饰品店，宁栀陪着夏筱桐又买了几件衣服，才相互挥手道别。

陈也送宁栀回家。

回去的那辆公交车很空，两人坐在后面，前后左右都没其他人，安安静静的。

车窗开了一点缝隙，晚风送进来。

宁栀心里有点开心，就觉得他们真的好有缘，都没有特意约，还能在外面碰上。

她膝上放着一盒泡芙，还热乎着，是上车前陈也给她买的。

她刚咬了口泡芙，就听见他语重心长地说："你现在还小，别总想着打扮什么的。"

"我知道的呀。"宁栀笑了笑道。

她手里拿着个咬了一小口的泡芙，学着他刚才的话，一本正经地说："我现在是高中生，要把所有的心思都放在学习上嘛。"

陈也倒不完全是这个意思。

更主要的原因吧，是小姑娘一张脸本来就生得够好看了，要是再打扮一下，不知道要招来多少前赴后继的大飞蛾子。

说话间，一绺发丝从耳边滑落，宁栀抬起手，自然地将头发别在耳朵后。

车厢昏黄的灯下，少女那露出的半张侧脸瓷一样白，手腕也是细细白白的。

宁栀咬着泡芙，察觉到有目光落到自己脸上，转过头一看，发现陈也真的在看自己。

她也看向他，眨了眨眼，瞳仁乌黑，好奇地问："陈也哥哥，怎么了啦？"

陈也咳了咳，想赶紧找个话题。

但这一时又想不出什么别的，他只好问："夏筱桐现在是要追你们学校一男生？"

"是呀。"宁栀以为陈也对这事好奇，点了点头，把自己知道的关于那个男生的信息都说了。

只不过她对陆星阔的了解实在不多，都是从同桌姚青青那里听来的，所以她现在都是把姚青青给她讲过的话又转述了一遍。

于是乎姚青青说的那些赞誉之词，什么“陆星阔成绩优秀”“他长相帅气”“气质干净斯文”“很受学校女生的喜欢”都变成了她嘴里说出的话。

陈也本来是随便一问，现在却越听心里越不爽，越听越忌妒。

小姑娘快把那男生夸上天了。

嘁！有那么好吗？呵呵。

“听说陆星阔上周的月考又是年级第一……唔唔。”

宁栀话还没说完，嘴里猝不及防地被塞了个泡芙。

陈也皱着眉，冷酷无情地说道：“行了，吃吧，别说了。”

宁栀蒙了。

明明是他主动问的，说不听就不听了。陈也哥哥现在真的是越来越反复无常、莫名其妙啦！！

冬季越往后，昼越短，夜越长，每一天都感觉过得很快。

年关将近，宁栀也放假了，她没出去玩，天天在家里做寒假作业。

宜市的第一场雪落在了除夕这天。

当然这雪也不大，就飘飘散散地落下些如柳絮般的雪绒花，细细小小的，落在地上连积雪都积不成。

到下午时，这雪就停了，有人放鞭炮，噼里啪啦的声音隔着窗户，模模糊糊地传进来。

宁栀是被这声音吵醒的，她蜷缩着，手搁在肚子上，还是不太舒服。

上午吐过一回了，现在又有种想吐却吐不出来的感觉。过了会儿，外面的鞭炮声停了，又变得安静。

宁栀缩在被子里，难受得皱起眉。

中午的时候，爸爸妈妈就带着妹妹去奶奶家拜年了，还要在奶奶家住几天。

她现在这么一副病恹恹的样子，自然没法跟着去，于是就被留在家里了。

手机响了，房里没开灯，宁栀在枕头边摸索了一阵，摸到了手机。

也没看上面的备注，她直接把手机贴在耳朵边，虚弱地“喂”了一声。

对方的声音同样虚弱，还充满着愧疚：“栀栀，我太对不起你了，你现在没事吧？”

电话是姚青青打来的。

昨天宁栀把自己做完的数学和语文寒假作业给她送去，她拉着宁栀去一家新开的串串店尝鲜。

串串的味道是不错，姚青青一个人就吃了七十多串，肚子撑得圆鼓鼓的。

然而等到凌晨，她整个人就不好了。

胃里绞痛难忍，姚青青疼醒了，跑到卫生间哇哇吐了起来。

大半夜的，她被爸爸妈妈送到医院，折腾了半宿，直接昏睡过去。

等这会儿稍微精神了点，姚青青记起同样在那家串串店吃了的宁栀，赶紧一个电话拨了过来。

宁栀昨天吃得比较少，也就没到她那么严重的地步，早上起来才感觉不太舒服，也吐了一次。

"我现在还好，你怎么样了呀？"宁栀问姚青青。

"我可是太惨了啊！"姚青青诉苦，"我昨晚三点钟的时候疼醒了，吐得胆汁都快出来了，把我爸妈给吓死了，连夜开车把我送到医院。"

这时电话中传来一道中年女人的声音，带着几分责怪和心疼："家里的饭干净又有营养，你偏喜欢在外面不干不净的馆子乱吃，这回晓得后悔了吧！"

宁栀握着手机，听出这声音应该是姚青青的妈妈。

姚青青"哎呀"一声，撒娇道："妈，你别趁机说教了，我这儿还和同学打着电话呢，你给我留点面子哇。"

她又对宁栀道：

"我妈真是变脸比翻书还快，昨晚上还心疼我心疼得直掉眼泪，等今天知道我没什么事了，就开始对我翻来覆去地念叨！

"这一上午，我耳根子就没有清静过，我感觉出了这事儿后，我妈以后教育我就更加理直气壮了。哎，对了，栀栀，你妈没说你吧？"

宁栀握着手机的手一紧，半晌，轻声道："没有。"

姚青青有点羡慕地说："那你妈妈真好啊。"

宁栀不知道说什么，沉默了下。

姚青青又说："我妈给我熬了南瓜粥和薏仁粥，我吃了感觉好多了，你记得也让你妈妈给你熬啊。"

"好啊。"

挂了电话，宁栀从床上起来。她舀了勺米，放到水龙头底下洗。

冷得刺骨的水激得她身子抖了抖。

忍着冷洗完，她把米放到电饭煲里煮。熬的是粥，时间要长一些，花了一个小时才熬好。

宁栀盛了一碗出来，是最简单的白米粥，就着一袋撕开的咸菜，她吹着慢慢吃下。

吃完感觉稍微好了些，她又躺到床上，拿了张英语卷子写。

书桌前的一盏小台灯晕开橙黄的光，宁栀写卷子写到一半，胃又开始疼起来。

恶心的感觉翻涌上来，她捂着嘴，连拖鞋也来不及穿，赶紧跑到卫生间去。

陈也今天下午才起来。

醒了之后，他吃了碗泡面，拦车直接去酒店。

这家酒店算宜市比较有名的，平时人就多，今天除夕，门口更是迎来送往，络绎不绝。

陈也站在电梯门前，“叮”一声，门开了，他走进去。

电梯里还有其他人，明显相互认识，手里拎着烟酒和精致的水果礼盒，交谈时欢声笑语。

陈也一身黑色夹克，眉梢还沾着外面的霜雪。他站在里面，单手插着兜儿，没什么表情，和这氛围格格不入。

他本身就不太想过来。

他奶奶生了三个儿子，除了他爸，另外两个伯伯都很有出息。

一个在大学里当教授，另一个是建筑师。

而他爸读书不行，高中没念完就辍学了，奶奶找关系把他塞进厂里，当了个小干部。只是后来染上了赌博的恶习，赌上头了还搞出了命案。

他爸从前就被亲戚瞧不上，他从小读书没两个堂哥厉害，也不被看得起。

最常听到的议论就是：“这孩子啊，成绩差成这样，估计以后也是和他爸一个样，废了。”

那语气听着像是在惋惜，实则带着说不尽的嘲讽。

要不是他大伯昨天给他打电话，说了句“要是你奶奶还活着，一定不愿意看到你大过节的一个人”，陈也真不会过来。

走到走廊尽头，陈也推开门。

除了他，人都到齐了。他过去，拉开空着的那张椅子，淡淡叫了声：“大伯，二伯。”

大伯应了声，对一旁候着的服务员说道：“我们人到齐了，可以上菜了。”

一桌酒席吃得其乐融融、和和美美，话题的中心当然是那两个优秀的堂哥。

末了，等菜快凉了，大家像是终于想起还有陈也这么一号人坐这儿。

大伯夹着鱼肉，抬眼望向他：“小也你以后有什么打算，也和我们说说吧，总不能就这么把一辈子混完了吧？”

陈也捏着双黑色瓷筷子，没什么情绪地回答：“做赛车改装。”

闻言，大伯那道眉皱成了深深的“川”字：“改装赛车能算什么正经职业？小也，我知道奶奶给你留了笔钱，但也经不起你瞎挥霍啊。”

二伯也不赞同：“没错，你也不小了，既然你不能像两个哥哥那样会读书，就找份踏实稳定的工作干着吧，别眼高手低的，最后像你爸那样，唉——”

陈也听着，心情没什么波澜起伏，反正也吃饱了，他把筷子往桌子上一搁。

耳边充斥着“你这样可不行”“不小了，别再不务正业了”“读书不行至少也不能瞎混日子吧”之类的话。

他解锁手机，戳进微信界面。消息倒是不少，就薛斌他们那个群，抢红包抢得热火朝天，还不停“艾特”他。

陈也点那个红包，一开，八十七块二，那红包总共就一百块。

群里一阵哀号。

薛斌：啊啊啊，也哥你这是什么神仙手气，运气王啊！！

成一鸣：一顿操作猛如虎，一看红包五毛五。

付凯：我只抢到了八毛，和谁说理去啊我……

陈也抢到了最大的红包，心里却没有一点高兴的感觉，重新发了个两百元的出去。

群里又开始新一轮的红包争夺战，他退出去，点开那只小兔子的头像。

没收到一条消息。

陈也眉皱起。

以往每年除夕，小姑娘新年祝福的电话早早地就过来了。今年连一条微信都没有，难道看春晚看得忘记他了？

真是没良心。

酒席结束，他一秒不多留，直接走人。

坐在回去的出租车里，陈也眉心蹙着，攒着层躁郁，翻来覆去地拨弄着手机。

这都快十点了，还是没来一条消息。

陈也忍不住了，一个电话拨过去。

过了半分多钟，“没良心”的小姑娘接起，叫了他一声：“陈也哥哥。”

声音不像以往般清甜，细细的，没什么力气，还透出几丝虚弱。

“怎么了？你病了？”他立刻问。

“没病，”宁栀说，“就是昨天和朋友出去吃串串，然后就不太舒服了。”

“你爸妈呢？他们带你去医院了没有？医生怎么说？严不严重？”

陈也把几个问题一口气问完，停都不带停一下的。

“还没去医院。”

电话那头，少女犹豫了下，然后才继续说道：“爸爸妈妈……去奶奶家拜年了。”

陈也的心仿佛被生生捏住，疼得不行。

到底是怎么做到的，在自己女儿身体不舒服的情况下，还能不管不顾地出去过年？

“你在家等我，我马上过来。”

电话挂断，陈也对司机重新报了个地址：“去这儿。”

说完，他又拿出钱包，几张红色一百的，数也没数，直接塞到前面给司机：“开快点。”

“行！”司机答应得兴高采烈，一脚踩下油门，一路疾驰驶去。

宁栀握着手机，那句“不用了”还没出口，电话就挂了。

她把身上穿的睡衣脱下，换上毛衣，又去卫生间重新洗了把脸。

陈也来得比她以为的还快，她才把自己收拾好，门铃就响了。

宁栀赶紧过去开门。

陈也站在门口，垂着眼，看着眼前的少女。

她瘦了一圈，病恹恹的，羸弱得风一吹就能倒似的，脸色也苍白得很，没之前那种白里透红的感觉了，只剩下那双杏眼，还是如从前那般乌黑清澈。

见到他，她眼睛弯了弯，苍白消瘦的小脸上撑出一个笑："陈也哥哥新年快乐。"

陈也垂在身侧的手紧握成拳，心疼和暴躁的情绪相互交织，黑眸沉了又沉。

当初领养也是他们要领养的，现在却又是这么一个不负责任的态度。

"走，我带你去医院。"他声音哑着，仿佛被磨砂纸磨过一般。

宁栀其实想说不用去医院，太麻烦了，但对上他坚定到不容分说的目光，她的话又重新咽了回去。

她乖乖地换上小雪地靴，跟在陈也后面下楼。

除夕的夜晚，家家户户都在家里看春晚守岁，街上几乎看不见人影。

出租车也少，两人站在路口，等了半天也不见有一辆开过来。

"陈也哥哥，"她轻轻拉了拉他的袖子，小声道，"我们不去医院了吧，我在家吃了药，没事的。"

少女微仰着头，下巴和大半张脸都被裹在围巾里，只露出一双眼睛和小巧精致的鼻子。

被外面的冷风吹着，鼻尖泛起浅浅一点红，有点可怜，又有点可爱，像只小兔子，让人心尖都泛软。

陈也看着她，心一横，也顾不得那么许多，两步走过去，拦腰将人直接抱了起来。

"啊——"宁栀完全没有防备，一声惊呼脱口而出。

却也怕摔下去，她下意识地伸手揽住他的脖子。

她脸向上仰着，对上他垂下的目光。

对视间，宁栀听见陈也的声音，低缓，却蕴含着坚定："不等车了，我抱你过去。"

宁栀也不是第一次被陈也抱了。

读初中那会儿，她初一，他初二，学校里组织运动会，跳高的项目缺了个人，她被体育委员好说歹说劝着报名了。

事前虽然做好了心理建设，但真面对那么高的一根竿子，她心里发虚，腿一软，就摔了。

脚踝落地，磕破了皮，即刻便泛起一大片青紫。

陈也当时也在场，立刻过去将她抱了起来，一路抱到校医务室。

当时的宁栀只顾着疼了，眼泪汪汪，鼻子一抽一抽的，没有空想别的什么。

而现在，到底长大了些，宁栀有点害羞，原本苍白的两颊染上两片桃花色。

她挣了挣身子，想要下去："陈也哥哥，我可以自己走的。"

从这里到最近的那家医院，走一站路就到了。

陈也手臂紧紧环住她的腰，并没松开的打算："别乱动，小心摔了。"

顿了顿，他低头看她，用哄小孩子般的语气，嗓音里漾着温柔："乖啊。"

宁栀脸更红了，却没再乱动，任他这么一路抱着。

夜色沉沉，没半个人影，只有路灯，一排又一排，尽职尽责地亮着，像漆黑的幕布上烧出的一点光。

"你累了没呀？"她担心地问。

陈也的嘴角弯了弯："就你这么点重量，有什么累的。"

怕外衣的拉链硌着她的脸，他直接把拉链拉开到最下面，里面就剩件卫衣了。

宁栀被他横抱着，左边脸颊就隔着那件卫衣，贴在他的胸膛上。

他的胸膛很暖，像藏着火，那颗心脏一下一下跳动，沉稳而有力。

"你今天去哪儿吃的年夜饭呀？"她问。

"两个伯伯那边。"陈也回答，接着笑了声，无所谓的态度，"反正也没什么意思，就听两个堂哥有多么优秀了。"

说完，他听见抱怀里的少女哼了下，小声嘟囔："有什么优秀的，我一点都不喜欢他们，他们一点都不好。"

宁栀对他那两个堂哥，陈豪和陈辰，一开始印象就不好。

有一年暑假，他们被各自的爸妈带着来陈也家里做客。

那时他们都十来岁，在大人面前表现得听话懂事，私下里却是调皮蔫儿坏的。

那个年纪的男生对美丑都有了概念，也知道对门住着个漂亮可爱、长得像洋娃娃一样的小女孩。

那小女孩比他们班上，甚至学校的女生都要好看。

陈豪和陈辰成绩好，不论在学校还是家里，都备受关注和喜欢。

可宁栀却像是看不见他们一样，只一味地跟在陈也后面，一声声"陈也哥哥"叫得很甜。

陈豪和陈辰听了都想笑。

陈也有什么好的，成绩差，还总是打架，不学好。用他们爸妈的话说，以后长大了就是社会底层的小混混儿。

两人心里不服气，在小女孩踢毽子时，把她的毽子抢了过去，用力一扔，扔到了对面的高台子上。

那时宁栀个子很矮，力气也小，打又打不过他们，只能跑到自己家里，搬出两个板凳。

接着，她将小板凳摞在大板凳上，小心翼翼地踩着爬上去捡自己的毽子。

那两个蔫儿坏的男孩子等的就是这个。趁着宁栀还没下来，他们把两个摞着的凳子全搬开了。

两个男生丝毫不为欺负小女孩感到羞耻，得意扬扬道：“你叫我们一声‘哥哥’，我们就把凳子还给你。”

明明性格像棉花一样软的小姑娘，那时却犯起了犟，怎么都不肯叫。

僵持了半个小时，等有大人正好路过，她才被抱了下来。

陈也记得这个：“是，他们不好，欺负过栀栀的都不是好人。”

这事儿发生在七年之前，说起来也是很久远的了。

他不知想到什么，勾了勾唇，笑了声，半开玩笑道：“还好我小时候没欺负过你，不然你也得记到现在。”

宁栀闷不作声，把脸埋进他的卫衣里，少年干净又清冽的气息扑面而来。

她到现在还讨厌着那两个人，才不是因为小的时候被欺负过呢！

而是因为，在她被困在高台子上下不来时，他们讥讽又自以为是的嘴脸。

“你知道陈也这次英语考试又没及格吗？”

“连初一这么简单的英语都考不及格，不是蠢货是什么？你总跟着一个蠢货玩，有什么劲啊？他以后就是个废物混混儿知道吗？”

现在回忆起来，宁栀都觉得他们超级讨厌！

宁栀没想到的是，除夕夜这天，来医院看病的人也不少。

而且因为值班的医生少，看诊室门口的那几排椅子几乎坐满了人。

她坐下之后，陈也去挂号，等了二十多分钟，才轮到他们。

女医生穿着身白大褂，四十多岁的年纪，值夜班的缘故，脸上显出点疲惫，态度却仍然很好。

她让宁栀先坐下，声音温和地问：“这两天有没有吃什么不卫生，或者是变质了的东西啊？”

宁栀回答：“昨天晚上和同学去外面吃了串串，我同学今天也出现不舒服的症状。”

女医生手上拿了支圆珠笔，迅速在病历本上写下几个字，又问：“具体是哪里感觉不舒服呢？”

宁栀想了想，如实地回答：“早上起来胃里就有些难受，吐了一次，下午还有恶心的感觉，又吐了一回。”

站在一边的陈也皱了皱眉。

“好，现在把外套的拉链拉下来，我给你听一听心率。”

宁栀拉开羽绒服的拉链，乖乖地坐着等。

女医生走过去，手里拿着个听诊器，先自己戴上，又把宁栀里面的那件毛衣领子往下拉了拉，再将那个听诊器放了进去。

女医生听了一会儿宁栀的心率，确诊道：“是轻微食物中毒，好在不严重，你去挂瓶水吧。”

“谢谢医生。”宁栀道谢。

陈也走上前一步，拿起病历本和缴费单。

女医生家里也有宁栀这么大一女儿，见她这么乖乖巧巧的样子，心里也是喜欢的。

她又多叮嘱了几句：“以后要是有不舒服，就早点来医院看，别怕打针。幸好这回是轻微的，要严重的话说不定还有生命危险。”

宁栀点头：“知道了，谢谢医生。”

两人走去输液室，在最旁边找了个空位置坐下，护士小姐姐开始做打针前的准备。

宁栀好长时间没有打过针了，虽然也清楚打针不会特别疼，但心里总归有点小紧张。

针头快要扎下来时，她黑而长的睫毛抖了几下，一偏脑袋，转向陈也那边。

陈也抬起手，掌心搭在她有些凉的手背上，又轻轻握住，温暖寸寸传过去。

宁栀心神稳了稳，接着，听到他低沉而温柔的嗓音：“不怕，很快就好了。”

护士小姐姐心想：大年三十，我不能回家吃年夜饭，要在医院值夜班已经够可怜了！怎么还要被塞这一碗“狗粮”啊？！

还有，现在的小年轻们谈起恋爱来都这么甜的吗？！

不过这男生确实好帅，女生也真的好好看，都是神仙颜值，在一起真是太养眼了！！

用三秒钟整理好心情，护士小姐姐十分专业地找好静脉，又稳又准地将针扎进去：“点滴打完了叫我，我来拔针头。”

输液室的前方挂着台电视，正在放春晚的直播。

陈也侧着头，压着点声音，对身旁少女说道：“医生说的话记住没？以后有什么不舒服，第一时间到医院来，不要拖着。”

“我知道了。”她应道。

陈也还没说够，皱着眉继续训：

“都吐了两次了，还要忍着，怎么这么不把自己身体当回事？

“而且这种时候了，还不知道给我打个电话，家里又一个人没有，万一昏倒了，谁送你来医院？”

他说得都有道理，宁栀像被批评的学生，脸上有种做错事的愧疚。

她不住点头，样子要多乖顺有多乖顺。

陈也这才满意了些，还要再说几句，被旁边同样挂着点滴的一个小男孩拽了拽袖子。

小男孩奶声奶气的，语气却很认真：“哥哥，你不要骂漂亮姐姐啊。”

陈也拧了眉：我骂她了吗？

小男孩旁边坐着的女人应该是他妈妈，闻言对着陈也抱歉地一笑：“不好意思，孩子小，不懂事。”

陈也本来五官生得冷硬，拧起眉时周身的气质就更冷了，落在这个几岁的小朋友眼里，样子就更是凶巴巴的了。

小男孩害怕地瑟缩了一下，但还是勇敢地英雄救美道：“漂亮姐姐生病了，还要打针，很疼很可怜的。”

说着,他小手往自己外套的小兜兜里摸了半天,摸出两颗糖,塞到陈也的手里。

“哥哥，我请你和姐姐吃糖，你就不要凶姐姐了。”

陈也一头雾水：不是？我到底哪儿凶了她？

小男孩太可爱了，宁栀没忍住，“扑哧”一声，弯眼笑起来。

宁栀本身就有低血糖的毛病，衣服口袋里经常会塞着几颗糖。

现在她伸手往里摸了摸，正好还有两颗大白兔奶糖。

“给，小弟弟，姐姐也请你吃糖。”她伸出手，朝着小男孩摊开掌心，笑吟吟道，“祝你早日康复呀。”

小男孩高高兴兴地接过糖，脆生生道：“谢谢姐姐。”

宁栀一只手还在打点滴，剥不了糖，只好求助陈也：“陈也哥哥，你帮我剥一下。”

陈也剥了，直接喂到她嘴里。

宁栀嘴里含着糖，指了指剩下的那颗，声音有几分含混：“这颗是牛奶味的，你也吃啊。”

陈也完全不想吃那小破孩给的糖。

然而对着那双好看明亮的眼睛，他还是拿起一个，剥开糖纸，面无表情地塞进嘴里。

他边咬边忍不住回忆，自己刚才凶了小姑娘吗？没……没吧？

挂完点滴已经凌晨一点了，医院外面格外安静。

两人走出去，宁栀四处张望，看有没有空的出租车。

小手被拉了拉，她回过头，少年高高立在身前，眉心紧蹙着。

“怎么啦？”她眨了眨眼，轻声问。

陈也目光低垂，看着她，不太自然地咳了一声：“就是，那个，我刚刚凶你了吗？”

宁栀有些意外，没想到他还在想这事儿，愣了愣，摇头：“没有呀。”

“那……”他一顿，声音带上了几分紧张，“你觉得我长得很凶吗？”

要不然那小破孩怎么总觉得他在凶她？

宁栀抬头，目光跟着向上仰。

少年眸子漆黑，一双剑眉斜斜入鬓，鼻骨高而挺，下颌瘦削流畅。

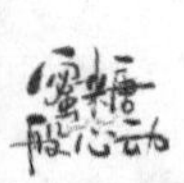

看着不是那种斯文温和的长相，但也是很帅的、痞痞的，透出几分不羁。

小孩子可能会觉得这样的长相凶，但对女生来说，其实……是很有吸引力的。

就比如姚青青之前喜欢过一个同类型长相的男明星，每天就捧着手机屏保在她面前激动地嗷嗷叫。

想到这儿，宁栀脸红起来。

那个男明星的照片她也看了，只是，还是觉得陈也更帅一些。

小姑娘半天不说话，陈也更加紧张，才想说算了，就见她笑起来。

“你才不凶呢，陈也哥哥最帅啦！”

陈也一愣。

宁栀说完就害羞了，脸颊更红，正好看见一辆出租车在不远处停下，里面的乘客推门下来。

她赶紧朝着那边跑过去：“我先去拦车了。”

陈也跟着过去，走了两步，到底没忍住，喉结一滚，荡出两声低沉而愉悦的笑声。

小姑娘刚才怎么说来着？

哦。

她说他：最帅啦！

医院离家不过一站多的距离，出租车几分钟就开到了。

车停在小区的单元楼门口，陈也从钱包里拿了张一百的钞票，递给司机。

“在这儿先等等。”他对司机说完，拉开车门，长腿往前一迈，先下了车。

现在凌晨一点多钟，家家户户都熄了灯，整栋楼黑漆漆的，特别安静。

宁栀站在出租车前，准备要和他说再见。

“你……”陈也先开了口，只说了一个字，声音又顿住了。

他实在不愿意称呼那两个人为她的爸妈，于是问：“他们去拜年，什么时候回？”

宁栀愣了下，才意识到他话中的“他们”是谁：“爸爸妈妈说是要在奶奶家住三天。”

陈也点点头：“那行，你上去收拾两件换洗的衣服，等会儿去我家住。”

“啊？”宁栀有点蒙。

“你还病着，家里就你一人，我不放心。你明天还要打针，直接住我家，到时候我们一块儿去医院方便。”

见到小姑娘脸上露出犹豫的表情，他想了想，多加了一句：“我也不想一个人过年。”

他说完，果然见小姑娘脸上的犹豫少了许多。

再过了会儿，她下定决心道：“那你等我一下，我上去收拾些东西，马上下来。”

“好。”陈也嘴角微微扬起，“慢点，不着急。”

宁栀上到三楼，用钥匙开了门。

冬天外套和毛衣不需要天天换，她就装了两套内衣进书包，然后是手机、钱包和寒假作业。

等车再次停下，已经快两点了。婆娑的树影映照在地上，天这时又开始飘起了小雪，细细簌簌的。

两人并排往小区里走着，陈也听到身边的小姑娘轻轻笑了声。

“笑什么？”他问。

“我还从没有这么晚在外面待过呀。”少女嗓音轻软，带着笑意，听起来特别轻快，“就感觉整个世界都变得好安静了，好像只剩下我们两个一样。”

陈也听了，也弯了弯嘴角。

她很乖，放了学就回家，不像他之前，凌晨两三点还泡网吧里是常有的事。

到家之后，宁栀上午睡得够了，这会儿一点儿困意都没有。

她神采奕奕的，连带着肚子也很有活力地咕咕咕叫起来。

陈也站在鞋柜边，正抬手替她拂着头上的落雪，问：“饿了？”

宁栀脸颊变红，不好意思地“嗯”了声。

这一整天她吃的东西实在是少，还吐了两次，胃里现在特别空。

陈也走到冰箱前，拉开看了看，里面的食物倒是有，但都是速食，油腻又不适合她现在吃。

他翻找了一阵，终于在最里面找出半袋子挂面，看了看日期，还没过期。

“你等会儿，我去给你煮碗面。茶几底下有些零食，你先吃着垫垫肚子。”

宁栀过去，低头一看，茶几底下放着饼干、薯片，还有糖果。

这些还都是她上次过来和他一起去超市买的。

“我吃这些就可以了。”她弯下身，将它们拿出来，对陈也说，“不用再煮面条了。”

“不行。”他态度坚决，“医生说你现在要多吃清淡的，饼干只能压压饿，正餐还是吃面条好。”

顿了顿，他又说道：“我晚上也没吃多少，正好煮了面条一起吃。”

宁栀这下没再推辞了。

她手撑在茶几上，托着脸，抬眼望向他，眼神真诚又充满疑问：“可是陈也哥哥，你会煮面条吗？”

陈也还真是不会。

上次就是外卖吃得腻了，才买了袋挂面回来准备煮，结果就是味道还不如外面油腻的外卖。

那次只吃了半口，他就把那碗面给倒了，因为真的太难吃了。

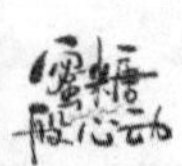

陈也顿了一秒，接着，干脆果决地回答：“会，你等着。”

什么都能丢，在小姑娘面前面子不能丢！！！

说罢，他拿着上次剩下的半袋子面和手机，转身进了厨房。

宁栀跟着过去，想过去帮帮忙，却被他拦在了门外：“你去外面坐着，我一会儿就好。”

话音才落，那门就被他毫不留情给关上了，严丝合缝的，里面还落了闩。

宁栀只好站在外面，隔着玻璃门观望了会儿。

厨房里，少年稳稳端起不锈钢的锅，放到水龙头底下冲了冲，然后倒油，磕了两个鸡蛋进去。

动作看着倒是挺熟练的，宁栀放心了些，听话地去沙发上等着。

见门外那道身影不见了，陈也松了口气。他会做的，也就是煎个鸡蛋了。

他拿出手机，表情严肃而认真，打字搜索——煮面条最详细的步骤。

宁栀坐沙发上，拆开一袋巧克力夹心饼干。两块饼干吃完，她又抓了一颗大白兔奶糖，撕开包装纸后放进嘴里。

微信里收到了好多新年祝福的消息，宁栀一条一条点开看。

已经好晚了，她怕现在回过去会吵醒别人，就打算明天早上再回。

朋友圈也是一片喜庆洋洋，大家晒满桌的团圆饭，晒自己收到的红包，还有出现在春晚上的自家偶像。

宁栀手指头顺着往下滑，一个一个点了赞。

到这一刻，她才感受到那么点除夕过节的气氛，可又感觉这样的节日和自己也没有多大关系。

爸爸妈妈带着妹妹去奶奶家过年了。要不是陈也，她现在还一个人，病恹恹的，难受地缩在床上。

宁栀心里泛起了一点难过的情绪。可是又还好，那难过也只是一点点的，并不特别强烈。

就像是心脏缺了一个小口子，但很快，有另一个人，小心翼翼又温柔地把心上的那个口子填补上了。

思绪晃了晃，宁栀想起初三时，学校组织毕业班级最后一次爬山。

陈也那时已经从初中毕业，读职高去了。

不过那所职高和初中离得不远，每天他还是和她一起回家。

爬山前一天，班主任拖了好长时间的堂。

终于放人了，宁栀背着书包飞快跑到校门口，气喘吁吁给他道歉：“我们明天爬山，班主任怕出安全事故，留着我们强调了好多注意事项。”

那次陈也也去爬了山，很远，快到晚上才能回来。

“要带的零食都准备好了没？”他问。

“……我明天去学校小卖部买块面包就行。”

要去爬山的事她早早就和张瑛说了。

张瑛当时在卧室里，正抱着小女儿喂奶，闻言给她五块钱：“拿去买块面包带着，零食吃多了对身体不好。”

陈也听了没多说什么，骑车载宁栀回家，中途在街旁的小超市停下。

车也没锁，就让她在边上等着。

宁栀在路边抱着书包等了一小会儿，就见他拎着一袋零食出来。

他把那袋子零食强硬地往她怀里一塞。

宁栀还记得，那时是四月的一个黄昏，余晖是暖橘色的，照在少年脸上，将他利落分明的轮廓勾勒出几分温柔。

微风柔柔吹过，盈着杏花的香，他垂头，看着她，嘴角弯出一个笑。

他懒散又漫不经心的，声音却有几分认真：“别的女孩儿去爬山，一路上吃零食开开心心的。你也是女孩儿，又不比别的女孩儿差哪里，凭什么别人有的你没有？”

等宁栀嘴巴里的大白兔奶糖含化了，陈也刚好端着面从里面出来。

热气腾腾的两碗，闻着还挺香的。

宁栀走过去，凑近看，卖相也不错，上面搁了一个煎蛋，还撒了葱花。

她坐下，用筷子挑起面条，吹了吹，等稍凉了些，张嘴吃下。

“哇，好吃。”宁栀弯起眼，捧场道。

陈也也拿起筷子，尝了一口，确实比上回他随便瞎搞的强一些。

电视里在放重播的春晚，播到一个小品，宁栀边吃面边听，听得咯咯笑起来。

窗外还在飘雪，陈也看着她，听着她的笑声，忽然就有了过年的感觉。

吃完，陈也把碗和筷子都收到厨房，准备明天再洗。

他走出来时，宁栀站到他面前，一只小手藏在身后，笑得双眼弯弯的，声音甜蜜：“陈也哥哥，又是新的一年啦，新年快乐。”

“新年快乐。”他也笑了。

宁栀这次带了换洗的衣服过来，就不用穿陈也的了。

陈也早替她把空调打开了，宁栀洗完出来时，房间已经很暖和了。

她想去客厅和他说声“晚安”，可才一出卧室门，就冷得哆嗦了一下。

陈也还没睡，见她出来，赶紧走过去把她推进了房间：“客厅的空调坏了，你刚洗完澡，别冻着了。”

宁栀闻言皱了皱眉：“没空调那么冷，你今晚要怎么睡呀？”

陈也想说没事儿，男生身体好，本来就抗冻。

他才张了嘴，就见小姑娘脸颊微红，慢吞吞地问：“那……要不然你把沙发搬到卧室来，和我睡一间房吧？”

灯关了，房间陷入黑暗，陈也躺在沙发上，耳边是小姑娘翻身的窸窣声。

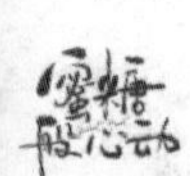

又过了会儿，翻身的动静没了，只剩下均匀平缓的呼吸声。

窗外的月亮高高挂着，圆而白，铜钱般的大小，落下一地的皎洁。

他偏头看过去，少女已睡得熟了。

她手指纤白，习惯性抓着被子角，露出的半张侧脸柔和美好。

床和沙发离得近，陈也只要一伸手，就能碰到她。

他的手确实伸了出去，但在半空中却停了下来，转而替她把被子角掖好。

宁栀平时读书刻苦，早起成了习惯。

第二天，她听到动静去了厨房，就看到昨晚的碗筷已经洗干净。她挽起袖子，露出纤细的一截胳膊，准备淘米煮粥。

刚拧开水龙头，电饭煲就被一只手拿过去。

陈也说："我来。你还病着，水这么冷，冻着了怎么办？"

然后他就不容分说地把人赶到外面，又倒了杯温开水，塞她手里："暖暖手，女孩子体质弱，最好不要受凉了。"

宁栀捧着冒着热气的玻璃杯，看他走到厨房，继续在水龙头下淘米。

手心暖了很多，她想起很小的时候，不管多晚下班，做饭的永远是妈妈，爸爸一次都没有进过厨房。

用妈妈的话说，爸爸是连酱油瓶子倒了都懒得伸手扶一下的人，半点不晓得心疼老婆。

她忽然之间觉得，陈也哥哥以后一定是会心疼人的那个，不管谁嫁给他，都会很幸福的。

早餐是白粥和水煮蛋。陈也知道小姑娘爱吃甜的，在她的那碗白粥里多加了两勺糖。

吃的时候，果然就见她弯着眼，一副笑眯眯的模样，他也忍不住勾了勾嘴角。

吃完早餐，陈也带宁栀去医院，挂第二次水。

没想到又见到昨晚的那个小男孩了。

一走进输液室，那小男孩就兴奋地面向他们，不，更准确地说是对着宁栀，挥着自己的小短胳膊。

"漂亮姐姐！你来坐我这儿，我这儿还有两个空座位！！"

陈也腹诽：这是什么破缘分！

宁栀笑起来，冲着小男孩挥挥手，然后走过去。

陈也没办法，也只能过去和那小破孩坐一块儿。

等护士给宁栀打完针，他拿起刚才在医院门口买的一盒草莓，准备拿出去洗洗。

还没走几步，就听到小破孩压低着声音问宁栀："姐姐，那个哥哥之后还有没有再凶你了啊？"

陈也一愣：不是……这小破孩怎么回事？没完没了的？

陈也本就不是什么好脾气的，这会儿烦得很，就想过去真的好好凶这小破孩一顿，最好把这小破孩给凶哭。

只是还没回头，他就听见小姑娘轻轻软软的声音，特别认真地解释：“没有哦，那个哥哥从来就没有凶过姐姐。他呀……”

说到这儿，宁栀笑了下。哪怕背对着，看不见，陈也也能想象她那双明媚的眸子轻轻弯起时的样子。

小姑娘接着说：“对姐姐特别特别好。”

陈也心情瞬间由阴转晴，还是万里无云的大晴天那种。

他嘴角勾了勾，拿着盒草莓出去洗了。

两瓶药水滴了一个多小时才滴完。宁栀用棉签按了按扎针的地方，感觉没再渗血了，就把棉签拿开，扔到垃圾桶里。

“陈也哥哥，我想去上个卫生间。”她对陈也说道。

“去吧，”陈也站在电梯前，“我在这儿等你。”

不管什么时候去，女卫生间门口总是排着长队，人从里面排到了外面。宁栀等了有好几分钟才进去。

洗完手出来，她拿纸巾擦着手，迎面遇上了输液室里的那个小男孩。

“你也打完针了呀？”她笑了笑，微弯着身子和他讲话。

“嗯嗯！”小男孩特高兴，语调都是飞扬的，“护士姐姐说这是我最后一次打针啦，我明天后天和以后就都不用来啦！

“对啦！漂亮姐姐，我要和你告那个哥哥的状。”

他说着，肉乎乎的小手对着宁栀招了招，示意她把耳朵凑过去，一副有小秘密要说的模样。

宁栀好奇又好笑，但还是按着做了，直接蹲了下来：“你要告哥哥的什么状呀？”

小男孩手做成喇叭状，贴着宁栀耳朵道：

“我爸爸每次带我出去，妈妈都让我当监督员，监督爸爸，看有没有别的漂亮阿姨找爸爸要电话。

“刚才在电梯那儿，我就看见有个红头发的漂亮小姐姐找那个哥哥要电话号码。”

宁栀走到电梯那儿时，四处看了看，并没有见到一个红色头发的女生。

陈也见她小脑袋左右不停张望，穿着件白色的羽绒服，像只小企鹅一样。

“找什么呢？”他笑着问。

宁栀抬起头，看向他的眼睛。

那是双生得很好看的丹凤眼，眼窝深邃，眼尾勾得狭长，微微向上扬出几分弧度，看着有点冷漠，但笑起来时，配合着翘起的嘴角，懒洋洋的，散漫又不羁，就有种别样勾人的帅。

她不知道那个红头发女生找他要电话时，他对着人家笑了没，也不知道电话给了没。

其实这两样和她都没什么关系，她都管不着。

但，心底就是有种闷闷的感觉，连带着说出来的声音也是闷的。

“没找什么。”

说完她身子一转，伸手去按电梯。

陈也一听，就听出小姑娘情绪不对劲了，只是不知道是为了什么。

走出医院快中午了，太阳露出头，暖融融地照在人身上。

陈也想了半天，还是没想出个头绪。

见宁栀闷不作声地走在前面，他大步一迈，拉住了她的手：“怎么了？生我气了？”

宁栀没有生他的气，相反，她是在生自己的气。

以前她还亲眼见着女生给他塞情书、要微信什么的，那时好像也没什么特别的感觉，怎么现在就不开心起来了呢？

宁栀一边不开心着，一边又觉得自己因此不开心真的好莫名其妙、无理取闹。

陈也低头看着她，她对上他的眼，他眸底深黑，目光很温柔。

宁栀不知道该怎么说，最后只小声问：“刚才是不是有一个红头发女生找你要电话号码呀？”

陈也没想到她会问这个，一时很有些意外。

愣怔了几秒钟，他品过味儿来，低低地一声笑从喉咙轻荡出来：“嗯，是要过，我没给。”

闻言，宁栀心底那点闷闷的感觉一下子不见了，还……有点点高兴。

“那，”宁栀没忍住，又小声地说，没什么底气的样子，“以后有女生找你要电话，你……你也不要随便给了呀。”

说这话时，她低下了头，所以没见到少年嘴角勾起的弧度越深，笑意也在眼中漾开。

“为什么不能给？”陈也故意问。

“因为，因为……”宁栀支支吾吾的，说不上理由。

最直接、最简单的原因就是她不想，可那要怎么说出口嘛。

说出来，他就会觉得她自私又霸道的吧？

宁栀脸开始泛红发热，咬着唇，正为难得不行的时候，脑袋瓜里突然灵光一现：“因为……”

陈也期待着小姑娘的答案，心情还有那么点荡漾，结果就见她眨了眨眼，一副煞有介事的小表情。

“因为那些女生既不认识你，也不了解你呀，她们就是见你现在长得帅，才找你要电话的！

“那……那万一你以后要是秃了，中年发福，长啤酒肚，变得没有现在帅了，说不定她们就不喜欢你了。这样的感情不长久的呀。”

陈也听得又好气又好笑，抬手轻轻在宁栀小脑袋上敲了一下：“秃顶？还啤酒肚？怎么不知道盼我点好？”

宁栀“哎”了一声，用小手揉揉头，争辩道：“我只是说万一，又不一定会发生。而且我以前看过新闻，说是现在工作压力大，还有熬夜啊吸烟啊一些不良生活习惯，大概每五个男人中就有一个会秃。”

“比如我们数学老师，”她表情十分认真地说道，“学校的照片栏里贴着他年轻时候的照片，那时他又帅，头发又多，现在他都开始戴假发了。”

陈也皱起眉，现在脱发的形势已经这么严峻了吗？

他沉默着，陷入了纠结之中，要不等会儿自己买瓶霸王防脱洗发水提前用着？

不能真十年二十年过去，小姑娘还貌美如花，他已经秃了啊！

回家前，两人去了一趟小区附近的超市买了一些蔬菜水果。

陈也推着购物车走到收银台前。大年初一，走亲访友的人多，收银台前排了长长一条队。

他把购物车推过去，对宁栀道：“你先在这儿等着，我再去买个东西。”

“好呀。”她点点头。

前面的队伍缓慢地往前面移动，快排到时，宁栀看到陈也走过来。她举高小手，冲着他挥了挥，示意自己在这儿。

等人走近了，宁栀看见陈也手里拿着一瓶洗发水。

绿色的瓶身，上面四个加粗醒目的大字：霸王防脱。

宁栀抬眼，看看陈也一张帅气不羁的脸，又低下头，瞧瞧他手里拿着的那瓶防脱发的洗发水。

“扑哧”，她实在忍不住。

她才笑了一下，脸颊两边就被陈也一只手给捏住，她的小嘴被迫嘟了起来。

少年很凶地警告：“不许笑。”

虽然他也知道自己十八岁，大好青春年华的，去买瓶霸王防脱是挺搞笑的。

然而，他还是严肃着表情，对小姑娘道：“我这是防患于未然，知道吗？”

“知道！”宁栀脸颊被捏着，回答的声音含混不清的。

她乖乖憋住笑，只是那双眼睛弯弯的，带着明亮的光，笑意满得都快溢出来了。

陈也心想：算了算了，被嘲笑就嘲笑吧，谁叫人家笑起来那么好看呢？

回到家已经中午了，陈也把从超市买的那些食品塞冰箱。

从前他的冰箱里都是没营养又不健康的垃圾食品，这次难得装了这么多绿色蔬菜和水果。

毕竟家里多了个小姑娘，总不能像他之前那样，乱七八糟地瞎吃。

他拿出一袋速冻饺子："现在做饭来不及了，我们中午就吃饺子，等会儿我再去炒菜。"

宁栀惊讶地"哇"了一声，不敢相信地问："陈也哥哥，你现在连菜都会炒了吗？"

当然是不会的。

不过昨晚成功煮了碗面，陈也信心大增，就觉得做菜嘛，也没那么难。

被少女用一双亮晶晶、满是佩服期待的眼睛看着，陈也自信地点头："会。"

水沸腾之后，饺子下锅，过了三道水，他盛出两盘。虾仁馅的饺子，虽然是速冻的，不过味道还可以。

吃完后，陈也挽起袖子，把才买的蔬菜和肉都拎到厨房，准备开始捣鼓了。

宁栀像小尾巴一样立刻跟着进去。

"你去外面等着，厨房里油烟太重了。"陈也把她推出去。

怎么又和昨天一样，看都不让她看啊？

宁栀不开心地说道："我不怕油烟，我就想看你做饭。"

陈也很少对她说不，但在这件事上，他态度那叫一个坚决："不行。"

光是想一想自己一边炒菜，一边拿着手机百度查询"油要放多少，盐要加几克，七成热是多热，番茄炒蛋是先放番茄还是先放鸡蛋"的画面……

啧啧，太蠢了，不能给她看见，不然面子都要丢光了。

他有理有据地说道："厨房太小了，你进来我施展不开。你去睡会儿午觉，等做好了我叫你。"

宁栀腹诽：又不是打架，有什么施展不开的嘛。

不给看就不给看吧，宁栀微微鼓了鼓脸颊，不情不愿地跑到房间去睡觉了。

也不知睡了多久，枕头边的手机嘀嘀地响，她被吵醒，揉着眼坐起来。

夏筱桐：啊啊啊，择日不如撞日，我今天就要"鲨"了薛斌那狗东西！

宁栀才睡醒，脑子本就不太清醒，现在更是一头雾水，才想问一下怎么了，夏筱桐下一条微信又发过来了。

夏筱桐：就刚刚！我和陆星阔聊天，然后他戳了戳我的头像，然后！！

夏筱桐：对话框就出现"陆星阔拍了拍你并叫了你一声爸爸"！！！

夏筱桐：太尴尬了！呜呜呜！！

宁栀自己代入了一下，也觉得真的好尴尬。

不过，她还是有点奇怪，这和薛斌又有什么关系呢？

她才问了句，对面大段大段的消息又嘀嘀嘀地发了过来。

夏筱桐：要不是他上次骗我戳一下他头像，我能为了报复他也搞这个？而且我刚和他说了这事，他转手就发了条朋友圈。栀栀，你说这个人怎么可以这样啊？！

宁栀戳开那张截图，上面是薛斌五分钟之前发的一条朋友圈。

薛斌：哈哈哈，新年第一天早上就笑到隔壁邻居打电话报警，哈哈哈。

底下还有条夏筱桐的回复：怎么就没笑死你了。

薛斌又回她：嘻嘻嘻，死可不成，我还要继续看笑话呢。

后面十几条都是两个人的吵嘴。

宁栀莫名就感觉两人之间吵吵闹闹的，竟然还有一丝丝和谐。

和夏筱桐聊了好半天，宁栀一看时间，都快五点钟了。

她和夏筱桐说了声去吃饭了，趿拉着拖鞋跑去厨房看。

厨房的门还是关着的，宁栀敲了敲，陈也听到动静，没马上开。

他看了看料理台上的三盘菜，色香味，没一个好的。

番茄炒蛋炒煳了一半。

鱼香肉丝忘放糖了。

紫菜汤尝了一口，咸得他怀疑自己到底是放了多少盐。

陈也想把这三盘菜立刻毁尸灭迹，结果没来得及，宁栀就过来了。

犹豫了半天，他还是开了门。

门口站着的少女像小兔子一样欢快地跑了进来，迫不及待地看他的成果。

“哇，都做好了，我们可以去吃饭啦。”说着，她要端盘子去客厅。

陈也拦了拦：“我们还是去外面吃吧。”

虽然今天是大年初一，很多店都关了，但找一找，应该是有开着的。

迎上她不解的目光，他僵硬着声音解释道：“鱼香肉丝忘放糖了，紫菜汤盐放多了，番茄炒鸡蛋也炒煳了一半。我尝了的，不好吃。”

想起刚才自己信誓旦旦的话，陈也觉得特别打脸，咳了咳，他挽尊道：“第一次做，没做好，下次给你做好吃的。”

宁栀却摇头：

“咸了就多喝点水嘛，鱼香肉丝没加糖也可以吃啊，就当是笋子炒肉了。

“还有番茄炒蛋，就算一半炒煳了，但还有另一半是没煳的，我们把没煳的挑出来吃了就行。”

她仰着头，冲着他笑：“这是陈也哥哥你第一次做饭，还是做给我吃的，我想吃呀。”

少女每个字都是软乎乎的，却重重磕在了陈也心里头。

饭菜摆上桌，陈也吃得皱眉，但宁栀笑盈盈的，一点都不嫌弃他做得难吃。

他拿出手机，戳进某宝，毫不犹豫下单了十本《烹饪大全》！

到晚上，两人还是睡在一间房里。

睡了午觉的缘故，宁栀现在躺在床上，好半天也没有睡意。

她翻了个身，眼睁开，外面明晃晃的月光照进来，落了一地清辉，少年的轮

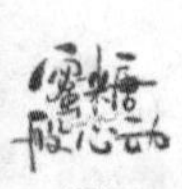

廓清晰可见。

陈也同样没睡，也睁着眼，两人的目光猝不及防地撞上。

宁栀一愣之后，眨了眨眼，小声问：“陈也哥哥，你也睡不着吗？”

“嗯，睡不着。”他说。

“我也睡不着，”她声音听上去还有点雀跃，“那我们说说话吧？”

“好。”他低沉的嗓音在夜里显得更暗哑。

宁栀想了想，问：“我看见客厅里有几本赛车改装的书，你在学那个吗？”

陈也“嗯”了声：“对这个比较感兴趣，想之后做赛车改装方面的试试看。”

顿了顿，他又开口，慢慢说道：“我再在学校待半年，就会出去工作了。”

这是他第一次和宁栀说起自己的未来和打算。

他知道她成绩好，聪明又刻苦，会去念很好的大学，也许还会一直往上读。

可他不行，他从小对读书就不感兴趣，也学不进去，英语物理数学从初中开始就没有及格过。

他们走的是两条完全不同的人生道路。

说完，陈也手捏紧成拳，从未有过的紧张和害怕的情绪像藤蔓一样缠住了心房。

他害怕宁栀会和别的人一样，觉得他不念书了没出息，觉得他是没有用的小混混。

谁的话他都不在意，可她的不行。

外面起风了，呼啸的夜风从树枝间穿过，沙沙的声响隔着窗户传进来。

房间里很安静，陈也等着她的反应，一秒，两秒，三秒……每一秒对他来说都仿佛凌迟。

细细的藤蔓越长越多，越绕越紧，将心口缠得生疼。

快要不能呼吸之时，他听见她说：

“我之前没接触过赛车改装这些。

“想了想还是不太明白，不过既然是你喜欢、感兴趣的，那就去做好了，我相信你可以做得很好。”

那些藤蔓倏地松了，消失得无影无踪。

“等以后赚钱了，给你买好吃的。”陈也笑了起来，体会到从未有过的如释重负的心情。

宁栀一张脸露在被子外，闻言杏眼弯起来，映着月光，格外明亮：“那说好了，等你赚钱之后要给我买很多的草莓呀。”

床和沙发摆得近，陈也伸手就摸上了她的脑袋，毛茸茸的，有微痒的触感。

“嗯，以后给我们栀栀买好多的草莓。”他答应，轻松的笑从嗓子里荡开。

那样想努力变得好，也不过是因为，想把世上那些好的、她喜欢的，都双手捧给她。

第六章 · 十七岁生日

寒假总共也就半个月，算上过年前的那几天，等宁栀再次回到家，假期就只剩一个星期了。

作业做完了，她也没闲着，后面几天在家里复习背书。

再开学就是高二下学期了，三年高中转眼就过了一半，宁栀明显感觉这学期的学习节奏比之前快了很多。

体育课现在全变成了语数外，各科老师都在赶进度，说是争取在五月份上完所有课，然后开始第一轮复习。

中午在学校食堂吃饭，姚青青困得打哈欠，有气无力地夹着盘子里的土豆丝。“我们现在才高二下学期都这么辛苦，等到高三了要怎么活啊？晚自习现在九点钟才放，我一回到家就想睡觉，压根儿没精神看书了。”

宁栀安慰道：“现在是辛苦了点，老师不都说了吗，等到大学就轻松好多了。上大学之后我们就有很多时间可以做自己喜欢的事。”

姚青青闻言，情绪却还是低落：“栀栀，要是我高一的时候不贪玩，像你一样刻苦就好了，现在我真的觉得学习好吃力啊。我爸妈希望我考上重点大学，可我现在连一本线都差二十多分呢。”

说到最后，她眼圈都泛红了。

宁栀把筷子放下，看着她认真说道：

“现在还有一年半的时间，你现在开始努力也不晚呀。

“班主任昨天不还说了嘛，他上一届带过一个同学，偏科偏得特别严重，高一高二数学和地理一直不及格，到高三拼了命学，最后也考上了一所重点大学。”

两人挨着窗户边坐，太阳斜斜照进来，白晃晃的光铺洒了满张桌子。

宁栀对着姚青青笑了下，笑容也如这初春的阳光一样，明媚又温暖：“你不是最喜欢看小说和漫画了吗，我听说大学里面好多动漫 cos（角色扮演，cosplay 的缩写）社团，等以后你读大学了就可以参加了呀。”

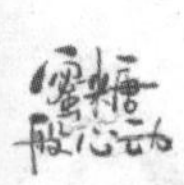

姚青青本来也是乐观的性子，只是这段时间，来自老师的、同学的、父母的压力一直积在心里头。

今天早上的一个数学小测验又没考好，她这才丧起来，也后悔自己高一没抓紧时间。

这会儿听了宁栀的话，姚青青心情好了不少："嗯！栀栀你说得没错！"

她瞬间满血复活，右手握成拳头，就差往额头上绑一条奋斗的红带子了：

"从明天起，不！从吃完中饭开始，我就好好学习。

"栀栀，你也要监督我呀，要是我再看小说和漫画，你就把我书撕了。要是发现我上课偷看手机，你就把我手机砸了！"

宁栀被姚青青现在的样子逗笑。只是好生生的书和手机要她亲手撕了、砸了，也不太下得去手。

她歪着头想了想，笑着说："要是我发现你再看小说、漫画和手机，我就没收，等高考完再还给你。"

"嗯嗯！"姚青青重重点头，脸上露出一个大大的笑，"栀栀你真好。对啦，你有没有打算考的学校呀？"

"嗯……"宁栀思索了会儿，"A 大吧。"

"A 大超好的呀！"姚青青激动起来，像是自己要报这所学校一样，"这大学在全国都数一数二呢！栀栀你成绩这么好，上 A 大一定稳了。"

她羡慕道："我要是有你这么好的成绩，我爸妈做梦都得笑醒了。"

宁栀轻轻一笑，拿上筷子，夹起餐盘里的一块小排骨咬着。

她现在的成绩，上 A 大应该是没什么问题的，但她希望自己能考得更好一些。

听说 A 大每个专业前十名，学校会发一笔奖学金，要是有了那笔钱，她就可以不用向爸爸妈妈要学费了。

等吃完午饭回到教室，姚青青果然拿出数学练习册开始做了。

宁栀坐到自己位子上，也开始写作业。

一点钟，午睡的铃声丁零零响起来，教室里的同学没一个趴下睡的，都低着头奋笔疾书。

等到一点半了，才陆续有同学趴着小憩一会儿。

快节奏之下，每天过得都好快，春去夏至，转眼天就热了起来，教室窗户外的棕榈树叶子更繁茂了。

六月一日，宁栀收到了姚青青送的生日礼物，一个精致的水晶球。

按下开关，水晶球里的灯就亮起，有音乐，还有雪花飘，十分精致漂亮。

"谢谢。"宁栀笑着，真心道，"我很喜欢。"

"你喜欢就好啦。"姚青青也笑了，"栀栀，你生日好特别，好有童趣啊，竟然是在儿童节这天。"

宁栀小心地把水晶球装到盒子里，笑了笑，没说什么。

她其实也不知道自己的生日是哪天，只记得被爸爸妈妈带回家那天，是六月一日。

有几个一直对宁栀有意思的男生不知从哪儿打听到了她生日，下课就拎着礼物袋子在教室门口等着。

宁栀当然一个都没收。

晚上放学时，她和姚青青走下楼梯，有个男生从后面追了过来："哎，宁栀，你们等等——"

两人停下脚步，回头看去。男生加快速度跑到她们面前。

这男生个子很高，长相说不上特帅，但五官挺周正的，皮肤晒得有点黑，一看就是那种经常打篮球的阳光型。

"你好，我叫杜宇哲。"男生先自我介绍起来，还不好意思地笑了笑，"我知道宁栀你可能不认识我，但是高一下学期，有一次你来我们班检查卫生，从那天起，我就记住了你。"

"不管是升旗仪式还是大课间做操，我都忍不住往你那儿看，每次看到你笑，我那一整天都特别开心。"

男生脸红了起来，说话也变得磕巴："我……我真的很喜欢你。今天你生日，祝你生日快乐。"

他将一个小而精致的礼物盒朝着宁栀递过去。

盒子上的logo（标志）是潘多拉的，上面还放着一封粉色的信。

对上这男生紧张又期待的目光，宁栀尽量说得委婉：

"不好意思，我暂时没有考虑那些，只想好好学习。

"就……马上都要高三了，希望你也能把心思多放在学习上，考一个好大学，以后也一定会遇到更好的女生。"

男生闻言，脸上露出失望之色。

不过早就听说宁栀难追，失望归失望，但他有个心理准备，也不至于太受打击。

"你不喜欢我没关系，但这份礼物我真的挑了很久，是我的一点心意，希望你能收下。"

他说得诚恳，可宁栀还是摇头，声音带了歉意："对不起，礼物我真的不能收。"

男生无可奈何，只好遗憾地走了，那背影被路灯光拉长，还有几分落寞。

全程闭嘴围观的姚青青现在有满腹的疑问。

她们家栀栀小时候是不是吃了修仙小说里的那什么绝情弃爱的丹药呀？

那么多男生，帅气的、学习好的，还有刚才那个体育好阳光型的，就没有一个能让她们家小栀子动半点心！

两人走出校门，顺着街道往前走，姚青青正想着，突然听到宁栀又甜又软的

声音：“陈也哥哥你来啦。”

姚青青一愣：咦？是我刚才幻听了吗？

在学校里，她什么时候听过宁栀用这么软的声音和一男生说话啊？！

路灯下，少年插兜而立，掀了掀唇，长腿往前一迈，几步就走了过来。

他动作自然熟练地把宁栀肩上的书包拎到自己手上。

“这是姚青青，我的好朋友。”宁栀对陈也介绍道，转脸，又对姚青青介绍，“青青，他就是我之前和你说过的，住在对门的邻居哥哥。”

淡黄色的灯光下，少女弯着一双眼，盛满了欢喜，模样比平时更生动好看。

“陈也哥哥带我去过生日，我先走了呀，我们星期一见呀。”

陈也带宁栀去 KTV。

等电梯的时候，宁栀抬头问他：“陈也哥哥，筱桐和你那几个朋友来了吗？”

陈也很不想回答这个问题，顿了顿，还是说：“都到了。”

这段时间他知道宁栀学习忙，辛苦，都忍着没怎么找她。

好不容易等着她过生日了吧，身边的电灯泡一个接一个都亮了起来！

那天，成一鸣还过来问他：“也哥，夏筱桐给宁栀妹妹办了个生日派对，我和薛斌他们都去，也哥你那天有时间去吗？”

当时，一万个问号都无法表达陈也的费解。

他喜欢的小姑娘过生日，和他们又有什么关系？他还变成了被邀请的那个了？

“叮——”的一声，电梯门开了。

宁栀走出去，回过头催陈也：“我们快一点呀，别让他们等久了。”

陈也心塞又郁闷，还不能表现出来，他加快步子，领着人去了订好的包厢。

门从外向里推开，房间里黑漆漆的，安静得仿佛一个人没有。

宁栀有些疑惑，才想问问是不是进错房了啊。

突然，“啪”的一声，灯全部亮起，一个可爱的小皇冠被夏筱桐戴在了宁栀头上。

“十七岁生日快乐啊！”夏筱桐笑嘻嘻的。

“谢谢呀。”宁栀也笑着。

后面，薛斌和成一鸣把蛋糕上的十七支蜡烛点好了。

付凯生怕蜡烛灭了，小心翼翼地用手护着：“快来许愿吧。”

宁栀开心地跑过去，双手合十，闭着眼在心里许了一个愿。

她睁开眼，鼓起腮吹蜡烛，一次没吹完，又吹了两次，才把十七支蜡烛全部吹灭。

薛斌好奇地问：“宁栀妹妹你许了什么愿啊？”

他说完，胳膊就被夏筱桐打了一下，并附赠一个大大白眼：“傻啊你，愿望说出来还能实现吗？”

薛斌不满：我不就是随口那么一问吗？

夏筱桐把塑料刀给宁栀递过去：“栀栀，你先切蛋糕，吃完我们去唱歌。”

蛋糕分着吃完，宁栀真就被夏筱桐拉着去唱歌了。

“快给我调到林俊杰的《小酒窝》！”

夏筱桐手里握着话筒，坐在高脚椅上，腿晃啊晃，回头对薛斌吩咐。

“这不是一首情歌吗，你们两个女生唱什么啊？”薛斌嘟囔。

夏筱桐翻了个白眼：“哎，让你调一下，哪那么多废话，谁说女生不能一起唱情歌啊？”

轻快的前奏响起，宁栀握着话筒，心里有点小紧张。

她好久没在这么多人面前唱过歌了。

回头望了望，她看见陈也湛黑的眸，嘴角勾着一点笑，投过来的目光也温柔。

忽然，她整个人放松下来，心里的紧张感减了大半。

在夏筱桐唱完一句之后，她也轻轻地开口，跟着旋律唱。

几个男生坐在沙发上，吃着外卖刚送过来的必胜客。

付凯咬着凤尾虾，侧过头，对着陈也道：“也哥，你这个邻居小妹妹是宝藏啊，唱情歌的声音也太甜了吧，我看都可以参加选秀出道了。”

成一鸣点点头：“我看行，就咱也哥妹妹这长相、这气质，还有这嗓音，完全是国民初恋的样子啊，参加歌唱比赛绝对能火。”

陈也并不想搭腔。

被他们几个听到小姑娘用那么软、那么甜的声音唱情歌就不是很爽了，还要给多少人听到才够？

一首歌唱完，几个男生很上道地鼓起了掌。

付凯嗷嗷了两嗓子，仿佛在听演唱会。

宁栀又和夏筱桐唱了几首，嗓子累了，回头问沙发上的几个男生：“你们谁要唱呀？”

薛斌当仁不让，一个箭步蹿过来：“我来我来！”

成一鸣在后面喊：“你那破锣嗓子，可别再唱什么《死了都要爱》啊！”

“我就唱就唱！折磨死你们！”

宁栀走近沙发，坐在陈也旁边，他拧开矿泉水：“给，润润嗓子。”

“谢谢。”她笑着接过去，喝了几口，转过头，凑到他耳朵边，小声又带着点不好意思地问，“陈也哥哥，你觉得我唱得好听吗？”

那么近，她呼出的气息从他耳郭拂过，轻轻的，慢慢的。

撩得他心里有点痒，还有点酥酥麻麻的感觉。

陈也喉结一滚，全身的感官都仿佛集中到了耳朵那儿。

好在薛斌鬼哭狼嚎、石破天惊的一声“死了都要爱，不淋漓尽致不痛快”让他醒过神。

宁栀见陈也好半天不说话，当他是没有听清。

只是现在更吵了，耳边又是薛斌“死了都要爱，不哭到微笑不痛快”的咆哮声。

她想了想，拿出手机，手指戳到备忘录里，打字问——

你觉得我刚才唱得好不好听呀？

她把手机递给陈也。

陈也垂眸，看到备忘录上的字，眉头皱了皱。

好听当然是好听，但他完全不想让别的男生听到她唱小情歌的声音。

这回和她一起唱的是夏筱桐，下回要是个男生和她对唱那些情啊爱的怎么办？

陈也光是想一想，就能闻到胃里翻涌起来的那股子醋味。

他敲字回复：你唱得好听，就是选的歌不太合适。

宁栀眨了眨眼，有些疑惑，那几首歌哪里不好了呀？

她低下头，看到少年手指修长干净，在手机上顿了顿，似是在思考，然后，一个字一个字地敲在备忘录上：

下次你再唱，建议唱《团结就是力量》。

宁栀蒙了。

又不是军训！为什么会在 KTV 里唱这首歌啊？！

玩到晚上十一点钟，陈也准备送宁栀回去了。

夏筱桐本来还在和薛斌抢话筒，闻言毫不留情扔下他，噔噔跑到宁栀面前，不舍地说道：“现在还早呀，明天不是星期天吗？栀栀要不然再玩一会儿吧。”

宁栀不好意思地解释：“我明天下午有课，早上还得早起写作业。”

从高二下学期开始，学校星期天的下午也安排了补课。

夏筱桐也不好再强留了：“那好吧，我们下次再聚哈。”

“嗯嗯。”宁栀笑着点头，关心地问，“你等下怎么回去呀？”

夏筱桐纤纤手指往薛斌那儿一指，理直气壮道：“他送我呗，反正我们两家离得近。”

宁栀放心了，和夏筱桐挥挥手说了再见。

走到外面，夜风徐徐而来，陈也拦了辆出租车，拉开车门，两人坐了上去。

宁栀今天第一次喝了酒。准确说也不算酒，应该是果酒饮料，度数不高。

在夏筱桐的强烈推荐之下，宁栀尝了一口。

青梅味的，酸酸甜甜，很好喝，她喝了一口，没尝出什么酒精味，忍不住就又喝了小半瓶。

之前的确没感觉怎么样，现在坐出租车里，开着空调，空间密闭狭小，宁栀胃里就泛起了难受，不由得蹙了蹙眉。

陈也很快察觉，问道：“怎么了？不舒服？”

“有一点点。”她诚实道。

陈也对司机说：“就在前面那个路口停吧。”

司机回过头，不确定地问：“这还有两站路才到你们的目的地呢。”

宁栀抬头看向陈也，声音小小地说：“我就是头有点晕，坚持一下就到家了。”

陈也摸了摸她的头，声音温和：“两站也不远，我们走一会儿，吹吹风，免得到家之后你难受。”

车停在路口，他付钱，拉开车门，先下去了。

担心小姑娘磕着头了，他还细心地把手放在车门顶那儿。

已是入夏的时节，白天有些热，到了晚上温度就刚刚好。

街两边的玉兰花都开了。大朵大朵的白，月光静静泻下，仿佛一盏盏精雕的玉灯。

夜风习习拂来，只走了小半段路，宁栀就舒服多了。

她头没那么晕了，但整个人处于微醺的状态，思绪有点儿飘，甚至……还有点小亢奋。

街两边砌着长长一条水泥石阶，细而窄，是用来区分行人和自行车道的。

不过现在已经十一点多了，路上人都少见，更别提自行车了。

宁栀起了童心，往水泥石阶一指：“陈也哥哥，我要在那个上面走。”

陈也想起还在读小学时，放学回家的路上就有一段这样的石阶。

小女孩平坦的大路不走，非要走在那个石阶上。

她小心翼翼地成功走完之后，还对着他笑得眉眼弯弯，得意地说：“陈也哥哥，你看我平衡性多好呀。”

陈也看着面前微醺的小姑娘，勾起嘴角：“你还记得自己几岁了吗？”

“记得的呀。”宁栀认真地点了点头。

夜色之下，她脸颊红红的，杏眼如秋水，闪烁着粼粼波光：“今天过后，我就十七岁啦。”

她声音软乎乎的，连最后那个尾音都是上扬的音调，看得出真的是很开心了。

陈也又想笑了。

那果酒他也尝了，度数没多少，这也是他为什么放任着她把大半瓶喝下去的原因。

只是没想到，喝了之后，小姑娘会变成现在这样，可爱得超乎想象。

陈也轻笑了一声，放慢语速，耐心十足地问：“你走那上面，万一摔下来怎么办？”

一只白净纤巧的小手伸到了眼前，接着，少女撒娇一样的软软嗓音传来：“你牵着我，这样我就摔不着了呀。”

陈也再次确认了，不只是可爱得超乎想象，还能把人心都给萌化。

半米高不到的石阶路，宁栀小心地踩上去。

她脚上穿着一双白色的帆布鞋，黑色的校服裤腿卷起一截，露出的脚踝纤细白皙。

“我现在比你还高，终于不用仰着头看你啦。”她开心地笑起来，露出两个小酒窝，笑容甜蜜又纯真。

“嗯，”陈也笑了，紧紧攥着她的小手，“栀栀比我还高了。”

那段路很长，宁栀一开始走得还小心谨慎，后来慢慢适应，平衡掌握得好了。

她刚才在 KTV 里唱了几首歌，现在又有点想唱了：“陈也哥哥，我给你唱歌听吧。”

“能选歌吗？”陈也问。

宁栀想起了他在备忘录上打的字，小脸一鼓，不情愿地嘟囔：“我才不要现在唱什么《团结就是力量》呢。”

陈也掀起嘴角，低笑一声。

现在就他们两个人，唱那个歌干什么？

还没等陈也说话，她就唱起来。

夜晚是静的，少女的声音轻轻糯糯的，还带着点儿小欢快：

“都可以随便的，你说的，我都愿意去，小火车摆动的旋律，都可以是真的，你说的，我都会相信……

“细腻的喜欢，毛毯般的厚重感，晒过太阳熟悉的安全感……”

陈也只当宁栀是来了兴致，才想把 KTV 唱过的这首歌又唱一遍。

他牵着她的手，听着那些喜欢啊爱的歌词，心里高兴，却也不作多想。

宁栀唱歌唱得专注，一不留神，脚下踩了空，好在陈也反应快，伸手一拉，将她拽到了自己怀里。

月色寂寂，四下安静，空气中暗香浮动，闻着有种沁人心脾的惬意。

风吹过树梢，发出很轻的沙沙声。

除此之外，宁栀还听到另一个声音，怦怦怦的，一下比一下强烈。

是她的心跳。

陈也松了手，把人稳稳地放在地上。

“好好的路你不走吧，万一我没牵住，不就摔着了？”他口吻严厉。

宁栀低着头，不说话，脸还是好烫，心跳依然快得吓人。

见小姑娘一直低着头，陈也想起了之前在医院，被一小破孩说自己凶她的事。

他拉开宁栀的小书包，从里面拿出一排草莓味的牛奶，掰开一瓶，把剩下的又放回她书包。

这是拦车前，他在便利店买的，虽然果酒度数很低，但也掺着酒精，喝点牛奶总归是好些。

陈也撕开吸管外面的那层塑料纸，对着锡孔戳了进去，然后拿给宁栀，放柔了语气："给，喝点牛奶。"

宁栀接过，仍然把头低着，默默地嘬着吸管。

牛奶瓶小小的，是她最喜欢的草莓味，握在手里，仿佛还能感受到他刚才掌心的温度。

她慢慢走着，小口小口地嘬着牛奶，渐渐地，内心汹涌翻滚的浪潮缓和多了。

只是忍不住，悄悄地把头抬起一点，偷偷摸摸地去看他一眼。

夜幕如黑丝绒一般，少年身子挺拔瘦削，侧脸坚毅如刀削一般。

从前就觉得他很帅，现在再看，好像更帅了呀。

又怕一直盯着人看被发现了，她看了两眼，又收回视线，低下头，再过一会儿，又偷偷瞄上两眼。

喝下去的牛奶像是渗到了心里，一圈一圈的，泛起甜甜的涟漪。

还是草莓味儿的。

这一路都在被小姑娘拿眼偷瞧着，像只偷吃鱼干的小猫咪一样，陈也哪会没有察觉。

他抬手，摸了摸下巴，有点费解，自己胡楂都刮了啊？

到了楼栋门口，宁栀心里揣了好大好大一个秘密，完全不敢和陈也对视或者多说什么。

"陈也哥哥我回家啦，再见晚安！"一口气不带喘地说完，她转身就想往楼栋里跑。

结果没跑两步，小手就被人拉住。

陈也好笑地看着她，晃晃手里的书包："书包都不要了？"

宁栀认命地转回身，红着张脸把书包拿到自己怀里抱着。

"我回去了，晚安。"她重新想跑，书包的带子又被拽住。

陈也扬起眉，眉梢斜斜入鬓，模样痞帅，用调笑的口吻问："生日礼物不要了？"

啊！宁栀这才想起，自己今天过生日，还有礼物要收的！

之前她吹完蜡烛，陈也一点动作都没有，她还以为他这次是忘了准备呢。

原来没有忘，是要单独给她的呀。

"礼物是什么呀？"她仰着头，眼中带上了期待，亮晶晶地看向他。

陈也从裤兜里拿出一个小盒子，宁栀接过来，打开一看，里面是一个黄金的坠子，红线拴着，坠子雕成了可爱的小兔子造型。

她就是属兔的。

"喜欢吗？"陈也问。

"喜欢！"宁栀开心地点头，又犹疑地问，"这个是黄金做的呀，很贵吧？"

现在黄金价格是多少来着，她掂量着这个吊坠，感觉挺重的啊。

“不贵。”陈也笑了声，手指从小盒子里勾出吊坠，低头倾身，系在了她脖子上，“戴着，给我们栀栀保平安。”

宁栀下意识地抬起头，看向陈也。

他眼瞳深黑，也看着她。

四目相对，月色如水般温柔，他的目光也温柔。

宁栀喝了酒后晕乎乎的感觉又上来了，名叫理智的弦“啪”地断了。

她张了张口：“陈也哥哥，我好像是……”

说到这儿，不知哪家养的狗汪汪汪吠了几声，把她走失的理智重新叫了回来。

宁栀意识到自己在说什么，赶紧地把话咽回去。

啊啊啊，真的只差一点，好险好险！

然而她还没来得及松口气，陈也挑起半边眉，不依不饶地追问：“你好像怎么？”

宁栀小脸涨得红通通的，憋了半天，支支吾吾道：“我……我好像长高了。”

说完，再不给他留反应的时间，她抱着书包，迅速钻进楼道。

这回速度还挺快的，像灵活的兔子，陈也伸手想拽都没拽住。

没多久，那扇熟悉的窗户隐约透出一丝光亮。

陈也勾了勾嘴角，心想：大了一岁，怎么还是和以前一样，傻乎乎的。

第二天早上的闹钟是六点半响的。宁栀醒了，伸手去把闹钟关了。

夏天天亮得早，这个点，太阳都升起来了，红彤彤的一轮，霞光晕开半边天。

宁栀醒是醒了，但思绪还有点恍惚，昨晚发生的事她还记得一清二楚。

可……可是，他是她叫了十多年的哥哥呀，她怎么能喜欢上他呀？

宁栀抱着枕头纠结了一会儿，门外传来厨具的乒乓声，她拍了拍脸，让自己冷静下来。

又缓了一会儿，她穿上拖鞋，拉开门走了出去。

厨房里，张瑛已经在煮面了。

“妈妈早上好。”

“嗯。”张瑛应了声，吩咐道，“去把你爸喊起来。”

宁栀走到主卧，宁旭升还在呼呼大睡，呼噜声打得震天响。

“爸爸，起来吃早饭了。”

她叫了两遍，宁旭升才醒。

男人打着哈欠，眼皮没精神地耷拉着，只睁开一条缝：“昨天打牌太晚了，你让我再眯会儿啊。”

话落，他又合眼睡了过去，下一秒，轰轰的呼噜声响起。

宁栀没有办法，只能又到厨房，从橱柜里拿出四副碗筷，用水冲了冲，摆到饭桌上，然后换上双鞋出门，到一楼的信报箱里取出当日的报纸。

她再回到家时，张瑛已经把煮好的面条端上来了。

宁栀把报纸放到宁旭升常坐的座位前。

“茉茉，快起来吃早饭了，我们等会儿还要去少年宫学书法的。”

张瑛柔声说完，紧接着就冲着主卧吼起来：“宁旭升你还起不起？一个月工资本来就没多少，迟到了又得扣钱，这日子还过不过了！”

房里传来男人的抱怨声：“一大早就听你唠唠叨叨，我这心情能好吗？我看我打牌总输钱都是给你害的。”

“你成天打牌不顾家里，我没说你，你倒是还怨上我来了？我当初真是瞎了眼，嫁你这么没用的男人！”

“嫌我没用你再去找个啊！”宁旭升骂骂咧咧呛回去，“就你现在这黄脸婆样儿，看谁稀罕你！”

“我黄脸婆还不是因为天天在家做饭给油烟熏的，你说说结婚以来，你进过几次厨房？”

吃早餐的时候，这对夫妻还在你一言我一语地吵，从结婚的彩礼钱，吵到这些年谁为家里付出得多。

中间夹杂着难听，甚至不堪入耳的脏话。

一顿早饭吃得火药味十足，宁栀有心想劝，可这也不是她能插得上嘴的。

看着旁边吓得快哭了的妹妹，宁栀拿起碗，牵着她的手去到她的房间。

她拿小勺子，一边喂一边哄着：“茉茉不怕呀，爸爸妈妈一会儿就和好了。”

吃完，张瑛没好脾气地把筷子和碗往桌上重重一摔，“啪”一声，筷子摔到了地上。

她还在火头上，也没管，冲进房间，一把拽起自己小女儿，看也没看旁边的宁栀一眼。

“走，茉茉，妈妈带你上课，指望你那个爹是指望不上了！”

说完便是甩门而去。

宁旭升哼哼两声，也不搭理张瑛，慢悠悠把那份没看完的报纸往胳膊底下一夹，去厂里值班了。

家里安静下来，桌子上狼藉一片，一根筷子还不知去向。

宁栀弯着腰，蹲在地上找了半天，总算在沙发底下找到那根失踪的筷子。

她把筷子捡起来之后，拿着碗筷去厨房里洗了，然后把桌子擦了擦。

现在也才七点半，宁栀回到自己房间，拉开书包的拉链。

她本来是想把作业拿出来做的，手伸进去一摸，摸到了几瓶牛奶。

宁栀记得，这是陈也昨天晚上给她买的。她拿出一瓶，把吸管插进去。

这是她喝过口感最好的草莓味牛奶，自从有次喝过之后，就特别喜欢。

嘬了几口，甜甜的奶香味在唇舌里蔓延，她呼出一口憋在胸膛里的气，一大早怏怏的心情好了些。

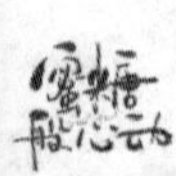

一瓶奶很少，宁栀很快就嘬完了。她手托腮，胳膊撑在桌子上，嘴里还咬着那根细细的吸管。

桌前摊着一本数学的练习题，她的心思却不在这个上。

剩下的三瓶牛奶整齐地摆在台灯前。

瓶身小巧，粉嘟嘟的颜色，中间还画着可爱的草莓图案，依次摆在桌上，像是站岗小哨兵。

宁栀看着看着，忽然又想起了陈也，和昨晚她跌入他怀里的感觉。

脸颊变得热热的，她害羞地把整张小脸埋在手臂里，不用看也知道又红了。

可是除了害羞，心跳还有点快。

微信响了响，她把头从手臂里抬起，四处望了望，终于在床上看到手机。

她走过去，拿起手机，戳进微信里。

消息是姚青青发过来的，自从那天中午在食堂下定决心要好好学习以后，她整个人真的焕然一新、斗志昂扬。

微信头像从原来那个长得酷酷的偶像照片，换成了一个卡通图案，上面两行字发人深省：今天不学习，明天变垃圾。

微信的个性签名也变成了：我爱学习，学习爱我，沉迷学习，日渐消瘦！！！

姚青青：栀栀，数学练习册倒数第二道题，你算出来的答案是什么？

姚青青：我算了三遍，用完三张草稿纸，结果每次答案都不一样。

姚青青：数学太难了，太难了啊！这三个字我已经说倦了！！

宁栀低头看自己的练习册，正数的第二题她都没写完。一看时间，都快九点钟了。

所以这一个半多小时里，除了乱七八糟地瞎想，她还做了其他什么吗？

宁栀不好意思地回她的消息：我还没写到这题，等我写了，再和你说呀。

姚青青：好的！！等你。

宁栀赶紧翻出笔袋，从里面拿出一支笔，低头在纸上算题。

写了几笔，又拉开抽屉，把那三瓶乖乖排排站的小牛奶全都塞到抽屉里。

这样才不能被它们扰乱军心呢！

周日下午的补课从两点钟开始，晚上也要上晚自习。

晚自习前，照样空出四十分钟的休息时间，学生们可以趁着这个空当出去觅食，填填肚子。

在食堂买了吃的，宁栀和姚青青拎着塑料袋回了教室，这样可以边看书边吃。

晚自习是英语，上课前，英语老师还没来，教导主任先一脸严肃地走进来，身姿魁梧地站在讲台前：

“那个，我占用大家几分钟时间啊。

“刚才我下班回家，路过小吃街时，看见有两个穿着咱们学校校服的男同学和女同学手牵着手，不仅如此，甚至还做出了比牵手更加亲密的举动。”

话音未落，班上同学都笑起来，还有几个调皮的男生吹起了暧昧的口哨。

教导主任手掌重重地拍了拍讲台，严厉地说道：“这显然超过了男生女生交往的正常范围。虽然，那两个学生比我快一步跑走了，但是他们的长相已经刻在了我这里！”

说着，他用手指了指自己的头：“你们知道的，我的政策一向是——”

底下同学笑哈哈的，拖着腔调接话：“坦白从宽，抗拒从严。”

教导主任满意地点头，清了清嗓子：“我现在特意来这一趟，就是想给这两位同学一次机会。明天一早到办公室给我交一份检讨，好好承认错误，这事就算了。要不然等我揪出来，就等着记过吧。”

撂下狠话，教导主任转身就走，显然还打算一个班一个班地去诈一诈。

班上同学开始窃窃私语。学生时代，没有学生不对这个感兴趣。

姚青青也凑到和宁栀耳边，小声和她嘀咕：“栀栀，你说更亲密的事是什么啊？不会是当街打啵吧？哈哈哈，胆子太大了吧。”

宁栀脸红了，没有接话。

姚青青瞧见她红扑扑的小脸，笑着打趣：“栀栀，你这脸皮也太薄了吧，人家打个啵你脸红什么呀。”

晚上写完作业，宁栀躺在床上，辗转了十几分钟，还没睡着。

她想给陈也打个电话。本来就是一点点想，随着翻身次数的增多，就变成很想了。

她按了下手机，黑夜里屏幕发出荧白的光，正中央显示十二点钟。

这个点不早了，但宁栀知道陈也的作息时间，应该是还没睡的。

她想了又想，犹豫又犹豫，指尖还是碰到了那个号码。

电话很快接通了。

“还没睡啊？”那边，少年声线慵懒，带着几丝笑意。

窗外的一丝月光倾泻入室，宁栀捏紧手机，贴近耳朵。

早上的那些想法又涌上心头，她不想再被他只是单纯地当作邻居家的小妹妹看了。

那么，是不是称呼上先要改变呀？

鼓了鼓勇气，她第一次直接叫他名字，很小声地：“陈……陈也。”

那边顿了下，然后，微扬起语调问：“嗯？叫什么？”

宁栀立刻就改口：“……陈也哥哥。”

呜呜，她到底还是太㞞了！

接到宁栀电话前，陈也和薛斌、成一鸣那几个在酒吧。

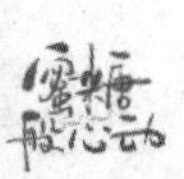

算是家音乐酒吧，台上一个摇滚歌手正拿着吉他弹唱。

四个人坐一张沙发，薛斌拿着手机玩游戏："昨晚唱歌我还没唱尽兴呢，哪天咱们再约着去一次啊。"

成一鸣操作着"李白"放了个大招："几个男生唱有什么意思啊，要像昨儿一样，把也哥那妹妹和夏筱桐叫上才好玩。"

之前他觉得宁栀好看是好看，但总归是那种乖乖的、满心学习，和他们玩不到一块儿去的女生。

但接触着接触着，他发现小姑娘性格是真不错，柔软乖巧，相处起来也不枯燥。

后来几人玩桌游，陈也只教了她一会儿，她就学会了，玩得还挺好的。

成一鸣不得不承认，成绩好的学生，脑子就是聪明一些。

付凯也爱热闹，人越多他越高兴，闻言立刻来了兴致："那啥，也哥，过几天再把宁栀妹妹叫出来玩呗。"

陈也手里拿着打火机，没点烟，只是单纯地拿着把玩。

闻言，他瞥他们一眼："人家马上高三了，每天学习忙得睡觉都没时间，哪儿有空出来和你们瞎玩。"

几人一想，觉得也是。

好学生学习压力都重，每天作业多得和山一样，还要考试，是和他们不同。

好学生忙着高考，但夏筱桐和他们一样，用不着准备高考这玩意儿。

于是付凯撞了撞薛斌的胳膊："那你改天把夏筱桐叫出来呗。"

薛斌被撞得手一抖，差点被对面放出的技能击中："她现在哪是我能叫出来的？人家现在成天准备着雅思托福，还打算追人追到太平洋那头去呢。"

付凯和成一鸣八卦劲上来，一边打着游戏，一边啧啧感叹。

"她还在追那男生啊？这恒心毅力真够可以的。"

"我看那姓陆的男生也没什么特别的啊，和你比也强不了多少。"

"欸？"薛斌来了兴致，脚往付凯那儿踢了踢，"他哪儿比我强不了多少？这个你仔细说说。"

付凯沉思了下，一脸认真地说道："他吧，也就个子比你高点儿，长得比你帅点儿，学习比你好点儿，脑子比你好使点儿吧。除此以外，他也没别的啥强过你了。"

薛斌翻了个白眼。

陈也对夏筱桐的事不感兴趣，有一搭没一搭地扣着打火机。

火光亮了又灭，台上那摇滚歌手下场，换了个唱民歌的上来。

舒舒缓缓的调子，气氛瞬时从嗨到爆过渡到抒情缠绵，干冰腾起烟雾，将舞台弄得雾蒙蒙的。

陈也瞄了一眼手机，时间刚好从十一点五十九跳到十二点。

他想起宁栀。这个点，也不知道她是睡了，还是又困蔫蔫地强撑着精神在桌子前学习。

记得读初中那会儿，小姑娘就爱拿着作业来他家找他一起写。

他哪是会老实写作业的人，寥寥草草应付几笔就完事了，然后就在她旁边开了电脑玩游戏。

几局玩完，夜已经很深了。

她还在书桌旁写作业，困得眼都睁不开了，咬着铅笔头，对着一道数学题冥思苦想。

他掀起眼皮，看了看那道题，真难，自己连题目都看不懂，转而拿手机，把题目一个字一个字输进去，立刻就搜到了。

那解题过程很长，他划了半天屏幕才看完。

“别把脑袋想破了，答案在这儿。”

少女从练习册里抬起头，小手对着他摆了摆，又揉了揉惺忪的眼，声音裹着困倦：“数学老师说了，不许在网上搜答案，要自己想的。”

他“呵”地笑出一声：“你不说，你们数学老师能知道你是自己想出来的，还是网上搜的答案？”

少女眨眨眼，神色里露一丝犹豫，最后摇了摇头，认真说道：“那也不行，那样我就不诚实了呀。”

那时陈也就觉得好笑，现在想起仍然想笑。

他弯了弯嘴角，手机屏幕这时亮起来，正中间的备注是：1栀栀。

“我回去了。”陈也立刻拿起手机，说完，人就站起来。

薛斌几个正聚精会神地迎接一波小团战，反应慢了半拍，等回过神，三个脑袋齐嗖嗖抬起，四处张望寻找，人已经不见了踪影。

陈也快步走出酒吧，等耳边没那些喧闹声了，手才在手机屏上一划。

这个时间点,小姑娘要么该写作业,要么已经进入梦乡了,竟然会给他打电话。

费解之余，他更多还是高兴：“还没睡啊？”

那边，宁栀声音小小的，支支吾吾叫他名字：“陈……陈也。”

陈也挑起眉梢，怀疑自己是不是听错了：“嗯？叫什么？”

那边很快改了口：“陈也哥哥。”

陈也这才稍满意了些：“找我有事吗？”

宁栀躺在被子里，黑色的夜晚，房间里只有手机屏幕发出一点点荧白的光。

那点细微的白光将她半边的侧脸照亮，她轻轻咬了下唇，有些后悔打这个电话了。

因为她什么事都没有，甚至连自己要说什么都没想清楚。

就感觉，太唐突了呀。

“没什么事，就是睡不着。”

她顿了顿，问道：“陈也哥哥，你现在还没睡吧？”

陈也走在外面的街上，晚风徐徐而过，和酒吧里的闹腾不一样，外面的街道很安静。

“还没睡。”他没急着拦车，手插着兜，悠闲地靠在棵银杏树前，姿态懒洋洋的。

天上挂着一轮明月，旁边嵌了几颗星星，闪闪烁烁，昭示着明天又是个晴朗的好天气。

他心情也不错：“今天你是有补课的吧，作业多不多，都做完了吗？”

关心的话，宁栀以前听了还挺开心的，现在就感觉不是那么好了。

问学习，问功课，这就是哥哥对妹妹的态度呀。

“我不想聊学习,你就不能和我聊聊别的吗？”她轻轻抓着被子角,小声嘀咕。

这耍着小性子的语气，陈也还真是很少听见，觉得新鲜又好玩。

他嘴角翘了翘，顺着她的话，好脾气地问：“那你想聊什么？”

宁栀每天除了学习就是学习，家和学校两点一线，还真没什么新鲜的事。

宁栀想了想，想起了一件好玩的，对他说道：

“今天晚自习前，教导主任来了我们班一趟，说是他回家路上撞见一对穿着我们学校校服的小情侣牵手。

“然后一整个晚自习，我们班同学都在传小纸条，猜那对胆子大又倒霉的小情侣是年级里的哪对儿。最后那张字条传到体育委员那里了。”

宁栀想起晚自习下课之后，被全班同学痛扁，哭唧唧，恨不得当场以死谢罪的体育委员。

她笑起来：“就在体育委员的手上，那张小纸条被英语老师发现没收了，估计明天纸条上的那二十多对小情侣都得被年级主任约去私聊了。”

陈也闻言挑起眉，倒是有点意外。

他们那所破学校早恋的数不胜数，但重点高中的学生不是一个个都该“两耳不闻窗外事，一心只读圣贤书”吗？

竟然还有二十多对？

“你们不是市里最好的重点高中吗？学习那么忙，还有时间早恋？”

房间静静的，笼着夜的黑。

“早恋”两个字被少年低沉的嗓音说出，顺着电流，轻轻撞进她耳里，带来轻微的痒。

宁栀伸手拽了下耳垂，不知为什么，脸热起来，明明她也不是早恋的那个啊。

陈也眉心攒起，心情不像先前那么好了。

就小姑娘这结结巴巴的语气，一听就知道事情不太对。

“别管别人怎么样，反正你还小，这个年纪好好学习才是你该做的，那些事现在都不许想。”

不管她是对学校哪个男生动了点心，陈也都要在此刻把早恋的种子扼杀在萌芽前！

见他语气强硬，宁栀心虚起来，但又有点不服气。

他总说她小，可他也就比她大半岁，年纪明明没差多少呀。

“我已经十七岁啦。”她小声嘟囔，糯糯的尾音里带着点气呼呼的意思。

陈也这下算是听明白了。

过了十七岁生日，小姑娘就觉得自己长大了。

“你要是被我发现早恋，手心都给你打肿。”陈也凶巴巴地威胁。

宁栀心里泛起一点委屈。

“那……”她轻吸一口气，缓了缓情绪，“你觉得我什么时候才可以想这些呀？”

陈也想也没想，不假思索地答：“三十岁以后。”

宁栀一愣。

大概也是觉得自己说得有点太不符合实际了，陈也一顿，改了口：“至少也得读大学再说吧。”

宁栀握着手机，想了想，他的话也有道理。

现在这个时间段，的确不太适合想这个。但再一想，她又觉得不太公平。

“我现在要学习，你之后不是也要去学赛车改装那些了吗？那……那我不早恋，你也要专心工作，不要随便谈恋爱。”

宁栀还是头一次说这么霸道蛮横的话，越说越脸红，声音也越来越小，最后那句“不许随便谈恋爱”更是没底气，像是蚊子嗡嗡。

说完，她一颗心惴惴不安的，攥着被子角的手指紧了又紧。

电话那边静了几秒，尔后，一声短促的笑低低地响起，听着像是还有几分愉悦。

紧接着，少年干净又蕴着磁性的嗓音传来：“好。”

宁栀揪着被子角的手松了松，嘴角不自觉弯起来，开心得想笑，又怕被他听见，于是拿手紧紧捂在了嘴上。

挂断电话，已经十二点半了。

手机在掌心里攥久了，微微有些烫。她脸颊也是烫的，心跳怦怦怦，比平时快上许多。

她从床上起来，踩着拖鞋去把窗户拉得更开一些。

夏夜的风吹进来，清凉凉的。宁栀回到床上，拾起枕头边的手机，点开闹钟，从六点钟调到五点半。

这样每天就能多出半个小时学习，她要变得更好，考上那所很好的大学。

宁栀把被子拉到胸前盖好，暂时摒除心中的杂念，乖乖闭眼睡觉。

高二下学期的期末考试很快来临，考完一刻也没多耽搁，第二天就是评讲试卷。

放学铃声打响，同学们呼啦啦收拾完书包，健步如飞地冲出教室："终于放假了！我终于自由啦！"

宁栀不紧不慢收着东西，人还在教室里，都能听到走廊的欢呼声。

一个两个的，仿佛一匹匹脱了缰、谁也别想管住的野马。

然而，也没脱缰多久，还没下楼呢，这几匹野马就被班主任拽着衣领赶回了教室。

"干什么呢，上课打瞌睡，一放学就都精神了？有没有点儿马上要高三了的紧迫感啊？！"

"不是都放学了吗，还不让走干吗？"

另一个男生也小声嘀咕："放假不积极，思想有问题。"

说完就被班主任狠瞪了一眼："我看你的思想最有问题！"

班主任瞪完还不解气，又一巴掌拍在那男生后背上："大家快回到自己座位上坐好，年级主任等会儿有话要讲。"

同学们哀声长叹："老刘怎么总有话讲啊？"

宁栀把装进书包里的卷子又拿了出来。

又过了几分钟，每个高二教室的喇叭里都传出教导主任慷慨激昂的声音。

"同学们下午好，我来讲几句啊。刚考完期末考试相信大家都松了口气，但期末考试只是一个阶段的测验，接下来还有高考等着你们。

"暑假一过，同学们就要步入高三了，这对你们来说，将是极为关键的一年。你们一定会很辛苦，但这些付出都是值得的！

"没人能轻松容易地考上好学校。我们当年高考那会儿啊，条件是真的苦……"

说到这儿，广播里的声音一顿，似乎在酝酿情绪。

姚青青戳了戳宁栀的胳膊，笑嘻嘻地凑到她耳朵边，小声说：

"栀栀你要不要和我赌一根冰棍？

"下一句，老刘绝对要说他那个时候冬天没暖气，夏天没空调，每天晚上凌晨两三点蹲在宿舍门口借着楼道灯背书的事了。"

宁栀正在订正试卷，闻言，"扑哧"一下，也笑起来。

这话她从高一入校第一天的升旗仪式开始，到现在，两年时间，她听过少说得有十次了。

果然，下一秒，教导主任叹了口气回忆：

"那个年代啊，夏天没空调，冬天没暖气，为了能多学一点，多考一点分，凌晨了我还在宿舍门口蹲着，借着那点灯光背英语单词。

"和我们那时候相比，你们可真是活在蜜罐子里了！"

高二年级的同学心想：一点没变，果然还是熟悉的配方，熟悉的教导主任。

教导主任感叹半天，终于切入正题："行了，废话我也不多说了，明后两天大家在家好好休息，调整一下。下周一开始，咱们正式暑假补课。"

整个高二年级的同学简直无力吐槽。

这废话说得还少吗？都唠叨了大半个小时了啊！

欸——等等？！怎么就从下周一开始补课了呢？说好的暑假呢？！

教室里一片哀号。

一个同学抱怨："隔壁二中暑假放两个星期啊，怎么到我们学校就只剩下两天了？"

班主任瞪他："你羡慕隔壁中学放假，怎么不看看升学率咱们学校比二中高出多少？"

角落里传来个幽怨的嘀咕声："就放两天暑假，还不如不放呢。"

班主任年纪上去了，耳朵却特别好使："谁说还不如不放的？手举一下哈，明天就直接来学校，我正好给你们补补立体几何这章。"

所有人立刻安静如鸡，麻溜地把自己书包背上走了，生怕自己多留一秒，补课就要给明明白白地安排上了。

宁栀把板凳竖起来，放在桌子上，和姚青青一起出教室。

夜晚，沿街的一排路灯都亮了，投下暖橙色的灯光。

姚青青咬了一口冰棍："我爸妈已经在学校对面给我租了个房子，估计下个星期我就搬过去了。"

宁栀侧过头，看向姚青青，又听她问："栀栀，你要不要也让你爸妈在学校附近租个房子呀？这样每天路上可以省不少时间呢。"

宁栀之前没考虑过这个问题，现在稍微一想，就否定了。

妈妈哪里会愿意给她在外面单独租房子。

她摇摇头："我住在家里也挺好的，路上的时间可以拿来背书。"

听她这么说，姚青青也没再劝了。

两个人走到公交车站，宁栀等的车先到了，她上去，隔着车窗和姚青青挥手再见。

找了个空座位坐下，宁栀拿出英语书，抓紧时间背单词。

前面的座位坐了两个女生，也是一中的，还同样是准高三生。

"我本来还打算暑假去九寨沟玩几天的，结果就放两天，咱们学校真是凶残没人性！"

"唉，我已经可以预见我高三一整年的日子会有多惨绝人寰、惨无人道了！"

宁栀把单词书翻了一页，手指顿了顿。

她目光一偏，落在窗外的霓虹街景上，思绪也跟着走了神。

对于即将来临的高三，她也惶恐，但还有的，是期待和盼望。

她是真的很想快点长大。

长大就能够独立，能够自己赚钱，不需要再伸手找妈妈要钱。

还可以大大方方地站到陈也面前，理直气壮地说，我已经长大了，你不要再把我当小孩子看了。

到九月份，宁栀正式进入高三。

累是真累，她每天五点钟就从床上爬起来，到晚上十二点才能睡。

有时候背着背着书，她直接睡着了，醒来时还是晕乎乎的，要掐自己一把，或者去洗把冷水脸才能清醒过来。

教学楼五楼和六楼全是高三的学生，以往下课楼道里还有打打闹闹、说说笑笑的声音。

现在下课安静得连针掉地上都听得见，放眼望过去，教室里全是黑压压的，埋桌上补觉的脑袋。

上午第二节课下了是大课间，要到操场上跑操。

每个班排着队，整齐有序地下楼。

姚青青拉着宁栀的手，脸有点红："栀栀，等下我们不会真要喊那个口号吧，听着好傻啊？"

宁栀想起班主任给定的那条口号，脸也红了红。

然而，这据说是班主任对着电脑搜了几个晚上，找出的最霸气、最能鼓舞士气的一条。

等全校师生在操场上集合，就要开始喊口号了。

宁栀在高三一班，第一个喊。

班主任站在队伍最前面，喊得也最是中气十足："文可称雄，一、二、三！一起来——"

全班同学："文可称雄！武可称霸！高三一班！雄霸天下！"

高三其他班愣了愣。

嗯？你们一个男生总数不超过八个的班，敢这么嚣张的吗？

当然了，剩下的口号也千奇百怪，有霸气的，也有搞笑的。

什么"二班二班，我是二班，二三得六，六六六六"。

还有"高三七班，出入平安，福如东海，寿比南山"。

最后两个口号让全校同学笑得咯咯咯打鸣，最后被校长狠批了一顿。

经过这么一闹，同学们一直绷紧的弦松了不少，跑完操还能听见大家的欢声笑语。

转眼天凉下来。

桂花的香没了，曾经繁茂翠绿的梧桐叶也一片片枯萎，风一吹，就落了满地。

考试越来越多，三天五天来一次测验，每个月还有区里统一安排的调考。

三月调考那次，宁栀没有考好，每次稳定前三名的她这回直接掉到了第十名以后。

这不仅大大出乎了班上同学的意料，班主任也是心急如焚啊。

他下课就找宁栀询问情况，是不是压力太大了导致考试没发挥好之类的。

到晚自习的时候，年级主任甚至都过来了，和她谈了十几分钟的心。

晚上回到家，宁栀蹲在门口换鞋，还没进去，就听到里面的争执。

“我放衣柜里的钱少了五百，是不是你拿去打牌了？”

“唉，你这是冤枉人，凭什么少了钱就一定是我拿的？说不定你自己记错了。”

“我自己的钱有多少难道记不得？再说了，楼上老张说你这几天打牌输了有两千多了，你要不是拿了我放在柜子里的钱，你哪来的钱输这么多？”

丁零哐啷的，不知是什么被摔到了地上。

宁栀站在门口，本就闷闷的心情更加难受了。

心上像被什么压着，沉甸甸的，有种喘不上气的压迫感。

楼道里的灯坏了，光一闪一闪的，她在门口站了会儿，才拿钥匙开门进去。

客厅里，夫妻俩没再吵了，但谁也不说话。

张瑛在沙发旁叠衣服，宁旭升二郎腿跷着，用手机刷着小视频。

气氛僵在那儿，犹如结着冰霜。

宁栀叫了声：“爸妈。”

张瑛堵着气，头都没抬一下，自顾自叠着手里的衣服。

宁旭升倒是应了声：“回来了啊。”

那没心没肺的语气，还带着笑，像是几分钟前的争吵没发生过一样。

宁栀回到了自己房间。

台灯下，她写作业，整理知识点，又把考完的卷子一张张拿出来看。

这次区里调考，从语文开始就不顺，作文题目让她纠结了好久，担心跑题，没有切中论点。

最后还是跑题了。

数学想考高分，在最后一道大题上浪费了太多时间，却导致没时间检查，错了两道很简单的小题。

剩下的英语和文综，考试时她的心也是浮着的，静不下来。

宁栀拉开抽屉，把手机拿出来。

这段时间，她忙着高考，陈也同样在忙，两人有几个星期没有联系了。

可现在，她真的好想和他说说话呀。

仿佛真的是心有灵犀，手机这时响起来，陈也的电话打了过来。

“最近也没问问你，你学习怎么样了啊？”

“陈也哥哥。”宁栀趴桌子上，缓了几秒情绪才轻声开口。

那边没立刻说话，顿了顿，问：“怎么了？是不是遇到什么事了？”

明明是疑问的句式，语气却肯定，仿佛只要一听她开口，就能听出她是开心还是不开心。

宁栀堆在心口的委屈和难过在这一秒有些收不住了。

之前不管对着询问的老师，还是过来关心的好朋友，她都能说“没事，这次没有考好，下次会考好的”。

然而并不是没有事呀。

她这一天都在怀疑自己下次是否能考好，会不会比这次考得还要差。

甚至还在想，要是高考也这样，那她是不是考不上A大了？

眼眶发酸，她伸手，使劲揉了揉，温热的眼泪滚了下来。

啪嗒啪嗒的，落在卷子上，黑色的铅字被晕得模糊。

她把脸埋在手臂里，小声抽泣起来，声音断断续续的：“陈也哥哥，我这次没有考好，我好怕我考不上A大了啊。”

陈也捏着手机的指节用力到泛白。

少女呜咽声小小的，脆弱又难过，像是受了伤的小动物。

他心疼得快要碎了，可隔着电话，他连给她擦眼泪都做不到，只能用苍白的言语安慰。

“栀栀不哭啊，这次没考好没有关系，我们下次考好就好了。你成绩一直那么好，怎么会考不上A大？”

陈也学习从来没好过，一直以来对成绩也不在意，头一次安慰比自己优秀千万倍的小姑娘，他一时之间也不知怎么说。

这时他才开始后悔，当年读书时没好好听每次考试后的班会，他们班主任最会讲这些话了。

“那个……”陈也搜肠刮肚地想着，“有句老话不是叫‘人有失足，马有失蹄’吗？你就是一次不小心没考好，下次考试的时候好好地看题目，就一定能考好的。”

他声线低柔，耐心地哄着、安慰着，电话那头的抽噎声渐渐止住了。

哭了这么一场，憋着的情绪都释放了，宁栀抬手给自己擦了擦眼泪。

“陈也哥哥，我好多了。”她声音闷闷的，还有点沙哑。

想起自己刚才哭的那个样子，宁栀有些不好意思：“我已经没事了，你不用担心我。”

挂断电话之后，陈也拧起眉，在手机的浏览器里搜索：高考学生压力太大怎么缓解？

搜出来的相关文章真不少。

《孩子高考前压力大，聪明的父母应该这么做》

《十个小妙招教你快速疏解孩子的高考压力》

《考前成绩大幅下降，很可能是心态没调整好》

此刻店子里，张毅和孙明扬忙完了活儿。

两人把扳手、螺丝刀和一些小零件往工具箱一扔，脱下满是油污的手套，凑到陈也那儿。

“晚上去吃夜宵吗，也哥？”

“今天接了个大单子，咱们去庆祝庆祝，吃顿好的呗。”

这两人是陈也去年认识的，年纪也不大，一个十七岁，一个十八岁。

陈也毕业之后，找了家汽车改装店，待在那儿实打实学了半年的汽车改装。

张毅和孙明扬当时就在那儿做事。后来那老板想去更大的城市闯一闯，打算卖了店，陈也就把自己所有的钱拿出来，把这个店买了下来。

他此刻半垂着眸，没吭声，冷白的手机光照出他漆黑的瞳仁。

他盯着手机屏，眸子一动不动的，看得认真专注。

张毅和孙明扬又叫了声“也哥”，陈也才回神。

他把手机往兜里一揣，淡声道：“我有点急事，就不去了，你们去吃吧，算我账上。”

说完便走出店子。

有了陈也最后那句话，张毅和孙明扬喜滋滋地关灯，合力拉上店子的铁门，准备今晚出去大吃大喝一顿。

锁门的时候，张毅八卦地问：“你猜刚才也哥和谁打电话，声音是闻所未闻的温柔啊！”

孙明扬想了想，猜测道：“妹妹吧，我听他说什么高考啊考试之类的。”

隔天便是周日。

一中和别的学校不一样，别的学校上午补课，下午给同学半天休息时间。

而一中反着来。

早上六点的闹钟一响，宁栀就起来了。

昨晚哭了一场，现在她感觉轻松多了，醒了之后就拿出书开始看。

复习了一会儿，手机响了。

陈也哥哥：我在小区外面那个车站等你。

宁栀看了眼时间，呆了呆。

现在才六点半呀，再看看窗户外，天边才露出个鱼肚白，还是蒙蒙亮的。

宁栀不知道他要做什么，抓了根发绳，飞快把头发扎起来，又拿起外套，边往身上穿边走出去。

这个时间家里没人起来，她轻手轻脚地换上鞋子，打开门。

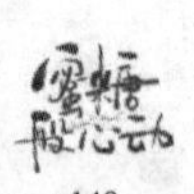

出了楼道，就没什么顾忌了，她直接用上跑八百米的速度。

晨雾还没有完全散，日光透过云层，只剩下稀薄的一点淡金色。

路上没什么人，洒水车刚刚驶过，地面湿漉漉的，透出一尘不染的干净。

没什么人的车站前，少年穿着黑色卫衣、长裤子，长身而立，眼微垂，睫毛覆下阴影。

他听到一阵脚步声，眼抬起，望向跑过来的少女，笑意在眸子里染开。

陈也几步走过去，站在她面前。

宁栀停下步子，气息还没缓匀，呼吸急促，白皙的脸颊晕开浅浅的红。

映着晨曦的光，格外好看。

等她缓了缓，陈也才问："早饭还没吃吧，想吃什么？"

"啊？"宁栀有点蒙。

六点多钟来找她，就是约着吃早饭的吗？

"陈也哥哥，你找我有什么事呀？"她抬起头，水汪汪一双杏眼看向他。

"带你去游乐园玩。"

宁栀更蒙了："啊？"

两人找了家早餐店，宁栀坐着，陈也去点餐。宁栀手撑着下巴，目光看向他的方向。

他背对着她，她只能看到他的背影，身姿挺拔而笔直，如青松一般。

宁栀回想了下，感觉陈也比上次见面时又长高了几分。

气质也有些变了，曾经过分张扬的气质收了收，多了些内敛和成熟。

陈也把餐盘端过来，两小碗馄饨、一盘煎包，还有两袋牛奶。牛奶之前在温水里浸过，拿在手里温温的，不会凉了胃。

宁栀拿起吸管，把两盒牛奶戳开，将一盒放到他面前："你怎么想要带我去游乐园呀？"

陈也掰开筷子，解释道：

"网上说了，你们这些快高考的学生心理压力太大了，而且天天学习，脑子都不够用了。

"适当的放松和劳逸结合很有必要，你不是喜欢玩游乐园的旋转木马和大摆锤吗？我带你去玩一玩。"

这些是他昨晚在那篇《孩子高考前压力大，聪明的父母应该这么做》的文章里看到的。

"那我们快点吃完去，我好久没有去游乐园玩了。"

宁栀眼睛亮亮地说完，用勺子舀起一个馄饨，呼呼吹着热气，一副迫不及待的模样。

陈也看着她，忍不住笑，眉眼里都是宠溺："不急，有一上午时间，馄饨还烫着，你慢点吃。"

星期天是游乐场人最多的时候。

不过他们到得很早，所以也还好，没排多久就玩了旋转木马和大摆锤。

解开安全带，从大摆锤上走下来，宁栀心脏还扑通扑通地跳，脑袋晃得有点晕。

太刺激了！她现在走路还有种飘飘忽忽的感觉。

陈也倒还好，除了心跳稍微快了一点，没什么特别的反应。

宁栀头发都乱了，几绺碎发落在脸颊，被风吹得乱飘，像个小疯子，眼睛却亮亮的，小星星一样，透着兴奋。

“还想玩什么？”陈也笑着，伸手替她把头发拨到耳朵后。

宁栀认真想了想：“我们去玩鬼屋吧。”

陈也挑起眉，略微有些诧异：“不怕了？”

明明小时候听个鬼故事都吓得半死，现在胆子倒是大了？

宁栀脸红了，老实承认：“还是怕的。可是我发现叫出来之后真的好减压的，我想去鬼屋也试试。”

“而且你在我旁边嘛。”她弯了弯眼，笑起来，“你牵着我，我就没那么怕了。”

春光明媚，路旁的柳枝抽出了嫩绿的芽。大好的阳光洒落，少女伸出的手白生生的，每根指头如葱如玉，圆润细腻。

连指甲盖都可爱，小小的，透着淡淡樱粉色。

陈也把她的手牵住。

和许多年前，在巷子口第一次牵住的感觉没差，还是那么柔软，让人都不敢，也舍不得用力。

他勾了勾嘴角：“行吧，带你去玩鬼屋。”

宁栀脸红了。

她的意思是去了鬼屋再牵手呀，不是现在就牵哇。

游乐园的人渐渐多了起来，还有很多小情侣，都是手牵着手的。

宁栀被陈也牵着走，有一点点的害羞，还有很多很多的开心。

少年的手心干燥又温暖，大得能把她整个手裹住，莫名让她有种很踏实的感觉。

鬼屋以医院为主题，宁栀来了游乐园好几次，这个鬼屋却是第一次进。

之前她听说很恐怖，进了之后，才发现……比以为的还要恐怖！

光影效果超逼真，有很多血腥的画面，走着走着，前面突然就蹿出了一个鬼。

更恐怖的是，她有时候不小心触发了一个开关，冷气就“飕飕”地往脖子那儿喷。

宁栀快要吓死了。

她紧紧地捏着陈也的手，生怕不小心一松，他人就不见了。

这个鬼屋很大，全部走完要十分钟。好不容易走到最后，看见外面的曙光透进来，宁栀提着的心终于放了下来。

然而，还没放多久，一个穿白色护士服的女鬼慢悠悠地转过头，满脸的血，对她露出森然一笑。

比之前的吓人百倍。

“啊啊啊！”宁栀吓得惊慌失措，直接扑进陈也的怀里。

扮演女鬼的小姐姐很满意。

要的就是这个效果，她可是这个鬼屋里压轴的。

出了鬼屋好久，怀里的小姑娘还在发抖，陈也好笑又心疼，手在她头顶摸了摸：“以后还玩不玩鬼屋了？”

“不玩了不玩了！”怀里的小脑袋使劲摇，可爱得不行。

他笑出声：“别怕了，我们已经出来了，棉花糖吃不吃？”

“……吃。”

宁栀手还被他牵着，走在林荫小道上。

太阳暖暖地晒在身上，耳边是游客的欢声笑语，总算没了鬼屋的阴森和诡异感。

“你怎么什么都不怕呀？”她问。

玩大摆锤的时候没听到他叫一声，进鬼屋也是，她吓得快哭了，他还和没事人一样。

陈也侧过头，看她一眼：“谁说我没有怕的？”

他怕她哭，怕她难过。

期待着小姑娘再长大一点，又怕长大之后她见过更多更好的人，就不再理他。

有了软肋，怎么可能没有怕的？

宁栀来了兴致，黑白分明的眼望着他，好奇地问：“那你怕什么呀？”

陈也勾了勾唇：“秘密。”

见卖棉花糖的摊子前排了长长的队，陈也松开她的手，说：“在树荫这儿等我一下。”

“嗯嗯。”宁栀乖乖站着，看他过去排队。

她身旁站着个女生，也是在等。过了一小会儿，另一个女生跑过来，手里捏着两串棉花糖。

女生个子高高的，脸上露着兴奋的表情：“排在我后面的那个男生超帅的，想去要微信又有点怂，要不你陪我一起过去吧？”

“哪个哪个？”另一个女生激动地问。

“就穿黑色卫衣的那个呀。你看，是不是超帅超有型！”

女生伸着脖子一望，“哎呀”了声，拉着同伴就要走：“要什么微信啊，人家女朋友还在这儿等着呢。”

两人走远，中途那个想要微信的女生还回过头，往宁栀这儿望了好几眼。

宁栀后知后觉地意识到，那个超帅超有型的男生，说的是陈也。

而自己，被认为是他的女朋友了。

她脸颊一热，眼睛却忍不住弯起来。

陈也拿着串棉花糖回来，就见宁栀一人站在路边，杏眼笑得弯成了月牙，不知在傻乐什么。

“笑什么呢？”他把棉花糖递给她。

宁栀脸一红，鼓了鼓腮：“秘密，我也不告诉你。”

行，小姑娘还挺记仇的。

棉花糖白色的一大朵，热乎乎的，宁栀用手指轻轻揪下一团。

她伸长手，递给陈也：“给你吃。”

陈也头低下，薄唇张开，舌尖一卷，那小小的一团棉花糖便进了嘴里。

宁栀也感觉到了指尖那温热湿润的触感，迅速地把手收回，耳朵尖泛起一片红。

她埋下头，装作若无其事的样子，一团一团地揪着棉花糖往自己嘴里送。

陈也嘴角勾起，噙着懒洋洋的笑：“挺甜的啊这棉花糖，再给我吃一点？”

宁栀耳朵尖上的红晕延伸到了脸颊上。想了想，她伸出手，把棉花糖举到他面前：“你要吃，就自己揪吧。”

小姑娘学聪明了。

陈也笑了笑，当真自己揪了一团棉花糖，再吃下去，就感觉味道没刚才的甜了。

后面两人又玩了几个项目。宁栀下午还有课，到十二点多，他就把人送了回去。

“别给自己太大的压力了，最后一百多天了，保持平常心，稳定发挥，你一定能考好的。”

陈也站在路口，突然就转换成了长辈的口吻。

“嗯嗯！我知道的。”宁栀笑着点头。在游乐园玩了半天，她心情是这大半年来最好的了。

“行，那快回去吧。下午还有课，上去睡会儿。”

陈也要走，宁栀出声叫住：“等一下。”

他回头，眉往上挑了挑，眼中带着笑：“嗯？”

宁栀站着，有点局促，手指头下意识地绞了绞：“就，要是……”

她抬起头，望向他：“要是我考上了 A 大，开学的时候，你能陪我一起报到吗？”

A 大在隔壁市，从这儿过去要坐好几个小时高铁，挺麻烦的，但是她真的很想，很希望他到时候能陪着自己过去。

陈也沉默下来。

就算没读过什么书，他也知道 A 大是一所很好的大学。

在那里，她会遇到同样成绩很好的室友，而读书好的人，很多都是看不起成

绩差的。

就比如他家里的那些亲戚。

他送她过去上大学，让她的几个室友知道了她一口一个哥哥叫着的人，连高中都没有读上，也不嫌丢人吗？

然而她看着他，双眼坚定，干净又澄澈，盛满了期待。

他说不出那个“不”。

“好。”他点头。

宁栀立刻笑起来，声音清脆悦耳：“那我们说好了，一言为定。”

她跑开，几步之后又回过头，小脸仰起看他，模样认真。

“陈也哥哥，我一定会很努力很努力考上的！听说A市有很多好吃的，到时候我们一起去吃呀。”

小姑娘眼儿弯弯的，缀着无限好的春光，陈也心尖都软了：“好，我们一起去吃。”

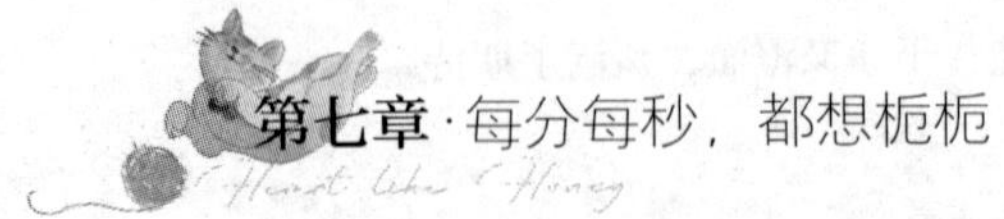

第七章·每分每秒，都想栀栀

三调之后，在高考之前还有两次区里统一的调考，分别是四月调考和五月调考。

这两回宁栀都考得很不错，两次都是年级第一，甚至五月的那次调考，还冲进了区里的前七。

这可把班主任刘广荣乐坏了，成绩出来的那几天，他格外神清气爽，逢人都是笑呵呵的弥勒佛样儿。

下课闲聊时，隔壁平行班的班主任羡慕道："这次你们班宁栀考得不错啊，要是高考再冲一把，区里前三都是有希望的啊。"

刘广荣一听，登时紧张地说道："你可千万别这么说！万一孩子刚好来办公室，听见了这话，心理负担一下子增加，到时候高考失利没考好，那咱们不是罪过了吗，咱拿什么赔孩子的前途和未来？"

隔壁班班主任一愣：我不就随口说了那么一句吗？怎么就能把一好好孩子的前途毁了？

高考时间不变，安排在六月的七日和八日。

毕业前的最后一节课是数学课。

刘广荣讲了一张试卷，每一道题都讲得格外细致。

下课铃声丁零零响起，他照例没讲完，但这回班上同学没一个嫌他絮叨拖堂了。

大家安静又认真地听着，一笔一画记着笔记。

在黑板上写完最后一道题的最后一步，刘广荣转过身，以前话多得像是永远讲不完的，现在却不知道说什么好了。

班上一片安静，都耐心地等着，没一个催着他下课放学。

好半晌，刘广荣开口：

"最后再说几句，大家也别嫌我唠叨，过了今天，咱们班就没机会聚得这么

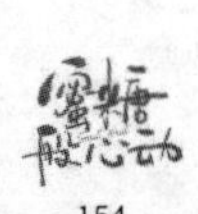

齐了。

“虽然我平时总和你们强调高考多重要多重要，但这其实也只是你们人生的一个小坎。所以大家心态要放好，不要太紧张，把高考想得有多么多么可怕，它就和我们平时的考试没什么区别。

“这两天大家就调整调整作息，提前去看看考场。东西一定都得带齐了，准考证、身份证、2B铅笔、黑色签字笔，还有橡皮擦。

“千万千万不要迟到！要是咱们班有谁因为迟到了没进去考场，等着毕业典礼那天被我揍得你爹妈都不认识吧！”

最后这句话一出，本来伤感的同学都扑哧笑出来。

“行了，天下无不散的筵席，最后祝大家高考顺利，考上理想的大学。”

说完，刘广荣拎起自己军绿色的水壶和数学书，转身就走。

那背影看着潇洒极了，如果胖乎乎的手没在眼眶那儿不停地抹的话。

晚自习的铃声响起，别的年级开始上课，高三所有班的教室却已经空了，门前挂着一把锁。

操场的灯都亮了，姚青青和宁栀两人手里都抱着一个纸箱，里面全是书、练习册和试卷这些，重重的一大箱。

学校门口停了不少车，全是高三学生的父母来接自家孩子的。

姚青青眼尖，冲站在黑色轿车前的中年男人叫了声：“爸，这儿呢！”

男人三步并作两步过来，赶紧把她抱着的箱子接到自己怀里：“东西真沉，幸亏我下午和单位请了假，不然你一路抱回去，不得累死。”

姚青青嘿嘿笑：“所以还是爸你心疼我，不像我妈，非要我打车，这个点学校门口哪里好拦车嘛。”

“对了对了，这就是我超好的朋友宁栀。”姚青青给他爸介绍，“她学习超厉害的，是不是长得也特漂亮？”

宁栀不好意思地笑了笑，礼貌叫人：“叔叔好。”

男人也笑了，语气非常和善：“青青在家经常提起你的，总说你又考了年级第几第几的。唉，我家青青要是有你一半努力，我和她妈做梦都得笑醒。”

看看宁栀手里的箱子，男人问：“你爸妈什么时候来接你啊？这箱子挺沉的，要不你先到叔叔车里坐着等？”

“叔叔，不用了。”宁栀摇头，轻声拒绝，“我自己回去。”

男人一愣。这小姑娘看着就水灵乖巧，又在高考前夕，要是他女儿，他万万舍不得让孩子一个人把这么重的箱子搬回去。

想了想，估计人家父母太忙了，不像他，事业单位，工作相对要清闲一些，请假也容易。

“那哪行，这么沉的箱子，你一女孩子搬着多累啊。你家住哪儿啊，叔叔顺路把你送回去。”

宁栀不想麻烦他，才摇头想要拒绝，手里忽地一松，箱子被人搬了过去。

她往旁边一看，讶异地看见了陈也。

黑色短T恤勾勒出少年劲瘦的腰身，露出的手臂线条结实流畅，他轻轻松松地抱着对宁栀而言很重的大纸箱。

陈也替她回答了："叔叔不用，我送她回去。"

男人露出疑惑的表情，姚青青给他爸解释："这是宁栀的邻居哥哥。"

"啊。"男人恍然了，"那行，我和青青就先回去了，后天的高考加油啊！"

上了车，姚青青从窗户里探出头，冲着宁栀挥手："预祝后天咱们俩考的都会，蒙的全对！"

宁栀弯起眼，也笑着和她摆手。

车从身边驶过，宁栀这才有机会转头看向陈也："陈也哥哥，你怎么过来了呀？"

陈也挑眉看着她，回答得理所当然："我不来，就你这小细胳膊，搬得动？"

说完他低眸，瞥了眼眼前的少女，那胳膊又细又白，嫩得很。

她皮肤上已经显出浅浅的红印，估计就是刚才抱箱子时被边角硌的。

"知道自己后天在哪个考场考吗？"陈也抱着箱子往前走，边走边问。

"嗯嗯，知道的。"宁栀报出一个学校名字。

陈也听着耳熟，想了下，记起那所高中就在自己家旁边。还挺近的，走路过去十分钟都不到。

"考试那天早上我来接你。"他说。

想了想，他又道："中午你就去我那儿休息，反正也近，这样你能多睡一会儿。"

宁栀缓慢地眨了下眼，这是都给她安排好了吗？

夏夜的晚风徐徐，没了正午时的炙热，拂在脸上暖烘烘的。

她心里也升起暖意，轻轻点头："哦，好呀。"

高考那天天气很好，是个万里无云的大晴天。

早上，宁栀对张瑛道："妈妈，我中午不回来了。陈也哥哥家离我考试的学校近，我就在他那儿休息。"

张瑛没什么反对意见，随口来了句："你们俩从小玩得就好，长大了关系竟然还这么好。"

宁栀低下头，莫名心虚，也莫名脸红起来。

她吃完饭下楼，陈也已经等在小区门口，身高腿长地立在摩托车前。

她走过去，对着他露出个甜甜的笑："陈也哥哥。"

"东西都拿好没？"陈也问，"你们考试是要带身份证那些的吧？"

宁栀从书包里拿出透明的小袋子，认真检查了一遍，对他点点头："都带好了。”

“嗯，上来吧。”

宁栀跨坐在摩托车后面，双手抱紧陈也的腰。

语文九点钟开始考，他们到的时候八点多，校门口已经站了不少学生和家长。

陈也站在一群四五十岁的家长之中，显得格格不入，说的那些话却和那些家长没什么区别。

“你别紧张，也别有什么压力，发挥出平时的水平就行。还有你们那答题卡，别忘了写名字。”

“我记住啦。”宁栀笑着应下。

她手伸到脖子后，把他送的那个小兔子吊坠取下来，说：“考试不能戴金属首饰进去，你帮我拿一下。”

那坠子一直被她贴身戴着，捂得暖暖的。陈也捏在掌心，彷佛感受着她身上的体温。

她仰起头，笑着说道：“语文考到十一点半，你那个点来就行啦。”

陈也摸摸她的头，弯了弯唇：“行，你快进去吧。”

见着人进了校门，他也没走。

门口搭了几个帐篷，不少家长坐在里面，他过去，找了个空座坐下。

身边坐的都是四五十岁的中年妇女，所以之后两个半小时的时间里，陈也耳朵就没清静过。

就听她们聊老公，聊孩子，聊婆婆，聊自己这个亲戚怎么怎么样，那个亲戚如何如何。

校园里铃声响起的那一刻，家长唰一下全站起来，四处张望，找自己孩子的身影。

宁栀走出来，一眼看到陈也，她立刻笑着朝他跑过去。

陈也把她的书包拿到自己手里拎着。

刚才坐那儿，他听那些家长说，考完千万不能问考得怎么样，于是他问：“写了一上午的卷子，饿了没？”

宁栀早餐吃得很少，怕吃撑了犯困，不利于思考。

“饿了。”她老实回答，有点不好意思，“写作文写到最后，我都担心肚子咕咕叫起来。”

陈也笑了：“走，回去给你弄吃的。”

他没点外卖，怕那些不干净，给她煮了碗面条，还煎了个荷包蛋。

这回比第一次做的强多了，面条的色香味都有，那个荷包蛋煎得金黄酥脆。

等宁栀吃完，他说道：“被子和床单都是我新换过的，你去睡会儿。”

“嗯，好。”宁栀走到房间，躺上床，盖上被子。

被子很柔软，有淡淡薰衣草的香，还是才晒过的，盖着有种被阳光包裹的感觉。

她很快睡着了。

陈也替她关上房门，走路都放轻了脚步。

第二场考数学，下午两点开始考。

阳光炙热，风卷着热浪，连蝉都懒得叫唤了。

进学校前，陈也从裤兜里摸出一瓶风油精。

这是他早上坐在一群家长堆里听到的，说是下午考试容易犯困，把这玩意儿带进去，困的时候涂一涂就精神了。

趁着宁栀午睡，他特意到楼底下的小超市买了一个。

“要是困了，你拿出来，涂点在太阳穴那儿，小心别弄到眼睛里了。”

宁栀微愣，没想到他还准备了这个。

她从他手里接过，小小的一个玻璃瓶子，攥在掌心冰冰凉凉的。

心里有种说不出的感觉，是比感动更深也更重的情绪。

“那，我进去考试了。”她仰头望向他，露了个笑容。

陈也笑了，嗓音温和：“嗯，好好考。”

宁栀和他挥了挥手，朝校门走去。

被保安拿着探测仪检查完，她又回过头，见他还站在那儿，一动也没动。

盛夏的阳光刺目耀眼，少年站在梧桐树下，目光穿过人群，落在她这里。

她手里紧紧捏着他给的那瓶风油精，已经被攥得温热了。

心里原本有一点紧张的，在这一刻，忽然之间就没了。

最后两门是文综和英语。

结束铃声响起，监考老师拿着密封的试卷袋和答题卡袋走出去。

紧接着，学生蜂拥而出，不管考得怎么样，所有人脸上都是一副如释重负的表情。

更加疯狂的学生还撕起了书，大喊：“老子终于解放了！去他的英语！再也不用学了！”

宁栀随着熙熙攘攘的人群一同走出去，少年身高腿长，仍站在那棵繁密葱茏的梧桐树下。

她眼不自觉弯起来，加快步子，向陈也跑过去。

陈也唇边带着笑，从裤兜里把那个小坠子拿出来，重新给她戴上。

他指尖是热的，带着粗粝的薄茧，碰到脖颈上，宁栀脸红了红。

她眨巴了两下眼睛，乌黑的瞳仁望着他：“陈也哥哥，你怎么一直都不问我考得怎么样呀？”

“我听那些家长说的，”陈也解释，“才考完，不能问孩子成绩，怕给压力。”

“哦，我感觉自己这次考得……”顿了顿，她眉头皱了皱，看向他。

陈也瞬时紧张起来，不知道该先问“是不是考试题目太难了没发挥好”，还是安慰说“没考好不要紧，以后的路还长着，一场高考不算什么”。

正想着，小姑娘双眼弯弯的，笑容明亮又灿烂：“我觉得我考得还挺好的。”

陈也揪着的心松了，拿手捏她软乎乎的脸，凶凶地说道：“还学会恶作剧了，嗯？”

她咯咯直笑，脸颊露出可爱的小酒窝：“我感觉你比我考试还紧张，想逗逗你嘛。”

更多的学生走了出来，校门口更加拥挤，两人并排走着。

离得很近，宁栀不小心碰到了陈也的手。

她鼓了鼓勇气，干脆心一横，手指张开，又握紧，牵住他的手。

反正现在高考完了，也不会再被他说什么“还小，要以学习为重”这些话了。

陈也一愣，脚步顿了顿，半侧过头去看她。

太阳西斜，余晖倾洒下来，少女高马尾扎起，脸颊红红的，像是含苞待放的玫瑰。

半是被夕阳映照的，半是因为害羞。

宁栀给自己唐突的行为找了个理由：“就是，现在人太多了呀，我们牵着手，就……免得走散。”

理由非常冠冕堂皇，但声音小小的，眼睛眨啊眨，表情超心虚。

陈也弯了下唇，反手一握，将她的小手牢牢地握在掌心：“那我们牵紧一点，就不怕走散了。”

宁栀这次考得是真的不错。

一中年级第一，区里排名第三，市里第四。

查分数的前一天，就有几个学校招生办的电话打进来，宁栀考虑了下，最终仍然选了 A 大。

其他同学的分数她陆续也在班级群里知道了，高三一年拼尽全力学的同学，成绩都大幅提高了。

大学报到时间在九月，暑假里不少同学出去旅游，姚青青就是。

她这次考得不错，她爸妈一起请了年假，带她去川渝自驾游。

宁栀每天都能收到她发的各种风景照。

陆星阔考得也很好，但他没有去国内任何一所大学，而是直接去了剑桥。

这一年夏筱桐为了追陆星阔，一直在学雅思托福。不过她底子太差了，第一次连四分都没有。

她爸妈不知道女儿是为了追男生，还欣慰她终于上进了，有出国念书的打算，于是又给她报了几个班，让她继续考。

巧的是，薛斌他爸也有送他出国读书的打算，两人就这么在雅思补习班里猝不及防喜相逢了。

宁栀每天都会收到夏筱桐的微信，一小半是吐槽那些单词好难记，一大半是吐槽薛斌好烦。

她试探着问夏筱桐："你之前不是说你小时候有个青梅竹马吗？要是他突然向你表白，你第一反应是什么呀？"

夏筱桐想了想，认真回道："我把他当兄弟，他竟然想泡我。"

宁栀愣住了。

这个暑假，宁栀并没有闲着。

她找到两份家教的工作，分别是高一和初三的女生。两家的家长看过她的高考成绩，都非常满意。

一个月下来，她赚了八千多块钱。

对宁栀来说，这算是很多的钱了，她打算留着用作念大学的生活费。

八月是宜市最热的时候，骄阳似火，连风都是燥热的。

高一的女生要去学校上课了，宁栀下午便空了下来。

她每天上午给初一的女生补完英语，下午在家做做菜，然后盛出一部分到饭盒里，拎着带去给陈也。

坐公交车半个小时，下车之后再走十分钟，就到了他的那个汽修店。

第一次宁栀过去，陈也看着她额上一层细汗，皱了皱眉："那么热，你在家待着，别过来了。"

他这里乱糟糟的，各种零件摆了一地，他改装车时手上也沾满汽油污渍。

"我不怕热。"宁栀仰着张小脸，一双乌黑温润的眼看着他，"而且我做了饭，想送过来给你吃。"

小姑娘笑得又乖又甜，简直让人无法拒绝。

陈也妥协道："那下次你等太阳落山了再来，这个点出门太热了。"

"等太阳落山都六七点了，那个时候给你送饭，陈也哥哥你肚子要饿得叫的。"

张毅和孙明扬在旁边吃饭。两人低下头，看看自己手里油腻腻的外卖，再去看看宁栀送来的荤素搭配合理、营养又干净的饭菜，简直羡慕得泪水都快要流出来了。

这是什么神仙妹妹啊，长得那么漂亮，声音又好听，还贤惠能做饭！

宁栀从饭盒袋子里取出一个小陶瓷碗，打开盖子："我下午还熬了绿豆汤，这个天气你喝这个，正好解暑。"

张毅和孙明扬更羡慕了！

特别是孙明扬，他也有个妹妹，为什么他的亲妹妹每次发微信就是——哥在吗？我零花钱用完了。

同一个世界。

不同的妹妹。

陈也留意到宁栀拿出来的那双筷子。

陶瓷的筷子，样子很小巧可爱，上面画着一只美乐蒂的粉色卡通兔子，很乖，也很可爱，看着莫名就让人联系起眼前的少女。

他挑起眉："这筷子谁的啊？"

宁栀脸红了，小声给他解释："家里一次性的筷子都用完了，我就把我自己的那双带过来了。"

当时她也没多想，洗干净就直接放进饭盒袋了，毕竟小时候他们经常喝同一瓶水。

但现在再看，就……好像有点不合适。两个人都长大了呀。

"我用了洗洁精，洗干净了的。"她脸更红了，"要是你不想用的话，就直接……"

她想说"就直接去对门的餐馆要双一次性的吧"，但话没说完，就见着眼前的少年直接拿起那双筷子夹菜吃了。

"这个竹笋味道不错。"他说完，嘴角又勾起，带出浅笑，"下次给我带饭，就还用你的，一次性的筷子不环保。"

宁栀脸红着"哦"了一声。

整个八月份，宁栀天天都去找陈也。晚上陈也吃完饭去改装汽车，她就拿一本书坐一旁看。

怕她看坏了眼睛，陈也专门给她买了一盏台灯，就放在桌子上。

宁栀大学选的专业是汉语言文学，她在市里的图书馆办了张借阅证，暑假时借了好几本名著。

她旁边的桌子上每天都放着一碗草莓。

陈也去旁边的水果店买的，每一颗都鲜艳饱满，洗得干干净净，连草莓蒂都拔了，她拿起来直接吃就行。

夏天的夜很燥，沿街树上的蝉一到晚上就开始叫，吱吱吱的不停。

刚开始那段时间，改装店的生意并不好做，陈也前几个月一直在往里搭钱，但现在情况好多了。

汽车改装在国内算是比较空缺的一个行业，何况在他们这座不大的城市。

最近有不少老顾客又介绍新的顾客，单子都排到两个月后了。

陈也在给一辆车加装行李架，回头看时，小姑娘就安安静静地坐在桌子前。

暖黄的灯光打下来，她低着头，露出一截白皙纤长的脖颈，眉眼认真地读着手里捧着的那本书。

朱红色的封面上画着一只夜莺，竖着一排字，是书的名字——《安娜·卡列尼娜》。

她纤细的手指轻轻翻动一页，睫毛在眼睑落下浅浅的阴影。

外面的蝉声依然聒噪，陈也心里头忽然静了下来。

上学那会儿，他最不喜欢语文课，看到书上密密麻麻的铅字就头疼。可看着她读书，却又觉得无比赏心悦目。

察觉到有目光落在自己身上，宁栀抬起头，看见陈也在看她。

她放下书，端起玻璃碗，噔噔几步跑到他身边。

她细白的手指头捏起一只草莓，抬起，举到他唇边，笑盈盈道："今天的草莓比昨天的还甜，你尝尝。"

陈也低头，吃下去，也笑了："嗯，是挺甜。"

"那你再吃一个。"宁栀笑得甜甜的，又拿了一个草莓喂他。

旁边累死累活忙了半天的张毅和孙明扬你看看我，我看看你。

"羡慕"这两个字，他们两个已经说倦了。

宁栀这段时间天天过来，同张毅和孙明扬两人也说过不少话，算是有点熟的。

这会儿看见他们往自己这边看，她朝他们端了端碗，问道："你们要吃吗？"

张毅和孙明扬想起他们也哥每天早上一来，第一件事就是去对门的水果店买一袋子新鲜草莓回来，然后用盐水泡着，一个个洗干净，拔掉草莓蒂，用保鲜膜盖着放冰箱里冰着。

等小姑娘快来了，他才把那碗从冰箱拿出来，放桌上搁着。

平时端着张冷酷又没什么表情脸的也哥，做这些时耐心细致得要命。

想了想，他们觉得自己实在承受不起也哥的这份恩宠。

两人把头摇得和拨浪鼓似的，语气坚定地拒绝，每个字都说得铿锵有力："我们不爱吃草莓！"

宁栀愣愣地点点头。

假期一天天过去。快要开学的前几天，宁栀照例拎着饭盒袋去找陈也。

陈也吃完，去里面换了身衣服，走到她面前，把她手里的书一抽。

宁栀抬起头，有点茫然，对他眨了眨眼："干什么呀？"

"今晚上别看书了，晚上我们去商场逛逛。"

"哦，好呀。"宁栀乖乖地把书往书包里一收。

陈也手一伸，替她把书包拎起来。

"晚上我就不回来了，你们下班把门锁好。"他拿起桌上的手机，对张毅和孙明扬说了句。

商场就在附近，两人走过去，到二楼的女装专区。

他们走进一家店，店员热情招呼："请问有什么需要吗？"

宁栀笑了笑："我们先随便看看。"

店员从衣服架子上取下一条裙子，热情推荐道："要不看看这件，今年很流行泡泡袖的，而且你皮肤这么白，穿着一定很好看。"

宁栀看了看，觉得还行，转头看陈也，征询他的意见："陈也哥哥，你觉得好看吗？"

陈也记得她十六岁生日那天，穿的就是条绿色的裙子。那张照片至今还放在他的钱包里。

这裙子也不算短，他点点头：“嗯，去试试吧。”

宁栀于是拿了衣服到试衣间去。

陈也在软皮凳子上坐下，没一会儿，小姑娘就换好出来了。

他头低着，首先映入眼帘的是一双特别好看的小腿，纤细又笔直，没一点赘肉。

怔了下，他视线往上挪去。

她穿绿色的裙子特别好看，陈也一直是知道的，但现在再看，模样却又比十六岁那年更加惊艳动人：腰肢细软，身线玲珑，锁骨处那肌肤白皙细腻，如牛奶一般。

被吊顶暖色的光笼着，更显得活色生香，楚楚动人。

小姑娘是真的长大了。

宁栀高中天天穿校服，后来高考完放暑就穿着短裤T恤。她好长时间没有穿过裙子了，一时还有点不适应。

她轻轻拽了下裙摆，有点紧张地问陈也：“好看吗，陈也哥哥？”

从她从试衣间出来，陈也旁边坐着的两个男人就没把视线从她身上挪开过，那直勾勾又赤裸裸的眼神看得陈也不仅想骂人，还想提腿踹那两个人一脚。

不是有女朋友吗？

女朋友还在试衣间里，怎么就这么盯着他的小姑娘看？！

陈也很想说“不好看，你快去换了吧”。

然而小姑娘目光是那样的柔软，还有点忐忑期待地望着自己，他动了动唇：“好看。”

宁栀脸微微泛红，没忍住，又抿出一个笑：“那我就买这条吧。”

暑假做家教的钱她攒了不少，买条裙子还是够的，何况她已经一年多没买过衣服了，到了大学又没有校服穿。

她要去付钱，陈也先她一步走过去，拿手机直接对准了二维码开始扫。

“我有钱的，你让我来付呀。”她拽拽他的手。

陈也直接输入付款密码，“叮”的一声，收银台那儿传来到账的提示音。

“高考考得那么好，给你买条裙子当奖励怎么了？”

宁栀便没再推辞了。

店员把宁栀换下来的衣服叠好，装进纸袋子里：“欢迎下次光临。”

陈也接过，拎着，和她走出去。

她跟着他走，走着走着，发现又进了一家衣服店。

“已经买了裙子呀。”宁栀不明白为什么又要进去。

陈也挑了下眉，笑话她：“你是不是女生啊，哪有女生会嫌衣服多的？再说了，你大学就天天穿一条裙子？”

宁栀脸微红，她只是不想让他破费嘛。

这回陈也长了个心眼儿，亲自给她挑，要么是牛仔的背带裙，要么是卡通款的 T 恤。

全是那种可爱宽松，又不显身段的款式。

宁栀拿着去试衣间试，陈也还是坐外面等她。

这时不知哪儿冒出来个六七岁的小男孩，到处乱跑，最后直直地跑向试衣间那儿，直接一把掀开试衣间前的挡帘。

试衣间里，女生裙子已经脱了，身上只剩下内衣裤，惊慌失措地大叫出声。

很多人都往她那儿看去

小男孩见人被自己吓到了，觉得有趣，嘻嘻哈哈地又去掀第二道挡帘。

宁栀就在第二个试衣间。

她双手交叠，衣服才撩起来，正准备脱，听到隔壁一声叫，还没反应发生了什么，门前用于遮挡的布帘就被掀起。

一个小男孩把头探了进来。

宁栀被吓到了，愣了一秒，赶紧把撩到一半的衣服放下来。

店子里此时人不少，有男有女，幸好她当时只把衣服撩到了腰那儿，没太露。

陈也已经大步走来，面色沉冷如冰霜，单手揪着那小男孩的衣领，把他拎了起来。

“放开我，放开我！”小男孩立刻害怕得吱哇乱叫。

男孩的妈妈闻声走出来，三十多岁的女人，见状瞪大眼：“你干什么？放开我儿子！”

陈也眸光寒冷，声音结着冰：“你不会管儿子，我帮你管，这么小年纪就耍流氓，长大了怕是要进少管所。”

手里拎着的小男孩手脚并用地扑腾，他低下头，语气冷冷的，却不像是威胁，仿佛只是在陈述一个事实。

“下次再这样，直接把你从楼上扔下去。”

说完，他手一松，小男孩跌坐到地上，吓得号啕大哭起来。

女人立马把儿子抱起来哄：“聪聪不怕，有妈妈在。”

陈也把宁栀的手牵住，轻轻捏了捏她掌心，无声地安慰受了惊的小姑娘。

他牵着她就走。

那女人忌惮陈也身上那股子冷，却又不甘心，啐了声，嘀咕：“小孩子玩性大，不过是个恶作剧，你一个大人，也好意思计较的。他这么小，懂什么，就算真看到了又怎么样？身子有多金贵啊？”

陈也闻言，转过头，冷冷地看着她。

女人吓得一哆嗦，抱着儿子往后退两步，颤颤闭上嘴，最后那句“反正以后不也得给男人看”是怎么都不敢说了。

少年那一眼真的太凶狠，像狼，仿佛她再多说一句，就能咬断她脖子。

宁栀被陈也紧紧牵着手，走到了商场一楼的甜品站。

陈也去买了一杯草莓圣代，递给她："吃完这个，我们换一家商场逛。"

她抬眼看着他，他下颌线紧紧绷着，明明还在为刚才的事生气，可和她说话时的声音却又好温柔。

很多人说他凶，脾气不好，可从小到大，他对她从来都是温柔的。

陈也见小姑娘目不转睛地盯着自己，表情呆呆的模样，终于笑了下。

他抬手轻轻揉了一把她的脑袋："怎么了，吓到了？"

"没，没有。"宁栀有些脸红，低下头，拿勺子舀下冰激凌上的小尖尖。

就在刚才，她突然觉得，陈也可能……也是有些喜欢她的。

A 大新生报到的时间在九月五日，宁栀准备提前两天过去。

暑假这段时间她上 A 大贴吧看了看，上面有专门的帖子告诉大一新生要准备什么。

出发的前一天晚上，她拉开行李箱，正对着备忘录一样样往里面收拾东西。

张瑛这时走了进来。

宁栀停下手上的动作："妈妈。"

"你明天就要去新学校报到了，妈妈有几句话想要和你说说。"张瑛道。

"嗯，好。"宁栀把床边叠着的衣服收到一边，让张瑛坐下。

张瑛盯着她出落得越发清纯好看的脸看了会儿，开口道："一转眼我们栀栀就长这么大了，到大学里，你也会遇到心动的男生，要谈恋爱了。"

宁栀没想到张瑛要说的是这个，脸红了，害羞地低下头去。

张瑛笑道：

"这有什么不好意思的，年轻人谈恋爱多正常不过啊。

"只是你性子向来单纯，有些事也不太懂。我这辈子过得这么苦，一大半原因就是找了你爸，没钱没本事，脾气还大。"

宁栀头抬起，握了握她的手："妈妈，你别难过，等我大学毕业，赚了钱，日子会越来越好的。"

张瑛摇头："现在大学生多得是，一个月能赚几千块啊。"

"妈妈想说的是，你现在年轻，又长得这么好看，到大学追你的男生一定很多。你找个有钱的，嫁过去，一辈子吃喝不愁，不比给别人辛苦打工强？"

宁栀一愣，握着张瑛的手慢慢松开。

张瑛却没察觉，脸上露出羡慕的表情，继续道：

"就比如我厂里的一同事吧，人家女儿的长相连你一半都赶不上，找了个承包工程的，听说提亲时，男方直接给了五十万。

"现在她女儿过得有多潇洒啊，宝马开着，皮草穿着，还给她爸妈换了个大房子住。”

她越说越起劲：“我们厂里的那些同事，没一个不羡慕的，都说生这么个女儿，上辈子一定是积德了。”

宁栀心里漫上难过的情绪。

明天去A市上学，再回家就是半年后了，她本来以为妈妈是有点舍不得她的。

可妈妈话里话外还是钱，没有半分在意她。

张瑛说了半天，才起身离开：“行，你继续收拾东西吧，妈妈说这些也是为了你好。”

宁栀关上了门，将窗户打开，晚风徐徐缓缓吹了进来。

她把衣服和提前买好的一些生活用品装进行李箱，拉好拉链，竖着立在一旁。

到床上躺了半天，宁栀也没睡着，心里闷闷的。

想起明天要出发的事，她坐起来，拿起手机，给陈也发了条微信提醒他。

我们是早上七点半的高铁，陈也哥哥你别忘了呀。

手机响了下。

陈也哥哥：这我能忘？快睡，明天还要早起。

宁栀给他发了一个小猫咪挥着毛茸茸的小爪子说晚安的表情包，然后把手机放到枕头边，闭上眼准备要睡了。

过了会儿，手机震了震，她拿起来看，就见他也回了她一个晚安的表情包。

也是只小猫咪，比她发过去的那只还要软萌可爱，也不知道他是在哪儿找的。

宁栀眼弯起来，没忍住笑了，胸口那点闷闷的感觉散了大半。

第二天，宁栀早早起来，洗漱好，她敲了敲父母卧室的房门：“爸妈，我去坐高铁了。”

宁旭升哈欠连天，眼睛都睁不开：“这么早啊，那你路上小心。”

说完又闭眼呼呼大睡过去。

张瑛正要起床做饭，趿拉着拖鞋走到她身边，摸摸她的头：“妈妈请不来假，就不去送你了。昨晚我说的话，栀栀你千万要记在心上啊。”

宁栀拎着行李箱下楼，到小区门口等着陈也。

橙色的出租车驶来，陈也下车，拉开后车厢，把她的行李箱放进去。

宁栀坐上车，转头看向他，有点不好意思地问：“你送我去报到，店里的生意会不会耽误了呀？”

“就两天，能耽误什么？再说了，还有张毅他们俩看着呢。”

他语气轻松随意，说罢将一个小袋子拿给她。

宁栀接过，袋子上印着便利店的标志，里面装着一份三明治，还有一瓶草莓味的牛奶。

就是那个她最喜欢喝的牌子。

她撕开三明治外面那层包装纸，咬下一小口。

陈也拿起牛奶，替她把吸管插好。

遇着红灯，司机踩一脚刹车，回头，笑容可掬地问宁栀：“小姑娘是要去哪个学校报到啊？”

宁栀咽下嘴里的三明治，礼貌地回答：“叔叔，是A大。”

“A大好啊！”司机回过头，对着她竖起个大拇指，“我一看你，就知道你读书厉害，脑袋瓜子聪明。”

瞧见她手里的那瓶牛奶，他乐呵呵道：“你哥哥也真是疼你，让我绕了好几条街，找了好几家店，就为了给你买这瓶牛奶。”

红灯变绿，司机回过头，继续开车。

宁栀望向陈也，明澈好看的杏眼眨了两下，目光柔软似水，像是在问：真的呀？

陈也腹诽：预约车的软件，怎么就没司机话少的选项？

他脸上浮现一丝不自然：“你不是就喜欢喝这个牌子的吗？”

宁栀低下头吸着牛奶，有点儿高兴，悄悄地弯起了唇。

就……更加感觉他是喜欢她的了。要不然不会连她喜欢什么牌子的牛奶都记得一清二楚，也不会大早上地特地去买。

然而心里再怎么感觉，距离把“你喜欢我吗”问出口，又还差那么一点勇气。

万一搞错了，该怎么收场呀？以后再见面，彼此要多尴尬啊。

想着想着，宁栀苦恼了，下意识叹出一口气，然后脸就被旁边的人用手指揪了一下。

她转眸看他，不懂好好的，他揪她脸干什么。

陈也挑眉：“小孩子家家的，没事叹什么气。”

宁栀有些不服气。之前说她小，也就算了，可现在她已经十八岁成年了，马上都是大学生了，怎么还说她小？难道在他的心里，她永远长不大吗？

她鼓了鼓脸，反驳道：“我不小了，都……”

陈也看着她，眸光渐渐深下去。

小姑娘嘴角沾了点三明治上的沙拉酱，映着粉嘟嘟的唇。他太阳穴跳了跳，喉咙有点发干，实在忍无可忍，没听她把话说完，直接拿手指给她擦掉了。

再看下去，怕是更多流氓想法不受控制地冒出来。

“吃东西都沾到嘴巴上了，还说不是小孩子？”

宁栀一瞬间脸红，气势荡然无存，没说完的话全咽到肚子里。

她埋下头，默不作声地继续啃没吃完的三明治，像只安静的小兔子。

但小兔子内心其实一点都不平静。

脑海里回想的，全是他刚才拿手指蹭她嘴角的感觉。

啊，太要命了！

又是个红灯，司机想再唠几句嗑，回头看就见着宁栀一张小脸红得透透的。

“哎？小姑娘你很热吗，怎么脸这么红啊？要不我再把空调温度调低点？”

宁栀低下了头。

宜市到 A 市，坐高铁将近要三个小时，他们到达那儿时都快十二点了。

两人找了家麦当劳，随便吃了点，再坐车去学校报到。

第一次到陌生的城市，本该是紧张和不安多些的，但有陈也在身边陪着，宁栀更多的是兴奋和期待。

“我之前逛学校论坛，大家都说校门口有家鱼丸面很好吃，我们晚上去吃吧，好不好？”

小姑娘一双眼生得乌黑，提到好吃的就变得亮晶晶的，特别可爱。

陈也笑了：“好。”

坐前面开车的司机是个热心快肠的，闻言道：“你们第一次来 A 市啊，要不我给你们推荐几个好吃好玩的地方？”

宁栀开心地点头：“好呀，麻烦叔叔了。”

说完她拿出手机，戳开里面的备忘录，准备都记下来。

司机滔滔不绝说了半个多小时，介绍得十分详细：“大概就这么多了，你们要嫌不够，我还可以说几个周边城市的。”

宁栀看着长长几页的备忘录，忙回道：“不用啦，这些已经够多了，谢谢叔叔。”

新生报到的地方在体育馆。

“我先进去报名。”她指了指不远处的那片树荫，“这儿好晒的，你去那儿等着我吧，我一会儿就出来。”

“好。”

树荫对面搭了几个帐篷，里面坐着的都是大二学生会的干事，主要是负责接待新生，帮忙解答什么的。大中午的，来的人少，他们都闲了下来。

“哎！珊珊你看树荫下那男生，是不是好帅？”徐慧激动道。

叫李珊珊的女生拿起桌子上的眼镜，戴上往那儿看去：“天啊！真的好帅！看样子是大一新生吧，他旁边还放着个行李箱呢。”

“啊，好想去要个联系方式！”徐慧兴奋地说。

“别吧。”李珊珊劝，“这男生看着就挺冷的，估计不好要。”

“你说的也是。”徐慧冷静下来，“要是被拒绝好丢脸的。”

这时，旁边一直拿着小化妆镜补口红的女生抬起眼。

女生叫宋嫣，长得漂亮，也会打扮，微博上有小几万粉丝，去年一入校就被评为 A 大校花。

她往陈也那儿看了看，“啪嗒”一声合上化妆镜，莞尔一笑，用轻飘飘的语气说道：“是挺帅的。不过要个电话号码，也没那么难吧？”

这话相当于间接打脸了，徐慧和李珊珊脸色都变得不好看。

本来她们就挺讨厌宋嫣的。宋嫣仗着自己长得好看，傲得不行，成绩很烂，一年就挂科好几门，却还经常打着A大校花的名号出去接什么活动。

微博上走清纯可爱的人设，私下里却娇滴滴，见着谁都一副大小姐样儿。

系里女生就没一个喜欢她的，奈何那些男生都眼瞎脑子蠢，还把人家当女神捧着。

坐旁边的两个男生就是个蠢的，闻言相当捧场。

“那是，宋嫣你长得这么好看，哪个男生会拒绝你啊。”

“对对对！只要你出马，那小学弟绝对立马把微信手机号都给你！”

宋嫣被夸得很受用。

李珊珊性格稍微内敛一点，徐慧却是个不怕得罪人的，呵呵两声：“那你倒是去要要看啊，要到了我请你一杯奶茶，要不到你去给我买一杯。”

宋嫣当即起身，撩了撩头发，款款地走到陈也的面前。

徐慧拉着李珊珊也跟上，同时在心里疯狂祈祷。

呜呜呜，信女愿意一个月吃素，求求老天爷狠狠打一次她的脸吧！！！

大概老天真的显灵了，接下来发生的事能让徐慧笑得打鸣。

只见宋嫣站在那男生面前，把一边的鬓发撩到耳朵后，露出个标准的斩男笑。

她声音细细柔柔的：“你好，学弟，我是学生会负责接待新生的，你是大一的吗？”

陈也从手机上抬起视线，看了宋嫣一眼，表情没什么变化：“不是。”

说完他又低下头，不打算再搭理的样子。

宋嫣整个人一噎。

她从来没受过这样的冷淡，表情僵了僵，又扬起甜美的笑：“那我们能交换一个联系方式吗？”

陈也这次头都没抬，态度更是冷得要命：“不能。”

宋嫣愣住了。

徐慧此刻内心一万个哈哈哈，看着宋嫣吃瘪的表情，她心情简直不能更爽！

好戏看完，她心满意足地拉着自己同伴要走，就这时，一个撑着伞的少女走了过来。

刚才冷漠的少年像是换了个人，主动接过那把卡通的小伞，替少女撑着，声音也温柔：“报完名了？”

“嗯嗯，我们先去宿舍把东西放着吧。”

“等下。”说完，陈也拿出纸巾，替少女擦了擦额头的汗，然后才牵起她的手，“走。”

强烈的对比冲击，徐慧震到了，好奇地往宁栀那儿看去。

看到宁栀的脸后，徐慧嘴张开，真情实感地“哇”了一声：“这女生，长得也太好看啦！”

脸上一点妆没化，却也比化了精致妆容的宋嫣好看太多，气质也好，有种清水出芙蓉的清纯感。

徐慧和李珊珊对视一眼，眼里的意思彼此都明白：这下好了，A 大校花终于要换人了，哈哈哈！！

宋嫣脸发白，快要气死。

徐慧幸灾乐祸，走到她面前，笑嘻嘻的：“我要四季奶青加仙草加波霸，去冰三分糖哦。”

宋嫣翻了个白眼。

这么热的天，鬼才愿意走到奶茶店去买奶茶，她转身，走到帐篷前那两个男生面前：“天好热呀，你们能顺路帮我去买杯奶茶吗？”

平时有求必应的两个男生这回却推辞着摆起了手：“那啥，我们这儿还有工作呢，起不开身啊。”说完噌噌蹿到徐慧那儿，打探道：“刚那女生，你们问了没，哪个系的啊？”

宋嫣肺管子都要气炸了！

宁栀报名的时候，领到了一把宿舍钥匙、一张校园一卡通，还有张纸质地图。

A 大面积特别大，在全国高校里都排得上前几。

她和陈也一起研究了一会儿地图，七弯八绕的，总算找到了宿舍。

宿舍楼底下很热闹，学生家长来往不绝。陈也拎起宁栀的行李箱，在宿管那儿登记后和她一起上了五楼。

宁栀看看钥匙上贴的数字，找到 502 宿舍，她拿出钥匙开了门，里面空空的，一个人都没到。

陈也跟着进来，把行李箱竖着放到一边。

这间宿舍是上床下桌的结构，地上铺了地板砖，窗户那儿安了空调，有阳台、卫生间，还有热水器。

宁栀四处看了一圈，走到陈也身边，开心道：“我之前就在网上看到说 A 大的宿舍条件很好，现在一看，真的不错呀。”

这宿舍条件是算不错的，陈也的嘴角也轻轻弯了下，放心不少。

两人一起下楼，走到二楼时，宁栀看到一个女生拎着好大的一个行李箱，上楼梯时脚还一跛一跛的，似乎是扭到了。

她拉了拉陈也的手，小声说：“陈也哥哥，我们帮那个女生把行李箱拎上去吧。”

陈也点头：“好。”

邹悦觉得自己今天可真是倒霉透了。本来他爸妈要来送她的，到了地铁站，

一个紧急电话打来，身为主刀医生和护士长的爸妈就被叫回了医院。

她一个人拖着行李箱下车时，一不小心又把脚崴到了，“身残志坚”地来到学校，又得知自己的宿舍在五楼。

拎着死沉死沉的行李箱到二楼，邹悦已经累得不行了，大口大口喘着气时，肩膀被人轻轻拍了一下。

邹悦回过头，见到宁栀时，整个人直接愣住。

哇，这女生也太好看了吧！

愣怔间，她听到女生甜软的嗓音：“你好，我看到你脚好像扭到了，我们帮你把行李拎上去吧。”

邹悦惊呆了。

这是什么人美心善的小仙女哇！！

宁栀把邹悦的书包接过。

陈也走了过去，他骨节分明的手指搭在行李箱的提手上，轻松地拎了起来。

邹悦刚才全部注意力都集中在宁栀脸上，这会儿才看到陈也，她心里的土拨鼠嗷嗷嗷地叫起来！

这脸，这手，这大长腿，太绝了！这对情侣颜值真的太高了！

上楼梯的时候，宁栀问：“你是哪间宿舍的呀？”

“502 宿舍。”邹悦回答完，立刻又问，“你是哪个宿舍的啊，我以后可以去找你玩吗？”

她要和小仙女做朋友！

宁栀愣了愣，觉得好巧，笑着回道：“我也是 502 宿舍的，以后我们就是室友啦。”

邹悦内心在欢呼。

要不是脚崴着，她能当场蹦起来，能和人美心善的小仙女住一起，谁能不激动！

到了宿舍，两人互相扫了微信，邹悦又一次感谢：“真是太谢谢你们了。”

“小事而已，你不用客气。”宁栀摆摆手，“我现在出去，估计晚上回来，我们晚上见呀。”

邹悦坐在板凳上，开心地目送着小仙女室友和她的大帅哥男朋友离开的背影。

脚崴着，她也不能乱动，拿出手机玩游戏。

不久，门外走廊传来脚步声，以及女生的抱怨。

“妈妈，我不想住宿舍，不想和不认识的人住一块儿。”

“你们学校有规定，大一新生都要住学校，住一段时间你就和室友认识了。”

“规定又不是不能变的，妈妈你让爸爸去和校长说说嘛。爸爸给学校捐了那么多钱，这点小事校长还能不答应吗？”

邹悦啧啧了两声，正想着不知道哪个宿舍这么倒霉啊，住进来一个小公主。

下一秒，她宿舍的门就被人从外面用钥匙打开了。

邹悦一惊：我这乌鸦嘴是开过光吗？！

门开了，一对母女走进来。

女人穿着黑色的裙子，脸上化着很淡的妆，漂亮又有气质。

她虽然眼角有了细细的眼纹，但骨相很好，一眼就能看出年轻时绝对是个大美人。

和她相比，站在她身边的女儿就普通很多了，虽然也能算清秀好看，但和大美人相比还是有很大一段差距的。

女人看向坐在凳子上的邹悦，笑了笑，声音很温柔："你好，我是明薇的妈妈，你就是她的新室友吧？"

邹悦意外，没想到刁蛮小公主的妈妈这么平易近人，本来还以为也是位不拿正眼瞧人的主儿呢。

她连忙站起来叫人，客气道："阿姨好。"

女人对她笑了笑，话说得很周到："明薇第一次离开家住外面，以后有什么做得不对的地方，还请你多担待点。"

邹悦是个吃软不吃硬的性格，闻言立刻摆摆手："阿姨，您客气了。"

她们两人说着话时，姜明薇已经嫌弃地把宿舍打量完一遍，然后冲着女人撒娇："妈妈，这宿舍太小了，都没我的衣帽间大，还要四个人挤一块儿，妈妈我受不了。"

"明薇，别任性。"女人皱眉说了她一句。

听听，这说的是人话？

邹悦忍住了把白眼翻上天灵盖的冲动。

她想起主动帮着自己搬行李的小仙女室友，觉得人和人的差距也太大了吧。

想着想着，邹悦忽然有了一个了不得的发现。

这小公主长得和她妈妈一点都不像，倒是小仙女室友和这个大美人阿姨，不管是气质，还是长相上都有些相似。

邹悦抬眼，看向正给小公主做着思想工作的女人，又回想了下宁栀的模样。

她在心底确定了，小仙女室友和大美人阿姨的眉眼五官确实是有五分像。

看来网上那句话说得没错啊，天底下美人都是相似的！

A 市比宜市大很多，也繁华很多。

宁栀按照司机叔叔给的攻略，和陈也一块儿玩了好几个地方，开心得不得了。

晚上九点钟，陈也把她送到宿舍楼底下。

陈也手里拎着小袋子。他们下午去打卡了一家网红甜品店，味道不错，他就特意多买了几个。

“回去可以和室友分着吃。”他把袋子交到宁栀手上。

要在一块儿住四年，关系处得融洽些，小姑娘住得也会舒服很多。

“嗯，我知道呀。”宁栀对他笑，眼睛弯着，亮晶晶的，“陈也哥哥，今天我玩得特别开心，你开不开心呀？”

陈也看着她笑了，点点头：“开心。”

宁栀眼睛弯得更深：“那我们明天还去玩，早上我去你酒店门口等你。”

“我过来接你。”陈也说道。

宁栀想想也行，冲着他挥了挥手，笑容甜软：“那我先上去了，你也早点回去休息呀。”

“好。”他垂在身侧的手动了动，最终还是抬起，摸了摸她的脑袋，“上去吧。”

拿校园卡刷了门禁，宁栀拎着小蛋糕，脚步轻快地上楼。

还没走到宿舍门口，她就听到争执的声音从里面传了出来。

“你怎么回事，长没长眼睛啊？我洗脸的毛巾被你用着擦桌子了，我待会儿怎么洗脸？”

“那么多毛巾挂在架子上，长得都一样，我哪儿分得清哪块是你洗脸的，哪块是抹布啊？”

“你家洗脸巾才和抹布长一样，再说了，你鼻子下面不是嘴，不知道张嘴问一句啊？”

“行了行了，不就用错你一块毛巾吗，至于这么斤斤计较的。我赔你钱可以了吧，一百块够不够呀？”

语气骄纵又跋扈。

“有钱了不起啊？谁稀罕你的一百块？！”

宁栀快步走过去，赶紧拿出钥匙开了门。

宿舍里氛围剑拔弩张，地板上扔着一块毛巾，看来这就是冲突的焦点。

邹悦的呛声一点儿没影响到姜明薇的心情，姜明薇打心眼儿里瞧不上邹悦，因此也不把她的话放心上。

姜明薇坐在板凳上，指法熟练地往脸上抹着 Lamer（海蓝之谜）面霜。

待邹悦说完，她张了张嘴，才想顶回去一句，却在见到推门进来的宁栀的一瞬间，那些话全堵在了嗓子眼里。

不止是因为宁栀特别好看。

更重要的是，姜明薇看过妈妈年轻时的照片，眼前的女生，和她妈妈当年仿佛是一个模子里刻出来的。

心底最深最隐秘的恐惧被勾了出来，姜明薇脸色变得苍白，手指捏紧，指甲攥进了掌心。

邹悦见她没话说了，也懒得和她掰扯，捡了地上的毛巾气哼哼扔垃圾桶里。

宁栀打开小袋子，走到邹悦面前，软声问：“我买了草莓蛋糕回来，你要不要尝一块呀？”

邹悦低头看向袋子里，里面装着四块小巧精致的蛋糕，似乎能闻到草莓和奶油的甜香。

她火气消了大半，没有拒绝宁栀的好意，拿了一块，终于露出一个笑来：“谢谢。”

呜呜呜，还好宿舍里有个小仙女室友，要不然她早晚被那小公主气得心肌梗死！

宁栀又走到另一个女生那儿。

那女生扎了条很粗的马尾辫子，穿着碎花的布衣裳，很瘦，个子也不高，戴着一副厚重的黑框眼镜，坐在桌子前捧着四级的单词书背，一直没出声。

“这蛋糕很好吃的，你也尝一下呀。”宁栀放了一块蛋糕在女生的桌子上。

女生没想到这个漂亮室友会给自己，她还记得刚才自己给那个叫姜明薇的室友做自我介绍时，姜明薇用轻慢的目光把她从头到脚看了个遍，又在她开口说话露出重重乡音时，发出一声讥诮的嘲笑。

女生看到桌子上精致的小蛋糕，又看看漂亮的宁栀，脸一下子红了，结巴地说道：“谢……谢谢。”

“不客气呀。”宁栀声音柔和，对着她一笑，自我介绍了姓名。

女生也忙说：“我叫吴小芳。”

宁栀看见她桌上的单词书，对她笑了笑：“那你继续背单词吧，我不打扰你了。蛋糕你今天记得要吃哦，不然天气太热了，隔一晚就要坏的。”

还剩下一块蛋糕，宁栀本着一碗水端平的原则，本来是想要给最后一个室友的。

她朝姜明薇望过去，和姜明薇看过来的目光撞上了。

那眼神真的说不上友好，带着几分惊惧和不安，紧紧地盯着她的脸看，仿佛见到了鬼一样。

宁栀被姜明薇看得心里毛毛的，不是很舒服，伸到一半的手就又缩了回去。

按理说宿舍第一天人到齐，该有个热闹的夜谈会，但才闹了一出，几个人洗洗也就各自上床睡了。

姜明薇做了一个梦，时隔多年，她再一次梦见了小的时候，以及恐惧得永远不愿意回想起的一些事。

耳边是男人的谩骂声，皮带一下一下落在身上，是皮开肉绽的疼。

“昨天还有一百呢，今天怎么只乞讨到了五十块钱？明天要是再这么少，你就别想吃饭了！”

她被打疼了，也不敢哭，瑟瑟发抖地蜷缩在角落里，手里捏着半个冷掉的馒头。

那时的姜明薇才七岁，她和几个同样年纪的男孩女孩被这个男人从人贩子手里买来。

他们白天被送到外面乞讨，晚上几个人挤在一张床上。

有个年岁稍微大些的男孩子试图逃走，找路人求救，被抓到后，男人当着他们的面砍下了那男生的一个手指头。

那样血淋淋而残忍的画面把孩子们都震慑住了，他们只能更加听话，再也没有人生出逃跑的念头。

就在姜明薇以为这样黑暗的日子永远没有尽头时，警察来了，给男人戴上了手铐。

和警察一起来的，还有一对夫妻。那女人长得很好看，衣着雍容华贵，只是细细的柳眉深深蹙着，笼着一股愁绪。

她听到身边的警察交谈，原来这对夫妻的女儿也被人贩子拐走了，他们过来就是找女儿的。

几个孩子里没有他们的女儿，女人眼中的失望显而易见，她身子都有些站不稳，要不是旁边的男人扶着，估计都要倒下了。

他们要离开时，姜明薇的小手紧紧地抓住了女人的手，她眼睛睁得大大的，用乞求的目光望着女人。

她知道要是警察找不到她的父母，她就要被送到孤儿院里，那里同样不是什么好地方。

女人被这样的目光看得心软，叹了一口气，对身边的男人说："观潮，我们把这个女孩子带回去收养吧。

"她和咱们的满满一样大，我一看到她，就想起了满满。要是满满被拐卖到了这样的地方，我也希望有好心人愿意收养她。"

男人西装革履，看向抓着自己妻子手不放的小女孩，到底心疼着妻子，不忍拒绝："好。"

姜明薇就这样被收养，被女人带回了姜家。

从此她不用和别的小朋友挤在一张床上睡，不用挨饿受冻，遭受打骂，更不用再出去乞讨。

她住的房间很大很漂亮，墙面贴着粉色的墙纸，床上摆着各种各样的芭比娃娃，还有整整几衣柜精致好看的公主裙。

收养她的这户人家很有钱，家里请了几个保姆，出门都有司机接送。

女人也很善良，对她很好，和亲生女儿没有差别。那女人总说要是自己的女儿被别人收养了，也希望能被好好对待。

姜明薇生活在这个家里，享受着小公主般的生活，可她心底总有一种不安。

她知道自己现在拥有的一切，原本都该属于另一个女孩子。

万一那个女孩子被找回来了，她还剩什么呢？现在她叫着爸爸妈妈的人，还会对她像现在这般好吗？

这种不安的情绪一直持续到她十岁那年。

警察局里来了消息，当年把孩子拐走的人贩子抓到了，可是人贩子的口供是那个女孩子当年就被车撞死了，连尸首都难以找到。

女人听到这个消息大病一场，眼睛都哭肿了。

姜明薇却是高兴的，像是长久以来一直压在心底的大石头被移开，她有种如释重负的感觉。

原来那个女孩子早就已经死了。死了，就永远都不会回来了，那可真好啊。

家里的一切、爸爸妈妈，从此彻底属于她，没有人再抢得走了。

深更半夜，姜明薇从梦里惊醒。

恍惚间，她又听到了皮带抽打在身上皮开肉绽的声音，看见了那个男孩子被砍掉手指，血淋淋的画面。

姜明薇出了一身冷汗，再闭上眼睛，却很长时间都睡不着了。

寝室里很安静，大家都睡得熟，只有均匀的呼吸声和空调呼呼运作的声响。

天渐渐破晓，一丝光亮从窗帘的缝隙照了进来。

姜明薇又翻了个身，她的对床就是宁栀，她看见床上的少女闭着眼，睡颜恬静安宁。

她盯着睡着的宁栀看了很久，手指紧紧攥住床单，心忽然跳得有些快。

不可能，绝对不可能是她！长得像只是巧合而已，世界上那么多人，偶尔有一两个相像的，不是什么多稀奇的事。

警察调查出来的结果不会出错的，那个女孩子早在十几年前就被车撞死了！

她一定，也只可能是死了！

第二天早上六点半，宁栀就醒了。

她是被吵醒的。

“第八套全国大学生广播体操，现在开始，一二三四五六七八……”

大喇叭里传出的声音高亢而嘹亮，足以唤醒校园里每一个沉睡的灵魂。

在报到前，宁栀在学校论坛就看到过好多学长学姐对这个的吐槽了。

什么“只要大学选得好，年年早起像高考”。

还有“风里雨里，学校广播六点半准时等你”。

以及“你以为每天叫醒你的是梦想吗？不！是学校六点半的广播”。

住校第一天，宁栀深刻感受到了被广播叫醒的滋味。

寝室里另外三个人也醒了，邹悦烦躁地拿枕头捂住耳朵，嗷了一嗓子：“苍天啊，这么早的广播，以后还让不让人活啊！”

吴小芳一言不发地起床，很快地洗漱完，背起书包就往外走。

广播声持续不断，邹悦被吵得也睡不着了，干脆趴床上，戳进微博热搜看。

这会儿见吴小芳要出门，邹悦奇怪地问了句：“你这么早出去干什么啊？”

吴小芳脸微红，小声道：“我出去练一会儿英语。”

邹悦“哇”了一声：“我们现在还没开学呢，你好刻苦啊！”

吴小芳更不好意思，脸上红晕加深：“我英语发音太差了，不去练练，怕到时候过不了口语考试。”

说完她走了出去，很轻地把门带上。

宁栀也很佩服这位室友的努力刻苦。她下定决心，等正式开学之后，她一定要每天早起，好好学习！

外面广播声实在太吵了，宁栀闭上眼好一会儿都没有睡着。

她拿起枕头边的手机看了看，离和陈也约好的时间还有一个多小时。

不过要是她买好早餐去宾馆找他，那时间就正好了，还省得他再过来一趟。

这么想着，宁栀踩着楼梯下床。

她不化妆，洗漱换衣服，十分钟就弄好了。

系完鞋带，她从抽屉拿出昨晚上填写好的个人信息登记表，又走到邹悦的床边，拜托道：

“我听说下午要收这张表，但是我今天一天估计都在外面。

“我能把这张表放你这儿，到时候你把我的表一起交了吗？”

这点小事，还是小仙女室友的请求，邹悦一听就答应下来：“你放我桌上吧，我到时候一起给你交了。”

她又冲着宁栀眨眨眼，八卦地问：“你是要和你那个大帅哥男朋友出去约会吗？”

“男朋友”三个字让宁栀脸颊红了红，但她又不是很想否认，心虚地应道：“嗯，我们是要出去玩。”

“去吧去吧，玩得开心啊！”邹悦欢快地和她挥着手。

宁栀一出门，姜明薇也从床上下来。她走到邹悦的桌子前，拿起了那张表看。

她最先看的是出生日期那一栏，黑色的笔迹写着六月一日。

姜明薇一直提着的心终于松了下来。那个女孩子的生日在冬至那天，她记得很清楚。

每年到了冬至，她妈妈都会买生日蛋糕去扫墓。

视线落下，姜明薇又去看宁栀的其他信息。

出生地：宜市。

父亲：宁旭升。职业：钢厂工人。

母亲：张瑛。职业：会计。

她在心里嗤笑一声。

小地方来的，父母也是底层的工薪阶级，除了那张脸有点看头，其他的哪里比得上她？

邹悦憋了会儿，膀胱实在憋不住了。

她扔下手机，准备下床去上个厕所，然后就看到姜明薇站在自己桌子前，手里拿着宁栀填好的个人信息表在看。

邹悦噔噔几下赶紧下床，冲过去一把将信息表从姜明薇手里夺过来，气势汹汹地问：“你干什么啊？经过别人允许了吗，就随便偷看人家的信息？！”

姜明薇下巴一抬，语气嘲讽不屑：“我稀罕偷看她的？这张表被风吹到地上了，要不是我帮她捡起来，还不知道要吹到哪儿去呢。”

说完她踩着楼梯上床，“哗啦”一声把帘子拉上了。

邹悦气得不行，把那张表锁自己抽屉里了，又拿出手机，手指头飞快地给宁栀发微信。

宁栀去食堂刷校园卡买了一笼包子。

吃完感觉味道不错，她又买了一笼，再加上一袋牛奶，拎着坐上了出去的校车。

司机开车很慢，宁栀拿出手机看时间，正好看到了邹悦发来的微信。

邹悦：啊啊啊，栀栀你一定要小心姜明薇，我总感觉她对你图谋不轨！就刚才，我看到她偷偷看你的个人信息表！！

宁栀微微一愣，想起姜明薇之前看自己的眼神，心底那阵不舒服的感觉又涌了上来。

她指尖顿了顿，回了微信：谢谢你的提醒。可是那张表上也没有什么特别重要的信息啊，她看我那个干什么？

过了好半天，手机响了响，宁栀看到邹悦一本正经的回复。

邹悦：她可能是想搞到你的生辰八字，作法扎小人害你，电视剧里都这么演的！

宁栀哭笑不得。

校车在学校大门口停下，宁栀拎着早餐下车，走了没多远，就到了陈也住的宾馆。

她知道他的房间号，直接坐电梯上去。

按了门铃，没多久陈也开了门。

他衣服都换好了，看样子也是正好准备出门的样子：“怎么过来了？说好我去找你的。”

“学校里六点半就开始放广播了，太吵啦，我也睡不着，干脆就起来了。”宁栀走进房间，把买好的早餐放在桌子上，笑着说道，“包子还是热的呢，你快吃呀。”

陈也拉开椅子坐下，掰开筷子，夹起一个包子放嘴里。

宁栀胳膊撑着桌子，托腮看着他吃，留意到他眼底有片青色，关心地问：“你昨晚没睡好吗？怎么有黑眼圈了呀？”

陈也正咬着包子，闻言差点被噎到。

这宾馆的隔音效果太差了，昨天一晚上他就听隔壁房间一对小情侣闹腾的声

音了。

更要命的是，隔壁的床似乎和他的床就隔着一堵墙。

宁栀赶紧拿了牛奶，戳了吸管递过去给他。

陈也喝了几口牛奶，望着少女纯净澄澈的双眸，咳了咳，说道：“隔壁房间看电视声音太吵了，我没睡好。”

宁栀“哦”了一声，又有点气鼓鼓：“那你下次就找宾馆的工作人员说说嘛，大半夜看电视还开那么大声音，太没有公德心了。”

话音刚落，隔壁房间的声音又传了过来，比昨晚上还要大。

陈也暗骂：这还没完没了了？

宁栀蹙起眉，不满嘀咕：“怎么他们一大早上又开始看电视，还又这么大声呀？”

陈也直接拿起桌上的手机，拽上她的胳膊往外走，声音干脆利落：“走，我们出去玩。”

宁栀被陈也突然的动作搞得有点蒙：“你包子还没吃完呀。”

“我已经吃饱了。”他“哐”一声关上门，生怕多听一下就把小姑娘带坏了。

玩了一整天，陈也买的车票在六点，快到上车的时间，两人才到检票处。

分离的不舍漫上心头，抵消了宁栀这一整天的开心。

陈也走了以后，这座陌生的城市就只剩下她一个了，而且他们好长好长时间都见不到了呀。

她甚至忍不住幼稚地幻想，要是时间停留在这一刻多好啊，那他们就不用分开了。

陈也心里同样很不好受。

他手搭在小姑娘脑袋上，轻轻揉了揉：“在学校就好好学习，但也别太累了。有什么事就打电话和我说，钱不够用了也告诉我。”

喇叭里再次传出催促的广播，宁栀抬起头看向陈也。

心里头的不舍层层叠加，像开闸的洪水，将她害羞和胆怯的情绪全部湮没。

这一瞬间，她管不了许多，不管陈也是不是只把她当妹妹，也不管表明自己心意被拒绝了怎么办。

她向前走了一步，和他离得更近，然后做出了十八年以来最大胆、最勇敢的事。

她双手紧紧搂上少年紧实的腰，小脸贴上他的胸膛：“陈也哥哥，我会很想很想你的！”

陈也揉着她脑袋的手猛地一滞，未说完的话忘干净了。

从未有过的不知所措让他僵住。

可小姑娘没给他反应的机会，她使劲踮起脚尖，一口亲上了他的下巴。

她仰着头，脸颊红透，杏眼湿漉漉的，期许又紧张地望着他，嗓音软到了心底：“你……你也会想我吗？”

在那样的目光之下，所有的隐忍克制都去见了鬼。

“想。”陈也听见自己的回答。

他喉结滚了滚，脖颈向下一低，一口亲在了朝思暮想多年的软唇上。

如蜻蜓点水，轻轻的一下，可已经让他满足到了极致，血液都在沸腾。

人来人往，行李箱的轮子在地面滚过，发出嘈杂的声响。

广播提示音再一次响起。

他凝望着她，声音兴奋得几乎战栗：“每分每秒，都想栀栀。”

第八章·找到妈妈了

晚上八点钟，宁栀回到学校。

她戳开手机里的班级微信群，按照群通知找到中文系的报告厅。

中文系所有大一新生的第一次班会就在这个报告厅一起召开。

她走进报告厅时，乌泱泱的已经坐了好多人。

邹悦伸长胳膊，朝她用力招手：“栀栀，坐这儿，我给你留了空位置！”

邹悦这一声喊得有点大，报告厅里不少人朝门口的宁栀望过去。

今天宁栀和陈也出去玩，特意穿上了他给买的那条绿色的裙子，柔软的腰肢曲线显露无遗，露出的小腿纤细莹白。

她那好看的一张小脸上粉黛不施，黑直的长发披在肩头，没有过多的装饰，只在发间别了个简单的绿色发卡。

整个人看上去清新脱俗，宛如炎炎夏日里一阵清爽的风，看过去的男同学眼睛都亮了。

宁栀被看得有点不好意思，加快脚步朝邹悦那儿走过去。

这一排四个位置，邹悦坐在中间，另一个室友吴小芳坐在最里面的座位。

她没像别的同学那样玩手机，而是在刻苦地背着单词。

宁栀在最外面的位置坐下。

八点过了几分钟，学院领导和辅导员过来，打开投影仪上的PPT，开始讲话。

宁栀耳朵里是院里领导正儿八经的发言声——“大学，是你们筑梦的象牙塔……”

脑海浮现的却是刚刚在检票站那一幕，她白皙的耳朵尖忍不住泛起一片红。

报告厅的空调冷气十足，宁栀脸颊有点发烫，她忍不住抬起手，摸了摸自己的嘴唇。

那一下好短暂，一秒还是两秒，可她也感受到了，他略薄的唇，带着薄荷的清凉，呼吸却烫得灼人。

胳膊突然被轻轻戳了一下。

宁栀转过头，对上室友邹悦打趣的眼神："栀栀呀，你已经抿嘴偷笑一分钟了，今天和男朋友出去玩那么开心啊？"

宁栀脸颊更红了，却没有否认，笑着道："嗯，我们玩得超级开心。"

虽然没有正式告白，可她都抱着他，亲了他的下巴。

他也亲了一下她的嘴巴，那他们应该……就算是男女朋友的关系了吧？

院领导讲完话，各班被辅导员带到不同的教室开班会。

新选出来的班长是个男生，他卖力地号召有才艺的同学积极报名，参加几天后的新生晚会。

"有没有会唱歌跳舞弹琴的小姐姐啊！你们举个手呗，不然我刚上任，KPI（关键业绩指标）完成不了啊。"

一番话把大家逗笑了。

姜明薇没有和宁栀、邹悦坐在一块儿，她和另一个寝室的女生坐在前面。

她举起手："我会跳芭蕾。"

全班的同学都望向姜明薇。

姜明薇今天特别打扮过，脸上化了精致的妆，穿的是大牌的裙子，脖子上系的项链是卡地亚的经典款。

有女生和自己室友小声议论："你看她的项链，超贵的，我上次在杂志上看到过，三万多一条呢。"

"哇，她家里这么有钱的吗？"

"那是，报到那天我看见送她过来的车是宾利啊！"

班长一听有人报名，高兴坏了，不遗余力吹起彩虹屁："那我把你报上去。我一看你啊，就觉得你特别有气质，果然啊，学过舞蹈的就是不一样。"

姜明薇听到这些话，脸上微微露着笑，身子坐得更笔直，仿佛一只优雅的白天鹅。

邹悦从一开始就不爽姜明薇，这会儿见她大出风头，心里非常不是滋味。

突然之间，邹悦想起之前翻自己小仙女室友的朋友圈，看到过一张拉大提琴的照片。

"栀栀，你是不是会拉大提琴啊？"邹悦满怀期待地问。

宁栀没想到她会知道这个，愣了愣，点头："嗯，我小时候学过的。"

邹悦开心死了，撺掇宁栀也举手报名："那你也参加新生晚会呗，你就上台给大家拉大提琴。"

宁栀有些为难："我没有把大提琴带到学校来呀。"

她也不是多么爱表现的性格，新生好几千号人啊，上台给那么多人拉大提琴，还是算了吧。

邹悦却不死心，扯起嗓子问讲台上的班长："班长，我室友会拉大提琴，可

是她没有带大提琴来，怎么办啊？”

班长想了想，说道：“咱们学校有艺术团，找团里借一下，应该是可以的。”

邹悦一扭脖子看着宁栀，兴高采烈道：“栀栀，大提琴的问题解决啦！”

宁栀顿了顿：“……还要特地去借，好麻烦的，要不然算了吧。”

班长当然希望报名的人越多越好，何况这个女生还长得这么漂亮，像小仙女一样。

小仙女到时候代表他们班上台表演，多给他们班挣面子啊！

“没事儿！一点都不麻烦！”班长立刻拍着胸脯保证，“你放心，借琴的事交给我好了。”

邹悦也积极地劝：“栀栀，你就上台表演嘛。我听说每年的新生晚会之后院里还会搞个评选活动，最受欢迎的节目有一千块钱的奖金呢。”

宁栀听到一千块钱，有点心动了。

她暑假做家教挣了些钱，没有找张瑛要生活费，可那也支撑不了一个学期。

她打算军训之后再找个兼职做做，要是能有一千块钱的奖金，那她生活就不至于那么拮据了。

她点头，对着班长笑了笑：“那我也报名参加这个晚会，借琴的事情麻烦班长了。”

班长被她甜甜的笑容击中了心脏，连忙摆手：“不客气，不客气！这是我应该做的！”

姜明薇看着宁栀，简直想笑。

一千块，还不够她平时做个指甲呢，果然是小地方来的，身上一股穷酸的小家子气。

晚上十一点寝室熄了灯，宁栀躺在床上，闭着眼好长时间都没有睡着。

突然之间有了男朋友，激动和开心的心情一时半会儿都好难平复下来呀。

她从枕头边拿起手机，一看，已经快凌晨了。

挣扎了一小下，宁栀最后还是轻手轻脚地从床上坐起来，戳到陈也的微信。

宜市下了场雨，陈也从高铁下来时，正好赶上了。

他拦了辆出租车，身上还是淋湿了一点，回家冲了个澡，吹着吹着头发，就又想到那轻软的一下触碰。

他清楚自己现在拥有的不多，所以很多话压在心底，总想着等自己变得再好一点，再把那些话宣之于口。

可是小姑娘紧紧的一个拥抱足以将他全部的理智摧毁，压抑克制的情感如潮水肆意奔涌。

陈也舔了舔唇，仿佛还能感受到几个小时前的甜软滋味。

于是他头发也吹不下去了，去翻自己的存折，之前的钱都用来买下那个改装店，现在上面没剩多少了。

现在他那家店已经开始盈利，生意好的时候每个月能有两三万进账。

陈也开始盘算。

从现在开始，他要更加努力，好好存着钱，到小姑娘毕业那时，他应该能买得起房子和车，也能给她提供舒适的生活。

手机在这时响了下。

1栀栀：陈也哥哥，你现在睡了没呀？我有点睡不着。

陈也心脏狂跳，手指颤着打下回复：还没。

他明明激动得要命，却装得淡定地问：你怎么睡不着了？寝室的室友们都好不好相处？

手机又响了下。

1栀栀：她们都好相处，你不用担心。我有个室友学习很刻苦，超厉害的，是我们专业的年级第一呢。还有个室友很开朗活泼，说话也特别好玩。

陈也看着对话框里那一段长长的文字，嘴角向上翘了翘。

他抬起手，正要回复，又一条微信弹了出来。

1栀栀：其实，我是想你想到睡不着。所以你也说话要算数哦，每天都要记得想我呀！

陈也的心仿佛被蜜灌满。

他的小姑娘是糖变的吧，不然怎么能这么甜！

宁栀发完这条微信，就连忙把手机塞枕头底下了。

呜呜呜，脸好红好烫，可是，也真的好开心！

新生晚会在七点钟开始。

五点钟不到，宁栀在食堂吃完晚饭，然后背着借来的大提琴往活动中心走。

化妆，还有准备和候场，她需要提前两个多小时到那儿。

邹悦进不去后台，在门口给她鼓劲："加油，栀栀！我到时候一定在台下把你好看的样子都拍下来！"

"谢谢呀。"宁栀弯了弯眼。

她推门走进去，里面忙作一团，学生会的人走来走去，手机的提示音嘀嘀嗒嗒响个不停。

有个学姐注意到她，走过去问："你是表演的新生吗？哪个系的呀？"

"学姐，我是中文系的。"宁栀回答道。

"啊，中文系的，你们在这边化妆。"学姐领着她过去。

那边的化妆镜前站着一个女生，看着像是大二大三的学姐，胸前挂着学生会的工作牌，写着名字：徐慧。

姜明薇报名的节目是芭蕾舞，现在也到了，正坐在椅子上，低头玩着手机。

徐慧在报到那天就看到了宁栀和陈也，那时她还和校花宋嫣打了个赌呢。

不对，现在宋嫣才没资格当校花呢！校花就该是眼前的这个小仙女学妹！

徐慧乐了，这也太巧了吧："学妹你好，我是咱们院礼仪队的，负责给表演的新生化妆。你现在OK吗，我就开始给你化。"

宁栀指了指坐在另一张化妆镜前的姜明薇道："学姐，她先过来的，你先给她化吧，我不急。"

徐慧往姜明薇那儿看了一眼："人家请了专门的化妆师，看不上我的化妆品呢。"

她想起姜明薇刚才的话，尖着嗓音说："我皮肤敏感，只用得惯大牌化妆品，杂牌子怕过敏。我请了私人的化妆师，一会儿就过来。"

嘁嘁嘁！她用的雅诗兰黛啊，好几百一瓶呢，怎么就成了杂牌子了？！

徐慧看着宁栀清纯好看的脸，在心里暗暗发誓：我待会儿一定要使出浑身解数和毕生功力，给这个小学妹化出美美的妆，艳压死那个恶心的小公主！

宁栀坐下后，徐慧近距离看了看她的脸，发出羡慕的感慨：

"哇，你这皮肤也太好了，都没瑕疵的。

"不行，我的粉底都没你的皮肤白。你等等啊，我去找隔壁外语系借个更白的色号来。"

"好，麻烦学姐了。"宁栀乖乖坐在椅子上。

徐慧风风火火地走了，没一会儿，手里拿着借来的粉底液又风风火火地过来了。

姜明薇请的化妆师也来了，她正仰着头，让化妆师给她描眼线。

这位化妆师平时专门为富家太太小姐参加宴会酒席化妆，手法娴熟精巧，用的牌子也都是贵妇级别的。

化妆的间隙，姜明薇瞥了眼宁栀，她穿着条白色裙子，样式简单到有些朴素了，头上别着的发卡看着也很廉价，她旁边摆着的大提琴也是旧旧的。

姜明薇摸了摸耳垂上戴着的珍珠耳环。

那是妈妈在她十八岁时送她的礼物，价值可不菲。

姜明薇看向宁栀的目光中又多了几分嘲讽鄙夷：这样的人，有什么资格和自己比？

等一会儿，她的《天鹅湖》一定是全场的焦点，也一定是这场晚会最受欢迎的节目。

学生会干事过来："现在上台的是七号节目，八号《天鹅湖》的表演者和我到幕后准备着。"

姜明薇站起身，理了理身上的芭蕾舞裙，路过宁栀时，居高临下地看了她一眼。

徐慧给宁栀涂着口红，正好留意到了，便问道："小学妹，你和那女生有什么过节啊？她看你的眼神可不善哦。"

宁栀一愣，摇了摇头：“没有过节。”

到宿舍第一天，她就感觉这个室友对自己好像有敌意，但那时她们两个都还没说上一句话。

这敌意对她来说简直莫名其妙。

“化好了！”

徐慧一声欢呼拉回宁栀的思绪。

“学妹，你看看我化得怎么样？”

宁栀看向镜子。这是她第一次化妆，脸还是她的脸，感觉又好不一样。

徐慧满意地欣赏着自己的杰作。

少女原本生了双清澈纯真的小鹿眼，现在被她用黑色的眼线笔勾出一点眼尾，再搭上香槟色带着细闪的眼影，波光粼粼间，眼波流转，清纯中又透出勾人的媚。

宁栀对着徐慧笑，杏眼弯弯的，柔软脸颊漾出小酒窝：“谢谢学姐帮我化妆，辛苦学姐了。”

这笑容！真的太甜太治愈了！

徐慧作为个女生都看呆了。她不敢想今晚在场的男生有多少会被小仙女学妹迷倒。

“学妹,你今晚一定是全场目光的焦点！”学姐拍着宁栀的肩膀,万分笃定道。

与此同时，舞台上的幕布落下，又拉上。

悠扬舒缓的钢琴曲流淌出来，无数灯光扫射到舞台上，姜明薇穿着一身白色的芭蕾舞裙，姿态优雅地出场。

她从小练芭蕾，为的就是享受在台上被所有人仰望的感觉。

旋律加快，她脚轻轻踮起，满脸得意地准备上演自己的拿手绝活——十六个挥鞭转。

就在这时，姜明薇看见了台下坐在第一排的沈静溪。

她足尖猛地一滞。

妈妈怎么会过来？下一个节目就是宁栀登场了！

不行！她一定不能让妈妈看到宁栀的那张脸！

舞台上的光亮得有些刺眼了，姜明薇看着台下妈妈温柔慈爱的目光，心却猛然收紧。

尘封的记忆在这一刻汹涌而至。

寒冷刺骨的冬天，路上行人都没有几个，从她身边路过也是匆匆走掉，她压根儿乞讨不到多少钱。

看着碗里零星的几块硬币，男人高举起手，皮带就要往她身上挥来。

她害怕极了，在皮带落下的前一秒抓住了男人的手，目光哀切切的：“叔叔别打我！我告诉你一件事，小伟他准备明天逃走。”

男人狐疑的目光在她身上打量了一圈，最终收回了手。

第二天晚上，那个准备逃跑的小男孩被抓住，下场是永远地失去一根手指。

从那以后，她再也没有挨过打，男人经常摸摸她的头："乖，你和那些不听话的不同。以后他们有什么动静，你第一时间告诉我。"

《天鹅湖》的旋律越发急促，姜明薇踮着脚尖开始旋转，一圈又一圈，脑海里不断浮现当年的那一幕。

那根被砍掉的指头滚落到了她的脚边，血淋淋的，猩红刺目，小男孩痛苦的哀号声持续了整整一个晚上。

那时的她裹紧了自己的被子，拼命捂住耳朵。

可她做错了吗？在那样地狱般的环境下，她只是不想挨鞭子，不想挨饿受冻，只是想活得好一点啊。

最后她也得到了想要的优渥的生活条件，爸爸妈妈的疼爱，别人羡慕的目光。

可现在如果妈妈看到了宁栀，难免不会勾起她对亲生女儿的思念，那自己现在拥有的一切，还会持久吗？

不行！她一定不能让妈妈见到宁栀！

姜明薇心一横，故意将脚一崴，然后重重地跌倒在地。

全场哗然，还有嗤嗤的嘲笑声。

有个女生小声议论："看她那架势我还以为挺厉害的，没想到摔了啊。"

学生会的工作人员连忙跑到台上将姜明薇扶起来。

姜明薇膝盖磕到了地上，青紫一片，可是这一刻她也顾不了疼痛，她必须让妈妈赶快离开这里。

她被人搀扶着，直接走到台下沈静溪面前。

沈静溪见女儿摔倒，早已站起来，连忙将她扶过来。

姜明薇一步一崴地走出活动中心，到门口时，回头朝台上看去。

宁栀已经上台，拿着大提琴端然坐在一把椅子上，一束光打在她脸上，少女精致的眉眼容貌清晰可见。

最后一步迈出门，姜明薇松了一口气。接着，更深的恨意又涌上心头，她手心狠狠地攥了攥。

她本该是全场最瞩目的焦点，享受最热烈的掌声，现在却这样狼狈，沦为了所有人的笑柄。

她真的恨死宁栀了。为什么那张脸要长成那样？为什么要和她考到同一个学校？

宁栀原本在后台等着，忽然，她听到外面传来一阵喧哗声。

正不明所以时，学生会的学姐跑过来："刚刚跳舞的同学摔了，现在轮到你上场了，快点！"

宁栀拿着大提琴上了台。

几千人的观众席乌泱泱的，有些嘈杂，大家的注意力这会儿都不在台上，还在窃窃私语地谈论刚才跳到一半摔倒的姜明薇。

宁栀第一次登上这么大的舞台，心里有点小紧张和忐忑。

她轻轻呼出一口气，走到椅子前，端正坐下，然后将琴弓搭在琴弦上。

她拉奏的是一首西班牙的名曲，*Por Una Cabeza*，中文名字是《一步之遥》。

台下的交谈议论随着她拉奏出的第一声而一顿。

紧接着，所有人忘了自己要讲什么，纷纷将目光投到了舞台上拉琴的少女身上。

那一束舞台灯光直直打下，少女一身白色的裙子，眉眼安静地低垂着，神色专注认真，仿佛隔绝于嘈杂的人世之外。

悠扬抒情又极富感染力的旋律从她的琴弦中流淌而出，台下的观众都忍不住屏息倾听。

一曲结束，宁栀从椅子上站起来。

她嘴角微弯，抿出一个清甜的笑，对着台下的所有人鞠躬。

沉浸在音乐声中的同学们这才如梦初醒一般，啪啪地鼓起巴掌，热烈而持久。

宁栀回到后台，小心地把大提琴放到琴盒里。

和邹悦说好了表演完在活动中心后门见，宁栀背着琴走过去，就看到邹悦低着头，手指在手机上戳啊戳。

“悦悦。”宁栀叫了声。

邹悦抬起头，抓着她胳膊嗷嗷叫：

“栀栀，你这大提琴也拉得太好听了吧！

“我刚刚给你拍了视频，你在台上超美超仙的！气质真的绝了，完全是小仙女本仙！

“对了，我也给你投完票啦，你才表演完票数就好高的，这次新生晚会你的节目一定是最受欢迎的！”

宁栀听得莞尔一笑：“你拍了视频呀，能发我一下吗？”

“当然当然！”邹悦点头，当即把那个视频给她发了过去。

宁栀戳进和邹悦的对话框，按着那个视频，然后选择了转发。

晚上八点，汽车店里。

陈也刚给一辆车电焊完，正准备装防滚架，这是普通汽车改造成赛车的基础工作。

桌上的手机振了振，他瞥了眼，立刻脱下手套，拿起来看。

1栀栀：陈也哥哥，我今天晚上在新生晚会上表演了。

1栀栀：室友帮我拍了视频，我发给你看看呀！

陈也点进视频，他没插耳机，悠扬动听的旋律立刻在这不大的汽车店里响起，

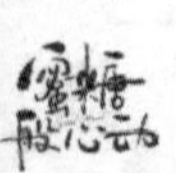

把旁边正在装车灯的孙明扬和张毅听得一呆。

两人书都没念过几年，当然不可能知道这是什么曲子，但还是单纯地觉得这音乐好听，还好有震撼力。

同时他们也好奇，也哥怎么忙得好好的，突然之间放下手里的活儿，去听高雅音乐了？！

两个脑袋往陈也那儿一凑，见到视频里的人时，全都一愣，不由自主地发出一声："哇！"

又盯着瞧了一会儿，两人脑子里冒出个问号：欸？这漂亮的小姑娘怎么越看越眼熟的啊？！

"也哥，这台上拉琴的是你妹妹吧？她拉小提琴拉得真好啊！"

陈也斜睨他们一眼，语带嫌弃：

"什么小提琴，这拉的是大提琴。这是西班牙的一首探戈舞曲，中文名字是《一步之遥》。有部美国电影叫《闻香识女人》，里面的插曲就用了这首曲子。

"以后你们少玩手机，多读点书多看点报，别一开口就暴露自己没文化的事实。"

这些都是几年之前，小姑娘第一次学会弹这首曲子时，笑着告诉他的。

也是神奇得很，读书时的那些语文课文他背一整天背不下来，她随口一提的话他记到现在都没忘。

张毅和孙明扬闻言，惊得下巴快掉了。

万万没想到，他们也哥平时看着挺不学无术的，竟然这么有文化有内涵的吗？！

连那什么西班牙的探戈都知道！！

两人正惊诧万分之时，就听少年声音一顿："也不是妹妹，是我女朋友。"

孙明扬和张毅惊呆了。

啥玩意儿？之前不是一口一个哥哥地叫着吗，怎么一下子就变成了男女朋友？

而且小姑娘看着好小好单纯，感觉都像是没成年一样，也哥竟然下得去手哇？！

陈也懒得再给两人解释什么，直接把手机一按，屏幕立刻黑了。

张毅"哎"了声："也哥，还没看完呢，怎么关了啊？"

"是啊。"孙明扬也道，"拉得挺好听的，让我听一听，接受一下高雅艺术的熏陶嘛。"

陈也扫一眼他们："事情做完了？就在这儿看？再说了，这是我女朋友，你们看什么看？"

两个打工人认命地拿起扳手继续干活了，整整又忙活了一个多小时。

其间，张毅和孙明扬就见着他们也哥一动不动地坐那儿，插着耳机重复地看那个视频。

一遍，两遍，三遍，四遍，五遍……看不厌似的。

关键是平时不苟言笑的少年这会儿看的时候嘴角还疯狂上扬，冷峻锋利的脸上此时写满了骄傲和自豪，就宛如一个老父亲，看着自家闺女登台表演。

张毅和孙明扬看得简直毛骨悚然，谈恋爱太可怕了，呜呜！

宁栀把琴还回去之后，又和邹悦重新回到活动中心，把剩下的节目看完。

再回到寝室已经是晚上九点多钟了。

上楼梯的时候，邹悦就拿着手机津津有味地看。

她一边看一边给宁栀实时报数："栀栀，你的票数现在已经排到第二啦，和第一名数学系的街舞只差几十票了。

"啊，你又多了五票！不对，是六票！嘿嘿！"

宁栀有些好笑，感觉邹悦比自己对这个还上心："你别光顾着看手机，小心脚下的台阶呀。"

宁栀从书包里翻出钥匙开门，邹悦跟在她后面进去。

寝室里，姜明薇已经回来了，正坐在桌子前对着镜子卸妆。

见到她们俩，尤其是宁栀，她冷冷地哼了一声，将擦了眼妆的化妆棉往桌上一扔，拿起换洗的衣服就往卫生间走，最后把门摔出"砰"的一声响。

邹悦觉得这人简直有病吧。

她性格直，就不爱惯着小公主的臭毛病：

"没事你摔什么门，摔坏了你出钱修啊！自己跳舞不行摔倒了还好意思把气撒别人身上。

"成千上万的人看着呢，你就那么摔倒了，我要是你都不好意思见人的。你这跳的哪是白天鹅啊，崴脚的鸭子还差不多。"

姜明薇在里面听到气得不行，偏偏她没有邹悦嘴皮子利索，之前几次吵架都没讨到便宜，只能忍下了。

宁栀拉了拉邹悦的手，让邹悦算了，别为这种事吵架影响自己的心情。

她也不知道姜明薇对自己的敌意来自于哪里，从开学莫名其妙到现在。

之前想了半天没想明白，宁栀干脆就不去理了，她也不能要求所有人都喜欢自己。

晚会节目投票在凌晨截止，结果刚一出来，宁栀准备点进链接去看看，邹悦就已经把一张截图发她微信上了。

邹悦：啊啊啊！栀栀你的票数最后几分钟赶超了那个街舞，你现在是第一名啦！！

宁栀看到这个结果，也很开心，第一名意味着一千块钱呢。

她给邹悦回复：那我明天中午请你吃饭呀！

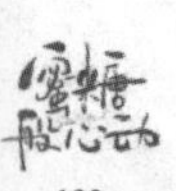

邹悦：嘤！谢谢！

宁栀又戳进淘宝，下单了一箱子坚果小面包之类的零食，收货地址填的是陈也那儿。

她之前暑假去他那个汽车店，经常看到他忙得都忘记吃饭了，备着些零食总归能在饿的时候垫垫肚子。

明天军训，要很早起来，宁栀放下手机就睡了。

然而让她没有想到的是，迎新晚会的事竟然还有后续。

第二天军训，早上还好，到了下午，宁栀站军姿的时候，就感觉好多路过的男生往她这儿看，还是一拨接着一拨的。

中途教官让休息，这些男生过来给她送水，还找她问联系方式，问她有没有男朋友。

那些水宁栀当然不会收，可她摆手不要，他们便往她怀里一塞就跑，跑得还好快，她完全追不上。

最后看着一堆没开瓶的可乐、雪碧、七喜、百岁山，还有红牛，宁栀和邹悦都陷入了费解的沉思。

邹悦作为5G冲浪达人，晚上去食堂吃饭，拿着手机一刷学校论坛，就搞清楚了事情的始末。

“哇，栀栀，你现在可出名啦！”她兴奋地把手机拿到宁栀眼前，“你看这个帖子！”

宁栀低头一看，帖子的标题就是——《这一级新生的颜值也太太太逆天了吧！！！五分钟，我要这个小学妹的全部联系方式！！！》

主楼二话不多说，直接放了张宁栀在晚会上演奏大提琴的高清照片。

照片里的少女五官十分精致，脸只有巴掌大，杏眼却大而亮，水灵有神，仿佛能说话一般。

舞台强烈的灯光打下来，却照不出她皮肤的一丝瑕疵，仍然白而细腻，那两弯细眉如柳叶一般。

整个人透出一股清纯乖巧的气质。

这个帖子一发，跟帖无数，到这会儿已经是热点了。

1L：天啊！这学妹长得好灵的哦！我也来蹲一个联系方式！

2L：果然我妈说得没错，会拉大提琴的女生最有气质了，后悔小时候半途而废没有坚持学下来，呜呜呜！

3L：虽然不想打击楼上的小姐姐，但是吧，这气不气质的，和大提琴也没啥关系，还是得看脸吧。

4L：楼上加一，长成照片里的学妹这样，吹个唢呐都气质满分。

5L：自古外语系出美女，我猜，这学妹是外语系的。

6L：不不不！我就是外语系的，这几天我去每个寝室收个人信息表，还真没看到这样的小仙女！

7L：难道只有我一个认为这学妹比校花宋嫣要好看得多吗？

8L：楼上的大兄弟，你不是一个人，我也真的好喜欢这种清纯的大美人啊。

……

108L：所以半个小时都过去了，还没有好心人说一下小仙女学妹叫什么，哪个系，以及联系方式是什么的吗？

……

232L：好心人来了。这个小仙女学妹是我们中文系的，好像是二班的，名字也超级好听，叫宁栀。

233L：楼上那位兄弟好人一生平安，考试永不挂科。

234L：楼上好人一生平安！！！以后看片儿永远不卡！！

……

357L：啊啊啊，我能说我下午冒着太阳去军训的操场看了吗！小学妹没化妆，全素颜，还穿着绿油油的军训服，然而还是超好看的啊！有图有真相，放一张偷拍的小仙女照片！

那张偷拍的照片里，少女唇红齿白的，一张小脸素净，一点妆没化，皮肤却仍然白得能发光。

她扎着高高的马尾，刘海全部用发卡别了上去，露出白生生的耳垂，看着小巧圆润。

也不知和身边的同伴说了什么，她眼弯着，小月牙一样，脸颊两边露出可爱的小酒窝。

400L：啊啊啊，这小学妹看着也太清纯太乖了，本来我下午没课的，这下子必须也要过去亲眼看看了！

401L：我原本还以为主楼照片是化妆和修过的效果，现在一看素颜，更心动了是怎么回事！这小学妹完全是照着我的审美长的啊！！！

402L：实不相瞒，我其实也去了。实话实说，小学妹不仅长得好看，声音也超甜啊！！听她叫一声学长感觉骨头都能酥了，哈哈哈。

……

宁栀大致翻了翻这个帖子，抬起头，眉头轻轻皱着，问道：“悦悦，这个能删掉吗？”

她不喜欢被这么多人议论，总感觉怪怪的，而且也怕之后又有人要给她送水什么的。

邹悦有点惊讶宁栀想删掉帖子。成为热点帖子的女主角，是多风光多有排面的一件事啊！

但她还是如实说道：“就……栀栀你看论坛的置顶上有版主的联系方式，

你把帖子链接给版主发过去，再拍一张自己的校园卡，证明身份之后版主就会删帖了。”

“谢谢呀。”宁栀放下筷子，拿起自己的手机，按着邹悦说的步骤做了。

论坛版主很有效率，等她们一顿饭吃完，宁栀再戳进论坛，就没看到关于自己的那个帖子了。

之后几天军训，也还会有男生过来，但比起第一天，人数上少了好多。

宁栀终于松了一口气。

然而这口气并没能松多久。一天晚上军训完，宁栀洗完头正拿吹风机吹着，敲门声响起。

她坐的桌子离门最近，关了吹风机，走过去开门。

门口站着隔壁寝室的一个女生，见到她，笑嘻嘻道：“宁栀，楼底下有男生找你，挺帅的，手里还捧着好大一束玫瑰花呢。”

宁栀闻言蹙起眉。

邹悦正在玩游戏，听到这话手机往桌上一扔，噔噔几步跑到阳台，八卦地将脑袋伸到窗户外看了看，然后回过头，“哇”了一声：“真的有啊，栀栀，那玫瑰我看着好大一束呢！”

隔壁女生传完话就走了，宁栀犹豫了会儿，还是决定下去，和这个男生把话说清楚。

楼底下，沈问把一大束玫瑰捧怀里，一身高定，手表是二十多万的欧米茄。

他高调得不行，一身富二代的气息彰显无遗，路过女生纷纷向他投以好奇的目光。

几个兄弟站在旁边，小声道：“问哥，听说这小学妹挺难追的啊，这几天找她要联系方式的男生不少，她愣是一个都没给。”

沈问算是A市这一代二世祖里的典型，平时里没个正形，放纵不羁又花天酒地，到现在为止交过的女朋友能组成个足球队。

他本身长得也很帅，追起人来又大方舍得，买包买钻石带出国玩，什么贵送什么，至今就没败北过。

他才和一个小网红分了没两天，听说这级新生里有个长得特清纯好看的小学妹，这就开始行动了。

闻言，沈问倒是自信心十足：“别人要不到正常，我出马，就没有撩不到的妹子。”

兄弟们齐刷刷捧场：“那是，问哥上次那女朋友可是A大有名的清冷美人，不出一个星期，还不是被咱们问哥追到了。”

他们正说着话，宁栀从楼上走了下来。她才洗完头，头发还没完全吹干，一头乌黑的发散在肩头。

被浴室的热气蒸腾过，她睫毛沾着点水汽，白皙脸颊中透出一层淡淡的粉，像颗才熟了的水蜜桃，格外诱人。

几个兄弟之前也就是有所耳闻，但没来得及看那个帖子就已经被删了，还以为是吹得太过。

现在亲眼一见，他们全看呆了。这么个小美人，谁要能追到，那艳福可真是不浅啊！

沈问看得尤其呆。他也算见过世面的，美女看得不少，但这么好看的，也是少见。

不过这不是他看得呆住的原因，问题的关键是，这女生，他越看越眼熟，越看越有种似曾相识的感觉！

宁栀走到沈问面前，拒绝的话还没来得及说，沈问便抢先一步开口。

他真诚的语气中带着一点困惑："学妹，你长得怎么这么像我小姨啊？"

宁栀和一众兄弟都蒙了。

沈问记得自己有个表妹，小名叫满满。

那时他年纪小，表妹的年纪更小，每年过年团聚的时候，他还牵着小表妹的手一起去别墅外面放过烟花。

再后来，小表妹不见了。

他听家里的大人说，那次是保姆带着小表妹出门，结果就再也没有回来。

他小姨一直没放弃寻找自己的女儿，那几年全国各地到处跑，一听到哪里有人贩子落网，就和小姨父一起过去看。

沈问十岁那年，那个保姆被抓住了。原来当年保姆的老公借了高利贷，没钱还，被威胁着要砍断手筋，于是保姆就动了坏心思。

凭着保姆的口供和描述，警察抓到了当年买他小表妹的人贩子，不过那人贩子说他的小表妹在逃跑的时候就已经被车撞死了。

小姨因此大病一场，家里人再不情愿，也只能接受表妹已经不在了的事实。

那时的沈问知道这个消息，还难过了好一阵。他记得他牵着表妹的小手去放烟花时，表妹嗓音奶乎乎的，一口一个表哥叫。

还有一回，他想要买遥控飞机，零花钱不够，就拿着几十个硬币去找小表妹换钱。

"我用两个硬币，换满满你一张红色的纸币，你还赚了是不是？"

小表妹傻乎乎的，好骗得不行，听完笑起来，然后噔噔噔几步跑到自己房间，把自己厚厚一沓压岁钱都拿出来给了他。

他如愿以偿买到了遥控飞机，虽然之后被他爸知道，狠揍了一顿。

此时，沈问盯着宁栀的脸，左瞧瞧，右看看，还是觉得像他小姨，依稀又看出了几分表妹小时候的影子。

就算是撞脸，也不能眉毛眼睛鼻子都撞上吧？

宁栀被沈问的那句开场白搞得愣住了，缓了缓，声音坚定道："我已经有男朋友了，这花我不能收，你快回去吧。"

她说完转身要走，手腕却被抓住了。

沈问平时吊儿郎当没正形，这会儿却非常严肃。

他盯着宁栀的脸问："你家是哪儿的啊？是A市人吗？你爸爸妈妈叫什么？你和爸妈长得像吗？"

边上几个兄弟听得一脸蒙。

连爸妈都问上了，这是一见钟情立刻打算见对方父母的架势了？问哥这爱河坠得也太快、太猛了吧？！

宁栀被问得莫名其妙，手腕使劲挣扎，奈何他力气大，挣了半天也没挣开。

她有点气了，杏眼瞪着他："你松手啊，别拉拉扯扯的，你再这样我叫宿管阿姨了！"

沈问也有些急了，脱口而出："你和我小姨真的长得太像了，我小姨有个女儿，小时候被人贩子拐走了，这么多年一直没找到。"

宁栀挣扎的动作一顿，怔怔地望向沈问。

暑假的时候，陈也带她去了孤儿院。当年的院长已经退休了，他们几经周折找到那个院长。

院长告诉他们，那时宁栀满身是血被扔在孤儿院门口，都不知道是谁放的，她身上也没有留下一封信。

人海茫茫，宁栀本来都以为这辈子找不到爸爸妈妈了，却没想到还有峰回路转的机会。

她迟疑地看着沈问，抿了抿唇，小声道："我是被爸妈从孤儿院领养回去的，但在那之前出了一场车祸，我好多事都不记得了。"

沈问一听，这可不就对上了吗！

他激动地说道："我表妹当年也出了车祸，没跑了，你十有八九就是我表妹！"

在场几个兄弟全程围观下来，简直被这剧情的发展震得目瞪口呆。

撩妹还能撩到失散多年的表妹啊？！

沈问恨不得立刻把宁栀领回家见他的小姨妈沈静溪，但仔细一想，还是要验个DNA（脱氧核糖核酸），那样才最万无一失。

万一要是搞错了，让小姨空欢喜一场，打击怕是更大。

沈问稍微冷静了点："你能给我一根头发吗？我拿着去做个鉴定。"

宁栀想了想，同意了，揪下一根头发给他。

沈问小心翼翼宝贝似的把那根头发收好："来，我们加个微信。"

宁栀从裤兜里拿出手机，和他一扫。

沈问心里已经很相信宁栀就是自己表妹了。他这会儿看她，已经彻底脱离了男女之情。

他目光满是兄长的慈爱，摸了摸她的头："你军训累了一天了，快点回去休息吧。"

宁栀恍惚地上了楼，能找到父母，这是她一直以来的希望，她当然很开心。

但是又太突然了，她一时没有准备，像是被一个巨大惊喜砸中，她有点蒙，思绪也有点乱。

宁栀没有回寝室，而是走到楼梯尽头，夏夜的风凉凉的，吹在脸上很舒服。

原来她当年不是被爸爸妈妈抛弃的，原来爸爸妈妈也一直想要找到她啊。

手机在手里捏了会儿，她终于给陈也打了电话。

电话很快接通，她蹲在角落里，声音小小的，带着欢喜和期待，又有一丝丝的紧张："陈也哥哥，我好像快要找到亲生父母了。"

沈问一直目送着小姑娘上楼，嘴角挂着堪称和蔼的笑。

这时，一直在旁边默不作声的兄弟几个才敢开口，试探着问："问哥，这是什么新的撩妹招数吗？"

他们知道有"你长得好像我前女友"这种搭讪的方式，但像"失散多年的表妹"这种，却是闻所未闻，头一回听说。

沈问把怀里的那捧玫瑰往垃圾桶里一扔，睨他们一眼："什么撩妹，那是我亲表妹。"

他又沉声警告："你们也不许对她动什么歪心思啊，被我知道就等着挨揍吧。"

兄弟们愣住了。

沈问也没再和他们几个在外面瞎玩了，一路飞车到小姨家。

车停在别墅外，沈问按门铃，家里的阿姨很快过来开门。

"刘婶，我小姨呢？"他迫不及待地问。

"太太和小姐去逛街了，估计还得一会儿才回来。"

沈问于是就坐沙发上等，时不时拿出钱包看一眼，生怕把那根头发丝弄掉了。

沈静溪和姜明薇半个小时后回来。

姜明薇因为表演时摔了那么一下，直接开了假条不参加军训。

她和沈静溪说和室友相处不开心，室友们总是排挤她，还拿自己表演失误的事嘲笑自己。

沈静溪心疼女儿，就让她这几天回来住，今晚去逛街也是为了陪她散心。

见到自己这个侄儿子，沈静溪有些意外："小问，你怎么这个时候过来了？"

沈问笑着道："好久没见小姨了，我想您了啊。"

沈静溪也笑了："今天炖了燕窝，我去给你盛一碗。你们年轻人现在成天熬夜，身体真该好好补一补。"

沈静溪离开后，姜明薇走到沈问身前，笑容甜甜地叫人：“表哥好。你今天要住这儿吗？要不我现在让阿姨给你收拾一间房出来？”

“不用，”沈问淡淡回答，“我待一会儿就走。”

姜明薇对沈问从来都很热情，一声声表哥也叫得甜，但沈问对她却始终没好感。

他始终记得那年，得知表妹车祸去世的消息时，这女生低着头，看似很难过的样子，可那不经意间流露出的眼神，却又完全不是那么回事。

还有一次，他亲眼看见是她打碎了客厅的花瓶，转头却能做到撒谎不眨眼，把过错全赖在保姆那儿。

沈静溪端着一碗燕窝过来。

沈问站起来，忽然故作惊讶道：“啊，小姨，我看见你头上有根白头发啊。”

“我都四十多了，长出一根白头发也是正常的。”沈静溪笑了笑，不以为意道。

“我小姨四十岁了，看着还像三十出头，再打扮一下，走出去说二十五六都有人信。”

一番甜言蜜语把沈静溪逗得直乐，她轻轻一拍沈问的手，笑着道：“从小到大你这张嘴就会哄人，甜得和抹了蜜一样，怪不得从小就招女孩子喜欢。”

沈问也笑了：“我可从来没哄过小姨，每次夸小姨我都是百分百真心的。”

说完，他先斩后奏：“就一根白头发，小姨我给你拔下来啊。”

没等沈静溪反应过来，沈问已经动作迅速地拔下一根头发，攥紧在掌心。

“哎，我忽然想起我还有点事，小姨我先走了啊。”

沈静溪嗔怪：“也不急在这一小会儿，你喝完这碗燕窝再走啊。”

沈问哪里还能等，他恨不得下一秒就知道结果：“真的，小姨，我那事特别急，下回来我再喝啊。”

既然他都这么说了，沈静溪也不再勉强。

把他送到门口，她忍不住又叮嘱道：“你也二十多的人，别再像之前那样胡来，交一个女朋友就好好谈下去，再几天一换的了，你爸又要揍你了。”

沈问心想要不是自己这几天换女朋友，还找不到失散多年的小表妹了，他可是全家的大功臣啊！

他嘴上却乖乖地应着：“知道知道，小姨你别操心了。我回去了，再见啊。”

沈问坐上车，一个油门踩到医院。这家是私立的医院，他家占了不少股权比例。

他把事情一交代，很快有人下去办。

第二天一早，结果就出来了，和他的猜想一模一样。

一大清早的，沈静溪和姜明薇正坐在桌前用早餐，一阵急促的门铃声响起。

阿姨忙过去开门。

门一打开，沈问便像风一样冲了进来。

沈静溪喝着粥，看见一大早上跑过来的侄儿子，实在是有些惊讶。

没等她开口问，沈问直接将一沓检测单放她面前：“小姨，我找到满满表妹了！”

沈静溪手里的勺子摔在了地上，“砰”的一声，碎成了两半。

她不可置信，还以为自己是听错了：“小问，你……你刚才说什么？满满找到了？”

姜明薇也无比震惊，恍若有盆冷水从头浇下，一股冷意从骨头里渗了出来。

但比起惊讶，姜明薇更多的是恐惧，她睁大眼，下意识脱口问道：“怎么可能？几年前警察就证实了，她已经被车撞死了啊！”

沈静溪望向沈问，目光满是期待，又有着害怕希望落空的紧张，声音也带着颤抖：“是啊，小问，当年……”

说到这儿她又顿住，后半句“满满已经被车撞死”的话实在是说不出口。

沈问把桌上的那沓报告又往沈静溪面前推了推：“亲子鉴定不会有假的。小姨你看看这个，我昨天拔你的头发，就是为了拿去医院检测。”

他又瞥了一眼姜明薇，似笑非笑地问：“我听你的语气，怎么感觉你希望满满找不到了啊？”

姜明薇心头一紧，连忙控制住表情，对他露出一个笑，声音却仍有几分生硬：“我怎么可能希望满满找不到？我只是怕表哥你弄错了，让妈妈平白遭受一场打击。”

沈问懒得理姜明薇，只看向小姨。

沈静溪深呼了一口气，指尖颤抖地翻着亲子鉴定书。

她看到鉴定书最后一页，最后一行字：这二者间的亲权概率为99.99%。

黑白的字一瞬间变得模糊，热泪争先恐后地涌了出来，啪嗒啪嗒砸在纸上。

沈静溪连眼泪都来不及擦，情绪激动地看着沈问：“满满在哪儿？小问你快带我去见她！我想见我的满满。”

沈问站起来，抽了几张纸巾递给她：“小姨，满满就在A大，我们现在过去找她。”

“小问，你快和我说说。”沈静溪急于知道女儿的一切，“满满现在怎么样了？过得好吗？”

“小姨，满满现在是A大的新生，念中文系，她长得很漂亮，和小姨年轻时很像，我看到她的第一眼就感觉她是小姨你的女儿……”

两人的声音渐渐远去。

姜明薇还坐在椅子上，捏着勺子的手越来越紧，目光流露出深深的怨毒。

这一晚上宁栀睡得也不踏实。

梦境反复跳跃，一会儿是小时候，一会儿是现在，等她醒来时，外面一片漆

黑，星星还挂在天上。

宁栀拿起手机看了眼时间，才四点钟，她再次闭上眼，却怎么都睡不着了。

到六点半钟，学校的广播准时响起，邹悦痛苦地“嗷”了一声，认命地坐起来穿衣服。

她们军训还没完，七点钟就要去操场集合。

宁栀也坐起来，却没有立刻换衣服，而是拿起手机，看没有新的消息。

她又开始紧张，心里惴惴不安的，开始害怕是那个男生搞错了，害怕一切只是巧合。

邹悦爬下床，洗漱完，看见宁栀还呆呆坐在床上：“栀栀，快起来啊，马上要集合了！”

“啊，我马上起来。”宁栀回过神，把帘子一拉，开始换衣服。

集合之后先是站半个小时军姿。

“别乱动啊，被我发现了，一个人多加一分钟。

“中间第二排的女生，别顶风作案啊，我看见你手动了下，这次就算了，下次再被我发现，全班一起罚。”

远远的，辅导员走过来，对教官说了句话，然后宁栀就被叫出列，和辅导员一起去了院长办公室。

辅导员对她说，家里人有事找。

宁栀隐约猜到了自己被叫出来的原因。

到了院长办公室，会议室的门推开，沈静溪就一下子站了起来。

亲眼所见的震撼比亲子鉴定报告上那一行字的结果还强烈。

模样实在是太像了，哪怕没有那份鉴定，沈静溪也能笃定，眼前的女孩子就是她女儿，是她失散多年的满满！

她眼泪一瞬间又掉了下来，几步过去，将宁栀紧紧抱住：“满满，这么多年，妈妈终于找到你了！”

血缘亲情真的是件特别神奇的事。

哪怕十多年没见，宁栀面对紧紧抱着自己的女人，尽管有些生疏和距离感，但也从心底生出想要亲近的念头。

沈静溪哽咽着祈求道：“满满，你叫我一声妈妈好不好？”

宁栀眼眶也有些红，张了张嘴：“妈妈。”

沈静溪流着泪，兴高采烈地应下，把她抱得更紧：“我的满满终于找到了！”

沈静溪给宁栀请了假，直接带她回家。

沈问在前面开车，沈静溪和宁栀坐车后面，这一路她都紧握着女儿的手。

“是妈妈不好。那天是妈妈没有去幼儿园接你，要是我去了，那个保姆就没有机会把你拐走了。这些年我的满满在外面受苦了。”

沈静溪语气自责又内疚，说着，眼眶一红，眼泪又要掉下来。

宁栀攥着纸巾，轻轻给她擦眼泪：“妈妈，我没有受苦。”

沈问开着车，也安慰道：“小姨，这事怪不着你，你别自责啊。”

沈静溪被两人劝着，终于止住了眼泪。

沈问想着要扯个轻松的话题，把气氛活跃一下：“小姨，你还不知道吧，满满已经交了男朋友了。”

沈静溪愣了愣。

在她印象里，她的满满还是那么一丁点大，走路要人牵着，晚上不敢一个人睡觉，奶声奶气地叫着妈妈，要妈妈陪。

她再看看身旁的女儿，眉眼褪去当初的稚嫩青涩，出落得十分精致。

是真的长大了，小女孩转眼就变成了亭亭玉立的少女。

“满满，你男朋友和你是一个大学的吗？他人怎么样，对你好吗？”沈静溪问道。

“不是的，他读完职高就没有念书了，现在在宜市开了一家汽车改装店，我们从小就认识了。”

宁栀从不认为陈也没有念大学就有多么差劲。只是第一次和妈妈谈到自己的恋爱情况，她有些害羞，说完头就低下去了。

然而听她说完，沈静溪就轻蹙起了眉。

不说别的家世什么，光是修车的，这能是什么好前途？

在沈静溪心中，自己女儿千好万好，配什么样的青年才俊都绰绰有余，怎么能和个修车工在一起，那未来不是都耽误了吗？

只是才见到女儿，沈静溪也不好在此时多说什么，她换了个话题，柔声问：“满满，你这些年怎么过的，收养你的养父母对你好吗……”

不多久，车开进别墅区，宁栀透过车窗，看到外面的景象。

一栋栋独立的别墅拔地而起，前面是开阔的绿茵草地，清澈的湖水映着阳光，波光粼粼的，几只白色的小天鹅游来游去。

“满满，你小的时候，妈妈总是带着你到这个湖边喂鲤鱼，你还记得吗？”沈静溪问宁栀。

那场车祸让宁栀把之前的事都忘干净了。

可现在回到这里，听沈静溪一提，那些模糊的记忆似乎慢慢浮现出一点轮廓。

“好像，有一点印象。”

沈静溪对当年的事记得一清二楚，笑着道：

“你当时问我这些鱼怎么不出来吃你喂给它们的食物呀，我说因为你上午已经喂了馒头，鱼儿都吃饱了，所以下午就不出来吃了。

“你还很担心地和我说，满满一天要吃三顿饭才能长高高，小鱼只吃一顿饭，是不是就长不大了呀。”

想起女儿那时天真稚气的话语，沈静溪脸上的笑容越发温柔，又带了一丝对过去的回忆。

沈问也来了兴趣，问宁梔：“满满，你还记得小时候，我找你用两个硬币换一张一百，然后你高高兴兴把自己所有压岁钱都拿出来给我的事吗？”

宁梔对这个没印象，诚实地摇了摇头。

沈问有点失望地“唉”了一声。

但转念一想，这算不得什么光辉事迹，表妹要是还记得，反而会影响他在她心中高大伟岸的形象！

回到家，客厅的沙发上坐着一对男女。

见他们回来，两人立刻站起身，朝他们迎了过去。

“爸，妈。”沈问叫了声，“你们这么快就过来了啊？”

沈青石和苏蓉当年都很喜欢这个小外甥女，又乖又可爱，软糯糯的一小团，还会用小手给他们剥花生米和杏仁。

可比他们家里那个整天瞎闹腾，又爱惹是生非的混世小魔王省心多了。

听闻满满被找回来了的消息，沈青石和苏蓉震惊不已，当即就让司机开车来到姜家别墅。

这会儿，夫妻俩看都没看自己儿子一眼，几大步直接走向宁梔。

沈青石向来坚毅的面容露出动容之色。

苏蓉伸手，笑着摸了摸宁梔的脸，眼中闪烁着泪光：“满满，你终于回家了。”

沈静溪在旁边提醒：“满满，这是你舅舅和舅妈。”

宁梔望着眼前男人和女人慈爱的目光，轻声叫人：“舅舅舅妈好。”

沈问被自家亲爹亲妈完全无视掉了，他一点没介意，得意扬扬道：“爸妈，姑姑，满满可是我找到的呢。你们说，我现在是不是家里的大功臣？”

沈静溪早已感激不尽，笑着回应：“是，这次多亏了小问了。”

沈青石一向嫌自己这个儿子吊儿郎当不务正业，天天和一群狐朋狗友厮混，见面就没有一次不数落沈问的。

这回，他“嗯”了声，难得对自己不着调的儿子露出个好脸色：“你总算办了个正经事。”

几人围坐在沙发上，话多得说不完，再加上沈问是个性子活跃会来事的，气氛十分融洽。

姜明薇从房间出来，站在二楼往下望，看见的就是这么一副其乐融融阖家团圆的画面。

宁梔坐在正中间，众星捧月一般，一向严肃的舅舅此时眼角眉梢满是笑意，舅妈亲切地抓着她的手。

还有从来对自己冷淡的表哥，现在一口一个“满满表妹”，叫得要多亲热有多亲热。

没有人记得她，连妈妈也是，所有人的关注宠爱都到了宁栀那儿，仿佛这个家里她是不存在的一般。

姜明薇冷冷地勾起嘴角，她就知道，只要这个亲生女儿一回来，她所拥有的一切都将消失不见。

她望向宁栀的目光冰冷，含着深深的怨毒。

当年那场车祸，怎么就没把宁栀撞死呢，要是她死了，该有多好啊。

姜明薇深呼出一口气，敛去脸上所有不合时宜的表情，走了下去。

姜明薇看着宁栀，脸上露着笑，语气透出发自肺腑的高兴："原来栀栀你就是妈妈失散多年的女儿，我们还被分到一个宿舍里，看来缘分真的是太奇妙了。"

宁栀见到姜明薇，眼微微睁大，实在是诧异。

在回来的路上，她听说妈妈从前收养了一个女孩子，却没想到，那个女孩子是姜明薇。

她还有些发愣时，姜明薇又开口，这次声音里带了歉意："之前我不知道你的身份，住寝室时和你闹了些小矛盾，你别怪我行吗？"

那几天的相处下来，宁栀并不喜欢姜明薇，但是要说真有什么深仇大恨，也算不上。

对上她热切的目光，宁栀摇头："都是小事，没关系。"

沈静溪也十分意外，没料到世上竟有这样大的巧合，惊讶道："满满你和薇薇原来还是室友啊？"

宁栀又点点头。

姜明薇接过话："是啊，我当初看到她，就觉得和妈妈长得有点像，我还当是巧合，怎么都没想到她就是妈妈失散多年的女儿。"

沈静溪这些年也是把姜明薇当自己亲生女儿一样疼爱，闻言笑着说道："满满比你要小半岁，从今往后就是明薇你的妹妹了。"

姜明薇垂在身下的手攥紧，指甲嵌进掌心，转瞬却又笑起来，还握住了宁栀的手："那可真好，我从小就想有个妹妹，这下可算是能如愿了。"

宁栀想起姜明薇第一次见到她时苍白的脸色和像是见了鬼一样不安而惊惧的目光。

她心里仍有些不太舒服的感觉，但是没说什么，只轻轻把手从姜明薇的手中抽了出来。

晚上，姜平潮从国外赶回来，他本来在谈一笔重要生意，早上接到妻子的电话，立刻就让秘书订了最快的机票。

下了飞机，他一刻也没停歇，让司机用最快速度开回家。

见到和妻子年轻时像极了的女孩，久经商场的男人也禁不住眼眶一热。

他凝望着宁栀，眼眶湿润了，终于，唤出了当年亲自取的小名：“满满。”

父女久别重逢，又有好多话要说。

到了深夜，沈静溪领着宁栀回房休息。

她走失的那些年，沈静溪经常会来这儿坐坐，时常一坐就是一下午。

房间很多年没有人住了，但仍打扫得干干净净，里面的装修布置也和从前一样，没有一点改变。

宁栀推门走进去，挂在门上的紫色风铃随着她的动作，发出一阵丁零零的清脆声响。

这房间布置得特别温馨，一看就知道是小女孩住的。

淡粉色的墙壁，中间是一张很大的公主床，上面放着一只超大号的泰迪熊。

飘窗那儿有一串星星灯，在夜里一闪一闪的，墙角还有一个小小的秋千。

沈静溪将手上端着的热牛奶放到书桌上：“时间不早了，满满你把牛奶喝了就早点休息。”

“谢谢妈妈。”宁栀轻声道。

沈静溪摸了摸她的头，笑容慈爱：“傻孩子，和妈妈有什么好客气的。这间房一直没变过，你要是觉得哪里住得不舒服，明天和妈妈说。”

等沈静溪走后，宁栀坐到床边，端起杯子喝光牛奶。

牛奶很甜，她心里也泛起一丝甜意。原来被家人疼爱和在乎，是这样的感觉呀。

宁栀拿出手机，看时间，现在好晚了，她也不知道陈也睡了没。

戳进微信，她敲字发了条信息过去：陈也哥哥。

她脱下鞋，躺到床上，这时手机响了。

那边拨了一个视频通话来。

宁栀按下接通键，屏幕上出现少年棱角分明的面容。

她和他说：“陈也哥哥，我今天找到了爸爸妈妈，还见到了舅舅舅妈，还有一个表哥。”

陈也首先问出最关心的问题：“他们对你好不好？”

“都对我很好。”宁栀点头，“妈妈给我看了小时候的相册，讲了以前的很多事，我模模糊糊想起来了一些。”

“对了，我给你看我小时候住的房间。”

她说完，将手机方向一转，对着房间转了一圈。

陈也看见她的闺房。

比之前那个小杂物间改成的房间要好太多了，精致又温馨，看得出来父母是真的疼她。

他弯了弯嘴角，心里也开心。

他的小姑娘就是世上最好的，本该好好地被人放在掌心里宠着。

沈静溪回到房间，姜平潮正在站在窗边和秘书打电话。

“我这里有重要的事，暂时不方便过去。你和对方负责人继续沟通接洽，等合同谈妥了，我再飞过去签字。”

见到妻子进来，他最后说道：“行，就这样吧，有问题再打给我。”

沈静溪走过去，柔声道：“你坐了十几个小时的飞机回来，辛苦了。”

“还好。”姜平潮回道，“我打算明天就联系满满的养父母，把她的户口都改过来。”

沈静溪点点头：“这事是要快点办。虽然满满没明说，但我看她提起养父母的神色，感觉收养她的那对夫妻对她并不是多好。”

顿了顿，她接着道：“不过毕竟当初是他们把满满从孤儿院里接出去的，要不然满满也不会到这里念书，我们也不会找到她。所以我想着，我们还是好好感谢他们。”

“嗯，这个应该的。”他望向妻子，笑了笑，“满满找到了，你再也不用半夜偷偷抹眼泪了。”

沈静溪也笑了，庆幸道：“是啊，幸亏老天保佑，满满当年能死里逃生，平平安安地长大，现在还这么优秀。

“过几天我得去寺庙还愿，香火钱也得多捐些。”

想起上午的谈话，沈静溪叹了口气，对丈夫说：“我听满满说，她交了男朋友。不过那个男朋友没有念大学，现在好像在开个什么修车店。”

姜平潮听完，眉头就皱了起来：“满满怎么会和这样的人交往？”

“我听满满说，他们是从小一块儿长大的，那个男生一直对她很好。”

“那也不行。”姜平潮否定道，“一个连大学都考不上的小混混儿，以后能有什么前途。”

沈静溪叹了口气，露出一丝为难：“可我看满满好像很喜欢那个男生，提起他时，她语气都是很开心的。”

姜平潮摇头：“那种小混混儿，最会讲些花言巧语骗女孩子的欢心。满满现在还小，很多事不明白，兴许只是被那人蒙骗了。我们做父母的，可不能由着她胡乱来。”

沉思了几秒，他又说道：“行衍不是快从国外回来了吗，我看他不错，满满没出事前总和他一块儿玩。”

纪家和姜家是世家，关系一直不错，平时走动也勤。

纪行衍是家里独子，二十二岁，才在美国修完金融课程，已经开始接手家里的生意了。

沈静溪犹豫了下：“可是明薇一直对行衍有意思。”

“明薇是对行衍有意思，可是我看阿衍却不像是喜欢薇薇的样子，要不然他们从小一块儿长大，不至于到现在也什么进展都没有。”

他将妻子搂住，望着窗外的沉沉夜色，冷静道："静溪，我知道这些年你对薇薇很好，可毕竟满满才是我们的亲生女儿。行衍年轻有为，以后把满满和公司交到他手上，我们也能放心啊。"

沈静溪犹豫半晌，终是点了点头。

张瑛和宁旭升做梦也想不到有天自己会被开着宾利车的司机接走。

直到走进A市高级的旋转餐厅内，两人都还处于精神恍惚的状态。

姜平潮站起来，向他们伸出了手："你们好。"

宁旭升和张瑛望着眼前西装革履，一眼看上去就是有钱大老板的男人，赶忙将手递了过去，殷勤地握住："您好，您好！"

在过来的路上，他们已经从司机口中得知，要见自己的人就是宁栀的亲生父母。

这次特地把他们接到A市，就是为了把宁栀认回去。

身着燕尾服的侍者恭敬地端上几杯咖啡。

白瓷杯精致，小银勺在灯光下发着淡淡的光，十分具有高级奢华感。

宁旭升平时都用几块钱的茶叶泡水喝，哪曾享用过这个。

他觉得新鲜，当即端起往嘴里灌，却不小心被烫到了舌头，模样有些狼狈好笑。

张瑛嫌弃得不行，用胳膊肘捅了他一下，示意他别在外人面前表现得像个没见过世面的土包子一样！

接着，她自己端起咖啡杯，学着电视里看过的样子，一口一口慢慢抿着喝。

沈静溪并没在意这些小细节，露出一个温婉的笑："辛苦你们过来，想必你们也知道我们的来意。我们就满满这一个女儿，现在找到了，我们想和你们商量一下把她接回来的事。"

张瑛一听就急眼了，也顾不得端着什么姿态形象了，她把手里的杯子往桌上一搁，几滴咖啡溅了出来。

"那可不行！这些年我把她从小养到大，可是花了不少钱的，怎么能你们说接走就接走，那我不是啥都没落着吗？"她急吼吼道。

笑话！她养的这个女儿这么好看，她可是指望着以后嫁人时收一大笔聘礼钱的！

宁旭升往常和妻子吵得不可开交，这回却完全统一到了同一条战线上。

他立刻开口帮腔："那是！总不能我们夫妻辛辛苦苦把孩子拉扯大，等孩子长大了，马上能工作赚钱了，你们就把她认回去吧？你们也太会捡便宜了，我和我老婆亏大了啊！"

姜平潮和沈静溪听他们这样说，心中都升起强烈的不满。

这对夫妻话里话外只有钱，没有一丝半点对女儿的感情和不舍，谈论起满满像是谈论商品一样，可见他们之前对女儿也好不到哪儿去。

沈静溪蹙了下眉，却不多说什么，而是直接拉开包，取出一张支票：“我们知道这些年里你们抚养满满不容易，这些钱，就当是我们对你们的感激。

“一点小心意，不成敬意，希望你们收下。”

她说完，将一张支票轻轻推了过去。

宁旭升忙低头看向那张支票，那一串长长的零将他震住了，他赶紧戳着手指头去数。

张瑛做会计的，对数字敏感得多，看一眼就知道是多少钱了。

她心花怒放，眼睛都冒光了，伸手一把将支票夺过，然后小心地折叠好塞到自己包包里，生怕慢一秒，对方就后悔把支票收了回去。

宁旭升不满地嘀咕：“干啥啊你，我还没数清楚是多少钱呢。”

张瑛瞪他一眼，转而望向沈静溪，一改之前的言辞，脸上堆满了笑容，谄媚道：“我也是有女儿的人，非常能理解你做母亲的心，女儿好不容易找到了，当然要接回去，手续什么的只要你们时间方便，我们立刻和你们一起去办。”

姜平潮对这个结果满意，也不意外，点点头：“既然今天你们过来了，就别耽搁了，我们待会儿就去把手续办了。”

张瑛和宁旭升这对夫妻见钱眼开，现在笑得都合不拢嘴了，还有什么不肯答应的。

闻言，他们马上点头：“好好好！一切听你们的意思。”

沈静溪想了想，又问：“我听满满说，她有个从小关系很好的玩伴，叫陈也，你们知道这男生的情况吗？”

“这人我们可太熟了！”张瑛脸上满是讨好的笑，“他从前住我们家隔壁，小时候就爱带着栀栀到处玩，两个孩子感情是真不错。就是他家情况实在有些复杂，他爸从前爱赌博，房子输了几套，后来在牌桌上和人发生争执，拿起水果刀捅死了人。”

“他妈妈啊，也不是什么省油的灯，仗着自己有点姿色，和厂里几个小干部不清不楚，有次还被人家老婆指着门骂呢。”

说到这儿，张瑛笑了声，仿佛看到了什么好戏：“他爸一死，不到一个月，门口贴着的挽联还没撕下呢，他妈妈就找好了下家。”

“至于这孩子啊，小时候就经常打架惹事，成绩也烂，高中没有考上，去读了个职高。不过他后来从我们那儿搬走了，现在是个什么情况我也不太清楚，我估计也不怎么样。”

沈静溪越听心越往下沉。

她原本只以为这男生学历低，却没想到他的家庭环境这么复杂糟糕，有个杀人犯的父亲，还有个男女关系搞得不清不楚的母亲。

等回到车上，她紧蹙着眉，转头望向姜平潮，一把握住他的手，眼中饱含担忧和急切：“平潮，我们满满可不能再和这样的人扯上关系啊。”

姜平潮安抚似的轻轻拍了拍她的背："放心，我心里有数的。"

晚上十点钟。

KTV 里，薛斌把一首《我的中国心》唱得鬼哭狼嚎。

那个调跑得啊，就没一个音准过。

成一鸣终于忍无可忍了，他抓起沙发上的一个抱枕朝薛斌身上砸去："够了啊你，别唱了，再听你唱下去我半条命都没了！"

薛斌完全不受影响，饱含深情和热泪地号完最后一句："就算身在他乡也改变不了我的中国心！"

最后那个字的调拖得老长。

他回头，用谴责的目光望着成一鸣："你就不能理解一下吗？我都即将要离开亲爱的祖国母亲的怀抱，奔赴异国他乡孤苦伶仃求学了！"

最近一次雅思考试，薛斌感天动地，终于考到了四点五分。

虽然分数仍然少得可怜，但至少够申请个国外的学校了。

成一鸣嗤了声，很不给面子地拆台："少给我装，什么孤苦伶仃，你不是和夏筱桐双宿双飞去美国留学吗？脱离了你爸你妈的管教唠叨，不知道有多爽。"

付凯深有感触地吐槽道："我现在天天跟着我爸学做建材生意，经常跑工地，简直要疯。你去美国，多少金发碧眼的美女小姐姐啊，幸福死了好不好？"

几人斗嘴时，陈也低着头，隔绝于吵闹声外，专心致志地看小姑娘发过来的消息。

1 栀栀：我刚上完晚自习，现在刚回寝室。

1 栀栀：我和你说哦，今天中午我去开班会，开了好长时间，我都来不及睡午觉的，结果下午上课简直困死啦！！打哈欠时一下被老师看见，还被点起来回答了一个好难的问题。

1 栀栀：对啦，家里周姨做的糖醋排骨超好吃，我昨天在家学了半天，已经快学会了，等放假我回宜市做给你吃呀！

1 栀栀：陈也哥哥，我现在要去洗头洗澡啦，晚点再和你聊，不然等会儿就没热水了呀。

一条条微信分享着她的日常，陈也仿佛能想象小姑娘上课时困得要命，却强撑着精神，脑袋一下一下点着的画面。

他嘴角勾起，心情有些好，然后敲字回复。

好。

那你今天晚上就早点睡，别熬夜了。

他修长的手指戳进表情包，按下一个发了过去。

三人插科打诨了半天，突然留意到边上的陈也一直没吭声，全把脑袋凑过去，看他在干什么。

然后就目睹了他们也哥，从前非常冷酷，能动手绝不多说一句话的人，现在嘴角勾着一丝宠溺的笑，手指按着一个粉嘟嘟的小猫咪挥小爪子的表情包发出去。

成一鸣、薛斌、付凯一阵沉默。

想想从前，他们每回给他发消息，超过五个字他就懒得打字回了，直接一个语音过来。

什么时候他们收到过他这么萌、这么软、这么有爱的表情包啊？！

女朋友和兄弟的待遇果然是天差地别的！！

这时，陈也的手机响了，上面显示着一串陌生的数字号码。

他手指滑了下，接起来，刚才还漫不经心的表情一下子收住，跷起的腿也放下，坐得相当正儿八经。

正喝酒的薛斌也惊讶到了，啤酒瓶还对着嘴巴，却忘了喝。

陈也十分客气有礼貌地叫了声“叔叔”，接着说道：“好，我知道了，叔叔再见。”

这一口一个“叔叔”叫得客气又礼貌，还是他们当初暴躁起来直接拿酒瓶往人脑门抡的也哥吗？！

陈也讲完挂断电话。

三人张大嘴巴，用一种“完犊子了，也哥一定是被什么奇怪的脏东西附体”的表情看着他。

薛斌忍不住问：“也哥，谁打来的电话啊？”

陈也说：“栀栀她爸。”

顿一顿，他补充道：“亲的。”

三人已经知道了宁栀的身世，闻言露出恍然大悟的神色。

哦，未来岳父啊，那是得客气些。

付凯又好奇地问：“那宁栀妹妹的爸爸找你有啥事啊？”

“让我去A市一趟,他说他们要给她办一个生日宴,让我过去给她一个惊喜。”

薛斌兴致勃勃道：“也哥，你这是要见家长的节奏哇！”

付凯也激动地说道：“也哥，你这次过去可得好好表现，毕竟第一次见家长啊，印象分很重要的！要是你表现得没让她爸妈满意，以后想娶她可就难了！”

“哦，对了！也哥你这次过去一定要记得带东西，千万别空着手去啊。”

几个人操心地七嘴八舌，激动得仿佛是自己要上门见家长。

陈也翘起嘴角，掀起眼皮看他们一眼：“这些我还能不知道？”

去A市之前，陈也上网查了查第一次见女朋友家长的各种注意事项。

很多遍看下来，他都快能全文背诵了。

他平时都是T恤牛仔裤那种随意的穿着，这次特地买了几身正式的衣服，额

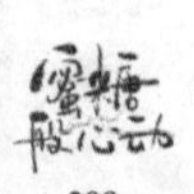

发也梳了起来。

临行前，他把店里的钥匙给了孙明扬：“这几天我有事出去，店里你们照看一下。”

“也哥，你今天简直帅到没朋友啊！”孙明扬说。

陈也心情很好：“过两个月给你们加工资。”

等出了高铁站，就有司机开车来接，一路开进别墅区，又领着他进去。

别墅的客厅很大，装潢奢华雅致，高高的天花板上悬着欧式的水晶吊灯，墙壁上挂着几幅抽象派的油画。

宁栀的家世比他以为的还要好上很多很多。

陈也坐下之后，家里的阿姨端茶给他，等了有一会儿，他没有见到宁栀，却见到一个男人走了出来。

男人四十来岁，气质儒雅，目光却沉着锐利。

陈也猜这个男人应该是宁栀的爸爸，站起来，客气叫了声：“叔叔。”

姜平潮向他微一颔首：

“你先坐下吧。

“满满下午出去和行衍看一场大提琴的演奏会了，估计你得等些时候他们两个才能回来。”

陈也笑容收住，双眸蓦地抬起。

姜平潮不动声色，啜了一口茶，缓声道：

“我听满满说，你和她从小一块儿长大，一直都很护着她。只是满满年纪太小了，我和妻子担心她还分不清感激和感情的区别，一时糊涂，和并不适合自己的人谈了恋爱。

“满满成绩很好，我和妻子都有送她出国的打算。我和她聊过，她却并不愿意，至于原因，相信你也能猜到，是因为你。”

陈也捏着茶杯的手一下子握紧，眼中的神色冷了几分，却没有说话。

姜平潮点到为止，也不再多言。

正这时，门铃响起，家里的阿姨连忙开门。

姜平潮笑了笑：“应该是满满他们回来了。”

陈也朝门口看过去，看见了两个多月没见的小姑娘。

小姑娘今天很漂亮，身上披了件大衣，里面是一身黑色的小礼裙，踩着双高跟鞋，头发挽起来，露出雪白好看的颈子和隐隐一点锁骨。

她旁边，站着一个相貌英俊的男生。

两人看着确实是很般配的样子。

第九章·很般配

宁栀下午确实被沈静溪带着去听了音乐会。

出发前，沈静溪亲自给她挑了裙子，又拿着一双高跟鞋递给她，笑着说道：“满满今天穿这身，这身好看。”

宁栀的衣柜里已经挂满了各式各样奢侈大牌的裙子，都是沈静溪前些时候带她去买的，只是她一直上学，也没机会穿。

“妈妈，你等我一会儿。”宁栀听话地去换上。

换好之后，她走出来。

黑色的小礼裙勾勒出她完美的曲线轮廓，一字肩的样式露出她精致平直的锁骨，不仅有着少女的可爱，还显出几分优雅高贵的气质，仿佛天鹅湖上最美丽的那只黑天鹅。

沈静溪笑起来，替她将长发挽起：“我女儿平时随便穿穿就好看，这稍微一打扮，更是好看得都让人挪不开眼了。”

宁栀有些害羞，脸红了红。

她看着镜子里的自己，是感觉和之前都不太一样。

她想，等音乐会结束了，回来之后就拍一张照片给陈也哥哥发过去。

到了音乐会大厅外，沈静溪没马上带着她进去，而是站在了门口。

“满满，我们先在这儿等一会儿呀。”

宁栀疑惑着还要等谁，还没来得及开口问，一辆黑色轿车就停到她们身前。

她下意识抬眼看过去。

车门打开，走出来的男人年纪不大，二十三四岁的样子，一身剪裁得体的西装，个子很高，目测一米八几，气质沉稳矜贵，相貌也很斯文。

一起下车的还有个女人，四十多岁，却不显老，眉眼间反倒有种成熟的美和韵味。

宁栀和这个年轻男人的目光撞上，她率先收回了目光。

沈静溪脸上露出个笑，牵着宁栀往他们那儿走。

女人笑吟吟地开了口："静溪，你女儿和你年轻时可真是像。恭喜你得偿所愿，找到了满满，这些年你也是不容易。"

沈静溪感激道："是老天爷可怜我，才让我的满满福大命大，当年逃过一劫。"

转头，她对宁栀说："满满，这位林阿姨，和妈妈是多年的好朋友了。"

宁栀礼貌叫人："林阿姨好。"

沈静溪又给她介绍："这是你林阿姨的儿子，行衍。满满，你以前都是叫他行衍哥哥的。小时候你最喜欢和他玩了，每次我带你去林阿姨家，你和行衍玩得都不愿意回家了。"

宁栀看着眼前的年轻男人，小时候的那些事真的一点印象都没有了。

她张了张嘴，"行衍哥哥"几个字却一下子叫不出口。至今为止，她只那样亲昵地喊过陈也。

"你好。"她抿了抿唇，只能这样打招呼。

纪行衍望着她，漆黑的眼里带着温和的笑意："满满妹妹，好久不见。"

沈静溪和林婉知也不在意，只当宁栀是害羞，两个人挽起了手："演奏会快开始了，我们也快进去吧。"

她们走在前面，宁栀只能和纪行衍并排跟在后面，一时也无话。

"我听沈阿姨说，你现在在 A 大念书？"纪行衍侧眸看向她，突然出声打破了两人间的沉默。

宁栀一愣，随即点头："嗯，A 大中文系。"

"那真巧。"纪行衍笑了声，"我外婆就是 A 大的教授，也是教中文的。"

宁栀"啊"了一声，实在惊讶，又有点儿好奇，顺口问："那你外婆姓什么呀？"

"阮。"他回答。

她更加惊讶，偏过头望向他："我现在有一门《中国古代文学》的专业课，就是阮教授在教。"

纪行衍对上少女睁得圆圆的杏眼，笑着说道："那你们这学期期末可惨了，我外婆从来不给学生划重点的。"

宁栀下意识说："那本书可厚了。"

沈静溪和林婉知回过头，就见两孩子一人一句，有来有往地聊着。

两个女人互看一眼，默契地同时抿唇，露出个笑。

等到了音乐厅，沈静溪让宁栀和纪行衍挨着坐一块儿，自己则到后排和林婉知一起坐。

一场大提琴的音乐会听完，已经是两个小时之后。

林婉知对宁栀说："我和你妈妈去喝杯下午茶，满满，你就让行衍送你回去啊。”

宁栀不想麻烦别人，连忙摆手道：“阿姨，不用的，我自己打车回去就行。”

林婉知却坚持：“这个地方不好打车的。而且行衍前段时间一直在国外，好久没见你爸爸了，今天正好过去拜访一下。”

沈静溪也在一旁劝：“是啊，满满，行衍送你回去，妈妈也放心。”

她们都这么说，宁栀只好答应了。

她和纪行衍一起走到那辆黑色的迈巴赫前，他十分有绅士风度，给她拉开了门，手还放在车门上替她挡了挡。

开车回去的这一路，宁栀有些安静。

虽然妈妈说他们小时候关系亲密，可毕竟现在长大了，而且那些事她全都不记得了。

现在的纪行衍对她来说，就是一个陌生的男人。

和陌生的男人单独待在车厢这样狭小而封闭的空间里，宁栀不是特别自在。

她头偏向车窗，看着外面的街景。已经到了初冬时分，街两边的银杏叶枯黄了大半，瑟瑟地在风中打着颤。

冬天的太阳落得早，现在才五点不到，天已黑了下来。

宁栀想起陈也，不知道他现在店里忙不忙。

她有点想他了，也想发条微信给他。

但转念一想，现在自己坐别人的车上，人家在开车，她要是拿着手机玩，好像不太礼貌，于是也就忍住了。

这时，耳边传来一声低笑，在寂静的车内很清楚。

宁栀将脸转了过去，困惑的目光投向纪行衍。

纪行衍手握在方向盘上，在信号灯变成红色时踩住刹车。

他偏了偏头，对上她乌溜溜的双眸，嘴角轻弯，露出几分笑意：“这么多年，你性格还是没变，和小时候一样。”

她一怔，眨了眨眼：“我小时候的性格是怎么样的啊？”

纪行衍望着她。少女的皮肤很白，如同最细腻的白瓷，睫毛卷翘，落下很浅的阴影。

她那双眼纯净清亮，像一汪秋水，没有一丝杂质。

“特别乖，一点不像别的女孩子，叽叽喳喳爱说话。”

他笑了声，露出回忆的表情：“一个人，搬小板凳坐在鱼缸前，看着里面游来游去的热带鱼，都能托着腮看半个小时。”

小少女安安静静地坐着，就让别人目光不自觉看过去，就如现在这样。

车开到别墅门口停下，宁栀推开车门，脚向外迈去。

天色昏暗，她没留心地面有个很小的坑洼。

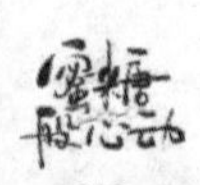

再加上是头一回穿七厘米高的高跟鞋，还是极细根的那种，她整个身子向前一倾。

幸好她反应快，手扶住了车门，身子晃了晃，最后没摔，但脚踝却是实实在在崴到了。

纪行衍赶紧下车，过去扶着她，神色担忧地问："满满你没事吧？"

脚踝那儿传来一阵刺骨的疼，宁栀脸色瞬间变得有些苍白。

她摇了摇头，嗓音因疼痛而带上了细细的颤抖："还好。"

纪行衍伸手扶住她的胳膊。

宁栀不是很习惯和别的男生有肢体上的接触，从小到大，她只和陈也牵过手，只让他抱过自己。

"谢谢，我自己可以走的。"

纪行衍没有勉强，松开了扶着她胳膊的手。

门铃按下，阿姨很快过来开门。

纪行衍道："阿姨，满满下车时不小心崴到脚了，麻烦你拿袋冰袋来。"

宁栀换下高跟鞋，一抬头时，便看见了沙发上坐着的少年。

她眼睛一下亮了，嗓音清甜温软，透出惊喜："陈也哥哥，你怎么过来啦？"

也顾不上自己脚崴了，小姑娘另一只脚踩着棉拖鞋，单脚就往他那儿蹦跶。

就像只欢快的小兔子，还是见到了胡萝卜的那样。

陈也立刻站起来，几大步走向她，一只手搂住她腰，另一只手挽住她胳膊，将人稳稳扶住。

他皱眉："还蹦，也不怕把另一只脚也蹦崴了。"

宁栀笑眯眯的，一点也不怕："见到你我高兴呀。"

她小脑袋一转，又眨巴着眼地望向他，好奇地问："对啦，你怎么会过来的啊？"

陈也搂着她腰的手一紧，声音有些低："你爸爸让我过来，参加你几天之后的生日宴会。"

宁栀愣了愣，她没想到爸爸妈妈要给她举办生日宴会，更重要的是，还特地让陈也过来了。

"爸爸，你叫陈也哥哥过来，怎么没和我说一声呀？"她看向姜平潮，语气带着欢喜。

姜平潮对女儿温和地笑了笑："这样你不是才有惊喜吗？"

陈也扶着宁栀坐到沙发上，阿姨已经从冰箱拿了冰袋过来，他接过来后说："这脚都肿了，快敷一下。"

宁栀接过冰袋，敷到肿起的脚踝上，冰凉的触感让她忍不住轻嘶了一声。

很轻的一声，陈也听得皱起了眉。

纪行衍也过来，在她身旁坐下，对着姜平潮客气礼貌地说道："姜叔叔好。"

姜平潮看向他的目光慈爱又温和，还有着不加掩饰的欣赏：“我听你爸爸说你上半年都在国外负责一个收购的项目，现在进展得怎么样了？”

纪行衍回答：“已经谈妥了，上个月签订好合同。”

顿了顿，他从裤兜里拿出一个精致的蓝色方盒，放到茶几上。

盒子打开，黑色的丝绒布上盛着一条红宝石项链，宝石很大，款式复古而端庄，一眼看去便知非常名贵。

吊灯投下明亮的光束，那颗红宝石越发璀璨鲜红，有一瞬间，陈也被那光刺到了眼。

“之前听说满满妹妹找回来，我和妈妈正好参加一场慈善拍卖会。我妈妈拍下这条项链，就当是给满满的礼物了，庆祝她终于回家了。”

宁栀想拒绝，姜平潮却说道：“满满，收下吧，这是你林阿姨的一番心意。”

既然爸爸都亲自开了口，她只好把那声“不要”咽下去。她不懂生意上的事，但也晓得人情往来那些。

姜平潮又笑着说：“这项链真好看，满满你戴上给我们看看。”

宁栀犹豫了下，还是听了爸爸的话。

她脖子上原本就系着条红线拴着的黄金小坠子，可爱的小兔子样式。

这是陈也送给她的十七岁生日礼物。

她先取下那条，再拿起红宝石的项链，双手伸到脖子后，将项链戴上。

红宝石沉甸甸的，坠在她精致的锁骨之下，衬得那片肌肤更加雪白。

和她今天穿的这身黑裙子也配，增了几分古典高贵之感。

陈也不得不承认，这条红宝石项链，的确要比他送的那个几千块的小坠子更适合她。

之后姜平潮和纪行衍谈公司和生意上的事，宁栀就带着陈也去了自己房里。

门一关上，她便将脖子上的项链取了下来，转而又将自己原先的那条系上。

项链重重的，还有点硌皮肤，还是她的小坠子戴着好。

陈也看着被小姑娘搁桌子上的红宝石项链，敛了敛眸。

他拿过冰袋，小心仔细地给她敷着脚踝。

“大提琴音乐会好听吗？”他问。

“好听的。”宁栀坐在床上，任他握着自己的脚，给自己冰敷。

她嗓音轻快带着笑：“这次来的是国外一个非常有名的大提琴演奏乐团……”

她开心地和他说着，和他分享。

陈也听她说着，那些音乐家的名字他一个都不认识，曲子也一首都不知道。

他们两个从前便是天差地别的，她乖巧懂事，成绩好，还会拉很高雅的大提琴。

他却性格恶劣，成绩烂还不学无术，还有一个糟糕透了的家庭。

自己配不上她，他从前就知道的，只是现在认识得更清楚而已。

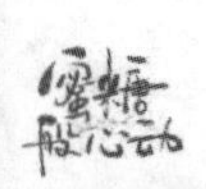

宁栀见陈也好长时间没说话，以为他是对这个不感兴趣，于是换了个话题："陈也哥哥，你今年给我准备了什么生日礼物呀？"

陈也动作一顿，抬头，望见小姑娘期待的双眸，亮晶晶的，比天上的星星还要好看。

可一转眼，桌子上的那条红宝石，如绽放的玫瑰，鲜艳夺目。

他手指僵了僵，到底是没去碰裤兜里的那个小小的首饰盒："没有。"然后又继续撒谎，声线沉哑："最近太忙了，忘记给你准备了。"

宁栀失望地鼓了鼓脸颊。之前每一年她生日他都记得的，怎么成了女朋友，他就忘了呢？

而且按实际的出生月份来说，这次生日，才是她真正意义上的十八岁呀。

陈也感觉到手里握着的脚动了动。

他垂下眼，她的脚很小，不足他一只掌心大小，又白又嫩，脚指头圆圆的，上面缀一点樱粉色，特别小巧可爱。

她嫩白的足尖轻轻一踢他的腿，隔着裤子，他感受到很轻的一点痒。

小姑娘嗓音娇嗔，软软的，带着一点埋怨："你从前都不会忘的呀。"

陈也抬头去看她。小姑娘脸颊还微微鼓着，白生生的，像个刚蒸出来的小包子，带着说不出的可爱。

他张了张嘴，想说对不起。

宁栀先他一步，很大度地叹口气："算啦，我知道你工作忙又很辛苦，就不和你计较啦。"

"但是，"她话一转语调，娇滴滴的，"你竟然把我十八岁生日都忘了，我还是有点不开心的，所以哦——"

她仰起脸看着他，露出个小小的下巴尖，然后杏眼一弯，朝着他伸出双手，软软一笑："陈也哥哥，你现在要抱一下我，我就不会不开心了。"

这话一说出口，宁栀脸颊上就浮起绯红。

毕竟这还是她第一次向人求抱呢。

可是他们也确实很长时间没见面了。

室友邹悦最近谈了男朋友，就是她们班的体育委员。

两人天天上课坐一块儿，下课一起去食堂吃饭，周末还能约着出去看电影约会什么的。

宁栀看着，心里就还是有点羡慕的。

那次他们在高铁站分开，一晃几个月过去，别说出去约会看电影了，连手都牵不了，见面只能通过手机视频。

陈也一只手还轻握着她崴了的脚踝，另一只手拿着冰袋，却半天没有动作，也没说话。

他眼底漆黑，望见她粉嘟嘟的脸颊。

小姑娘眉眼间染着甜蜜的笑意，那双小手还朝他伸着，简直不能更招人疼。

他心口一下子变得好软，又泛起了浅浅的苦涩，这么好的小姑娘，谁能不喜欢？谁都会喜欢的。

宁栀和陈也对望着，空气静谧无声，一秒，两秒，三秒……

她没忍住，十分缓慢地眨了下眼，有点没懂。

自己都这么主动了，陈也哥哥怎么一点反应都没有呀？

难道……还要她再主动抱上去吗？

正想着，耳边传来几下敲门声，宁栀收回了手。

阿姨轻推开门："晚饭已经好了，先生让我叫你们下去吃。"

"我们马上下去，谢谢阿姨。"

手都已经收回了，宁栀实在不好意思再向他伸一次。

她有点沮丧，低头穿拖鞋，声音闷闷的："陈也哥哥，我们下去吃饭吧。"

晚上吃饭时，姜明薇也从外面回来了。

她下午和几个富家小姐妹去逛街，衣服包包买了不少，满载而归，心情本来很不错。

可回来时，姜明薇看到纪行衍落在宁栀脸上的目光，心情立刻由晴转阴。

她喜欢纪行衍。从小时候，沈静溪第一次带她去纪家，她看见他时，就喜欢上了。

那时的少年穿着白色衬衫，骨指修长的指尖落在黑白的钢琴键上，有种翩翩贵公子的气度。

可是纪行衍对自己从来都是客气而疏离的。

不会像对宁栀这样，将目光长时间落在她的脸上，告辞时还亲切地叫她的小名满满。

但转瞬，姜明薇将视线投向坐在宁栀身边的陈也，忍不住"嗤"的一声笑了。

她听妈妈说过，宁栀交往的这个男朋友连高中都没考上，家庭背景糟糕，念书时经常打架惹事。

除了那张还算帅的脸，还真就没一样能拿得出手的了。

果然是物以类聚，小地方来的，就是眼皮子浅。

姜平潮笑了笑，看向陈也，似是关心地问："小也，我听满满说你现在在搞一个修车店，生意做得怎么样啊？"

陈也默了默才道："还可以。"

姜明薇来了兴致："那你一个月修车能赚多少钱啊？"

这话问得太直接，宁栀听了心里不太舒服，她皱起眉："这事和你又没关系，你问那么清楚干什么？"

姜明薇笑起来：“满满，我这还不是关心妹妹你的男朋友吗？”

她站起来，拿了个干净的小碗，盛了一碗鱼汤，主动端到陈也的面前：“听说修车是很辛苦的工作，每天弄得满手都是油污，你多喝点鱼汤补补啊。”

陈也还没说话，宁栀直接站了起来。

她这段时间和姜明薇维持着表面的和谐，几乎没当场撕破脸过。

这次她却不管了。

宁栀拿起碗，直接搁到姜明薇的面前，重重的一下，碗和桌子相撞发出“砰”的一声。

她冷冷道：“他不喜欢喝鱼汤，要喝你自己喝。多喝点鱼汤对你也好，毕竟补脑子。”

姜明薇脸色立刻就变了，只是碍着爸妈在，她也不好发作。

她心里清楚，自己不是亲生的，要是真闹起来，爸妈一定都偏心宁栀。

宁栀说完就不去看姜明薇了，她手伸长，夹了一块小排骨到陈也碗里。

“陈也哥哥，你尝尝这个。”她朝着陈也笑，嗓音又甜又软，“这就是我上回和你说过的，周姨做的超好吃的排骨。”

小姑娘的杏眼弯着，看他时的目光温柔又明亮，没有一丝一毫的嫌弃。

陈也紧攥着筷子的力道忽然一松，指关节还泛着浅浅的白，心却早柔化成了水。

饭后，他被她带到了客房。

宁栀弯着身，将新的床单铺上去，收拾好后，她转过身，陈也就站在身后。

小姑娘比下午时更主动，双手直接搂住他：“她说话总是这样的，难听又刻薄，你不要放在心上。”

陈也感受到那双小手紧紧环住自己的腰，心仿佛也被她紧紧攥住。

他低眸望着她，手掌抬起，搭在她脑袋上，轻轻摸了摸，嗓音格外温柔：“没事，我不在意。”

之前再难听的话他都听过，什么没出息的小混混儿，杀人犯的儿子，他妈妈就是个狐狸精。

那些话他听过就忘，并不在乎，可是他绝对不能忍受，他的小姑娘因为他被人看轻。

晚上宁栀回到自己房间。

她洗了澡，出来时看到手机上好几条未读的微信消息，都是室友邹悦发来的。

邹悦：啊啊啊！栀栀我和你分享一件我的人生大事！！

邹悦：就在五分钟前，我和汪超去玩密室逃脱，他突然就亲我了！！！

邹悦：呜呜呜，我的初吻没啦！

邹悦：对啦对啦，那家密室逃脱还蛮好玩的，栀栀你男朋友不是过来找你了吗，你可以把他带去玩啊。

宁栀红着脸先回复了邹悦的消息，看看手机上的时间，十一点钟了。说早不早，说晚也不晚。

她又戳进陈也的对话框，红着脸敲字问：陈也哥哥，你现在睡了没啊？没睡的话我过来找你玩呀。

客房里没有开灯，漆黑中，手机的光亮了一下。

陈也看见她发过来的微信，手指在空中悬了半天，最终按下锁屏键。

捏着手机等啊等，等啊等，宁栀都没有收到他的回复。

脸颊的红潮渐渐消散，困意袭了上来，她连着打了几个哈欠，眼皮越来越沉，最终脑袋歪到了枕头上，手机也从手中滑落，落到鸭绒被上。

彻底睡着的前一秒，宁栀迷迷糊糊地想：陈也哥哥最近作息可真是太健康了，这么早就睡了。

第二天冬至，也是宁栀十八岁的生日。

宴会下午在别墅举行，两点时，陆续有人来了。

宁栀吃完午饭，就在房里化妆。

这是她人生第二次化妆，上次是在学校的迎新晚会上，让学姐帮着化的。

这一回，沈静溪请了专业的化妆师和造型师过来，给她弄了一个多小时。

收拾好之后，宁栀第一时间提着裙摆去找陈也。她觉得自己今天很好看，就想让他第一个看见。

她推门而入，笑吟吟的，嗓音如银铃般清脆：“我终于化好妆啦！”

她出现在眼前的那一瞬间，陈也的呼吸几乎停滞了。

他一直知道小姑娘生得好看，可之前看的全是她粉黛不施，清纯淡雅的模样。

哪怕上次在学校表演，那妆也很淡。

今天是他第一次见到她化浓妆，那一眼的惊艳足以让他心脏猛烈跳动。

她一袭红色 V 领的裙子，黑发烫成了波浪卷，慵懒地搭在肩头，眼线笔向上一勾，几分妩媚的风情便显了出来。

宁栀凑到他身前，小脑袋朝他仰着，水汪汪的大眼睛期待地望他：“我今天好看吗？”

陈也闻到了她身上的香味，如春日里的蔷薇，被暖风一熏，能将人迷醉。

“好看。”他半晌才出声。

岂止是好看，简直能将人的魂都勾了去。

宁栀开心地笑起来。

生日宴会快开始了，她和陈也一起下去。

来的人不少，有些宁栀之前见过了，但大部分她都不认识。

沈静溪领着宁栀过去打招呼，将一位客人介绍给她。

“静溪，你女儿这模样可真是好，听说还多才多艺，会拉大提琴是吧？”一

个女人问。

沈静溪笑着点头，谦虚道：“是，她会拉几首曲子。”

“现在能给我们拉一首曲子听听吗？”

沈静溪望向宁栀，征询她的意见：“满满，行吗？”

宁栀也不好拂了妈妈和这位阿姨的面子，点头答应：“好。”

保姆阿姨去楼上取大提琴了，客厅里还摆着一架钢琴。

这时，又有女人提议道：“我记得行衍的钢琴也弹得很好，不如你们两个合奏一曲？”

她这话一出，大家都相当捧场。

纪行衍走到宁栀身前：“满满，你准备拉什么曲子？”

宁栀其实并不太想和他一起演奏，但这是客人阿姨的提议，又在这么多目光注视下，她也不好拒绝。

想了想，她说：“《一步之遥》。”

她还记得小时候，自己学会了这首大提琴曲子之后，第一个给陈也拉奏。

陈也说，这首是他听过最好听的。

保姆阿姨很快将大提琴取下来，宁栀接过，手指在琴弦上调了调音。

纪行衍坐到了钢琴前。

水晶顶灯璀璨熠熠，明亮的光束打下来，少女精致的眉眼低低垂着，琴弓轻轻拉动，舒缓的旋律流淌而出。

她身边的年轻男人正襟而坐，西装，白衬衫，气质斯文矜贵，手指从容地落在钢琴的黑白琴键上。

陈也站在不远处，目光久久地落在她身上。

很多年前，小姑娘还那样小，站在灰扑扑的小巷子口，被别的小女孩排挤。

“我们才不和你玩，只有不乖很坏的孩子才会被扔到孤儿院里。”

那时，她睁着湿漉漉的双眼，嗓音软软的，委屈可怜地辩解：“我不坏，我很乖的。”

十余年的岁月转瞬而过。

现在的小姑娘美丽大方，如童话里的公主一样，在璀璨的灯光下被所有人注视。

她长大了，找到了亲生的父母，被疼爱地宠着。

不再需要被他牵着手，在灰扑扑的巷子间到处跑，在草丛和废旧的工厂里玩捉迷藏。

没有人会再欺负她了。

小公主和王子住在城堡里，才是童话最好的结局。

耳边传来女人小声交谈的声音。

“这两个孩子看着真般配啊。”

“那是，门当户对又郎才女貌，听说这俩孩子小时候还都认识，有层青梅竹马的关系在。”

一首曲子演奏完，宁栀抬起头，目光在衣香鬓影的人群中匆匆掠过，终于看到了陈也。

她眼睛瞬间弯了起来，对他露出一个笑。

陈也看见了这个笑，那样的甜蜜，一如初见时那般。

目光遥遥相对间，他也扯起嘴角，对她笑了一下。

宁栀以为陈也这次过来，会多待几天的。

她本来都计划好了，要带他去学校后面的那条小吃街吃很好吃的串串和驴肉卷。

还要去玩室友强烈推荐的那个密室逃脱。

满心欢喜时，她得知他晚上就要回去了，连票都已经买好了。

她失望地扁起嘴，但转念又想，他现在要忙，自己应该当一个懂事的女朋友，不能任性地耽误他的正事。

而且现在距离元旦没几天了，等放假了，她就可以过去找他了。

宁栀在心里把自己安慰好了。

晚上宴会结束，家里的司机开车送他们去高铁站。

去的路上，陈也有些沉默。

宁栀以为他也是舍不得自己，手伸过去，将他的手牵住，反而软声安慰起他来：“陈也哥哥，等元旦放假了，我就过去找你呀。”

陈也唇抿成了直线，望着和自己十指相扣的小手，她掌心软绵绵的，很暖。

他手指动了动，到底没舍得挣开。

到了高铁站，分别的情绪就格外强烈。离他们不远处，就有对小情侣依依不舍地搂抱在一起。

宁栀也想和陈也抱一下，可是发车的时间都快到了，他还没有要抱她一下的意思。

她在心底轻轻叹气，唉，算了，既然陈也哥哥这么不主动，那她以后就主动一点好啦！

她伸手，小细胳膊搂住他的腰。

陈也又闻到了她身上甜甜的香。

才从宴会上出来，她的妆还没卸，红色的裙子外套着一件雾霾蓝的大衣，好看到所有路过的人无一不投来惊艳的目光。

他感受到她温暖的怀抱，忍着撕心般的疼，将她推开。

“对不起，栀栀。”他说。

宁栀眨了眨眼，整个人都有点蒙：“好好的，你和我说对不起干什么呀？”

喧哗的站台，他低下头，她望见他绷紧的下颌和黑沉沉的双眸。

他的嗓音低哑："这次你十八岁生日，我没有给你准备礼物。"

闻言，宁栀笑了笑，才想说没关系啊，就听他接着又道："还有一件事。"

他话一顿，嗓音更哑，每个字缓慢说出来，都如凌迟一般疼："栀栀，是我搞错了，我只能把你当作妹妹看待。"

在小姑娘微微睁大又泛起红的眼中，他继续说道："我对你，始终没有办法产生男人对女人的那种喜欢。"

"欢迎乘坐本次高铁，列车将由A市开往宜市，开车时间为八点二十三分……"

广播里传来播音员熟悉的提醒声。

上一次，他送她到这里上学，回去时听到的就是这个声音。而两次的心境，却截然不同。

陈也又想起几分钟之前，小姑娘惊愕地睁大眼，眼泪扑簌簌落下时的模样。

从小到大，他见过很多次她哭，可没有哪一回像这样——

眼眶红透了，眼中蓄满了眼泪，睫毛也颤得厉害，可却没有发出一点声音。

她就那样呆呆地、无声地望着他，大颗的眼泪啪嗒啪嗒往下落。

陈也心脏生疼，比被捅了一刀还难受。

他手背上还有点湿润。她的眼泪如千钧般重，重重地砸在他的手背上，又如烈火那样滚烫，那一寸的皮肤几乎灼烧起来。

一个中年男人推着小推车过来，积极地向每位乘客推销自己的商品。

中年男人走到陈也座位边："帅哥，牛肉干要一袋吗？真正的内蒙古牛肉干，天然无添加，可有嚼劲了。"

"不要。"陈也嗓音嘶哑。

男人没有离开，站在他座位前，不死心地推销："来一袋呗！五十块钱一袋又不贵，帅哥你路上吃啊。要是你不喜欢，带回去给女朋友吃也行嘛，女生最喜欢吃……"

陈也抬起眼，男人没说完的话生生止住了。

少年那双漆黑狭长的眼染着猩红，目光阴鸷暴戾，像深夜里的狼。

男人缩了缩身子，赶紧推着小推车走了，一边走，一边小声念叨："不要就不要嘛，这么凶干什么。"

列车驶出去，车厢终于安静下来。

陈也想起姜平潮对他说过的两句话。

"满满现在年纪还小，性格太单纯了，很多时候是分不清感情和感激。"

"你要是真喜欢她，就该清楚你不适合她。你要是没那么喜欢她，想要别的什么，我可以给你，只要你不再耽误她。"

那男人很聪明，没有和他说很多话，只这两句，就如同钉子刺到他心上。

而今天下午的那一幕，又如重锤，将那两枚钉子钉得更深，扎出一片模糊的血肉。

陈也从裤兜里拿出一个小方盒，轻轻打开，里面是一条小手链。

玫瑰金色的，小星星的样式。

他在商场第一眼看到，就很喜欢，想着宁栀白细的手腕戴上去，一定很好看。

列车到站，陈也站起身往外走。

对面坐着一位热心的阿姨，大嗓门叫住他："哎！小伙子你首饰盒落座位上了！"

他充耳不闻，仍往前走，头都没回一下。

宁栀不知道自己在原地站了多久。

她表情呆愣愣的，脸上一片泪痕，才抬手擦去，更多的眼泪又滚落下来。

不少来往的乘客向她投以好奇的目光。

到后来，一个穿着制服的工作人员过来询问："小姐，您需要什么帮助吗？"

她摇摇头，声音抽抽搭搭的，带着浓浓鼻音："我没事，谢谢。"

工作人员望着她哭得梨花带雨的模样，心里不禁怜惜地叹息。

这么好看的小姑娘，也不知是谁舍得将她惹得这样伤心。

宁栀去卫生间洗了把脸，再回到车上时，脸上的泪都没了，只那双眼睛，仍然红通通的。

司机开车回别墅。

夜晚渐深，宾客都走了，沈静溪坐在客厅等宁栀回来。

宁栀走进去，沈静溪看到她通红的眼，心下就已明白是什么情况。

沈静溪心头五味杂陈。

她既高兴女儿和那种人终于分手，又十分心疼。

"满满，生日礼物都给你放到房间里去了，你去拆开看看吧。"她柔声说。

宁栀应了声"好"，往楼上走去。

进了自己房间，她按开灯，看见堆在床上的礼物像小山一样高，包装精致，上面印着奢侈品的牌子。

这是她十八年来收到礼物最多的一次，可她却真的一点也不开心。

宁栀想起上次生日，在几个月前，她过的还是被收养的那个日期。

在六月一日儿童节那天。

那时快要高考了，也没有时间好好庆祝，陈也就等在她的学校门口。

等她上完晚自习，他把她带到附近的一个小公园里。

奶油草莓蛋糕，上面插着数字十八的蜡烛，他用打火机点上，让她许愿。

那一晚星星格外亮，夜风徐徐的。

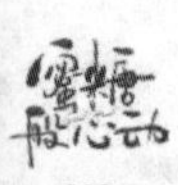

她坐在石凳上，身旁只有他，可她却并不觉得孤单，闭上眼许愿时，心里漾着满满的欢喜。

那时的她想，陈也哥哥应该是有一点喜欢自己的。等她高考完了，她就把自己的心意和他说。

她在那个十八岁生日时许下的愿望，却在自己真正十八岁的这天落了空。

他说他不喜欢她。

第二天早上，沈静溪没有看到宁栀下来吃早饭。

她以为宁栀是睡懒觉了，便没有在意。

等到十一点多，沈静溪还没有见到宁栀的身影，她这才意识到有点不对。

她敲敲门，里面没有动静。

沈静溪拧了拧门把手，推开门走进去，就见到那些礼物一个都没有拆，整整齐齐地放在桌子上。

宁栀还睡着，整个人蜷缩成一团，呼吸有些重，脸颊泛着明显的潮红。

她赶紧走过去，将手搭在女儿额头上，一摸，果然很烫。

沈静溪焦急地将宁栀唤醒。

宁栀费力地睁眼，高烧让她意识都不清醒了，只能喃喃地出声："妈妈，我有点不舒服。"

细细的嗓音，沙哑又虚弱，听得沈静溪心都揪起来了。

她立刻去拿了体温计，测出来的温度很高，又马上端来热水，喂着宁栀喝下退烧药。

今天是星期天，宁栀晚上本来是要回学校的，现在这个样子，自然是不可能回去了。

沈静溪对同样要回学校的姜明薇说："满满发烧了，这几天去不了学校，明薇你帮忙去给她请个假。"

姜明薇看向躺在床上的宁栀。

她双眼紧紧闭着，小脸烧得通红。可就这副虚弱的模样，竟也是好看的，还有几分勾人的楚楚可怜。

学校论坛都说校花长了张清纯初恋脸，可依她看，分明就是个小狐狸精。

姜明薇在心中冷笑，真恨不得她再也不要醒来，或者烧傻了。

经过昨天那场宴会，姜明薇算是彻底明白了，领养的就是比不上亲生的。

爸爸妈妈明知道她喜欢行衍哥，却还安排那么一出，让他和宁栀合奏，摆明就是想撮合他们。

说是对她视如己出，可遇到什么好的，爸爸妈妈也只会想要留给宁栀。

"妈妈，你放心，我会去给妹妹请假的。"姜明薇又去看了眼昏昏睡着的宁栀，露出担心的神色，"真希望妹妹赶快好起来啊。"

沈静溪去熬了碗粥，端上来，坐在床边，轻轻吹冷之后，拿勺子喂着宁栀吃。

宁栀头实在是头晕，感觉身体里像有一团火，烧得五脏六腑都难受。

吃完粥，她就又睡下了。

沈静溪替她把被子掖好，听着女儿睡梦中都难受的嘤咛，心疼得直叹气。

到第二天，宁栀的烧还没退下，还在昏昏沉沉地睡着，脸烧得更红了，身体烫得厉害，手脚却又是冰凉的。

沈静溪心里一慌，立刻带她去医院，又是挂水，又是给她用酒精擦身体降温，好不容易终于把体温降下来一点。

宁栀再醒来时，是几天后的下午。

冬日的暖阳照进来，沈静溪坐在病床边，因担忧而紧皱着的眉终于舒展。

她倒了杯温水，喂给宁栀喝："满满，你现在感觉怎么样？头还晕不晕？喉咙还痛不痛？"

宁栀喝了水，摇了摇头："妈妈，我好多了。"

沈静溪握着她还很凉的小手，心疼道：

"医生说你是夜里受了寒，再加上情绪不稳定导致抵抗力下降，所以这次才会烧得这么厉害。

"满满，有什么事，你哭你闹，都比默不作声病了要强。你是妈妈身上掉下来的一块肉啊，你把自己搞病了，妈妈也要跟着难受的。"

女人眼角泛了红："妈妈好不容易才找到你，你要是出什么事，你让妈妈怎么活啊。"

宁栀心里压着的情绪在这一刻憋不住了。

她扑到沈静溪怀里，眼泪如洪水决堤，哭得上气不接下气："妈妈，我真的真的好喜欢他啊。"

她嗓音还带着沙哑，哭得整个人都在发抖，眼泪把沈静溪的衣领都打湿了。

沈静溪心里也如针扎一般疼。

她不是没有年轻过，她大学时也离经叛道，喜欢过一个贫穷但有才华的作家。

为了和那个作家在一起，她激烈地反抗过家里。

可再热烈的情感也敌不过柴米油盐的琐碎。

她从前是十指不沾阳春水的大小姐，为了他，她洗手做羹汤，给他洗衣服。

然而现实比不得童话，不知道多少次争吵之后，那个作家甩了她一个巴掌，也正是那个巴掌，让她彻底清醒。

她后来被长辈介绍，和门当户对的丈夫认识。

一开始她也不情愿，可渐渐相处下来，也有了很深的感情。

她身体不是很好，当年生下女儿之后就不适合再怀孕了。哪怕后来女儿走丢，丈夫为了她身体着想，也没有让她要第二个孩子。

沈静溪紧紧抱住怀里哭得泣不成声的女儿，轻轻拍着她的背，给她顺气："满满，你现在还小，等你再长大一点，就会明白再深的喜欢，日子一长，都会淡下去的。"

大哭一场之后，堵在心里的憋闷释放不少，宁栀的烧终于退了。

在家又休养了一个星期，沈静溪才让她去学校。

宁栀到了宿舍，邹悦一见到她，就无情地扔下正在微信聊天的男朋友，跑到她面前："啊啊啊，栀栀你总算回来了！这一个星期不见，我都快想死你啦！对啦对啦，你现在病好了吧？"

宁栀对邹悦笑笑，点了点头："已经好了。"

邹悦盯着宁栀看啊看。

她明显瘦了一圈，脸看着也没之前红润了，还有些苍白，下巴尖小小的，很有几分我见犹怜的感觉。

邹悦瞬间明白了西施为什么能亡吴国，病美人简直太招人疼了！

"栀栀，你这一病瘦了好多啊。"邹悦感慨，"我见了都心疼，要是你男朋友看到一定会心疼坏了的！"

宁栀卷翘的睫毛颤了颤，沉默了几秒，她垂下眼，轻声回答："没有男朋友，我们分手了。"

邹悦惊讶得张大嘴，万万没想到会听到这个结果。

明明不久前她还听见宁栀那么开心地和她男朋友打电话呢。

邹悦有满腹的疑问，却在见到宁栀颤抖的睫毛时，全都吞了回去。

"没事，分手没什么大不了的。拜拜就拜拜，下一个更乖！

"栀栀，你长这么好看，只要说一声想找男朋友了，想追你的男生不要太多哦！"

宁栀被邹悦的安慰逗笑："你放心吧，我已经没事了。一个星期没上课，我好几门课的作业都没交呢，我现在要赶快补起来啦。"

她按开了桌子上的小台灯，拿出书本，低头安静地开始写。

邹悦也回到自己桌子前，思绪却不平静。

她怎么也想不到宁栀会和男朋友分手。

邹悦只见过陈也一次，就是报到那天，短暂的几分钟，可她印象很深刻。

少年瞳仁漆黑，眼皮很薄，气质冷峻寡淡，虽然很帅，但有点凶，看着实在难以接近。

然而他一旦看向宁栀，那双漆黑清冷的眸子顷刻就带上了柔和的笑意，温柔得简直不像话。

邹悦当时就觉得这男生一定是喜欢死了她的这个室友。

然而不到三个月，他们竟然分手了？！

虽然邹悦还不知道分手原因是什么，但这并不妨碍她完全站在了宁栀这边。

有错也一定是那个男生的错！看看现在害得她小仙女一样的室友难过成什么样了！！

邹悦拿起手机，她男朋友的微信消息正好发过来。

她气呼呼回了句：你们男生果然都是大猪蹄子！

遭受无妄之灾的男朋友：啥？

宁栀之前的生活就很简单，周末回家，平时在学校里，宿舍、教室、图书馆三点一线。

晚上吃完晚饭她就回寝室，因为要和陈也发消息，偶尔还会开个视频什么的。

现在的她，用邹悦的话来说，就是枯燥单调得简直对不起这么一张好看得惊艳的脸。

每天上完课，宁栀没什么事好做，就去图书馆自习，学到晚上十点关门才回寝室。

和她相比，姜明薇的大学生活精彩得多，除了上课，她就在外面和几个富二代小姐妹玩。

朋友圈里各种在聚会和酒吧玩的自拍照片，还经常晒大牌包包和首饰，日子过得简直不要太潇洒。

不少同学羡慕不已，论坛里还有个匿名的热帖，讨论姜明薇家里到底多有钱，怎么昨天还是香奈儿的包，今天又换成 LV 的了？

邹悦是学校里唯一知道宁栀和姜明薇关系的人。

她非常替宁栀打抱不平：“啊啊啊！明明栀栀你才是真正的豪门千金小姐啊！凭什么她这个冒牌货像个小公主，处处炫富，过得那么嚣张跋扈啊！”

宁栀倒不是很在意这个，她本身就不喜欢酒会应酬，对逛奢侈品店也没什么兴趣。

她把书装进单肩包里，站起身，笑着问邹悦：“我和芳芳一起去图书馆学习啦，你要和我们一起吗？”

邹悦连连摆手摇头：“不了不了，你们俩一个年级第一，一个年级第二，比我聪明还比我努力，那我努力还有什么用呢？我还是当一条舒服又堕落的咸鱼，回寝室躺床上追剧吧。”

宁栀于是就和另一个室友吴小芳去了图书馆。

其实学习挺好的，专心看书时，就不会杂七杂八地乱想了。

正看着一本《中国当代文学》，桌子上的手机振动了起来，她忙拿起手机，走到外面去接。

“满满，你现在在图书馆里吗？”纪行衍问。

“在的。”她回答。

他笑了声：“正巧我在图书馆门口，方便出来一下吗？”

宁栀愣了愣：“好。”

她回到座位，把桌上的书装进书包，一走出图书馆的大门，就看到了纪行衍。

他站在一辆黑色的保时捷前，身高腿长，模样和气质都很出众。

周围不少女生看着他，想要去要个微信又不太好意思。

宁栀朝他走了过去：“你找我有什么事吗？”

纪行衍看着她，现在已入了深冬，别的女生为了好看，很多还穿着时尚却不保暖的大衣，露出细瘦的大腿。

可她不是。

她上身穿着羽绒服，脚上穿着一双毛茸茸的雪地靴，看着就很暖和的样子。

哪怕穿得这么厚实了，被冷风一吹，她鼻尖还是泛起了点红，像小兔子，整个人都有种娇憨的可爱。

他笑了笑，解释道：“沈阿姨说你天天待在图书馆里，也不出去玩，怕你闷坏了，今天我正好来学校看外婆，阿姨让我带你出去吃个饭。”

宁栀连忙摆手：“不用，我晚上在食堂吃就好了。”

“满满，餐厅的座位我已经定好了。”说完，纪行衍拉开了车门。

宁栀抿着唇，犹豫了几秒，还是坐了进去。

纪行衍带宁栀去的是一家很高档的西餐厅，一踏进去就听到悠扬的钢琴曲。

北欧的装修风格，简单却也精致，金属的吊灯投下影影绰绰的光影，餐桌上，烛光和玫瑰相映成趣。

放眼望去，每一桌坐的几乎都是情侣。

宁栀不笨，妈妈是什么心思，她能够猜到。

吃完，纪行衍道：“现在时间还早，听说最近有几部不错的电影正在上映，我们去看看吧？”

宁栀摇头：“我不想看电影，快要期末考试了，我想要回去复习。”

还没等他开口，她就语气抱歉道：“今天谢谢你带我来吃饭，但我在学校过得挺充实的，并不无聊。以后妈妈再拜托你带我出来，你不用答应的，别耽误你自己的事了。”

纪行衍闻言，轻笑起来：“那就算没有沈阿姨的话，我自己也想约你出来呢？”

宁栀怔了下。

纪行衍温润的眸子看着她，笑得温柔：“满满，我喜欢你，你能给我一个追求你的机会吗？”

宁栀实在有些不可思议。

她原本以为他对自己的照顾是因为两家父母的关系，又或者是小时候的一点情谊，没有想到会是这样。

“可是我们见面之后，没有相处多少时间啊？”

怎么可能这么快又这么轻易地就喜欢上一个人呢？

纪行衍看着女孩难以置信的表情，他漆黑的眸子露出笑意：

“满满，你应该知道自己有多好。

“你长得很好看，就算除去外貌这个因素，你善良柔软，简单又温暖。男生对你动心，是再正常不过的事了。”

天上飘起了雪，是这个冬天的初雪，下得并不大，细小的雪花纷纷扬扬地从漆黑的天幕落下，晶莹剔透。

宁栀仰起脸看纪行衍，有一瞬间的晃神。

她想起之前，一个雷雨交加的晚上，自己做了噩梦，梦到以前在孤儿院的日子，醒来时满脸都是泪。

陈也将她被泪水打湿的碎发别开，轻轻用指腹擦着她眼角的泪。

他对她说：“我们栀栀最好了，就是天下第一好。”

宁栀心里泛起说不清的情绪，抿了抿唇，真诚道：“今天你带我来吃的波士顿龙虾和法国蜗牛都很好吃，但对我来说，其实更喜欢去大排档，吃街边的烧烤，或者炒田螺。”

纪行衍听出这话里委婉拒绝的意思，几秒钟后，他说：“满满，如果你愿意，我也能陪着你去大排档吃你喜欢的这些。”

路灯下，女孩的眉眼被暖黄的灯光笼着，显得越发柔和好看，如一幅画。

“可是，”她开口，声音轻轻的，柔软却坚定，“小时候是那个人紧紧牵着我的手，带我去这些地方，现在长大了，我也只想和他去。”

“你不用送我回去了，我自己打车就好。”她对着纪行衍笑了笑，带着歉意。

纪行衍没有再强求，只是陪她在路口等，没一会儿，正好一辆出租车开到这儿停下，里面的一对情侣下车。

宁栀拉开车门，坐了进去，对他挥了挥手：“再见。”

司机踩下油门，和她闲聊道：“小姑娘，刚那是你男朋友啊，长得可真帅。”

出租车里开着暖气，宁栀取下脖子上的围巾：“他不是我男朋友。”

司机“哎”了一声，很自信地推断：“小姑娘还害羞了。你们这郎才女貌，看着多般配啊。”

宁栀再次否认，语气认真地说：“他不是我男朋友。”

她转头望着窗外。

雪越下越大，像春日里漫天飘扬的柳絮。

小的时候，她怯生生地站在巷子口，被别的小女孩排挤。

陈也像个大英雄，走过去牵起她的手，说：“她们不和你玩，我带你玩。”

那是她第一次被男生牵手，他一牵就牵了十多年。

所以哪怕现在，他松开了她的手，她好像也没有办法把自己的手交到别的男生手里。

第十章·你才是最重要的

一月下旬，宁栀考完最后一门专业课，就开始放寒假了。

她天天待在家里，生活作息规律得不行。

每天宁栀按时起来，吃完早餐就去拉大提琴，下午待在自己房间里看书，晚上陪着沈静溪一起看电视。

反倒是姜明薇，最近交了个男朋友，待在家里的时间少之又少，这几天还和她那个男朋友去瑞士玩滑雪了。

女儿性子太乖了，沈静溪也发愁："满满，你都放假好长时间了，怎么还天天闷在家里？出去和朋友玩一玩啊。"

宁栀低头剥着柚子，细声慢语道："今年冬天太冷了，还是家里待着暖和。而且我室友不是本地的，她们都回去了。"

沈静溪想说让明薇带她出去，去参加些聚会什么的，转念想到她们之间的关系，又沉默了。

这两个女儿，一个是她怀胎十月生下的，另一个是她从小养大的。沈静溪当然希望她们俩真的能像亲姐妹一样。

但是两个孩子相处不到一块儿去，也不是她能勉强的。

宁栀把剥好的柚子给沈静溪，笑了笑："妈妈，我就喜欢待在家里，还能陪你呢。妈妈你不喜欢我陪你吗？"

沈静溪心里软软的，摸了摸她的头："怎么可能不喜欢。只是你现在也大了，明薇都交了男朋友，你看你是不是也试着和其他优秀的男孩子接触着看看呀？"

宁栀垂下眼，静了会儿，声音有些闷："妈妈，我现在还不想想这些。"

沈静溪在心里叹了口气，也不愿意把她逼得太紧，只希望再过一段时间，她能慢慢放下那个男生。

转眼就是除夕夜。

这个年夜饭吃得特别热闹，舅舅舅妈一家也来了，桌子上摆满了精致的菜肴。

吃完饭，宁栀还收到了厚厚的两封红包。自从读初中以后，张瑛就没有给过她红包了。

她有点不好意思："妈妈，我已经成年了，怎么还收红包呀？"

沈静溪笑了笑："成年了也是妈妈的孩子，不管满满多大，妈妈都要给红包。晚上把红包放到枕头下，压岁的。"

等春晚看完，宁栀去洗漱，再躺到床上，已经快一点钟了。

手机里好多未读微信消息，都是朋友同学发来的新年祝福。她一一点开看，连成一鸣和薛斌都给她发了。

可是陈也没有，连群发的那种祝福短信也没发给她。

自从那天在高铁站分开以后，宁栀就没有给他发过消息，也没和他说过话。

她有点不知道怎么面对他，也怕再和他说话，自己又丢脸地哭起来。

宁栀想了想，戳进和他的对话框，发了一条祝福过去。

陈也哥哥，新年快乐。

不管怎么样，她都真心希望他开心快乐。

几分钟后，手机响了一下，宁栀点开看，他也回复了很简单的一条。

陈也哥哥：新年快乐。

这个年宁旭升过得实在不太好。

他和张瑛日子早就过不下去了，张瑛受够了这个好吃懒做又一事无成的男人，她一直忍着没离婚，只是为了房子考虑。

离了婚，她和女儿没地方住。

但后来，姜平潮给了他们一张一百万的支票，张瑛当即和宁旭升分了钱，一拍两散，带着女儿走了。

宁旭升穷了大半辈子，头一回手里有这么多钱，还没老婆在耳边喋喋不休地念叨，他整个人一下子就飘了起来。

几块钱一盘输赢的麻将宁旭升看不上了，他得玩大的，一晚上能输上几千。

他嘴上也是个没把门的，厂里不少人都知道他当初收养的那个女儿被亲生父母找到了，还给了他一大笔钱，因此就有人把歪心思打到了他身上——宁旭升被带着去了地下赌场。

赌场里的玩法很简单，就是摇骰子。

两个骰子在骰盅里，有专门的人负责摇，来玩的人只用猜摇出的数字加起来是单还是双，最后压钱下注。

宁旭升第一次接触这个，最开始还比较谨慎，每回两百一压，他运气好，十次有八次都赌赢了。

短短一分钟不到，一百就翻倍变成了两百。

宁旭升越玩越有信心，胆子也越大，压到赌桌上的数字由两百变成四百，再到一千。

赌的数字越来越大，他的运气却没有刚开始那么好了，一晚上玩下来，输了快十万。

但凡进了赌场，就没有能全身而退的，赢了还想赢，输了不甘心。哪怕十万块钱就这么打了水漂，宁旭升第二天晚上还是去了那个赌场。

这一晚又一晚的，宁旭升彻底赌红了眼，不仅手上的五十万输完了，还欠下十几万的高利贷。

可他哪有钱还？

那群讨债的又是手段狠的，对还不上钱的人，砍手指头的事都做过。

宁旭升怕得连班都不敢去上了，家也不敢回，成天东躲西藏，就怕被那群要债的发现。

大年三十，他都只敢缩在个小旅馆里，到晚上肚子实在饿得不行了，他只能下去买碗泡面。

正从兜里摸着钱准备付，背后被人拍了一下，宁旭升吓得一个哆嗦，泡面也不要了打算拔腿就跑。

身后的人大嗓门地叫住了他："老宁你跑啥啊？是有钱了就不认我这个老同事了？"

宁旭升听出这人的声音，赶紧回头，恨不得一巴掌捂他嘴上："你小声点！别乱嚷嚷！要不我就被你害死了！"

刚拍他肩的人叫张勇。

张勇先前和宁旭升一样，都是厂里的焊工，不过几年前因为手脚不干净，把厂里的钢铁偷出去卖被抓了。

才放出来没两个月，还有案底，张勇找不到什么工作，温饱都成了问题。

听宁旭升这么一说，张勇意外道："你收养的那个女儿不是被有钱的爹妈找到了吗？我听人说他们还给了你们一百万啊。"

宁旭升悔不当初，止不住地摇头叹气："你可别提了，钱早被我输光了，我现在还欠着十几万呢！要是被那群人逮住，保不准我一只手就没了。"

张勇心中一番琢磨，眼睛亮得像是阴沟里的老鼠："我有个发财的想法，老宁你干不干？"

宁旭升不信，狐疑地望着他："你能有什么好办法？"

张勇把宁旭升拉到一个没人的角落，小声嘀咕一番，最后道："这事要是成了，咱们俩后半辈子都不用愁了。"

宁旭升攥着拳犹豫了半天。

张勇恐吓道："你是想被那群放高利贷的小崽子捉住，然后砍掉手指还是挑断脚筋？"

宁旭升心一横，点了下头。

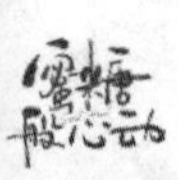

要说张勇这人别的本事没有，歪门邪道上的坏心思可多了去了。

第二天一早，宁旭升就和张勇开车去了 A 市，到了之后，又在他的指点下给宁栀打了电话。

宁栀本来在家里向阿姨学包饺子，放在身旁的手机响了，她侧头看去。

看到屏幕上闪烁着的备注时，宁栀愣了愣，她完全想不到宁旭升会找自己。

自从她回到亲生爸爸妈妈身边，不管是他，还是张瑛，都一次也没有联系过她。

宁栀擦了擦手，站起来走到旁边接了电话。

宁旭升照着张勇教自己的话，装出虚弱的语气：

“栀栀啊，爸爸前段时间一直不舒服，去医院检查，医生说我肺可能出了问题。但咱们那个小地方，设备都不先进，医生就让我到 A 市来查一查。

“结果我到 A 市的大医院一查，就查出了肺癌晚期。”

宁旭升叹了口气，语气相当真情实感：

“我才从医院出来。医生说我最多还能活半年了。现在你妈妈和我离婚了，她带着茉茉回老家去了，也不管我的死活。

“栀栀，你是我看着长大的，我知道我从前对你不算好，现在大过年的，我身边一个亲人都没有，爸爸还想再见你一面，行吗？”

他话说得实在可怜凄惨，宁栀想起小时候，他没有对自己特别好，但也没有苛待过她。

有次学校要交资料费，她伸手找张瑛要钱，被她骂成赔钱货。

那时，宁旭升刚好打牌赢了钱，大方地给了她五十块。

更重要的是，如果他们当年没有把自己领养回去，那她现在可能还在孤儿院，也没机会找到自己的亲生父母。

“爸，你把地址告诉我，我现在就去见你。”

“栀栀，你这次过来，千万别和你亲爸亲妈说。”宁旭升连忙叮嘱道，“上次我和你妈妈都答应过他们，以后不轻易和你联系，怕打扰你现在的生活。”

宁栀挂断电话，走到沈静溪面前：“妈妈，我想出去一趟。我……”

顿了顿，她想到宁旭升的话，有些紧张地撒谎：“有朋友找我出去玩。”

沈静溪就是担心宁栀天天待在家里闷坏了，闻言很是高兴：“好啊，你出去好好玩玩。对啦，妈妈给你张卡，你逛街时看到喜欢的直接买。”

宁栀推托：“不用啦妈妈，我的零用钱还有好多没用完。”

沈静溪却不由分说，从钱包里拿出张卡塞她手里：“你柜子里的衣服也太少了，趁着今天出门，多买几件好看的。”

宁栀只好收下。

她拎着一篮水果，按照宁旭升给的地址，打车到了医院附近的一个公园。

今天是大年初三，大家都在走亲访友，公园门口连个人影都没有，格外安静。

望了一圈，宁栀都没瞧见宁旭升的身影，她拿出手机给他打了电话。

“我在前面，那个黑色面包车里，栀栀你直接过来吧。”

宁栀走了过去，拉开副驾驶的车门。

宁旭升就坐在驾驶位上，他头发白了很多，整个人看上去也瘦了不少，有些憔悴，和被病痛折磨的模样无异。

见到宁栀，他对她扯出一个虚弱的笑。

宁栀没有怀疑地坐上去。

可门才一关上，一双手就从后面座位伸了出来，将涂了迷药的毛巾死死捂在她脸上。

陈也今天把手机摔了。

就莫名其妙的，一下没拿稳，手机“哐”地摔到地上，屏幕碎了个稀巴烂，都没法开机了。

陈也把手机拿去维修店修。

维修店的老板就是上次他带宁栀来买电话卡的那个胖子。

他拿着陈也碎了的手机看了看：

“你手机的漆都摔掉了，边边角角也磕坏了，就别修了吧，直接换一个得了。

“我这儿有几部最新款的苹果手机，你要我直接送你一个呗。”

“不用。”陈也拒绝，“这手机里有重要的东西。”

宁栀的好多照片，还有聊天记录，都在里面。

胖子不再劝，拿出小起子和螺丝刀开始拆弄。

陈也就在旁边等着。

正这时，一个明显是小混混儿打扮的青年进来了，手里拎着个塑料袋。

那塑料袋透明的，能够看见里面装着十几部手机，各个牌子各个款式都有。新旧程度也不一样。

“威哥，”小混混儿叫那胖子，“你看看这些能换多少钱？”

胖子年轻时干过一段时间放债收账的活儿，前两年改邪归正，搞了家修手机的店。

这一行的很多小混混儿和他从前认识。经常他们放出去的债，借钱的人还不出钱来，就拿手机什么的先抵一些，他们就把手机拿到胖子这儿卖。

胖子随便看了几眼，报了个金额：“微信转你。”

交易完之后，小混混儿闲着没事，也没走，就站柜台前和胖子闲聊了几句。

“听说你们辉哥上次放出十几万的债，收回没啊？”胖子一边捣鼓着陈也的手机，一边顺口问。

“还没呢。”小混混儿呸了一声，“那老东西输光钱之后连家都不敢回了，

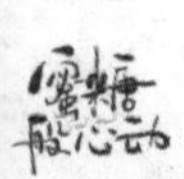

我和几个弟兄可找了他好长一段时间。”

“不过他说他之前收养了个女儿，现在被有钱的亲生父母认回去了。他昨天还找辉哥借了辆车，说是去找他那个女儿要钱。”

陈也一直在旁边站着，也没出声说什么，听到这里时，眉头皱了起来。

“这你们辉哥也能信？”胖子笑了声，“万一那老东西借了车之后直接跑路了呢？”

“那不可能，”小混混儿笃定道，“他身份证还压我们这儿呢。”

“而且我们打听过了，他没说谎，他确实有个养女，被亲生父母认回去之后，对方还很大方地给了他们夫妻一百万。

“行了，不耽误威哥你忙了，我先走了哈。”

小混混提脚准备离开，刚才一直没吭声的人突然拦在了身前。

少年眉头紧拧着，眸光冷冽：“你刚才说的那个人，叫什么名字？”

被捂住脸的那一刻，宁栀就意识到情况不对。

可身后的男人力气太大，无论她怎么挣扎都挣扎不开。随着迷药越吸越多，她的头也越来越晕。

宁栀抱着最后一丝希望，将手伸进羽绒服的口袋里，用指纹解锁手机，然后按快捷键拨出紧急联系人的电话。

别墅的客厅里，沈静溪放在茶几上的手机开始响动。

可半天没有人接。

她在楼上的房间午睡，手机忘了拿上去。

客厅里现在只有姜明薇。

她坐沙发上，等着司机来接她去参加小姐妹的一个下午茶聚会，正对着镜子补唇釉。

茶几上的手机一直响一直响，她听得烦死了，再一看来电显示上“满满”两个字，更是心情烦透了。

姜明薇完全不想去理，只不过手机响个不停，简直吵死了，害得她把唇釉涂歪了一点。

她手伸过去，本来准备直接挂断的，却不想一滑，滑成了接听键。

手机里传来女孩挣扎呜咽的声响。

姜明薇愣了愣，放下手里的口红镜子，拿起手机凑到耳边听。

像是被人捂着嘴，宁栀的声音闷闷的，并不清楚，但隐约能听到她一直在喊“妈妈救命”。

姜明薇不知道宁栀发生了什么，但这一瞬间，她是高兴的，涂着浆果色唇釉的红唇弯了弯。

她将电话毫不留情地挂断，把手机紧紧地捏在掌心。

又在沙发上坐了半天，姜明薇确定不会第二次打来了。

手机这时处于锁屏状态，姜明薇输入沈静溪的生日，没有解开，输入姜平潮的生日，依然没用。

最后，她把宁栀的生日输了进去，手机立刻解锁了。

姜明薇嘲讽地勾起嘴角，她在沈静溪身边待了整整十年，叫了她十年的妈妈，可在沈静溪心中，最重要的还是亲生的那个女儿。

就是不知道过了今天，亲生的那个还会不会活着。

想到这一点，姜明薇又开心起来。她点进通话记录，删掉了刚刚的那条，把手机重新放回到茶几上，然后拎上包，去赴自己小姐妹的下午茶宴会了。

迷药的药效慢慢过去，宁栀醒了过来。

她手脚都被绳子绑住了，嘴巴里也塞了一块毛巾，一声求救的呼喊都出不来。

四处环顾一圈，宁栀发现自己现在身处一个陌生的房间里，家具很少，破破旧旧的，墙壁也斑驳了，有着常年被烟熏过的痕迹。

窗帘紧紧拉着，房间里很昏暗，宁栀抬起头，借着从窗帘里透进来的一点光，看向床上呼呼大睡的男人。

很陌生的一张脸，她不认识，甚至见都没有见过。

宁栀心中大概清楚了，是宁旭升和这个男人把自己迷晕之后绑到了这里。

虽然并不清楚他们的目的是什么，但眼下这个状况，也容不得她多想，她必须要赶快逃出去。

宁栀双手被麻绳反绑在身后，她试着用手指去解那绳子。

可那绳子太粗了，绑得又紧，她着急地解了好半天，都没有解开。

正思索该怎么办时，房门被推开了。紧接着，灯“啪”的一声被按开，漆黑的房间一下子变亮。

宁栀看见宁旭升走进来，在床上睡觉的张勇也醒了。

他和宁旭升两人换着开了十多个小时车，才从 A 市开回宜市。刚刚他闭眼睡了会儿，宁旭升出去买吃的回来。

宁旭升把买回来的盒饭和啤酒往桌上一搁，走到宁栀面前，假惺惺安慰道：

“栀栀，你别怕，我们不会伤害你的。你爸妈已经把钱打过来了，明天一早，等我们坐上离开这里的飞机，就把你的地址给你爸妈发过去。

“唉，要不是这次真的走投无路了，我也不会这么对你。我先前欠了太多钱，要是我还不上，手脚都得让那群放高利贷的砍掉。”

宁旭升说完，走到桌子边，拿起饭盒，用筷子飞快扒饭。

之前开车十几个小时，他就吃了几块压缩饼干，可真是饿坏了。

张勇很快吃完一盒饭，又拿起一罐啤酒，一口气喝了大半。

酒足饭饱之后，他再看向宁栀，心里忍不住生起几分邪念。

那张小脸生得是真好看，水灵灵的，清纯得不行，比他在电视上看到的女明星还勾人，皮肤也白嫩得和豆腐似的，早上脖子上那几处红痕现在还没消。

张勇今年三十七八了，还没有结婚，坐牢前他只在发廊找过小姐，但那些和眼前的女孩比起来，那是一个地下一个天上！

张勇对着宁栀咽了咽口水，目露淫光："老宁啊，你可真有福气，收养的这女儿长得可太好看了。"

都是男人，宁旭升一听他话里的语气，再看他这副表情，就知道他是个什么意思。

宁旭升没坏得那么彻底，还存着一丝良心，顾念着从小看宁栀长大的情分。

他皱眉，拦了拦："我们之前说好了，只要钱。现在钱她父母已经给了，你可千万别对她干什么！"

张勇对宁旭升的警告不以为意，那么白那么嫩的皮肤，摸上去手感得多好！

"老宁，你不会真以为咱们拿了钱，出国躲着，就万无一失了吧？"张勇对着宁旭升一笑，露出一口被烟熏黄的牙齿，"现在是互联网时代，想找个人还不容易？"

宁旭升原本的打算就是拿了钱出国，找个华人多的地方待着，这辈子都不回来了。

现在听张勇这么一说，宁旭升也慌了，赶紧问："那我们怎么办？你之前不是说这一票万无一失的吗？！"

张勇嘿嘿一笑：

"最好的办法，就是让她父母永远都不敢报警。那些有钱人最要面子了，要是我拍下一段他们女儿的视频，你说他们还敢报警吗？

"那段视频以后就是咱们的保命符，要是他们敢找警察，咱们就把视频发到网上去，让所有人看到他们女儿受屈辱的样子。"

宁栀在角落里听得胆战心惊，可她嘴巴被毛巾塞着，说不出话，只能发出呜呜的声音。

那双大眼睛恐惧地睁大，里面蓄满泪水，雾蒙蒙的，惊慌失措又充满哀求地看向宁旭升，只盼着他还能有一点人性。

可她这副哭哭啼啼的模样，落到张勇眼里，就更是楚楚可怜，让他按捺不住了。

张勇恨不得马上去撕了她身上的衣服。

他又咽下一口口水，对宁旭升说道："我之前蹲了两年局子，那地方可真不是人待的。咱们这回要是被抓住了，少说得判十年，你这一把老身子骨，受得住十年的牢吗？"

宁旭升现在已经骑虎难下了，听了张勇的话，他沉默下来。

"你要是忍不下心，就去客厅待着。"张勇又说道。

宁栀看着宁旭升，拼命摇头，绝望又恐惧地挣扎。

她用尽全力想要挣开手上的绳子。可是把手腕上的皮肤都蹭破了，磨出了血，那绳子还纹丝不动。

宁旭升沉默了半天，最终什么也没说，转身去了客厅。

房间的门被关上。

宁栀最后一丝希望也没了，她瞳孔睁大，脸色惨白，蜷缩在角落里，整个身子止不住地瑟瑟发抖。

眼泪模糊了视线，男人每靠近一步的脚步声都格外清晰，像是一把重锤，狠狠地砸在她的心上。

而她越是害怕，张勇看得就越兴奋。

他看着女孩堪称绝色的那张脸和她脸上绝望无助的表情，嘴角斜斜一咧：

“小妹妹还没有被男的碰过吧，只要你乖点，我保证轻点。

“你要是不乖，这剪刀扎到你身上，可就是一个血窟窿了。”

张勇扬了扬手里的大剪刀，狠声威胁完，低头给宁栀剪了绑在她手上和脚上的绳子。

那绳子不解，他没法脱她身上的衣服。

可宁栀哪里肯屈从。

绳子一解开，她就拼了命地要往外跑，张勇的大手及时抓住她的脚，将人往里拖拽。

挣扎间，宁栀头磕到了铁柜子，鲜血流了出来。那样的疼，她也不管不顾，还是拼命要往外跑。

张勇扑到她身上，死死地将她压住。

疼痛和绝望一齐袭来，宁栀以为自己快要完了的时候，只听外面的门被“砰”的一声撞开。

宁旭升一声极为惨烈的叫声在外面响起，与此同时，这间房的门也被人一脚踹开。

少年眸子猩红，泛着腾腾杀气，如同从地狱里走出的恶鬼修罗。

张勇回过头，还没来得及看清来人的长相，就被一拳撂翻在地。

陈也弯腰捡起地上的那把剪刀，毫不留情地重重捅向张勇身下的那个部位。

伴随着他的动作，张勇痛苦地哀号出声，比刚才宁旭升叫得还要大声，还要惨烈。

陈也走到满脸是血的女孩面前，他眼底还是红的，眉眼之间却只剩下了温柔和心疼。

她身上的羽绒服和毛衣都已经被脱了，只剩下内里的一件打底衫，白皙的脖子上满是被掐过的红痕。

陈也不敢想，自己要是再晚来一步，小姑娘会遭遇到什么。

哪怕只再晚来五分钟，结果都是他这辈子无法承受的。

他没去碰地上染了血的毛衣和羽绒服，而是脱下自己身上的夹克给她穿上。

宁栀浑身还在发抖，额头上剧烈的疼痛让她意识有些恍惚了，她还没从惊吓之中缓过来，眼神里都是恐惧。

她把嘴唇咬得发白，不断喃喃：“不要碰我，不要碰我……”

陈也要心疼死了，他宝贝得不得了的小姑娘，平常连她磕一下碰一下都舍不得，现在却伤成了这样。

他将她抱起，紧紧地搂在怀里，手轻轻拍着她的背，安抚道：

“栀栀不怕，已经没事了。

“有我在，没有坏人能伤害得了栀栀。”

他一遍又一遍轻拍着她的背，哄着受惊了的小姑娘，像要把此生的温柔都给她。

终于，宁栀身体没再颤抖，她缩在陈也的怀里昏睡过去。

陈也没管地上鲜血横流的两个禽兽，抱着宁栀去医院。

护士看着双手沾满鲜血、眼神冰冷的少年，再看看他怀里昏睡不醒的女孩，投向他的目光都带了几分警惕和害怕。

陈也紧紧握着宁栀的小手，什么也没解释，只在护士给宁栀缝合伤口时，说了句：“麻烦轻一点，她怕疼。”

那声音，喑哑压抑到了极致。

等护士给宁栀包扎好额头上的伤口，陈也才去洗了手，浓烈的血腥气在洗手池蔓延开。

他又去打了盆热水，坐到病床前，打湿毛巾，给她擦脸上和小手上快干涸的血迹。

她的每一个手指头他都擦得仔细，动作轻得不能再轻，仿佛是对待什么易碎的珍宝。

深夜，宁栀终于从昏迷中醒来，睁开眼时，从前那么明亮好看的杏眼里现在满是未散的惊恐。

病房里的小灯投下昏暗的光，她没来得及看清眼前人，还以为自己仍身处那个绝望得怎么都逃不掉的环境。

她往后退，蜷缩住身子，不停地颤抖，脸深深埋进臂弯，细细的嗓音带着哭腔和哀求：“你走开，不要碰我，不要碰我。”

她昏迷前的最后一丝记忆，还是那男人压在她身上，粗鲁凶狠地脱她的毛衣。

陈也赶忙过去将她抱住：“栀栀，你看看，是我。”

宁栀听到熟悉的声音，慢慢地抬起头。

看清楚少年的脸时，她猛地扑到陈也温暖的怀里，他身上让人熟悉又安心的气息让她所有委屈和难受的情绪在这一秒决堤。

“陈也哥哥，陈也哥哥。”

她仿佛丧失了语言系统，说不出别的什么话，只能重复地喊着这四个字。

陈也拍着她的背，给脸色惨白、已经哭得上气不接下气的小姑娘顺气。

他也是一遍一遍重复，声音耐心又温柔，像哄孩子似的：“我在这儿，栀栀不怕啊。”

等她哭完了，陈也拿纸巾给她擦眼泪：“没事了，我帮你教训了那两个人渣，他们再也不会伤害栀栀了。”

在他怀里大哭过一场，宁栀情绪终于平复了一些。

她想起来他们绑架自己是为了要钱，连忙抽抽搭搭地说：“我要和爸爸妈妈说一声，他们一定担心死我了。”

说完她到处找手机。

然而在开车来的路上，张勇怕宁栀的手机里有定位系统，已经将它扔在了路上。

“我已经打给你爸爸了，他们马上就来。”

他说完这句话不久，姜平潮和沈静溪就来了。一起过来的，还有调查这件事的警察。

陈也要被带走去录口供，宁栀说什么也要和他一起去。

“我一个人去就行了。你头上的伤还没好，明天早上还要做头部检查，先在医院好好休息。”

宁栀不肯，眼泪汪汪的，抓着他的手不松：“你让我和你一块儿去呀。”

陈也低眸，看向那只紧握住自己的小手。

上回在车里，她也是这么紧紧地握着自己，他那时眷恋她掌心的温暖，没舍得挣开。

可现在却容不得他犹豫。

陈也狠心地将她的手指头一根根掰开，手掌放到她头上，轻轻摸了摸，哄道：“乖，我就去录个口供，很快回来的。说不定你明天早上一醒来，我就回来了。”

他撞门进去时，宁栀已经惊吓过度，接近昏迷了。

她不知道他是怎么拿刀捅进宁旭升的心脏，也不知道张勇的那玩意儿已经被他废了。

他的语气那样轻松，她信以为真，以为他真的只是去做个笔录就能回来。

她看着他，眼泪汪汪地点头：“那你要快点回来啊，我等着你。”

然而她不知道，陈也心里却是清楚的。

只不过小姑娘目光中满是依恋不舍，鼻尖哭得红红的，模样可怜极了。

他笑了声，又摸了摸她的脑袋：“好。”

警察赶到那间房子时，宁旭升已经生命垂危，因为流血过多而休克了。

他被送到抢救室连着抢救了十几个小时才救回来一口气，但后半生基本也是得靠药维持着，和废人没什么差别了。

而张勇的那玩意儿彻底废了，接都接不回去。

姜平潮和沈静溪都很感激陈也救了自己女儿，请了最好的律师给他辩护。

虽然他是见义勇为，然而那两个人伤得实在是太重了。

陈也最终以防卫过当，被判了一年半的有期徒刑。

他听到这个判决，心里一点都不后悔。

他已经向律师咨询过了，如果他当时不动手，对那两个人渣的惩罚会是什么。

律师用专业口吻说道：

“以勒索财物为目的绑架他人的，或者绑架他人作为人质的，处十年以上有期徒刑或者无期徒刑，还有处罚金或没收财产。

“至于另一个，还有一项强奸未遂的罪名，两罪并罚，估计也得十年往上。”

陈也当时闻言反而笑了声，觉得这一年半不亏。

他永远忘不了那一幕。

月光冷得彻骨，小姑娘被那个人渣按在地上，鲜血流了满额头，满是绝望无助的眼神。

他拼了命都想要好好保护，不让受一点伤的小姑娘，被那样的人渣欺负，只坐十年的牢怎么够？

自从那次在医院，宁栀眼睁睁地看着陈也被警察带走，她就再也没有见过他了。

这一整个寒假，她都待在宜市没有走，可他也不愿意和她见面。

到了三月初，大学都开学了，宁栀还是没有走。她让狱警转告陈也，他如果不见她，她就一直不去上学。

最终在三月的第二个星期，陈也同意了宁栀的探视。

三月该是春暖花开的时节，两人却坐在冷冰冰的探监室里，只能隔着一面透明的玻璃见面，说话也要拿着话筒。

明明没有过很久，宁栀却有种恍如隔世的感觉。少年坐在里面，头发剪了，身上穿着蓝色的监狱服。

他望向她，双眸漆黑，仍然很温柔，没有一点责怪她的意思。

宁栀却要愧疚死了，如果她当初多些防备心，没有那么轻易地上当，陈也就不会因为砍伤人坐牢了。

她眼眶一瞬间红了，眼泪啪嗒啪嗒往下掉。

陈也连忙说：

“你别有什么愧疚感，我说过的，哥哥保护妹妹，是天经地义的事。

“你也知道我爱耍帅的，现在头发剪短了，穿着服刑衣服的样子丑死了，你看一次就够了，以后就别来了。栀栀乖，回学校好好读书吧。”

宁栀抿着嘴，不肯答应。

陈也笑了下，故意用轻松的语气说道：“每年过年栀栀都给我准备了礼物，今年的礼物栀栀还没有送我呢。”

宁栀吸了吸鼻子，声音带着哽咽：“我下次来了带给你。”

陈也坚持：“不行，现在就要。”

宁栀咬着唇，泪盈盈地望着他。

他笑着说道：“我今年的生日愿望，就是栀栀回学校好好念书，拿个年级第一给我。”

宁栀和妈妈一起回到了A市。

她额头上的伤口已经复合了，一点疤痕都没有留下，可是脸颊两边瘦下去的肉，无论沈静溪怎么给她熬汤补，都没有补回来。

姜明薇看着平安回来的宁栀，心里不痛快极了。

都已经被绑架了，还差点被强奸，结果就那么巧被救了下来，一点事儿都没有。

小贱人真的是命硬。

不过姜明薇还是有一点值得庆幸的。

当时宁栀的手机被扔掉了，宁栀和沈静溪都不知道那通求救的电话被她接通，又被她挂断了。

姜明薇走到宁栀面前，脸上挂了关切的笑容：“接到你养父的勒索电话，我和爸爸妈妈都担心死了，幸好你最后没事。”

从知道陈也的判决结果的那一刻起，宁栀身上所有的力气就仿佛被抽干了一样，对别的什么再难提起精神。

这会儿，她不想，也懒得和姜明薇假模假样地寒暄。

宁栀没有理姜明薇，转头对沈静溪说道：“妈妈，我有点累了，想上去睡一会儿。”

“去吧去吧。”沈静溪立刻笑道，“妈妈给你熬了乌鸡汤，等会儿你睡醒了就可以喝了。”

“对了，我这儿有些安神的熏香，我给你拿到房间里点上，你闻着香睡得好些。”

姜明薇看着两人上楼的背影，气得咬牙切齿。

只要小贱人一回来，妈妈眼里就只有她了，哪里还可能像之前一样爱自己！

缺了半个月的课，宁栀回家的第二天就去学校上学。

她平时人缘好，下课后不少同学都过来关心她。

“栀栀，你出什么事了吗？怎么这么多天都没来上课啊？”

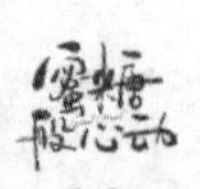

宁栀感谢了同学们的关心，给出的理由是自己之前生病了。

大家看看校花瘦了一圈的脸和脸上怏怏的表情，也就没有怀疑。

宁栀买了一个拍立得，每天带着去上课。

大雨过后，教室窗外出现彩虹，她会拿着拍立得对着拍一张；学校里的樱花开了，她就去拍。

有时候去上课的途中，遇见一只懒洋洋晒太阳的大胖橘猫，也会蹲下身拍一张。

她还多了一个写日记的习惯，每天晚上睡觉前，坐在桌子前把今天发生的有趣的事写下来。

下午我们“马克思哲学”期中考试，选择题第一题特别有意思，上面是四张照片，让我们选出给我们上这门课的老师的照片。这道题分值还特别大，十分呢，好多从来没有来上过这门课的同学都蒙了。

还有哦，今天的晚霞特别漂亮，我用拍立得拍下来了。感觉比上次的彩虹要拍得好，你看了有没有觉得我的拍照技术终于有了一点提高了呀？

写完，宁栀从日记本上轻轻撕下这一页，折叠好，和拍的照片一起塞进信封。

一天一封信，一个星期七封，每封信上写的都是同一个地址。

日子有条不紊地往下过着。

邹悦不知道宁栀身上发生了什么，有一天突然说：“栀栀，我发现你最近都不爱笑了啊。”

宁栀闻言一愣，抿起嘴角，对她露出个笑：“那我现在笑一个给你看。”

邹悦摇头：“还是不一样，你以前笑起来多甜啊，现在虽然笑了，但总感觉不是你发自心底的开心。”

宁栀沉默了下来，像开心这样的情绪，她真的好久没有体会到了。

平时待在学校时还好，回家在自己房里看着看着书，眼泪就会没有预兆地突然掉了下来。

晚上宁栀经常做梦，梦到陈也在医院摸着自己的头，笑着说很快就回来。

梦里的她抱着膝盖坐在病床上，从天亮等到天黑，也没有等到他。

再醒来时，枕头上就又是一片湿湿的泪痕。

她经常失眠，只要半夜醒来，就很长很长时间睡不着了，就那么睁着眼看着窗外的天一点点变亮。

夏去冬来，今年的春节比往年早些，一月中旬就是除夕了，因此学校放寒假放得也早。

宁栀已经买了去宜市的车票。

就算陈也还是不愿意见她也没关系，除夕那天，她想做顿年夜饭，让薛斌帮忙带过去给他。

宁栀准备把自己的打算和爸爸妈妈说说，走到书房门口，还没来得及敲门，她就听到里面的对话声。

沈静溪道：

“律师刚才和我打电话，说那孩子在里面表现好，已经提前放出来了。

“要不是他从那两个坏人手里救下咱们满满，满满就……”

说到这儿，沈静溪说不下去了，不敢想那种假设：“咱们真得好好感谢他。”

姜平潮说：“那是应该的，到时候我们俩亲自过去感谢。至于满满，还是先别让她知道这事。”

沈静溪叹了一口气：“其实我有些后悔，当初或许咱们不该那么做。他愿意为咱们女儿做到这一步，看得出是真的喜欢满满。”

“我们也是为了满满好，他们两个差距太大了，他高中都没有念，家里又是那么样一个情况……”

姜平潮话还没说完，书房的门就被推开了。

宁栀眼眶红透了。

那时她过十八岁生日，爸爸妈妈特意请陈也来参加自己的生日宴会。在她的面前，他们没有说一句他的不好，对他的态度也是温和客气的。

她原本以为爸爸妈妈不会反对他们在一起。

事已至此，宁栀不想再过多纠结已经发生了，并且无法再挽回的事。

她深吸一口气，对姜平潮和沈静溪说：“爸爸妈妈，我已经买了去宜市的车票，这个寒假我要过去找他，我要和他在一起。”

姜平潮皱眉：“满满，他本身条件就不好，现在还坐过牢，你有想过自己跟他在一起之后，会过什么样的日子吗？”

“爸爸，你明明知道的啊，他是为了我才会坐牢！”

宁栀哭出声，几乎情绪崩溃地说出这句话，她剧烈喘着气，有种呼吸不上来的感觉。

陈也让她不要愧疚自责，可她怎么可能不愧疚，怎么可能不自责啊？

每一个睡不着的夜晚，仿佛都有一把尖锐的刀在割着她的心。她不敢去想陈也在里面生活得怎么样。

沈静溪心疼地抱住宁栀，这一年来，女儿的痛苦和自责她都看在眼里。

“满满，这不是你的错。”她给宁栀擦着眼泪，擦着擦着，自己也哭了起来。

姜平潮见女儿这样，也是不忍，声音温和了许多：“是，爸爸知道，他那次救了你，他对我们有恩，我和你妈妈给他经济上的补偿，让他一辈子衣食无忧都可以。”

顿了顿，他语重心长道：“可你要是跟了他，别人会闲言碎语议论你，说你的男朋友坐过牢。他没有学历，也没有好的家世，以后怎么给你提供优渥的生活？”

宁栀性子向来温顺，之前都没有和长辈顶嘴过。

可这一次，她谁的话也不想听。

女孩眸子湿漉漉的，泛着泪光，眼神是从未有过的坚定："我不怕被人闲言碎语，也不需要优渥的生活，我只想和他在一起。"

被送到孤儿院时，宁栀才出了车祸，她纵使不记得爸爸妈妈长什么样了，还是天天盼着爸爸妈妈来接她回家。

后来她被领养了，小区里的大人们或是带着恶意，或者单纯觉得好玩，就经常开玩笑吓唬她。

说她要是表现得不乖，就会被重新丢回孤儿院，变成没有人要的孩子。

自从懂事以来，几乎每一年，宁栀的生日愿望许的都是希望有一天，能找到自己的亲生爸爸妈妈。

现在她的愿望实现了，爸爸妈妈真心对她好，疼着她也爱着她。可是她真的不快乐啊。

在那件事发生之后，她每一天都活在痛苦中。

陈也陪着她，护着她，从懵懂的小女孩到现在。

小时候，小区里有的男孩子很调皮，夏天时恶作剧掀她的裙子，被陈也知道后，全都给狠狠揍了一遍。

有女生笑话她是被父母遗弃的野孩子，陈也牵着她的手帮她骂回去。

后来再也没有人敢欺负她了。

她的一整个青春，都和陈也有关，她一直被他保护得很好。

大颗的眼泪滚落，宁栀睫毛颤抖着，"扑通"一声重重朝他们跪下。

沈静溪吓了一跳，忙过去要扶她起来，哭着道："满满，你别这样啊。"

宁栀跪着没动，因为她知道自己接下来说出口的话很不孝。

可她还是仰起头，哽咽着说出了口：

"爸爸妈妈，我知道你们介意他没有学历，家境不好，可是这些对我都不重要。

"要是你们实在接受不了我和他在一起，介意别人的闲言碎语，你们就当作没有找到我吧。"

陈也下午出来的，薛斌、成一鸣他们都去接他了。

车开到他们以前常去的火锅店，桌上摆了一堆酒。

薛斌神神道道地拿出了一把系着红绳的小桃木剑，郑重其事道："也哥，这是我们之前去庙里给你求的，听说特灵。"

"对对！"付凯和成一鸣点头，一副信誓旦旦的表情，"那高僧说这剑开过光，能去晦气，斩小人！"

陈也垂眸，看着还没他手掌大小的玩意儿，轻笑了声："多大人了，还这么迷信。"

话虽这么说，他还是将那物件收进了裤兜。

一顿酒喝到半夜。

陈也本来是有点醉的，下了车之后，被夜里刺骨的寒风一吹，整个人就完全清醒了过来。

可那点清醒，在见到家门口抱膝坐着的女孩时，立刻荡然无存。

陈也觉得自己一定是看花了眼。

不然也不可能出现幻觉，见到只敢在梦里想一想的小姑娘。

她怎么可能来这儿？

明天就是除夕，她现在应该好好待在A市，和爸爸妈妈团聚。

可这幻觉不仅有画面，还有触感。

宁栀冲他跑过去，用软软的小手抱住他，抱得那样紧，像是用尽了所有力气。

她的嗓音不仅带着喜悦，还带着抑制不住的哭腔："陈也哥哥，你终于回来了。"

他的衣服被温热的眼泪一点点浸湿。

陈也终于意识到不是幻觉。

震惊之后，他抬起手，揉了一把她的头，温声地哄着："栀栀乖，不哭啊。"

宁栀又抽噎了两下，听话地憋住眼泪，没有再哭了。

她从他怀里抬起头，泛红的眼圈望着他。

一年多的时间没有见，少年头发短了些，双眸漆黑深邃，五官轮廓更加深刻，比之前多了几分成熟稳重。

可他低眸，望向她的眼神，却没有一点改变。

风从楼栋的窗户灌进来，冷飕飕的。

陈也看着她。

她人明显瘦了一圈，下巴小小的，脸颊两边软乎乎的婴儿肥也没了，有几分苍白憔悴。

"不是说了让你别愧疚吗？你是我妹妹，我答应过要好好保护你。那两个人渣那样欺负你，我帮你教训他们是应该的。"他嗓音温和地给她讲道理。

"什么妹妹呀，你又在胡说。"宁栀还紧紧环抱住陈也不肯撒手，小脸仰着，被泪洗过的眼睛水汪汪的。

"你才不是只把我当妹妹呢，你就是喜欢我的，你别想再像上次那样骗我！"

她语气固执又坚持，可马上又软了下来："陈也哥哥，你……你别不要我呀。"

小姑娘杏眼湿漉漉的，透着满满的委屈和可怜，像是街边等着被收养的小动物。

没人能再硬得下心肠。

"没有不要你。"陈也伸手替她擦掉眼角的泪珠，温柔道，"栀栀，你现在找到了你的亲生父母，他们很爱你，你应该听他们的话。那个男生他很不错，家境也优渥，而且……”

他话里的每一个字，都是在为她考虑。

可宁栀一点儿也不想听他说这些。

她打断他，抽噎着，声音却坚定：“如果找到爸爸妈妈的代价是失去你，那我宁愿一直没有找到。”

陈也不敢相信，脸上浮现震惊。

他是知道的，从小到大宁栀最大的愿望就是找到亲生父母。

有时走在路上，看见别的孩子被父母牵着手，小姑娘嘴上没说，可眼底一闪而过的羡慕却骗不了人。

“爸爸妈妈是对我很好，可这十几年以来，给予我陪伴的一直都是你呀。不管是我伤心了难过了，还是生病了，只要我需要的时候，你都在我身边。

“陈也哥哥，在我心中，你才是最重要的。

“永远都是。”

她踮起脚，去亲他的唇。

和高铁站那次短暂地亲亲下巴不同，她这一次，是真的在吻他。

可她哪里会知道怎么接吻，那样大胆了一下之后，就完全不知道怎么弄了。

她脸颊热透，红得像熟了的樱桃，试探着动了动舌头，碰触到他的唇。

然后再该怎么做，她又不知道了。

她略带尴尬地眨了眨眼，黑白分明的眸子望着陈也。

仿佛无声在问：是这样亲的吗？

陈也意识空了一瞬，然后反客为主，搂住宁栀的腰，将人压到了墙上。

彼此的呼吸都变重。

女孩娇怯的嘤唔和少年狂乱的心跳，成了安静楼道的唯一声响。

陈也亲了宁栀好久。

直到最后，怀里的女孩喘不上气了，小手轻拽着他的衣角，他才克制着将人松开。

她耳朵尖都红透了，烫得厉害，一双杏眼水光潋滟。

楼道里的感应灯由亮转暗。

漆黑狭小的空间里，宁栀将脸埋在陈也的怀里，清楚听见他剧烈的心跳声。

她的心脏，跳得其实也快。

“小时候，是你主动跑过来牵起我的手；初中我跳高摔倒那次，也是你抱着我去的医务室。”

她脑袋埋在他怀里，翻完了旧账：“刚刚虽然是我主动亲你的，但……但你也回应我了，还把我舌头亲得有点麻了。”

“我的第一次牵手、拥抱还有接吻，都给了你。”她抬起头，乌黑的眸子认真看着他，“你不许耍赖，你要对我负责呀。”

陈也沉默着，没有说话，楼道再次陷入安静中。

宁栀有点着急，怕他像在高铁站那次一样推开她，她的小手慌慌张张地将他抱得更紧。

这一次，她死也不要松开。

陈也感受到来自腰间的力道，他低头，看见她又泛起红的眼眶。

挣扎到最后，他开口，嗓音干涩而喑哑：“不耍赖，负责。”

宁栀终于笑起来，这是她一年多来唯一开心的笑。

本该很浪漫的氛围，可这时，她肚子不争气地“咕噜”了一声，瞬间把一切都破坏得干干净净。

“肚子饿了？”陈也问，眼底浮起一点笑意。

宁栀红着脸点头，窘迫地小声说道：“我晚饭没有吃，从高铁下来就直接坐车到了你这儿。”

怕和他错过，她又饿又冷地在门口坐了四五个小时。

陈也将羽绒服的帽子给她扣上，握住她冰凉的小手，塞到自己的口袋里，说：“走，我们去吃东西。”

现在凌晨一点，附近的餐馆都关门了，只有一家便利店还亮着灯。

他们走进去，陈也给她买了一碗关东煮，还拿了瓶草莓味的热牛奶。

宁栀肚子早就饿扁了。

她坐在便利店的椅子上，对着戳起来的鱼豆腐呼呼吹两口气，也顾不得烫了，直接就往嘴里送。

一大碗关东煮很快吃完，甚至连碗里的汤都咕噜咕噜喝了大半。

埋头吃完，再抬起眼，宁栀发现坐对面的陈也双眸带笑地望着自己。

“够吗，要不要再买一碗？”

宁栀摸摸自己吃得很满足的小肚子，又想起自己刚才狼吞虎咽的样子，脸颊红了红。

她摇摇头，有点不好意思地小声说：“我吃饱啦。”

陈也用吸管戳开牛奶，嘴角微弯，笑着递给她：“行，我们回家。”

“嗯！”宁栀欢快地回应，一手接过牛奶，另一只手紧紧挽住他的胳膊。

雨停了，夜晚的风有点冷。

宁栀吸着牛奶，转头望向他：“我给你写的信，你看了吗？”

“看了。”他说。

她一个星期给他寄一次，每次是七封。

他每天早上拆一封，看着她和他分享的她的日常。

“那你怎么从来不给我回一个字呀？”

每天晚上从图书馆回来，她都去宿舍楼下的收发室，一封一封找，看有没有他寄过来的信。

然而每次都是失望而归。

陈也默了默，眼睫垂下，遮住眸底的晦涩。

他不想让宁栀的室友和同学知道她认识一个坐牢的人，还和那个人有书信往来。

他既盼着收到她的信，又希望她别再给自己写了，好好过自己的生活，和那个叫纪行衍的男生在一起。

那人学历高，家世好，方方面面比他优秀。小姑娘和那个男生在一起，别人看向他们的目光也是艳羡的。

不像和他在一块时，受到嘲笑和轻视。

可有一回，她的信晚了一天才送到，他的心又似被什么掏空。那样矛盾、复杂又自私的心情，陈也无法宣之于口。

就像刚才，理智告诉他应该推开她的，可到底还是亲了下去。

没听到陈也的回答，宁栀自顾自说了下去："其实这一年，我总是在想，要是你不认识我就好了。从小到大，我总是在给你添麻烦。"

她叹出一口气，语气低落了下来："小时候我被别的男生欺负，你帮我出头，和他们打架。那次，也是因为我，你才会……"

陈也顿住脚步，昏黄的路灯下，女孩眸光黯淡，小鼻子轻轻皱着，模样懊悔又难过。

"栀栀，你知道我这辈子最庆幸的事，是什么吗？"他问道。

宁栀摇了摇头。

"我最庆幸的，就是七岁那年，看到有个特别好看的小姑娘被别的女生欺负，主动跑过去牵起了她的手。

"可你知道的，我本来也不是多么有正义感的人，那时那么做，大概是因为有了先见之明。"

"什么先见之明呀？"宁栀看着他，不解地问。

路灯暖黄，陈也低头，将她抱住，漆黑的双眸映着她的脸。

他嗓音温柔低沉：

"我那时就预见了，这个小姑娘以后会成为比我性命还重要的存在。

"所以……"

他一顿，轻轻刮了下宁栀皱起的小鼻子："不管为那个小姑娘做什么，我都心甘情愿。"

两人回到家，因为家里将近一年没有住人，家具上积了厚厚一层灰。

宁栀去洗澡。

陈也把房间给她收拾出来，床上的被子床单都换了干净的，又给她把窗户打开透气。

宁栀洗完澡，抹了抹身体乳走出去。

浴室的门推开，陈也下意识看过去。

白茫茫的热气从里面涌了出来，小姑娘头上绑着兔耳朵发带，穿着浅粉色的睡裙，领口处有一个小小的蝴蝶结。

她脸颊红扑扑的，模样特别乖。

陈也想起下暴雨的那次，宁栀待在他家回不去，洗完澡之后只好穿着他的T恤。

那时，那样不合身的衣服穿她身上都好看得紧，多看一眼都忍不住想放肆。

何况现在穿着这么可爱的小睡裙，头上还绑着个这么可爱的玩意儿。

陈也还想当个人，他走到窗户边，把窗户给她关上："快去睡吧。"

说完就走，一刻也不和她多待。

他来到另一间空房间，就不像刚才给她打扫时那样用心了，随便收拾了几下就准备睡下。

这时，门轻轻从外面被推开，一个小小的脑袋探了进来。

见陈也还没有睡，系着兔耳朵发带的小姑娘开心地笑了笑，然后像小兔子一样噔噔噔跑进来。

她跑到他身边，大眼睛眨巴眨巴地看他，一副有话要和他讲的样子。

两人挨得近，她身上的甜香直往他心里钻，他声音有些沙哑："怎么了？"

小兔子不说话，食指勾了勾，示意他低一下头。

陈也不解，但也照做。

他头才低下，下一秒，她吧唧一口，亲在了他的左脸颊上。

温软的触感，带着点草莓味儿童牙膏的甜。

那管牙膏还是他刚才在便利店给挑的一款，没想到味道这么好。

"给你一个晚安吻。"宁栀脸颊浮着绯红，杏眼弯起，漾出甜蜜又羞答答的笑，"你晚上要做个好梦呀。"

小兔子主动送上门了，陈也觉得这个人自己暂时可以先别当了。

亲完，宁栀内心其实好羞的，准备要跑，然而手腕被他一把抓住，她只能回头。

她双眸晶亮，看着他，软声问："还有什么事吗？"

陈也抓着她的手没松，而是问："谁告诉你晚安吻是这样的？"

宁栀眨了眨眼，不明所以。

他迎上她茫然的目光，却不多用言语解释，直接将唇重重覆了上去。

压制了那么久的情感，在楼道里的那一次亲吻哪够。

和刚才不一样，没了厚厚的羽绒服和毛衣，她身上只穿着一件睡裙。

睡裙很单薄，他掌心贴在她腰间，还能感受到她的体温。

他克制着，手掌没有再往上摸。

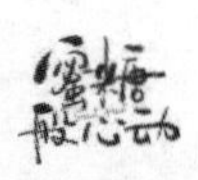

终于，陈也放过这只自投罗网、可怜巴巴的小兔子。

他手指抚过她嫣红的唇，轻轻擦掉上面的一点水渍：“这样的才叫晚安吻，记住没？”

宁栀回房时脸颊已经滚烫，脑子晕乎乎的，身上的睡裙也被陈也弄得皱巴巴的了。

她躺到被子里，将脸埋了进去，过了好长时间，飞快跳动的小心脏才平复下来。

这一晚是宁栀自从陈也出事以后，睡得最安稳的一次，没有做噩梦，醒来时枕头上也没有沾满泪水。

她睁开眼，窗外一轮太阳高高升起来。

今天是除夕，外面的早餐店都不会开门的。

宁栀走到厨房，翻着找了半天，运气很好地找到一袋还没有拆封的挂面。

再去看日期，也还没过期。

不过蔬菜和鸡蛋都没有，她煮了两碗很简单的清汤面，和陈也吃完之后，一起去了家附近的沃尔玛。

今天的超市格外热闹，氛围也特别喜庆。

一走进去就听见熟悉的《恭喜发财》这首歌，入眼所及都是一串串红色的小灯笼。

陈也推着小推车，跟在宁栀旁边，小姑娘说往哪儿走，他就往哪儿推。

“陈也哥哥，今天来不及自己包饺子了，我们就去买袋速冻的吧？”她回头对他说。

超市里人潮拥挤，每个人脸上都挂着喜气洋洋的笑脸。陈也第一次觉得这样阖家欢乐的节日真好。

“嗯。”他笑了，推着车往冷冻食品专区那儿走。

宁栀挑了一袋虾仁玉米馅的饺子。速冻饺子旁边是汤圆，她想了想，又拿了一袋红豆馅的汤圆。

正月十五还没有开学，她可以在这儿和陈也一起过元宵节！

买完东西回家，两人一起把春联和福字贴在家门口，然后宁栀去厨房做饭，陈也拿着拖把扫把打扫屋子。

收拾好后，他也去了厨房，在她的指导下给基围虾剥虾线。

到晚上六点多时，饭做好了，两个人开始吃年夜饭。宁栀没有做太多，就四道菜。

糖醋排骨，清蒸鲫鱼，白灼基围虾，还有一盘绿油油的炒藜蒿。

菜端上桌之后，宁栀给沈静溪打了电话过去：“妈妈，我们饭已经做好了，马上就吃年夜饭。”

沈静溪轻叹口气。

她从前一直希望女儿有个好归宿，和她认为合适优秀的青年才俊接触。

可那天，向来乖巧柔软的女儿把话说得那样决绝。过去的那一年，她的满满是怎么样一个状态，她都看在眼里。

“你们好好过年吧。”沈静溪终于松了口，“我们这里不用记挂。你爸爸那边，我会去做他思想工作的。”

宁栀开心地应道：“谢谢妈妈！”

沈静溪听着女儿明显轻快的嗓音，轻轻舒了一口气。做母亲的，最大的愿望也不过是儿女能开心。

沈问把电话从小姨手里拿了过去，语气不满道：“满满，你怎么回事啊，这大过年跑不见人影了？我本来还买了烟花过来，准备吃完饭和你出去放啊！”

“表哥，我不在，我今年的压岁钱都给你呀。”

沈问“嘁”了一声：“我稀罕你那点小钱？”

“那你小时候还骗我压岁钱，拿着两个硬币找我换一百的，还说我占了便宜？”她反驳。

沈问表情尴尬：“……小时候的这些事，满满你不是都不记得了吗？”

宁栀想了想，认真道：“我是不记得了，但是后来舅妈都和我说了呀。舅妈还说你有次打坏了家里的花瓶，骗我背锅。还有一回，你……”

没等她说完，沈问立刻挂断电话！

妈妈怎么把他小时候那点陈芝麻烂谷子的破事都说了，一点面子都不给他留的！

他以后还怎么在小表妹面前维持自己伟岸高大的形象啊！

宁栀放下手机，陈也已经盛好了饭，拿着碗筷走了出来。

两人上桌吃饭，宁栀就没有伸筷子夹过一次菜，因为陈也在不停地给她夹。

碗里的菜小山一样高了，宁栀抬起头望着他：“太多啦，我吃不完呀。而且我还想留点肚子等下看春晚的时候吃零食。”

刚才在超市，陈也买了好多好多零食，都是她喜欢的。

看着小姑娘瘦尖了的小下巴，陈也无视她的撒娇，强硬地说道：“必须吃，不吃完饭等会儿不给吃零食。”

顿了顿，他更加狠心地凶巴巴道：“而且我还要把零食都锁起来。”

宁栀翻了个白眼。

饭吃完快八点钟了，宁栀去把电视机打开，春晚正好开始。

两人坐到沙发上，茶几上堆了一堆五颜六色花里胡哨的零食。

宁栀看着春晚节目，腮帮子就没停下过，才咬完牛肉干，又拿起了一瓶黄桃酸奶。

陈也看得好笑。

电视里在放一个小品节目，宁栀乐得咯咯笑。

陈也转头，看见她正拿勺子喝着酸奶。

他问："酸奶好喝吗？"

宁栀笑着点头："好喝，黄桃味的最好喝啦。"

女孩粉嘟嘟的唇上沾了点白色的酸奶，他心里痒痒的："给我也尝一口？"

黄桃味的酸奶只买了一盒。宁栀犹豫了一下，转而又想起昨晚上他们都那样亲了，还亲了两次！

那现在用同一个勺子喝酸奶，也算不了什么吧？

她红着脸把酸奶杯朝陈也递过去，他却没接，反而头一低，将她唇上沾着的那点酸奶舔了个干净。

这是他以前想做了好久，却一直不敢做的事。

看着小姑娘直接呆住的表情，陈也笑了笑，轻轻摸摸她的脑袋："行了，继续看电视吧。"

电视里的小品演到了一个好笑的梗，里面的观众全笑起来，宁栀还完全处于状况之外。

她手里还握着冰冰凉凉的酸奶，和她热得发烫的脸颊形成了鲜明对比。

就之前，她还觉得陈也哥哥太不主动了，没想到他一主动起来，简直能这么……

零点的钟声敲响，春晚进入尾声，陈也看向窝在自己怀里，明明好困却还坚持守完岁的小姑娘。

"快去刷牙睡觉。"他揪了揪她的脸蛋，说完拿起遥控器，把电视关了。

客厅一下子安静下来，宁栀坐在沙发上，没有起来。

她眸子乌黑，仰起头看他，染着困意的嗓音格外软糯："陈也哥哥，你知道的，我小时候被拐卖过，出过车祸，在孤儿院待过，后来收养我的父母也不太好。可是——"

她笑了起来：

"在这么多不好的事情里，也有一件特别特别好的，那就是遇见了你。

"过去的一年，我和爸爸妈妈在一起，有优渥的生活，可是我一点儿都不开心。我每天都在失眠，只有昨晚在你身边，我才真正睡了一个好觉。

"陈也哥哥，你别再推开我了，以后的每一年，我们都一起过春节，好不好呀？"

陈也低眸和她对望，她的眸光澄澈又柔软，带了几分乞求。

他心里软得像什么融化了。

"好，"他说，"以后我们都一起过。"

第十一章·真相

宁栀正月十六开学，她在宜市待到了元宵节这天。

下午，两人吃完了那袋红豆汤圆，陈也送她去车站。

从坐上去高铁站的出租车的那一刻起，宁栀就紧紧挽着他的胳膊，到了站台，她的手还是舍不得撒开。

就感觉在一起之后，他们一直在经历分别，真正待一块的日子反倒寥寥可数。

“我包了好多饺子，都放在冰箱第一格了，袋子上贴了标签的，是香菇的还是萝卜馅的你一看就知道啦。

“你要是没时间做饭，就煮饺子吃，别一忙起来饿着了。”

陈也听着怀里的小姑娘操心地念叨，心里暖暖的。

他低头，瞅了瞅她瘦得没二两肉的小脸：“你看自己瘦成什么样了，还好意思说这话，回学校之后好好吃饭。”

“要是下次见面还这么瘦，小心惩罚你。”他威胁起人来。

“什么惩罚呀？”宁栀好奇地问。

陈也思索了会儿，语气认真道：“打你屁股。”

宁栀脸红了。

没在一块儿时，陈也威胁她如果早恋就打手心，怎么变成女朋友之后，惩罚还升级了呀？

宁栀觉得好羞耻，抬起红扑扑的小脸：“那我好好吃饭，你给奖励吗？”

陈也大方点头：“行，要什么奖励？”

宁栀想了想：“我们学校四月份桃花都开了，特别好看，我想让你和我一起去看，可以吗？”

陈也不想去她的学校，怕她的同学看到了他，知道她有个连高中都没有读的男朋友。

可是她双眸亮晶晶的，满是期待地看着他，没有一丝一毫的虚伪。

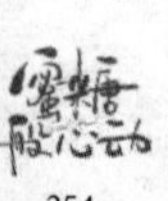

“好。”他答应，“等你们学校桃花开了，我就去找你。”

宁栀双眼一弯，甜甜地笑起来：“那我们说好了呀。”

回学校之前，宁栀先回了一趟家。

沈静溪见宁栀的气色明显好多了，心里松了一口气。

半个多月没见面了，她抓着宁栀嘘寒问暖了一大堆。

姜平潮把手中的茶杯往桌上一放，说：“一走这么多天，我还以为你不知道回来了。”

宁栀有点心虚。

过年的前一天她说出那么决绝的话，还不顾父母反对跑到别的城市，一待就是半个多月。

沈静溪维护女儿，瞋了姜平潮一眼：“满满才回来，你摆什么脸色。”

说完，她接着对宁栀问东问西，完全不再理丈夫。

这么多年第一次被妻子无视的姜平潮愣了愣。

宁栀从书包里拿出一盒玫瑰酥，说道：“这个点心是宜市一家很有名的百年老店做出来的，很好吃的，你们尝尝看。”

姜平潮没碰。

沈静溪伸手拿了一块，吃了一口，笑着说：“味道不错。”

姜平潮待不下去了，直接起身，去书房看财务报表去了。

等他走后，沈静溪看向宁栀：

“之前爸爸妈妈总想着给你介绍一个家世相当、自身条件也优秀的男生，却忽略了你的想法，这件事是爸爸妈妈做得不对。

“你不在的这些天，妈妈想了很多，家世啊条件啊都是虚的，什么都不如你开心重要。你那个男朋友，虽然不是我和你爸爸心里满意的人选，但只要他对你好、对你真心，爸爸妈妈就不反对你们在一起了。

“之前爸爸妈妈对你男朋友说了一些不好听的话，希望你帮爸爸妈妈向他传达一声对不起。”

宁栀扑进沈静溪怀里，有些感动：“妈妈。”

沈静溪温柔地摸摸宁栀的脸。

其实女儿能找回来，已经是天大的幸运，别的那些，就没那么大所谓了。

宁栀晚上回了学校，宿舍里只有邹悦和吴小芳在。

大一之后，学校就不强制新生住宿舍了，姜明薇立刻搬了出去，在学校外面的高档小区租下一间很大的复式公寓。

姜明薇搬出去的第一天，邹悦开心得在食堂吃了两碗饭，要不是学校有规定，她恨不得当场在宿舍楼底下放一挂鞭炮庆祝。

宁栀把另一盒玫瑰酥拿出来，和她们分享：“这是我们那儿的特产，你们尝尝呀。”

“谢谢。”吴小芳小心地拿了一块，又去看书。

邹悦也拿起一块玫瑰酥，咬下一口，“哇”了一声：“太好吃了！淘宝上有没有卖的？我要立刻下单十盒。”

宁栀摇头：“那家店只现做现卖，不在网上卖。”

那天，陈也陪着她在冷风里排了半个小时的队才买到的。

宁栀见邹悦这么喜欢，把剩下的那盒都给了她：“你都拿去吃吧。”

邹悦哪里好意思，摆摆手：“不用不用。”

“没关系，”宁栀笑着说，“我想吃，以后回去还可以再买。”

邹悦被她这一笑晃了晃神。

宁栀虽然还是瘦的，但气色好了很多，脸颊白里透红，水盈盈的杏眼轻轻弯着，明媚的笑意从眼角漾了出来，笑容甜得要命。

邹悦有些激动：“栀栀，我一年多都没见到你这么开心地笑了。”

宁栀笑出了声：“有那么夸张吗？”

“有的！”邹悦信誓旦旦道，“之前感觉你整个人蔫蔫的，现在你眉眼里是压都压不住的笑意，不信你去照照镜子看嘛。”

宁栀坐回到自己桌子前，把明天上课的书也拿出来预习。

想起室友的话，她拿出小镜子照了照。

好像真的眼里都是笑，憋都憋不住。

可是，能好好和陈也在一起，她就是超开心的呀。

晚上，姜平潮在客厅的茶几上翻了几遍，也没看到想找的东西。

他回到房间，沈静溪正坐在梳妆台前擦面霜。

“满满买回来的那盒玫瑰酥呢？”他轻咳了咳，问妻子。

沈静溪回头看了他一眼：“你不是不爱吃甜的吗，我就和家里阿姨分着吃完了。”

姜平潮皱起眉：“满满那么远带回来的，你也不给我留一块。”

沈静溪终于忍不住笑了：“没分给阿姨，我给你留着的，就放在厨房的第一个橱柜里。”

姜平潮要下去拿，沈静溪又叹着气，说道：“满满和那男生的事，你别反对了。这一年满满憔悴成什么样子你也看见了，她是真的喜欢那个男生。强行拆散他们，未必是对她好。”

“你就惯着她吧。”姜平潮说完这句下楼，但到底也没再说什么反对的话了。

送走宁栀之后，陈也回到关了一年的改装店。

门闸拉开，一股灰尘和机油混合的味道扑面而来。他打了桶水，把门口的招

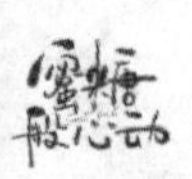

牌擦了擦。

尽管这店关了一年，但他改装车的技术好，越野车经他的手一改装，性能大大提高，很长的陡坡都能开上去。

不少之前的老主顾闻讯前来。

孙明扬和张毅原本在他这儿干的，听到店子重新开了，辞了手上的活又过来了：“也哥，我们还是想跟着你干！”

人手够了，后来有个富二代找到陈也，把一辆旧的玛莎拉蒂交给他。

改装之后，整个车子焕然一新，不仅超级酷炫，开上路的体验感也好了几个档次。

富二代满意得不行，车一开出去，很快在他那个圈子引起了瞩目，其他富二代也都把自己的豪车开过来交给陈也改装。

陈也这段时间赚了不少钱，却也忙，从早上六点到晚上十二点，几乎就没休息的，有时候连饭都顾不上吃。

他知道自己条件不好，配不上那么好的小姑娘，他想拼尽全力，以后给她更好一点的生活。

薛斌和成一鸣有次过来找陈也，都已经晚上十点钟了，他外卖买的盒饭放桌子上，袋子都没拆。

他们看陈也忙得连身体都不顾了，劝又劝不动，两个机智的小脑袋瓜一转，拿出手机当起了告状精。

宁栀妹妹，你快管管也哥啊，到这个点他忙得连饭都没吃啊！我们的话他都不听！他只听你的话！

信息发了过去，没多久，陈也放桌上的手机就响了。

薛斌伸着脑袋一瞄，见到上面的备注，喊道：“也哥，宁栀妹妹的电话来了！”

陈也正在改装一辆越野车的引擎系统，饭他可以不吃，女朋友电话却一定要接。

他放下手里的工具，走过去拿起手机。

他一接通，耳边就响起小姑娘又凶又软的声音：“你还叫我好好吃饭，都这么晚了，你怎么还没吃晚饭呀？！”

陈也一听，就知道是有人告状了，他凉飕飕的目光一瞥，薛斌和成一鸣立刻把脖子一缩。

陈也走到外面接电话，声音温柔地解释：“今天实在是太忙了，就没顾得上吃。”

“再忙你也要吃饭呀，事情可以等一等再做，要是经常饿肚子，胃会饿出毛病的。”

陈也听宁栀给自己讲道理，笑了声：“我知道了，明天我就按时吃饭，行了吧？”

宁栀却不信，她想起他之前对自己的威胁：“那我要是再听说你不按时吃晚饭，下次见面就不给你亲了。”

陈也闻言拧起了眉头。

异地恋本来几个月见不到面，这下见了面还不给亲了，这能忍？

“不会再有下次，我保证。”陈也郑重地说。

宁栀这才满意了，还准备说什么，又听他接着问：“那我这么听你的话，你给我什么奖励？”

她愣了愣，这不是自己之前说过的话嘛。

她也很大方地说道：“那你要什么奖励呀？”

“下次见面让我亲，想亲多久就亲多久。”

电话那边安静了十几秒。

然后，他听到小姑娘羞答答的声音：“好。”

陈也再回到店里，薛斌和成一鸣都以为自己会因为擅自告状要被揍一顿。

却没想，少年走进来后，拿起冷掉了的饭盒，边吃边笑，嘴角止不住地上扬。

薛斌和成一鸣愣住了。

这是什么个情况？

改装店的生意越来越火，很多宜市周边城市的人也把车开到他这里改装，接的单子排到了下半年。

陈也又招了两个人，到四月底，他空出三天时间，去了A市找女朋友。

过去之前，他去那家很有名的糕点店买她爱吃的玫瑰酥。

一如既往还是要排队，乌泱泱的人群排了一长条，还有限购，规定每人一次只能买两盒。

陈也一边在心里对这傻规定骂骂咧咧，一边一次又一次排队，最后买好十盒。

下午他去坐高铁，一下车，远远地便看见小姑娘开心地朝自己招手。

她穿着件黑色碎花小裙子，脚上的小皮鞋上还有个小蝴蝶结，露出的笑容比四月的春光还要明媚动人。

陈也朝宁栀走过去，盯着她的脸瞧了半天。

看着是有好好吃饭的，脸颊两边的肉是长出来了些，软乎乎的，特别可爱。

宁栀挽住陈也的胳膊，双眸弯着，兴致勃勃地说道：“我们先去学校看桃花，然后再去吃饭。我带你去一家很好吃的烧烤店呀，上次我和室友去吃，我一口气吃了五十串肉！”

说着，她伸出软白的小手掌，冲着他比了个五的手势，语气听着也有点小骄傲。

陈也垂眸，看向双眸晶亮的小姑娘，笑了声，问：“还记得自己答应的事吗？”

“什么呀？”宁栀一时没想起来，侧着脑袋问他。

“就是……”陈也勾了勾唇，凑到她耳朵边，“让我想亲多久亲多久。”

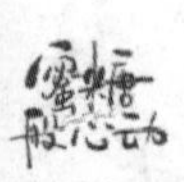

他呼出的气息拂在宁栀的耳朵上，宁栀红了脸颊，有些害羞地说道：“等晚上回了酒店，再给你亲呀。”

说这话时，她嗓音又软又糯，最后那个“呀”的尾音像把小钩子，把陈也勾得心里痒得不行。

还看什么花，吃什么烧烤，他满脑子就是小姑娘比果冻还甜、还软的唇。

恨不得立刻、现在、马上按着人亲一顿！

“好，我们先去学校看花。”他压住语调，没让自己显得太急切。

到学校门口时，陈也意外地看到了姜明薇。

她一身高定衣服，左手拎着 LV 的经典款包包，站在路边，和另一个男人说着话。

宁栀没往那儿看，叽叽喳喳的像只小喜鹊，开心地和男朋友说着话。

陈也牵着她的那只手突然一紧。

宁栀没讲完的话一顿，疑惑地望向他：“陈也哥哥，你怎么啦？”

陈也松了松手上的力道，摇头：“没什么。”

就刚才，他看见姜明薇，姜明薇也望向他们这边。

他清楚地看见，她向宁栀投过来的那道目光。

只有短暂的几秒，却带着十足的忌妒和恨意。

像是条嘶嘶吐信子的毒蛇，他稍不注意，她就会恶毒地咬向他身边的小姑娘。

他隐隐觉得不对劲。

和姜明薇一起的男生叫徐飞，是她最近交往的男朋友。徐家几代都做建筑生意，家底很殷实。

徐飞本来在和姜明薇说话，见到宁栀时，眼睛一直：“你妹妹过来了啊，我们过去打个招呼吧！”

徐飞刚开始得知姜家把失散多年的女儿找回来了，喝酒时还和几个兄弟笑谈。

说在宜市那种他们听都没听过的小地方长大的，估计就是个没见过世面的小村姑。

然后在姜平潮给宁栀举办的那场十八岁生日宴会上，徐飞和他那几个二世祖兄弟看到一袭红裙的宁栀，脸瞬间啪啪啪地被打肿！

这哪里是什么小村姑，分明就是天上下凡的仙女啊！

那张脸可比他们找过的二三线小明星好看多了，还有种骨子里透出的清纯！

当场几个混不吝的二世祖摩拳擦掌就想要出手了，然而纪行衍过去和小仙女合奏了一首他们听都没听过的曲子。

几个二世祖立刻萎了。

纪家的独子，家世比他们好，长得比他们帅，又是正儿八经剑桥毕业的，还品行端正洁身自好，全面碾压他们这几个不学无术的二世祖。

后来他们听说纪行衍对宁栀有意思，然而被小仙女拒绝了，这下他们就更不敢出手了。

连纪行衍这样的小仙女都没看上，那要求得高成啥样啊？一定不是他们这些成天游手好闲的人能沾染得上的。

二世祖们很有自知之明地歇了心思。

徐飞把目标一转，从小仙女转到小仙女的姐姐，也就是姜明薇这儿了。

虽然姜明薇长得没有宁栀那么惊艳，但打扮起来也算是好看的，还学过芭蕾舞，气质挺好的。

更关键的是，他们家和姜家之前有过一点生意往来，算是有交情的。

他找姜明薇谈恋爱，不会像之前找网红小明星那样被他爸妈成天念叨说教，还断他信用卡什么的！

姜明薇看见了宁栀，也看见了徐飞那双放光的眼睛，气得要命："打什么招呼，你没看她和男朋友在一块儿吗？"

徐飞刚才只顾着瞧小仙女的盛世美颜，经姜明薇一提醒，才把目光移到陈也那儿。

帅是挺帅的吧，但能把小仙女拿下，绝对不止是靠一张脸！

徐飞好奇得不行："明薇，你和我说说，你妹妹这男朋友什么来头啊？"

姜明薇哼了一声："什么来头？就是她从前在宜市时认识的，就是个小混混儿，之前开个什么修车的店，后来拿刀砍伤人还坐了一年的牢。"

徐飞听得三观都快震裂了。

他自己虽然读书时也挺浑的，但起码也有个度啊，砍伤人是想都不敢想的。

结果小仙女的男朋友竟然坐过牢？！

难道说是他们之前想错了，小仙女不喜欢纪行衍那样"根正苗红"的，就喜欢痞帅的类型？

那他感觉自己也挺痞，也还有点帅的。

姜明薇一见徐飞那蠢蠢欲动的表情，就知道他打的什么算盘："我和你说，我妹妹可喜欢这个男朋友了，就算爸妈都不同意，她下跪都要和这男的在一起。"

她又故意说道："就过年那会儿，那男的一从监狱里放出来，她就去宜市找他了，和他住在一起，待了半个多月才回来。"

徐飞听完更愣了，都住一起了，那啥不也发生了吗？

看着那么清纯的小仙女，原来这么开放的吗？！

姜明薇说完这些，看着徐飞震惊万分的模样，心中快意了不少。

A 大有一片很大的桃花林，每年四月份，很多校外的游客都会慕名来踏青游玩。

桃花林里，一簇簇粉白的桃花在枝头开得烂漫，很多女生结伴来看，还有穿

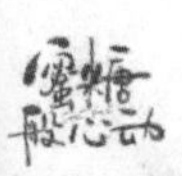

着汉服的小姐姐在拍照。

宁栀牵着陈也的手，和他一起看满园的桃花，澄澈好看的眼弯起来，软声问：“我们学校的桃花林是不是很好看呀？”

陈也低头，眸子里映出小姑娘眼睛弯弯、笑得超级甜的模样，也笑了：“嗯，特别好看。”

陈也也给宁栀拍了好多张照片。

宁栀不会很火的那些拍照姿势，还像小时候拍照时，傻乎乎地伸着两根软白的小手指头，摆出一个“耶”的姿势。

有些过时的动作，配上她清纯好看的那张脸，却是格外可爱。

之后两人去了那家很好吃的烧烤店，吃完，陈也一刻也不多耽搁，迫不及待带人回酒店。

刷了房卡进去，陈也关上门。

宁栀身上背着的小包包都没来得及放下，就被他抱住，顺势抵到了墙上。

他清冽强势的气息扑面而来，不容分说地吻上朝思暮想的唇。

完全没反应过来的宁栀蒙了。

就算说好的回酒店亲，可是也让她先喘一口气嘛！

他一手紧紧掐住她的腰，另一只手从她乌黑柔软的发丝间穿过，轻轻扣住她的后脑勺。

他吻得很深，也很热烈，怀里的女孩发出细小又含混的嘤唔声，白皙的脸颊染上绯红。

他仍然不松。

这回是真的想亲多久就亲了多久。

到最后，在宁栀觉得自己要憋死了的前一秒，他终于善心大发，放过了她。

她的小脸比刚才看的桃花还要红，眸子里弥漫了一层雾气，水汪汪的，长长的睫毛轻轻颤抖。

耳边传来少年一声低笑：“不是已经亲过两回了吗？怎么现在还傻乎乎地憋着气？”

被调侃傻乎乎的宁栀耳朵有点烫，推开他，跑到冰箱面前，从里面拿出一瓶冰的矿泉水，咕噜咕噜一连灌下好几口。

陈也走过去，就见她拿着矿泉水瓶贴在红扑扑的脸颊上。

他轻笑出声，去翻行李，把早上排队买的玫瑰酥拿出来：“吃不吃？”

宁栀眼睛一亮，也顾不得舌尖刚才被吮得还有点发麻，开开心心拆开盒子吃起了玫瑰酥。

她脸颊还染着未退散的红晕，吃着东西，小腮帮子鼓鼓的，唇上沾了点玫瑰酥的酥皮。

陈也伸手想去给她擦擦嘴，就在这时，裤兜里的手机振了振。

拿出来一看，是个陌生的号码。

他接起，对方主动开了口：“你妹妹的手机之前被我捡到了，你们现在还要吗？五百块，我就把手机还你。”

挂断电话，陈也把这事和宁栀说了。

宁栀愣了愣，她之前的手机是在宁旭升绑架她时弄丢的，没有想到隔了一年多，竟然还能找到。

她早就换了新手机，但是那部旧手机里有些曾经的照片，还有很多和陈也的聊天记录，她想留着。

宁栀坐在沙发上，想了想，仰头望向陈也：“陈也哥哥，我想把那部手机要回来。”

“好，我们现在去拿。”

约好碰面的地方在麦当劳门口，他们过去时，刚给他们打电话的男人已经等在那儿了。

男人快五十岁了，也没个正式工作，平日里干的是捡垃圾的活儿，那天正好捡到了宁栀的手机。

手机的屏幕都已经摔碎了，样式也有点旧，拿到二手回收店去卖也只能卖几十块钱。

男人觉得划不来，就一直把手机留着，最近实在是缺钱用，脑筋动了动，就把主意打到失主这儿了。

说不定人家还想找回手机呢。

陈也牵着宁栀的手，四处张望了一下，就走到一个衣衫破旧、满脸皱纹的男人面前。

他拿出五百块钱。

男人一看五张红票子，立刻笑眯了眼，把手机从口袋里摸出来，客气地递给他们：“手机里的东西我一下都没碰，都好好留着。”

取回了手机，坐在回酒店的车上，宁栀戳开手机看，相册里的照片确实都还在。

她又去看微信聊天记录。

屏幕碎了，触屏就不是很灵敏，明明手指头戳的是微信，点开的却成了一旁的通话记录。

十几个红色的未接电话下面，有个拨出已接的，备注是“妈妈”，日期是二月十八日三点十五分。

就是宁栀出事的那天，而上面还清楚地显示了通话时间：一分三十秒。

陈也挨着她身边坐，原本是随意地看看，却在瞥见这一幕时，眉头紧紧地皱了起来。

他对那天庭审的很多细节都记得一清二楚。

据宁旭升的口供，他三点十分把宁栀骗上车，继而用迷药将她迷晕。

开车中途，他怕她手机里有定位功能，从她羽绒服口袋里摸出手机，从车窗直接扔了出去。

晚上十点钟，他把车从 A 市开回宜市，让同伙给沈静溪拨了通勒索电话过去。

以沈静溪对女儿的重视程度，如果她在三点十五分就接到宁栀的那通求救电话，想必不会坐视不理，一直等到勒索电话打过来。

这事越想越蹊跷。

突然之间，陈也脑海里浮现出下午在学校门口，姜明薇看向宁栀时那怨毒又忌妒的眼神。

手机卡住了，宁栀手指头戳了屏幕半天，也没从通话记录的页面退出去。

看来还是要送到维修店修一修才行啊。

出租车开到了酒店门口，宁栀把手机装进了包包里，和陈也一起下了车。

她有话要和陈也讲，转脸看向陈也，却见他眉头紧锁，眼神格外冷。

“怎么啦，出什么事了吗？”她抓了抓他的手，疑惑又担心地问。

陈也收回思绪，低头看向宁栀干净如清泉一样的眸子。

她很善良单纯，没有伤害过任何人，可是总有人把歹毒的心思打到她的身上！

他眸光一沉，问道：“栀栀，你出事的那个时候，是不是给你妈妈打过一个电话？”

宁栀闻言愣了愣，不知道陈也怎么忽然又提到这个，表情还这么沉冷严肃。

“打过的。”她回想了下，慢慢道，“那时我一上车，后座就有个男人拿毛巾捂我的脸，我意识到不对，挣扎又挣扎不过，就把手伸到外套口袋里摸到手机，拨出紧急联系人。”

“那你妈妈后来有没有说她接到过你这一通求救电话？”陈也紧接着又问。

那一天发生的事太过可怕，到后来宁栀也并不愿意过多回想。

沈静溪怕再勾起她不好的回忆，也没有过多提及。

那通她打过去的电话，妈妈到底接到没有，她还真不知道。

宁栀摇了摇头：“我不知道，妈妈没有和我说过。”

陈也心里的那个猜测被印证了七分，他脸色愈发沉了下来，眉头也锁得更紧。

“栀栀，你现在就给你妈妈打个电话，问问这件事。”

宁栀从未听过陈也这么强硬地让自己做什么事，心里尽管更加疑惑，但也乖乖地照做了。

她拿出手机，给妈妈拨了过去。

等了一会儿，电话接通，她问：“妈妈，我出事的那天，大概下午三点钟，给你打过一个电话，你当时接到了吗？”

姜明薇晚上被徐飞带去了兰亭水榭。

兰亭水榭是 A 市有名的高级会所，不单单是有钱就能够进去消费的，要进这个门，首先就得办百万的年卡。

包间里，几个年轻男人坐一桌打牌，玩得很大，一盘就是几万块钱的输赢。

不过这几个二世祖也不在乎，反正家里有钱。

姜明薇和几个女伴坐在另一桌，往常她们聊的都是包包首饰当季新款这些，互相攀比，维持着表面亲热又虚假的友谊。

而今天有了更加有意思的话题，她们连马上要开的米兰时装秀都没聊了。

徐飞嘴巴大，一进包厢就把刚才在学校门口看见宁栀和她男朋友的事说了出来。

连带着姜明薇告诉他的那些，也是一个字不漏地全都抖了出来。

“明薇，你那个后来找回来的妹妹，现在真的在和一个连高中都没上过的小混混儿交往啊？”

开口问的是周婷，家里做珠宝生意的。她这话一出，在场的几个女生都将八卦的目光望向姜明薇。

姜明薇拿起咖啡杯，轻轻抿了一口，点头道：“是啊，妹妹性格太倔了，爸妈都说了不同意他们，她还硬是和那小混混儿在一起。”

“那个小混混儿还坐过牢啊？”又一个女生问，表情有点不相信。

姜家几代都做医疗器材生意，出生在这种条件的家里，就算脑子蠢，也不会看上个坐过牢的小混混儿吧？

在找男朋友这事儿上，她们从小就被父母耳提面命，一定不能找低于自身阶层的。

姜明薇用轻描淡写的语气说：“可不是嘛，坐了一年多的牢才放出来，还是因为把人捅成重伤进去的，估计是遗传了他爸的暴力性格，我听说他爸早年就拿刀捅死过人。”

这话信息量太大了，在场这几个千金小姐从小娇生惯养的，哪里听过这么血腥凶残的事，全都吓得花容失色。

姜明薇把她们的表情尽收眼底，叹了口气，像是很为宁栀惋惜担心的模样：“也不知道妹妹被下了什么迷魂药，放着那么优秀的行衍哥不要，非要选择那样的，下跪都要求着爸妈同意他们在一起。”

她看似随意的一句感慨立刻在这一圈女生心底激起不小的风浪。

谁不喜欢家世好、长得帅又优秀的纪行衍呢？

她们追不到的人喜欢宁栀，宁栀却还拒绝了，这能不招人嫉恨吗？

忌妒的情绪滋长，说出的话就带上了满满的恶意。

“徐飞不是说她寒假时还千里迢迢跑去找那个小混混儿，一起住了半个多月吗？哪个自爱的女生会干出这种事啊？！”

又有一个千金“哎呀”了一声：“好歹姜家也是在A市有头有脸的啊，她竟然下跪就为了和一个坐过牢的小混混儿在一起，怎么把自己搞得那么贱啊？”

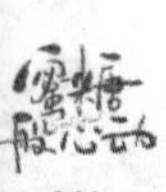

姜明薇故意皱起眉头，装模作样地阻止道：“你们别这么说我妹妹。她其实很惨的，小时候被拐卖到宜市，收养她的那对父母也就是底层工人，没什么文化，又见识浅薄。”

“原来是这样啊，从小缺少家教，难怪长大之后这么不知廉耻。”

“小地方出来的，就是没规矩一些，要是我敢找个坐过牢的小混混儿当男朋友，还住人家家里，我爸妈非把我腿打断不可。”

姜明薇不再言语了。

她喝着咖啡，听她们的揣测讨论，越听心情越好，感觉连只放了一块方糖的咖啡都变得格外甜。

徐飞他们打完牌，女生们也站起身，准备去预订好的私人餐厅吃夜宵了。

姜明薇拎起自己才买的香奈儿包，手机在这时响了起来。

“妈妈。”她心情很好地接起电话，亲昵地叫沈静溪，“我现在在外面，和徐飞一起，你找我有事吗？”

电话那边，女人的声音没了往日的温柔，第一次带上了命令的口吻：“你现在马上回家。”

回去的路上，姜明薇心底隐隐有种不安。

等到了家，她看到沈静溪和姜平潮表情严肃地坐在沙发上，旁边还有宁栀和陈也，那股不安更加强烈。

那个小混混儿望她的目光冷得能结出冰碴子，姜明薇下意识一抖。

“妈妈？”她挤出一个笑容，走过去坐在沈静溪旁边，“怎么突然叫我回来？有什么事吗？”

沈静溪看着她，目光不复之前那般温和，冷冷地问：“满满出事那天，给我打过一通电话，你是不是接了却没有告诉我？”

闻言，姜明薇脸上闪过一丝慌乱，但她早早就准备好了说辞，不过几秒钟，她强迫自己镇定下来。

慌乱心虚的情绪被压下去，姜明薇脸上露出自责的神色。

她没有否认，反而坦然承认道：

“那通电话我的确是接了。

“妈妈你当时在楼上睡觉，我听到你的手机响，就帮着接了起来。可是我听了半天，什么声音都没有听到，我以为是妹妹不小心拨错了，挂断之后就没管了。”

她突然哽咽，声音带上了哭腔：“后来我才知道妹妹被人绑架，那通电话可能是她打来求救的。但是我不敢说啊，爸爸妈妈好不容易才把妹妹找回来，我怕爸爸妈妈因此怪我，再也不认我这个女儿了。”

宁栀之前还不明白陈也好好的，为什么突然脸色变了，也不懂他怎么一直追问自己那通电话。

到这一刻，她完全搞清楚了。

从未有过的愤怒涌上她的心头。

不仅是因为姜明薇差点害死自己，还因为要是妈妈接到了那通电话，报警去找她，后来的那些事很可能就不会发生了。

陈也就不会为了她砍伤那两个人，承受一年的牢狱之灾。

“你胡说！”宁栀直接站了起来，手指攥紧也克制不住微微发抖，“那通电话有一分三十秒，我当时一直在呼救、踹车门，那么大的动静，你怎么还可能以为是我手滑拨错了电话？”

姜明薇红了眼眶，仿佛蒙受了天大的委屈，眼泪都掉了下来：“满满，就算我和你之前相处得并不愉快，我也不会明知道你有危险还不管不顾，你不能这么冤枉……”

她话没说完，“啪”的一声，沈静溪抬手，重重地扇了她一巴掌。

姜明薇脸被打得一偏，脸颊迅速红了起来。

自从她被接到这个家里，沈静溪心疼她和自己女儿有着相同凄惨的经历，从没有对她说过一句重话，更别提对她动手了。

“妈妈……”姜明薇瞳孔睁大，不敢相信地望着沈静溪，声音悲痛道，“我说的都是真的，你要相信我啊。我在妈妈你身边待了十多年，难道会狠下心害妈妈你的亲生女儿吗？”

“你别再叫我妈妈！”沈静溪说完这句，胸口发闷，身子颤了颤，差点晕倒。

姜平潮忙扶住妻子，拍着她的背给她顺气。

沈静溪缓了缓，再开口时，眼神流露出悲怆和失望：

“是啊，你在我身边待了十多年，可正因为如此，我比任何人都清楚你的习惯。

“你小时候打碎了家里的花瓶，不敢承认，撒谎时你的左手不自觉就握成拳。到现在，你这个习惯还没有改。”

姜明薇大惊失色，忙松开了攥拳的左手。

“妈妈，你听我解释！不是这样的！我没有想过害妹妹。”姜明薇这下是真的害怕了。

沈静溪看着姜明薇慌张失措的模样，还有什么不明白？

就算毫无血缘关系，她把姜明薇从那么小的小女孩抚养到如今这么大，总是有感情的。

在女儿没有被找回来的那十多年里，姜明薇就是她的寄托。

沈静溪看着姜明薇，就会想起自己不见的满满。

她把全部的母爱都给了姜明薇。

哪怕后来满满回来了，她也没想着厚此薄彼，还是把姜明薇当作自己的另一个女儿。

可这一切换来的是什么呢？

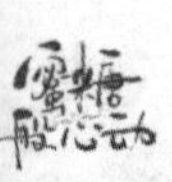

姜明薇想要害死她的满满！

当初要不是那个少年冲了进去，满满就要被那两个禽兽糟蹋了！

一想到这儿，沈静溪心口就绞得疼，愧疚得要死。

“明薇。”沈静溪轻声开口。

“妈妈。”姜明薇立刻用婆娑的泪眼望着沈静溪，露出可怜又期待的表情。

就像当初第一次见到她，希望她能将自己带走那样。

可这次姜明薇没能唤起沈静溪一丁点的同情心。因为没有哪个做母亲的能容得下试图加害自己儿女的人。

沈静溪决绝道：“这是我最后一次这么叫你。从今往后，你再不是我女儿，你现在就从家里搬出去。”

话音落地，姜明薇所有的表情僵在了脸上，抽噎的哭泣声都停了，眼中满是惊恐。

在姜家生活了十多年，她已经习惯了“姜家小姐”这个身份所带给她的一切。

“妈妈，我错了，”姜明薇不再狡辩，去拉沈静溪的手，哭着忏悔保证，“我再也不会这样了。妈妈，你别抛弃我！”

沈静溪没有心软，她看着在自己面前痛哭流涕的姜明薇，不再有任何怜惜的情绪，只感到一阵深深的后怕和愧疚。

后怕是因为没有想到在自己身边朝夕相处的人，心思竟能这样恶毒；愧疚则是对宁栀的，只差一点，自己养大的孩子就要害死自己的亲生女儿了。

沈静溪心里满是悔恨，她眼泪也落了下来：“你不用再说了，我真的很后悔当初收养了你。”

姜平潮扶着沈静溪离开。

那句话如一道惊雷，姜明薇整个人呆呆地跌坐在地上，痛苦、绝望又怨恨。

她恨死了宁栀，要不是宁栀，自己怎么会落到今天这样的下场！她才应该是姜家的唯一女儿，一切都该属于她的啊！

那个小贱人为什么要回来？

为什么她小时候没有被车撞死？！

强烈的恨意让姜明薇变得疯狂，姜明薇朝着宁栀身上扑打过去。

然而她碰都还没有碰到宁栀，宁栀身边的少年就已经一只手将她脖子掐住，用尽了力气。

姜明薇的脸瞬间涨红，呼吸越来越困难。

宁栀抓住陈也的胳膊，使劲拽他，急得眼眶都红了：“陈也哥哥，你快松手呀！你再不松她会被掐死的！”

姜明薇差点害了她，还间接害得陈也坐了一年牢，她一点都不同情姜明薇。

可她不能让陈也再因为自己出事了。

小姑娘柔柔的哀求声唤回了少年的理智。

陈也松了手，姜明薇重重摔在地上，脖子上的掐痕明显。

她踉跄着站起来，大口喘着气。刚才陈也的目光阴翳凌厉，她一点也不怀疑，他是真的想掐死自己。

他甚至都不怕再坐一次牢，就为了这个小贱人。

姜明薇更加怨恨地看向宁栀，突然哈哈大笑，话语尖酸："这个小混混儿没钱、没学历，身上还有案底。你到底看上他什么啊？还上赶着跑去他家里跟他厮混半个多月？你说你下不下贱啊？"

宁栀听着姜明薇的这些污言秽语，只觉得这个人真的是坏得没有救了。

她不想再多和姜明薇有什么纠缠，牵起陈也的手："走，陈也哥哥，我们不理她了。"

上楼的时候都没有再多看姜明薇一眼。

再小的风吹草动在A市的上流圈子都传得很快，何况还是这种大新闻。

没几天，姜明薇被赶出姜家的消息就被传得沸沸扬扬了，成为大家茶余饭后的谈资。

"看她平时高傲的那个样子，没想到是被收养的啊！真当自己是豪门千金小姐了。"

"就是，现在人家亲生女儿找回了，当然不愿意再留着她了。"

曾经的塑料小姐妹嘲讽得要多难听有多难听，但姜明薇也没有机会听见。

徐飞知道这个消息的第一时间，就和姜明薇分手了，转头就勾搭上一个小网红。

他本来也没多喜欢姜明薇，交往了大半年她还端着个清高的架子不给碰，平时闹小姐脾气还得他哄，要不是看在姜家的分儿上，他早不伺候了。

还是小网红好，又乖又懂事，刷卡买几个包，他想怎么样就怎么样。

姜明薇搬出姜家之后，不仅不能像从前那样奢侈地生活，连房租都开始付不起了。

她不愿意住宿舍，在外面租的公寓一个月房租就是几万块钱，房东找她交下半年的租金，十几万块，她压根儿拿不出这么多钱。

走投无路之时，曾经向她表白过且被她拒绝的一个男生找到她。

那男生叫谭辉，家里之前开服装厂的，比不得姜家那么有钱，和姜明薇之前那些朋友的家世也比不得。

上高中时，学校各种活动，姜明薇都会上台表演芭蕾舞，谭辉就是在看过她的演出后，对她一见倾心。

后来，他写了情书，拿着精心挑选的项链给姜明薇表白。

姜明薇那时多心高气傲啊，怎么看得上家里开服装厂的追求者。

她没有拆谭辉的情书，只看了眼那项链的牌子，就讥讽地笑出声："从上初中开始，我身上戴的就是卡地亚这样档次的首饰了。你买的项链，拿去追宋云那样的估计够了。”

宋云是学校里最胖的女生，平时谁要说一句“某某你喜欢宋云吧”，那男生能当场发飙翻脸。

当时姜明薇身边的小姐妹也很捧场地笑起来，谭辉从此沦为学校的笑柄，说他癞蛤蟆想吃天鹅肉。

没过多久，谭辉就转学了。

几年没见，谭家的生意做大了不少。

谭辉西装革履地出现在姜明薇面前，对她重新展开热烈的追求时，姜明薇得意地扬起嘴角。

就算她没有那个小贱人那副狐狸精的长相，还是有男人对她念念不忘、痴心不改。

她这次答应了谭辉。

没了姜明薇在身边，宁栀在学校的生活更加平静。

她每天上课、做作业，图书馆也经常去。

转眼到了期末考试，暑假放假的通知发下来了，宁栀看到之后立刻订了张去宜市的高铁票。

她没有告诉陈也，想直接过去给他一个惊喜！

姜平潮虽然没有反对他们在一起了，但得知女儿一放假就去找男朋友，心里还是不太爽快。

“又不是没有手机，打不了电话，一放假就往那边跑，也不知道在家多陪陪你妈妈。”

沈静溪笑着道：“我过几天就和婉知去巴黎看秀，顺便在欧洲那几个国家玩几天，满满不用陪我。”

姜平潮一时无话。

过了这么长时间，沈静溪也想通了。家世好、学历好的男生不少，可真正愿意用命护着她女儿的，却难找到几个。

她给宁栀使了个眼色，宁栀立刻拿出个小袋子，递到姜平潮面前：“爸爸，我上学期参加了一个针织社团，这是给你织的围巾。”

姜平潮拿着那条黑色的羊毛围巾看了半天，脸上不虞之色少了几分，这可是他第一次收到女儿亲手织的围巾。

沈静溪在旁边帮腔：“哎呀，我都没有收到满满织的围巾呢。”

姜平潮听得开心，压了压脸上的笑，问宁栀：“你给你那男朋友织了没？”

宁栀还没来得及给陈也织，诚实地摇了摇头。

姜平潮更满意了，看来自己在女儿心中的地位还是更胜一筹。

“去吧，路上注意安全，到那儿了给我和你妈妈发个短信报平安。”他松了口。

“知道！”宁栀高兴地应下，跑到房间去收拾行李了。

宁栀中午上的高铁，下午四点就到了宜市，她打了个车，直接到陈也家去。

她有钥匙，直接开了门，人没瞧见，倒是有只狗从房间里蹿了出来。

见到宁栀，萨摩耶又及时刹住了车，小耳朵警惕地竖了起来，头歪了歪，似乎在想这人是谁。

一人一狗隔着一段距离，大眼对小眼地对视着，双方都很蒙。

宁栀突然想起之前和室友的聊天，邹悦告诉她异地恋一定要把男朋友盯紧，不然说不定哪天对方就在外面背着你有了别的“狗”。

所以，陈也哥哥真的背着她养了条狗呀？

宁栀看着这只萨摩耶，胖乎乎的一小只，雪白的毛发，眼睛大大的，看着分外无辜可爱，让人很有想摸一把的冲动。

她从小就喜欢小动物，尤其喜欢小狗，可是这只萨摩耶和她不认识呀。

宁栀怕自己贸然进去会被咬一口，想了想，她拿出手机给陈也拨了过去。

“陈也哥哥，你家里怎么有只狗呀？”

陈也接到宁栀的电话时先是一愣，反应过来之后，声音带上了惊喜：

“你过来了？

“等等，我马上回来。”

不到二十分钟，陈也就赶回来了。

宁栀还站在门口，没有进去，萨摩耶仍歪着头，一动不动地看着她。

见到陈也回来，萨摩耶噔噔迈着小腿跑到他身边，小脑袋往他腿上蹭了蹭。

宁栀又被这只小狗萌到了，拉着陈也的手兴奋地拽啊拽：“陈也哥哥，这只萨摩耶你从哪儿弄来的呀？”

“成一鸣养的，最近他和女朋友出去玩了，放我这儿寄养几天。”

“它叫什么名字呀？”宁栀问。

陈也说出成一鸣取的那个幼稚名字：“皮卡丘。”

宁栀期待地望向陈也：“我可以摸一下皮卡丘吗？”

“随便摸。”陈也说完，低头对着那只萨摩耶道，“乖乖让她摸，晚上给你多加一根火腿肠。”

小萨摩耶似乎听懂了陈也的话，在宁栀脚边蹲下来，宁栀轻轻摸它毛时，它乖得一下也没动。

在宁栀心满意足地摸完它毛之后，萨摩耶噔噔跑到房间，没一会儿，嘴里叼着个小球回来，小尾巴冲着她摇啊摇。

宁栀蹲下身子，眨了眨眼，试探着问：“皮卡丘，你是要我陪着你一起玩球吗？”

萨摩耶大大的眼睛看着她，小脑袋向下点了一下。

宁栀抬起头望向陈也，激动又开心地说道："哇，皮卡丘好像也能听得懂我讲话呀。"

陈也一愣。

他期待和想象中的久别重逢，应该是自己一进门，就按着小姑娘狠狠亲一顿。而不是像现在这样，他站着，小姑娘蹲在一边，对着一只狗兴奋得眼睛亮亮的。

宁栀已经拿着小球和萨摩耶开开心心地玩起来了。她把球一扔，萨摩耶立马就跑过去把球捡了回来，还歪着头冲她咧嘴笑。

"皮卡丘真聪明。"宁栀笑着摸了摸它的脑袋。

陈也就看着小姑娘蹲在地上，乐此不疲地和一只狗扔球捡球地玩了十几个来回。

最后他实在忍不住了，把还准备扔球的小姑娘提溜起来。

对上她乌溜溜、十分无辜的一双杏眼，他好气又好笑："还记得自己有个男朋友吗？"

宁栀茫然地眨了眨眼："记得的呀。"

陈也挑了挑眉，不顾形象地和一只萨摩耶争风吃醋起来了："那你一过来就和一只狗玩得这么开心，不知道陪陪我？"

"皮卡丘真的好可爱啊，我就想和它玩一会儿。"宁栀软乎乎地解释，"暑假我们放两个月，我可以一直待在你这儿陪你呀。"

陈也听到两个月，心情好了不少。他盯着她的唇看，上面不知道涂了什么，泛着粉嘟嘟的光泽，还有种水蜜桃的甜香。

让人看了就很有想尝一口的冲动。

已经是女朋友了，就不用再克制着什么了，陈也想尝一口的念头才冒出来，就低头吻了上去。

宁栀余光一瞥，就看见萨摩耶端正地坐在旁边，小脑袋仰着，圆圆的大眼睛直直地看着他们。

她脸红起来，小手往陈也硬实的胸膛上推了推，有些害羞："皮卡丘看着我们呢。"

陈也笑了，抓住她乱动的小手，吻得更深："怕什么，它又看不懂。"

十分钟后，宁栀来之前涂的那点唇釉都被陈也亲了个干净。

陈也心情愉快起来，牵起小姑娘的手："走，我们先出去吃饭。"

萨摩耶开心地迈着小短腿跟在他们后面，尾巴摇啊摇，也想要跟着一起出去玩。

"你出去干什么，在家待着吃狗粮。"陈也倒了一些狗粮饼干在碗里，然后毫不留情地把门关了。

萨摩耶："嗷呜嗷呜！"

不带我出去玩也就算了，说好的火腿肠呢？你们人类不讲信用！

在外面吃完饭，陈也又带着宁栀到处逛了逛，回家时已经是晚上十点钟了。

宁栀从行李箱里找出干净的衣服，仰头冲他甜甜笑着说道：“陈也哥哥，我先去洗澡了呀。”

陈也到客厅的卫生间洗澡，他洗得快，洗完拿出新买的床单给宁栀铺床上。

哗啦啦的水声从里面传出来，他扯着床单的手一顿，下意识往声音的来源看去。

里面热气腾腾的，磨砂的玻璃门隐约映出女孩的身形轮廓。

他喉结滚了滚，被单被指尖加重的力道攥出一个深深的皱痕。

陈也把床单铺好，卫生间里的人还没有洗好，哗啦哗啦的水声刺激着他的耳膜。

在这儿站着其实也没什么事了，但陈也就是迈不开腿离开，他想起刚才抱着小姑娘时软绵的感觉，心里又像被什么勾着了一样。

痒痒的，连带着不想当人的心思也被勾了出来。

确定关系大半年了，亲也亲过了，再抱着一块儿睡一觉，应该……也不算进度太快吧？

而且就抱着睡一觉，他也不做什么，小姑娘还那么小，他舍不得碰她。

想是这么想，然而等会儿要怎么开这个口？

他愣是想了十分钟都没想出来。

总不能直接说“栀栀，你今晚过来和我睡一起”吧。

这话听起来太不要脸了，明摆着想占人便宜！

卫生间里的水声已经停了，陈也瞄到床头柜上满满的一杯水，突然就想出一个无耻的办法。

他走到客厅，一把抱起正趴在地上看《猫和老鼠》动画片的萨摩耶。

陈也重新走到房间，抓着狗狗的小爪子，往杯子那儿一推，满满一杯水都倒在了床上。

床单瞬间湿了一大块。

宁栀穿好衣服，推开卫生间的门，边擦着头发边走出去。

床边站着一人一狗，少年一脸严肃，狗狗满眼无辜。

她擦头发的动作一顿，好奇地问：“怎么啦？”

对上女孩清澈又纯真的小鹿眼，陈也在心里骂了一句自己禽兽。

然后，他面不改色道：“栀栀，这狗刚才不听话，把水杯打翻了。”

闻言，宁栀转头去看床单，真的都被水打湿了一大片，垫在床单底下的褥子也湿透了。

哪怕拿吹风机去吹，这一时半会儿都干不了。

她轻轻拍了拍萨摩耶的小脑袋："皮卡丘，你怎么这么调皮呀，你看你闯的祸。"

萨摩耶："嗷呜嗷呜嗷呜！"

呜呜呜，我好冤！！！你们人类都这么无耻的吗？！

萨摩耶瞪大无辜的眼睛，毛茸茸的小脑袋使劲往陈也腿上拱，意思是让他快点给自己洗刷冤屈，不许冤枉它这只可怜无辜的小狗！

陈也丝毫不为所动，不管一只狗狗的清白，只是看着眼前才洗完澡的小姑娘，为难地说："家里没有换的床单了。"

"啊？"宁栀一愣。

他轻咳了一声："要不然，你今晚过来和我睡一起？"

她有点呆住了，就……就要睡在一张床上了吗？

她还没有做好心理准备的呀。

但是，转念一想，他们在一起也有很长时间了，现在同床共枕什么的，她好像也不是不能接受。

陈也垂眸，看着女孩一副为难又纠结的小表情，粉嘟嘟的小软唇被咬出一点白痕。

他不想强迫她做不愿意的事。

他还是有良知的，才准备说"算了，我去沙发，你去我房间睡"，就听到小姑娘先一步开口："好呀。"

很轻的声音，陈也以为自己听错了。

"什么？"

宁栀有点不好意思，脸红了，小声道："你不是说让我今晚过去和你一起睡吗？"

陈也内心在呐喊：良知这玩意儿是什么，我今天晚上不要了！

"嗯。"他心脏跳动的节奏乱了套，面上装作淡定地点点头，"我帮你把枕头被子抱过去。"

宁栀拿着吹风机跟在他后面进房间。

她在床边坐下，把吹风机的插头插到插座里，开始吹头发。

陈也心猿意马地坐在床的另一边，手里拿着个 iPad，看着各种赛车改装方面的资料。

然而看了半天，一个字都没看进去。

耳边是吹风机呼呼的声音，暖风将她柔软的发丝吹起来，空气中多了几分馥郁的玫瑰花香。

陈也仿佛有种置身玫瑰园的错觉，很想将那朵开得最美的玫瑰摘下来，轻轻吻去上面的一颗露珠。

他侧眸看去，小姑娘头发还没有完全吹干，有几滴水珠顺着乌黑的发丝落到肩头，将单薄的睡裙一点点浸湿。

肩带的轮廓和颜色都透了出来。

陈也喉咙紧了紧，有些发干，心里也像钻了只蚂蚁，细细啃噬，不疼，但痒得厉害。

宁栀抬手摸了摸头发，已经完全干了，她关掉吹风机，将它收到抽屉里放好。

她回头，问道：“陈也哥哥，我现在关灯吗？”

“关吧。”他嗓音透出沙哑。

宁栀按了下墙上的开关，顶灯关掉了，卧室里只剩下一盏小夜灯，发出微弱的暖黄光亮。

到底是有些紧张的，她走到床边，掀开被子，躺进去之后就立刻闭上了眼睛：“我……我睡了，晚安呀。”

夜晚很安静，宁栀紧闭着眼，不仅完全没有困意，心脏还跳得比平常快好多。

她小手习惯地抓着被子角，默默在心底开始数小绵羊：一只绵羊两只角，两只绵羊四只角……

数到第五十只绵羊了，宁栀还是没睡着。

她以前睡觉都会脱掉里面的内衣，但是今天没有。

她睡裙的领口有点敞，而且是纯白色的，比较薄，也比较透。

但是不脱掉，总有种被束缚着的感觉，她现在一直睡不着，也有一小部分原因是这个。

宁栀想了想，手慢慢伸进睡裙里面，想悄悄地解开内衣扣子。

反正盖着被子，这会儿脱了陈也又看不见。

然而怕弄出动静，她动作不敢太大，这导致她解了半天都没有把那一排扣子解开。

一阵热烫的气息突然拂过脸颊，她睁开眼，正对上他的双眸，漆黑又深邃。

她一惊，手上的动作都停了。

“我帮你解。”陈也嗓音低哑，带着几分笑意。

宁栀怔了怔，还没来得及反应他要帮自己什么，他的手已经伸进了她的被窝。

宁栀脸颊发烫，后背的肌肤感受到他的手指，她不自觉瑟缩了一下。

他动作生疏笨拙，弄了好久，才把扣子解开。

宁栀松了口气，赶紧将肩带往下一拉，从前面把内衣拽了出去，塞到枕头下面藏着。

然而还没放松多久，被子里就凭空多了个人，她被一双劲瘦结实的手臂环住。

“栀栀让我抱着睡，好不好？”陈也搂着她问。

宁栀不解：不是已经抱上了吗，还问我好不好干什么呀？

她耳朵根都泛着热，红扑扑的，像被开水烫了一样。

但却没有推开他。

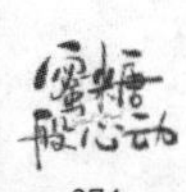

少年的胸膛很硬实，肌肉轮廓分明，还有着淡淡的薄荷气息。

被他这样搂在怀里，虽然有些羞，但也有种很令她安心的感觉。

紧张和害羞的情绪一点点平复之后，宁栀慢慢睡着了。

然而成功抱上了女朋友的陈也却久久不能入眠。

小姑娘哪哪儿都软，小小的一团，身上还好香好香。

他将脸埋在她的脖颈里，深深嗅了一口，玫瑰的甜香瞬间盈满胸腔，好闻得要命。

陈也有点上瘾，忍不住又吸了一口。

他短发的发梢蹭在她脖子那儿，弄得她痒痒的，睡梦中的小姑娘轻皱起眉，不满地嘟囔了一声。

声音含混不清的,像小猫撒娇一样,他听不懂说了什么,反正就觉得分外可爱。

陈也不闹她了，在她软软的左脸颊亲了一口，嫌不够，又在右脸颊亲了一口，然后才意犹未尽地闭上眼。

第二天早上，清晨的阳光从窗帘缝隙透进来，在地板上投下一束光斑。

陈也先醒过来，但一点也不想起来。

语文从来没及格过的人在这一刻十分深刻地理解了那句“从此君王不早朝”是什么意思。

抱着香香软软的小姑娘，他恨不得在床上待一辈子，还早起个什么劲啊？！

他看着怀里的小姑娘，她连睡相都很乖很好看，呼吸清浅，长睫毛带着点天然的卷翘，在白皙的眼睑处落下浅浅的阴影。

她睡裙的领口有些松垮，陈也双眸下垂，看到她比雪还白的柔软轮廓。

他双眸一深，心尖上的那只小蚂蚁又开始啃噬了，比昨天还痒。

宁栀这时醒了，才睁开惺忪的眼，就撞入他热烈的目光中。

她脑子还有点混沌，蒙蒙地眨了眨眼：“你一直看我干什么呀？”

才睡醒的嗓音格外软糯，带着轻微的鼻音，听着特别可爱。

陈也笑了笑：“栀栀好看，想多看看。”

宁栀被他这一大早的情话弄红了脸：“快八点了吧，你快起来呀，最近不是正忙着嘛。”

最近一场全国性的赛车比赛让他店里的生意好到爆，而且前不久，他又开了一家店，要忙的事情很多。

陈也完全不想起来，他紧紧抱着宁栀，在她脖颈那儿蹭了蹭，吸着她身上的香气：“不想去，就要抱着你睡。”

这话这语气，和早上赖床不想上幼儿园的小朋友没什么差别了。

宁栀笑出声，用小手轻轻推了推他，也像是哄小朋友一样哄着他：“你别任性呀，快起来啦，我等会儿还要带着皮卡丘出去遛弯呢。”

推搡间，睡裙的肩带从她的肩头滑落。

他哑着嗓音说：“栀栀让我亲一下，我就起来。”

这怎么还讲起条件了呀？

宁栀想了想，同意道：“好吧，你亲吧。”

说完，她闭上眼，等了十几秒，唇上却什么也没落下。她正疑惑着准备重新睁开眼时，脖子那儿被他轻轻吻上。

吻一路向下蔓延。

最后陈也神清气爽地出门去了。

这个吻比他想象的还要甜。

宁栀牵着绳子带萨摩耶出去散步时，脸颊还热得吓人。

晚上五点钟，陈也开车回来接宁栀出去吃火锅。

这家火锅味道很好，只是吃完之后，宁栀感觉身上和头发上都沾了好强烈的蒜碟味儿。

回到家，她第一件事就是去洗头洗澡。

陈也看着已经晒干，重新铺好的床单，眉头拧了拧。

怎么这么快就干了？那他今晚要找什么理由让小姑娘过去和自己睡？

抱着她睡的感觉实在太好，他已经完全不想一个人睡了。

皱眉思索了几秒，他走到皮卡丘面前。

正在看动画片的小萨摩耶一下子警惕地坐起来，耳朵竖得高高的，抗拒地往后退了几步。

它才不要再背锅了！

然而它只是一只弱小无助又可怜的小狗，没反抗几下就被陈也抱了起来。

陈也故技重施，握住它一只爪子，才碰到玻璃杯，就在这一秒，卫生间的门突然开了。

“陈也哥哥，你在干什么呀？”小姑娘的声音充满茫然困惑。

陈也整个人一僵，动作也顿住。

萨摩耶趁机从他的桎梏中逃脱，噔噔迈着小短腿跑到宁栀身边，还委屈巴巴地叫了两声。

意思是：都是他都是他！昨天就是他陷害的我！！！

陈也觉得自己整张脸都在小姑娘面前丢尽了。

好半天，他才找回自己的声音，干巴巴地回答：“没……没干什么，我先回房睡了。”

说完不给她留任何反应的时间，急急忙忙走出去，快得都有点同手同脚了。

宁栀有点摸不着头脑。

她从行李箱里拿出一件干净的睡裙，又进了卫生间。

淋浴时水哗啦啦打下来，她挤了几泵洗发露在掌心，搓洗头发的时候，忽然间好像明白了什么。

她有些想笑，这个人真的好幼稚呀！

陈也一进房就把灯关了，然后直挺挺躺在床上。他现在的心情就是后悔，非常地后悔！

他已经预感到了，自己在小姑娘心中的形象一败涂地！

她一定觉得他满脑子都是龌龊下流的思想，成天想着占她便宜！！

陈也越想越悔，恨不得穿越回五分钟之前，狠揍一顿当时色迷心窍的自己！！

突然，门轻轻从外面被推开。

已经洗完澡又吹好头发的宁栀踩着拖鞋进来，掀开被子，主动凑到他的怀里。

黑夜里，陈也脑子空白了一瞬。

知道他是个这么无耻卑鄙下流的人，她怎么还愿意过来？

空气中多了些熟悉的甜香，毛茸茸的小脑袋拱在怀里。

下一秒，他听到女孩轻软带着笑意的嗓音："我喜欢被你抱着睡呀。"

她说话时，长睫毛轻轻眨了眨，一下下刷到他的手臂上，也仿佛刷到了他的心尖上。

陈也一瞬间愣怔之后，紧紧将小姑娘抱住。

第十二章·我愿意

宁栀这次开学就是大三了,她前面两年的成绩很好,每学期的GPA(平均分数)在年级都排前三。

A大很好,中文系更是在全国都很出名,按照她这个成绩,留校保研完全没有问题。

大三这一年,专业课变多,宁栀每天都过得忙碌又充实,而姜明薇却经常不来上课。

系里人都知道,她交了一个很有钱的男朋友。

辅导员为此还专门把宁栀和邹悦叫到办公室,虽然姜明薇早已搬出了寝室,但她们好歹也当了一年的室友。

“姜明薇这段时间旷课率太高了,上学期还有好几门专业课不及格。她再这样下去,恐怕到毕业时拿不了学位证。

“你们之前是室友,我希望你们能去劝劝她。”

宁栀还没说话,邹悦抢先一步道:“我和栀栀都跟她不熟,就算之前是室友,也没说过几句话。而且都已经是大人了,难道不能对自己的行为负责吗?姜明薇她不来上课,我们还能把她拖着来?”

话是这么个道理,辅导员也听出她们和姜明薇关系不对付了,叹了口气,没再强求她们俩什么。

走出办公室,邹悦气呼呼地说道:“辅导员真行,还指望我们去劝她!姜明薇鸠占鹊巢了十几年,享受着本应该属于你的人生,到头来不仅不知道感恩,竟然还想害死你啊!”

邹悦越说越气:“她人这么坏这么恶毒,我巴不得她连毕业证都拿不到,学校直接把她开除了好吧!”

就在上个学期,她知道了当初宁栀被绑架的真相!

宁栀打过去的那通求救电话,被姜明薇故意掐断了,还因此害得宁栀的男朋友因为故意伤人坐了一年牢！

“事情都过去了，她现在和我们也没关系。悦悦，你不要为了她影响自己的心情。”

宁栀对邹悦温柔地笑了笑：“你不是准备明年参加国考吗？我们等会儿一起去图书馆看书呀。”

姜明薇已经从家里搬了出去，爸爸妈妈也和她解除了领养关系，她们应该再也不会有什么交集了。

邹悦知道自己保研无望，现在考研的竞争也太大了，于是和爸妈商量了之后，最后决定考公务员！

“好。”她挽起宁栀的手，不去想姜明薇那个令人讨厌的人！

也不知道姜明薇交的那个有钱男朋友脑子是出了什么毛病，竟然会喜欢上这种连心肝脾肺都坏透了的女人！

这一年陈也同样很忙，他办了一个汽车零件的公司，每天忙得昏天黑地。

开公司最重要的是资金和人脉。

在姜平潮心中，陈也仍然不是他满意的女婿人选，但既然女儿认定了这个少年，他也想满满以后的日子能过得安稳顺遂一些，便主动开口道：“满满，我在A市有些关系，可以介绍给你男朋友。他要是资金上遇到了困难，我们家也能借给他。”

宁栀闻言愣了愣，有些惊讶，笑着说：“谢谢爸爸。”

只不过下一秒，她就摇头替陈也拒绝了。

少年的自尊和骄傲，她明白的，所以不用问，她都知道陈也不会愿意接受这份帮助。

她相信陈也能够凭借自己的努力做到，就算不能，她也愿意陪着他，一点点慢慢来。

二月十四日这天，陈也到A市陪宁栀过情人节。

两人的计划是先看电影，再去西餐厅吃烛光晚餐，最后到江边看烟花秀。

宁栀选的是部恋爱题材，单看预告就很甜，放映厅里坐满了年轻的小情侣。

她喝了口可乐，又抓起几个爆米花，想喂给陈也吃，却看见少年已经双眼紧闭、熟睡了的画面。

这部电影的笑点也很足，观众席上时不时爆发出哈哈大笑声，这么吵的环境下，他却能睡着。

宁栀很心疼，眼眶一下子红起来。

她之前给他打电话，他总说不忙，不累，不辛苦。每次她给他发消息，他都很快回复，还抽出几天时间来陪她过节。

电影快看完时，陈也才醒来。他愧疚地牵住小姑娘的手，随着人群一起往外走。

“对不起，没能陪你把电影看完。”他语气自责。

宁栀看着他眼底的青黑，压下心底的酸涩和心疼，露出个软软的笑：“没事呀，这部电影没有预告好看，越到后面越无聊，我看着都快睡着了。”

“那我们现在去吃晚餐。”他提议。

她摇了摇头，小手捂着嘴巴，打了个大大的哈欠：

“我昨晚上熬夜写作业，现在好困啊。你陪我先去酒店睡一会儿，然后我们点海底捞外卖。

“我好久没有吃火锅啦，挺想吃的，而且今天这么冷，正适合吃火锅呀。”

小姑娘的眼睛亮晶晶的，陈也看得心里又软又疼，他怎么会不明白她的意思。

“好。”他紧紧攥住她的小手。

电影院旁边就有家酒店，套间都预订完了，还好剩下最后一个标间，宁栀赶紧定下来。

床还算大的，刚刚够两个人睡。

“我好困呀，陈也哥哥，我先睡啦。”宁栀闭上眼睛，小脑袋亲昵地往他怀里一扎。

陈也心口溢满了柔软的情愫，他不想辜负她的好意，伸手将她轻轻搂住，也闭上了眼。

没过几分钟，宁栀听到陈也的呼吸趋于均匀平缓。

她一点都不困，可也愿意一动不动地抱着他，窝在他的怀抱里。

外面很冷，零下几度了，水落在地上都能结成冰，他的怀抱却一如既往很温暖。

点好的海底捞火锅在八点钟准时送达，陈也这时已经醒了，他过去开门。

番茄锅底，配菜摆了一整个茶几，宁栀等锅里的汤煮沸了，就拿着筷子往里面下食材。

芝士鱼丸浮起来了，宁栀拿起筷子正准备夹，就听到身边的男人突然开口：“栀栀，对不起。”

宁栀抬起头，有点茫然，还有点不开心，噘着小嘴道：“你今天怎么总和我道歉呀？”

“别的小姑娘找了男朋友，天天陪着，我总不在你身边，上次你生病我也是后来才知道的。还有今天是情人节，我也没有好好陪着你过。”

陈也语气认真，充满了亏欠。

宁栀看着他，乌黑的眸子眨了眨：“你不能陪着我是因为有正事要忙呀，我又不是小孩子啦，生病了能够自己去医院吊水。”

她觉得他的愧疚来得好莫名其妙，想了想，踩着小棉拖鞋跑到桌子那儿，小手抓起一支笔，在一张便笺纸上唰唰写着。

过了会儿，宁栀把写好的便笺纸撕下，递给陈也。

她小脸端着严肃极了的表情：“既然你现在觉得这么对不起我，那你就在这上面签字吧。”

陈也低下头，看见小小一张便笺纸上，小姑娘秀气端正的字迹。

鉴于陈也这一年工作很忙，没有拿出很多时间陪他的女朋友，所以，在未来的五十年，六十年，甚至更多年里，他都要陪在她的身边！

不管发生任何事，他都永远不许离开她！！

便笺纸很轻，陈也捏在手里却忍不住轻轻发颤。

他拿起笔，一笔一画地写下自己的名字。

耳边传来女孩软软的嗓音：“你签名啦，就不能反悔了哦。”

陈也用行动代替了言语，将人拉到自己腿上坐着，直接吻了下去。

火锅咕噜咕噜冒着泡泡，各种食材的香气在房间里飘散。

窗外不知何时开始下雪了，小姑娘喘着气，语调含混：“火锅里还煮着牛肉和虾滑呢，再……再不吃要煮老了呀。”

“不管。”陈也语气霸道，双手捧住她的脸，越吻越深。

陈也这一趟过来原本打算要待上三天，宁栀不想耽误他的正事，就以自己学业很忙这个理由，催着他第二天就走了。

本来只是一个善意的小谎言，谁知道撒完之后，立刻就有要忙的事找上了她。

A 市的电视台筹备了一档暑期大学生知识竞赛节目。

节目组找到各大高校，希望校领导能选出品学兼优、性格开朗，最好颜值也高一些的学生参加。

通知一下来，辅导员就想到了宁栀，他把报名表交到她手上，劝道：“参加节目是能为学校争光的事,对你自己也是一种锻炼,老师和院里都希望你能参加。”

宁栀考虑了下，最终答应了。

填好报名表之后，她去图书馆借了厚厚几大本百科全书，边看边把重要的知识点在心里记下来。

这下是真的忙起来了，连五一小长假她过去找陈也，坐高铁的路上都拿着手机刷题。

陈也知道她参加节目的事，挑眉问：“你要上电视了？”

宁栀点头：“对呀。”

见他蹙起了眉，她拽了拽他的手：“你怎么不开心啦？”

陈也看着她：“你上电视之后就变成大明星了，我怕到时候太多人喜欢你。”

宁栀“扑哧”笑出声：“大明星哪那么容易当呀。我只是上去露个脸，说不定很快就被刷下来的。再说啦，这档节目是新办的，热度应该不会太大的。”

陈也听完稍微放心了点。

宁栀预估的没有错。七月初，这档节目开始录制了，播出时间定在晚上十一点，一开始没有激起特别大的水花。

节目组官微每天的宣传微博也只有寥寥几条转发。

然而在七月中旬的某天，一个拥有几百万粉丝量的博主发了段视频。

一只灌汤包：强烈安利大家没事可以去看看《我们来答题》这个节目，看完之后感觉自己的知识量拓宽了不止一倍。

最重要的是！参加这档节目的选手都是重点大学的学霸小哥哥小姐姐，不仅脑子灵光，颜值也都好高好高的！不多说了，我要先去欣赏会儿这个小姐姐的颜。

这个博主发的是一小段宁栀在台上答题的视频。

她扎着马尾，上身白T恤，搭配一条简单的牛仔裙，没怎么化妆，就在唇上涂了豆沙色的口红，但已经好看到让人挪不开眼了。

呜呜呜，这小姐姐长得也太清纯太好看了吧，妈妈，我恋爱了！

气质也好好哦，看着就和那些网红明显不是一个档次。看简介说是A大中文系的，“腹有诗书气自华”这句话果然是真理！

有人知道这位小姐姐的微博吗？我要立刻马上关注她！

难道就我一个人想知道她这身衣服是在哪儿买的吗？穿在她身上也太美了吧。

校友爬上来夸一句，她是我们学校校花，平时学习就很刻苦，成绩一直保持年级前几，还会拉大提琴！而且本人超温柔的！

……

短短一个晚上，博主的这条微博就被转发上万次。

许多熬夜党在视频网站上看了《我们来答题》，然后意外发现这节目还真有点意思，涉及很多冷门但又很有趣的知识。

比如“可怜天下父母心”这句人人耳熟能详的话，鲜有人知道是出自慈禧作的一首诗。

又比如，“君埋泉下泥销骨，我寄人间雪满头”这句诗听起来像是情人之间的深情告白，实则是白居易给他的好朋友元稹作的。

《我们来答题》这节目的热度一下子高起来，官微涨了好多粉丝，宁栀也备受关注。

B站上有人专门剪辑了她答题的部分，神通广大的网友们还挖出了她的微博。

宁栀并不常玩微博，总共就几十条内容，一大半还是转发可爱的猫猫狗狗。

仅有的一张自拍，是去年过生日，她对着蛋糕蜡烛许愿，陈也给她拍的照片。

配字是：二十岁啦。

和她互相关注的人不多，这条微博下面原来只有几条评论的，现在也瞬间破万了。

陈也最近还是特别忙，连觉都睡得少，更别提上网刷微博什么了。

薛斌给他打电话，语气兴奋：“喂，也哥，你知道你家栀栀妹妹现在在网上

可火了吗？”

陈也一愣。

挂断电话之后，他立刻打开微博，戳进宁栀的主页看，然后眉毛瞬间拧得紧紧的。

那些评论怎么回事啊？！一个个表白、问联系方式，甚至还有直接叫老婆的！

明明是他的未来媳妇儿！这称呼他都还没来得及叫呢，这些人凭什么叫？！

陈也气得要死，凡是给小姑娘表白叫老婆的评论，他都点进去投诉，然后选择“有害信息”这个选项！

一条条投诉完，都已经半夜了，他顶着黑眼圈，给宁栀打了电话过去。

宁栀快要睡着了，感觉到枕头下的手机在振动，她迷迷糊糊地摸到手机。

拿起来看了眼来电显示，她滑下接听键，贴到耳朵边：“好晚了，你找我有什么事呀？”

小姑娘声音里裹着浓浓困倦。

陈也开口，直接叫了声：“老婆。”

宁栀困意惊没了，脸红起来，还以为自己听错了，结巴着问：“你……你刚才说什么呀？”

少年理直气壮道：“我刚刚看了你的微博，好多网友都这么叫你，我不管，我也要这么叫一次！”

宁栀纳闷：这也要攀比的吗？

病房里，姜明薇脸色苍白，虚弱又憔悴。

她看着“A 大校花才女”这条热搜，看着满屏幕的夸奖赞美，整个人怨恨到了极点。

“砰”的一声，手机被摔在了地上，屏幕立刻四分五裂。

她还嫌不够解气，又挥手将床头柜上的东西都摔到了地上。

在一阵混乱的声响中，姜明薇痛苦绝望地抱住了头。

她已经四个月没有去学校了，连期末考试都没有参加。就在上个星期，她收到院里寄来的劝退通知书。

四个月前，姜明薇怀孕了，她把这个消息告诉谭辉，却等到了他要分手的消息。

曾经对她千好万好的男人撕下了伪装，笑容嘲讽，语气恶毒：“当年我因为你成为全校的笑柄，被迫转学了，你不会真以为自己有那么大魅力，让我到现在还喜欢你吧？”

姜明薇僵住，又听他笑着继续道：

“知道我为什么重新追你吗？我就想看看曾经高傲得像是天鹅的你，现在对我百依百顺的样子。

“我玩够了，也厌了，我们的关系就到此结束吧。”

姜明薇不敢置信，眼睛瞪大，流着泪抓住他的手：“可我怀了你的孩子啊！我们还有个孩子啊！”

谭辉用淡漠的眼神看了眼她的大肚子：“你如果还是姜家的女儿，我可能还有些忌惮。但现在的你算什么玩意儿，还想用个孩子嫁进我们家？做梦吧。”

“你想要这个孩子，就生下来自己养，要是不想要了，就去打掉，我是不会管的。”他留下这句绝情的话，甩手走了。

姜明薇如坠冰窖，浑身止不住地颤抖，肚子此时也开始抽疼。

她原以为这个男人会是自己绝境里的最后一丝希望，却没想到他是魔鬼，到自己身边来，只是为了把她推向更深的地狱。

那个孩子姜明薇不可能留，她选择去医院打掉了那个已经成形的胎儿。

姜明薇觉得人生真不公平，自己费尽心机，最后什么都没有落着。宁栀什么都没有做，所有好的都落到了她身上。

爸爸妈妈对她好，行衍哥喜欢她，那个小混混儿爱她爱到愿意为她坐牢，现在还活得风光无限，被那么多网友夸A大校花才女！

满地狼藉中，姜明薇捂着脸颊，绝望崩溃地失声大哭。

她什么都没有了，还染上了那种治不好的病，人生还有什么希望？

可她又是那么不甘心，曾经她是姜家的大小姐，是人人艳羡的对象，就因为宁栀那个小贱人回来了，属于她的东西都被夺走了！

姜明薇止住了哭泣，手掌从脸上拿开，露出红得吓人的一双眼。

她是不想活了，可就算要死，她也得把那个小贱人一起拉着下地狱。

陈也被那些评论搞出了极其强烈的危机感。

他恨不得昭告所有人，小姑娘是他的老婆，不许乱叫！

在床上翻来覆去睡不着，他做出了一个决定：他要求婚！

就算小姑娘现在还在读书，结不了婚，他至少要先把婚求了！

陈也越想越激动，但他没有求过婚，这方面一点经验都没有，想来想去，只能挨个把成一鸣薛斌他们骚扰一遍。

睡得迷迷糊糊的成一鸣接起电话：“啥？也哥你问我怎么和女朋友求婚？很简单啊，就我当时定了个旋转餐厅，吃完饭把戒指一掏，说宝贝嫁给我吧，她就同意了啊。”

太简单太俗套太没有心意了。

陈也挂断电话，继续去骚扰薛斌。

同样睡得迷迷糊糊的薛斌一听到求婚激动了，积极地替他出谋划策：“啊！我记得淘宝上好多‘女朋友收到感动哭了’的礼物，你去搜搜呗，说不定到时候宁栀妹妹一感动得哭，就答应了你的求婚呢！”

陈也将信将疑，戳进淘宝，在输入框里搜索“女朋友收到感动哭了”这几个字，然后面无表情地退出来。

这都是些啥玩意儿？！

他相信但凡有个正常审美的小姑娘，都不会被亮得闪瞎眼的大灯牌或者土到极致的刻字水晶杯感动到哭。

陈也觉得他这几个狐朋狗友实在靠不住，他又给薛斌发消息：你帮我去问问夏筱桐，女生都想要什么样的求婚。

接着又着重强调：千万别被她知道是我要问的！！！

就夏筱桐和他家小姑娘那关系，要是被小姑娘知道了，他真的是一分惊喜都不剩了。

薛斌不辱使命，很快回复：她说她从小就想在迪士尼的烟花中被求婚。

陈也想了想，迪士尼，烟花，这两个组合起来倒是挺浪漫的。

陈也很满意，才想着薛斌终于靠谱了一回，下一秒，他的消息又蹦出来了。

薛斌：呜呜呜，我才说了几句，她就猜到是也哥你要给宁栀妹妹求婚了。

薛斌：不过她又和我保证了，绝对不会告诉宁栀妹妹的，一定让宁栀妹妹到时候有个大大的惊喜！！！

之后那几天，陈也给宁栀打电话，试探着问了几句，见小姑娘好像并不知情的样子，终于放心下来。

夏筱桐确实遵守承诺，一直没和宁栀透露一星半点陈也要求婚的事。这么大一个惊喜，她可千万不能破坏了！

但是心里憋着秘密不能说的感觉实在是太难受了！

所以，当宁栀告诉她过几天要去迪士尼乐园玩的时候，她立刻不淡定了！

她一串感叹号和无数个“啊”直接发了过去，把宁栀都给看蒙了。

宁栀问：怎么啦？？？

夏筱桐这才反应过来，马上打电话给宁栀，解释道：我一直想去迪士尼玩没时间，看到你要去我就特别激动。栀栀，你千万别多想啊！

宁栀更蒙了。

多想？她要多想什么呀？

夏筱桐又叮嘱道：你去玩的那天要记得穿漂亮一点，最好把妆也化上，这样就不会留遗憾了。

宁栀茫然地问：留什么遗憾呀？

夏筱桐意识到自己又差点说漏嘴了，急中生智道：就是你去迪士尼肯定是要拍照的呀，要是不打扮得美美的，很多年后看到照片就会遗憾啊。

宁栀想了想，觉得夏筱桐说得有道理，笑着道：我去的那天会好好打扮一下。

出发的那天，宁栀记着夏筱桐的叮嘱，穿上新买的一条淡蓝色碎花长裙，化了个淡妆，又拿卷发棒把发尾烫得卷了些。

寝室里，邹悦正为马上到来的国考学得废寝忘食。

她回头看了一眼正收拾行李的宁栀，“哇”了一声：“栀栀，你这身打扮好仙好温柔呀!

“我都还没去过迪士尼呢，听说那儿的烟花秀特别好看。”

宁栀笑了笑：“我这也是第一次去。等我回来给你带纪念品呀，我记得你最近好喜欢那只叫史黛拉的小兔子。”

“呜呜呜，栀栀，你太好了，我爱死你啦！”邹悦扑到宁栀身上，还在她脸蛋上亲了一口。

这时，桌子上的手机响了，宁栀拿起来接。

“栀栀。”电话那边，陈也说道，“我现在还有点事在忙，半个小时之后，我再开车来学校接你。”

“你不用来接我呀。”宁栀笑着软声道，“你公司和我学校在两个方向，一来一回好麻烦的。我直接打车去机场，我们在那儿碰头就好了呀。”

陈也想想，觉得也行，笑了声：“好，那我们等会儿见。”

挂断电话，他一个油门踩到商场，专柜店员见到他的发票，笑容甜蜜热情：“先生请您稍等，我们马上给您取来戒指。”

一个星期前，陈也到这儿买了一款六爪钻石戒指。小姑娘手指生得纤细，这戒圈明显大了，他付钱之后让他们去把尺寸改一下。

店员很快把戒指取过来给他。

陈也打开看了看，钻石切割得很好看，在灯光下闪烁着耀眼夺目的光芒。

他想着宁栀葱白的手指戴上这枚戒指的样子，一定很好看。

陈也愉悦地弯了弯嘴角：“谢谢。”

然后转身就走。

几个店员看着他的背影，忍不住凑一块儿小声议论：“好帅的男人，年轻有钱还大方，四十万的戒指看中就直接刷卡了。”

“我记得当时我问他未婚妻手指尺寸时，他冷得没什么表情的脸上才露了个笑，简直不要太宠哦。”

“真羡慕被他求婚的女生，上辈子一定拯救了地球。”

只出去玩几天，宁栀带了个很小的行李箱，她先坐校车出学校，在门口等车。

等了没多久，一辆空出租车向她驶来。

宁栀伸手拦了下来，拉开车门坐进去：“麻烦去机场。”

司机应了声：“好。”

宁栀扭头看着窗外。

今天天气很好，连着一周多的连绵阴雨后，终于放晴了。天空碧蓝如洗，街两边的银杏树黄绿交错。

宁栀拿出手机，和导师发消息讨论毕业论文的开题报告。

聊了将近半个小时，等她再抬起头一看，车已经从宽广的大马路开到了很窄僻的小路上。

宁栀起了怀疑的念头，车越往前开，周围环境越偏僻，看不见什么来往的车辆和人影。

“就在这里停下来吧，我要下车了。”她果断道。

司机没多说什么，直接把车停在路边。

宁栀扔下一百块钱，拉开车门就要跑。

男人这时也下车，拦住她的去路。

他凶神恶煞的表情立现，力气很大且粗粝的大掌狠狠拽住女孩细弱的手腕。

挣扎间，男人头上戴着的帽子落在地上。宁栀看见他头发剃得极短，是电视里劳改犯的发型，额头上方有一道很深的旧疤。

宁栀心中更加恐慌，大声呼救，可这地方太偏了，没有一辆途经的汽车。

男人从上衣口袋里拿出一支镇静注射剂，对着宁栀的肩膀扎下去，很快，她没了挣扎的力气，最后彻底陷入昏迷。

他将宁栀拖上副驾驶座，拨出雇主的电话：“你要的人我给你绑住了，剩下的钱什么时候打给我？”

“我发一个位置给你，你把她带过来，另外八十万我立刻转给你。”

男人挂了电话，又看了眼在副驾驶位已经陷入昏睡的女孩。

模样是真的好看惊艳，他只看过一遍照片，就记住了她的样子。然后他天天开着车在她学校门前过，就是为了等这么一天。

按照发来的地址，男人把车开到了一个即将拆迁的小区。

这小区很老旧了，水泥墙上用红油漆写了大大的“拆”字，之前住这里的居民都已经搬走了，很多铁门铁窗都拆卸下来卖了钱。

男人把昏迷中的宁栀背到五楼顶层的天台。

姜明薇已经站在那儿了，她抬了抬下巴，冷冷指挥道：“把她手脚绑住，拴在那把椅子上，再把这桶汽油全泼她身上。”

她染上了那种治不好的病，再活下去也痛苦，即使是死也要拉上宁栀垫背。

让宁栀被汽油活活烧死，是她能想出来的最痛苦的死法了。

闻言，男人看向姜明薇的眼神露出些许惊诧。

他年轻气盛时砍死过人，被关了二十年才被放出来，在监狱里他见过形形色色的罪犯，偷窃、抢劫，甚至是杀人的，可以说是世上所有罪恶的聚集地了，但像这女人这么狠的，也是少见。

用汽油把人活活烧死，可比直接捅一刀疼多了啊。

他的这位雇主年纪轻轻，可心真不是一般的狠啊！也不知道这两人是有什么深仇大恨。

男人看着女孩哪怕闭眼昏睡也好看得惊艳的脸，心中竟升起一丝不忍。

但是拿钱要办事，何况还是那么大一笔钱，他没说什么，拿起麻绳捆了宁栀的手脚，唯一的一点儿心软，大概是将那麻绳绑得松了些。

能不能逃过这一劫，那就看这个小姑娘的命了。

接着，他将那桶装得满满的汽油尽数倾倒在宁栀身上。

空气中瞬间多了浓烈的汽油味，刺鼻得很，姜明薇却笑起来，心中有种说不出的畅快。

她用手机把剩下的八十万给男人转过去。这是她身上最后一笔钱了，是她把所有包包首饰都卖掉换来的。

可她不在乎，反正她已经得了那种病，总归也是活不久的。

她只想亲眼看到这个小贱人先她一步，被汽油活活烧死。

镇静剂的药效逐渐过去，宁栀醒来时，天色已是黄昏。她精神还有点恍惚，又过了会儿，才慢慢恢复清醒。

她浑身湿漉漉的，还在滴答滴答往下滴着水，她感觉很难受。

宁栀一开始以为那只是水，闻到强烈到刺鼻的气味时，才意识到那是汽油，她还看到地上放着几个空酒瓶。

姜明薇站在她面前，左手拿着一只打火机，右手握着一把水果刀，明晃晃的刀刃在温柔的暮色下泛出冷冽寒光。

在这样的处境下，宁栀很难不害怕，她紧紧咬住唇，尽量让自己冷静一点，再冷静一点。

姜明薇看向宁栀的目光满是怨毒，语气恶狠狠道：

“都是因为你！是你把属于我的一切都抢走了。你这个贱人命怎么那么硬，小时候的那场车祸就该撞死你！

“要是当年你死了，没有回来，那我现在还是姜家的大小姐，是爸爸妈妈的女儿，现在的一切都不会发生！”

姜明薇不觉得自己有什么不对，只把所有的错都怪在了宁栀身上，情绪激烈地尖叫辱骂：“所以你为什么不死啊？！你这个贱人怎么就不能早点死呢？！”

宁栀闻到了姜明薇身上的酒气，没有和她讲道理，绑在后背的手已经开始暗暗解绳子。

只要解开了绳子，还是有一丝机会的。

姜明薇忽然又轻轻笑了起来，只是笑容已近乎癫狂：“没关系，前两次你运气好躲过了，今天没有人能救得了你了。”

姜明薇长得只勉强算得上中等，最近被病痛折磨，她整个人憔悴下来，容貌更是大打折扣。

她死死盯着宁栀的脸，恶狠狠道：“我一见到你这张脸就恶心讨厌，行衍

哥喜欢你，那个小混混儿当初愿意为了你去坐牢，不就是因为你这张狐狸精的脸吗！”

“等会儿我先用刀把你的脸划成丑八怪，你说他们看见之后，还会喜欢你吗？”姜明薇嗤嗤地笑出声。

宁栀没有吭声。

她知道时间不多了，更加焦急地解着手腕上的绳子。

没听到她的回答，姜明薇也不在意，笑得更狰狞：“可惜他们没机会看到你被刀划得血肉模糊的脸了，因为等会儿我就要用汽油烧死你。”

说完，姜明薇握着那把水果刀靠近宁栀的脸，动作并不急，反倒是慢慢的，欣赏着宁栀眼底流露出的恐惧。

刀尖尖锐锋利，稍微碰到女孩柔嫩的脸庞，一滴鲜红的血珠立刻滚落下来。

宁栀疼得咬住了唇。

姜明薇看得兴奋，正准备用力拿刀狠狠划破宁栀的脸时，天台的门“砰”的一声被撞开。

看见突然出现的少年，姜明薇慌了一瞬。

但很快，她镇定下来，朝着陈也扬了扬手里紧捏着的打火机，得意地警告：“你别过来！我已经在她全身上下都浇了汽油，你再往前踏一步，我就让你看着她在你眼前活活烧死。”

陈也闻到了刺鼻的汽油味，不敢再往前走了，紧紧攥住拳头，咬牙切齿地问：“你想怎么样？”

自从宁栀上回被绑架之后，陈也就在她手机里装了一个定位系统，平时他是不会去看的。

几个小时前，他在机场等了很久，飞机都快要起飞了，他还没能等到宁栀来，电话也一直打不通。

他敏锐地察觉到宁栀可能出了事。

姜明薇扬着脖子，高傲又兴奋地说：“我想怎么样？你这不是问的废话吗？我当然是要她陪着我一起死啊。”

看见陈也赤红的要杀人的眼神，姜明薇却很是高兴。

她也恨死了眼前的少年。

当时要不是他及时赶到，从那两个绑匪手里救下宁栀，宁栀早就死了。那样，自己就还是姜家的女儿，享受着优渥富足、人人羡慕的生活。

他那么爱宁栀，当初愿意为她坐牢，要是现在他亲眼看见她被火活活烧死，一定会痛苦一生吧。

还有沈静溪和姜平潮，自己叫了他们十多年的爸妈，可他们一找到自己亲生的女儿，心就完全偏了过去。

最后他们选择抛弃她时，也是一点儿不留情。

等他们看到自己好不容易找到的亲生女儿只剩下一具烧焦的尸体，白发人送黑发人，一定也会痛不欲生的。

光是想一想那个画面，姜明薇心底就升起强烈的报复快感。

陈也拳头狠狠攥紧，想过去救宁栀，可他怕那个疯女人真的按下打火机。

他第一次那么后悔。早知道有今天，哪怕他当初坐一辈子的牢，他也要杀了这个疯女人！

姜明薇笑着，脸上一副大发慈悲的表情，弯下身凑到宁栀耳边："你还有什么遗言，快和你的男朋友说说吧，要和爸爸妈妈说的话，也可以要他转告哦。"

被姜明薇恐吓拿汽油烧死，被她拿刀划脸时，宁栀都没有哭，可这一刻，她的眼泪忍不住扑簌簌落下。

"陈也哥哥。"宁栀好半天才止住了哭声，抽噎着叫他的名字。

也许这真的是这辈子最后一次见到他了，她想和他好好告别的。

温柔的夕阳下，宁栀看向陈也，眼泪模糊了视线，少年硬朗的模样渐渐看不清晰。

今天的黄昏很美，晚霞烧红了天，层层叠叠的云朵被染成橘红色。

恰如十四年前，她在灰扑扑的小巷子口第一次见到他时那样。

当时那儿有几个小男生，可她就是一眼看到了他，还对他露出了个笑。

哪怕那时她还那么小，什么都不知道，可莫名其妙的，她就是对他最有好感。

"我……我要是真的出了什么意外，你为我伤心几个月就够了，剩下的日子，你就不要再想着我啦。

"还有爸爸妈妈，你……你也让他们照顾好自己。"

姜明薇像一个编剧，满意地欣赏着两人生离死别的这一幕。

看完了好戏，她举起打火机，指头按在上面，笑容扭曲到诡异："你应该还没看过一个活人在眼前活生生被汽油烧死吧？现在你看好了哦，从十数到一，我就要烧死她了。"

"十，九，八，七……"姜明薇每数一个数字，都伴随着咯咯的轻笑。

"五，四，三，二……"

而就在这一秒，宁栀后背的绳子终于解开。

姜明薇这时全部的注意力都放在陈也身上。

她欣赏着少年绝望又痛苦的表情，报复的快感让她变得有些疏忽大意。

宁栀趁她不备，伸手快速将打火机夺过来，用力地往远处一扔，然后立刻向陈也跑去。

可是到底还是没有来得及。

姜明薇反应过来，愤怒极了，从地上捡起一个空酒瓶，重重朝宁栀的后脑勺砸过去。

就算不能烧死这个小贱人，也得砸死她！绝对不能让她活下来！

“砰”的一声闷响。

一阵剧烈的疼痛从宁栀的后脑勺传来，温热黏腻的液体滑落到脖颈，滴答滴答淌到地下，地面被染红了一片。

姜明薇脸上露出一个得意畅快的笑，挥着酒瓶要砸第二下时，她被跑来的陈也狠狠一踹。

天台原本是有防护栏的，可是这里快拆了，铁架子早被人拆去卖钱了，姜明薇一时没有站稳，直接踉跄着摔了下去。

从这么高的地方坠落，不是死也会落下重度残疾了。

陈也恨极了这个女人，这时却没有空再去看一眼她的死活，他紧紧地抱住宁栀，手指颤抖地拨下号码。

一秒，两秒，三秒过去，电话终于接通。

陈也强行让自己冷静下来，用完整的语句报出了地点。剩下的只能等待，可那偏偏是最难熬的。

每一秒对陈也来说都像是凌迟。

“我已经叫了救护车，马上就来了，栀栀你再坚持一下。我们说好的要一起去迪士尼，那里的烟花听说特别漂亮。栀栀，我们还有好多事情要一起做……”

说到后面，他已经语不成调，声音里带上了哽咽。

宁栀意识越来越模糊了，眼皮也越来越重，眼前的景象都有点看不清楚。

她望向他，喊他的名字，声音轻轻的：“陈也哥哥。”

“我在。”陈也忙不迭地应道，更紧地握住了女孩冰凉的小手。

她唇艰难地动了动，一句话费力地说得断断续续：“我……我会没事的，你……你别怕，我们要一直在一起。”

她强撑着最后一丝力气，苍白的脸上露出一个笑容，那样的甜软乖巧，就如好多好多年前，两人在巷子口初见时那般。

然后再也支撑不住，眼睛闭上，陷入了彻底的昏迷。

每年九月十月是大学秋招最热闹的时候。

关雅如愿以偿，拿到了恒锐的 offer（录用通知书）。

恒锐是近两年来新创立的一家汽车零件和改装公司，在 A 市发展得很好。

为了庆祝，晚上关雅请三个室友到学校门口吃火锅。

室友赵丹丹说道：“我上次在网上看到过恒锐的总裁，好年轻，感觉和我们差不多大，关键是长得超级帅！”

“真的假的呀？电视里那些大老板不都是四五十岁，还有啤酒肚的那种吗？”

“我也不信，除非你让我看看！”

“我记得我当时保存了他的照片，我给你们找找啊。”赵丹丹翻了翻手机相册，“喏，就是这张，你们看，是不是比很多男明星都帅。”

“天啊，这脸是真的帅啊！”

“丹丹，你要是不说，光看这张照片，我还真以为他是明星呢。”

关雅对自己的未来老板也感兴趣，凑过去看了眼，然后也和另外两个室友一样，微微张大嘴，露出惊讶的表情。

照片里的男人一双漆黑的桃花眼，鼻梁高挺，下颌线精致利落。

尽管穿着西装打了领带，但他丝毫没有给人儒雅斯文的感觉，眉眼之间有股难驯的野气。

“咦，我看他中指上戴了戒指，这是已经订婚了的意思啊。这么帅又有钱，为什么要英年早婚啊，搞得我连一点幻想的机会都没有了！”

“好羡慕他的未婚妻啊，找的男人帅气又有钱。”

赵丹丹又开了口：“我有个远房大伯，家里是做生意的，过年聚会我听他提过一嘴，老板的未婚妻好像一年前已经死了。”

“死，死了？不会吧！”有人筷子没拿稳，直接摔到桌上。

几个人火锅也不吃了，又震惊又好奇：“怎么回事啊？丹丹，你多给我们说说。”

赵丹丹想了想：

“也不能说是死了，是成了植物人，在医院躺了快一年还没有醒，这和死了也没多大区别吧。

“他未婚妻听说也挺惨的，大四时被绑架了，头部遭受重击，救是救下来了，就是很难醒了。”

另一个女生感慨道：“那这男人也太深情了吧，守着一个永远醒不来的未婚妻。”

“可不是。”赵丹丹叹了口气，“那女生也很优秀的，家世好，长得超好看，是A大校花呢。”

她看向一直没说话、若有所思的关雅，脑海里浮现出当初在论坛翻出的照片，于是说道：“小雅，我发现你低着头的样子，和那女生还有几分像。”

关雅愣了愣。

吃完火锅已经快十一点了，几人回到宿舍，卸完妆就倒头睡下了。

关雅拉了拉床上的小帘子，拿出手机，进入A大校园论坛。

她输入“校花”两个字，立刻弹出来很多相关帖子。

关雅也算长得很好看的了，一进大学就被公认为系花（类似于班花的说法，指被公认的本系最漂亮的女学生。下不赘注），然而看着照片里的女生，她觉得自己是比不上的。

但室友赵丹丹说得没错，从某些角度来看，她和这个女生是有几分相似。

手机在黑暗里发出荧白的光，关雅盯着手机上的照片看，突然有了个想法。

她是从小城镇考出来的，在A市这样繁华又寸土寸金的地方，哪怕累死累活工作一辈子也买不起一套房子。

可是如果有捷径的话……

拿到录用通知的第二天，关雅就去恒锐实习了。

她学的专业是工商管理，进了恒锐的人事部。

在公司待了几天，没有见到老板，听说是去外地签合同了。

实习第二个星期，关雅听说人回来了。

她特意多加了会儿班，等到天黑才去地下停车场。

陈也回到公司，处理完手上的一点事，拿上钥匙和一束花坐电梯直接下到地下车库。

昏暗的车库里，一个女生站在他的黑色轿车前。

女生眉眼安静地低垂着，穿着粉色卫衣，牛仔裤，白色板鞋，马尾扎得高高的，肩上背着的帆布包画着可爱的小草莓图案。

那是他最熟悉不过的模样。

怀里的鲜花摔到了地上。

陈也几步走到女生面前，紧紧抓住她的手："栀栀，你醒了！"

关雅这时抬起头，对男人露出柔媚的笑。

陈也沸腾的血液一瞬间冷却下来，刚才有多么欣喜，现在就有多么绝望。

他松开了手，不再给她一个多余的眼神，拉开车门就要上车。

关雅着急了。

她这一身衣服鞋包都是对着那个女生的照片买的同款。

精心化妆之后，她自觉和那女生有七八分相像。

可男人的反应出乎她的意料。

既然他那么爱他的未婚妻，那他对着和未婚妻这么像的人，总该有几分怜惜的啊。

慌忙之下，关雅急忙表露自己的心意："陈总，我很敬佩您，听说您未婚妻一直没醒，如果您愿意，我可以……"

她话没说完，就被打断。

"你叫什么？"

关雅心中一喜，赶紧报出了自己的名字。

陈也收回视线，声音如冰霜："你明天不用来了。"

说完开车扬长而去。

关雅呆若木鸡地站在原地好久，怎么会这样？！

既然他那么喜欢已经成了植物人的未婚妻，那他完全可以对着自己这张脸，寄托对未婚妻的思念啊！

陈也重新买了一束花，将车开到医院。

顶层的单间病房里，沈静溪坐在床前，对着沉沉睡着的女孩暗自垂泪。

陈也走进去，抽出几张纸巾递给她。

沈静溪苍老了很多，她接过纸巾，默默擦起了眼角。

看着如今事业有成的男人，沈静溪心中有种说不出的感觉。

她还记得那天抢救完之后，医生明确地告诉过他们，满满头部那一下受伤太严重，醒来的机会十分渺茫。

听到这个消息时，她几乎哭晕在丈夫的怀里。

当时，一直沉默的少年仿佛没有听见医生的话一般，在病床前单膝跪下，将一枚戒指戴在了满满的中指上。

他看着病床上或许永远醒不来的女孩，嗓音沙哑认真：

“我之前想带你去迪士尼，就是为了在晚上放烟花时向你求婚。你说过想一直和我在一起，所以我想你会答应我的求婚。

“那我先把戒指给你戴上，等你醒来，我们再去那里看烟花。”

沈静溪擦干了眼泪，眼眶还是红的：“家里阿姨熬了乌鸡汤，你喝几口吧。你公司忙，还天天晚上来医院，也辛苦了。”

“谢谢沈姨。”

沈静溪轻轻推开门走了，把独处的空间留给他们。

陈也很快喝完汤。

他把新买的鲜花插到花瓶里，轻轻掀开被子，给沉睡中的小姑娘按摩双腿。

长时间的卧床不起容易造成肌肉萎缩，虽然请了专门的护工，可陈也怕她们不尽心，总得每天亲自给宁栀按一遍才放心。

晚上十一点钟，陈也坐在床边，用低沉的嗓音念起她喜欢的书。

读完两章，他合上书本：“时间不早了，剩下的明天念给栀栀听。”

陈也关灯，上了床，把她搂到自己怀里，轻轻一吻她的额头：“栀栀晚安。”

女孩安静地睡着，双眼紧闭，睫毛都没有动一下，给不了他任何的回应。

凌晨时分，陈也从噩梦中惊醒。

这一年多，他经常梦到那个绝望残忍的黄昏。

殷红的血不断地从宁栀的身体里流出来，红得刺目。

陈也又想起初中的一次运动会。

小姑娘被劝着报名了跳高项目，还没跳过去就先摔了下来，脚踝上磕破了皮，一片青紫中，隐隐有血渗了出来。

他抱着她跑到校医院，医生给她用酒精消毒，冰凉的刺痛感让小姑娘眼泪一下子又掉了下来。

那时的他就不怎么学好了，经常打架，偶尔也会受伤流血，哪次流的血都比她磕破皮流得多。

可他看着眼泪汪汪的小姑娘，心里就难受得很，比自己流血了还难受一千倍。

他卷起她黑色的校服裤子，低头对着她膝盖上的伤口呼呼地吹气。

第一次那么做，他动作小心翼翼的，还有几分生疏笨拙。

十五岁的少年还不知道自己喜欢眼前的小姑娘，只知道自己舍不得看她流血，舍不得看她掉眼泪。

他那个时候就在心里发誓，要保护好她，不让她受一点儿伤。

可是他到底没有做到。

那一天，小姑娘流了好多好多血，他不敢想她有多疼，他心里愧疚又后悔。

要是他当时没有让她打车去机场，而是亲自去接她，那是不是后面的一切都不会发生呢？

白日里维持的平静不复存在，陈也颤抖着，紧紧抱住宁栀。

女孩的呼吸、体温、微弱却依然跳动的心脏让他几近崩溃的理智慢慢找回来了。

他语气凶凶地说道："我从前觉得你善良，现在才发现，你就是世界上最自私最坏的。你说想让我开心，可是你不在我身边，我怎么可能开心？"

他埋在她的颈窝，贪婪地吸着她身上的气息。

语气慢慢软了下来，声音近乎哀求。

"我答应过你，赚了钱给你买草莓吃的。我买了好多你喜欢吃的草莓，你再不起来吃都要烂了。

"还有迪士尼，我们说好了要一起去的。栀栀，别睡了。"

温热的泪水落到宁栀的脖子上，慢慢变凉。

黑暗中，女孩的指尖很轻很轻地动了一下。

第二天是个晴朗的好天气。

陈也把宁栀抱出去晒太阳。

私立医院，环境很好，不远处有个小池塘，三两只鸭子在里面嬉戏。

初秋的日光暖融融地照下来，女孩脸色苍白，却仍然是好看的，睫毛纤细卷翘，宛若童话里的睡美人。

一个小女孩被女人牵着手经过，用稚气的小嗓音问："妈妈，我上次来医院打针看到这个漂亮姐姐在睡觉，怎么今天这个姐姐还在睡觉呀？"

"楠楠别乱说话。"女人低声对女儿说，向陈也投来一个抱歉的笑，然后拉着女儿的手快步离开。

陈也低头，拂去落在宁栀发间的几瓣槐花："你这么贪睡，都被别的小朋友笑话了。"

他又放软了声音道歉："我昨天晚上都是瞎说的，栀栀才不自私，栀栀最好最心软了。你知道我在这个世界上没有别的亲人了，才不忍心把我一个人留下。”

微风轻轻拂过，裹着槐花的香，他低头，看向怀里的女孩。

好久好久，她没有对他笑过了。

“栀栀，我可以等你一年，两年，三年，可再之后，我就撑不下去了。要是你到时候还不醒，我就去陪你，好不好？”

女孩仍然不说话，只是睫毛轻轻颤了颤，像是被风吹动。

十点多钟，太阳大了些，陈也将宁栀抱回病房。

他替她盖上被子，吻了吻她的脸：“我去公司开个会，晚上再回来陪你。”

坐在公司会议室，陈也眼皮连着跳了几下。

他有些不安，担心医院里睡着的小姑娘，怕她有什么不好。

项目经理王深还在长篇大论地汇报。

陈也皱了下眉，修长的指节屈起，叩了两下桌面：“拣重要的说，快点。”

王深看着陈也不耐烦的表情，下意识紧张地咽了咽口水。

尽管这个老板平时很少发火，但这么年轻，能在短短时间里把公司做起来，手段自然不简单。

他还记得公司刚起步那会儿，对方公司看着他们公司小，尾款拖着迟迟不给，几十个电话打过去，对方都以资金周转困难为借口赖账，最后干脆电话都不接了。

他当时和陈也一起去要钱，亲眼看着陈也二话不多说，直接拽着那大老板的领口到了窗口。

那是冬天，窗户一开，外面寒冷的北风呼啸着灌进来，冷得王深打了个冷战，二十出头的少年却纹丝不动。

“反正我最重要的东西已经失去了，活着还是死对我也没多少区别。这钱你要是再不给，那就留到地底下用。”

说这话时，少年的声音很平淡，漆黑的眸子不带一点感情，仿佛真的对这世界没有一丝一毫的眷恋。

那个大老板大半个肥硕的身体都栽到了窗户外，当场就吓尿了，害怕地颤声道：“给，我……我马上叫会计打……打打款。”

那个时候，王深还以为陈也是单纯吓唬那个老板。

直到后来，公司发展得越来越好，可他始终没有在老板眼底看到类似高兴的情绪。

老板拼命地赚钱，可钱对他来说，又好像并不是很重要。

王深不再胡思乱想，赶紧把 PPT 往后翻了七八页，准备捡最重要的讲。

这时，会议室的门从外面推开。

张助理走了进来：“陈总，有个电话打过来找您。”

见着陈也不太好看的脸色，助理赶紧补充：“她说她是您的未婚妻。”

说完，两人就见平时不管发生什么眉毛都不抖一下的人，慌乱之下竟把手边

的茶杯打翻了。

茶水还是烫的，一整杯泼下去，陈也的手背立刻红了一大片。

他却丝毫感觉不到疼。

他狂喜又恐惧，迫不及待想去看，又怕搞错了，像昨天一样是场空欢喜。

张助理急急忙忙地给他递来餐巾纸。

陈也没接，急匆匆开车去了医院。

到了病房门口，他手搭在门把手上时，都还在剧烈地发抖。

门一点点被推开，陈也一眼看见坐在病床上的小姑娘。

落地窗外的阳光映照进来，在地板上投下斑驳明媚的光影，几盆栀子花绿意葱茏，开着洁白的花朵。

小姑娘低着头，安安静静的，她在看手指上的那枚戒指，神色专注认真。

戒指戴在她葱白般的指间，闪烁着耀眼夺目的光芒。

听到脚步声，宁栀抬起头。

陈也快步走过去，她也站起来，下一秒，她便落入他的怀抱中。

她被他抱得很紧，能感受到他的颤抖，她心里愧疚又难受。

“陈也哥哥，对不起，我这次睡得太久了，我不是故意的。”

她嗓音轻轻的，因为很久没有开口，带着些许沙哑。

陈也一瞬间红了眼眶。

“有句话，我好像欠你好久了。”

他垂眼，看见失而复得的小姑娘弯了弯眼，对他露出了一个笑。

她杏眼亮亮的，笑着说：“我愿意嫁给你呀。”

隔了一年的时光，他终于，等到了她的答案。

刚苏醒过来，要做的检查项目还很多，但宁栀迫不及待想见到陈也。

多一秒她也不愿意等，昏睡的这一年多里，她梦到了很多小时候的事，都是和他有关的。

读小学的暑假下午，每天家里都没人，她就去陈也家里，一起玩当时很流行的《魂斗罗》游戏。

窗外日头毒辣，老旧的空调发出嗡嗡声。

两个小孩子坐在沙发上，盯着电视机里的游戏。

她玩得很差劲，操作的游戏人物死得很快。他每次都笑话她脑子笨。

可笑话完之后，又按着手柄，操作他的游戏人物跳悬崖自杀，把三条命耗完了，再和她一起重新开始玩。

到了读初中时，张瑛生了自己的女儿，就对她不是很好了，再也没有给过她零花钱，什么好的东西都留给妹妹吃。

他于是各种找借口，带她去吃烤肉烧烤这些。

烤架上的烤肉发出吱吱的声响，他一边嫌弃她像小豆芽一样瘦瘦小小的，一边不停地把烤好的肉夹到她的碗里。

但更多时候，她陷在没有意识的漫长昏睡里，像是坠进了一个看不见顶的深渊，周围一片漆黑，只是耳边有个模糊的声音。

沙哑的，一遍又一遍叫她的名字。

向来乖巧听话的小姑娘第一次违背医生的嘱咐，非要等到他来，见到他，才肯去做检查。

初秋的阳光照进来，暖融融的。

陈也紧紧抱住宁栀，这是他失而复得的珍宝。

“我不是在做梦对不对？”他心脏狂跳，嗓音激动得带了颤抖，“栀栀，你真的醒了？”

宁栀踮起脚，在他下巴上亲了一口：“不是梦。”

他头低下，手指颤抖着捧起她的脸，深深地吻上她的唇。

彼此的气息交缠，他心底长久以来的空虚终于得到满足。

顾及宁栀才醒来，身体还很虚弱，陈也亲了很小的一会儿，就克制着放开了她。

宁栀小脸仰起，水汪汪的眼望着他，轻喘着气道：“陈也哥哥，我答应了医生，见到你之后就要去做检查了。”

她昏睡了一年多，长时间没有下地走路，腿脚有些软，再加上刚才还被他亲了，走了两步，她差点摔跤。

陈也及时扶住她的胳膊，拦腰打横将人抱了起来。

宁栀不是很好意思。

都这么大的人了，还要被人抱着走，被别的人看见，多难为情呀。

她小手拽了拽他的袖口：“你去找医生借个轮椅嘛。”

“不借。”他干脆利落地拒绝，任小姑娘的小手在自己袖口使劲拽，就是不放她下来。

宁栀小脸红了，将脑袋埋进他胸膛藏起来。

她开始一个项目一个项目地检查，心、肝、脾、肺、肾，还有大脑，几乎都检查了。

她做检查时，陈也就片刻不离地待在她身边，生怕有一眼的疏忽，她就消失不见了。

主治医师把宁栀所有检查报告看过一遍，笑着说道：“你当时伤得那么重，能醒来是奇迹啊。基本上没什么大问题了，就是长时间卧床，你身体还很虚弱，之后的一段时间要好好调理，饮食方面也要格外注意，不要做剧烈运动。”

陈也牢牢记下医生的每个叮嘱。

回到病房，他端来一碗熬好的鱼汤，拿着勺子舀了勺，轻轻吹冷了才送到宁栀嘴边。

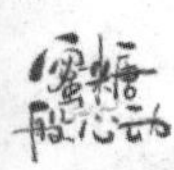

宁栀红着脸喝下他喂过来的一勺鱼汤，伸手要接过碗：“陈也哥哥，我可以自己喝的，不用你喂我呀。”

她小时候都没被喂过饭呀，现在已经二十一岁了，怎么能要他喂呢？

陈也假装没有听见，又舀了一勺，吹冷后喂过去：“栀栀乖，张嘴。”

哄着小孩子一样的语气！

宁栀红着脸，但还是听话地张嘴喝下汤。

一碗鱼汤见底时，沈静溪、姜平潮，还有沈问一家闻讯赶了过来。

“爸爸，妈妈，舅舅，舅妈，沈问表哥。”病床上的女孩笑着，一一叫过人。

几人眼眶都红了，他们还记得一年前她被推进手术室时，浑身是伤，衣服被血染透了的模样。

沈静溪听到久违的那声“妈妈”，一把抱住宁栀，哭得泣不成声：“满满，是妈妈对不起你，是妈妈害了你呀。”

要不是她当初一时心软收养了那样歹毒的姜明薇，她的女儿就不会遭此大难，差一点就永远醒不来了。

头部遭受那么严重的创伤，流了那么多血，她的满满当时得多疼呀。

“妈妈，这不怪你，你别这样说。医生说我已经没事了，你别自责。”

宁栀看着憔悴了许多的妈妈，伸手抱住她，眼泪也忍不住啪嗒啪嗒地落下。

姜平潮走到她们身边，安抚地拍了拍妻子的背，宽慰道：“静溪你别哭了，满满才醒过来，你别惹得她伤心。”

闻言，沈静溪止住哭，拿手胡乱地擦了擦眼泪，又抽出纸巾给宁栀轻轻擦起来：“妈妈不哭了，满满也别哭，你能醒过来，是我们家的大喜事。”

姜平潮去办出院手续。

沈静溪看向陈也：“晚上你到家里去吃饭吧，我们一起庆祝满满醒过来。”

这一年多的时间，他对女儿的守护和陪伴都被沈静溪看在眼里，记在了心里。

她女儿看人的眼光比最初的她强，这个少年是个值得托付终身的。

“好，沈姨。”陈也点头。

一顿阖家团圆的饭吃得很热闹，饭桌上，姜平潮还问了陈也公司的事，相谈也算融洽。

晚饭后，陈也本该是要回去的。

姜平潮看着女儿满脸不舍，拽着人迟迟不松手的模样，咳了咳，对陈也道：“时间也不早了，你留下来住一晚吧。”

宁栀脸上的不舍立刻变成开心，语气欢快：“好呀，陈也哥哥你留下来吧。”

姜平潮看着自家女儿眼都笑得弯起来的样子，只能叹这还没嫁出去，心都偏到对方身上去了。

不过经历了上回的事，姜平潮对陈也的印象也大为改观。

他现在唯一的心愿也就是满满之后的人生能够平安快乐、无病无忧了。

陈也留了下来，可毕竟还没结婚，两人还不能睡一间房，家里的阿姨给他收拾出了一间客房。

宁栀洗完澡，躺在床上半天没睡着，她还有好多好多话想和陈也说啊。

想了想，她趿拉着拖鞋，轻手轻脚地推开门，想偷偷摸摸溜过去找他。

结果刚出去，就遇上了想过来看女儿睡得安不安稳的沈静溪。

沈静溪担心地问："是不是身体哪里不舒服？"

宁栀脸红起来："妈妈，我……我就是口渴了，想去楼下接杯水喝。"

沈静溪看着女儿慌张又心虚的表情，还有什么不明白的。

她温柔地笑了笑："满满去吧，我不告诉你爸。"

宁栀眼睛亮起来："妈妈你真好。"

沈静溪也笑起来，摸摸她的头："早上回房间的时候悄悄的，别让你爸看见了，他这个人思想古板一些。"

宁栀笑着点头。

她下到二楼，轻轻推开客房的门，房里没有开灯，黑漆漆的。

陈也听到动静，立刻把手边的台灯按开。

宁栀见他也还没睡，踩着小棉拖过去，小手掀开被子，拱进了他的怀里。

"陈也哥哥，我过来和你一起睡呀。"她小声说，最后"呀"的尾音轻轻扬起，带着说不出的甜蜜。

陈也当然想紧搂着宁栀睡，他现在一秒都不想和她分开。但这是在她的家里，他要考虑到她父母的感受。

还没有结婚，就住到了一间房，不合礼数。

"你爸爸妈妈看到会不高兴的，乖，栀栀回自己房间睡。"

"妈妈知道的，她让我明天悄悄回到自己房间，别被爸爸看见了就行。"

到底是舍不得的，陈也最后妥协了。

宁栀窝在他温暖的怀抱中，有些遗憾："我都没有亲耳听见你的求婚呢。"

一辈子只有一次的事，她却错过了。

"我以后再给你求一次。"陈也立刻说道。

闻言，宁栀又开心地笑起来。

又过了好久，她犹豫着，问出不敢想的问题："要是我真的一直醒不过来，你……你会怎么样呀？"

"我去找你。"他没有犹豫地说。

小姑娘胆子小，怕黑，怕鬼，他知道要是她孤单地一个人去另一个陌生的世界，一定会很害怕很害怕。

宁栀心脏蓦地抽疼，一点不比当时受伤时轻。

半晌，她抬起脸，乌黑的双眸看着他："我不会死的，我要长命百岁，要和你一起去把世界上好玩的地方玩遍，把好吃的东西吃遍。

“等我们七老八十了，每天还要一起牵着手去公园散步晒太阳。”

陈也听见宁栀的话，想象了一下几十年后的小姑娘会是什么模样。

那时的她，头发应该已经都白了，脸上也长满了皱纹，小姑娘变成了小老太太。

一定也很可爱。

他喜欢的小姑娘，怎么样都是可爱的。

陈也忍不住笑了，心里柔柔软软的。

手被一只软绵绵的小手抓住，他低头，对上她认真的眉眼。

“陈也哥哥。”她嗓音轻软，却格外郑重，“我六岁那年遇到你，到现在，整整十五年了。

“从前是你陪着我长大，把我缺失的疼爱都给了我。现在我来陪着你慢慢变老。”

她笑起来，模样明媚又好看：“等好久好久以后，我们都不在了，也要葬在一起。这样无论生死，我们都再也不会分开了。”

“嗯。”陈也更紧地将怀里的人抱住，“再也不分开了。”

他没学过什么哲学，不知道唯物主义和唯心主义那些，但也晓得人就这一辈子，死了就灰飞烟灭了。

然而此刻，他也忍不住贪心地想，要是有下辈子就好了。

生生世世，他都想遇到她。

番外一·求婚

宁栀本来已经被保研了，然而去年九月研究生办入学手续时，她还昏睡着没醒。

所以现在她不仅要把大四时自己写了一半的论文搞定，还要准备马上来临的研究生考试。

唯一值得庆幸的是，她大学几年专业课知识学得很扎实，英语成绩也一直不错，六级的分考得很高。

于是只剩下政治这一门需要重点准备，她当即在网上下单了一整套政治考研复习资料，又买了好多网课。

宁栀白天在家背书做题，晚上睡觉前拿手机看名师讲解，一瞬间有种梦回高三的感觉。

陈也知道小姑娘忙着考研，但是一天两天还好，连着快一个星期见不到面，他就有点忍不住了。

不过人家小姑娘在家好好学习，他也不能打扰啊，皱眉思索了良久，他终于想出一个两全其美的办法。

第二天一大早，他开车去了姜家，把刚吃完早饭的宁栀接走。

车开到公司的地下车库，他弯下腰替她解开身上的安全带。

宁栀抱着装了考研书的小书包和他一起下车。

陈也将车门一锁，走到她身边，一只手拎起她怀里抱着的小书包，另一只手紧紧牵住她的小手。

宁栀仰起脸，水汪汪的大眼睛看着他："我们这样去公司，不太好吧？"

陈也挑眉："怎么不好了？"

"就是，"她有点不好意思，脸红着小声道，"哪有人上班还带着女朋友的呀？被你的员工看到了，你就没有威信了呀。"

陈也现在一身西装，皮鞋锃亮，看着有种成熟的帅气，还特有大老板的气质。

唯一画风不搭的，就是他手上那个粉色、画着草莓图案，还挂着只长耳朵兔子玩偶的小书包。

歪着头想了想，她认真建议："要不然你先去公司，过一会儿，我再偷偷坐电梯，溜去你的办公室找你？"

宁栀觉得自己这个主意很不错，眼睛亮亮地看着他："陈也哥哥，你觉得怎么样呀？"

陈也松开牵着她的手，把手里的书包重新塞她怀里："拿着。"

宁栀以为他是同意了自己的提议，没想到下一秒，自己两边脸颊都被他的手揪住。

所以空出手来只是为了揪她的脸吗？

"你当我们是搞地下情呢？我正儿八经交的女朋友怎么不能让人看见？"

陈也惩罚似的捏了捏宁栀软乎乎的脸，义正词严地批评完人，抢过她怀里的书包，重新紧紧牵着她的手，走进公司大门。

这个时间正是上班的点，不少员工在打卡机前排队打卡。

他们一进去，几乎所有人的目光都落到他们身上。

少数几个低头看手机的，也被身旁的同伴捅了下胳膊，示意快看，有惊天大新闻！！！

在场员工全被眼前的这一幕震到了，一时都有些石化！

就见他们冷酷无情、雷厉风行的大老板，现在左手牵着位小姑娘，右手拎着个可爱的粉色草莓小书包。他走路时，挂书包上的那只毛茸茸、萌萌的小兔子挂饰还一摆一摆的！

天啊！不是，他们没眼瞎，没看错吧？！

好多道打量的目光齐刷刷投向自己，宁栀被看得好害羞，她脸颊泛起红晕，低下头加快脚步往前走。

等两人进了电梯，叽叽喳喳的讨论声立刻炸开了锅。

陈也中指上的戒指从来没有摘下过，因此底下的员工都知道他有个未婚妻。

但是未婚妻是谁，长什么样子，又没有人晓得。

"刚刚老板牵着的那小姑娘，是他的未婚妻，还是他妹妹啊？"

"应该是未婚妻吧，你看老板的眼神多宠溺啊！"

"哎，你还别说，那小姑娘长得确实好看，看着好清纯好乖巧的，还穿着背带牛仔裙，就是感觉年纪小了点呀。"

"可不年纪小嘛，你们没看到老板还替人家拎着小书包呢，说明还在念书啊。妈呀，好宠，我的少女心要泛滥了！"

众人七嘴八舌地讨论，兴奋得不行。

终于，有个稍微理智点的开口问："那啥，已经九点过五分了，你们签到卡都打了吗？"

众人瞬间回神：啊啊啊，他们的全勤奖！！

电梯升到十七楼停下，宁栀被陈也牵着去了办公室。

她还是第一次到他这儿来，忍不住好奇地四处打量。办公室布置得很简单，色调以黑白为主。

唯一的亮色，就是落地窗旁的几盆栀子花了。

宁栀在茶几前的沙发上坐下，从书包里拿出书本和笔记，仰起脸对他说道："陈也哥哥，我要开始学习啦。"

"好。"陈也笑了声，也走到办公桌前坐下，拿起文件夹看了起来，时不时抬起眼瞧瞧不远处学习得好认真的小姑娘。

中途，张助理进来送要签字的合同，一眼看见沙发上手里捧着本考研书，闭着眼专心致志背书的女孩。

仔细听，还可以听见她小声背诵："科学发展观是马克思主义同当代中国实际情况相结合的产物……"

张助理愣住了：原来老板的女朋友还在准备考研！果然是年纪很小啊！

多年的职业素养让张助理面不改色，拿着合同走到陈也面前。

他还没来得及说一个字，先被男人在唇上比了个食指，示意别说话。

陈也从办公椅上起身，朝着门外走。张助理虽不明其意，但也跟在老板的后面出了办公室。

被问了几个有关合同上的问题，张助理一一回答了。

陈也从他手里接过笔，唰唰两下签了自己名字，笑了下："她考研时间紧，别打扰到她背书了。"

张助理默默在心里流泪：打工人已经够苦了，为什么还要在上班的时候看到你们恩爱的样子？！

还有，眼前笑得温柔得要命的男人，真的是他们之前冷情寡性的大老板吗？！

中午十一点半，陈也走到宁栀面前。

她低着头在写论述题，专注又认真，甚至都没发现自己面前站了个人。

陈也就站在边上，安静地垂眸看着，他没念过高中，政治学的思想概念和哲学原理听都没听说过。

他看着她白皙的小手握着圆珠笔，在空白的试卷上快速写下他看不懂的答案，字迹工整又好看。

陈也轻轻勾了勾唇，想起小时候刚认识那会儿，小女孩玩游戏总输，被人欺负了也傻乎乎的，不知道怎么骂回去。

当时他就觉得这小女孩太傻了，自己得多护着点，没想到之后读书时她的小脑袋瓜还挺灵光。

背什么都快，每次考试都是双百分。

等宁栀把这道大题写完，陈也才伸手，把卷子从她面前轻轻拿开：“休息一下，我们去吃午饭了。”

“好呀。”宁栀乖乖盖上笔盖，把笔放到笔袋里。

吃完午饭后，她午睡了一小会儿（办公室里有休息间，里面摆了床），醒来又继续写卷子背书。

陈也下班，他把她送回家，笑着说：“明天早上我再来接你。”

就算小姑娘在办公室要看书学习，没有很多时间陪他说话，可他只是看着她，心里都是开心的。

这两个多月宁栀学得很刻苦，早起晚睡，真的把高三拼搏的那股劲拿出来了。

沈静溪晚上热了牛奶给她送去。

“谢谢妈妈。”宁栀笑着接过热牛奶，仰着脖子咕噜咕噜一下子就喝完了。

沈静溪看着她桌上写得密密麻麻的卷子，忍不住劝道：“满满，你的身体还在恢复期，别搞得太辛苦了，早点睡。这次要是考不上，咱们明年再去考也是一样的。”

“还好呀，我没有感觉特别辛苦。”宁栀对沈静溪笑了笑。

为了让妈妈放心，她保证道：“我做完这套卷子的选择题就去睡。”

“好。”沈静溪笑着摸摸她的头，拿起玻璃杯走出去，在外面轻轻把门带上。

宁栀说话算数，做完这套选择题就把笔放下了，然后去卫生间洗漱。

没过多久，陈也的视频通话准时响起来。

自从有次被他知道她学习学到凌晨，他每天晚上十一点半都会给她打一通视频电话。

雷打不动，比闹钟还准时。

宁栀手指划下接听键，莞尔轻笑：“我已经没有在学了，马上就睡觉。”

陈也看着已经换好睡裙，乖乖躺到床上的小姑娘，满意地笑了声：“嗯，今天乖了。快睡吧，晚安。”

“陈也哥哥晚安。”宁栀也甜甜笑着道。

挂断电话，宁栀关了手边的小台灯，闭上眼睛，很快就睡着了。

转眼到了十二月，除了考研，宁栀二十二岁的生日也到了。

宁栀的生日在冬至这天，去年的生日她没有过，那时她还躺在医院的病床上，生死都是未卜的事。

一大早醒来，她看见窗户外飘飘扬扬的雪花，有些惊喜和开心。

今年的初雪就在她生日这天，真的好巧。

她换好衣服下楼，沈静溪端着一碗面出来。

沈静溪坐在宁栀旁边，认真叮嘱道：“这是长寿面，满满你吃的时候千万不要咬断，这样就能长命百岁了。”

“嗯，妈妈，我不咬断。”宁栀笑着应道，拿起筷子吃起来。

沈静溪在边上看着看着，眼眶悄悄红了起来。

她的女儿又乖又懂事，那样好，却几次被坏人害，差点性命都保不住。

宁栀吃下最后一口，然后笑盈盈地抬起头，语气开心，还带着点儿小骄傲：“妈妈，我一根面条都没有咬断。”

“真好。”沈静溪也笑起来，摸了摸她的头，“老天会保佑咱们满满长命百岁的。”

宁栀中午在家和爸爸妈妈还有舅舅一家，一起过了生日。

晚上，陈也过来接她，单独再庆祝一次。

“沈姨，我带栀栀出去玩。”陈也对沈静溪说道。

“去吧，你们玩得开心。”沈静溪笑着说完，又取来围巾，“外面冷，满满你戴上这个，别冻着了。”

宁栀听话地戴上了围巾。

等出了家门，陈也将宁栀脖子上围着的围巾往上拉了几分，把她容易冻红的鼻尖也遮住，然后又把羽绒服后面的帽子扣她脑袋上。

于是小姑娘整张脸几乎都被遮住了，只剩下一双乌溜溜、黑葡萄似的大眼睛露在外面。

看着像是冻不着了，陈也这才觉得放心，牵起她的小手往外走。

雪落了一整天，地上和树梢枝头都积了皑皑一层厚雪。两人牵着手走，白茫茫的雪地上留下一大一小的脚印。

宁栀的声音被围巾隔着，有点闷闷的，却难掩语气的欢快：“陈也哥哥，你要带我去哪儿过生日呀？”

“新建好的那个游乐园，想不想去？”陈也笑着问。

她露在围巾外面的眼睛弯起来，嗓音清脆：“想！”

陈也把车开到游乐园门口。

这座游乐园是A市去年建好的，面积非常大，有趣好玩的项目也很多。

最出名的是这儿的摩天轮，升到最高点时离地面两百米，号称世界上最高最大的摩天轮。

快到圣诞节了，游乐园里响着欢乐的音乐。

游客很多，到处是挂满小礼物的圣诞树，还有打扮成圣诞老人的工作人员给来往的小朋友发气球。

宁栀一进去就感受到浓烈又欢乐的节日氛围，心情变得特别好。

他们往里走，路过几家小吃摊时，陈也明显感觉到牵着的小姑娘脚步一顿。

这里在卖烤鱿鱼、羊肉串，还有关东煮，香气飘散在寒冷的冬夜里，闻着格外诱人。

经过两个多月的调养，宁栀身体恢复得差不多了，但街边摊暂时还不能碰，太油太腻了，而且也怕食物不新鲜不干净。

“这些太油了，你还不能吃。”陈也低头看着宁栀，提醒道。

“我知道的，我不吃，就站在这儿闻闻味道就行了。”小姑娘很乖地说。

说完，她小巧精致的鼻尖动了几下，像只小兔子在嗅着什么，然后下定决心道：“好啦，我闻够了，陈也哥哥我们走吧。”

陈也被她的模样可爱到了，嘴角不由得弯起。

他在心里记下她这会儿想吃没吃到的，准备再过一两个月，等她身体完全好了，就带她去吃。

“我们先去玩旋转木马？”他提议。

“嗯嗯。”宁栀开心地点头。

这一晚上，陈也陪着她把游乐园里不刺激的项目都玩了一遍，还给她在娃娃机那儿夹了一只海绵宝宝玩偶。

那只海绵宝宝黄色的一大只，超级可爱，宁栀抱着一路走时，收获了不少女生羡慕的目光。

陈也最后牵着她的手来到摩天轮那儿。

摩天轮是唯一不包含在游乐园的门票里的，属于单独收费的项目，价格比入场门票还高，要玩的游客需要提前在网上预约买票。

只不过陈也提前包下了今晚的摩天轮，这周围除了他们，就没别的游客过来。

工作人员见到他们来了，立刻开了舱门，让两人坐进去。

摩天轮缓慢地往上升起，五十个座舱，其余四十九个都是黑的，唯有他们坐着的这个亮着明亮的灯光。

宁栀疑惑地问：“怎么今天晚上就我们两个来坐摩天轮呀？”

陈也撒谎骗她：“可能大家都在玩别的项目了，没来得及过来。”

宁栀眨了眨眼，有些将信将疑。他们运气也太好了吧，现在整个摩天轮都像是属于他们两个了一样。

等摩天轮越升越高，她就没空想七想八了，小手扒在窗户上，聚精会神地眺望着 A 市的夜景。

摩天轮到达顶点时停了下来。

与此同时，“咻”的一声响，漆黑的天幕绽开了一朵漂亮的烟花。

宁栀惊讶地睁大眼睛，怎么突然会放烟花了呀？

紧接着，在她还没反应过来时，一朵接着一朵，更多五光十色的烟花将整个夜空点亮。

“你快看，烟花，好漂亮！”她回头，撞进陈也带着深深笑意的漆黑双眸中。

宁栀心里忽然有了一种预感，摩天轮不是无缘无故只有他们两个坐，烟花也不是没有缘由地放。

她心脏怦怦怦地跳得快了许多。

陈也紧紧凝视着她，眸光变得炙热。

这是他六岁时牵住手的小姑娘，后来的悸动和爱欲，都是因她而起。

一束束绚烂的烟花在天空绽开，他单膝跪下，拿出早已准备好的戒指盒："栀栀，你愿意嫁给我吗？"

宁栀眼眶一下子红了，明明是很开心的事，可眼泪还是不争气地滚落下来。

"愿意！"

陈也笑了，眸子中漾着缱绻温柔的笑意。他牵起她的手，将戒指套上去。

"你提前和我说一声呀。我今天都没有化妆，应该好好打扮一下的。"

还为了暖和，她裹了很厚的羽绒服，看着就像只肥肥的小企鹅，一点都不美。

陈也低下头，指腹轻轻拭着她眼角的泪，低沉的嗓音显出万分柔情："我的栀栀怎么样都好看，是世界上最好看的小姑娘。"

宁栀被他哄得很开心，钻戒绽放出璀璨的光芒，仿佛今晚的繁星都坠落在她的指尖。

"你不是送过我戒指了吗？怎么又买一个呀？"她仰着头，泛着泪光的眼柔软，又格外亮晶晶的。

陈也在宁栀昏睡不醒时向她求过一次婚，那时他就给她戴上了戒指。

那枚戒指被她珍重地收在首饰盒子里，现在手上戴着的这枚，钻石更大更亮。

可是求婚戒指这东西，一个就够了啊，谁结一次婚，手上戴两枚戒指的呀？

"这两个意义不一样。"陈也认真地回答。

当时他才开始办公司，钱不多，全部拿出来刚好够给她买下那枚四十万的钻石戒指。

现在他赚了更多的钱，当然也应该给她买更大的钻戒。

从始至终，他的想法都没有变过，就是把他所能给的都给她。

宁栀歪着脑袋想了想，没有懂，不都是求婚的戒指吗，还有什么不同的意义？

陈也迎上她困惑的目光，没有再解释什么。有些事，她不需要明白，他一直记着就好。

漫天的烟花缤纷绚烂，宁栀没听明白陈也的话，可他深情笃定的眼神却足以让她读懂。

她拽住他的袖子，卷翘的睫毛眨了眨，笑着问："陈也哥哥，你知道关于摩天轮有一个说法吗？"

"什么说法？"他好奇地问。

"就是，我上初中时同桌告诉过我，"小姑娘表情认真地说道，"在摩天轮里表白的情侣最后都会分手，这是摩天轮的诅咒。"

陈也脸上的笑意一僵。

他只听说过女孩子都喜欢摩天轮，结果还有这么个不吉利的说法？

那他的求婚算是表白吗？

宁栀看着男人拧起来的眉，明亮的杏眼一弯："但是，等摩天轮升到顶点，两人接吻，就能破除这个诅咒，他们就永远不会分开了。"

说完，她笑盈盈的，双手将陈也抱住，踮起脚，主动凑到他的唇上去亲他。

他也攫住她的唇，扣着她的头，手指深深插入她的发丝。

最后一朵烟花落下，夜晚重归寂静，吻还在继续。

番外二·甜蜜

元旦的最后一天，一直安静的班级群突然嘀嘀地响起来。

宁栀戳开微信，看见大家在很积极地商量同学聚会的事，时间已经定下了，就是两天后，地点还在讨论。

毕业之后，大家各奔东西，邹悦考上了她家那边的公务员，另一个室友吴小芳去了 B 市读研。

这两个大学关系最好的室友都去不了，宁栀正犹豫着自己要不要去，班长一条私信就发了过来。

班长：栀栀，你现在病好了没啊？

宁栀去年出事，沈静溪给她去学校办了休学手续。除了两个室友邹悦和吴小芳，其他同学都以为她是生病了，才不得不突然休学。

宁栀回复：谢谢关心，我已经好了。

班长的消息立刻又来了：啊，那栀栀你这次同学聚会一定要来，去年我们毕业典礼你没有参加，你这次来，大家好好聚一聚啊！！！

班长这么热情地邀请，宁栀也不好再拒绝了，她回复：好，同学聚会我也去的。

同学聚会的时间定在了晚上，地点是 A 大附近一家档次还可以的酒店。

宁栀下午就出门了。

她先回了一趟 A 大，到院长办公室找到李教授，把自己论文初稿的想法和她说了说。

李教授很喜欢这个学生，学习时刻苦努力，不浮躁，能沉得下心做学问。去年他就是宁栀的导师，可惜后来她出了事。

李教授得知宁栀醒来的消息，很高兴，主动给她当这次毕业论文的导师。

听完宁栀初稿的想法，李教授满意地点点头，又提了几点自己的建议。

宁栀拿着笔和本子全部认真记下来，确定好论文初稿的方向后，她和李教授

道谢告别。

打车到酒店门口，宁栀拿出手机，戳进班级微信群里，记下包间号，然后坐电梯上去。

602包间内，已经有四个女生提前到了。

她们之前一个宿舍的，聊来聊去，不知是谁提了一句宁栀，话题的中心就彻底转到了她身上。

“之前读书那会儿，咱们学校真的好多男生追她啊。”有个女生忽然感慨了一句。

“是啊，我记得咱们班周淮，为了追她，在她生日那天买了一后备厢的哈根达斯冰激凌请全班同学吃！”

“哎，你们说她最后怎么就偏偏挑中一个修车的呢？”

“谁知道呀，我之前还听到有人说那男生还因为砍伤人坐过牢，也不知道是不是真的。”

“你们说那男生是修车的我相信，坐牢不至于吧？再怎么样，她也是姜家的女儿啊，绝对不会傻到找个坐过牢的啊。就算她想，她父母也不会同意啊。”

“那也不一定。不是说那男生长得挺帅的吗？估计她就是个迷恋长相的人吧，哈哈哈，选男朋友只看脸，别的都不管。”有个同学打趣道。

“你说的也有可能，哈哈哈，电视里不就经常演那种吗，豪门千金小姐不顾父母反对，非要和穷小子私奔。”

“我看她就是脑子蠢。长得再帅有什么用，又不能当饭吃。你们想想，跟一个没有学历只会修车的在一起，能有什么前途？她以后有苦日子受的！”

说这话的女生叫赵曦。

赵曦大学时喜欢班上的周淮，头天她才表白被拒绝，第二天周淮就给全班同学买哈根达斯庆祝宁栀生日，可以说是很打脸了。

按理说这事也和宁栀没多大关系，但赵曦就把这仇记到宁栀头上，并且一直记到了现在。

她这话一出，另外几个女生都赞同地点头。

千金大小姐和落魄穷小子的爱情在那种八点档的荒诞电视剧里或许能修成正果，然而现实中，太难了啊。

男不高娶，女不低嫁，这就是祖祖辈辈留下来的真理。

最典型的就是薛平贵和王宝钏了。王宝钏为了薛平贵和父母断绝关系，最后落了个什么下场呢？苦守寒窑十八年啊！

宁栀坐电梯上来，再次看了看包间号，确定没错之后，她推门走了进去。

包间里明显一静，刚几个聊得热火朝天的女生都将目光往宁栀那儿看去。

她的那张脸没得说，和她们印象里一样，好看得令人惊艳。

只不过那身行头，真的是太朴素了，都没什么大牌的首饰，脖子上还戴着大学时就一直戴着的那个金坠子。

几个女生相互交换一个眼神，更加觉得赵曦的话有道理，甚至自行脑补出她为了和那个小混混儿男朋友在一起，和家里断绝关系的戏码。

赵曦有些得意，她家境虽然没有宁栀那么好，但她男朋友的工作赚钱，每次逛街给她刷卡买东西也大方。

她看着宁栀那张脸，不禁勾起讽刺的笑。

明明是个白富美，可有什么用啊，脑子实在是太蠢了。

大好的青春蹉跎在一个小混混儿身上，现在连个像样的首饰都买不起，可见日子是真的不好过。

赵曦拿出手机，低头给男朋友发消息：亲爱的，你晚上来接我一下嘛，就开着你新买的那辆路虎哦！

宁栀进门之后，也感觉到包间里的气氛有点不对了。

在场这几个人看自己的目光有些怪，尤其是赵曦。

她不清楚自己什么时候得罪过赵曦，只记得读大学时，赵曦每次看自己的眼神就不太友善。

到底是大学四年同学，宁栀礼貌性地对她们点了点头，找了个空位置坐下。

另外那三个女生是赵曦的室友，宁栀和她们也不太熟，就没强行凑过去聊天。

她自己端起茶壶倒了杯热水，小小抿了几口，然后又拿出手机戳进微信。

下午她给陈也发了条消息，到现在他还没有回。

看来今天他一定很忙呀。

没多久，班上其他同学陆续到了，大家进来见到宁栀安然无恙地出现在这里，全都露出惊喜高兴的表情。

其实除了赵曦，班上其他同学对宁栀都很有好感。

她长得漂亮，性格好，学习成绩还优秀，不管和谁说话声音都温柔，而且又乐于助人。

上学时候，每门课的笔记她都记得很认真，条理清晰又主次分明，每次到了期中期末，找她借笔记去复印的人不少，她每次都不推辞直接借了。

“啊，栀栀你病终于好了！”李思涵激动得一把抱住宁栀。

李思涵是隔壁寝室的，大学时她经常和宁栀一起做小组作业，关系算不错的。

“去年我们毕业照上就差你了，等会儿我们一定得多拍几张合照。”又有个女生笑着说道。

“好呀。”宁栀也笑着点头。

班长到的时候，怀里还捧着一束百合花。

他走到宁栀面前，咧嘴笑着：“之前你病了，我们都没机会去看望你。这束迟来的花算我代表全班同学送你的。”

宁栀心里感动，赶紧接过：“谢谢班长。”

赵曦最不爱看大家都围着宁栀转的样子。

等到大家都坐下来吃饭时，她故意问："栀栀，你现在有男朋友吗？我工作单位有个特别优秀的男生，介绍给你认识怎么样？"

"不用了，我有男朋友的。"宁栀拒绝。

赵曦等的就是这句话。

闻言，她脸上露出好奇的表情："你男朋友是新交的吗，还是之前大学里就谈着的那个呀？"

其他同学也将目光望向宁栀，他们大部分都听说过宁栀找的那个男朋友是什么情况——

学历不怎么好，开个修车店，听说还因为砍伤人坐过牢，也不知道是真是假。

全身上下，唯一的优点大概就是长得帅点了。

虽说现在是看脸的世界吧，然而不去当明星，长得再帅又有什么用啊？！

宁栀拿筷子夹了几根清炒藕带到自己碗里，认真地说："没有变，一直都是他。"

全班同学听得目瞪口呆。

他们之前想当然地觉得，像宁栀这样性格温柔乖巧的豪门千金，和那男生谈恋爱也就是图个新鲜。

毕竟小混混儿花言巧语，最会哄乖乖女上钩了，但时间长不了的。

最后千金小姐还是得和家世相当的豪门继承人在一起，那样才配嘛。

谁能想到竟然到现在还没有分啊！

明明读书时那么聪明，怎么一谈恋爱就傻成这样呢？难道这就是传说中的"恋爱脑"？！

赵曦笑吟吟的，又说道："既然栀栀你已经有男朋友了，那我就不多此一举再给你介绍了。"

她说完，望向宁栀："栀栀，你要不把你的男朋友也叫过来吧，我们大家趁着这个机会见见你男朋友。"

宁栀实在有些莫名其妙，解释道："他去外地出差，来不了。"

赵曦在心底讥讽地笑。连高中学历都没有，能找到什么好工作？还出差？说不准就在哪个超市打零工呢！

班长见氛围不太对，赶紧扯了个别的话题聊起来。

吃完饭，大家坐电梯一起下去，到酒店门口时，发现外面在下雨，雨势还越来越大。

"我今天看了天气预报的，明明没说晚上有雨啊！"

"我看这天气预报比男人的嘴还靠不住。"又一女生调侃。

众人闻言都嘻嘻哈哈笑起来。

没一个人带了伞，所有人都被突如其来的大雨拦住了去路，纷纷拿出手机在网上叫车。

但大雨天想打车也难，半天了都没有人预约到一辆。

这时，一辆黑色奥迪开了过来，赵曦看到了，立刻笑得甜蜜蜜地朝那边招手："阿衡，我在这里！"

男人下车，撑着伞走到酒店门口。

赵曦一把挽住男人的胳膊，兴致勃勃地给大家介绍："这是我男朋友蒋衡，他几年前也是A大毕业的，现在在银行做高级客户经理。"

大家闻言都看向她男朋友。

这男生五官长得挺周正的。工作也好，高级客户经理的年薪至少几十万，再看他开的车，最新款的奥迪啊！

赵曦收获到一众羡慕的目光，得意扬扬地看向宁栀：

"栀栀，你还没约到车吧，不然我和男朋友送你回去？

"你看你这么漂亮，大晚上还没人来接，单独打车很危险的，最近我在网上看到了几起女生独自打车遇害的事，万一你也出事就不好了。"

宁栀连忙摆了摆手："不用麻烦了，现在也不是很晚，我再等会儿就打到车了。"

说完，她低头继续看手机上的叫车软件。

赵曦扭头，看向自己的男朋友："阿衡，我记得你前几天说过，你们银行大堂在招保安队长，对学历要求不高，初中毕业就够了吧？"

"啊？"蒋衡一愣，不晓得她突然这么问是什么原因，还是点头道，"是啊。"

赵曦笑起来，仿佛真心实意地在为宁栀着想："栀栀，要是你男朋友现在工作不太好的话，你可以让他去银行应聘着试一试。这工作稳定，也不累，工资一个月也有六七千。"

大家又都看向宁栀，包括赵曦的男朋友蒋衡。

蒋衡被震惊到了，刚才他过来，一眼就在人群里看到宁栀。

长得这么漂亮的女生，去当明星都够格了，还是A大这样的一流学府毕业的，找的男朋友竟然要去应聘保安的工作？！

这脑子没毛病吧？

宁栀张了张嘴，刚要说什么，目光一偏，望见一辆朝着这边开过来的黑色保时捷。

车的款式她很眼熟，后面的车牌号……她又看了看，欸，和自己印象里的那串数字也是一个没差呀？

黑色保时捷酷炫亮眼又大气，它正好停在赵曦男朋友的那辆奥迪旁边，瞬间把奥迪的风头都盖过去了。

"哇！"一个女同学情不自禁发出感慨，"这辆车看着好酷啊！"

“保时捷当然酷了！七八百万一辆呢！”有个懂车的男同学接话，语气里满是羡慕。

门口站着的所有人都望向那辆保时捷，只见车门打开，先迈出的是一双大长腿。

接着，男人从车上下来，一身利落西装，宽肩窄腰，几大步便走向他们这边。

大家还茫然着，男人已经走到宁栀面前，牵住她的小手：“手这么凉，怎么也不多穿点？”

明明气质是有些冷的，嗓音里却透着说不出的温柔。

“我多穿了呀，就是没想到晚上会突然变天嘛。”宁栀也笑着回握住陈也的手。

众人惊呆了：这是怎么个情况啊？！

说好的学历低又只会修车的小混混儿呢？

哪个小混混儿开得起保时捷啊？！

赵曦脸色变得难看，她怎么也不愿意相信宁栀的那个小混混儿男朋友开得起这么好的车！

突然，她想到一种可能，脸上重新露出一个笑：“栀栀，你男朋友现在的工作是在给老板开车吗？”

她话音一落，胳膊就被身旁的男朋友用力地一拽。

赵曦不解地转过头，对上蒋衡严肃的表情。

他皱眉不悦地低斥：“小曦，你别乱说话！”

蒋衡向前走了两步，朝着陈也伸出手，脸上堆着笑，客客气气道：“陈总，不知道您还记不记得我，去年您公司恒锐的借贷业务就是我负责办理的。”

去年蒋衡能在最后关头完成银行的业务指标，多亏了拿到恒锐那笔大单业务。

陈也当然不记得蒋衡，只伸出手象征性地和他轻握了一下，然后对其他同学说道：“我先带栀栀回去了，你们谁打不到车，我可以送一程。”

其他同学忙摇头：“谢谢了，不麻烦你们了。”

他们刚才那样恶意揣度过人家，怎么还好意思再去坐他的车！

“那我先回去啦，再见。”宁栀笑着挥了挥手。

陈也撑着把黑色大伞，牵着她走进雨幕。

陈也将黑色的伞面完全偏向了她那边，不管自己肩头已经被雨打湿了。

大家呆愣愣地站在原地，耳边是两人渐渐远去的声音——

“你不是在外地签合同吗？怎么今天就回来了呀？”

“想你啊，就忍不住早点回来。”

众人还没回过神：呜呜呜，这情话也太撩了吧！

雨哗啦哗啦的，还在不停地下。

同学们站在酒店门口，目睹那辆酷炫的保时捷载着宁栀消失在夜幕里。

好半天，大家因震惊而张大的嘴才缓缓合上。

有个女生情不自禁地感慨："大雨天开着保时捷来接人，长得还那么帅，这是什么神仙男朋友啊！"

"我刚刚看到了，他替宁栀撑伞时，伞面完全偏向了宁栀那边，自己肩膀反而都被雨淋到了！"

"对对对，我也留意到了！而且刚才他拉开车门时，还伸手替宁栀挡了挡，妈呀，这些小细节真的不要太宠哦！"

大家议论纷纷，再看向赵曦时，目光就变得古怪。

刚才就是被赵曦说的话带着跑偏，他们才会那样恶意揣度宁栀和她的男朋友。

结果呢！小丑竟然是赵曦自己！

赵曦脸色青一阵白一阵，抓着男朋友蒋衡的手就往车里走，连声再见都没和大家说。

之前这辆她怎么看怎么喜欢的奥迪，现在也嫌弃得不行。

和那辆保时捷一比，奥迪的档次简直差了几大截！

她坐上副驾驶，重重将门一摔。

蒋衡也坐了进去，他没急着开车，开口道："现在你就给陈总的女朋友发条微信道歉，态度放好一点。"

赵曦转头，难以置信地瞪大眼睛看着他："我今天丢多大脸了你知道吗？你还让我去给她道歉，凭什么啊？！"

蒋衡眉皱得更紧："今天的事本来就是你不对，是你一直在挑衅讽刺人家。"

蒋衡作为银行的客户经理，酒桌上的应酬是三天两头就有的事，他察言观色的本领自然也比一般男生要强。

刚才一听，他就知道一定是自己的女朋友之前和那女生有过节，所以才一直阴阳怪气地说话。

"我不管，我绝对不可能给她道歉！"赵曦声音嚷道。

蒋衡修养还是有的，仍然心平气和地给她讲道理：

"你知不知道恒锐现在是我手上最大的一笔业务，你刚才把人家女朋友惹到了，你说他明年还会不会找我经手他们公司的借贷业务？

"现在银行的竞争那么大，我才升到高级客户经理，那么多双眼睛盯着，要是业绩垮下来，你让我还怎么在银行混下去？小曦，别任性，你去给那女生道个歉，我回头给你买个包。"

赵曦已经被忌妒和气愤冲昏了理智，她才听不进去这些话，她只记得刚才那辆保时捷开过来时，所有同学羡慕得双眼发光的样子。

"人家男朋友一出来就给她撑足了场面，你呢，却要我去给她道歉，你是不是男人啊？"她语气讥讽。

蒋衡这下也是真生气了。

赵曦是家里亲戚介绍的，她爸妈都是退休公务员。她自己学历不错，长得好

看，也在稳定的事业单位。

对蒋衡而言，赵曦是很合适的结婚对象，所以平时她的各种小毛病和娇纵任性的脾气，他都能忍一忍。

可这次不同，这涉及他的工作，再者说了，没有哪个男人在被问“你是不是男人”时还能保持冷静！

“赵曦，你觉得我这个男朋友没有给你撑场面，行啊，咱们分手，你去找个开保时捷的大老板！你自己照照镜子，你长得有刚才那女生好看吗？”

蒋衡话说得也不客气。

赵曦要气疯了！

她大学时的风头就是被宁栀盖住了，她最讨厌听别人说宁栀有多么多么好看了。

何况这话还是被之前一直捧着她的男朋友说的！

“分手就分手！你以为我多稀罕你啊！”赵曦气得把怀里的包包往蒋衡脸上一砸，踩着高跟鞋噔噔噔下车，又“砰”的一下摔上车门。

酒店门口还在等打车的同学蒙了。

不是五分钟前还恩爱甜蜜炫耀得起劲吗？

啥情况啊这是？！

已经坐在回去车上的宁栀并不知道自己走了之后发生的这一系列事。

她这一路也很纠结，有句话不知道该怎么开口说比较好。

车快开进小区，路过一家便利店时，宁栀终于忍不住出声，结结巴巴道：“你停……停一下。”

陈也踩下刹车，转头看向她：“怎么了？”

宁栀小脸通红，吞吞吐吐道：“就……就是……我感觉我其实，那个……”

呜呜呜，她还是有点不好意思说出口！

陈也看着她从脸颊红到了耳朵根，紧张得睫毛都在抖的样子，觉得好玩，伸手轻轻捏了捏她的小耳垂，软软的，还有些烫。

“怎么了？”他挑眉笑着问。

宁栀咬了咬唇，好半天，终于鼓起勇气小声说：“就是那个，我感觉我身体好得差不多了，你……你你就不需要再忍了。”

陈也脑子一蒙，还以为自己听错了，怔了怔才问：“栀栀，你说什么？”

宁栀脸颊红通通的，头低低地埋着，不好意思去看他：“就是……要是你也想的，可以现在去店里买一盒那个。”

陈也这次听清楚了。

他一秒不耽搁，立刻推门下车，半分钟都不到，又回来了。

他手里拎着一个塑料袋子，里面花花绿绿的好多盒，各种牌子的都有。

宁栀探头往袋子里看了眼，脸又红起来："你怎么买了这么多呀？"

她刚刚说的明明是买一盒呀。

"款式很多，我也不知道哪种好。"他咳了咳，"多买点，没事，以后用得着。"

宁栀腹诽：这一袋子，得用到什么时候嘛。

回到家，宁栀想到等会儿要发生的事，就紧张害羞起来了。

她找到自己留在这儿的干净衣服："那我……我我先去洗了呀。"

说完，宁栀就进了主卧的卫生间，打开里面的暖气，然后开始脱衣服，打开淋浴头，热水哗哗打下来，洗了一个好长时间的澡。

换上衣服，她又紧张得不行，将手握上门把手，深吸了几口气，才慢吞吞地走出去。

陈也早就洗好。

对此刻的男人来说，每一秒的时间都漫长又难挨，他一会儿站一会儿坐，时不时往浴室门那儿瞄几眼。

水声隐隐约约传来，他的血液几近沸腾，心脏怦怦直跳，一下比一下跳动得迅猛。

水声终于停了，门很轻地推开，他迫不及待走过去，直接将小姑娘拦腰抱起。

粉色的小拖鞋啪啪两声，先后落到地上，她乌黑柔软的青丝披散下来，几绺发丝从他手臂间轻轻擦过。

他再也忍不住，低头吻上去，从她的樱桃红唇至雪白的脖颈，再到锁骨。

"你去关灯呀。"宁栀脸红地小声说。

他轻笑，抱着人走到门边，抬手按了下墙上的开关。

"还……还有小台灯。"宁栀手指拽着床单，哼哼唧唧地提醒，嗓音已经软得不像话。

陈也垂下双眸，平日里就好看的小姑娘此时更是美得惊人。

青丝如瀑，微乱地散着，两颊晕着两抹嫣红，如春日里灼灼盛开的桃花。

这是他年少时的梦和憧憬，他恨不得把她这时的模样牢牢记在心底，哪里舍得关灯。

他弯了下嘴角，笑得有点坏："叫声哥哥，就关台灯。"

宁栀大眼泪汪汪的，这个时候的她就如一只待宰的小羊羔，他说什么，就是什么了。

"哥哥。"她乖乖地叫，带着点儿哭腔的声音听着可怜又惹人疼。

陈也抓住她的小手，十指紧扣住，轻轻吻去她睫毛上沾着的眼泪，嗓音沙哑带笑："乖，哥哥疼你。"

转眼就要到七夕节了。

宁栀思索了好久，都没想好要买什么送给陈也，像衬衣领带袖扣这些，她之

前都买过了。

晚上睡觉前，她抱着海绵宝宝大娃娃从床的左边滚到床的右边，翻来覆去想啊想，终于灵机一动。

到了七夕节这天，她特地化妆打扮了一番。

红色复古条纹连衣裙，头发上别着一个同色系的小蝴蝶结发卡，还戴上了他之前送的一条项链。

四点多钟的时候，她从家出门，到陈也的公司。

前台有个小姑娘是新来的，之前都没有见过宁栀，第一眼看到她，甚至还以为是哪个女明星来了。

“您好，请问您找谁？”前台小姑娘客气礼貌地问。

宁栀张了张嘴，还没来得及回答，另一位前台送完文件下来，见到是宁栀，便踩着高跟鞋快步走过来，微笑着说道：“陈总现在在会议室开会，您可以先去他办公室等一会儿。”

要是别的什么人，她一定会让在休息室等，但宁栀不一样。

全公司的员工都知道老板有多么喜欢他的这位未婚妻。

“谢谢呀。”宁栀明亮的杏眼弯了弯，也对那位前台露出一个笑。

等宁栀进了电梯，新来的前台小姑娘好奇地向老员工打探：“敏敏姐，她是谁呀？是新出道的哪个女明星吗？”

“什么女明星啊。”郑敏笑着摇头，“她是老板的未婚妻，还在念书。”

新前台惊讶地“哇”了一声，没想到平时每天进出时神情寡淡的大老板，竟然会有个笑起来好甜的未婚妻。

“那她这么漂亮，一定是在电影或者表演学校念书吧？”新员工想当然地推断。

女孩红裙乌发，明艳张扬的打扮和本身清纯乖糯的气质一点不冲突，五官是天然的精致，脸上胶原蛋白充足，和网红整过的脸完全不一样，漂亮得很有辨识度，笑起来还有两个小酒窝，真的太甜美了。

新前台实在太喜欢宁栀的长相了，甚至都想，要是以后老板这个未婚妻出道了，自己一定是她的忠实颜粉，天天去微博吹捧她！

“我听说她是 A 大的，之前有同事去老板办公室送文件，还看到她在背考研复习资料呢。”

闻言，新员工愣了愣。

A 大她是知道的！全国排名前几的名校啊！！她当年高考分数和录取线也就差了一两百分吧。

呜呜呜，长得这么漂亮的小仙女都还在努力学习，考研提升自己，那她还有什么资格不努力？！

新员工备受鼓舞。

她当即卸了手机里各种视频软件，果断下载了很多个学习软件！

等陈也开完会，推开办公室的门，一眼就看见了安静地坐在沙发上的小姑娘。

宁栀头低着，一侧的长发撩到了耳朵后，乖巧的侧脸露了出来，指尖捏着个小叉子，正在戳果盘里的草莓。

听到脚步声，宁栀抬起头，脸上露出甜软的笑。

开了一下午会的疲惫在这一秒烟消云散，他笑起来，走到她面前："怎么过来了？不是说好等会儿我去你家找你的吗？"

宁栀站起来，伸长胳膊，叉起草莓递到他嘴边，笑容甜兮兮的："那你来回几趟多麻烦呀，而且之前读书那会儿总是你接我放学，现在换我来接你下班。"

陈也咬下那颗草莓，比往常的都甜。

今天的小姑娘也格外好看，一身红裙子衬得她皮肤更白，腰肢纤细，还露出点好看的锁骨。

他牵上她的小手就往外走。

宁栀"欸"了一声："你工作都忙完了吗？现在时间还早呀，我可以在这儿等你的。"

"忙完了，"陈也笑着说，"现在带栀栀去约会。"

陈也带她去了米其林餐厅，中途见她喜欢吃芒果冰激凌，又买了几盒带回去。

回到家，宁栀还想再吃一盒，软白的小爪子刚伸出去，就被他反手握住。

陈也将那几盒冰激凌放到冷冻仓，然后将冰箱门一关："今天已经吃了一盒了，冰的吃多了伤胃，明天再吃。"

宁栀乌溜溜的眼睛转了一圈，开心地想到了办法。

他等会儿总是要去洗澡的，她趁着那个时候偷偷吃一盒就行啦。

陈也一看她那表情，就知道小姑娘在想什么："明天早上起来我会打开冰箱检查的，要是发现少了一盒……"

他沉吟片刻，像在思索什么惩罚有威慑力，最后绷着一本正经的表情，语气严肃地说道："下次我们就在客厅……"

宁栀腹诽：这真的不是在假公济私吗？！

小姑娘鼓了鼓脸颊，脸上明明白白写着失望。

陈也看得好笑，弯着嘴角问："给栀栀准备了礼物，现在想不想看？"

"想。"

陈也带她去了卧室，拉开抽屉，拿出一个宝蓝色的小盒子。

宁栀打开，看见里面是一条精致漂亮的镶钻手链。

她现在也算认得几个奢侈品的牌子了，看到盒子上的 logo（标识），就知道这条手链一定很贵。

"喜不喜欢？"陈也问。

宁栀点点头：“喜欢。”

陈也笑了下，拿起手链，低头给她戴上。

耳边传来小姑娘轻软的嗓音：“陈也哥哥，你不要每次过节都送我那么贵的首饰呀，之前你送我的好多都戴不过来了。”

“那就放着，总有机会戴的。”他声音温和带笑，将手链尾端的小扣子扣上。

“那感觉好浪费你的钱。”她小声嘟囔。

“这有什么浪费的？”陈也给她戴好了手链。

小姑娘的手腕纤细莹白，那串钻石链子戴在她手上，比放在盒子里还要漂亮。

他看着挺满意的，抬起头，对上她乌黑润泽的眸子，嘴角向上一挑，反问道：“我赚钱，不给你花给谁花？”

宁栀也看着他：“可是我知道你赚钱也是很辛苦的，经常要开会，还要出差，各种要处理的事情很多。”

她大眼睛注视着陈也，乖巧的模样透出认真：“比起你给我买漂亮的首饰，我更希望你没那么辛苦。其实我一直想说，你不用赚那么钱，我们以后够用就行了呀。”

陈也心尖一片柔软。

他双手捧起宁栀的脸，亲吻上去：“不辛苦。赚钱给栀栀花，是我最开心的事。”

宁栀感觉自己身子一轻，下一秒，她被他抱了起来，然后放到了床上。

他身体就要压下。

宁栀突然想起一件重要的事，软绵绵的小手抵在他胸膛，不让他有下一步动作。

“哎呀，你等一下，我也有礼物要送你的。”

陈也手肘撑着床，看着雪肤黑发、衣衫半褪的女孩，不由得皱起眉头，微微不满。

这么关键的时刻还能等的？！

宁栀晶亮的双眼冲着他轻轻眨了下，笑吟吟地问：“送你一个老婆，你想要吗？”

陈也愣住：“什么？”

他还没反应过来，小姑娘已经像只灵巧的小兔子从他的桎梏中钻了出去。

宁栀把裙子左侧的拉链重新拉好，踩着拖鞋跑到客厅，拿起自己的小挎包，拉开拉链，从里面拿出一本户口簿。

这是她缠着爸爸撒娇了好多天才要到手的。

姜平潮一直认为女孩子二十二岁就结婚太早了，宁栀自己其实也觉得，二十二岁有些小。

她身边的同学或者朋友，都还没有一个结婚的。可是因为是他，年纪大小就变得不那么重要了。

她只知道自己很想很想嫁给他，让他们两个人的名字一起出现在那个红本本上，成为法定关系上最亲近的人。

陈也走了出来。

宁栀转过身，把手里捏着的小本子展示给他看，明亮的大眼睛里漾着甜甜笑意："你看。"

短暂愣怔后，陈也眼底涌现狂喜："这是你的户口簿？"

"对呀。"她笑着点头，嗓音轻快，"你要是明天有空的话，我们就可以去把证领啦。"

陈也将户口簿从她手里拿过来，看了又看，然后小心翼翼放进小抽屉，还拿钥匙上了锁。

锁好之后，他又把钥匙放到别处藏好。

像是生怕今晚家里会进个小偷，别的贵重物品都不偷，专偷她的户口簿。

宁栀在旁边看得发笑："你锁它干什么呀？就算有小偷进来，也不会偷我的户口簿啊。"

"那可不一定，万一就有这么坏的小偷呢。"他理直气壮道。

宁栀被他的幼稚逗得咯咯直笑，还没笑完，一只大手重新搂上她的腰。

凌晨不知道几点钟，宁栀口渴醒了一次，迷迷糊糊睁开眼，她看见漆黑房间里有丝亮光。

陈也还没睡，一手搂着她，另一只拿着手机，不知道在看什么，嘴角都弯着笑。

察觉到怀中人动了动，他低头看去，语调温柔："怎么了？"

"有点口渴了。"宁栀才醒，声音带着点软糯糯的含混。

"等着，我去倒。"陈也走到客厅，很快握着杯温水进来。

他扶着她坐起来，慢慢喂给她喝。

杯子里的水喂了大半，他问："还要喝吗？"

宁栀摇摇头，又好奇地问："你怎么还没有睡呀？"

"我在网上查结婚登记要注意的事项。"陈也把剩下的水喝了，随手把玻璃杯搁到旁边的床头柜上。

宁栀茫然地眨了眨眼："啊，这还有什么注意事项呀，不就是带着户口簿、身份证，还有九块钱去民政局就行了嘛。"

她小时候看电视，里面都是这样演的。

"不是，现在不交九块钱了。"陈也纠正道，"除了身份证和户口本，还需要三张两寸的彩色合影照片。"

宁栀没想到还要照片："可是我们没有照过这个合照，那要怎么办呀？"

"没关系，这个我们可以去现场照。不过照片都是红底的，所以明天我们俩

最好都穿白色的衬衣。”

宁栀眼睛亮亮的，佩服道：“哇，这些你都知道了。”

陈也自豪地扬了扬唇，他刚才反复看了七八遍，那些内容都快背下来了。

左侧脸颊传来温软的一吻，他看向她，只见小姑娘一双杏眼笑弯成了小月牙：“可是陈也哥哥，你现在还不睡，到明天拍照时会有黑眼圈的呀。”

陈也一愣：对哦！这么重要的问题他竟然忘了！

也不知道那个婚姻登记处拍照会不会给修个图。

他立刻放下手机，把人往怀里一抱，当机立断道：“快睡觉！”

宁栀笑着闭上眼，小手搂上他的腰，脸贴在他胸膛前，然后就感觉他胸腔震动了几下，安静的房间响起男人突兀的低沉而愉悦的笑声。

她疑惑地抬起眼，看见他努力绷直，却还是翘起来的嘴角。

“栀栀，我知道现在该睡觉了。”他语气诚恳，又带着点儿无奈，“但一想到明天我们就能去领证了，我就忍不住想笑。”

宁栀重新将脸埋进他怀里，也忍不住抿嘴轻笑。

就是，一想到他们明天能够领到那个红本本，她其实……也超级开心的。

第二天一大早，睡得香甜的宁栀被叫醒。

“栀栀起床了。”陈也亲了亲她额头，“我们早点去把证领了。”

宁栀睁开惺忪的睡眼，脑子还有些昏沉恍惚，小手揉了揉眼睛，终于清醒了一点。

卧室的窗帘拉得紧紧的，她看不见外面的天色，嗓音软软地问：“几点钟了呀？”

陈也回答她：“已经六点钟了。”

她小小地打了个哈欠，裹着困倦的嗓音疑惑地问：“这么早，民政局开门了吗？”

陈也这下也愣了，他大半夜查这个查那个的，还真没想到这个！

他长手一捞，拿起手机，飞快打字输入——**民政局几点开门？**

当看到民政局的工作人员九点钟才开始上班时，陈也沉默了下。

从家到最近的那个民政局，就半个小时车程，现在好像……确实早了点。

他放下手机，抱住还困着的小姑娘，轻拍了拍她的背，略带歉意地说道：“是还早，栀栀再睡一会儿。”

“你也再睡会儿呀，昨晚你就睡得好晚的。”

她叮嘱完，脑袋在他胸膛前蹭了蹭，找了个舒服的姿势，闭上眼很快又睡着了。

然而陈也睡不着，他不仅激动，还紧张，甚至有点害怕。

就怕万一小姑娘她爸临时反悔，不想把她嫁给他，或者又觉得她还小，想再等两年怎么办？

宁栀也没睡特别久，七点钟的时候，她就起床去化妆打扮了。

毕竟结婚证上的那张照片要保存一辈子的，还是照得美一点比较好。

她化了一个淡妆，对着镜子涂上豆沙色的口红。

回头时，她发现陈也已经站在了自己身后，脸上一副欲言又止的表情。

“怎么啦？”她问。

陈也表情显得不太自然：“我刚刚照镜子，发现眼底确实有点黑眼圈，就……你们女生的那些化妆品，是不是有什么玩意儿能够遮一下？”

他说完自己就先尴尬上了，第一次让人给自己化妆，总感觉有点怪怪的。

宁栀“啊”了一声，反应过来他说的应该是遮瑕。

她抬头看向他，眼底是有很浅的青色，但完全没什么影响，那张棱角分明的脸还是帅得不要不要的！

“你等一下呀。”她转向梳妆台前，从化妆包里翻出一支遮瑕膏，蘸了点在指尖。

陈也低头，她踮着脚，他感受到她柔软的指腹在自己眼底轻轻蹭了蹭。

“好啦。”她语气欢快，举起小镜子到他面前，“你看，都遮住了。”

陈也看着镜子里的自己，确实是，他心中微微有些惊讶，就那么几秒，就能遮住了，化妆品还真神奇。

他又检查了遍两人的身份证和户口簿，牵着宁栀的手准备出门时，她小挎包里的手机响了。

宁栀拿出来接起：“喂，妈妈，你找我什么事呀？”

陈也心脏紧张得狂跳，就怕这通电话打过来的目的是阻止他们去领证！

“好的，妈妈再见。”

宁栀很快就讲完电话，挂断之后放回包包里。

“陈也哥哥，妈妈说……”

她才一开口，一只大手一下覆在她嘴上，剩下的话被堵着说不出来。

宁栀蒙蒙地望着他，水汪汪的大眼睛眨巴了两下，不懂他这么干是为什么。

陈也表情肃然：“你昨天晚上说过的，要送我一个老婆，你要说话算数，不能反悔，对不对？”

宁栀点了点头，还是好莫名其妙。

她是这么说过的，也没想反悔呀。

陈也松了口气，把大手从她嘴巴上拿开，咳了咳，装作镇定地问：“阿姨说什么了？”

宁栀接着道：“妈妈说让我们领完证回家吃顿饭。对了，你刚才捂我嘴巴干什么呀？”

陈也：“……没什么。”

宁栀翻了个白眼。

唇上的口红被他的掌心蹭花了，她没办法，又去重化了一遍。

今天天气很好。

他们来得很早，到民政局时，工作人员还没到上班时间。

陈也和宁栀先坐在门口的长椅上等，其间他一直紧紧牵着她的手，仿佛自己一松，小姑娘就会跑了一样。

过了会儿，又一对情侣过来，坐在他们旁边的一架长椅上。

女人三十多岁，一身职业打扮，见到宁栀时，目光露出些许的惊讶。

她觉得这小姑娘长得特别漂亮，第一眼看过去就能把人惊艳到，而且模样有些小，身上有种不谙世事的单纯。

看着就像是还没走出学校的学生一样。

女人忍不住好奇地问："小妹妹，你多大了呀？"

宁栀听到她问自己，回头对她礼貌地笑了笑："我今年二十二岁啦。"

女人惊讶地"哇"了声："你还这么小就结婚了啊。我妹妹都二十四岁了，现在连男朋友的影子都没瞧见一个呢。"

宁栀被说得微微脸红。

陈也却心生警惕，怕宁栀被人一提醒，也开始觉得自己年纪小，就不想这么早结婚了。

说话间的工夫，门开了，工作人员开始叫号。

陈也抓着宁栀的小手，立刻站起来。

进去前，他回头，对那女人义正词严道："我昨天网上查了的，法律规定女生二十岁就可以结婚了，她已经超过法定年龄两岁了！"

女人愣了愣。

工作人员才把电脑打开，就见门被推开，进来了一对颜值很高的情侣。

工作人员让他们先坐下，从抽屉里拿出两张表，笑着说道："你们把这个签一下，确定双方无配偶，以及双方没有直系血亲和三代以内旁系血亲的关系。"

宁栀低头，握着黑色水性笔，一笔一画写下名字。

陈也以从未有过的认真态度写下自己名字，然后拿起宁栀的和自己的那份表格一起递过去。

工作人员检查无误，把两张表收了起来，又拿起他们的户口簿和身份证查看。

"你们带了两寸的彩色合照吗？"工作人员问。

"没。"陈也回答，"我们没来得及照，网上说可以在这里交钱照。"

工作人员笑起来，看来这二位是做过了解的。

"对，这是付款码，你们扫一下，然后去照相室拍照。"

照相的过程很快，陈也和宁栀颜值都高，摄影师拍好后，修都不用修一下，马上出了照片。

两人拿着照片又去了登记处。

工作人员把照片贴在结婚证上，手里拿着印章蘸了蘸红泥。

盖下前，她按规矩询问："你们二人是自愿结为夫妻的吗？"

"是。"

"是。"

女孩清软的嗓音和男人低沉肯定的声音交叠，都没有一丝的犹豫。

陈也双眸漆黑，一动不动地盯着工作人员手里的印章。

"啪啪"两下。

具有法律效力的印章清晰地出现在红色的小本本上。

这一早上紧张的心情终于被激动覆盖，陈也扬起嘴角，弧度是从未有过的大。

从这一刻起，他牵着的这个小姑娘就彻底、完全属于他了。

外面天气晴朗，天蓝得透亮。

宁栀和陈也人手一个红本本走出民政局。

坐上车，宁栀拉开自己的小挎包，把自己的那本结婚证放进去，又朝陈也伸出小手："这个先放我包包里吧。"

陈也翻开结婚证，从头到尾检查了一遍，确定上面的姓名和身份证号码都是对的，具有法律效力的印章也盖上去了。

他又看了眼上面的照片，嗯，两个人真般配。

他看够了，这才把结婚证交给宁栀收着。

宁栀把陈也的那本也放进了包里，刚要拉上拉链，就听他突然说道："等一下。"

她疑惑地抬起头。

"栀栀，你包包里东西太多了，跟结婚证放一起会被弄皱的。"陈也皱眉道。

宁栀"啊"了一声，低头看向敞开的小挎包，不由得困惑了。

里面就一个手机，一串钥匙，还有一支口红，就这三样啊，算多吗？

陈也想了想，推开车门下去，走到旁边的小报亭，买了一份报纸。

他用报纸将两本红本子小心翼翼包好，然后才放到她的包包里："回家以后结婚证就放我这儿吧，我锁保险柜里，这样就不会弄掉了。"

宁栀"扑哧"一下笑了，保险箱里不都放房产证什么的吗，谁会把结婚证锁里面呀？

她看着陈也认真到几乎严肃的表情，眼尾漾出笑，乖乖点头："哦，好呀。"

陈也满意地翘了下唇。

结婚证他要好好锁起来，这辈子小姑娘就是他的了，谁都别想抢走。

车开到姜家别墅。

见他们回来，沈静溪迎出来，问的第一句话就是："满满，你们证领了吗？"

宁栀笑着点头，语气欢快："已经领啦。"

陈也抿了抿唇，改口道："妈。"

因为之前做过的事，沈静溪心里其实一直存着愧疚，闻言她愣了好一会儿，然后眉开眼笑，感动地应下："欸！"接着又笑着说："我听满满说你喜欢喝莲藕排骨汤，我这就去叫阿姨煨。"

陈也对小姑娘的父母谈不上怨，就将心比心，要是宁栀是他的女儿，他当初也不一定会把这么个宝贝交给当时的自己。

更重要的是，世界上最好的小姑娘已经是他的了，从前的那些，就没有必要介意了。

手被轻拽了下，陈也低头，望见宁栀弯弯的杏眼："外面的池塘里又添了几只黑天鹅，很好看的，我带你去看呀。"

"好。"陈也笑着应道。

按理说刚结婚，父母对新女婿总得叮嘱些话，让他以后好好对自己女儿，不要辜负她。

但是在饭桌上，姜平潮和沈静溪什么也没说。

少年黑漆漆的双眸垂着，手里剥着一只基围虾，等虾壳都剥干净了，才放到旁边的那只小碗里。

动作娴熟又自然，看得出平时他就经常这么做。

宁栀语气亲昵："我快吃饱了，你不用给我剥啦。"

陈也拿着筷子，又夹了只虾，继续剥起来，神色温柔也坚持："多吃几个，这个蛋白质高，给你补身体正好。"

沈静溪和姜平潮没什么好说的了，任何叮嘱都显得多余。

都已经领了证，晚上再留下来，陈也理所当然地住进了小姑娘的闺房。

他从前进来过，但现在直接睡在这儿，还是头一回，感觉又非常新奇。

她的床单被子枕头套都是粉色系的，上面画着可爱的草莓图案，闻着香香的，混合着洗衣液的薰衣草味和她本身的香。

房间里的床也是很软的那种，睡上去半个身子都感觉要陷进去了，和他家里硬邦邦的木板床完全不同。

"你之前睡我那儿的床，会不会觉得不舒服？"陈也问。

他第一次睡这么软的床，有些不习惯，不过要是宁栀喜欢睡这种软软的床，以后新房就换成这样的。

两人都已经洗好了澡，这会儿就躺在一块儿说悄悄话。

"不会呀，"宁栀嗓音带着笑，"睡在你怀里，我每天晚上都睡得很熟。"

想起什么，她突然说道："妈妈前几天把我小时候的好多东西交给我了，让我以后自己好好收着，你要不要看一下呀？"

陈也点头："要。"

宁栀掀起被子，噔噔跑到书桌那儿，拉开抽屉，从里面拿出一个大盒子。

她重新躺到床上，陈也给她把被子盖好。

盒子里装了好多零零碎碎的小玩意儿：一对很小的铃铛银手镯，刻着出生年月日的生肖牌，还有换下的第一颗小乳牙……

陈也看着这些和她小时候有关的小东西，心里软和得不行。

盒子里面还放着一本相册，从她出生到六岁前，照了好多张照片。

陈也嘴角噙着浅笑，轻轻地一页页翻看。

还在襁褓中的小女婴看着就好可爱，皮肤白白净净的，一双圆溜溜的眼睛像黑葡萄一样大。

她是六岁那年走丢的，相册翻到最后一页，最后那张照片是她六岁生日那天照的。

这张照片上，小女孩站在很大的奶油蛋糕前，笑眼弯弯的模样。

她一身精致的公主裙，头上戴着一个水晶皇冠，漂亮得如同童话里的小公主。

陈也想起自己六岁那年。

父母经常吵架，一个打麻将从早打到晚，一个和别的男人厮混，反正就没有一个管他的。

他成天在外面野，在灰扑扑的巷子口玩弹珠，和别的小男孩爬树翻墙，偶尔再搞个恶作剧。

天差地别的两个人，本来是永远不会有任何交集的。或许他从生到死，一辈子都见不到她一面。

只这么想一想，他心底就泛起强烈的刺痛感。

然而，若是她能顺遂无忧地在亲生父母身边，被疼爱呵护地长大，不用在那么小的时候被坏人拐走，不用遭遇车祸，不会被领养的父母苛待，以及不会遭遇后面那些不好的事。

就算他一辈子见不到她，陈也想了想，他应该也是愿意的。

房间静悄悄的，宁栀好半天没有听到陈也说话，侧过头看了一眼他：“你在想什么呀？”

“想你。”他笑了声。

“啊？”她不解。

“我在想，要是我当初没有遇见你，这辈子会怎么样。”

宁栀被勾起了好奇心，黑白分明的眼望着他问：“那……你会怎么样呀？”

很多年前，破旧灰败的巷子口，电线杆上贴满了小广告，垃圾桶的垃圾堆到了外面，老式抽油烟机往外送着呛人的烟。

楼上的两家邻居，不知为了什么鸡毛蒜皮的小事吵个不停，不堪入耳的脏话争先恐后骂出来。

他记忆总是黯淡的灰，唯一的一抹亮色，是那个穿着绿色裙子的小少女。

她出现得突然，杏眼亮晶晶的，冲着他露出了一个笑容，甜软又乖巧，仿佛一束光，照进了他的生命里。

隔了这么多年，现在想来，那记忆还清晰深刻。

如果没有遇到这样一个小姑娘，他或许就真的应了那些闲言碎语，瞎混完这辈子，一事无成。

"会没有光。"他郑重其事地回答。

宁栀怔了怔。

感动的情绪如涟漪，在心尖上还没来得及荡开，他漆黑的眸底已然带上几分笑意。

陈也再次开口，嗓音低沉醇厚："老婆。"

宁栀脸一红，这是领证之后，她第一次听陈也这样叫自己。

她有些不好意思，又有些开心，小声"嗯"了声。

陈也一挑眉，捏了捏她软乎乎的脸颊："栀栀现在该叫我什么？"

宁栀忍着害羞，抬眸看向他，轻声喊出那两个字："老公。"

嗓音像颗融化了的小奶糖，软糯糯的，还甜得很。

她语调轻软："我听妈妈说，当年的那个人贩子是想把我卖到B市去的，中途那辆车出了故障，他才转而开到宜市的。"

陈也动作一顿。

"而且当时我其实本该被另外一对夫妻领养走。"

她有些困倦了，但还很想和他说话，嗓音软绵绵的，像三月间的春雨。

"本来那对夫妻和院长说好了，都快要办手续了，但是不知道为什么，他们突然说要再考虑一下。结果等到第二天，他们还没考虑好，我后来的养父母就过来了，然后把我领养了回去。

"所以啊，陈也哥哥你不会遇不见我的。"

小姑娘笑起来，还有些湿漉漉的双眸看着他。

她眼里亮起细碎的光，语气笃定地说："因为上天注定了，我们就是会遇见呀。"

陈也心口又软又甜，他低了几分头，亲了亲她好看又明亮的眼睛："嗯，栀栀说得对。"

命运对他最大的恩赐，就是将这么好的一个小姑娘送到他身边来。

让她陪着他，一起度过这漫长岁月。

第二天一大早，手机铃声响起，打断了宁栀的美梦，她迷迷糊糊地在枕头底下找到手机，滑下接听键。

夏筱桐仿佛土拨鼠，激动地"啊啊啊"了一串，问题噼里啪啦的一股脑儿问出来："栀栀，你竟然领证啦？婚礼什么时候办啊？我不管我不管！！到时候我一定要当你的伴娘！”

宁栀笑着答应：“好呀，到时候你来给我当伴娘。婚礼我们打算十月份再办，那时候天气就凉快啦，新房也装修好能直接住进去了。”

说完，她又有些疑惑：“筱桐，你怎么知道我结婚了呀？”

宁栀原本打算等快要办婚礼的时候再告诉好朋友们，还没来得及和夏筱桐说呢。

“栀栀，你没看到昨晚你老公发的朋友圈吗？他还大半夜挨个私聊薛斌、成一鸣，炫耀自己是有老婆的人了。薛斌刚刚把截图发给我看了，哈哈哈。”

宁栀一愣。

夏筱桐好奇地问：“栀栀，你才二十二岁啊，年纪这么小的，一下子从青春无敌美少女变成已婚少妇啦，会不会感觉不习惯呀？”

宁栀想了想，自己没有什么不习惯的，就感觉两人的相处和领证之前也没什么不同。

唯一的变化，大概是陈也从前喜欢各种折腾着她喊哥哥，现在换成了喊老公吧。

“还好，没什么不习惯的。”

宁栀想起昨晚，脸颊红了红，赶紧换了个话题，聊别的去了。

等和夏筱桐聊完电话，宁栀又回了几条别的朋友的微信。

再抬起头，就看见陈也过来了，手里还捏着手机。

“怎么啦？”她问。

陈也轻皱了下眉：“栀栀，你怎么还不发朋友圈？”

宁栀愣了愣，不明所以：“发什么朋友圈呀？”

“就是分享我们结婚证的朋友圈啊。”陈也提醒她。

他一脸正儿八经的表情：“你想啊，要是只有我发了我们俩的结婚证，你不发的话，别人看到了，会误会我们夫妻俩关系不好的。”

咦，她不发朋友圈，还会产生这么严重的误会吗？

宁栀平时很少发朋友圈，但现在听陈也这么一说，感觉发一下还是很有必要的。

她于是戳进他的朋友圈，将他发的那张结婚证的照片保存，自己也编辑了一条发送。

发出去没多久，这条朋友圈就收获到好多赞和评论。

微信消息嘀嘀地响个不停，她开始一条一条回复。

陈也刷了下朋友圈，马上看到了小姑娘刚刚发的那条。

栀栀：领证结婚啦。

陈也满意地弯了弯唇，手指戳到那个小爱心的标志，郑重其事地在下面留了个赞。

八月份，陈也去外省谈几个项目，要出去小半个月。

宁栀这会儿还没开学，陈也不在身边，她的时间完全空了下来，就打算找点事做。

想来想去，她决定报驾校，学开车。

沈静溪很支持她的这个决定：“学车好啊，以后你上班总要开车的，正好趁着现在有空闲把驾照拿了。”

宁栀还没找好驾校，连汽车的方向盘都没摸一下，就被沈静溪带到4S店去买了辆车。

紧接着，宁栀开始了早出晚归，几天就用完一管防晒霜的生活。

陈也知道小姑娘最近忙着学开车，一整天都待在驾校，所以每天只在晚上找她。

晚上十点多，他估摸着宁栀该洗完澡了，就拨了个电话过去，却半天没有接通，被提醒对方正在通话中，请稍后再拨。

陈也等了等，等到十点半的时候，又拨过去一遍。

仍然没接通，她还在讲电话。

快到十一点了，电话终于打通了。

“刚刚又在和夏筱桐聊天？”陈也语气轻松带笑，随意地问了一句。

他也不知道女生之间哪有那么多话说，反正以前在家时，每次宁栀一接到夏筱桐的电话，就能叽里咕噜地讲上一两个小时。

“不是呀，”电话那边的小姑娘坦诚回答，“是我在驾校认识的一个男生。”

陈也一愣。

“驾校的那个男生大三了，这些天一起练车，他听说我考了A大研究生，他也想考，就让我给他传授些考研经验。”宁栀解释道。

陈也闻言，拧着的眉头松了些，然而也没有松太多。

这大晚上的，小姑娘和别的男生一聊聊差不多一个小时，尽管聊的是学习方面的事，他心里还是非常、极其、特别不爽。

谁知道那男生是真想聊学习，还是打着什么别的不可告人的歪心思，万一是觊觎他家宝贝怎么办？！

可他也不能直接让小姑娘别和人家说话，那样显得他自私、霸道又小心眼儿，占有欲还强。

虽然他就是这么个性格。

陈也沉默了一下，问：“栀栀，你加那男生微信了吗？”

“还没有。”宁栀如实回答，“你知道的呀，我只加比较熟的朋友。”

陈也沉吟片刻，给她建议：

“那你现在和他加个微信吧。

“既然那个男生想考研，你又有这方面的经验，你就主动加微信，多和他聊聊考研方面的事，这个电话里说不清楚的。”

宁栀愣了下，然后觉得陈也哥哥真的太好、太善良、太乐于助人啦！

“哦，好呀，我等会儿加他。”她笑起来，乖乖听话。

和陈也聊完，宁栀戳进微信，点了添加朋友那个选项，将那个男生的电话号码复制上。

接着就把加好友的申请发了过去。

那男生现在还没睡，他正和朋友聊得兴高采烈，讲自己在驾校遇到了一个长得多么好看，性格多么温柔，说话声音多么好听的小仙女！

他朋友完全不相信：“吹牛吧你，哪那么好的运气啊，学个车就能碰到小仙女？我科三挂了三次，只遇见过凶得要死的教练，一次都没碰到过漂亮的妹子。”

“真的！”男生万分笃定道，“我敢保证你这辈子都没见过长得这么漂亮的小仙女！”

“那张脸清纯极了，身材也好，腿又细又白，关键人家还是学霸，才考上了A大研究生！

“我和你说啊，最近别找我打游戏，我要好好学习，也要和小仙女一样，考A大的研！”

刚豪情万丈地立完flag（旗帜），手机屏幕上方弹出来一条新的消息。

宁栀请求加你为好友。

天啊！！！

男生大喜过望，手指激动得颤抖着按下了通过键。

下一秒就迫不及待点进宁栀的朋友圈，想看看小仙女平时喜欢干什么，有什么兴趣爱好，以及有没有自拍照什么的。

男生此刻的心情激动得能荡起小帆船了。

然而在看到宁栀最新的一条朋友圈时，那艘小帆船还没来得及扬帆起航，就撞上了礁石，瞬间沉到了海底。

看着又乖巧又清纯的小仙女，竟然一个月前就已经结婚了？！

不是才二十二岁吗？！

这也太英年早婚了吧！！！

要是小仙女只有男朋友也就罢了，撬撬墙脚说不定也能撬过来，然而结婚证都领了，那他还怎么撬啊？！

男生心冷得透透的，还考什么研啊，直接洗洗睡吧。

过了一个星期，陈也终于从外地回来。

回家第一件事，就是按着自己媳妇儿一顿欺负。

满足过后，他装作不经意地一问：“栀栀，那个说想要考研的男生还找你问

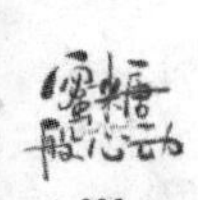

问题吗？”

“没有了。”宁栀已经有些困倦了，眼睛都睁不太开。

她小小打了个哈欠，嗓音软软的，染着些困惑：“加完微信之后，他第二天就和我说不打算考研了。”

陈也并不意外，笑了下：“既然他不打算考研了，那你也没什么和他聊的了，我替你把他删了吧。”

宁栀累得手指都不想动一下，头埋他怀里，应道：“好呀。”

陈也拿起她手机，点进微信，果断地删除联系人。

一系列操作之后，他满意地翘了翘嘴角。

唯一的一点遗憾，就是朋友圈要是能像微博或者 QQ 那样，有那什么置顶功能就好了。

这样就能随时随刻、明明白白告诉所有对他家小姑娘贼心不死的人——

这是他媳妇儿！！想撬墙脚，门儿都没有！！！

番外三·婚礼

整整一个炎热的八月，宁栀都在学车，终于顺利地考过了科目二。

科目三她现在还不急着考，打算等寒假时再说。

九月份她就忙起来了，不仅要到学校读研，还要开始准备婚礼的事了。

宁栀没有选择住校，每天上完课就回家。

陈也的字不好看，写请帖这活儿自然就落到了她身上。

吃完晚饭，她从书包里拿出笔袋，找了支出水流畅的黑色签字笔，跑到书房里去写请帖了。

陈也把桌上碗筷收拾了下，洗了碗草莓端着进去。

他坐在她身边。

桌上一盏小台灯，暖黄色的光下，小姑娘低垂着眼，在大红色、镂刻着双喜图案的请柬上写下宾客的名字。

一笔一画，字迹清秀又好看。

宁栀写完一张请帖，抬起头，看见陈也一动不动地看着自己，漆黑的眼里带着深深笑意。

“你笑什么呀？”她眨了眨眼。

“没什么。”

陈也嗓音愉快，从碗里拿起一颗草莓，喂到她嘴边。

草莓不大不小，宁栀刚好一口咬下，她把写好的这张请帖放到一边，又拿起新的一张，低头继续写。

陈也没走，还坐在她旁边，时不时拿颗草莓投喂。

他看着她安静又认真的模样，仿佛有种回到过去的感觉。

好久好久以前，还是读初中那会儿，他们就经常坐在一起写作业。

那时的小姑娘穿着白校服，马尾辫高高扎着，低着头，小手攥着笔写作业。

一晃这么多年过去，他们还在一起，她写的是他们两个人的结婚请帖。

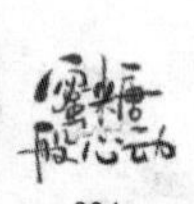

陈也忍不住又弯了下嘴角。

请帖都写完了，送出去之后，还有好多事情要办。

拍婚纱照、订酒席、选喜糖和伴手礼，全部弄好就到了十月份。

婚礼最后定在十月五日这天，沈静溪特意找人算过了，是个宜嫁娶的好日子。

婚礼的前一个礼拜，夏筱桐就从宜市过来了，她是宁栀的伴娘，两人一起选了婚纱和伴娘服。

十月五日这天，早晨六点钟，天刚刚亮，卧室里的手机闹钟就响了。

宁栀是第一次结婚，夏筱桐也是第一次当伴娘，两个小姑娘昨晚都心情激动得有点睡不着。

被闹钟叫醒，她们打着哈欠从床上爬起来，感觉还是困困的。

一起去洗漱完，夏筱桐拿出两张纪梵希的面膜，一人一张："栀栀，我们快把面膜敷了，今天你是最好看的新娘，我也要是最好看的伴娘！"

宁栀笑着接过。

两人躺床上敷面膜时，沈静溪推门进来，手里端着两碗热气腾腾的红糖桂花小汤圆。

她把碗放到桌子上，提醒她们："你们两个敷完面膜就快把汤圆吃了，不然等会儿化妆之后再吃东西就不方便了。"

"知道啦，妈妈。"

"好的，阿姨。"

吃完汤圆，化妆师和造型师来了。

一番收拾打扮，时间快到十一点钟了。

宁栀的高中同学姚青青，还有大学室友邹悦和吴小芳都过来了。

她们争相和换上了婚纱的宁栀一起开心地拍照，然后叽叽喳喳地讨论把她的高跟鞋藏哪儿。

迎亲的习俗就是要藏鞋子，新郎只有找到新娘子的新鞋子，才能把她接走。

宁栀坐在床边，穿着裙摆很长的婚纱，行动不方便，就看着她们一会儿把鞋子藏到衣柜里，一会儿又拿出来藏到大熊玩偶后面。

"放柜子里也太明显了，他们很容易就找到的。"

"要不我们塞床底下？"

"不行不行，我感觉放到床底下也很容易找到呀。"

夏筱桐眼珠滴溜溜一转，想到个好办法。

她拎着那双镶满钻的细高跟鞋，掀起宁栀婚纱的裙摆，接着把鞋子放进去。

最危险的地方就是最安全的地方！

迎亲的伴郎团很快来了，房门砰砰砰地被敲响，宁栀心跳突然开始变得有些快。

"小姐姐们，开门啊，我们来接新娘子了！"薛斌在门外大喊。

“谁一来就开门？要给红包才开的，懂不懂规矩啊？”夏筱桐也大声地冲着门外喊。

成一鸣大声回道：“放心吧，红包也哥都准备好了，超大超厚的，你们开个门就给。”

夏筱桐和邹悦打头阵，拧了拧门把手，将门拉开一条小缝，几个厚厚的大红包立刻塞了进来。

夏筱桐拿了，把红包递给后面的吴小芳和姚青青，然后手继续朝他们伸着：“我们栀栀今天特别美，就给这几个红包就想把人接走，也太便宜你们了吧。”

薛斌又掏出几封厚实的红包放她掌心。

夏筱桐掂了掂，挺有分量的。

她把红包和邹悦一分，拉开了房门。

薛斌、成一鸣还有付凯立刻冲进来。

陈也走在后面，黑色衬衣配西装，剑眉飞扬，格外帅气英俊。

他进来的第一眼就看向坐在床边的小姑娘，洁白的婚纱穿在她身上，漂亮得他一眼都舍不得挪开。

“我们快找鞋子！”薛斌第一个打开柜门，看了一圈没找到。

成一鸣整个人趴到地上，在床底下找，也没看到鞋子。

几人把房间各个角落找了个遍，还是一无所获。

“鞋子藏哪儿了啊，小姐姐们，再耽误下去吉时要过了。”薛斌可怜巴巴地恳求道。

夏筱桐扬了扬下巴。

薛斌会意，马上吹捧起来：“你今天真的超级漂亮，简直是仙女下凡，求求人美心善的小仙女告诉我们鞋子藏哪儿了吧？”

夏筱桐满意地笑了笑：“好了，我不为难你们了，新郎唱首歌就告诉你们鞋子在哪儿。就……就唱那个‘淡黄的长裙，蓬松的头发’好了！”

陈也漆黑的眸子看着宁栀，笑得温柔，语气带着点儿无奈：“栀栀，这首歌我不会，鞋子在哪儿，你给我一点提示吧。”

夏筱桐马上道：“栀栀，你不要告诉他！”

“对哦，栀栀你不要说！”邹悦也笑嘻嘻的，“我们要听你老公唱那首淡黄的长裙。”

宁栀坐在床边，微仰起小脸看向陈也。今天的他真的好帅，看得她小心脏扑腾乱跳。

她明亮的大眼睛冲着他眨了两下，低下头，也不说话，只默默看着自己的裙摆。

陈也马上明白小姑娘是什么意思。

他几步走过去，在她身前屈膝半跪下，手伸进婚纱的裙摆，顺利拿出两只高跟鞋。

夏筱桐惊呆了，她明明藏得这么隐秘，怎么可能这么容易就被找到！这不科学啊！！

陈也轻握起小姑娘嫩白的小脚，替她穿上了高跟鞋。

他站起来，长臂一伸，将她稳稳抱起来，仿佛整个世界都落进他的怀里。

迎亲的车停在了门口，他把她抱了进去，自己随后也坐上车。

婚车平稳地向目的地驶去。

周围安静下来，他终于有机会好好看看他的新娘。

宁栀之前试婚纱时，本来想拍一张照片给陈也发过去的，但被夏筱桐拦住了。

夏筱桐说要在婚礼当天再给他看，才更有惊喜。

今天是她第一次穿着婚纱出现在他面前。

宁栀抬着头，撞进男人专注热烈的目光中，他唇动了动，她就下意识以为他要夸一夸她好看的。

她亮晶晶的大眼睛看着他，正满心期待中，就听他问："领口怎么这么低，这个能再往上提一点吗？"

说完他还真的伸手，把她婚纱的"V"形领口往上提了提。

宁栀蒙了。

他们婚礼的地点没有选在奢华的酒店，而是按照宁栀的想法，在室外草坪上举行。

今天的天气很好，蓝天白云，绿草茵茵，树枝搭成的拱门上缀着无数朵粉的白的玫瑰。

舒缓的大提琴声中，宁栀被姜平潮挽着手，从红毯的另一边一步步走向陈也。

司仪按照流程，问出了所有人耳熟能详的那个问题："你是否愿意娶眼前的女人为妻，爱她，忠诚于她，无论贫穷、疾病或者残疾，直至死亡。"

"我愿意。"

陈也回答的时候没有一丝犹豫，声音如磐石般坚定。

对许多人而言，这或许只是一道誓言，可对他们来说，那些全都是真正经历过的。

陈也牵起宁栀的左手，就如十六年前，第一次牵起她手那样，轻轻的，又小心翼翼。

这一次，他把戒指套进了她指间。

在热烈的欢呼和鼓掌声中，陈也轻轻捧起宁栀的脸，嗓音低沉充满磁性，带着缱绻的笑意，一字一顿——

"栀栀今天特别，特别漂亮。"

宁栀脸颊微红，吻落下的前一秒，她听见陈也又说："宝贝，我爱你，至死不渝。"

交换戒指仪式之后，宁栀换上了旗袍，和陈也一起去敬酒。

陈也心情好到飞起，来者不拒，也不管递过来的酒是红的还是白的，直接一饮而尽。

薛斌和成一鸣他们又是特喜欢热闹的，不停地给他敬酒。

又一杯白酒递过来。

宁栀看着陈也一杯又一杯的，小手拽了拽他，小声道："你少喝点呀，不然头会疼的。"

薛斌已经喝得有些醉了，哈哈笑起来，说话都有点儿大舌头："也哥你福气真好，你看宁栀妹妹多知道心疼人啊。"

宁栀脸红了下，有点害羞地低下头。

陈也看着她红扑扑的小脸，嘴角翘了翘，回应般地捏了捏她的手："没事儿，你老公酒量好。"

然而事实证明，再好的酒量，十几杯白酒灌下来也顶不住。

坐在回去的车上，陈也明显已经醉了。

他脸上显出几分红，表情懒洋洋的，眼尾没什么精神地耷拉下来，一双漆黑的眸子看着倒是更亮了些。

"你现在头晕不晕呀？"宁栀坐在车后座，担心地问。

醉酒的人反应都要慢一些，过了几秒，他才回答："有点。"

宁栀心疼，又有点气，轻皱了皱眉："我要你别喝那么多酒你还不听，那么多杯白酒喝下去，明天早上你头和胃都要不舒服的……"

她话还没说完，就被陈也打断，不对，应该说是亲断。

陈也坐直起来，将她人往自己这边搂了搂，头低下，轻啄了一口小姑娘樱桃似的红唇："栀栀不生气。"

声线带着醉酒的慵懒，表情又有些无辜，像是犯了错的小孩子在撒娇。

宁栀本来也没有很气，主要还是心疼他，被他这么一亲，心都要软化了。

"那你躺下吧，我给你按一按。"

她让陈也枕在自己腿上，葱白的指尖轻轻地按着他的太阳穴："这样好点了吗？"

"好多了。"陈也看着她温柔低垂的眉眼，忽然嘴角勾起，来了句，"薛斌说得没错。"

"什么呀？"宁栀给他按着头，一时没反应过来。

"我媳妇儿，"他笑了声，一字一顿，语气莫名骄傲，"就是，特别心疼我。"

按理说婚礼之后是要度蜜月的。

但宁栀的国庆小长假只剩下最后两天，十月八日就要去学校上学了。

两天时间，不仅没法出国玩儿，连去个九寨沟都不够，蜜月的事只能等到她放寒假再说了。

为此，宁栀有点小遗憾，陈也倒不觉得有什么。他对去哪儿玩也没多大兴趣，这两天在家里休息也可以。

研究生的课没有本科时多，宁栀周一周二一个上午的课，周四周五一个下午的课，其他时间就是自己学习、看书、写论文。每个星期一星期二，陈也早上都要开车送她去学校。

他公司和她学校不顺路，要是送她上学，他就得比平常早起半个小时。

宁栀不太愿意。

两人为这事展开了五分钟的讨论。

小姑娘眨巴着杏眼，努力劝说："你不用为了送我特地早起，家门口就有地铁，我搭地铁去上学很方便的。"

陈也："就要送。"

她软声又道："你送完我去学校还要掉头去公司，这样很麻烦的。"

陈也："不麻烦。"

无效的沟通到此结束。

每次陈也送宁栀去上学，宁栀都没有让他把车开进学校。

到校门口，她就下车了，自己背着书包坐校车进去。

尽管这样，她还是被议论了。

那辆黑色的保时捷非常酷炫，她长得又那么好看，很难不引起注意。

大清早的，一个漂亮小姑娘从豪车上下来，再加上她每天还不住校，各种恶意揣测就来了。

研一开学时，班上有个男生对宁栀一见钟情，没两天就和她表白了，结果当然是被果断拒绝的。

那男生家庭条件不是很好，从小地方考出来的，但他心气很高，因为考上了A大的研究生，在亲戚朋友那儿都是被高高捧着的。

被拒绝后，男生觉得特别没有面子，坚信宁栀一定是嫌自己穷才不答应的，一直耿耿于怀到现在。

趁着这个机会，他在A大班级群里发了一条新闻链接。

那新闻说的是某所知名大学的女大学生被包养，怀孕后一直瞒着室友，最后在寝室的卫生间偷偷生下孩子。

那男生接着阴阳怪气地在群里说话：现在有的女生真的太虚荣太拜金了，不愿意陪着男朋友一起奋斗，只想一步登天找个有钱的。为了名牌包包首饰，陪着肥肠油肚的老男人睡，这就是下场。

虽然没有点名道姓，但大家看到他发的这两条消息，第一时间就想到了被他当众表白过的宁栀。

匿名群里这下热闹了。

很快有人发言：我觉得不可能吧，好歹咱们A大也是全国前几的大学呢，她看着挺单纯的啊，不像是会做出这种事的人。

男生立刻反驳：人不可貌相啊。我听说有些有钱的大老板就爱找名牌大学的女学生，普通本科的还瞧不上。

群里也有女生站出来替宁栀打抱不平：你们没有证据凭什么说人家被老男人包养了啊？万一人家就是正正经经谈恋爱，那人是她男朋友呢？

这个女生好多次上课都碰巧和宁栀坐一块儿。

虽然不是特别熟的关系，但几次相处下来，女生觉得宁栀人很好，说话温柔客气，又很有礼貌。

完全不像这男生说得那样虚荣拜金。

另一个有正义感的吃瓜群众附和道：是啊，还没搞清楚的事别乱说吧，万一弄错了对人家影响多不好。

那男生又把话说得酸溜溜的：别那么天真好吧，你们以为看偶像剧呢，现实里哪有那么多年轻帅气还多金的男人？

群里对这个讨论得热火朝天时，宁栀还对此一无所知。

这个私下讨论群就是当初她拒绝的那男生建的，她没有加。

她的手机里只有偶尔通知重要消息的官方群。

那个官方群里还加了老师，自然没有哪个学生蠢到在老师眼皮子底下讨论这事。

此时是晚上十点钟，官方群安静无声，匿名群叽叽喳喳吵个不停。

第二天的课是在下午，教室里，宁栀习惯性地坐在靠窗边的位置，暖融融的阳光从外面照进来，再加上昨天睡得晚，她有些犯困。

第一节课的下课铃声一响，宁栀就闭眼趴在桌上休息。

两个女生去走廊尽头的饮水机接开水，回来时就看见教室门口站着个男人。

两个女生只看了个背影，就认定他不是这里上课的学生或者老师。

男人个子很高，黑色的高领毛衣，搭配同色系的大衣，身材比例优越，直角肩，一双大长腿不逊于任何男明星，堪称行走的衣架子。

待走近看清了正脸，两个女生的眼睛同时冒光。

这张脸也太帅了吧！

陈也给宁栀发了消息，等了几分钟没等到她的回复，这会儿一抬头，就看见两个女同学一直盯着自己。

想了想，他朝其中一个女生开口："你好，能帮我叫宁栀出来一下吗？"

清清冷冷的嗓音，在念到宁栀的名字时却不自觉变得温柔。

两位女同学愣了愣：哇！这男人不止长得帅，声音也好好听哦！

欸？！等等——他说的是要叫谁出来？？

她们昨晚就在那个群里，虽然没有说话，但一直有在默默窥屏旁观。

不是说系花已经被老男人包养了吗？！

宁栀趴在课桌上，有点快要睡着时，感觉到肩膀被人拍了一下。

她抬起小脸，那双大而明亮的杏眼因为几分困倦显得湿漉漉的。

怔了怔，她问：“你们找我有事吗？”

嗓音里没有一丝被人扰乱清梦的烦躁不悦，依然柔软又悦耳。

两个女生也是一愣。

和那些不懂化妆的男生不同，真正的素颜和伪素颜她们看一眼就清楚了。

眼前的女孩是真的没化妆，甚至连隔离底妆都没上，但就是特别好看。

细眉如柳，红唇似樱，白皙的皮肤在明晃晃的阳光下有种吹弹可破的细腻。

“啊。”有个女生先回过神，“教室外有人找你。”

“特别帅一男的！”另一个忍不住补充。

宁栀微微疑惑，对这两个女生道了声谢，还是站起身往教室外走。

教室里很多同学都吃了昨晚的瓜，这下子觉也不睡了，手机也不玩了，都八卦地跟着过去，挤在门口那儿看。

走出教室，宁栀见到陈也，语气惊讶：“你怎么过来了呀？”

陈也手伸进大衣兜，拿出一串钥匙，钥匙扣上挂着个小小的、毛茸茸的小羊羔公仔。

他把钥匙交到她手中，解释：“临时有事要去出一趟差，在家里收拾东西的时候，发现你忘带钥匙了。”

宁栀表情立刻变成不舍：“那你什么时候回来呀？”

“三四天吧，我不在家，你晚上把门锁好。”他细心叮嘱。

“我知道的。”她乖乖点头。

第二节课的预备铃响了，陈也摸了摸她脑袋，笑得温柔：“快去上课吧，我也要去机场了。”

挤在教室门口围观的众人惊呆了。

说好的肥肠油肚的老男人呢？！

这和他们昨晚吃到的瓜不一样啊！！

宁栀回到教室。

她的同桌，也就是昨天在群里替她说话的女生兴致勃勃地问：“栀栀，刚刚那好帅的男人是你男朋友呀？”

她就知道，自己的直觉不会错的！

同学们全都屏息等待着宁栀的回答。

闹哄哄的教室一下子安静，女孩不算大的声音因此清楚地传到所有人耳中。

“不是呀。”宁栀否认。

问话的女生和围观群众心想：这和想象中的打脸剧情怎么不太一样哦？！

大家意外又困惑时，下一秒，就看见宁栀的小脸露出一个有些害羞又好幸福的笑容：“我们已经领证啦。”

所有人傻眼了。

可以可以，这脸打得比想象中更狠！

和宁栀同桌的女生眼睛比星星还亮，接着问：“那之前总送你来上学的，就是你老公呀？”

宁栀脸红了红，就感觉自己这么大了，上学还要人送，挺不好意思的。

但她更不好意思撒谎，点了点头，小声承认：“是呀。”

同桌女生神清气爽，用看跳梁小丑的眼神望向那个给宁栀表白被拒，昨晚又在群里讽刺宁栀被包养的那个男生。

男生的脸色果然难看到了极点。

不光是她，教室里其他同学也开始对这男生上下打量。

这男生长相很普通，个子也不算高，都没到一米七，看着很文弱，是一拳就会被打倒的类型。

就算同样没有钱，小仙女的老公不管是脸还是身材都甩出他十条街，气质也更加出众！

两人站在一块儿，只要眼睛没瞎的女生，都知道该怎么选！

更何况人家有钱，开的还是保时捷呢！！

就这样的，还敢当众表白系花，也不知道这男生明明这么普通，怎么就那么自信呢？！

研究生读到第二年，宁栀的课更少了。

到第二个学期，她几乎都不怎么去学校，主要忙的就是毕业论文和实习的事。

也许是写论文太费脑子了，宁栀最近总是很困，没什么精神，午觉一睡就能睡好久。

今天也是的。

她中午吃完饭，对着电脑敲了没一会儿键盘就犯困了，哈欠一个连着一个，到最后她坚持不下去了，只能合上电脑去睡午觉。

本来只想小憩一下的，一觉睡醒，已经快到晚上，落地窗外的天色都黑了。

睡得太久，宁栀醒来时头还有点晕乎乎的。

她在床边找到拖鞋穿上，心想明天再睡午觉，一定要设个闹钟！

做饭的阿姨今天请了假，宁栀不太想吃油腻的，就没点外卖。她走到厨房，拆开一袋饺子，数了十二个丢到锅里。

饺子煮好还要几分钟，她去卧室拿了手机出来，解锁一看，上面有几条未读微信消息。

都是陈也两个小时前发来的。

他最近去外地谈事情了，还得一个多星期才能回来。

宁栀回复他：我才睡醒，什么事呀？

一分钟不到，陈也直接打了电话过来。

他知道宁栀有午睡的习惯，但顶多一个小时，很少会睡到晚上才起来。

“你昨晚又熬夜写论文了？”他问。

语气听着和家长问孩子昨晚上是不是熬夜躲被子里玩手机简直一模一样。

“没有呀。”宁栀一手攥着手机，另一只手拿起碗，接了凉水倒进锅里，“我有听你的话，晚上不熬夜，昨天晚上我十点多就睡啦。”

“嗯，”他闻言，笑了声，“栀栀真乖。”接着又嘱咐，“你最近总是对着电脑，记得让阿姨去超市买菜时多买几盒蓝莓，别把眼睛搞近视了。”

“我记住啦。那你也要听我的话，在外面也少喝点酒。

“哎呀！饺子皮快煮破了，我等会儿再和你聊了，先挂啦。”

宁栀匆忙放下手机，手忙脚乱地把锅里的饺子盛出来。

第二天是周末，宁栀没待在家写论文，回了爸妈家。

沈静溪见到她就笑着说道：“你爸爸前两天去钓鱼了，特意留了条最大最肥的，就等着你今天来给你炖鱼汤。”

宁栀也甜甜地笑起来：“谢谢爸爸。爸爸真厉害，每次钓鱼都能钓好多。”

姜平潮被夸得很受用：“下次钓鱼，满满你和我一起去，我教你钓。”

宁栀想到钓鱼在湖边一坐就要一下午，不能玩手机，也不能聊天。

她连忙摆手：“我最近好忙，要写论文，还要找实习，爸爸你还是和舅舅一起钓吧。”

沈静溪笑话丈夫：“别说满满了，我都不愿意和你去钓鱼，干坐一下午无聊死了，也就你们这些中年男人有这个爱好。”

姜平潮摇摇头。

没多久，一锅熬得奶白的鱼汤被阿姨端上饭桌。

沈静溪给宁栀盛了一碗：“你学习辛苦，多喝点补身体。”

宁栀舀了一勺，吹得不烫了放到嘴里，刚喝下去，胃里就泛起一阵恶心想吐的感觉。

她忙捂着嘴巴，急匆匆往卫生间跑去。

沈静溪连忙也跟了过去，站在她身后给她轻拍着背，担心得不行。

宁栀干呕了半天，稍微好了些。

她站直身子，接过沈静溪递来的水，漱了漱口。

沈静溪看着女儿一下变得苍白的脸色，皱眉担忧地问：“满满，你是不是吃什么不干净的东西了？”

“没有呀，我最近都在家里吃的，连外卖都没有点过。”宁栀拿毛巾擦了擦嘴。

沈静溪是有这方面经验的，她立刻想到了另外一种可能：“满满，你例假多久没来了？”

宁栀闻言回想了下，她的例假好像是两个星期前就该来的，但迟迟没来。

“有两个星期了。”

她知道妈妈是什么意思，脸红了红，小声道：“我们每次都做了措施的。”

陈也比她还在意，每次都小心翼翼的。

有一回到关键时刻，他拉开抽屉发现避孕套用完了，哪怕那天是她的安全期，他也愣是忍着去冲了凉水澡。

沈静溪考虑了下：“我们还是去医院检查一下比较保险。”

“哦，好。”

检查结果出来，宁栀呆住了，她竟然真的怀孕了。

妇产科的女医生五十多岁了，她看着小姑娘眼睛睁大，满脸写着不可思议的表情，给她科普：“夫妻生活中并不是做了措施就能百分之百避孕，要是中途有破损脱落的情况，也是有可能怀上的。”

宁栀想到什么，脸上又是一红。

回到家里，沈静溪马上要宁栀躺到床上好好休息。

她生过孩子，知道从怀孕到生产这十个月女人有多难受。

沈静溪一直想让宁栀晚几年再要孩子，结婚时也提醒过她要做好措施，没想到还是有了这样的意外。

看着女儿还有点茫然的表情，又想到生孩子要受的苦，沈静溪有些心疼。

不过这终归是喜事，她的女儿要当妈妈了，她也要当外婆了。

沈静溪摸了摸宁栀的头，笑着问：“满满想吃什么？妈妈去给你做。”

宁栀软声道：“没什么特别想吃的，给我煮碗面条就好了，谢谢妈妈。”

“好。”沈静溪笑起来，“你快把这事告诉小也，他知道一定很高兴。”

宁栀想了会儿，摇头，笑笑道：“还是等他回来再和他说吧，也没几天了。他现在忙正事，告诉他会分心的。”

等沈静溪离开后，宁栀低下头，垂眼看了好久还平坦的小腹，还有种恍惚的不真实感。

她其实并没有打算这么早要宝宝的，书都还没有念完呢，她也还没有做好当妈妈的心理准备。

但是小宝宝好像迫不及待地想来到他们身边呀。

她轻轻摸了摸自己的肚皮，眼睛弯了弯：“虽然你的到来有点突然，但我还

是很开心的。你放心呀，我会学着当一个好妈妈的；你的爸爸，也会是一个很好的爸爸。”

陈也还在外地谈事情，沈静溪不放心女儿一个人住家里，干脆要她暂时先搬回来住。

沈静溪买了孕妇防辐射服，让宁栀用电脑的时候就穿上，一日三餐换着花样煲汤给她喝。

没过几天，舅舅舅妈还有表哥也过来看她了。

聊着聊着，沈问就被骂了。

沈青石道：“满满年纪比你小，现在结婚成家了，还有了孩子。你看看你，成天还不着调的，女朋友谈了没两个月又分了，真不让我和你妈省心。”

沈问心说自己上个女朋友明明谈了三个半月，但现在他也懒得和爸爸掰扯，一想到自己马上要升级当舅舅了，他就高兴得咧嘴笑。

他开始好奇自己是会有个小外甥还是小外甥女了：“我记得有句话是酸儿辣女，满满你现在喜欢吃酸的还是辣的啊？”

宁栀想了想说：“辣的。”

昨天晚上她没胃口，妈妈就给她弄了一小碗辣白菜，她吃得可香了。

沈静溪笑着说道：“这个又不完全准的，我当时怀满满那会儿还喜欢吃酸的呢。”

“我就觉得满满生女儿好。”舅妈握着宁栀的手，“女儿又乖又懂事，是妈妈的贴心小棉袄，不像我，生了儿子之后，就没一天不操心的。”

又被间接骂了一顿的沈问无语了。

虽然如此，沈问也还是觉得小外甥女更好。

他还记得满满表妹小时候软糯糯的模样，一笑起来又萌又甜，简直不能更招人疼。

相比起来，他小时候上蹿下跳的，确实是皮了些。

要是他有这么可爱的小外甥女，一定给她买好多漂亮的小裙子，还要带着她出去玩，羡慕死自己一帮狐朋狗友！

宁栀听他们热闹地讨论孩子的性别，自己要当妈妈的感觉又强烈了几分。

她也忍不住想，肚子里的小宝宝会是男孩子还是女孩子。

不过不管是女儿还是儿子，她都会很喜欢的。

下午，宁栀回自己的房间睡午觉。

睡得迷迷糊糊间，她感觉到床上多了一个人，将她轻轻抱到了怀里。

那人身上的气息再熟悉不过，她没有醒，下意识地双手环抱住他的腰，小脸也埋进男人宽厚温暖的胸膛。

又睡了好久，宁栀睁开眼，发现自己像只树袋熊一样，手脚并用地抱着床上的男人。

刚睡醒她脑袋晕乎乎的，还没觉得有什么，平常在家她经常这么抱着陈也睡，等意识清醒了点，她意识到不对了。

咦？他怎么会出现在这里？

不是应该还在外地谈事情吗？

陈也见怀里的小姑娘醒了，亲了亲她睡得红扑扑的脸颊，嗓音低沉温柔：“口渴了没，要不要喝点水？”

“要。”宁栀点头，嗓音软绵绵的。

陈也去给她倒了杯温水，想着孕妇容易饿，又拿来一袋她爱吃的蔓越莓饼干。

宁栀喝下半杯水，仰着小脸看他，表情疑惑地问：“你不是还有一个星期才回来的吗？”

“你都怀孕了，我哪还有心情待在外面？”陈也撕开饼干的袋子，交到她小手中。

“你怎么会知道的呀？”她惊讶得睁圆杏眼。

明明这几天讲电话，她都很辛苦地憋着这个秘密没说呢。

“夏筱桐知道之后和薛斌说了，薛斌知道后马上就告诉了我。”

宁栀“哦”了一声，小脸上流露出有点担心的表情：“那你提前回来了，谈的事情怎么办呀？”

陈也揉了揉她脑袋，语气温和：“谈得都差不多了，负责的项目经理还留在那儿，没什么问题的。”

宁栀放心了些，吃下那块蔓越莓饼干，冲着他笑得眼睛弯弯的，嗓音特甜：“陈也哥哥，你要当爸爸啦。”

虽然他已经知道了，但这么重要的事，她还是想要亲口和他说一遍。

说完她眨巴着大眼睛看他，等着他的反应，一秒，两秒，三秒过去，她都没见到他笑一下。

什么情况？

就算不像电视剧里演的那样，兴奋地抱着她转一圈，至少也不该是皱着眉头，一脸严肃的表情吧？

她拉了拉陈也的手：“你怎么看起来不开心呀？”

她之前看到书里说，一个男人若是真心爱你，就会想要和你生儿育女。

宁栀一点儿也不怀疑陈也爱自己，因此也就感觉特别奇怪。

陈也不知道该怎么回答。

他不是特别喜欢小孩子，有没有都无所谓，甚至还觉得要是这辈子就他们两个过也挺好的。

宁栀体质有些弱，那次又伤得那么重，哪怕后来调养了很长时间，抵抗力也还是明显下降了很多。

这两年每到冬天，哪怕穿得很厚实，还是会容易感冒，生孩子又疼又危险……

好半晌，他才开口：“小的时候，住我们楼上的女人就是因为生孩子大出血死的。”

宁栀愣了愣。

那个阿姨她也记得的。阿姨四十多岁了，已经有了一个女儿，可她一心想要儿子，就对女儿很不好，初中一读完就让女儿去打工了。

夏天的晚上，家家户户开着窗户乘凉，七八岁的宁栀经常听到她打骂女儿的声音。

后来那个阿姨又怀了几次孕，每回都去私人的小医院偷偷做 B 超，要是检查出来是女儿就打掉。

不知道打了几个，最后她终于怀上了儿子，她高兴坏了，逢人就讲家里终于有传宗接代的了。

后来儿子是生出来了，但她却因为产后大出血死了。

那个时候，他们还在读小学。

有一次放学，陈也牵着宁栀的手回家，突然戳了一下她脑袋，语气严肃认真地说：“你以后别生孩子了，会很疼，还会死人的。”

陈也当时也就十来岁，还不懂得女人怀孕是怎么回事，就觉得既然生孩子有可能会丢了性命，那就干脆不生了。

大出血他也不知道具体是什么意思，但听着就很恐怖。

被他牵着手的小姑娘娇滴滴的，跑步摔破了皮都会疼得哭，要是大出血了，那得哭成什么样子啊？

当时，比他还小半岁的宁栀更不可能知道怀孕生孩子这些事。

她被陈也的话吓住了，傻乎乎地点头，嗓音糯糯的：“好，我以后不生孩子了。”

小少年见她这么乖又这么听自己的话，很是满意，摸了摸她的小脑袋，大方道：“我身上还有一块钱，给你买雪糕吃。”

小少女笑起来：“不要雪糕，要棒棒冰，这样我们就能一人一半啦。”

模糊又遥远的一段回忆，宁栀在此刻突然就想起来了。

她也突然明白了那一晚，家里的那个用完了，为什么哪怕她在安全期，他也没有碰她。

她凑到陈也身前，亲了亲他略紧绷的嘴角，轻言细语道：

“妈妈已经带我去做了很全面的检查，医生说我肚子里的小宝宝很健康，我的身体也很健康。你担心的事，不会发生的。

“小孩子超级可爱的呀！”

宁栀撒娇般地抱着陈也的胳膊，努力给自己老公舒心：“刚出生时软乎乎的一团，身上还有奶香味。等再长大一点，还会奶声奶气地喊你爸爸。

“更重要的是，这是我们俩的孩子呀！”

她笑起来，嗓音又轻又软：“也许鼻子像你，也许眼睛像我。等很多很多年之后，我们不在这个世界上了，我们两个爱情的延续还在的。”

陈也被宁栀的话打动，心口变得柔软，终于笑了起来。

她见他笑了，也弯了弯杏眼，然后脸颊一边就被他手捏住了。

陈也又恢复到了刚才的严肃表情：“现在出息了，这么大的事都瞒着我，不和我说了，嗯？”

小姑娘软乎乎的脸颊被揪起，赶紧替自己辩解：“你说过的，这次去谈的生意很重要，我怕耽误你正事嘛。”

“傻。”陈也轻笑。

他松开手，指腹转而落到她嘴角，轻轻蹭掉上面沾着的一点饼干屑：“世上没有比你更重要的事。”

陈也最近有点烦。

他记得自己小时候挺独立的啊，经常一个人拿玩具一玩就是一天了。

大概两三岁吧，就自己一个人睡了。

但是他儿子，就明显要黏人许多了。

晚上要妈妈讲故事，要妈妈陪着睡，拼个拼图和模型都要妈妈在身边看着。

但这还算好的，关键问题就是小孩子觉睡得少，每天早上会醒得特别早。

像是周末的早上，他不用去公司，宁栀也不用去上班，两人睡到七点多钟自然醒。

晨曦透过窗户照进来，在地板上洒下淡淡光晕，身边的小姑娘刚睁开眼，杏眼水汪汪的，带着一点困顿迷蒙的雾气。

这样的一个早晨，当然是把人按着欺负一下，听她用刚醒时软糯糯的声音喊老公，叫哥哥。

最后把人欺负得眼尾泛红，眼泪汪汪的。

光是想想就很爽。

然而实际却不可能，他刚亲上，儿子就噔噔噔踩着拖鞋过来敲门——

“爸爸妈妈！我已经起来了，你们起来没有啊？我们说好今天要去动物园看小猴子的！”

那声音欢快得不行，贼响亮，一瞬间破坏掉所有的气氛。

陈也腹诽：还去动物园看什么猴子？我现在看你就像只猴子。

宁栀脸颊红扑扑的，小手将压自己身上的男人推开，拿了一件外套套在睡裙外面。

看着把“我不高兴”这四个大字明明白白写脸上的男人，她凑过去，在他右脸上吧唧亲了一口，用软软的嗓音哄着自己老公：“快起来啦，我们昨天晚上答应了安安的，说话要算数呀。”

陈也只好不情不愿地起来，但就是有点烦。

餐桌上，陈安安小朋友特别棒，已经不需要妈妈喂饭了，自己拿着小勺子喝粥，又剥鸡蛋，两三口吃下去，然后端起牛奶杯，咕噜咕噜喝完，最后用乌溜溜的大眼睛看着宁栀，求妈妈表扬。

宁栀轻轻摸了摸儿子的小脑袋，笑得温柔：“安安真乖。”

得到妈妈夸奖的小朋友特别开心，又噔噔噔跑回自己房间，把衣服裤子都换上了，积极得不行。

七点半钟，一家三口收拾好出门。

陈安安小朋友左手牵着妈妈，右手牵着爸爸。

他小脑袋仰着，望向陈也，声音带着点儿稚气的小奶音：“爸爸，我们又能去看小猴子了，你开不开心呀？”

陈也顿了顿：“……开心。”

陈安安小朋友眼睛亮了亮，笑起来：“爸爸妈妈，那下个周末我们再去海洋公园看小企鹅！下下个周末去科技馆看飞机。”

陈也一愣。

等啊等，等啊等，陈也终于等到了儿子四岁，可以去上幼儿园了！

报的是私立幼儿园，每天早上有专车接送。

这意味着他只用每天七点钟把儿子送去幼儿园的小巴车，转头就能回家继续把小姑娘这样那样一顿了。

而且到时候家里就他们两个，想在客厅在客厅，想在书房在书房，要多自由有多自由。

陈也看见幸福的生活又在向他招手了。

幼儿园在九月一日这天开学，为了让陈安安有个心理准备，提前两个星期，他们把这事儿和儿子说了。

陈安安当然不会愿意。

宁栀哄了半天，又和陈也一起带他去商场买了变形金刚，吃了平时很少允许吃的麦当劳，才总算让他答应去上幼儿园。

八月最后一天。

陈安安小朋友本来开开心心地在堆着积木，一听自己明天要被送到幼儿园，表情瞬间蔫下来了。

他不想上幼儿园啊，幼儿园一点都不好玩的，没有爸爸妈妈，也没有电视机看，呜呜呜！

他哭唧唧地去找爸爸，然而爸爸完全不被他的眼泪打动：“四岁了就该上幼儿园，哭也没用。”

半点安慰没有得到的陈安安小朋友哭得更大声了。

宁栀下班回家，就看见坐沙发上哭得抽抽搭搭的儿子。

她连忙放下身上的包包，过去把小家伙抱了起来：“安安怎么了？怎么哭了呀？”

听到妈妈温柔的声音，安安小朋友才止住了哭声，委屈巴巴道：“妈妈，我不想上幼儿园，幼儿园不好玩，我只想待在家里和爸爸妈妈在一起。”

宁栀抽出两张纸巾，轻轻替儿子擦干净小脸上的泪珠，同时柔声哄着：

“幼儿园的老师会教唱歌、算算术、念英文单词，还会带着安安和别的小朋友一起玩游戏，比在家里有意思多了。

“而且安安之前答应了妈妈，要乖乖去幼儿园的，我们还拉了钩钩呢。安安已经四岁了，是小男子汉了，说过的话要算数的，对不对？”

陈安安皱着小脸想了又想，好吧，自己是男子汉，确实要说话算数。

“那……那我明天去上幼儿园，放学之后爸爸妈妈能带我去吃麦当劳吗？”

宁栀当即答应：“好。”

陈安安眨了眨眼：“楼上的嘉佳哥哥有一个遥控飞机，特别好玩，能飞好高，我也想要一个。”

宁栀笑着说：“好，只要安安在幼儿园乖乖表现，这个周末爸爸妈妈就带你去买遥控飞机。”

陈安安心想，原来上幼儿园也不是那么不好嘛，他现在提什么要求妈妈都会答应呀。

陈安安小脑袋瓜转了转，最后提出一个要求：“那我今天晚上还要妈妈到我的房间，给我讲故事，陪着我一起睡。”

他从三岁开始就自己一个人睡了，因为爸爸说他长大了，要学会独立。但是爸爸明明比他大多了，还要妈妈陪着睡，就特别不公平！

这时，在旁边一直没说话的陈也开口：“陈安安，你不要得寸进尺。”

陈安安小朋友噘起了小嘴。

第二天早上，尽管还是不太愿意，有着小男子汉偶像包袱的陈安安小朋友还是背着自己的小书包，踏上了去幼儿园的小巴车。

陈也回到家如愿以偿，心情美得不行。

幼儿园放学早，五点钟就可以去接孩子了。

小朋友们被老师带领着，整齐地排着队走出幼儿园的大门。

宁栀和陈也到那儿时，就看见自己儿子牵着另一个小女孩的手，小女孩眼睛红通通的，长睫上还沾着泪花，像是刚哭过的。

两人赶紧过去。

陈安安见到爸爸妈妈，给他们介绍：“她叫小樱桃，是我在幼儿园认识的新朋友。”

小女孩五官精致，皮肤也白，像个小洋娃娃，有点害羞，却也礼貌叫人：“叔叔阿姨你们好。”

宁栀蹲下来，和小女孩保持同一水平高度，温柔笑着说：“你叫小樱桃呀，好可爱的名字，你长得也好可爱啊。怎么哭了呢？”

小女孩脸红了，像是有些不好意思：“做游戏的时候，有个男孩子总是揪我的辫子，他揪得我好疼。”

陈安安骄傲地对妈妈说：“后来我帮她教训了那个男生，他就不敢揪她的辫子了。”

过了会儿，小樱桃的爸爸妈妈也来接女儿了，听闻此事后，两人向宁栀和陈也道了谢。

要分开时，小樱桃大眼睛看着自己新认识的小伙伴，有点舍不得：“安安哥哥，我们明天还一起玩好不好？”

陈安安点头：“好，我们以后都一起玩。”

小樱桃弯着眼睛笑起来，软乎乎的小手朝着他挥了挥：“我回家啦，安安哥哥明天见。”

“小樱桃再见。”

为了表扬儿子见义勇为的行为，宁栀和陈也不仅带他去吃了麦当劳，还去玩了电玩，买了遥控飞机和变形金刚。

刚开始还不太情愿上幼儿园的陈安安现在倒是很积极了。他是第一次被人叫哥哥，心中油然升起一种强烈的责任感。

既然被叫了哥哥，他就要保护好小樱桃，不能再让幼儿园里的坏男生揪她的辫子了！

又是一年七夕，陈也开车去接宁栀下班，然后一起去庆祝。

两人先吃了饭，然后去看电影。

很大的一张电影海报贴在电影院门口，他们一进去就看见了。

电影海报的最下方有一行小字：根据网络作家夏桐桐的小说改编而成。

这个夏桐桐就是夏筱桐。

她前年写的这本小说在网上反响不错，后来卖了版权，现在还被拍成了电影。

这部电影在网上评分很高，评价也都不错，每个场次几乎坐满了年轻的情侣。

陈也和宁栀买好可乐和爆米花走进去。

没过两分钟，电影开始了，屏幕上出现的第一幕是夏天的黄昏。

破旧灰色的小巷子口，几个小男孩趴在地上玩弹珠，这时，一对中年夫妻牵着个小女孩出现。

小女孩一身明亮的绿裙子，长得特别乖，露出的笑容青涩又柔软。

没错，夏筱桐的这本小说，写的就是宁栀和陈也。

他们小时候发生的好多事，都原样呈现在了电影的屏幕上。

当然也不是没有改动的。两人成年之后发生的事，夏筱桐考虑到他们的隐私，做了很多的调整。

一场电影看完，好多女生都哭了，往外走的时候还在拿纸巾擦眼泪。

宁栀被陈也牵着手，和人群一起走出去。

“电影好看吗？”陈也笑着问。

“嗯，挺好看的。”宁栀点点头。

想了想，她发表自己的看法：“就是那个男主角太笨了。明明电影里的女主角都主动亲他了，他还觉得她是把他当哥哥看的，后来还骗她说自己不喜欢她，害得她在高铁站哭得那么惨，后来也难过了好久。”

陈也挑眉，反问：

“哦，那个女主角就不笨了吗？男主角喜欢她这么多年，她还以为他只是把她当成邻居家的小妹妹。

“哪个邻居家的哥哥闲着没事做，大半夜的跑过去只为了给人送两个红豆饼，还关心她早不早恋？”

宁栀听他说自己傻，就不乐意了，鼓着脸颊坚持道：“明明就是男主角更傻一些。”

陈也弯了弯嘴角，不再和小姑娘争执，嗓音温和：“好好好，就是男主角笨一些。”

周围为电影里的情节哭得眼睛都红了女生愣了愣。

她们纷纷看向这对情侣，男生长得特别帅，女生也好漂亮，可以说是神仙颜值了。

然而两个人都没有心！

这么感人这么好哭的电影，一滴眼泪没流就算了，竟然还在一本正经地讨论男主角傻还是女主角傻！

走出电影院，夏夜的凉风徐徐吹在脸上，特别舒服。

两人手牵着手，走在繁华热闹的街上，和任何一对恩爱的情侣没什么不同。

没有人知道电影里的那些事真实地发生在他们身上过。

“对啦。”宁栀想起什么，转过脸看着陈也，“家里的冰激凌吃完啦，我们去超市买几盒吧。”

“嗯。”他眉眼温柔，替她将被风吹乱的一绺发丝撩至耳后。

“还有，我上回答应了要给安安买《哈利·波特》绘本，不过上次去买的时候卖完了，我们去书店看看到货了没有呀？”

“好。”

繁星点点，静谧美好的夏夜里，两人紧紧牵着手，十指紧扣。

电影已经结束，可是他们的故事，还有很长很长。

番外四 · 夏筱桐

刚到 KTV 包间的门口，一脚还没来得及迈进去，薛斌的耳膜就已经感受到了里面高分贝的歌声。

他拧了拧门把手，走进去，见到玻璃茶几上的一箱啤酒已经空了几瓶，正中间的大屏幕上在放陈奕迅《十年》的 MV。

十几年前的歌了，拍摄的设备不如现在好，画质不太清晰，但坐在高脚椅上唱歌的人却丝毫不被影响，唱得那叫一个深情又投入。

等唱完了最后那句“才明白我的眼泪不是为你而流，也为别人而流”时，夏筱桐才搁下手里的话筒，转头看向薛斌，有点意外：“你怎么突然过来了？”

她一身吊带短裤，打扮得清凉又时尚。

目光在薛斌穿着的那身西服上一扫，她“啧”了声：“还打扮得这么人模狗样的。”

薛斌嘴角抽了抽：“夏筱桐，你多少有点良心好不好？我这正跟着经理出去谈项目呢，刷到了你的朋友圈，才知道你悄无声息地回了国。我还不是怕你一个人醉死在包间没人管，才费了老大劲和经理请假过来找你。”

夏筱桐闻言，翻了个白眼：“嘁，整家公司都是你爸开的，你请个假能有多难？”

话是这么说，她心里其实是有点感动的，说完脚甩了甩，两只细高跟鞋应声落地，她光着脚从高脚椅上跳下来，一屁股坐到他旁边。

夏筱桐拿了瓶啤酒递给薛斌：“行吧，今晚就陪我把这一箱酒干完，以后你有什么忙就一句话的事。”

说完，她自己拿了一瓶，十分豪爽霸气地用牙齿咬开瓶盖，仰起头对嘴喝了起来。

薛斌看她这一口气就喝完大半瓶的架势，犹豫了下，还是开口问道：“你和陆星阔……这是真分了？”

夏筱桐翻了个白眼，语气斩钉截铁："你当我三岁小孩子呢，说分当然是分了！"

说完没忍住，打了个响亮的酒嗝。

这一晚上薛斌尽了力拦，但没起到多大作用，最后夏筱桐还是醉得不省人事，得让他一路送回去。

他这一晚也喝了不少酒，只能找个代驾。

等到了小区门口，身旁的夏筱桐已经脑袋靠着玻璃窗睡熟了。

薛斌想了想，没把人叫醒，背着她往里走。

他知道她家住在十七楼，按了半天电梯却没一点反应，去找大厅值班的保安问了下，才知道晚上电梯出了故障，要等明天早上才有人来维修。

薛斌在心里骂了句自己这是什么破运气，但也没什么办法，只能背着夏筱桐继续爬楼梯。

凌晨两点多，楼梯间安静极了，每一层楼的感应灯随着他的脚步声渐次亮起，投下昏黄的光晕。

一楼，二楼，三楼……

等背着夏筱桐上到第十楼时，薛斌实在是体力不支，喘气声越来越重，忍不住小声抱怨了句："夏筱桐，你好重啊，你该减肥了。"

"鬼扯！"

安静的楼道里忽然响起一声反驳，薛斌吓了一跳，差点一脚没踩稳摔下去。

"你不是睡着了吗？"

"睡着了我也能听到你讲我坏话！"夏筱桐理直气壮，"从十六岁起，我体重从来就没超过一百斤！你自己身体虚就别往我身上找借口了。"

她趴在薛斌背上，搁在他肩膀上的下巴往上抬了抬，损起人来的小嘴很利索："才背着我走几步路啊，你就喘成这样？说真的，你这样不行啊，有事没事你还得多锻炼，要不然你才二十六岁啊，就虚成这副样子，以后可怎么办？"

说完，她还装模作样地叹口气，像是很为他未来发愁的样子。

哪个男生能受得了这样的嘲笑，薛斌被气到了，不服气地顶回去：

"我身体素质好得很，这哪是几步路啊，我都爬了十楼了，换成陆星阔那样看着就弱不禁风的，能背着你走这么久吗？爬个三层楼估计就得累趴下了。

"还有，夏筱桐你别不承认了，你体重绝对是超一百斤了，我又不是没在美国待过，在那里顿顿不是炸鸡就是牛排，想不胖都难。唉，要我说你去美国干什么啊，那里有什么好待的，吃来吃去就那几样。还有，就你那稀烂的英语成绩，当初考了十几次雅思才勉勉强强合格，你待那里，人家骂你你还当人家夸你呢。你为了陆星阔追到那里去，结果人家在乎你吗？你傻不傻啊？"

薛斌仿佛又回到了几年前和夏筱桐斗嘴的日子，说起来没完没了，完全没注意到背上人的沉默。

他又往上踩了几级台阶，肩膀上忽然被什么浸湿了，温热的，一点点蔓延开，越来越多。

薛斌一开始还是蒙的。

不怪他迟钝，从十四岁认识以来，他见惯的夏筱桐就是张扬骄傲的样子，像只小狐狸，黑亮如葡萄似的大眼睛咕噜一转，就能让人吃瘪。

从来只有她把别人气到，鲜有人欺负到她身上来的。

这是他第一次见她哭，温热的眼泪落在脖颈那一片的肌肤上，慢慢又变得冰凉。

薛斌有点慌了，他又没有谈过女朋友，完全没哄人的经验，以前和夏筱桐待一块儿时，三句话不到就要吵起来。

“哎哎——你别哭啊！分手没什么大不了的，他失去你是他的损失。你看你，长得这么漂亮，性格活泼开朗，再找个男朋友不是轻而易举的事？”薛斌搜肠刮肚想着安慰的话。

想着夏筱桐那从小到大就极度看重外貌的特质，又补充了句：“你绝对能找个比陆星阔帅一万倍的男朋友。”

背后的人吸了吸鼻子，抽泣声渐渐止住。

薛斌又爬了十几层楼梯，快累趴下时才终于到了夏筱桐家门口，抓起她一只手对着密码锁按了指纹。

门打开，他按开灯走进去，把人放到了沙发上，然后走到冰箱那儿，从里面拿出一盒牛奶。

他撕开吸管戳进去，本要直接拿给夏筱桐，但感受着掌心冰凉的触感，薛斌想了想，又去厨房找了个碗，把牛奶倒进去，放到微波炉里加热了一分钟。

再拿出来时牛奶就是温热的了。

他端着小瓷碗走到沙发跟前，递给夏筱桐：“把这个喝了，不然明天你头要疼死的。”

夏筱桐没动，刚哭过的眼睛湿漉漉的，卷翘的长睫毛被打湿，有几根粘在了一块儿。

她鼻尖泛着点儿红，有几分难得的可怜巴巴的感觉。

她看着薛斌，偏偏表情认真得不得了，像是有什么重大的事要说。

薛斌被她这样盯着看，神情连带着也变得肃穆，坐姿都端正了。

然后就听见夏筱桐用认真郑重的嗓音说：“薛斌，你说实话，我真的变胖了很多吗？”

薛斌怕自己又说错话惹得她哭，忙不迭摇头：“没没没！是我瞎扯的，你一点都没胖，身材特别好！”

夏筱桐稍微满意了些，眼睛眨了眨，继续问：“那你刚才夸我的那些，都是真的吗？”

“保证是真的！”薛斌又连忙点头。

两人的初次相遇不算愉快，她害他被他爸好一顿揍，之后的相处更是磕磕巴巴，吵闹个没停。

夏筱桐还是头一回从他的狗嘴里听到夸自己的话，心情变好，从他手里端来碗喝完了牛奶。

薛斌从纸盒抽了张纸递过去，夏筱桐接过，擦嘴的时候多看了他几眼。客厅吊灯投下暖黄的光，比在 KTV 包间里看得清楚。

她突然发觉几年没见，这人和自己印象里的模样有几分不同了，五官轮廓渐渐深邃成熟。

他也不再是那个成天没什么正形，只知道打游戏、嬉皮笑脸的富二代了，变得负责有担当了。

至于长相嘛，好像也比从前帅了许多。

这一通折腾完已经是凌晨三点多，等夏筱桐躺床上，薛斌也准备走了，明天一大早他还得跟着经理出去学习谈业务呢。

袖口突然被抓了下。

薛斌低头，看向从被子里伸出的白皙小手：“怎么了？”

夏筱桐表情挺不解地问：“陈也都已经和栀栀领证了，你也二十六了，怎么还一个女朋友都没谈过啊？”

想起他刚才对自己的夸奖，她也礼尚往来地回夸了过去：“按理说，你年轻家里又有钱，长相嘛，勉强还算可以，不该挺招小姑娘喜欢的吗？你现在在公司就没漂亮的小姐姐小妹妹给你送个秋波什么的？”

说到这个薛斌就嘚瑟了，眉飞色舞地讲道：“怎么可能没有！我在公司可受欢迎了，给我表白的漂亮小姑娘我数都数不过来。就前天还有个长得像金喜善的实习生小妹妹主动给我送奶茶呢！”

夏筱桐翻白眼：“还金喜善呢，你就吹吧。”

“我骗你是小狗好吧。”薛斌掏出手机，点进微信，手指又戳了戳，找到一个朋友圈后把手机屏幕举到夏筱桐面前，“你自己看。”

夏筱桐看了，不得不承认，除去化妆或者特效，这女生是漂亮的，还不是那种动过刀子的网红脸。

“长成这样你都没动心，你该不会是想找个仙女吧？”

薛斌否认：“我才没有。”

看着眼前疑惑的小姑娘，薛斌吞吞吐吐来了句：“喜欢长得像狐狸的。”

夏筱桐一愣。

夏筱桐一直睡到第二天快傍晚才醒。

宿醉过后，她头好疼，肚子也饿，整个人还处于晕乎乎的状态。

在枕边摸索到手机，解锁按开，幽亮的屏幕上显示出一条未读信息，时间是九个小时之前。

薛斌：给你买了肯德基早餐，放茶几上了啊。

夏筱桐正饿得难受，一看到有吃的连拖鞋都顾不得穿，光着脚跑到客厅，看到茶几上果然放着一个肯德基的纸袋子。

皮蛋瘦肉粥和芝士培根汉堡已经冷了，但现在是夏天，夏筱桐也没那么讲究，拆开就直接吃了。

吃完她胃里好受了许多，头似乎也没那么晕了。

夏筱桐拿起手机，戳进薛斌的头像，手指在对话框里有点别扭地输入“谢谢你啦”这四个字。

发过去，不到两秒，手机在掌心短促地振了下。

她看见薛斌发过来的一个熊猫头的表情包，上面还有几个欠揍的字：不用客气，这都是爸爸该做的。

夏筱桐嘴角抽了抽，心底那丝感动的情绪顷刻间烟消云散。

落地窗外的夕阳缓缓西斜，连绵的云朵被染成橘红色，随着时间的推移又一点点变暗。

夏筱桐盘腿窝在沙发里，手托着腮，思考起了自己的未来。

似乎每个人读小学的时候，都会被老师提问——你们长大以后想成为什么样的人啊。

当时夏筱桐听到了身边同学的各种回答。

有个小男孩说以后想当科学家，有个小女孩说自己要成为一名白衣天使，还有个喜欢画画的学生说想要成为一位画家。

那时夏筱桐也想了想，可关于未来，十岁不到的她并没有什么特别想做的。

夏筱桐从小对学习没兴趣，父母忙于生意上的事，分不出多少精力管她，她从上小学开始成绩就一直是班上的倒数。

等念了职高，她成天和那些同样不学习的小姐妹待在一块儿，更是连书都不愿意碰一下。

直到后来遇上了陆星阔。

得知他高考之后一定会出国，从那一刻起，夏筱桐体会到了什么叫欠的总是要还的。

一个连英语的过去时和现在时都分不清楚的人开始铆足了劲学习，天天拿着本绿色封皮的单词书背。

学语法，学时态，跟着外教练口语，卷子做了一张又一张，雅思考了一遍又一遍，夏筱桐终于在陆星阔留学的第二年，通过了考试。

可她的成绩只够申请一所很差的大学，念的专业也完全不是她感兴趣的，要她现在继续从事跟专业相关的工作是不可能的。

客厅没开灯，月光隔了窗户照进来，夏筱桐望着夜幕里钩子般小小的一弯月亮，心里忽然有了个想法。

之后连着十几天，夏筱桐闭门不出，往电脑前一坐就是十几个小时。

薛斌约她出去，她回了一个“忙”字，手指继续噼里啪啦地敲着键盘。

又几个星期过去，夏筱桐信心满满地把自己才写出来的十几万字的小说一口气发在某个文学网站。

她从六年级开始看小说，花花绿绿的各种杂志堆起来有人那么高，什么“她逃，他追，他们都插翅难飞”“亲一口，命给你”的套路掌握得明明白白的。

夏筱桐相信自己这本小说发表没多久就一定能大红。

然而一天过去，她那篇小说的收藏量为零，评论点击倒是有好几十次，不过都是她自己点的。

夏筱桐没放弃，还挺有信心地等着自己的小说被慧眼识珠的读者发现。

一个星期过去，那篇小说仍旧如同石沉大海一般，维持着凄惨的零评论和零收藏。

她不禁被打击到，就在她动摇、开始怀疑自己的时候，收藏突然加一，原本空空如也的评论区也骤然多了几十条评论。

夏筱桐整个人为之一振，兴奋地定眼看去，发现这些评论都是一个叫“你的小可爱突然上线”的读者留的。

这个小读者在她小说的每一章都留了评语，还都是“写得好看”“作者加油”“会一直支持你的”这类让人看了就心情好的话，甚至还花钱给她投了好多打赏。

夏筱桐感动得不行，她像打了鸡血一样受到鼓舞，刚萌生的放弃念头因这位小读者的出现而消失无踪。

她兴奋地一条条回复了这个读者，重新坐回到电脑前，噼里啪啦地继续敲起键盘。

夏筱桐手速很快，每天更新好几章。

后来，渐渐有了读者，也有了好多撒花的评论，她每次翻着评论区，下意识地会格外留意读者的昵称。

那个叫“你的小可爱突然上线”的读者一直都在，一章不落地给她评论。有时候她突然找不到思路了，凌晨一两点才更新，这位小天使读者还会留言嘱咐熬夜对身体不好，让她早点睡。

夏筱桐心想：呜呜呜，这个读者简直是小天使一样的存在！

宁栀的婚礼在十月份，夏筱桐作为她最好的闺蜜，以伴娘的身份出席。

婚礼在户外草坪举行，这天的天气格外晴朗，树枝搭成的拱门上点缀着无数朵粉的白的玫瑰，都是新鲜空运过来的，花瓣上还垂着晶莹的露珠。

大提琴声舒缓悠扬，夏筱桐坐在下面，看着穿着洁白婚纱的宁栀在红毯上一步步走向陈也，两人在牧师的见证下宣誓，陈也把戒指套进了宁栀的指间，然后轻轻捧起宁栀的脸，落下极温柔又深情的一吻。

全场欢呼鼓掌。

夏筱桐看着看着，眼眶忽然红了，她也不知道为什么，或许是太感动了，又或者是想起了自己。

一张手帕纸递到了眼前，夏筱桐循着那只手看过去，看见今天穿着伴郎服的薛斌。

夏筱桐从他手里接过纸巾，擦了擦眼睛，没戴化妆镜，只能问他："你快看看，我眼妆没花吧？"

她蓦地凑近，薛斌闻到了她身上的香水，甜而不腻，有种玫瑰花的馥郁。他恍惚间想起了好多年前。

一个穿着百褶裙的少女看着他，眼珠子一转，笑吟吟地把手里的一朵开得正盛的玫瑰塞给他，嗓音清脆："喏，送给你。"

等了半天没听到薛斌吭一声，夏筱桐狐疑地朝他看去："我眼睛这块儿的妆到底有没有花啊？"

薛斌回过神，低头看去，她的眼型很漂亮，丹凤眼，眼尾微微上翘，眼皮上不知道涂了什么，在阳光下亮晶晶的，像泛着粼粼波光的湖面。

"没花。"他回答。

夏筱桐放心了。

又往台上看去，听见司仪宣布要抛捧花，夏筱桐没什么兴致，她现在连男朋友都没有呢，抢捧花有什么用？

薛斌却拉着她过去，还冲着台子上的新娘大声喊："栀栀妹妹，你等会儿把花往我们这儿扔啊！"

等着抢花的女生都笑着朝他们这边望来，夏筱桐不好意思地脸红了下，扯了扯他的袖子："你个单身狗抢什么捧花？"

薛斌昂着脖子，答得理所当然："抢了送给你啊。"

最后那捧花还真落到了他怀里。

薛斌伸手，把捧花递到夏筱桐面前："不都说捧花能传递幸福嘛，你看也哥和栀栀妹妹感情多好啊，你以后肯定也能和他们一样幸福。"

夏筱桐看着他认真的眉眼，心里生出丝暖意："谢谢啦。"

有了上次的经验，她提前警告道："你再说这是爸爸该做的，小心我拿着捧花砸你！"

薛斌把差点要说出口的话又憋了回去。

之后就是敬酒，薛斌和成一鸣他们不停地灌陈也，结束时自己也醉得不成样子。

夏筱桐念着之前薛斌照顾自己一晚上的情分，费了老大的劲才把已经醉得不

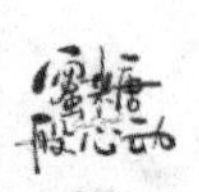

省人事的薛斌扶上车。

举办婚礼的地方在郊区，她开了两个多小时车才到他家，正要去叫醒他，车厢里响起一阵铃声，是从他的上衣兜里传出来的。

薛斌还醉得不省人事。

“你电话响了，有人找你。”夏筱桐去推他。

薛斌勉强睁开眼，整个人还醉着，伸手掏出手机，划开接通，声音含混地应答了几句，然后把手机往夏筱桐手里一塞，又倒头睡过去。

手机还没熄屏，屏幕右下角一个熟悉的小图标映入夏筱桐眼帘——这不是她天天更新小说的那个网站软件吗？！

她没想到薛斌这样一根筋的男生私底下还喜欢看言情小说。

好奇心瞬间到达顶峰。

在屏幕变暗的前一秒，夏筱桐手指飞快点进软件，想看看他平时看的是什么类型的。

抱着等他酒醒了好好嘲笑他一番的想法，夏筱桐看见了他的收藏夹里，只有一本小说。

是她写的那本。

夏筱桐心里的一根弦像被什么拨动，泛起涟漪。

她又去看他的读者昵称，在意料之外，又似乎在情理之中，他就是那个叫“你的小可爱突然上线”的读者。

等薛斌再次睁开眼时，正对上夏筱桐直勾勾盯着自己的眼睛，他吓了一大跳：“夏筱桐你干吗？不带这么吓人的！”

夏筱桐问得直截了当：“你怎么知道我在写小说，又怎么知道我的笔名的？”

“呃……”薛斌心虚起来，“我之前听栀栀妹妹提了一句，就好奇去搜了搜那个网站。你笔名就叫夏桐桐，这我还认不出，怕不是个傻子。”

夏筱桐气得鼓了下脸，视线没有从他脸上移开，反而盯得更紧：“你这么关注我，该不会是喜欢我吧？”

薛斌埋藏了许多年的小心思被戳破，脸因醉酒而显出的酡红又深了几分，他下意识地就想撒谎否认：“谁说的？夏筱桐你别自恋啊。”

夏筱桐慢悠悠“哦”了声，脸上表情明摆着不信。

见他急着要反驳，她又不紧不慢地加了句：“我本来还想你要是喜欢我，咱们这怎么也算是青梅竹马了，到时候生个小宝宝，说不定还能和栀栀家结个娃娃亲什么的。”

薛斌有些不敢相信，以为自己酒还没醒：“你说真的？”

夏筱桐感到无语：“谁拿这种事开玩笑呀？你就说吧，喜不喜欢我？”

“喜欢喜欢喜欢！”薛斌连说三遍，“从第一次见到你就喜欢了，虽然你那时害我被我爸狠揍了一顿，但是我还是喜欢你。”

夏筱桐冲着他笑了笑：“行吧，那恭喜你，从今天开始，你多了一个我这么漂亮，性格好，未来还是大作家的女朋友。”

想起什么，她笑容一收：“那个长得像金喜善的女同事，你今天之内给我删了。”

“现在就删。”薛斌无比殷勤，当即拿出手机删对方的微信。

当年挨一顿揍，换来个女朋友，好像没亏，嘿嘿。